アリス・エリオット・ダーク
Alice Elliott Dark
金井真弓＝訳
Fellowship Point
フェローシップ岬
早川書房

フェローシップ岬

FELLOWSHIP POINT
by
Alice Elliott Dark

Translated by
Mayumi Kanai
First published 2024 in Japan by
Hayakawa Publishing, Inc.
This book is published in Japan by
arrangement with
the original publisher, Marysue Rucci Books/Scribner,
a division of Simon & Schuster, Inc.,
through Japan Uni Agency, Inc., Tokyo.

装画：太田侑子
装幀：鳴田小夜子（KOGUMA OFFICE）

ヘンリー・デュノウに捧げる

あなたが地所と呼ぶものは何か？　それが土地であるはずはない。なぜなら、大地はわれわれの母であり、彼女の子どもや獣、鳥、魚、そしてあらゆる人間を養っているからだ。大地の上にある森や小川、すべては全生物のものであり、誰もが利用できるものである。それなのに、一人の人間が大地を自分だけのものだと主張できるはずがあろうか？

——マサソイト（アメリカ先住民のワンパノアグ族族長）

自分を映す最高の鏡は古くからの友である。

——ジョージ・ハーバート（十七世紀のイングランドの詩人）

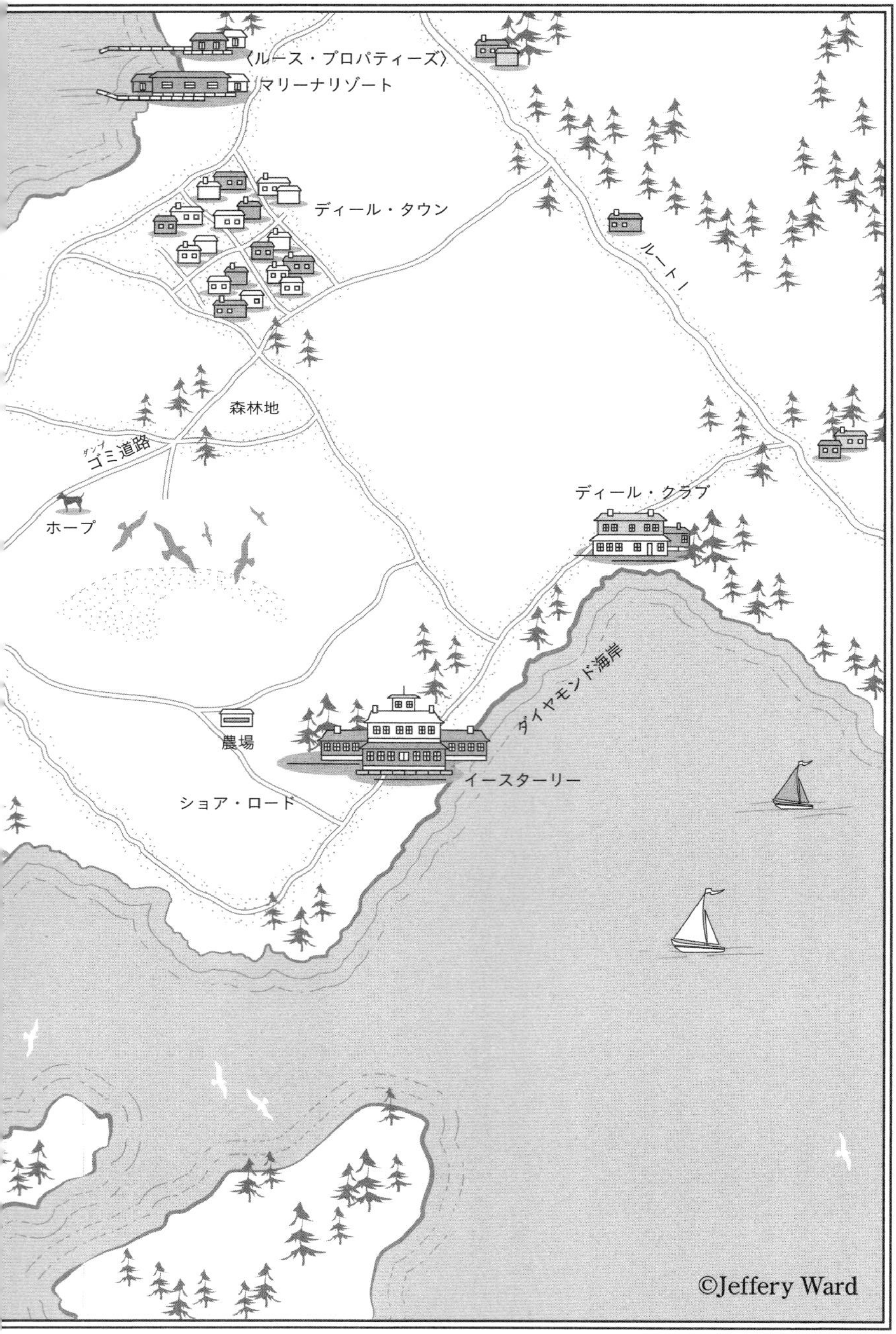
〈ルース・プロパティーズ〉
マリーナリゾート
ディール・タウン
ルート1
森林地
ゴミ《ダンプ》道路
ホープ
ディール・クラブ
ダイヤモンド海岸
農場
イースターリー
ショア・ロード
©Jeffery Ward

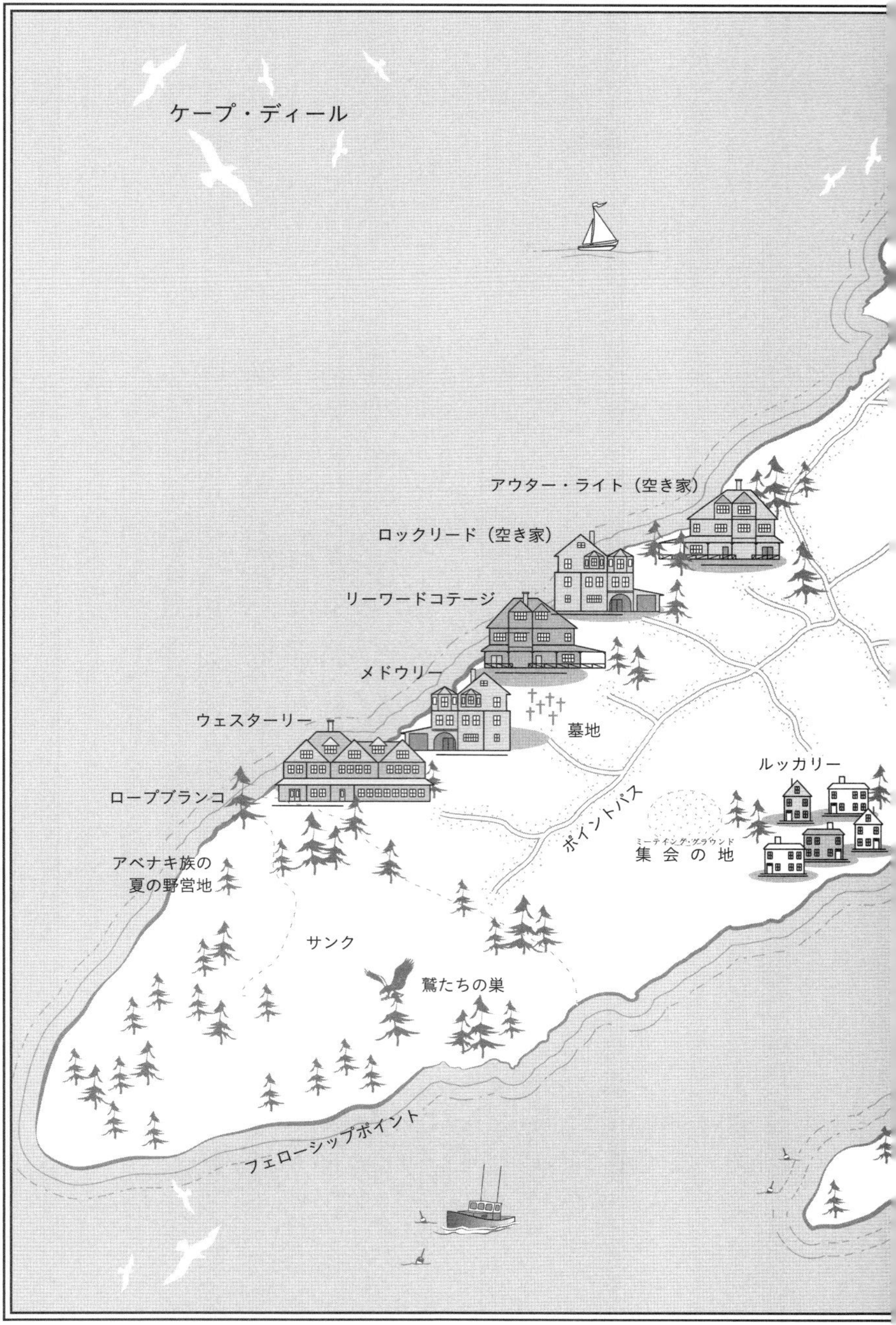
ケープ・ディール
アウター・ライト（空き家）
ロックリード（空き家）
リーワードコテージ
メドウリー
ウェスターリー
ロープブランコ
墓地
ルッカリー
ポイントパス
集会の地《ミーティング・グラウンド》
アベナキ族の
夏の野営地
サンク
鷲たちの巣
フェローシップポイント

主な登場人物

アグネス・リー……………………児童書作家。フェローシップ岬の共同所有権を持つ
アーチー・リー……………………アグネスのいとこ。資産家。フェローシップ岬の共同所有権を持つ
シーラ・リー………………………アーチーの妻
エルスペス・リー…………………アグネスの妹
エドマンド・リー…………………アグネスの弟
ハイラム・サーカムスタンス……アグネスの家の元使用人
ロバート・サーカムスタンス……ハイラムの息子。造園家

ポリー・ウィスター………………アグネスの親友。フェローシップ岬の共同所有権を持つ
ディック・ウィスター……………ポリーの夫
ジェームズ・ウィスター…………ポリーの息子
ノックス・ウィスター……………ポリーの息子
セオ・ウィスター…………………ポリーの息子
リディア・ウィスター……………ポリーの娘
テディ・ハンコック………………ポリーの弟

モード・シルヴァー………………編集アシスタント。シングルマザー
ハイディ・シルヴァー……………モードの母親
クレミー・シルヴァー……………モードの娘

第一部　導き

第一章

二〇〇〇年三月、フィラデルフィア、アグネス

ものを書くには申し分ない、うす暗い静かな日だった。だが、彼女の頭には何も浮かばなかった。書きとめておくのに値するただの一文も一節も、一語も出てこなかったのだ。ゴミ箱はいっぱいだった。索引カードはぎっしりと積みかさねてある。さまざまな図が描かれた方眼紙は、壁に貼ったフェルトの布に画鋲でしっかり留めてあった。けれども、いつもなら書きつづった原稿が積んであるはずの場所は空っぽの巣のようだった。

今までこんな状態になったことは一度もなかった。アグネス・リーは一抹の迷いもなしに創作して、書きなおし、ときには書いたものを投げすてながら、六冊の小説と何十冊もの児童書を世に送りだしてきた。大事な作品を思いきりよく葬りさっても、さらに多くのものをまた生みだせると信じて疑わなかった。コテージの屋根裏部屋にある頑丈なトランクにこっそり隠された大量の日記や記録は言うまでもなく、気のきいたさまざまな筆名で数々の記事やエッセーも著してきた。原稿をそっくり書きなおすことはあっても、リサーチによって新しい素材が生まれ、腰を据えて執筆する

時期になったこの段階で途方に暮れた経験は一度もなかった。言葉はつねにアグネスのもとへやってきた。書こうと思えば、いつでも書けた。やるべきなのは頭の中の蛇口をひねることだけ。そうすれば、言葉は流れでてくる。そんな事実がアグネスの自己像の中心にあった。彼女は書いた。小説を書けないなら、蛇口を開いても何も出てこなければ、自分はどうなってしまうのか？

今はそんなみじめな状況だった。何樽分もに相当するラピッドグラフペンのインクをたちまち使い果たし、新しい鉛筆削りをすり減らしていた。それでも、彼女の小説には、数十年にわたって書いてきたシリーズを締めくくるはずの作品には、使える言葉がまったく集まってこなかった。この冬じゅう、作品を全然書けなかったのだ。

今日も見こみはなかったが、執筆にあてることにしている時間はまだ終わっていなかった。だから机の前に座っていた。一日に五時間は書くと決めていたし、いまいましいが、必ず五時間はそのために使っていたのだ。老いつつある体や心の隅々まで習慣は染みこんでいて、やめられなかった。アグネスは母親が死の床で何度か腹筋運動をしようとしたのを見たことがあった。そんなつまらない行動をとった俗物の母に対しては、子どもとして当然というほどの感情しか抱かなかったが、その姿を目にして、自分が最期を迎えるときは毅然としていたいと思った。アグネスはスケジュールにこだわった。遺伝のせいもあったろうし、執筆という天職を六十年近く続けてきたからでもあった。スケジュールを他人のために変えなければならない状況はまれだった。アグネスがそんな特権を与える相手はめったにおらず、人のためにスケジュールをみだりに変えるつもりもなかった。八十歳になっても、アグネスの筆の勢いは衰えなかった。むしろ、その逆だった。残りの作品を急いで完成させなければならなかったうえ、いつ最期の瞬間を迎えるかわからないという不安を抱えながら書いていることはよく心得ていた。

　昼食時にミセス・ブラントが皿の横に置いた数通の郵便物をじっくり読んだあと、アグネスの落ちついた小さな世界はかき乱され、いっそう集中できなくなった。室内を行ったり来たりし、窓の外を見てはまたうろうろと歩きだす。書くことに考えを向けつづけているかぎり、居間までは行ってもいいことにしていた。ミセス・ブラントが香りのいい百合を買ってきており、アグネスは花に鼻を差しいれて得も言われぬ芳香を吸いこんだ。それから窓辺に行った。三階のアパートメントからの眺めはよかった。リッテンハウス広場の茶色になった植物や枯れた芝生は必死に生きのびている。広場を通る人々はマフラーで顔が隠れたり、服や毛皮を着こんだりしているせいで姿かたちがよく見わけられなかった。彼らはときどき空を見あげ、アグネスも彼らの視線を追って、雪片が早くも舞いおりてきていないかと探した。〝雪はアイルランド全土に降っている〟（『ダブリンの人びと』米本義孝訳・筑摩書房・三八二ページ）。ジョイスの「死者たち」にある一文だ。アグネスの目に涙がこみあげた。あまり泣いたことはなかったが、ある種の言いまわしを目にすると、熱い涙が流れて頬がひりひりする。鼻筋をつまんで感情を抑えた。猛吹雪だ、と思った。体が冷たくなる言葉だ。猛吹雪でフィラデルフィアは限なく雪で埋めつくされると予想されていた。枝という枝が輝き、広場に雪だるまが並んでいる、洗いながされたような光景を思いうかべると元気が出た。気分転換ができた思いで書斎に戻った。

　アグネスは雪に感動していられるほどの余裕が自分にあることをよくわかっていた。家政婦のミセス・ブラントは食料を棚に貯蔵し、順調に冬を過ごせるように家庭内の雑用を続けている。雪はあらゆる生者の上にも死者の上にも降りつもり、アグネスは誰にも邪魔されずに静かな数日を過ごせるだろう。そんな静寂に包まれたら、作品を書きはじめるのに必要なものが見つかるかもしれない。あるイメージとか、ある登場人物の声が。種となる一つの文が見つかり、そこから次の文がまた育っていくだろう。この檻を開けられる鍵が見つかるかもしれない。書くことはアグネスが自由を感じられる場だった。フェローシップ岬《ポイント》も。あそこではいつも自由なのだ。

　アグネスは目の前にある白紙のノートパッドを引きよせた。終了まで、あと五十三分。挫折感に苛《さいな》まれて途方に暮れながら、彼女は沈黙の時間を耐えしのび、誰にも不平を言えずにいた。一頭の馬の絵を描いたが、たちまちその上にいたずら書きをしてしまった。

　作家としてのアグネスには二通りのキャリアがあり、どちらも成功していたが、世間には〈ナンのおしごと〉シリーズの作者として知られているだけだった。シリーズは三十作以上にのぼり、一作目は一九六五年の『ナン、ロブスター漁師になる』で、最新作は『ナン、風力発電をする』だ。それらの本は最初からアグネスの実名で刊行され、まさに彼女の狙いどおり、一人で机に向かうのは仕事が忙しいからだという口実を与えてくれた。〈ナンのおしごと〉シリーズのおかげで、アグネスは遅筆の作家であり、孤独を必要とするというふりができた。本当はかなり筆が速く、アイデアが生まれて物語の全体像が現れてくるのを待てば、一気に書きあげられた。

　物語を書くよりも挿し絵に時間を費やした、というか、絵を描くほうに時間がかかった。絵に関しては天賦の才があったわけではなかったし、あれこれ描いてからでないと、ぴったりの一枚が生まれなかったからだ。アグネスはペン描きの線画というスタイルにこだわったが、長年の間に色づけを学び、結局は初期の作品にも彩色することにした。ナンの口を単純な斜めの線で描いて感情を表すという方法が子どもたちにうけた。彼女はその線の描き方を練習し、かなり微妙な意味をそれで表現できると納得した。社交サークルでは、本を出すことは彼女と同じ階級の女性にふさわしい上品な趣味として扱われた。アグネスの世界では児童書の著名な作家など、無名の人間とさほど変わらなかった。

〈フランクリン広場〉というアグネスの別シリーズの小説は人気になり、時が経つにつれて批評家からも称賛されるようになった。一作目は二十四歳のときに書いたが、フランクリン広場の〝娘たち〟として登場した友人たちが結婚や就職で出あった運命に、自分は屈しないための手段という目的が大きかった。自らに割りあてられた役割に合わせようとして、友人が実際よりも小さな存在に甘んじることがアグネスには腹立たしかった。彼女たちの才能は、役に立つとか人を支えるといった性質の一部に組みいれられる。アグネスは恵まれた立場の女さえ組みこまれてしまう社会の不合理さの理由を描き、彼女たちのありのままの姿を詳しく示したかった。自分の経験から気づかずにはいられなかったが、大人になって権力構造に組みこまれた女たちにとっては、本来の姿でいることがさらに難しくなった。彼女たちはいとも簡単に妥協したし、そういう態度がまともだとされた。アグネス自身、権力構造にのみこまれそうな危険を経験した。父は優しくて味方になってくれたが、彼女はごく幼いころからどんな集団にも階級が存在すると気づいていて、理屈抜きではっきりと反感を覚えた。形がいろいろと変わったり、優先順位が入れかわったりすることはあっても、その思いがアグネスの主題だった。

アグネスは道徳を説かず、説教もしなければ、何かを決めつけることもなかった。基本的に小説のテーマは劇的で、明確な状況での人間の行動のとり方を明らかにしようとするものだった。そういう話を考えだすのは容易でなかったが、できたときは作家としての責任を果たせたと感じた。無駄だった何十もの案を投げすてたあとで〝娘たち〟がどのような行動や反応をすべきかが突然浮かんできたとき、プロットの道筋が明確に示されたときはそう感じられたのだ。そして読者に作品を提示し、どんな意味があるのかを考えてもらった。アグネスは自分の意見や世界観に絶大な自信を持っていたし、おもしろいプロットの中でそういう考えがうまく伝わると確信していたから、見解をわざわざ詳しく説明する必要は感じなかった。

アグネスは小説家だった。誰も知らないことだったが。

フィラデルフィアで最初に編集者となってくれそうだった人は原稿を高く評価したが、出版後にこの地で人前に現れるつもりはないというアグネスの言葉への当惑も示した。正体を不明にすれば業界から締めだされるなどと、彼女は考えもしなかった。執筆していたとき、初めて作品を考えていたときは、人を欺いているのだという興奮を覚えていた。作品とともにあるのが自分だけだと思うと、なぜか孤独によってプライバシーが得られると感じた。今思えば、アグネスは世間知らずだった。作品のすべての謎が結末で解決するようにと本当に苦心したし、ダイヤモンド・カッターを使うように各パラグラフの面に磨きをかけ、ある光の中では登場人物をきらりと輝かせた。けれども、実際にこの作品が人に読まれるのだという考えが頭に浮かばなかったのも事実だった。だが、素性は明かせないと言ったとたん、社交界にいながら、その世界を批判するような真似はできないとはっきりわかった。アグネスはためらいもせずに原稿を返してもらい、匿名で出版しようと決めた。ペンネームを考えだすのは楽しかった。アグネスの代わりにこんな名前だったらいいと願ったあらゆるものを試してみた。何十にものぼった。結局、ポーリーン・シュルツという名に落ちついた。

奇妙で覚えやすいペンネームで、充分に目的を果たした。アグネスはタルソ人のサウロから改名した聖パウロのことをよく考えたものだったし、彼が使徒書簡をしたためている姿を思いえがいて心を動かされた。彼は書いたり消したりして、地中海のまわりにいるさまざまな人々にキリストの教えを信じさせるため、説得力のある議論を組みたてた。そのどれにもアグネスが納得しなかったことはどうでもいい。気に入ったのは聖パウロの努力や改名だった。彼が名を変えたように、アグネスもポーリーン・シュルツになるのだ！　この新しい名前でニューヨークにいる別の編集者に原稿を送った。婦人記者のように勇ましい響きがある名だった。アグネスは妹のエルスペスに、ペンネームで小説を書いたと話したかった。エルスペスは純粋そのものなので、彼女に隠し事をすることは良心がとがめたが、まさにそれと同じ理由で、秘密を話して悩ませてはいけないと思われた。ただでさえエルスペスは多くの人の重荷を背負っているのだ。自分の正体を秘密にするつもりなら、誰にも知られないほうがいいとアグネスは決めた。

〈フランクリン広場〉の小説には友人同士の五人の女が登場し、政治問題や市民生活といった内容を背景にして、彼女たちの行動や苦労が描かれている。アグネスは十年ごとに一冊を執筆し、ポーリーン・シュルツとは何者かという謎を解きたがっている世論の高まりがあっても、どうにか匿名性を守っていた。彼女が男性だという憶測もされた。個人ではなくて一つの集団であるとか、シュルツは複数の人間から成るのではないかという推測も。著者はこの国を外から見ているよそ者ではないのか？　アグネスは長年の間に、ユダヤ人やイタリア人やアフリカ系アメリカ人を登場人物につけ加え、フィラデルフィアの人間もさらに少し登場させた。ポーリーンは地元で多数派の住民の出なのだろうか？　アグネスはヒロインたちの一人にユダヤ人の祖先の血がわずかに混じっていることすら明らかにした。そこでそのヒロインはユダヤ人の男と再婚し、ユダヤ教再建主義へと足を踏みいれることになるわけだが、〝ポーリーン〟はフィラデルフィアをクエーカー教義の地として書いた。とすると、シュルツはユダヤ人なのか？　いい質問だ。ポーリーンは男なのか？　アグネスはそんな疑問が出されたとき、声をあげて笑った。アグネスが書いたような場面を男が書くだろうか？　幼児と過ごす退屈な日々。散らかった部屋を掃除しなければならないという気落ちさせられる憂鬱な感情。労力が当然のものと見なされるという不当な仕打ち。職場の会議から立ちさるとき、外見で評価されていることを背中で敏感に察する女たち。時が経つと、その背中の持ち主はもはや自分を探るように見ている者がいないことに気がつく。肉体的な苦痛と、その二卵性双生児のような禁欲主義。思いもよらない精神生活と、中断された自己意識。ポーリーン・シュルツは、彼女を男だと推測する女たちからの手紙を一通も受けとったことがなかった。

アグネスは匿名の隠れた存在で、誰にも道徳的責任を負わないことをだいたいは気に入っていた。唯一の後悔は《パリス・レビュー》誌のインタビューを受けられないことだった。アグネスはその文芸雑誌にインタビューされるという空想にふけった。そこで言いたいことは山ほどあるのに。だが、それは自由を得るためのささやかな代償だった。世間にとって、アグネス・リーは児童書の作家にすぎなかった。ポーリーン・シュルツのような見解の広さや社会に対する鋭い考えや険しいまなざしは持たないとされた。歴代の三人の編集者もポーリーン・シュルツが誰なのかすら知らなかった。彼らはいつもフィラデルフィアの郵便局の私書箱経由でポーリーンとやり取りしていた。アグネスは自分の正体をフェローシップポイントにある墓場まで持っていこうと計画した。エルスペスが亡くなったあと、アグネスが多忙で会えないことにいらだっていたらしい親友のポリーに真実を打ちあけたい気持ちにときどき駆られた。心の奥ではポリーに嘘をついていることがいやだった。

真相を知っている人がいたら、楽しくもあるだろう。そうなれば、アグネスの本が話題になったとき、秘密を守らねばならないという制約は、事情を知る者同士が部屋のあちらとこちらで目配せしあう行為へと変わる。ポリーが秘密を守れることにアグネスはみじんも疑いを抱かなかったが、夫のディックに真実を話せないせいで悩むだろうから、つらい思いをさせたくなかった。だから、事実は自分一人の胸に秘めたままにしていた。

定めた執筆時間がようやく終わった。居間にある今日の郵便物の束を揃えて読もうとしたとき、客が上がってくることを知らせるベルの音が階下から聞こえた。

「わたしが出る」アグネスは声をかけ、ミセス・ブラントが応じる前にアパートメントの戸口へ急ぎ、ドアを開けた。揺りかご時代から、もう八十年間も知っている親友のポリー・ウィスターがほほ笑みながら入り口にやってきた。

オーケストラの演奏を聴いてきたポリーの穏やかな気持ちをかき乱したくはないが、アグネスには目的意識が一致する彼女が必要だった。「問題があるんだよ」アグネスは告げ、ポリーがきれいな顔をしかめ、うるんだ青い目を見開いた様子に満足感を覚えた。ポリーの赤いウールのコートがはらんでいた冷気が戸口から忍びやかに入ってきて、アグネスは身震いした。

「こんにちは、ミセス・ウィスター」家政婦のミセス・ブラントがアグネスの背後から挨拶した。声は震えていた。

「何なの？　どうしたっていうの？」ポリーは手袋をはめた両手で顔を包み、腕にかけていた黒のバッグがそのはずみに肘まで滑りおちた。

アグネスは向きを変えた。「ミセス・ブラント、ポリーのものを持っていってくれない？」

ミセス・ブラントは落ちつかない様子でうなずき、ポリーはコートを脱いだ。

「ありがとう」ポリーは軽く膝を曲げた。学校で学んだ、膝を曲げるおじぎが習慣になっている。彼女は自分に手を貸すことで報酬をもらう人への自然な態度を身につけたことがなかった。

ミセス・ブラントはキッチンに引っこみ、ポリーは声を低めて言った。「彼女に何かあったの？」

「ミセス・ブラントに？　いや、全然違う。あの人は動揺しているだけ。そのことはあとで話すよ。さあ、入って」

「なんだか心配だわ」

いつものようにポリーの不安には腹立たしくなるほどの無邪気さが入りまじっていた。アグネスはポリーに話したくてたまらなかったが、相手の気持ちに応えようとするポリーの心の広さがいらだたしかった。それが夫のディックに対するポリーの反応だからだ。アグネスにはそこまで誰かに服従する態度が想像もできなかった。

「残らず話す。でも、まずは何か飲もう」アグネスとポリーは居間のバーワゴンへと歩いていった。アグネスはつねにポリーよりも背が高く、一八〇センチ近くあったが、加齢のために何センチか縮んでいた。ジーンズを穿いてケッズのスニーカーを履き、古びたカシミアのセーターを着ていた。緑の目に浮かぶ知性とまっすぐな薄い口のせいで、そんな服装はくだけた感じのしゃれた印象を与えた。さらにダイヤモンドのスタッド・イヤリングをつけ、十六歳になったときに父からもらったゴールドのブレスレットを二本はめている。かなり前に三本目のブレスレットは人にあげてしまった。アグネスは一度も結婚したことがないが、とにかくいつも充実しているように見えた。ポリーのようなかわいい顔ではなく、鏡はたまにちらっと覗くくらいだった。だが、両手は気に入っていて、机に向かって仕事をしているときはずっとクリームを塗ってさすっていた。

三月の灰色の午後だったから、明かりはすべてついている。「スコッチを飲まなくては」アグネスは言った。

「コンサートはどうだった？」

「わたしはシングルでいいわ。眠る前に、何マイルもの道のりがあるから、*ってところね」

「そんなことを訊くなら、それほどたいした問題ではないのね？」

「たいした問題だよ。だけど、話は座ってから」

「わかったわ。一つだけ教えて。誰かが亡くなったの？」

「いや、そういう問題じゃない」

「ハイラムが亡くなったあとでまた誰かが死ぬ話だったら、心の準備ができていないわ」

「たしかに。ハイラムといえば、今日ロバートから手紙が来たよ。一緒に読もうと思って、まだ見ていないけれど」

「まあ、よかった。ありがとう」

アグネスは瓶と氷を危なっかしい手つきで扱い、ようやくポリーにグラスを渡した。白い空は真珠のような輝きを帯びはじめ、街灯がついたので、たそがれの景色がふいに明るくなった。居間の雰囲気は控えめながらも高級感があり、緑と黄色で統一され、家具はシンプルなものだ。分厚いレモン色の絨毯がほぼ隙間なく敷いてあった。ポリーはため息をつき、ミント色のソファに沈みこんだ。「ここは本当に落ちつくわね」彼女は言った。「あなたにしては、意外だけれど」

「人は変わるものだ」アグネスは言った。「終わるまでは何があるかわからない。わたしがそう言ったと、誰かに言ってもいいよ」

アグネスは安らぎを得るために整えた室内を見まわし、ポリーに努力の結果を気に入ってもらえてうれしかった。十年前、七十歳のときにこのアパートメントに引っこした。それ以前のフィラデルフィアでの暮らしは、家族の住まいだったウォルナット通りの家で営まれていた。アメリカの基準からすれば古風な建物で、一八〇〇年代の半ばからリー一族の所有だったものだ。アグネスにとっては体から切り離せない、フィラデルフィアという亀の甲羅のような存在だった。そして、アグネスは大打撃を与えられた失意をいくつか経験し、何度か病にかかり、もはや健康が当たり前ではないという不快な現実を突きつけられた。それまでは必要とも思わなかった安楽さや便利さ、品質が意味のあるものとなりはじめた。エレベーターやドアマン、配達してもらえる食事。そんなものがあってもいいのでは？　アグネスはウォルナット通りの家にあったダークウッドの家具を大量に売りはらい、新たにトーマス・モーザー作の家具を買った。人生の最終章で求めるものはミニマリズムだった。自分の死後にアパートメントを空にする役目を押しつけられるのが誰にせよ、やるべきことはあまりないだろう。アグネスには妥当な考えだった。

とにかく、所有物を完全に手放したわけではなかった。お気に入りのものはフェローシップポイントへ送った。今では、そしてここ四十年間は、メイン州のフェローシップポイントが真の家だっ

＊ロバート・フロストの詩「雪の夜、森のそばに足を止めて」（『対訳　フロスト詩集　アメリカ詩人選（4）』川本皓嗣編・岩波書店・一四五ページ）の一節をもじっている。

た。このアパートメントはフィラデルフィアで過ごす冬の数ヵ月のため、リーワードコテージで雪に降りこめられるつらさから逃れるための滞在場所だ。というか、アグネスは人々にそんなふうに言っていた。天候は好奇心をかきたてないようにさせる格好の口実だ。毎冬、アグネスがフィラデルフィアに来る本当の理由はリサーチだった。大忙しの数週間、クラブや昼食会や晩餐会、慈善のためのイベント、画廊、店へと体を引きずるようにして出かけていく。人々の行動だの隠し事だのについてメモを取り、次の小説の執筆に備えるのだ。現在取りくんでいる小説のために何年もかけて記録を取った。なのに、なんということだろう。自分にはもはや小説を一作書くスタミナもないなんて、あり得るだろうか?

胸が締めつけられて踏みにじられているように感じたが、計画のために平静を装った。ポリーには自分と同じ考え方をしてもらわねばならなかった。

「それで、何が起こっているの? あまり焦《じ》らさないでちょうだい」ポリーが言った。

アグネスは《ケープ・ディール・ガゼット》紙に手を伸ばした。「これが今日届いた。古くからの友人のハム・ルースを覚えている?」

「覚えていたい人じゃないけれどね」ポリーはぐいっとスコッチを飲んだ。

「ここに載っているのは、彼の息子のハム・ルース・ジュニアと彼らの開発会社のこと。この記事を読んで」アグネスは問題のページを開いた新聞を手渡した。

「眼鏡は玄関に置いたバッグの中なのよ」ポリーが言った。

「わたしのものを使って」アグネスは左側のサイドテーブルにあるバスケットから眼鏡を取りだした。

くもう。美人はこれだからね。

　ポリーはそれをかけた。すばやくあたりを見る。鏡を見たいんだ、とアグネスは思った。まった

「度の強さは充分？　ちゃんと見えている？」

「そうね」

　ポリーはアグネスのささやかな皮肉にめったに気づかなかった。ディック・ウィスターと結婚して三人の息子がいるから、からかいには慣れていたのだ。

「ハム・ルース・ジュニアって、大柄なのね？」

「そんなことはどうでもいいんだよ。とにかく読んで」

「声に出して読む？」

「音読しなくていい。それを読んだせいで、とっくに昼食が台なしだ」

　記事は、ディール・タウンのそばの新しい贅沢なコンドミニアムとマリーナリゾートの起工式に関するものだった。ディール・タウンはフェローシップポイントにあるアグネスの家やポリーの家と近い。リゾートはハム・ルースと息子たちのハム・ジュニア、ティーターとして知られるテランスが所有する〈ルース・プロパティーズ〉という会社が建てる予定だった。記事を読んでいる間、アグネスはポリーをじっと見つめていた。最初は待ちかまえるような態度で見ていたが、いきなり客観的に眺めはじめた。アグネスがやや離れたところからまじまじとポリーを観察する機会などめったになかった。二十年前、ポリーの髪は真っ白に変わったが、年齢を感じさせない柔らかな輝きを持つ白さだった。昔からそうだったように、相変わらずカチューシャかバレッタを髪につけている。ポリーの肌は顔を陽光に当てないという長年の習慣のおかげで、かなり滑らかだった。いくつ

かできた基底細胞皮膚がんを除去した跡が両腕の内側に薄く残っているが、ポリーは六十代でも通るだろう。男は笑顔の女が好きだと、アグネスはかつて何かで読んだことがあった。笑顔はポリーの本質だった。善良な性格、笑っている目。一緒にいて気が楽な人。アグネスたちが若いころの褒め言葉どおりの女だ。アグネスとポリーはフェローシップポイントの隣同士の家で夏を過ごし、フィラデルフィアではお互いに数ブロックしか離れていないところに住んでいた。それが終わったのは、ポリーの娘のリディアが生まれて、一家が郊外のハバフォードへ引っこしたからだ。ポリーは赤ん坊の娘との時間を安心して過ごせるように、息子たちのために裏庭がある家を求めた。

ポリーは今でもきわめて明確に意見を言い、真意を隠さず、意図を明らかにする。まぎらわしかったり巧妙だったり、ずるかったりしたことは一度もなかった。率直で善良な、本物のクエーカー教徒の婦人だ。少女のころ、ポリーはほかの家族の休暇や船旅や、ニューヨークでの観劇やワシントンDCでの記念碑見学といった日帰り旅によく招かれていた。学校ではどの教師も自分のクラスにポリーがいることを喜んだ。社交的なタイプの生徒をいやがることが多い、インテリぶった女性教師さえも。だが、それほど人気があったのに、ポリーは過小評価されてもいた。物事に動じない性質は、知能がよくも悪くもない表れだと見なされた。それは正しくなかった。ポリーは聡明だが、思考を発展させようとしなかったのだ。アグネスはしばらくの間、もっと洞察力を高める方法をポリーに教えた。ポリーは愛想よく話を聞いていたが、自分らしさを変えることはなかった。

そんなに楽々と世間から受けいれられる親友がいるのは奇妙だった。アグネスは意図せずに少なからぬ人々を不快にさせる人間だったのだから。いつものことだったので、そんな状態に慣れてしまったが、アグネスのそういう行動が人目を引かなかったわけではない。

ポリーはコーヒーテーブルに新聞を置き、身を守るように腹のあたりで腕を組んだ。「なんてことなの！　あのあたりは大好きだったのよ」

「そのとおり。それだけでもひどすぎる。だけど、ハム・ジュニアがケープ・ディールにもっとリゾート施設を建てることを計画し、理想の土地はフェローシップポイントだと言っていることはどう思う？」アグネスはその点を強調した。

「吐き気がするわ！　彼が『充分に金さえ払えば、どんな人でも動かせる』と言っていたことについてはどう思って？」

ポリーが動揺している様子にアグネスはぞくぞくした。恐怖を感じているとき、やはり恐怖に駆られている人を見ると、とても満足できるものだ。「ぞっとするよ！」

「あの父にして、この息子ありね。あの人たちが大嫌い。あまり人を嫌いにならないほうだけれど、彼らは本当に嫌いよ。よくもまあ、フェローシップポイントを思いついたものね。ハム・ジュニアはいろいろ嗅ぎまわっていたのでしょうね」

「あいつの父親が嗅ぎまわっていたのは知っているだろうに」

アグネスとポリーが十四歳だったとき、ハム・ルース、つまり今では老人になったシニアのほうと仲間の一団がサンクに侵入し、鳴いている雛鳥たちへの餌をくわえて巣に戻ろうとしていた鷲を撃ったのを見たことがあった。さらにハム・ルースは、ディール・タウンの遊び場にいたアグネスたちのむきだしの脚に向けて小石を蹴ったことがあったのだ。ポリーはこういう行為を、階級の違いに対する不満とか、地元の人間とよそ者の対立といった視点で理解しようとした。ふだんならそんな優れた社会学的分析が大好きなアグネスだったが、この件については戸惑った。そして、これ以上ハムがフェローシップポイントに危害を加えるのを許さないという決意も含めた、誓いの言葉を書いて暗唱し、いつものポリーに戻るようにさせた。二人は人差し指を針で刺し、相手の人差し指とぴったり合わせて誓いを交わした。

ハム・ルース・ジュニアも厄介な人間だった。ポリーの息子たちがまだ幼くてディール・クラブでテニスのレッスンを受けていたとき、ハム・ジュニアは彼らがサーブをするときに邪魔する方法をいろいろと見つけたり、シャワーを浴びながら嬉々として放尿したりした。彼が新聞の記事でフェローシップポイントを持ちだすなど言語道断だ。開発によってフェローシップポイントの美観が損なわれることは言うまでもないが、それ以上に、聖域《サンクチユアリイ》を縮めて「サンク」と呼ばれる、半島の先端にある神聖な十三万平方メートルほどの地が汚されてしまう。そして百五十年近くの間、共同体の庇護のもとで繁殖してきたさまざまな鳥が散り散りになり、いずれは絶滅するかもしれない。イヌワシが作った高く積みあがった巣も含めて、鷲の巣は何十年もの間、誰からも手だしされることがなかった。値もつけられないほど貴重なこういう鳥たちの住まいが、ヨットだのコンドミニアムだのに取って代わるかと思うと、アグネスの心は激しく痛んだ。自分の最後の仕事になるとしても、そんな可能性を阻止しなければならない。

数日前、アグネスは顧問弁護士を呼び、〈フェローシップポイント協会〉の合意を解消する方法について、自分が正確に理解しているかどうかを確かめた。思ったとおり、フェローシップポイントは五つの家族によって共同所有されていた。代々、家族の一人が所有権を持つ。三名の会員が賛成票を投じれば、合意はいつでも取り消される。その後、土地は売却が可能になるし、もっと通常の形で分割もできるようになる。そのような事態になったことは今まで一度もなかった。というのもこれほど状況が切迫していなかったからだ。

　ここしばらく、共同所有権を持っているのは三家族だけだった。もとからいた家族のうちの二つは消滅し、彼らの所有権は没収されて残りの共同所有者のものとなっていた。二軒の家には長年、誰も住んでおらず、おそらく解体しなければならないだろう。いとこのアーチー・リーはまだウェスターリーを所有し、成人した子どもたちがときどきそこに滞在したり、彼が友人に貸したりしていた。だが、アーチーは半島の反対側に、金に糸目をつけずに途方もない豪邸を建てた。アグネスはさほど面倒なことにならずに、合意を解消するようにとアーチーを説得できると確信していた。ルース親子のような狼たちがあたりを嗅ぎまわっているならなおさらだろう。合意の解消は老婦人のどちらも息をして正気を保っている間に行なわれなければならない。つまり、一刻を争うということだ。アグネスとポリーが亡くなったら、共同所有権を受けつぐ立場にいる人物は二人しか残らない。ポリーの長男のジェームズと、アグネスのいとこのアーチーだ。彼らはフェローシップポイントを愛しているだろうが、どの程度なのか？　売るように説得された場合、いくらなら売るだろう？　あの二人が売りたくなる気を起こさないような計画を立てるほうがはるかにいい。

「だからポリー、合意の解消をこれ以上は待っていられないよ。わたしはすぐにランド・トラスト（非営利土地保全団体。自然環境保護のための多様な活動に従事し、特に保全地役権の保有者となり、保全地役権設定合意に従った土地の利用がされるように監督している）に手紙を書きはじめたい。この件に関して、賛成してくれるね？」

「もちろんよ。つまり、ディックに相談しなければならないけれど、大丈夫という意味。ええ、大丈夫だと思う」

　ディックへのポリーの服従ぶりが、いつものようにアグネスにはいらだたしかったが、それには触れずに先を続けた。「地役権とか税金の問題といった、手続きを進められるさまざまなものがあるよ。必ずサンクがいつまでも保護されるようにしたい。たとえ、わたしがいなくてもね」

「文句なしに賛成よ」

「よかった。今年の夏はこの問題にけりをつけよう。わたしはランド・トラストと会う約束を取りつける。ランド・トラストの職員は現地を見たがるだろうし、わたしたちは何が最善かをわかっている」

「うちはいつものように六月に向こうへ行く予定よ。それで、あなたはいつにするつもりなの？今年は行くのが遅いのね」

「もうすぐだよ」アグネスはできるだけさっさと話題を変えた。「さて、お腹がすいたね。ミセス・ブラント！」声をかけた。

ミセス・ブラントがキッチンから現れた。祈るようにウエストのあたりで両手を組みあわせている。彼女は五十代初めで、血色がよくてふくよかな体型をしており、白髪交じりの巻き毛に縁どられた顔は率直そうだった。

「何かわからないけれど、たまらなくいいにおいがするものを作っていたね」アグネスは言った。

「それを持ってきてくれない？」アグネスはポリーのほうを向いた。「午後じゅう、アパートメントには神々しいほどの香りが漂っていたよ」

ポリーはうなずいた。「ドアが開いたとたんにわかったわ。何かしら？」

「バニラのアイシングをしたズッキーニのケーキです」ミセス・ブラントは言った。

「まあ」ポリーが言った。「よだれが出てきちゃった」

ミセス・ブラントは眉を寄せて向きを変えると、部屋から出ていった。

アグネスはサイドテーブルから封筒を取りあげた。「次はロバートからの手紙だね」

「わたしが読むの？　それとも、あなた？」

「まだわたしの眼鏡をかけているじゃない」

アグネスが手紙を渡すと、ポリーはため息をつき、便箋を引っぱりだした。「ハイラムのことは本当に悲しいわ」ポリーは言った。「かわいそうなロバート。彼は大丈夫なの？」

「たぶん、手紙を読めばわかるだろうね」

ポリーは顔をしかめた。「ほんの五秒でも、からかうのをやめられないの？」

「ごめん。さあ、続けて」アグネスはからかうのが好きだった祖先、とりわけ父のことを考えながら言った。美形の男なら、人をからかっても許されるのだ。

「開けるわね……」ポリーはスコッチを一口飲んでから読みはじめた。

〈親愛なるアグネス

先日はお話しできてよかったです。あなたの声を聞いて、本当に気分がよくなりました。ある信心深い客が、かつてあなたとポリーさんが墓地で笑っている声を耳にして驚きを示したことを覚えています。「死を笑えないなら、何を笑えるのよ？」とあなたは大声で言いましたね。このごろ、ぼくはあのときのことを自分に言いきかせています。

どんなふうに喪に服すのが最善なのか、なかなかわかりません。効率がよくて効果的で、敬意を払えるやり方がわからないのです。今日、ある答えをふと思いつきました。たぶん、それについてあなたも聞きたいだろうと思います。

　ぼくはポイントパスの端にあるショア・ロードに車を停めました。一晩じゅう雪が降ったせいで地面は雪に覆われ、微風が吹いて、凍った枝々がぶつかりあって音をたてていました。父の姿が浮かんできて、歩き方に性格が表れていたと思ったものです。威厳があり、慎重で、目的を持った歩き方だったと。今、父がどこにいるかはわからないし、ぼくもあなたと同じように死後の世界という概念を認めたくないほうです。父をかつてのままの父として覚えておくことで満足しています。引っこしたあとも、父はよくフェローシップポイントに行っていました。フェローシップポイント以上に、父のことを考えるのにふさわしい場所はないでしょう？

　ぼくは丘のふもとへ来ると、岬全体を眺めながら北の端に立ちました。サンクに通じる小道の全体が見おろせます。そんなに遠くから眺めると、サンクはオリーブのドームさながらに見え、絵が描けたらよかったのにと思いました。当然、アーサー・ダヴ（アメリカで抽象絵画を描いた最初の画家）のような絵を。それから、ぼくは深呼吸し、その場所を全身で感じました。松の木の香り、鳥のさえずり、うねる波の轟く音。まっすぐ下っていき、鷺たちの巣を点検しました。何も問題なさそうだったし、不法侵入の形跡や気がかりな痕跡は見られませんでした。今年、鷺が卵を生むとしたら、雛が孵《かえ》るまでは巣を点検しないつもりです。ぼくは夏の野営地を通りすぎ、海岸線に沿って歩いてポイントパスに戻りました。墓地のそばで、父やあなたの父上が神の国と呼んだ地に住んでいた、古い友人やそれよりも昔の人々のことを思いました。その墓地に父を埋葬するように勧めてくださって感謝しています。しかし、母は一族の教会の墓地に父を埋葬したがっているのです。いずれにしても、父の魂はつねにフェローシップポイントにあるでしょう。

近いうちに、こんな散歩をご一緒できることを楽しみにしています。

敬具　ロバート〉

「なんて慎み深いのだろう」アグネスは言った。「ロバートもハイラムも」顔を上げ、ポリーの目が涙でいっぱいだと気づいた。

ポリーは顔を手で拭った。「ちょっと失礼していい？」そう言って立ちあがった。

「寝室にあるのを使って。眺めがいいよ」

ポリーはアグネスに手紙を返し、部屋を通りぬけた。アグネスはまた手紙をざっと読んだ。ロバートとは一週間前に話した。リーワードコテージの家政婦であるシルヴィが電話をかけてきて、ハイラム・サーカムスタンスが七十八歳でぽっくり死んだと知らせてきたあとだ。アグネスは生まれてからずっとハイラムを知っていた。彼はアグネスの援助でケープ・ディールの北部に家を買うまで、長年フェローシップポイントで暮らしていた。ハイラムは大工であり、管理人であり、庭師でもあった。つねに信頼できるし、とても有能で、とにかくまじめだった。アグネスはハイラムを信用していた。おおいに好意も抱いていた。アグネスが四十歳で父親の共同所有権を受けついだとき、ハイラムは彼女の父親に示したのと同じ敬意を示してくれた。アグネスが飼っていた動物たちはハイラムに会うといつも喜び、その種にもよるが、飛びついたり脚に体をこすりつけたりした。性格の悪い人にペットが好意を示すのも見たことはあるが、彼らがハイラムに愛情表現をするのは当然だった。ハイラムの身に起きたことを伝えるのに、シルヴィが使った〝ぽっくり死んだ〟という言いまわしをアグネスは気に入った。その言葉を聞いて想像できたのだ。道を大股でゆっくり歩いていたハイラムが高いところにある枝か空を見あげ、突然、下に引っぱられるようにがっくりとくずおれて、青みがかった灰色のまっすぐな髪が目にかぶさり、フランネルの縁取りがある上着が皺くちゃになり、擦りきれたコーデュロイのズボンをよれよれにしながら両膝をつくところを。〝ハイラムはぽっくり死んだ〟。とても残念だが、少なくとも息を引きとったとか、亡くなったとか、この世を去ったとか、創造主のもとへ行ったとか、心臓発作を起こしたとすら、呼ばれるような死ではなかったのだ。彼には明快な死がふさわしい。

　アグネスはロバートのことも信用していた。彼は父親似で、青みがかった灰色のまっすぐな髪をし、カウボーイのような歩き方をした。サーカムスタンス家の五人の子どもの中でロバートがいちばん知的だとアグネスは見てとり、資金援助をしてジョージスクールとペンシルベニア大学へ行かせた。ロバートは弁護士になりたがっていたが、マリファナ所持による有罪判決を受けたせいで計画が狂ってしまった。ロックフェラー麻薬法（コカインなど特定の麻薬の所持の量刑が第２級殺人とほぼ同じといった、麻薬を厳しく取り締まった法律。ネルソン・ロックフェラーが立法に関わった）にもかかわらず、アグネスはロバートがあまり長く学業を中断させられないように手を回した。そして、彼は造園学を学ぶためにアマースト大学へ移った。もっと金持ちの男がいいと気づいたある女性との短い結婚生活のあと、最終的にロバートはケープ・ディールに戻ってハイラムと働きだし、事業を拡大してデザインも手がけるようになった。彼は地元の名士や金を動かしている富裕層や有名人といった、大勢の新たな移住者のために造園を行ない、名を知られる人物となった。だが、ロバートはこの上なく忠義に厚い性格で、いまだにフェローシップポイントの管理を引きうけていた。夏の間ずっと、アグネスとポリーの家を出入りし、ディック・ウィスターとはよく一緒に酒を飲んだ。フェローシップポイントはロバートに頼りきっていた。アグネスは飛行機で葬儀に駆けつけると申してたし、ポリーも行きたがったが、ロバートはそれを止めた。たった十分間のためにわざわざ遠くから来る必要などない、今いるところからでもハイラムを思うことはできるのだから、と。「わたしたちを年寄り扱いしているよ」アグネスはポリーに言った。

「ロバートが間違っていたことはないわ」ポリーは答えてため息をついた。

最近、ハイラムはケープ・ディールの鷲を悩ませている人間を突きとめようと、監視したり追跡したりしていた。ここ数年のうちに数羽の鷲が姿を消しており、もはや尋常ではないと思われた。ハイラムは問題の真相を探りたがっていた。アグネスはロバートに、ハイラムなら突きとめていただろうと話した。ロバートは父の追跡を自分が引きつぐと誓った。きっと彼は――

「さあ、どうぞ」ミセス・ブラントの声がした。コーヒーテーブルに数枚の皿を置く。ポリーは間もなく戻ってきた。「バスルームにあるサンクの絵がすてきね。まあ、これをご覧なさい！　夕食が入らなくなりそう」ポリーは腰を下ろしてケーキを一口食べた。「あらまあ。危険なほどにおいしいわ」

「ありがとうございます」ミセス・ブラントはほほ笑もうとしたが、うまくいかなかった。

アグネスは口の中でケーキが溶けるままにしていた。近ごろはあらゆる楽しみがいっそう強く感じられるようになった。

「おたくでは息子さんたちが玄関前の階段の雪かきをするの、ミセス・ブラント？」ポリーが尋ねた。

「やらないなら、あの子らには母親がいないことになりますね」ミセス・ブラントが家族の話をすると、決まってアイルランド訛りが出た。

「うまいやり方だ」アグネスが言った。「とにかく、明日は来なくていいよ。わたしは大丈夫だから」

ミセス・ブラントは眉を寄せた。「大丈夫じゃありませんよ」顎を突きだした。そうすることで、もう限界だと伝えてもかまわないかのように。

「大丈夫じゃないって？」ポリーが尋ねた。「いったいどうしたの？」

アグネスは片手を上げげた。「ミセス・ブラント、もう家に帰ってもいいよ。一カ月も持ちそうなほど食料があるし。明日、用があれば、電話する」

「ミセス・ウィスターに話してください」ミセス・ブラントは言った。

「話すよ」

「お話しになるまではどこへも行きません」

アグネスが医師と電話で話すのをたまたま耳にして内容を知ったミセス・ブラントは、詳しく話してほしいとアグネスをせっついたのだった。この会話はもう避けられない。

「何なの？」ポリーは尋ね、アグネスとミセス・ブラントに交互に視線を走らせた。

アグネスは身を乗りだした。「わたしは間もなく手術を受ける。しこりががんになってしまったから」

ポリーはまっすぐにアグネスを見た。「どこの？」

アグネスは胸を指さした。「両方の乳房を取らなければならなくてね」

「あなたはいつも取りたがっていたじゃないの」ポリーは言い、慌ててつけ加えた。「いやだ、そんなんじゃないの！」

「ハハ！　それは物事の明るい面だし、知っていてくれてよかった。だから、わたしを気の毒がらなくていいよ」

「とてもお気の毒だと思うわ。ちょっと気分が――」ポリーは泣きはじめた。「手術後はわたしといてちょうだい。米や野菜をあなたのために料理するから。ああ、アグネス！」ポリーはソファのアグネスの隣に移り、手を取った。

「わたしはここにいるつもりだし、ミセス・ブラントもいるよ」

「絶対におります」ミセス・ブラントも声をあげて泣いていた。ポリーがあいているほうの手を伸ばすと、ミセス・ブラントはそれを取った。

「ずっといてもらわなくても大丈夫だ。でも、訪ねてきて」手を取りあっていると、以前に押しやったはずの不安に駆られそうだ。どれくらいしたら手を放してもかまわないかとアグネスは考えた。

　ポリーはアグネスの顔を探るように見た。「大丈夫なのよね？」

「医師ははっきりした答えを言わないだろうね。本当のことを聞かされても耐えられると請けあってやったけれど、あの人たちは耐えられないという感じで」アグネスは肩をすくめた。「できるだけのことはするつもり。わたしにはやるべき仕事がある。ポイントの今後に決着をつけることも含めてね」

「今はそれについて考えるときじゃないでしょう。自分の健康に集中しなくては」

「今だからこそ、考えるんだよ。検討《オン・ザ・テーブル》している間に手術台の上で死んでしまうかもしれないし（「手術台の上で」も「オン・ザ・テーブル」なので、かけている）」

「もう、やめてちょうだい、アグネス。おもしろがるようなことじゃないでしょう」

「おもしろがってなどいないよ。それどころか、こんなに真剣だったことはないくらい。手術を受けると決まると、集中力が高まるものだね。約束して。もしもわたしができなくなったら、あなたがサンクを守ると」

「それは脅迫でしょう」

アグネスは肩をすくめた。

「もちろん、約束するわ」ポリーは鼻をすすりながらうなずいた。

「よかった。よかったよ。手術は月曜日の朝いちばんだって。その時間帯が最高だと何かで読んだ。医師の頭がもっとも冴えている時間だからとか」

手術のことを考え、アグネスは両手を胸に当てた。間もなくこの乳房はなくなり、自分はまた痩せて胸が平らに戻るだろう。前よりは年老いて錆びついた体ではあるが。胸がまっ平らになるのだ！　とうとう！　もう一度。ブラジャーを投げすて、これまでの拷問部屋を抜け出すのだ。今後のちょっとしたことを切りぬけさえすればいい。

アグネスは窓の外に目をやり、十八丁目のほうを見やった。かつてのバークレー・ホテルが今はコンドミニアムになっている。ハム・ルース・ジュニアなら気に入るだろうと、残念な思いで考えた。そのビルが建ちはじめたときを覚えている。アグネスの父親のラクラン・リーは建設現場が大好きで、地面が深く削られているところとか、空き地に桁が網目模様を作っているところを歩くなら、いつでも散歩に誘いだせた。バークレー・ホテルは一九二〇年代の後半に建てられた。その工事が行なわれた数カ月間、ラクランはウォルナット通りにある家の玄関前の階段でアグネスの手を取り、二人して数ブロックの散歩に出かけて、新たに巨大な建物がそびえていく様子を眺めた。

ホテルができるせいで日陰になると不平を言う人たちがいたが、ラクランは発展を大歓迎した。

「大統領たちがそこに泊まるだろう！」

その点についても、ほかの多くのことについてもラクランの言うとおりだった。アグネスは父がいなくなってから毎日のように恋しく思った。彼女が愛する人間は少なかった。そのほとんどは今からかなり前に亡くなった。〝間もなくわたしも影となり、パトリック・モーカンやその馬の影と一緒になるだろう〟。またしてもジョイスの作品のもじりだ。*

この天気。この切迫した雰囲気の午後。

「あなたのお父さんの、あのイカれた友だちを覚えている？　ケープ・ディールの鉱石に含まれた磁気が細胞をごちゃ混ぜにするとかいう持論があった人だけどね？」アグネスは尋ねた。

ポリーはアグネスをにらむと、目を拭った。

「ポリー！」アグネスは昔からの友人の、ツイードに覆われた膝を軽く叩いた。「いいこともいくつかあるよ。がんは会話を中断させる力がある。それに、わたしが中断させたくない会話はとても少ないし」

「アグネス、そんなふうに言わないで」

「そう、だったら何を言ったらいい？　胸には何も感じられないし、それがいらだたしい。医師にはっきり話そうとしたけれど、彼らは〝診断結果〟だの〝乳腺切除〟だのといった、専門用語を使

*ジェイムズ・ジョイス「死者たち」の一文をもじっている。『ダブリンの人びと』米本義孝訳・筑摩書房・三八一ページ。

うことにこだわっている。長い専門用語は悪いことが起こる前兆だよ」

「わたしたちがお世話いたしますよ。そうですよね、ミセス・ウィスター?」ミセス・ブラントはハンカチで鼻をかんだ。

「ええ。必ずそうするわ」

そのことはすでにさっき約束したのに、彼女たちは覚えていないのだろうか? アグネスは仕事に取りかかりたかったが、手をポリーにしっかりとつかまれているので、引きぬいたら指が抜けそうだと感じた。仕事のことはポリーもミセス・ブラントも知らない別の事実だった。アグネスは死ぬ前になんとしても最後の小説を終わらせようと決心していた。もしかしたら、手術のおかげで執筆中のスランプも治るかもしれない。

「ありがとう、本当にありがとう。二人がそうしてくれるとわかっているよ」アグネスは相手がほのめかしに気づいてくれないかと思いながら立ちあがった。ふいに、机に戻りたくてたまらなくなった。「わたしは大丈夫だよ、本当に。だけど、今は少し疲れた。ドアマンがタクシーをつかまえてくれる。ミセス・ブラント、ポリーのためにタクシーをつかまえるよう、下に電話してくれない?」

それから何分か、懇願や抱擁や約束といったやり取りがあったあと、アグネスはようやくまた一人になった。

書斎に足を踏みいれるなり、アグネスはほっとした。寝室のほうは贅沢なつくりで、たっぷりしたキルトの上に真っ白な羽毛布団が掛けられ、長いソファには白の絹地が張ってあった。寝室はアグネスが取っておきの創造性と考えた美意識を反映した装飾となっていた。フィレンツェのサン・

マルコ修道院にある小部屋を手本にしている。そして、ペンシルベニア美術アカデミーの学生に、フラ・アンジェリコ（初期ルネサンスの画家。「受胎告知」が代表作）のフレスコ画の複製を四方の壁に描いてもらった。アグネスの手はもはやそんな作業を自分でやれるほどしっかりしてはいなかった。巨匠の絵を模写できるくらいの技術がこれまでにあったわけでもないが。アグネスはせいぜいアウトサイダー・アーティストといったところで、専門教育も受けておらず、一風変わった存在だった。ただのイラストレーターだ。だが、優れた絵画のよさはわかった。わからない人なんているだろうか？　大学を卒業してヨーロッパの旅に出たとき、フラ・アンジェリコの絵を見て感動し、目に涙があふれたものだった。

書斎には快適な読書用の椅子が一脚、デスクが一台、それに照明がいくつかあった。パソコンとプリンター。さまざまな必需品も。もし、何か調べたいものがあれば、寝室に行った。そこにはおもに参考文献を並べた書架が二台あった。書斎では執筆と思索のほか、することがなかった。アグネスはいつもそんなシンプルな部屋を求めていたが、まともなものにするには全然何もないところから始めて、どんな建築上の影響も受けない空間を手に入れる必要があった。アグネスはその空間を愛し、本が書けないという事実を決して部屋のせいにはしなかった。だが、ふと思いうかんだように、がらんとした部屋はアグネスの真の心が延長されたもので、今は亡霊のイメージが映しだされているのかもしれない。〝がんはアグネスの胸全体に広がっていた〟。笑いとばしてくれる誰かに、そんなフレーズを言えたらいいのに。でも、そういう人間がいないことはわかっていた。

それに、アグネスのすべてをわかる人は皆無なのだ。アグネスの著書は彼女のカリスマ性と無関係だった。カリスマ性なんて、笑える言葉だが。文学関係の友達は一人もいないが、そこでの知りあいとも関係ない。まだ執筆に取りかかっていないものの、『フランクリン広場　第七巻』はシリーズの最終巻になる可能性が高いだろう。〈フランクリン広場〉の女たちはこの本の中でもう年をとらないし、筋は今でも変えられる。アグネスは残る疑問のすべてに決着をつけ、登場人物をそのままにしておこうと計画していた。これ以上、トラウマだの劇的な事件だのは書かない。とうとう平和が訪れるわけだ。

こういう結末を長い間楽しみにしてきたが、実現しないかもしれないと今は恐れていた。もしかしたら、シリーズは六巻目で終わりになるかもしれない。〈フランクリン広場〉の女たちが七十代で、孫たちをしぶしぶ家に住まわせたり、大人になった子どもたちと口論したり、大旅行に出たりするところで。第六巻は好評を博し、ポーリーンは好意的な批評をいくつももらい、ファンレターもたくさん来た。とにかく、アグネスはとうとう画期的な成功を収めかけている感触とともに書き終えたし、この作品は自分の死後も読まれそうだ。ここまで〈フランクリン広場〉の女たちは生きつづけてきて、アグネスは彼らの希望や苦労や社会の変化を鋭く描いてきた。最終巻では自分の主張を通すことになるだろう。言わねばならないことを言うのだ。最後の名言をいくつも書いてやろう。それは理論的にはよさそうだ。最後の言葉を望まない人なんていないのでは？　だが、アグネスほどの年齢になってその後は訂正する機会がもうないとなると、説教くさくなったり反論じみたりせず、相手をおじけづかせたりしないような深遠な言葉にすべきだというプレッシャーがあった。このシリーズにきちんと決着をつけなければならない。その点が、まったく書けない理由の一部に違いなかった。完璧主義というものだ。そのあとには死が来る。

そう考えて、アグネスの思いはハイラムやフェローシップポイントに戻った。父親に敬意を示しながらフェローシップポイントを歩きまわっていたというロバートの手紙にも。目を閉じ、ロバートの足取りを頭の中でたどってみた。ルッカリーでロバートはサンクチュアリィ方面へとポイントパスに視線を走らせ、歩きだす。冬の今は眠ったままのアウター・ライト、ロックリード、そしてアグネスの家であるリーワードコテージを通りすぎる。アグネスはそこでちょっと足を止め、墓地を眺めた。平らな墓石は地面に埋めこまれ、自分がいる見晴らしのいい場所からはわずかしか見えない。それから、祖先が価値観を確認するために集まっていた集会の地《ミーティング・グラウンド》へ進む。彼らはときどきそこへ行き、自分の中にある考えを声に出したのだろう。メドウリーを通りすぎてテラスにいるポリーを想像し、ウェスターリーを通過する。ウェスターリーは曾祖父が兄のために割り当てた家で、律儀にも半島でもっとも景色がいい土地を与えたのだった。

それからサンクへ入っていく。アグネスの父親がいつも「神の国」と呼んだ場所で、彼女が自らのバランスを整えなおし、人生に本当に必要なものを確認するために数えきれないほど訪れたところだ。十三万平方メートルほどの土地が、巣を作る鳥や渡りの途中で立ちよる鳥が安全に過ごせるように、また在来の森林植物や木々が育つようにと保護されている。そこは野生のままではなかった。ハイラムやロバートや彼らの仲間が針葉樹の落ち葉を箒で掃き、侵入してくる下生えを切りもどし、木々の幹の間を縫うようになだらかに進む小道の整備をしていた。小道はところどころで森の奥の眺めのいい場所に通じている。遠くの島々や静かな峡谷が見えたり、瞑想や休憩にうってつけの人目につかなかったりする場所にも通じていた。サンクではヘラジカが目撃されていたが、残念ながらアグネスは見たことがなかった。けれども、鷲を追いつづけ、何世代にもわたるリスの一家と友達になった。ここの美しさに魅せられるあまり、美が変化して自己の体内の器官になったように感じることもあった。だが、それから実際に松の木々の間にいると、自分を超えた自然の手によるものを理解できると思ったのが恥ずかしくなる場合が多かった。いずれにしても、アグネスは鳥や動物や花や木のためにサンクを安全な場に保とうと決めていた。かつてないほど、人間の概念から自由になれるところがこの世には必要なのだ。アグネスは自分自身も含めて人間がどういうものかを知っていたし、人の手によって、人間から確実にサンクが守られることを願っていた。それはアグネスの大きな遺産になるだろうが、称賛などはいっさい求めていなかった。匿名性は彼女に深く染みこんでいたのだ。

郵便物と一緒に届いた大型のマニラ封筒を横目で見て、中身を取りだした。予想どおり、〈ナンのおしごと〉シリーズを対象とした誰かの博士論文だった。アグネスはため息をついた。この論文には「〈ナンのおしごと〉全作品における非伝統的なジェンダーの実現」という題名がついている。筆者はマリアナ・ウィッカン・スタイルズ。サウス・ローレンス大学の学生だ。その大学がどこにあるとしても。

ウィッカン？　そんな名前が本当にあるの？　または、両親がヒッピーだったとか（ウィッカとはヨーロッパ古代の多神教的信仰、特に女神崇拝を復活させたもの。ウィッカを信仰する人がウィッカン。アメリカではヒッピー文化とウィッカが合体して一大ムーブメントになった）。

最初にペンシルベニア大学から論文の査読を頼まれたとき、アグネスは声をあげて笑った。アグネスのスケッチや封筒の裏に殴り書きしたメモ類を苦労して分類しなければならなかったとは、なんとも気の毒な学生だ。学問の探求において児童書が敬意を払われる分野になっていたことを、アグネスは少しも知らなかった。毎年、アグネスの本に関する論文をちょっと見てほしいという何十もの依頼が学者たちから来た。彼女が生みだしたキャラクター、ヒロインである、ナンと呼ばれる子どもが大学でプロトフェミニスト（初期のフェミニスト運動の活動家）の関心の象徴となっているのは明らかだった。どうしてそんなことになったのか？　翌朝には魚を包むのに使われるような新聞のコラムに、ナンのシリーズの影響を書く人ならいるだろうとアグネスにも想像できた。でも、学位請求論文？　それを書くために外国語を学び、はるかに威圧的な主題についての綿密な論文をいくつも書いて準備すべきものではないのか？　けれども、〈ナンのおしごと〉シリーズに関する学位請求論文が到着しはじめ、そのいくつかをめくると、アグネスはある記号システムを自分が創造したとか、権力構造を取りのぞいたと見なされていることを知った。性的抑圧や職場における性差別ヒエラルキーといった問題を、ナンが意識させせないことによって伝わる力強いメッセージがあると思われていることも。

ナンの人間性を気に入らないと言う人はいなかった。

ナンがいろいろと苦労するのは状況のせいで、特定の地域にいることが原因ではない。

ある熱心な博士論文申請者はこう述べていた。「アグネス・リーは、女性が劣った存在だと見なされている可能性にいささかも気づいていないようである。彼女は平等が事実であるかのように書いている」。まあ、そうだろうね。そんなに風変わりなことだろうか？　アグネスが愛した作家たちはみな、女が男と平等だと信じていた。アグネスの書棚には何度も繰りかえして読んだ本が並べてあり、どの本にも男女が平等だという概念があった。そういう本とアグネスの作品が違うのは、彼女が不平等について気づかぬふりをしていることだ。アグネスの本心は、女を男と平等だと見なすことではなかった。平等かどうかを考えること自体が比較になってしまう。彼女は男も女も完全な存在だと考えていた。それは疑う余地がないのでは？

あらゆる生き物は完全なものなのだ。ただそれだけ。これが早いうちからアグネスが理解していた現実の一部だったし、この考えによって人生が形作られた。

それは神聖な信念ではなく、単なる認識だった。その結果、アグネスは三歳半のときから一切れも肉を口にしてこなかったし、一度も結婚せず、人の権利を侵害しないように最善を尽くしてきた。永遠の九歳であるナンは、そういう感性から飛びだしてきたものだ。ナンは彼女が活躍する時代や地域では例外的な存在だと見なされていた。一つの理想像だと。何の役割も果たすわけではないおてんば娘なのに、アグネスにはよく理解できないほどの批評的な言葉で、とても複雑に解釈されていた。アグネスは女の子とはどんなものかを、干渉などできない存在だということを描いてみせたにすぎなかった。自分の単純な創作物がこれほどの変わり者と受けとめられていることに彼女は落胆した。

今やナンは一つの産業となっていた。ナン人形があるし、ナンの映画も二本、製作された。大人を当惑させるものは少女たちの心を容易にとらえる。アグネスは学位請求論文のせいで気が重くなったとき、その点を自分に言いきかせた。とにかく、学問的な推論の対象となることには折りあいをつけた。もっとも、アグネスは『ナン、学会に誘拐される』という題の本を書くつもりだとよく冗談を言っていた。「喜べばいいんですよ」と言って、担当編集者のデイヴィッド・コームスはアグネスをなだめた。「いいことじゃないですか。注目されているわけだから」。悪い注目というものはないと言わんばかりだった。

当然ながらペンシルベニア大学は、ペンネームで書いたあらゆる作品と関わりがある手紙や書評をアグネスがファイルに綴《と》じていることなど知らなかった。アグネスが隠すことができれば、そういう事実が見つかるはずはない。もしも〈フランクリン広場〉シリーズについての学位請求論文を学生たちが送ってきたら、どれほどひどい悪夢になるだろうか。

気の毒なポリー。今回の手術は彼女にとって耐えがたいだろう。

今日の郵便物の最後の一通はまだ開封していなかった。差出人住所は〈ナンのおしごと〉シリーズの出版社だったので、事務的な手紙に違いない。それでも、仕事を持ち越すのは好きじゃなかったから、唇を嚙んで封を切った。

〈拝啓、ミス・リー

わたしはモード・シルヴァーと申します。デイヴィッド・コームスの新しい編集アシスタントです。数ある作品の中で、〈ナンのおしごと〉シリーズに取りくむことになりましたので、自己紹介しようと手紙を書いています。

この仕事に関われることにとても興奮しています！

わたしがこのような特別な地位に就いたのは、決して偶然ではありません。記憶にあるかぎりずっと、あなたの御本はわたしの人生の中心に存在しています。わたしの母は子どものころ、シリーズが始まったときから〈ナンのおしごと〉の本を集めていました。母は『ナン、キャデラック山に登る』の初版本を持っています。それは一財産もの価値があるはずだったでしょうが、タイトルページがありません。そのページを食べてしまった、わたしが悪いのです！　どんなにこの本をわたしが気に入っていたかわかるでしょう。

母はナン・シリーズに心を奪われ、少女のころに自分なりの一冊を書いたとさえ言っています。

母の熱中ぶりはわたしに受けつがれました。わたしはナンのおかげで本に夢中になり、やがて出版業に引きつけられました。あなたとお仕事をご一緒できてお役に立てるようにと、デイヴィッドのアシスタントを目指しました。ナン・シリーズについて言われている重要なことのどれにも賛成ですし、多くの世代のためにもっと多くの作品が書かれることと思います。あなたは少女という存在をとらえています。少女たちが自分自身であることについて力を与えてくれるのです。

わたしは望んだとおりの仕事に就けて、信じられないほど幸運だと感じています。なんだか運命のようです。

あなたに関して、また、ナンが誕生した経緯についてもっと知りたいと思います。自伝を書く予定はおありでしょうか？

敬具

モード・シルヴァー〉

「ないね」アグネスは声に出して言った。「書く予定はないし、これからもない」

アグネスは今日のことを書こうとラピッドグラフペンのキャップを外した。この冬じゅう、何もしなかった。アグネスにはメイン州が必要だった。潮の香に満ちた空気が必要だ。毎日、ポリーに会うことが。ロバートが。そしてあの墓地が必要だ。本物のナンを追悼する墓石がある場所が。それは別の秘密だった。たとえ熱心な編集アシスタントでも、その秘密はアグネスから引きだせないだろう。

第二章

二〇〇〇年五月、ハバフォード、ポリー

ポリーの気持ちは二つに引きさかれていた。半分は〈メリオン・クリケット・クラブ〉での午後のブリッジでカードを胸の前にしっかり持っているほうに向いていたが、残りの半分というか、実のところ九割は家に帰ることを願っていたのだ。夫のディックは書斎に一日じゅう一人でいることに満足しているし、ポリーが家にいても、邪魔されたくないと思うはずだが。とはいえ、帰って夫の要望に応えるほうが気分はよくなるだろう。ディックに仕えることは彼女の使命だった。ポリーは部屋の向こうにいる得点記録係をじっと見つめ、早く結果が出ないかと思ったが、彼らは数枚の紙を見くらべて眉を寄せていた。

「ああ、もう少しで忘れるところだった！」ポリーは出しぬけに言った。「お店に行かなければならないの！」

三組の目が疑わしげに細められ、三つの口が引きむすばれた。先週、ポリーが忘れかけていたのはクリーニング店に行くことだった。その前はオイルの交換。嘘なのは見え見えだったし、ポリー

の友人たちはばかではなかった。

「でも、待ってもかまわないわ」ディックの姿が心の中で大きく迫ってきたが、ポリーは言いなおした。人生の多くの場合、ポリーはまわりの人を困らせないことを選んできた。授業ではほかの少女たちが答えられるようにと、自分は手を上げなかったし、映画館では誰かの前を通るせいで座っている人の視界を一時的にさえぎることになるなら、上映中に化粧室へ行かなかった。妊娠中に膀胱が満タンでまともに映画を見られないときでも、ポリーは終了まで待った。誰かに道を譲ることはまったく気にしなかったが、自分が他人の迷惑になることは望まなかった。ポリーは世の中をもっと善意に満ちた場所にするという役目を負っていて、持ちつ持たれつという関係とは無縁だったのだ。

テーブルを囲んだ者の中で夫がまだ達者なのはポリーだけだった。ほかの女たちはみな陽気な未《メリー・》亡人《ウィドウ》で、クルーズに出かけ、特別な理由もなく自分のために宝石を買っていた。彼女たちは夫に縛られているポリーを哀れんでいた。

「正直なところ、ポリー、ディックはあなたのために学校から急いで帰宅したことなんてあるの？」

「問題はディックじゃないのよ！」ポリーは反論した。「本当にお店に行かなければならないの。ジェームズが家に寄るかもしれないから」嘘がばれないようにと願いながらテーブルの下で人差し指と中指をクロスさせた。ジェームズはそう言っていなかったが、立ちよるかもしれない。そんなことだってあり得る。ジェームズはポリーの長男で、もっとも義理堅かったが、最近、彼ととったランチは緊張をはらんでいた。

テーブルのまわりの面々は目配せしあった。ポリーは彼女らしくもなく言いかえしていたが、ことディックの話になると反駁《はんばく》せずにはいられないのだった。あらゆるものがディック次第ということになった。

「ちょっとだけ待って、わたしたちが勝つかどうか見ていったら」リザ・ホプキンズが言った。

「わたしたちは勝っていないわ。いつもそうだもの。さあ、行きなさいな、ポル」グリア・ジェンキンズが言った。「結果は電話で知らせるから」

「本当にそれでかまわないなら」ポリーは言い、椅子から立ちあがった。

「さようなら」トゥルー・スミスが言った。

その午後は肌寒かったが、雲は空の高いところにあり、空気には花の香りがした。帰れてよかったとほっとするあまり、ポリーは車のドアを勢いよく開けすぎ、鍵束が手から飛んで地面に落ちてしまった。ほら、そこにある。ずっと向こうに。テニスシーズンのためにもうすぐ芝コートになるはずの平らな地面を眺めた。まわりではモクレンが成長しつつあった。ポリーは両膝を折ってかがんだ。しゃがむ途中でドアのハンドルに手をかけて体を支えた。ストッキングが伝線しそうだと感じ、歯を食いしばった。新しいストッキングはとても破けやすい。ほら……そこよ。取れた！　やれやれ、大変だった。ポリーは立ちあがり、隣の車のドア前に女性が立っていることに気づいた。二人の目が合った。

「すてきな午後ですね」どちらも同時に言った。

相手の女性はポリーより若かったが、ほとんどの人が彼女よりも年下なのだ。

「ミセス・ウィスターじゃありませんか？」

ポリーは相手が誰なのか思いだそうとしながらうなずいた。彼女は地元の人間らしい女性だった。ふくらはぎは元ホッケー選手のように筋肉質で、淡い茶色の髪をして、正直そうな顔立ちだった。

「息子さんのジェームズを知っているんですよ。それにアンを。アンの誕生日パーティではちょっとお会いしましたよね？」

「ああ、もちろんそうでしたね。お名前をまたうかがっても？」

「ジュリア・スティーヴンスです。夫はテリーですけど？　夫はジェームズと同じ職場なので？」

どうして若い人たちは何か言うときにすべて疑問調で言うのだろう？　「ええ、もう思いだしたわ」思いだしてなどいなかったが、たまにつく罪のない嘘によって人生がよりよくなると、ポリーはかなり前に受けいれていた。

「今年の夏、メイン州でお会いできることを願っています」ジュリアが言った。

「メイン州へいらっしゃるの？」

「ジェームズがうちの家族を招待してくれたんです。すてきなところらしいですね。わたしたちは家をいくつか見るつもりです」

「家を？」

「売りに出される家があるんじゃないですか？」

「フェローシップポイントで？」声がうわずった。ポリーとジュリアとの間に一陣の風が吹きぬけた。

「ごめんなさい。もしかしたら、わたしの勘違いかも」ジュリアは唇にくっついた髪の束を取りながら、二、三歩あとずさった。

「ジェームズはなんて言ったの？」

「実はよく覚えていないんです。夫の家族がストーン・ハーバーに別荘を持っていて、わたしたちはよくそこへ行きます。今年もそういうことになるかと」

「ジェームズに確認してみるわ」ポリーはいらいらしていた。

「申しあげたように、まだはっきりしていないんです。ありがとうございました、ミセス・ウィスター？　さよなら！」

またしても疑問符がついたような話し方。近ごろは確かなものが何もないの？

ジュリアが立ちさると、ポリーは車の座席に腰を下ろして何度か深呼吸した。一昨日会ったジェームズのことを思いうかべた。街で一緒にランチをとったのだ。そのときはこの夏に友人をポイントに招待した話など何もしていなかった。でも、これでジェームズの態度がさらに納得できたし、いっそう気にもなった。第一子はそんな場合が多いが、ジェームズも神経質な赤ん坊だったし、今も変わらない。まじめすぎる。そう考えたとき、まじめすぎることなんて不可能だと言っているアグネスの声が聞こえたように思った。アグネスに言わせると、ある時点でまじめさは、まじめであること自体を揶揄《やゆ》する行為に変わり、尊大でしかない態度になるかららしい。そう、たしかにジェームズは尊大だし、気むずかしい。おまけに、何かを企んでいるかもしれないのだが、それについてポリーが相談できる相手はいなかった。

ジェームズは〈ユニオン・リーグ〉で会いたがったが、ポリーはそこでくつろげたためしがなかった。アグネスはそのクラブの排他的な会員規約をつねに把握していた。規約は以前よりよくなったとはいえ、ラクランが入会を提案したあるユダヤ人の友人が反対投票によって入れてもらえなかったことについて、アグネスはいまだに不平を言っている。ジェームズは文句を聞いている暇はないと言い、その午後にポリーが行く予定だった病院の近くのレストランを予約した。ポリーが店に着いたとき、ジェームズはもう席にいた。青いスーツを着てリバティ柄のネクタイを締めた彼はあかぬけして見え、ポリーは息子の姿が誇らしかった。ジェームズとは親密な話をしなかったし、率直に言って、自分たちが腹を割って話せるとは思えない。でも、すてきな店でおいしいものを食べ、孫たちが近ごろ興味を持っているものについて聞くのは楽しかった。孫のキャロラインとジャスパーはもう若者で、親元を離れて暮らしていた。時が経つのはなんて早いのと言わないようにしていたが、ポリーがそう感じたのは確かだった。

「この夏はポイントにどれくらいいるつもりなの？」ポリーはデザート抜きで、コーヒーを飲みながら尋ねた。

「三週間か、もしかしたら四週間かな。契約のいくつかがどれくらい速く進展するかによるね。ぼくが必要とされるのかどうかはともかく」

ジェームズは投資会社で働いていて、最近の業績悪化からずっと多忙だった。お金を損したのかとポリーが尋ねると、ジェームズは言った。「ことはそんなふうに運ぶわけじゃないんだ」

正直なところ、ジェームズは一緒にいてあまり楽しい相手ではなかった。

「向こうで会えるのをとても楽しみにしているわ」ポリーは言った。「あなたはアーチーの家に滞在するの？」アグネスのいとこで、ウェスターリー・コテージの所有者であるアーチー・リーのことだ。

「おそらくそうなるだろう。とにかく彼に電話しなければいけないな」

「あなたにプライバシーがあるのはいいことね」さあ、言うのよ、とポリーは自分に命じた。ジェームズのことが少し怖かった。「あのね」彼女は言った。「アグネスとわたしはポイントの少なくとも一部をランド・トラストに任せたいと思っているの。たしか、この件は前にも話したわよね」

ウエイターが現れた。「ほかに何かお持ちしましょうか？」

ジェームズは顔をしかめてウエイターを手で追いはらうそぶりをした。ポリーはそれを埋めあわせるように、急いで礼儀正しい笑顔を作った。

「いや、話してもらっていないよ」ジェームズは袖口をさっとめくり、腕時計に目をやった。「もっと早くその話を持ちだしてくれたらよかったのに」

「ごめんなさい。わたしたちがその件について話しあっていることを知ってほしいの。長い間話していたのよ。あなたはハンコック家の次の所有者という立場にあるわけだから、状況を知っておくべきだと思ったの。あなたの意見は喜んで聞くわ」

ジェームズはうつむいて眉を寄せた。ポリーは視線をそらし、てきぱきと動くウエイターやウエイトレスの姿が映った正面の窓をぼんやり眺めていた。

「ぼくの意見か。ふうん。なるほど。お母さんはぼくが何も決めないうちに、ポイントがランド・トラストに寄贈されるかもしれないと話しているわけだ。だったら、それに関するぼくの意見などどうでもいいんじゃないかな？」

ジェームズはナプキンを取って皿の上に広げて置いた。テーブルの縁に両方のてのひらの付け根部分を当てて椅子を後ろに押しやり、勢いよく立ちあがる。その動きでアフターシェーブローションの香りがかすかに漂った。

「会社に戻らなくては」彼は言った。

ジェームズは向きを変えて歩いていくと、カウンターで立ちどまってクレジットカードを取りだした。ポリーはあえて息子を追おうとはしなかった。

フェローシップポイントの共同所有権を解消する考えにジェームズが不賛成だとアグネスに話すのを、ポリーは恐れていた。あれほどの大手術から回復しているさなかなのだから、いっそう話しづらかった。ジェームズには好きなだけ文句を言わせておき、ほかのことに関心を持つまで待とうとポリーは考えていた。それがいつも彼を扱うやり方だった。でも、今回は事情が違う。金銭が絡む問題で、ジェームズが聞きながせるようなものではない。ふいに、ポリーは板ばさみの状態になってしまったのだ。アグネスの味方ではあるが、ジェームズはわが子なのだから。

ポリーはそれについて考えたくなかった。

五月の今、クラブから家へと帰るどの道にもピンクや黄色の花が咲き、住民の庭の奥で育っているライラックの香りが漂っていた。芝生では子どもたちが遊び、犬はジャンプしてボールを追っている。ディックは懇願されても、理にかなった根拠を言われても、泣かれても、息子たちが犬を飼うことを許さなかった。ジェームズが今、権力をふるっているのは、あのころ犬を飼わせてもらえなかったから？

ちょっと待って……私道に男の人がいるの？　ポリーは目をぱちくりさせた。男は歩いてくる。ポリーは目をすがめてフロントガラスの向こうを見た。なんてこと、あれはディックじゃないの。両腕を振っている。いったい、どうしたの？　何かあったとか？　息子が三人と孫が五人いるから、ポリーには心配の種が尽きなかった。胃がきゅっと締めつけられ、どこかへ急行しなければならないことを覚悟した。夫は相変わらず手を振りながらこちらへゆっくりと歩いてくる。でも……ディックは微笑している。笑っているわ！

「見えてるわよ！」ポリーは声をかけて手を振ったが、ディックはこちらへ歩きつづけた。ポリーの車が自宅のU字形の私道をすっと通りぬけて、また通りに戻ってしまうのではないかとばかりに。ポリーは〝ばかなおじいさんね〟と思う気持ちと、自分を待っていたことを喜ぶ気持ちが半々だった。こんなふうに待たれたことは一度もなかった。ディックはよく言われるように、文字どおり浮世離れした、心ここにあらずの教授だったのだ。それじゃ、どういうわけでわざわざ書斎から出て妻を探しにきたのだろう？

ディックが車までまっすぐ歩いてくるので、ポリーはいつもの駐車場所よりも手前で車を停めた。窓を開けろと、彼は片手を回して合図した。だが、窓はすでに開いていたし、ポリーはもう何十年も、手動で窓を開けるような車に乗っていなかった。ディックは運転しなかった。老人は道路に出るべきではないという持論からだったが、例外はあった。それは彼が身のまわりに運転手として必要とする老人だ。

ディックはポリーの前にかがみこみ、ハンドルを引っぱった。「さあ、来てくれ、早く！」

「ちょっと待って」ポリーはシートベルトを外して持ち物をまとめた。今はわくわくしていた。ディックの強い感情に刺激されたのだ。二人はハバフォードの閑静な袋小路にある家で暮らしており、小さな音もよく響いた。ストッキングに包まれた両脚をすり合わせるようにして車からやっと出ると、アスファルトを靴底がこする音が聞こえた。

ディックが車のドアを閉めて袖を引っぱる。「さあ、早く。何時間も待っていたんだぞ！　おまえに話したいことがあるんだ!」

ポリーは声をたてて笑った。すばらしいわ!

ディックはポリーの手を取り、玄関のドアには向かわずに、家の横側に引っぱっていった。彼女は夫の力強い行動に喜びはしたが、ブリッジに行く服ではついていくのに苦労した。ちょっと待ってと頼んで、靴を脱いだ。一、二秒後、ペンシルベニアの大地の冷たさに彼女は激しく身震いした。このささやかな動きのおかげで、一瞬、ディックから離れられた。それだけの時間があれば、ためらってお楽しみをあとまわしにするために一歩あとずさることができた。楽しみを先延ばしにするのは生涯にわたるポリーの習慣だった。新しいプレゼントをもらっても何年もしまいこみ、その後、箱から取りだすことが多かった。

「ちょっと家に入って着がえてくるわ」彼女は言った。「それと、チキンをオーブンに入れてくるわね」もっと温かいセーターを着て、ローファーを履きたかった。もし、時間があればスラックスも。

「ポリー、頼むから一度くらい、そういうものをほうっておけないのか? おまえと今、話したいんだ」

「もちろんそうよね、ごめんなさい。さあ、いいわよ」人生のこの段階で誰かに、とりわけディックに必要とされるのはすばらしかった。ポリーは相変わらず彼を愛していた。ブリッジを一緒にやっていた婦人たちはそのことを知らない。ポリーがそう主張したところで、信じてもらえないだろう。彼女たちは敬意を込めて夫について話したが、自分のような情熱をあの人たちは経験したことがなさそうだとポリーは思っていた。彼女たちは未亡人であることを楽しんですらいる。未亡人になるという暗い前途を思うと、ポリーは頭が痛くなるのに。そういうわけで、夫といられる機会があれば、逃さなかった。

ポリーとディックのウィスター夫妻は若くなかった。八十歳と八十二歳では少しも若くないが、今でも身ぎれいできちんとしていた。そして三人の息子にとっては、高齢者向け居住施設を急いで検討し、いい家具類をどう分けあうかを議論する対象というよりは、親という存在にまだ見えていた。二人は六十年近く、活気にあふれた結婚生活を送ってきた。ディックはいまだに世界のニュースをしっかり掌握していたし、ポリーはハバフォードとケープ・ディールの両方の出来事を把握していた。頭がちゃんと働いていてよかったということを夫婦はよく言われたが、ディックはポリーと二人のとき、そんな褒め言葉についていやな顔をしていた。〝わたしは年寄りなんだ――愚かなのではない〟。彼はいつも進歩的だったが、愚か者扱いされることについては話が別だった。

一年前、ディックは春に引退するつもりだと予告した。つまり、この春ということだった。「老人を追いだせ、新しい人間を入れろ！」ディックは引退を告げに出かけた朝、ポリーに嬉々とした口調で言った。引退するなとディックを説得しようとした者はいなかった。現実に目を向けた彼の態度は公に褒めたたえられたものの、そのせいで傷ついたことがポリーにはわかっていた。さらなる侮辱は、学部長のアダム・ウォーターズがすかさずディックに、年度の半ばで引退してもかまわないと言ったことだ。とにかく、秋学期はのんびりしたらどうだろう。何も教えなくてもいいのでは？

「非常識だ！　わたしには輝く栄光を手にする権利がないというのかね？　最後の舞台をなしにしろと？」その晩、帰ってきたディックは怒鳴った。

「あなたにはちゃんと権利があるわ」ポリーは心を込めて言ったが、どんな結果になるか予測できたので、つけくわえた。「本当にそうしたいならね。でも、別の時間の使い方をすることもできるわ」

「わたしはまだ現役でやれるんだ！　学生に伝えるとても重要な考えを持っている！　わたしが辞めると聞いたら、みんなは講義室の前に列を作るだろう！」

「もちろんそうね。でも、あなたは何を望んでいるの？」

実を言うと、ディックはそのころ学生にいらいらしていた。ぼろぼろの講義用の覚え書きはファイルに綴じこまれていたが、講義を受ける学生が減ったのは自分が衰えたせいというより、時代の変化のせいだと考えていた。ディックが急に感傷的になったのは、学部長に任務の終わりを示されたからだろう。ディックは胸を張っていた。ポリーは夫を思って心を痛めた。

「みんなに見せつけてやる！」もうやれることがなくなったとき、ディックは言った。

彼はハバフォード大学の哲学と倫理学の教授で、それからペンシルベニア大学へ移った。数十年にわたって家には子どもたちのやかましい声が響いていたのに、ディックは知的な生活を送ってきた。夫が家にいることは多くても、策を練らないと彼の注意を引けなかったのだが、ポリーはその点について辛辣にならず、陽気でいるようにした。ポリーはさらに多くを、もっともっと多くを、二人の間で可能なすべてを手に入れたかった。でも、ディックと親密なとき、〝可能なすべて〟という星雲のようなものを求める彼女の思いは、輝かしい時間という星の小さな集まりを求めるくらいに落ちついた。絶えず何かを切望しているだけでポリーは充分だった。それをアグネスは、犬の調教の背後にある原則だとポリーに言った。「ご主人様を喜ばせる習慣が身についているんだよ」

アグネスはずばりと言った。ポリーは夫を喜ばせたいと願っていたのだ。

ポリーはクリスマス前にディックの大学でのキャリアを祝うパーティを開いた。乾杯の言葉を書くのに相当な時間を費やし、それをアグネスに送って編集を頼み、意見をもらった。「ディック・ウィスターのような人物はもう現れないでしょう。ですから、彼のために乾杯しましょう」とその言葉は締めくくられていた。状況を考えれば誇張は許されるように思われたし、出席者はポリーの合図を見て歓声をあげ、拍手した。その夜、暗闇に並んで横たわっていたとき、ディックは感動した口調で言った。「本当だな、わたしのような人物はもう現れまい」。ポリーは夫の手を取り、それから二人は慣れ親しんだ手順で体を重ねた。あまり活発な動きではなかったが、いつものようによいものだった。ポリーの友人である陽気な未亡人たちは、そんな経験ができないのだ。

彼女たちにはディックがいないのだから。よくも悪くも。

ハバフォードで、ディックは修復した――彼は仰々しい言葉を好んだ――書斎に日中もいるようになり、出てくるのは食事のときだけだった。メドウリーでは、書斎にある古びた馬巣《ばす》織りの椅子に座って机に向かい、頭がすっきりしている朝に仕事をした。昼食後は手紙や新聞の論説を書き、論説のいくつかは掲載された。同様に書評も執筆した。その合間に、いちばん出来がいい往復書簡をまとめて一冊の本にしようとしていた。ディックは二十世紀でもっとも有名な思想家の何人かと手紙をやり取りしたことがあった。そういう思想家の伝記作家たちは前にディックのところへ来て、やり取りした書簡を見せてほしいと頼んだのだった。ディック自身の手紙をまとめた本は、二十世紀の哲学の分野に重要な足跡をつけ加えるのではないか？

ディックほどの年の人間にこういう作業はつらそうだとポリーは思った。それに、何度も出版を断られることもつらいだろう。ディックは何十年もの間、ときどき論文を発表したり、また、存命中は顧みられなかった人々の有名な本に関する逸話を自分に言いきかせたりすることで、著書の出版を拒まれても耐えられるようになっていた。それでも、最後の言葉を発表したくてたまらなかったから、いらだってひたすらみじめになっている。ポリーは彼を励ますため、次の本が出るまでブログで見解を述べたらどうかと提案した。そういうやり方があると新聞で読んだのだ。

「本気で言っているのか？」ディックは眉をひそめた。「パソコン上のブログで書けと。わたしは学者の間で笑いものにされるだろう。それに、ほかの人間に盗作されないように、どうやって自分の考えを守れるというんだね？」

ディックは〝ブログ〟を活動というよりはキャッチフレーズのように使っていた。「わたしの〝ブログ〟に取り組む時間だ」というふうに。彼は移動をともなう活動すべてにその言いまわしを使った。たとえば、バスルームに赴く、といった具合だ。ポリーは敬愛の念を込めて、そういうことをおもしろがっていた。もし、自分の思いつきが夫婦の間だけのジョークに加われば、彼女にとってはまずまずの結果だった。ディックとポリーには二人だけの世界を作った最初のころにさかのぼる、いくつかの習慣ややり取りがあった。ポリーのお気に入りは、「あなたはわたしを見捨てる？」とディックに尋ねるときの彼の答えだった。答えは「絶対絶対絶対ない」だ。一語のように早口で言われる、繰りかえしの言葉。言葉の反復とはそんなものだが、幼いころからポリーが思いえがいていた、調和のとれた結婚生活を送っていることを確信させる呪文のようだった。愛情を示す言葉はディックらしくなかったが、ポリーはそれを定型化し、さまざまなやり取りの最後につけ加えるようにした。たいていの場合、ディックは答えを避けたが、ポリーが言った「絶対絶対絶対ない」を真似することもあった。そのあと、ポリーは自分への愛情を彼に無理やり確認させたと良心の呵責《かしやく》を覚えた。だが、それは彼女の人生での最良のときを繰りかえすものだった。交際していたころ、ポリーは自分たちがすべてうまくいくと信じていた。けれども、カップルは相手にとってよい結果となるように励ましあうものだという若いころの空想が、ディックとでは実現しないことをかなり前に受けいれてしまっていた。彼には支援や助言を求めようという気持ちがまったくなかった。なのに、ポリーの言動はためらいもせずに訂正した。完璧さを目指すポリーの道は、夫とアグネスに挟まれて存分に明るく照らされていたというわけだ。

ポリーとディックはペンシルベニア産の自然石でできた家の角を曲がり、芝生を歩いていった。春に花を咲かせる木々は最近になって蕾《つぼみ》をつけて枝を広げ、八千平方メートルほどの地所を灰色と茶色から、ピンクや緑や黄色、紫色に変えていた。ライラックが咲く短い季節、ポリーは香りのよい花に夢中になり、肌寒い明け方に外へ出て、いいにおいのする露で顔を濡らすのだった。

ディックは芝生の真ん中までポリーを引っぱっていって座ろうとした。彼女はバランスを失い、ありもしない手すりをつかもうと片手を振りまわした。そんなことをしても役に立たなかったので、片足をさっと突きだして体を支え、ディックをつかんで立ちあがらせた。心臓はどきどきしていた。

「なぜ、そういうことをするんだ？　芝生に寝ころびたかったのに。いまいましい！」

「まあ、ディック、すてきな思いつきね。そうしましょう」夫を寝ころがらせてまた起きあがらせるのが、どれほど大変かと考えながら言った。恐ろしく大変だろう。

「もう遅い。おまえのせいで台なしだ」ディックはポリーから腕を引きぬき、片方の袖を手で払ってから、もう一方の袖も払った。まるで地面に倒れていたかのように。

「ごめんなさい。とても芝生に寝ころびたいのよ。すばらしい思いつきね」頬の下に冷たい地面を感じ、肌に押しつけられる葉を意識し、曲げた腕の中に太陽のにおいを嗅ぐ。これまでの人生で何度、芝生に寝たことがあっただろう？　たいていはアグネスとそうしたのだった。芝生にうつ伏せになり、腕や脚に葉の網目模様の跡をつけながら、深遠な会話をどれほどしたことか。ディックがポリーとそのような行動をとりたがったことは一度もなかった。

「気にしなくていい」夫は腕組みしてじっと考えていた。

「本当にそうしたいのよ。心の準備ができていなかっただけなの」

「そういうことは自然にやるのが重要なんだ！」

ポリーは口をつぐんだ。そのつもりがなくても、ディックはいらだたしげな物言いばかりした。そんな言葉は気にしなくていいのよと自分に言いきかせても、辛辣な口調のせいで、そのあとは何日も心がすり減ってしまった。今はディックのいらだちが収まるのを待つしかなかった。もうすぐポリーへの腹立ちは、自分の考えを説明したいというもっと大きな欲求にとって代わるだろう。いつもそうだった。それまでの間、ポリーは花壇に植えた草花をじっと見ていた。花は予定どおりに咲きそうだし、地面は毎年、堆肥を鋤で入れているので、まだ黒っぽく見える。明日の朝、メドウリーの花壇はどんな様子か尋ねる手紙をロバートに送ろう。彼は何か新しいことを思いついただろうか？

枯れないうちに最後の水仙を摘みとる時期だ。水仙が何本あるか、遠くから数えた。九本、十二本、十七本？　恥ずかしそうにほかの水仙の後ろに隠れているものもある。傾いている水仙も。ポリーは鼻にかかった眼鏡を押しあげたが、花壇がはっきり見えるどころか、霧が押し寄せてきたように視界が曇ってしまった。そのとき、変化が起こった。この世界から別の世界への。何が起ころうとしているのかはわかった。こんな状態には馴染みがあったが、自分ではコントロールがきかない。何年にもわたって相当な努力をしたのに、自分の意思でそれを生みだすことはできなかった。何分間か前兆があるだけだ。片頭痛がして頭を万力で締めつけられるようになる前、ずきずきと脈打つ前兆が起きるのと同じように。ポリーはゆっくりした動きになり、早くそれを経験したいという貪欲な思いを脇へ押しやって、辛抱強く待った。じっと息を詰め、鼓動が緩やかに打つのを感じる。すると、リディアが現れた。

ポリーは手を上げたいという強い欲求を抑えた。亡霊に手を振るなんて無意味だし、ディックに気づかれてしまうだろう。リディア、リディア。大好きなわが子。ポリーは子どもに優先順位をつけるつもりはなかったし、セオがお気に入りだったとはいえ、息子たちを依怙贔屓《えこひいき》しなかった。でも、リディアのことは話が別だった。溺愛している娘。罪悪感などなく、ポリーはそう考えられた。芝生の向こうにいるリディアをもっとよく見たくてたまらなかった。リディアはブルーと白のリバティ柄のワンピースを着ていた。春の午後に着るようにとポリーが選びそうな服だった。リディアは地面に生えている本物の水仙の幻のような水仙を集めて花束を作り、茎から粘液が出て両腕に垂れると、にっこりした。それから視線をぐるっと動かしてポリーを見つけた。ポリーはうなずいて微笑を返した。

ポリーはディックをちらっと見た。意識がつかの間、ほかのことに飛んでいたと気づかれただろうか？　ディックも亡霊を見たのならよかったのにと思う気持ちが半分あった。そうすれば、またリディアについての話を二人でできる。けれども、ディックは何か思いめぐらしながら顎を突きだし、遠くの空を見あげていた。ポリーは振りかえったが、リディアはもう消えていた。

「ある考えが浮かんだんだよ、ポリー。驚嘆すべき考えが」

ポリーはライラックの香りを吸いこんだ。また、会いましょうね。

「ちゃんと聞いているのか？」ディックは怒鳴った。

「もちろんよ。とても興味をそそられるわ」いつもそうだが、亡霊が消えたあとは心が痛んだ。ばかげているが、リディアが本物でないことはまぎれもない真実だと断言できなかった。娘への思慕が具体的な形をとったのかもしれない。

ディックはふたたびうろつきだした。ポリーは歩いたり小走りになったりして、ついていった。どうやら彼は地所の外回りを一周するつもりらしい。

「去年はわたしの論文を全部調べて、出版するためにまとめることに費やした。それは知っているだろう」。ポリーはうなずいた。「これまでかなり多くの論文を書いてきたことがわかったし、そのほとんどは記憶にあるよりも出来がよかった。文明を促進するような頭脳を持つ人々が仕事で忙しすぎて、自分の成果がわからない場合が多いのは非常に残念じゃないかな？　彼らは自分たちが並外れた存在であることを忘れているんだ。わたしは忘れていた！　だが、自分の努力にはいつも気づいているよ」

「あなたの仕事がどんなに大変か、みんながわかってくれればいいのに！」

「間もなくわかるだろう。この書物ができたあとは、こう言ってもかまわないはずだ。わたしが書いたものの質、つまり思考だな！　その思考から判断して、これまで認められてきた以上に、自分が正当に評価されるべきだと信じていると――」

ディックは一瞬だけ横目でポリーを見た。懇願の意味がこもった視線に対して、ポリーは惜しみなく同意する用意ができていた。心からの称賛をたたえた顔をしてみせる。彼は元気づけられたらしく、話を続けた。

「――しかし、わたしはまずまずの評価しかされていない。わたしは最高の学者たちの間で知られていたんだ。人々から敬意を払われたし、今でも払われているだろう」

ディックはポリーが絶えずそばにいたのではないかのように話すことがよくあった。彼女が話の全容を知らないとか、彼の書いたものをすべて読んだわけではないかのように話した。

「ええ、みんなあなたを尊敬していたし、今でも尊敬しているわ」ポリーはうなずいた。

ディックの表情は明るくなったが、眉はまだ疑わしげにひそめられていた。言葉は気に入っても、それを伝えたポリーを信じてもいいかどうかと迷っている。「彼らは尊敬してくれたし、今でもそうだろう。だが……」教訓を垂れるように人差し指をひょいと動かした。「わたしの真の仕事、つまり平和主義の啓蒙――その主題について決定的な論文を書いたのだよ！　それに対する名声はどこにあるんだ？」

「そうね、でも、それはタイミングが悪かったのよ」これまで千回は言ってきたように、ポリーは言った。第二次世界大戦のせいでディックのキャリアが台なしになったというのは二人のお決まりの話、結婚生活での原則だった。

「ああ、そうだとも。だが、今ではわかるよ、ポリー。わたしはやすやすと追いはらわれすぎてしまったとな！　わたしの信念《ガン》を守るべきだった」ディックは自分の冗談（ガンには銃の意味もあり）に眉を上げてみせ、話を続けた。「現在、平和主義に最終的な結論が出ていないのはわかっている。わたしは戦わずに身を引いてしまった。もっとタフになるべきだったんだ。ただ、予想もしなかったのは」ディックは言葉を切り、ポリーはあやうく夫をせかしそうになった。「ヒトラーだった」彼は言いおえた。修復できないほど不仲になった親戚の名前でも言っているようだった。

「予想できたはずはなかったわ、あなた」ポリーは言った。

「もっとも、チャーチルを非難することはできた――」

ディックは第二次世界大戦の真の大義に関する話に脱線しそうになっていた。夜のとばりが降りるまで外にいる羽目になりそうな講義が始まりかねない。

「チャーチルには釈明すべきことがたくさんあるわね」ポリーは言い、痛烈な非難が始まるのを阻んだ。「わたしはあなたの新しい考えにとても興味があるのよ」

「そうか。よかった」ディックはまともにポリーと向きあう姿勢をとった。両手を彼女の肩に置く。「ポリー、わたしは『平和主義者入門』を改訂することに決めたよ。最新の情報を入れて、ヒトラーの問題を取りあげる。そうしなければならない。その問題を扱うのに、わたしほどふさわしい人間はいないんだ。頭は相変わらず冴えているし、今では時間もある。本を改訂し、わたしの初版が出版されてからそのテーマについてどんな論文が出たかを調べる。そして前書きをつけ加え、最初の本が出たときの状況を述べるのだ。それから、ここでドラムロールが鳴ってほしいところだが、たとえヒトラーと対決するような場合でも、平和主義についての論争を展開するとも」

ポリーは励ますようにうなずきながら、慎重に表情を作って耳を傾けていたが、内心は失望で気持ちが沈んでいた。ディックと一緒にいる時間がなくなってしまう。ヒトラーやチャーチルなんて、もうまっぴら！　もしも求めていた栄光を六十年前に手に入れられさえしたら、ディックも今はのんびりしたいと思っただろうに。ポリーは寒くて空腹だった。昼食はあまりとっておらず、BLTサンドイッチを半分食べただけだ。チキンを料理するにはもう遅すぎるだろう。「すばらしい考えね」

「そうだとも」ディックはほほ笑んだ。

「それに、ペンシルベニア大学の図書館で作業できるでしょうし、プールも使えるわね」

「そんなものはいらない。この作業には調査よりも分析が必要なのだ」

「あなたはたった今、本が出てからの論文を調べなければならないと言ったと思ったけれど？」スープの缶を開けて、チーズ入りオムレツを作ろう。そうそう、スイスチーズがあったわね、それとチェダーチーズも――。

「クソッ、ポリー！」

「シーッ」彼女は思わずディックをたしなめた。

「誰に聞かれてもかまうものか、畜生め！　それが今、わたしが言っている重要な点なのだ。もう何も気にしない。わたしには生かせる知恵がある。平和主義を支持することは重要なのだ。次の世紀には必ず一度か二度、戦争が起きるだろう。もう自分の言いたいことを言ってやるつもりだし、そのせいで反ユダヤ主義者と呼ばれても、身を隠すつもりはない。わたしは反ユダヤ主義者などではない！　平和主義者なのだ！」

ポリーはディックの腕をつかもうとし、どうにか自分の両腕を彼の体にまわして落ちつかせようとした。だが、彼の体が激しく揺れるせいで、ポリーの体も揺れた。

「すばらしい考えよ！」ポリーは大声で言った。「本当にそうよ。わたしは気に入ったわ、ディック。ぜひ実現させて！」

ディックは荒々しく呼吸していたが、やや治まってきた。「計画を立てているんだ。ちょっといいか、ポリー」非難するように言う。「わたしたちはこれまで別々の道を歩んできたが、わたしはもう引退した。家にいる。おまえも家にいるものだと、わたしは思った。今日がそのいい例だ。こんな考えが浮かんだというのに、おまえはどこに行っていた？」

「わたしはいつだってここにいるわ！」熱い思いがどっとこみあげてくる。目にも喉にも、そして心にも。「家にいてほしいとあなたが思っていたとは知らなかった。どうして頼んでくれなかったの？」

ディックは顎を突きだし、家をじっと見つめた。「言うまでもないことを言うために、息を無駄にするつもりはない」

「わたしは喜んで家にいたのに！」何十年もの間、夫がそばにいてくれればいいと願いつづけたあとで、こんなふうに非難される不当さや不公平さはとても理解できなかった。

ポリーが気落ちしている様子を見てディックは態度をやわらげ、まなざしは優しくなった。「わかった。今回のことは水に流そう。だが、これからわたしは休みなしで著書に取りくむつもりだ。そうすれば、ほかのプロジェクトに支障が起こるだろう。発表した論文やわたしの手紙を集めたものをまとめてくれる人間が必要だ。出版社に照会しなければならない場合とか、そういったときに。そういう作業をする助手を雇ってもいいが、今日、ふと思いついたんだ。おまえがいるじゃないか、とね。おまえならこういうことができるだろう」

「できるわ。ちゃんとできます。やりたい。こんなにやりたいことはないくらいよ」

「よし！　おまえが必要なんだよ、ポリー。わかっているだろう？　そのことを四六時中、言葉にするわけではないが、本当なんだ」

本当だった。ポリーはディックに満足な人生を送らせてあげようと懸命に働いた。彼女の友人のほとんどはさまざまな方法で夫のために同じことをしていた。ポリーたちのような女がやっていたのはそういうことだった。六〇年代にフェミニズムが定着すると、それまでのやり方に反発して離婚という結末を迎える者も何人かいたが、ポリーは夫と別れることなど考えもしなかった。

「メイン州でたくさん仕事をやれるわね」彼女は言った。

「いつも以上に本を持っていかねばならんな。それにファイルも」

「本は充分に積めるでしょう」彼女は心の中で車に荷物を積みはじめていた。

「これは実にいい考えだと思わないか？」

ディックの表情は変化していた。仮面を外して、いじらしいあやふやな希望をあらわにしたかのように、心のより深い部分が表れている。

「あなたを信じているわ、ディック」ポリーがディックの胸にもたれると、彼は彼女を抱きしめて頭のてっぺんにキスした。「あなたはわたしを見捨てないわよね？」

「絶対絶対絶対ない」ディックはポリーをきつく抱いた。

「わくわくしているのよ」彼女は言った。「きっと楽しいでしょうね」

「地に平和を！」ディックは大声で言った。「さて、夕食は何かな？」

彼らは家の中に入り、ポリーはスカートからスラックスに履きかえた。階下へ来ると、玄関ホールのテーブルから郵便物を取りあげ、ざっと目を通した。キッチンへ戻る途中、床に落ちている別の手紙に気づいた。封筒には入っていない。ディックが落としたに違いなかった。

〈拝啓、ウィスター教授
誠に残念なお知らせですが、本大学は貴殿に名誉教授の称号を与えることができかねます。貴殿の権限が切れるのは二〇〇〇年七月一日で……〉

ポリーの心臓が一瞬止まった。大学はよくもここまで非情な真似ができるものね？　年老いた人間にとってあまりにもひどい仕打ちだ。ディックが一人きりで、よい知らせを期待しながらこの手紙を開け、またしても拒絶の知らせを読んだときを思いえがき、ポリーの目に涙があふれた。別の計画を考えついたとは、ディックはなんて勇敢だったのだろう。その間、ポリーはブリッジをしていたというのに！　信じられないほどの回復力の見本だ。ディックを見限った多くの人には理解できないに違いない。けれども、我慢にも限界というものはある。ディックにはどうあっても成功してもらわなくては。ポリーは胸に手を当て、破れそうな心臓を押さえていた。ディックはただ助けを求めていたのではなかった。ポリーは彼の人生を救わなければならないのだ。サンクをどうしても守らねばならないのは言うまでもない。そして、土地を手放したがらない長男をなだめる必要もある。

〝もうブリッジなんかやっている場合じゃないわね〟

第三章

二〇〇〇年六月、マンハッタン、モード

モード・シルヴァーは両手の指を組んで、手のひらを上に向けて伸びをし、あちこちの方向に腕を伸ばしたり、体を曲げたりした。うなじのところで髪を留めている鼈甲《べっこう》柄のクリップをぱちんと外し、髪を手で梳《す》く。仕事にふさわしくまとめていた髪が解放され、夏らしくむきだしにした肩を覆った。ベージュの上着を椅子の背に掛け、ローヒールの黒い靴をデスクの引きだしにしまうと、エスパドリーユに足を滑りこませた。最後に、キャンバス地のバッグに原稿を入れる。

「こんな早くに帰るの？」もう一人の編集アシスタントのメアリーが尋ねた。

「まあね」

「あなたがいつも五時きっかりに帰れるのには驚いちゃう。すごく仕事が速いに違いないわね。わたしなんて、少なくとも九時までここにいるでしょうから」

モードはややあってから、メアリーにライバルと見なされているのだと理解した。彼女はいつもモードを嘲《あざけ》って、自分のほうが優れたアシスタントだと強調する。メアリーは夜の十一時を過ぎて

から、日時が記されたメールを上司のデイヴィッドに送った。モードはメアリーに立ちむかえなかったし、張りあいたくもなかった。モードは新しいアイデアを生むことに集中した。デイヴィッドはモードの仕事に満足してくれているようだから、メアリーへのもっともいい対応は話を額面どおりに受け取ることだと決めた。

「おかげさまで、わたしは仕事が速いのよ！」モードは言った。家に帰らなければならないのだと言おうかと思ったが、そんなのは他人に関係ないことだ。職場の誰一人として、モードの私生活については知らなかった。

メアリーはパソコンにまた視線を向け、キーボードを叩いた。「あなたが帰ったあとで何か必要なことがあったら、わたしがデイヴィッドを助けるわね」

この人って自分を抑えられないのね、とモードは思った。「よかった！　じゃ、おやすみなさい！」また攻撃されないうちにモードはさっさと逃げた。仕事でいちばん大変な部分は人間関係だと、どうして誰も教えてくれなかったのだろう。

モードもメアリーと同じように野心家だった。自分が信じている作家のために働いてキャリアを築きたかった。けれども、大学でのアドバイザーは仕事が途方もなく大変だとモードに警告した。多くの女は勤勉ではあっても、厚かましくなれずに昇進の可能性をあきらめた。それにもちろん、性差別の問題があった。モードもそういう状況を楽観視はしなかったが、一風変わったフェミニストとしての信念を持っていた。従来の男らしい行動を真似しないというのが、その中心となる信条だった。女と男のどちらにも、この世で生きていくための方法がほかにあるだろう。もっと自由なやり方が。

モードはデイヴィッドのオフィスの前を通り、彼に会えないものかと願った。さらに望んでいたのは、朝に提案した企画についての返事を聞くことだった。だが、オフィスのドアは閉まっていた。外に出ると、六月らしい雰囲気だった。目に見えない空気が軽々と上昇し、街全体が宙に浮いているように思えた。ニューヨーカーは穏やかな天候並みに行儀よくしようと暗黙の同意をしたらしかった。歩道に沿って木々が植えられた一画には花が咲いている。犬を散歩させている、二月には休息のためにそこで立ちどまったかもしれない人々は、もっと人のいない場所で排泄するようにと飼い犬を引っぱっていく。母親たちはスキップしている子どもと手をつなぎ、三人の若い娘は腕を組んで並んで歩いている。少年も男も、今だけは女に道を譲っていた。〝ダックスフント、セーター、厚底靴、ベビーカー、エスパドリーユ〟と、見える物の名前をモードは言った。ちょっと爪先立ちしてから、威勢よく歩きだす。すばらしい企画を思いついたおかげで出世できるだろう。デイヴィッドが気に入るはずだとモードはかなり確信していた。わたしは出版業界に影響を与えるだろう。この街にも、そして世界にも。〝木、パトカー、タクシー、トラック、信号〟。編集アシスタントから編集補佐に昇進する。それから編集者になり、その後は自分の出版社を持つ。すべての夢がきらきら輝きながら目の前にあった。

父親の言う〝本物の〟財産を自分が築けるかどうかはわからなかったが、モードはキャリアを求めていた。今朝、デイヴィッドにしたプレゼンテーションのために相当な時間をかけた。モードの企画は、アグネス・リーを説得して『アグネスのおしごと』という題の本を書いてもらうことだ。アグネスの子ども時代や、〈ナンのおしごと〉シリーズをどうやって書くことになったかについての自伝である。出版社はこの自伝と並行して、〈ナンのおしごと〉の全作品をハードカバーとペーパーバック両方の六巻本にして改めて刊行できるかもしれない。新しい世代の子どもたちがナンのファンになるだろう。今なら男の子もファンになるはずだ。その点をマーケティングで強調する。モードはこの自伝のプロジェクトを自分が手掛けたいという点を明確にした。つまり、アシスタントではなくて編集者になりたいということだ。

この企画をデイヴィッドに預けたとき、モードはオフィスのドアへと向きを変えてこう言った。「よい企画だと思います」そして立ちさった。あの行動にはリスクが伴った。デイヴィッドに背を向ける人などいるだろうか？　モードは力がみなぎるのを感じていた。こうしてあのときのことを思いだすと、たじろいでしまう。

モードは十八丁目へ曲がり、五番街を歩いた。わたしは自信満々すぎただろうか？　そのあとは一日じゅうデイヴィッドに会わなかった。あれには何か意味があったのか？　それとも、彼は忙しかっただけ？

家へ歩いて帰る途中、気が触れた人を何人か見かけた。母親のハイディがまだ若かった八〇年代、精神科病院に患者が多すぎて、収容されていた全員が通りにあふれたというころとはまったく違ったが。みんな患者を恐れていたのよとハイディはモードに話した。でも、わたしは怖くなかったけれどね、と。「人間の心は機織りの手で織られているようなものよ。あなたの心は破れたりしない丈夫なタペストリーね。わたしの心は穴がたくさん開いている漁網みたいで、おかしな考えが入りこんだり、捕まえられたりするの」。ハイディは何時間でもおしゃべりし、笑い、会ったこともないマンハッタンの人々に同情した。モードは母親を誇りに思っていた。そして、自分がいなかったころの話を聞いてうらやんだ。子どもはみんなそうだが、母親の関心をすべて自分に向けてもらいたかったのだ。

グリニッジビレッジへは横に曲がってからまっすぐ進むのが近道だったが、暖かい季節で時間があるとき、モードはさまざまな通りを歩く遠まわりの道を行くことにしていた。今日はワシントン・スクエア公園に続く五番街を通った。通りを渡ったとき、気分はいつものように高揚した。作家のヘンリー・ジェイムズが馬車を走らせたり、カップルたちがいちゃついたり、婦人が長いスカートをたくしあげて水たまりを越えたり、名刺が銀製のトレイに載せられたりしていたところだ。モードは勝ち誇った気分でアーチの下を通り、胸を膨らませた。スケートボードに乗った人、チェスに興じる人、大道芸人、犬を散歩させる人、ヤクの売人。子どもに学生に、昔からの友人同士に犬。あらゆる生き物が六月の淡い緑に染まっていた。六月は約束の月。人々が結婚し、いつまでも幸福でいると信じる季節だ。

西へ曲がり、六番街の信号で立ちどまった。通りは男たちであふれていた。メッシュのシャツ、オートバイ用ブーツ、タトゥー。彼女は知りあいのカップルに会釈した。モードはゲイの男たちの間で育ち、彼らが人とは違うと自覚してそれを家族に打ちあけたときの話をいくつも聞いた。「あの人たちはたいていの同性愛でない《ストレートの》男たちよりも先を行っているのよ」とハイディは言った。「自分が何者かを理解して、それを当然のことだと思わないようにしなければならなかった。あなただって自分が何者かを理解できるのよ」

モードはこの問題についてさんざん考えたが、まだ答えは出ていなかった。ハイディのように自由な精神の持ち主ではないのだ。近所をうろついていた男たちのように社交的なタイプでもなかった。本を愛する気持ちを追求してそれを職業にしたが、まだ見つけられない本質的な何かが自分にあると感じていた。とはいえ、モードはもう二十六歳だった。どういうものであれ、その何かを早く見つけたかった。

モードは託児所に入っていった。探るような十数人の目がこちらを見あげる。〝ママなの？〟。子どもたちを失望させなければならなかったが、例外が一人いた。ブロックで組みたてたもののてっぺんに、もう一個のブロックをバランスよく載せている、三歳になろうとしている子。クレミーだ。初めて聞いたときからモードが気に入ったフランス風の名、クレメンスの愛称だった。離れたところから見ると、クレミーはひどく小柄だ。小さなスニーカーを履いて、小さな短パンとTシャツを身につけ、ハイディにそっくりの大きな灰色の目をして、あきれるほどもじゃもじゃの濃い金髪をした幼い女の子。ママが来たわよと職員の女性に知らされると、クレミーは急いでこちらへ来る弾みにブロックで作った塔を倒してしまった。モードはショルダーバッグを背中に押しやり、クレミーを抱きあげて腰のところで支えた。

「帰れる？」

クレミーは全身を揺らして身を乗りだしながら、上半身全体でうなずいた。

「帰って夕食にしようね」モードはクレミーの髪のにおいを吸いこんだ。汗をかいたひどいにおい。親はわが子の最悪のにおいにも耐えられるものだと、誰も教えてくれなかった。

クレミーは通りすがりに犬に会うたび、丸々とした手を伸ばしてさわろうとした。中には足を止めて犬に挨拶させてくれる人もいて、モードはクレミーを降ろし、また抱きあげた。「とても優しいのね」モードは言った。「いい子ちゃん」

二人はチャールズ通りへ曲がった。幼かったころ、モードは羨望の視線が背中にそそがれるのを楽しみながら、わが家の階段を上って暗緑色のドアを開けて入っていった。そのころも今も、家に入ったとたんに感じるのは百合の香りと、ひんやりして静かな空間の雰囲気だ。病気になっていないとき、ハイディは毎週新しい花を買った。母が買わなかったときはモードが買った。この家は現在、大変な価値があった。モードの父親のモーゼズは誠意や思慮深さという点ではさほど多くを与えてくれなかったが、然るべき時に然るべき場所にいる才覚を持ちあわせていた。彼はこの家を七〇年代後半、まだニューヨーク大学の学生だったときに購入した。そのころですら、モーゼズは株式相場で金を儲け、有望そうな物件に投資していた。離婚後、ハイディはモードの父親を決して非難せず、ティーンエイジャーだった彼女はそのことにいらだった。モーゼズ・シルヴァーをどう考えたらいいかという問題がなくても、すでにいろいろ抱えこんでいたのだ。今のモードは父についての判断を委ねてもらえてよかったと思っていた。

モードは床にバッグを下ろし、玄関ホールのテーブルにある陶器の皿に鍵束を置いた。目の前に鏡が掛かっていたが、ちらりとも視線を向けなかった。モードは母親のような美人ではなかったが、豊かに輝く茶色の髪をして、いかにも都会の女という外見だった。ニューヨークの人間らしくほっそりしていた。気分によって、人波で目だつことも人ごみにまぎれこむこともできたし、多くの人が走るくらいの速度で歩くこともできた。

「ただいま？　お母さん？」

クレミーを下ろして冷蔵庫から紙パック入りのジュースを取りだす。居間にもキッチンにも、裏庭にも誰もいなかった。上の階に向かって声をかける。「誰かいる？」モードは呼んだ。「お母さん？」壁の間に反響したあと、声は小さくなっていき、古い家のあちこちがきしむ音が聞こえた。

モードはクレミーの手を握って二階へと階段を上った。二階の廊下には古びたベージュのカーペットが敷いてある。あちこちの部屋を覗いたが、見ないうちからどこも無人だと感じていた。三階へ向かった。上がりながら胸騒ぎを覚える。階段のいちばん上に着く前から、母親がまたしても鬱になったのだとすでにわかっていた。

モードは落ちつこうと立ちどまった。幸福な状態ではあるが、正確には言いあらわせない感情が心の中にあった。くすんだピンク色で暖かく、六月の気候のような雰囲気で、女らしい性質のもの。それはモードにとっての真の価値、彼女自身だった。真の価値を生みだしていたのは、モードの存在と信念だ。信念には、希望とは理にかなったものだということと、世界は気高い理想が実現する方向に動いているという確信の両方があった。一度、自分にとっての真の価値についてハイディの主治医に話したことがあった。それはモードが無邪気だったころの記憶か夢だと医師は言った。もっともあり得るのは、母親にどこか悪いところがあるとモードが理解するようになる前の記憶だと。彼女はそのころのことを覚えていなかった。どんなふうだったのだろう？　記憶に残っているのは、ハイディが今もときどき繰りかえす言葉だった。〝あなたに出あう前からあなたを愛していたわ〟。聖書にある言葉だ（新約聖書「ヨハネの第一の手紙」四章十九節のもじり）とハイディは言ったが、モードが知るはずもなかった。

かつてハイディはモードが学校にいたときに、アスファルトの運動場に現れたことがあった。大声だが、いかにもつまらなそうに笑いながらハイディは子どもたちの隣でブランコをこぎ、教師がやってきてなだめるまで続けていた。ハイディは何日もベッドに寝たまま、体を洗わず、混乱した内面のにおいを発散させることがある。モードと地下鉄に乗ってアップタウンにあるホテルに行き、部屋を借りたこともあった。プールで泳いだり、ルームサービスを頼んだり、ベッドに飛びのったりできるように。「誰もわたしたちの居場所を知らないのよ！」ハイディは楽しそうに言う。「わたしたちもホテルに住むべきかな？　エロイーズ*みたいに？」。または、二人で夕暮れにセントラル・パークに行き、グレートメドウに仰向けに寝て夜のとばりが降りるのを眺め、太陽が昇るまで戻らなかったこともあった。「誰にもわたしたちが見えないのよ、モーディ、わたしたちは夜の精霊なの」。〝ううん、それは違うよ〟とモードはベッドが恋しくなりながら思った。母親にいらだつと同時に、あまり型にはまった人間になりたくないとも願っていた。モードは柔軟性に欠け、そつがなかった。ハイディは恐れ知らずで、見当がつかない人だった。「あなたをモードと名づけたのはね、それが草原《メドウ》を意味する言葉だからなの。草原ほど美しい場所はないわね」。躁状態のときのハイディにとっての人生は、不安をかきたてられるとしても楽しいものだった。鬱状態になると、モードは影の中にいるハイディを取りもどすことができなかった。

　ハイディは鬱状態を〝ブルーになる〟と呼んだ。「それって、どんな感じ？」モードはかつて尋ねたことがあった。「いい質問ね」と、ハイディはその状態を無理やり表現させられたことなどないかのように言った。数えきれないほどの医師に、自分にとって食事や睡眠、悪い考え、浪費、隠すことといったあれこれの度合いが一から十までのどこに位置するか答えよと言われたことなどなかったかのように。ハイディの影響で、モードは物事の正確さを大切にするようになった。

「目を閉じて、両方の手のひらを目玉に押しあてて」ハイディは命じた。「今度は脚を組んで、足首を交差させて。だめよ、やめちゃだめ。目を押しつづけるの。次に、胸の中で低い音を出してみ

＊ケイ・トンプソンの『エロイーズ』の主人公。ニューヨークのプラザ・ホテルに住んでいるという設定。

て。とても恐ろしい音を」。モードはそれを全部やってみた。「ずっと続けて」。モードは罠にかけられたように感じた。あばら骨がひどく震えた。「何か感じている？」。モードはうなずいた。「何を感じる？　声に出して言っちゃだめよ。自分に言いきかせて」。モードは身動きがとれなくなった気がして、恐怖を感じた。押さえつけられているようだ。一人きりで。彼女はすすり泣いた。

「さあ、もういいわ、やめて。目から手を離して。両腕と両脚を振るの」

モードは声をあげて泣いていた。

「本当にごめんね、子羊ちゃん。説明するのにこんな方法しか思いつかなかったのよ」

「自分のために泣いてるんじゃないよ」モードは言った。

家族で最後に一緒に過ごしたのはヴァージン諸島のリゾートであるカニール・ベイだった。父親のモーゼズはその話を何度もしてくれたが、モードはいくつかのことを実際に覚えていると信じていた。モードはもうすぐ五歳になるころだった。そこへ着いた日、ハイディはシュノーケリングに出かけ、午後のお茶の時間にはひどく興奮して、見てきたすべての魚についてまわりの客に話して聞かせた。モードが見ていると、こんなに美人の若い女に話しかけられたので、初めのうち彼らはうれしそうにしていた。だが、間もなく彼らはハイディからこっそり逃げようとした。モーゼズがハイディを連れていこうとしたとき、彼女が足を引きずっていることに人々は気づいた。モードにはそれがわかった。水の中なら足は大丈夫なんだよとモードはみんなに伝えたかった。ハイディがそう言ったのだ。けれども、恥ずかしくて言えなかった。

二日目、ハイディはみんなが起きる前に起きだして、船の航路まで泳いでいった。バラクーダと並んで泳ぎ、その魚の不気味な微笑と狂ったような目を見たのよとハイディは話して聞かせた。

「あの魚はわたしのことがわかった」彼女は言った。「前からわたしを知っていたのね」と。「前からって、いつの前から？」モードは尋ねた。一家はそれまでカニール・ベイを訪れたことがなかった。「昔からってことよ。わたしたちが親戚同士だったとき」。モーゼズは眉をひそめた。彼はホテルの従業員を一人雇い、自分とモードがビーチに行けるように、ハイディに目を配ってほしいと頼んだ。そんなことをする必要はなかった。休暇の残りの間、ハイディは元気で、きれいな顔にふさわしい態度をとっていた。モードはあの旅を思いだすのが好きだった。島の気温や特徴はモードの内面に合っていた。だが、家に帰ったとたん、ハイディは入院した。ママは眠れるように田舎にいるのだと、モードは聞かされた。

モードはハイディがときどき昼寝をしに行く、最上階の部屋の入り口で立ちどまった。「おいで、クレム」また娘を抱きあげ、ドアをゆっくりと開けた。ハイディは仰向けでベッドに寝ていた。眠っているのかどうかはわからなかった。素足で、足の爪は磨かれていない。古いプリーツスカートを穿き、黒のセーターを着て、絶対に外そうとしないゴールドのブレスレットをつけていた。かつてバラクーダの注意を引いたブレスレットだ。髪は枕カバーの上で扇のように広がっている。「お母さん？　起きているの？」モードは母親の上にかがみ、髪を整えてやった。「もうすぐ夕食の時間よ。下りてきたい？　外は本当に気持ちがいいわよ」

モードはクレミーを下ろし、ベッドの端に腰かけた。母親の腕をさする。ハイディは手首を目まで持ちあげて目を覆った。母は清潔で洗いたてで、香水のにおいがした。

「わたしは仕事から帰ってきたところ。楽しみながら歩いて戻ってきたのよ、まわりの物の名前を言いながらね」ハイディの手を取った。「お母さんが教えてくれたように」柔らかな茶色の影を帯びた目を覗きこみ、黒い点のまわりにある波状の薄い線を見つめた。「さあ、お母さん?」軽く手を引っぱった。

ハイディは強い腹筋を使って起きあがり、あたりを見まわした。

「ハイ、ハイディ」クレミーが言った。

「あら、あなたなのね。こっちへいらっしゃい」クレミーが手を伸ばすと、モードは短パンの後ろ部分に指を掛けて持ちあげてやった。クレミーはハイディの膝に飛びついた。

「長い昼寝をしていたの。今朝はちょっとブルーになったけれど、打ち勝った。長い間お風呂に入って、美容にいいことをいろいろしていたのよ」ハイディは言った。

「本当によかったわね。もう元気そうよ」

ハイディは眉を上げた。「〝元気〟というのは言いすぎかもね。でも、わたしは大丈夫。間にあうように、自分を取りもどしたの。今朝、お店に行ってあたりを見ながら立っていて、思ったのよ。これはまずいな、って」

こういうのがハイディの症状だった。こんな話を人にして、〝あら、わたしもそんなことをやってしまうのよ!〟なんて言ってもらえるはずもなかった。あり得ない。ほかの人がそんなことをするはずはなかった。ハイディと同じにはならないはずだ。ハイディに繰りかえして現れるおもな症状は、反復性思考だった。ハイディは店にいたとき、子どもたちに悪いことが起きて、そのあとは動物たちに悪いことが起きると想像しながら頭の中で世界一周をしていた。そういう思考に陥ったハイディは手遅れになる前に助けが得られないと、入院することになる。

「よかったわね、お母さん」モードは喜びを表しすぎないように気をつけた。あまり熱を込めると、ハイディを怯えさせてしまう。偽りの励ましを嗅ぎつける母親の能力は研ぎすまされているのだ。

「さて、お腹がぺこぺこ」

モードは手を差しだし、三人で下へ行った。母親、娘、孫娘で。モードはハイディとクレミーをまっすぐ庭へ行かせ、自分はキッチンに向かった。野菜を切り、米を調理機に入れる。炒め物。主食。ハイディがピーマンを食べるかどうか、見まもることになるだろう。本当にブルーになったとき、母は嚙むのをいやがるのだ。

モードは料理しながら二分おきに窓の外をチェックした。クレメンスはハイディとやっている何かのゲームの指揮を執っているようだ。クレメンスはあちこちを指さし、ハイディは煉瓦を敷いた地面を飛びまわっていた。モードはにっこりした。いばりんぼうの娘なんだから、と。クレメンスは生まれたときから、いっぱしの人間だった。自分なりの好みも、自分流の物事のやり方もあった。クレミーが疝痛《せんつう》を起こすと、モードは何時間も彼女を抱いて歩いたものだ。アカシアの木にいる緊張したライオンのようにモードの前腕にもたれたり、ぴったり閉じた彼女の太腿の間で寝たりしているクレミーとさらに多くの時間を過ごした。赤ん坊はモードの上で寝返りを打って腹這いになり、小さな両脚を彼女の腹部に突きたてる。ごろごろ鳴っているお腹がだらりと垂れ、息をするたびに骨ばった背中が持ちあがった。あるいは同じ位置でも、モードがごろりと仰向けになり、赤ん坊と顔が向きあうようにすることもあった。そうすれば、モードは小さな両方の握り拳に親指を差しいれて、おかしな顔をいろいろと作ってみせながら、クレミーの両手をあちこち動かせた。

クレミーが泣きわめいているとき、何枚も着ている服を脱がせると、たいていは泣きやむことにモードは気づいた。さらに、床の陽だまりに敷いたブランケットに寝かされて、一人にされることを好むらしいともわかった。こういう行動に当惑させられた。モードは動物行動学者のジェーン・グドールがチンパンジーの子育てを観察した方法で、息子のグラブを育てたという本を読んだことがあった。いつも腕に息子を抱き、決してどこかに置いたり、一人きりにさせたりしないというやり方だった。もしも仕事がなければ、モードはその育児法を試しただろう。託児所にチンパンジーの母親と同じ方法をとってくれと頼むわけにはいかなかった。けれども、どっちみちクレミーはそんなやり方を求めていなかったのだ。彼女は体に触れられたくないという強い思いを持っていた。

クレミーはもうすぐ三歳で、しっかり歩けるし、まともに話せる。クレミーは話しはじめるのが早く、ちゃんとした文でしゃべった。そのせいで、クレミーが赤ん坊のとき、モードは育児が容易になると同時に大変にもなった。クレミーを置いて仕事に行きたくなかったが、稼ぐ必要があるという以上に、働きたくてたまらなかった。かつて父親のモーゼズ・シルヴァーは、モードがクレミーを身ごもったときに堕胎の費用を出そうと申しでたことがあった。父の意見によれば、そんな若いうちにシングルマザーになったら、モードはキャリアを台なしにしてしまうというのだった。だが、モードは自分のためというよりも良心が痛んでそんな行動をとれなかった。どう思うかとハイディに尋ねてみた。変わり者のハイディはいつもどおりで、自分は若いうちに母親になってよかったと、いかにも彼女らしいことを言った。創造性を母親業にも家にもそそぎこんだけれど、何も失わなかったと言ったのだ。モーゼズの母親も中絶を勧めたが、それというのも、彼女は長年にわたって中絶の権利を主張する団体で活動してきたからだった。中絶した孫娘がいたら、誇りに思うだろうというのだ。ハイディにはモードのことを相談する家族がいなかった。そのことにモードは慣れていたが、この場合は母の家族がいないこと、欠落していることによって産もうという決意が強まった。自分が知らない母の身内がすべて、赤ん坊の中に蘇るだろうと思ったのだ。モードは子どもを産むことに決め、決して後悔するまいと思った。ハイディが自分を産んで後悔しなかったとモードは確信していた。

今、ハイディは煉瓦の壁の前にかがんで、クレミーが自分の背中によじ登るのを助けていた。クレミーにかなりの力で脇腹を蹴られ、ハイディは声をあげて笑った。モードは幸せそうな光景を眺めながら悲しみに襲われていた。心がそれほど影響を受けてしまったなんて、いったい母にはどんなことがあったのだろう？

三人は外の木製のテーブルで食事し、空が暗くなってくるとキャンドルをともした。食事が終わると、ハイディは読書したいから失礼すると言った。

「疲れたの、お母さん？」モードは母の目と口のまわりがかなり引きつっていることに気づいた。

「まあね」

「今週は何を読んでいるの？　おもしろい本？」クレミーを横目で見ながら言った。クレミーはテーブルの下で静かに遊んでおり、もうすぐベッドに入る準備ができているようだった。

ハイディは微笑した。「市場調査でもしているの？」

「いいえ。ただの好奇心よ」

「読んでいるのは『移民たち』。それに『コールドマウンテン』。あと、詩集ね」

「お母さんなら、アグネス・リーの自伝を買いたいと思う？」

「やっぱり市場調査じゃないの」ハイディは椅子の背にもたれ、頭の後ろで両手を組んだ。

モードは笑い声をあげた。「そうみたい」

「彼女は自伝を書いたの？」

「まだよ。でも、書くようにと説得するつもり。その話をわたしが進めたいとデイヴィッドに頼んだの」

ハイディはそれについて考えていた。「アグネス・リーについていつも想像していたものよ。彼女の本を読んだとき、昔ながらのやり方で印刷されるように原稿を手書きしている姿が思いうかんだ。書きながら窓の外を見ている彼女が浮かんだの。つまり、文を書く合間に外を見ているってこと」ハイディはかぶりを振った。「わたしはナンがやったことを全部やりたかったわね」

「わたしもよ」

「あなたはやっている。これからもやれる。わたしは何一つやらなかった」

この言葉に反論しても意味はなかった。議論をすると、ハイディは意気消沈してしまうだろう。ただ聞きながすのがいちばんいい。

「さて、上に行くわね。おやすみなさい、クレミー」ハイディは手を振った。「おやすみ、ハイディ」クレミーは振りかえりもせずに言った。

クレミーを入浴させたあと、モードはナンの本の中からクレミーが選んだ二冊を読んだ。クレミーの部屋にもナンのシリーズは全部そろっていた。小さな目が閉じられるまで読んでやった。どうやって眠ったらいいか、そして夜に目が覚めたら、どうやってまた眠るのかを娘に教えてあった。それは大成功だったが、母親の勝利の話など誰も聞きたがらないだろう。そういうことは当たり前の仕事で、お金にならない無価値なものと見なされた。モードは自分で自分を褒めるしかなかった。

ハイディの様子を見に上へ行く前に、ノートパソコンを開いた。街の物音が窓から入りこんでくる。男たちの声、犬が吠える声、女の低くかすれた笑い声、舗道にこすれる革靴の音。モードはこの家を絶対に離れたくなかった。

メアリーからEメールが来ていた。彼女がまだオフィスにいることが明らかなメール。モードはあきれて目をくるりと回した。

デイヴィッドからもメールが来ていた。

〈モードへ。自分でもわかっているだろうが、きみの企画はすばらしい。だが、わが社は児童書の版元だから、この企画の本は出版できない。失望させて申し訳ない。しかし、この企画に取りくむ方法はほかにもあるし、ニューヨークには自分の求める未来へ向かって個人で道を進んできた人間がごまんといる。もしも、ぼくが編集者になろうという決意を抱いていて、きみくらいの年齢なら、この企画をアグネス・リーに提案するだろう。彼女と原稿に取りくんでから、関心を持ちそうな人に自分を紹介してほしいと上司に頼むと思う。それは完全に妥当な筋書きだし、帰宅してから進めることができるだろう。

ともかく、〈ナンのおしごと〉シリーズ本を箱入りのセットで出すというのはいいアイデアだ。紹介文を書いてくれそうな人を考えておいてくれ。

D〉

デイヴィッドは企画を気に入ってくれた。でも、承認はしてくれなかった。その代わり、モードを巣から追いだそうとしているか、または自分の力で飛ぶことを教えようとしている。飛ぶのが怖くなる前にすぐさま取りかかったほうがいい。

アグネスの観点から長所と短所のリストを作ってみると、唯一の長所はA、つまり、これが興味深いプロジェクトだということだった。もしかしたら、Bの長所もあるかもしれない。作家として不朽の名声を残すことを決定的にする声明を、アグネスが自分で出せるというものだ。もし、彼女がそんなことに関心があるとしたらだが。どちらの長所にもアグネスが心を動かされないのではないかと、モードは感じていた。契約書がないなら、なおさらだろう。彼女を動かしそうな長所は最初の思いつきのほうだ。思い出の記を出したら、ナンのシリーズが売れるだろうというもの。純粋なるビジネスで、抽象的な要素も高尚な要素もない。ナンが地に足の着いたキャラクターなのは確かだ。アグネスは実際的な行動を高く評価するだろうとモードは踏んでいた。

アグネスに近づく最高の方法を考えた。デイヴィッドが企画に賛成したというふりもできるが、裏目に出るかもしれない。前進する唯一の確実な方法は、状況を嘘偽りなく話し、それがうまくいくかどうか賭けてみることだ。試したところで、失うものはない。モードはキーボードに手を乗せ、下書きを書きはじめた。

第二部　懸念

第四章

一八七〇年代、フィラデルフィアとフェローシップ岬《ポイント》、リー一族

リー一族はクエーカー教徒であり、つつましくて質素だった。言い方を変えるなら、自分たちをそう見なしていた。彼らは裕福な人々のように家を飾りたてることはなかった。敷物は擦りきれて薄くなりすぎ、その下の床板が見えるくらいだったし、椅子に張ってある生地は何十年も日光を浴びたせいで色あせ、何世代もの子どもたちによって引きさかれていた。家族にとって、こんな欠陥は目につかないものだった。もっとも、誰かが家具の一つを修復させるといったまれな場合があれば話は別だ。たとえば、寝室のスリッパーチェアは一九三〇年代にアールデコ調のダイヤ柄のものに張りかえられたが、この変化についてはそれから三十年にわたって議論されることになる。とはいえ、こんなふうにどこかが傷んでいるところも懐かしさを感じさせ、昔を思いださせた。毎年の夏、例年どおりに家族が到着した最初の日は、子どもたちがあれこれ指さしたり叫んだりしながら家じゅうを駆けまわり、お馴染みのものを見つけてひどく興奮する。彼らは杉材のたんすから古いセーターを引っぱりだし、部屋を整えて、それまでの夏に書いた日記に目を通すのだ。特に好まれ

たのはガラスルームとポーチにある籐椅子で、そのまわりには剝がれおちたペンキのかけらが山積みになっている。それを掃除するわけだが、そのうちにやっと誰かが、籐椅子を塗りなおそうと思いつくのだった。

　壁紙は剝がれていた。食器類は欠けていた。銀器は変色していた。だが、サンクの木々の下に生えた藪は慎重に取りのぞかれ、花壇や草原は水や肥料を与えられて巧みに刈りこまれて、野生のエデンの園を思わせるものになっていた。

　一八七〇年代の半ば以来、リー一族はフェローシップ岬《ポイント》にある五軒の大きなコテージのうちの二軒を所有していた。海岸からメイン湾にかけての一帯であるケープ・ディール（ＣａｐｅＤｅｅｌ）を手袋になぞらえれば、そのかなり大きな親指の部分にあたるのがフェローシップポイントだった。ケープ・ディールの名前の由来は、というかそんな話が広まっていたのだが、スコットランドからの初期の入植者とアベナキ族との間に交わされた契約《ディール》ということらしい。アベナキ族は土地を、ありきたりのさまざまなヨーロッパの品々と交換したのだ。しかし、ｄｅａｌ（契約）ではなくｄｅｅｌと綴るようになり、母音のｅａがｅｅになった理由はわからない。ケープ・ディールの半島がどのように形成されたかについては、長い時間をかけた地殻変動によるものだと説明された。構造プレートや海底火山や爆発や、海岸沿いに迷子石（氷河によって削りとられ、別の場所に運ばれた岩塊）を落とす、後退していく氷床が、科学で証明されて受けいれられたのと同様だった。このあたりの岩はおもに花崗岩で、ピンク色のものもあり、付近の建物に使われる材料の特徴となった。七月の輝く海を真ん前にして建つ、ピンク色の私道に緑の樅の木が並び、蔦とバラが垂れたピンク色の壁があるテラスを備えた家。そういう光景は裕福なフィラデルフィアの人々が標準とした舞台装置で、その全部、または一部が各地で模倣された。鉱石は容易に見つかり、どの世代の子どもたちもそれを少しずつ削りとった。鮮やかな色の鉱石標本でいっぱいの広口ガラス瓶は、どの家でも寝室の書棚やバスルームの窓台に置かれるお決まりのものだった。

　何世紀もの間、ケープは先住民族の土地で、彼らはほとんどそこを荒らさなかった。自分たちが自然に属しているのであって、自然が人間に属しているのではないという信念を持っていたからだ。「レッド・ペイント・ピープル」（二千年前から六千年前にメイン州に存在していたとされる部族だが、諸説あり、詳しいことはわかっていない）が海からやってきて海岸沿いに住みついたのち、何千年も経って、ヨーロッパ人がそこにたどりつく方法を発見したのだ。その間に、北部の集団のアベナキ族が来て、やがてメイン州に五つの主要な族を作った。彼らは樺の樹皮で作ったカヌーに乗って魚を釣り、海岸で火をおこして調理した。そんな海岸にある彼らの初期の野営地跡からはさまざまな工芸品が発見されている。そういった野営地の一つがフェローシップポイントの先端にあった。

　イングランドとスコットランド出身の祖先は沿海州（カナダのニューブランズウィック州、ノヴァスコシア州、プリンスエドワード島の総称）から下ってきたり、マサチューセッツ湾植民地から来たりして、ディール・タウンを建設した。その町の中心から両方向に木の家が建った。間もなく煉瓦造りの建物ができたことからわかるように、町ではより多くの商売が行なわれるようになり、おもな道のまわりに何本もの小道がさらにできた。通り沿いに地元の店ができたのにともなって、半島の付近には小さな農場や家内工業の作業場や釣り桟橋が点在するようになり、あらゆる需要に対応した。新たな入植者は先住民よりも土地に損害を与えたが、海岸の他地域に比べれば、たいしたことはなかった。ほかの土地では木が切りたおされ、イワシの缶詰工場が建てられ、町が作られた。一八五〇年代、半島の東側に大きな夏用のコテージがいくつか建った。そこでは海風によってブヨや蚊がつねに吹きとばされたし、壮大な日の出を見ることができた。ケープ・ディールの先端にはまだ誰も手をつけていなかった。それを変えたのがウィリアム・リーだった。

ウィリアム・リーはフィラデルフィアのクエーカー教徒で、海運業やデラウェア州にある倉庫を所有する裕福な商人一族の一人であり、フランクリン広場近くのウォルナット通りに広壮な屋敷を構えていた。ウィリアムは一族の会社で働いていたが、兄のエドガーはそれ以上に働き、市内のケンジントンに四つの織物工場を買って会社を大きくした。ウィリアムはその織物工場の監督を命じられた。各工場には六人ほどの従業員がいて、近隣のフィラデルフィア北部で暮らしている、イングランドやスコットランドやアイルランドから移住してきたばかりの人々から採用された。ウィリアムはクエーカー教徒として最善を尽くし、従業員がまともな生活を送り、子どもたちが学校に通えるように心がけた。ウィリアムは事業にそれほど関心がなく、小さな工場が建ちならぶ通りを歩きまわることを好み、誰が誰に何を売ったのか、その理由は何かといったことを突きとめるのが好きだった。そんな子どもっぽい質問によってウィリアムが集めた情報を、兄は近代化と効率性の原理を適用して、利益を生むものに変えようと努めた。エドガー・リーは街区並みの大きさの複合施設を建てようと思いえがいた。それぞれの小さな工場で糸をつむぎ、織り、染色し、裁断するといった最終製品の一工程だけを扱うのではなく、一つの工場の中で全工程を行なえるようにと考えたのだ。そうすれば、ほかの工場の持ち主が製造工程から利益を得ることはない。

ウィリアムはその考え方の長所を理解したが、反論した。賃金を貯めて所有者から工場を買いとり、持ち主になろうとしている労働者はどうなるのか。彼らは巨大な事業を買いとらねばならないことになるだろう？　兄と弟は意見の大きな食い違いを巡ってにらみあった。エドガーは堅実で公共心のあるアメリカの資本主義者で、事業に対する判断と、道徳的な見解とを完全に切りはなしていた。彼の富のために骨折って働く人々がいることは当たり前だし、すべては公明正大だと信じていたのだ。ウィリアムは自分を学識のある自由なアメリカ人と考え、制約したりしないことや楽に生きたりすることが平等主義的な見方に通じると思っていた。二人には自身の姿がわからず、それぞれの立場のせいで、折りあえないほど意見が分かれそうなのは明らかだった。意見の違いはエドガーとウィリアムの性格に根ざしたものだったが、彼らのような階級の男はそんなことを議論するように育てられてこなかった。だから二人が議論したのは憲法の前文について、とりわけ幸福の追求に関してだった。幸福を追求するとはどういう意味か、他人が幸福を追求する手助けをする人にはどれくらい責任があるのか？　誰もが仲間の男や女に対する責任を負っているという点については、二人とも意見が一致した。民主主義についても！　しかし、それにはどんなことが必然的に伴うのか？　議論は続いた。エドガーは弟を真のパートナーとすることに絶望し、ウィリアムは部下よりも自分がはるかに多く儲けるという行為に絶望した。そしてもっといい方法があると信じ、それが見つかることを願った。

ウィリアムはジャーマンタウン出身のヴェリティ・ヒルと結婚し、子どもをもうけ、集会《ミーティング》に行き、多くの趣味や関心事を追った。そういう趣味の中に、ウィリアムが「自然」と呼ぶ種類のものがあった。父親のアンドルー・リー譲りの情熱で、週末には父と一緒に、けがれのない野原や森をうろついていることがよくあったのだ。アンドルーは、ヘンリー・デイヴィッド・ソローという名の人物が一八五四年にスプリング・ガーデン大学で行なった講演会を聴いたことがあった。ソローは野生の地域の重要性について語り、人里離れた場所での一人きりの散策について描写した。アンドルーは彼の描写に感激し、すぐさま『ウォールデン　森の生活』を買った。その本にアンドルーは起床ラッパでも吹かれたような衝撃を受けた。彼は自然保護活動家になり、耳を傾けてくれる誰にでも、国立公園という制度の必要性を話した。国立公園では土地が荒らされずに保たれ、人々は心の充足のためにそこへ行くのだ、と。ウィリアムはこういう考え方を心に留め、若者のころは一度に何週間も一人で出かけては、動植物の新しい名前を覚えて帰ってきたものだった。そして、覚えた動植物の名をわが子に教えた。こんな俗世を離れた経験をしたため、ウィリアムはそのような場所を自分でも保護することに関心を抱いた。新しい経験に興奮するだけでなく、前に見た光景をまた見たいという願いもあった。それに、連邦政府はアンドルーの思いつきに急いで取りくむ様子もなかったからだ。ある晩、ウィリアムは卵を守ってほしいと一羽の鳥に頼まれる夢を見た。目が覚めたとき、鳥たちが安全に暮らせる土地を買おうという考えが生まれていた。妻のヴェリティは、このいささか怪しい思いつきをあまり人に話さないほうがいいと注意した。夫が感情に流されすぎると思われないかと恐れていたのだ。クエーカー教徒は精霊によって心を動かされるとされたが、その範囲には限りがあった。

一八七二年、ウィリアムは北部のメイン州沿岸へ一人旅をした。ソローによれば、そこはニューイングランドでまだ汚されていない唯一の土地だ。ソレントの夏の別荘にいる親戚を訪ねることが目的だった。ウィリアムは偶然、馬を休めて食べ物を買うためにケープ・ディールで足を止めた。その日は天気に恵まれ、まさに南へ行ってみようという好奇心が駆りたてられるような日だった。ウィリアムは馬に休憩させるために鞍を取りはずし、草の上に寝て空を見あげ、ぼうっと空想したり記憶にある詩を暗唱したりした。鳥を眺め、彼らの能力に驚嘆してぼんやりしていたところ、いきなり衝撃を受けた。オスのカササギガモを目にしたのだ。そのときでもまれな種で、間もなく絶滅しそうな鳥だった。白い翼と黒い体、鳥類図鑑で読んだことがあった独特の模様から見わけられた。ウィリアムは探している鳥のリストにカササギガモを書きこんだことはなかった。この鳥がここにいるはずはなかったのだ。だが、カササギガモはマサチューセッツ州のケープコッド沖で越冬し、夏はカナダで過ごすはずだ。その鳥がここに、メイン州にいる。そのことを知っているのはウィリアムだけかもしれない。これほど何かを大切だと感じたことはなかった。ウィリアムには何かが起こっていた。

ウィリアムは馬に乗り、カササギガモが飛んでいったほうを目指して懸命にあとを追った。岬の西側沿いに馬を走らせ、細長い部分へ南下する。この回り道が彼の運命を決めることになった。目にした場所はまるで夢のようで、どこも自然にあふれて象徴的だった。土地の低い部分には塩性沼沢が広がり、野生生物やさまざまな植物で満ちている。土地の中央には荒々しい草原が続き、木々や野草が点在していた。長くて平坦な西側の土地は岩だらけの海岸へと傾斜している。土地の行きどまりは崖と樅の木で守られた岬で、また別のカササギガモが見つかった。ほかの種類の鳥も数多くいた。ここここそが思いえがいていた土地に違いないと彼は思った。ウィリアムは全体で五十八万平方メートル強になる岬を、七千五百ドルで買った。これも得な契約《ディール》だった。

次の夏、ウィリアムは兄のエドガーや数名の友人とこの岬に戻った。野営し、鳥の観察を行ない、手つかずの自然の中で自由な生活を経験するために。一緒に行った男たちもウィリアムと同じようにこの土地を気に入り、壮観かつ唯一無二の場所を彼が見つけたと認めた。幸いにも社会の圧力だの、ニューポートやバーハーバーの監督派教会のたわごとだのからはるかに離れた土地に。彼らは海で手に入れた海産物や、食用の雑草やキノコを食べ、身の引きしまるような冷たい海にざっと浸かると、裸のまま温かい岩の上でくつろぎ、ウサギや訴訟事件や合衆国の将来や鳥や自分の事業といったことについてとりとめもなく話し、こんな生活がいつまでも続くならどんなにすばらしいかと語り合った。ウィリアム・リーは、みんなが毎年ここに来ればいいと言った。そういう目標を考えて、クラブのようなものを作れるだろうと。より大きなことをいつも考え、より多くを求めるエドガーは各自がここに家を建てるべきだと提案し、みんなはそれに喝采した。自分の土地を奪いとるような兄の発言にウィリアムが胸を痛めたとしても、躊躇したということはフェローシップポイントの起こりに関する話には伝わっていない。

その代わり、ウィリアムは自分の前に生きていた多くのアメリカ人やその後のアメリカ人と同様に、理想の共同体を作ろうという思いに駆りたてられた。クエーカー教徒の教義に従い、彼自身の美的感覚に合ったものを作ろうと。ウィリアムは銀行家や建築家、哲学者に相談しながら、数カ月を費やして共同体のモデルを考案した。志を同じくする友人の一団がそれぞれ一部の土地を持つよりも、一つの協会として共同所有権を持つほうがいいというのがウィリアムの意見だった。協会は全員の利益になるような美学や行動や催し物の基準を作ることになる。ウィリアムが協会を運営する。ほかの協会員はウィリアムを信用してさまざまなことを任せ、充分な利益が与えられるのを期待するわけだ。自分くらい、自己の利益をあまり顧みずに他者のために進んで働きたがる人間はいないとウィリアムは思っていた。それは耳を傾ける誰にでも喜んで教えたい技術だった。だが、教えを乞おうという人々が列を成すことはなかったので、妻のヴェリティが慰めてくれた。

ウィリアムはポイントを五軒の家向けに設計した。最初の野営の旅に行った四人の男と家族のため、一人につき一軒ということだった。ダイヤー一家の「アウター・ライト」、リード一家の「ロックリード」、ウィリアム・リー一家の「リーワードコテージ」、ハンコック一家の「メドウリー」、そしてエドガー・リー一家の「ウェスターリー」だ。それらの家は岬の西側に建てられることになる。家の一方の側からは入り江が見え、もう一方の側からは塩性沼沢とその向こうに開ける海が見えるだろう。草原は手をつけずに残されるはずで、それぞれの家の敷地を通って岬の先のほうへ続くだけの未舗装路を造ることになる。ウィリアムは全部の家が道路の四分の三あたりまでしか建てられないように計画した。岬の先端までの土地は鳥やほかの生き物のために自然のまま残される。夏の間、何十年となくその海岸へ移動していたアベナキ族が多くの工芸品を残していた。ウィリアムとエドガーは彼らの残したものを掘りだし、リーワードコテージとウェスターリーに保管した。ウィリアムとその子孫は博物館や収集家から、アベナキ族の工芸品を譲ってほしいと懇願された。だが、工芸品はフェローシップポイントに属するべきだし、ここを訪れる人に収集品の写真を撮影させないという態度をウィリアムは崩さなかった。

五軒の家をどこに建てようかと構想を練りながら、ウィリアムは初めの考えを懐かしく思いおこした。すべての家を徹底的に、まったく同じにして、どれに住んでも変わらないようにしたいというものだった。どの家族も特定の一軒の家を所有せずに、毎夏、どこの家でも容易に暮らせるようにと。自分がタイム・シェアのアイデアを思いついていたなどと、ウィリアムは知るはずもなかった。彼は人々がさまざまな光景や見晴らしを楽しめて、一つの家にこだわらないという案を気に入った。家による豪華さの違いがないなら、解放された気持ちになるだろう。たとえクエーカー教徒でも、いや、もしかしたらクエーカー教徒だからなおさらなのかもしれないが、強欲にならずにすむ。それには自分の計画が控えめながらも効果的だと、ウィリアムは信じていた。しかし、この考えをエドガーに話すと、反対された。女たちのことを考えろとエドガーは異議を唱えた。女たちは家を飾りたがるだろう、と。

　ウィリアムはエドガーの意図をくんで、五軒の家がどれも異なるように設計し、自らの住まいは真ん中のものを選んだ。変化には時間がかかるのだと自分に言いきかせた。自分たちはまだ若いから、精神的に成長できるはずだ。精神を高められるような景色が見える家で何週間も過ごせば、平等主義者の感情が目覚めるだろうと確信していた。ウィリアムはさまざまなタイプの家や計画を検討し、シングル様式（建物の外壁や屋根を、杉を割って板材としたシングル材で覆ったスタイル）に手を入れた家を自分のものに決めた。寝室は六部屋で、やがてガラスルームとして知られるようになった日光浴用の部屋である、虫を気にせずに外で食事できる網戸つきの部屋を備え、霧による冷えを避けるために一階にも二階にも暖炉をつけた。ウィリアムは職業を替えてもいいほど建築について学んだ。自分の技術を売り物にするのはいやだったが、立地そのものと同じくらい、ポイントでの暮らしが見た目に喜ばしくなるように腕を振るった。それぞれの妻に外観を相談し、家によって規模の差がなく、他と調和がとれるようにするという彼の目標をどうにか守るため、彼女たちの注意を些末なことに向けさせた。

　どの家も大きかったが、ばかげているほど広壮ではなかった。絶対に大邸宅などではない！　なにしろ、ウィリアムが望んだのは質素なキャンプ場だったのだ。けれども、いったん現代社会の住人向けに設計してみると、簡素に暮らすのは無理だとわかった。ウィリアムも友人も家に使用人を置くことに慣れていた。地面に寝て、岩から取ったムラサキイガイを食べる生活を苦もなく何カ月も続けられるだろうとはいえ、夏の間、フィラデルフィアからメイン州へと家族の住まいを移すのは人手がなければできなかった。誰が料理するのか？　掃除は？　地元の人々を雇えるかもしれないと思ったが、彼らはどうやってフェローシップポイントに来るのか？　フィラデルフィアから自分の使用人を連れてくるほうが誰にとっても理にかなうが、彼らをどこに住ませればいいだろう？ウィリアムはこの問題を思案し、ある真夜中にアイデアがぽんと浮かんだせいで目を覚ました。ポイントの先端近くに何軒か、使用人のための家を建てよう。ポイントパスを挟んでアウター・ライトの向かい側の広い野原に。そこなら平等主義者らしく、どの家も同じように利用できるという考えを実現できるだろう。使用人たちも海の景色を見られるし、ゆとりも充分にある。誰もが美と快適さを味わえるはずだ。

ウィリアムはこれらの家を、一つの階に一部屋しかなくて狭い、「父と子と聖霊の家」よりは余裕のある家にしようと思った。それは使用人も含めて、持ち家のない階級の者を住ませるために、人口が増えていく十九世紀のフィラデルフィアで建てられていた家だった。ウィリアムの家にもそのような家の二軒に住んでいる使用人がいた。屋根裏部屋に住ませるよりも、別の住宅で暮らしてもらうほうが使用人への敬意を払うことになるとウィリアムは信じていたが、そんな狭い家のせいで彼らは劣等感を抱き、拘束されている気分になった。ウィリアムはさらに一歩進んで、裕福でない誰もが住んで幸せになれる家を建てたいと思った。それは使用人のやる気を高めるだろう。以前よりも所有者と使用人との関係が穏やかになったのを見ながら協会で成長していくのは、子どもたちにもいいはずだ。それに、健全な生活を営むことによって、これまでと違う人生を得ようとするかもしれない使用人にとっても悪くない。何よりもウィリアムをわくわくさせるのは、世の中で向上していこうとする人々の助けになることだった。彼は自然や家族や友人と心を通わせながらメイン州の海岸で過ごす、長くて平和で健全な夏を願っていた。協会が土地を買ったとき、フェローシップポイントには名前がなかった。先住民のつけた名前すらなかったのだ。仲間や共同体を意味する〝フェローシップ〟という言葉はクエーカー教徒的だし、一般的でもある。ニューイングランドという場所全体を指す言葉のように聞こえた。注目はいつでもあまり浴びないほうがよかった。

また、会堂《ミーティング・ハウス》を作るかどうかという問題があった。エドガーは作るほうに賛成だったが、ウィリアムには別の考えがあった。もっと昔のやり方に戻りたいと思ったのだ。人々が間に合わせの場所ですませ、集まるメンバーの部屋や地下室で集会《ミーティング》を開いていたころに。ポイントには利用できる開けた野原がある。そこに集まったらどうだろうか？　それぞれの家族が椅子や長椅子を持ってきて、みんなの顔が合うように輪になって座る。雨が降ったら、誰かのコテージの応接室に集まればいい。

ウィリアムは「行動規範」と名づけた決まりを作り、修正案や提案を聞くためにほかの共同所有者にそれをまわした。定期的なパーティは開かないことが決められた。その不足分は、フェローシップポイントにいる全員のために八月に開かれる大がかりな「ポイント・パーティ」で埋めあわせができるだろう。それには若者も老人も、共同所有者も使用人も、所有者の客も友人も招かれるはずだ。「リー・ポイント・パーティ」はたちまち伝統となり、冬の間に夢見るものとなった。

ウィリアムの栄光は、未来の世代にこの資産を伝えるための制度を考えたときに訪れた。彼は土地所有の害悪について熱のこもった文章を書いた。土地を持っているせいでどんな対立が起きかねないか、些細な違反を巡ってどれほど隣人同士が争ったか、より多くの土地を所有したいという貪欲さのせいで人は法を破りかねないといったことを述べたのだ。ウィリアムは全員が共同所有権のみを持ち、会費を払う仕組みを望んだ。しかし、またしても根強い既存の思いこみにぶつかって口論が起きると、今度も彼は妥協した。どんな対立でも避ける主義だったのだ。それは事業を経営する観点から、兄が案じていたウィリアムの特徴だったが、エドガーが自分の道を進みたい場合には都合がよかった。結局、五名から成る協会にウィリアムが土地を売ることで合意に達した。この五人全員が共同で土地を管理するが、彼らは自分の家を所有する権利や全体の所有権の一部を持つ。家は血縁関係のある者に、一度につき一人だけに引きわたされるという規定がついていたから、共同所有権を持つ者が五人以上になることはない。もし、相続人がいないか、土地を欲しがらなかった場合、家とその売却価値は協会に戻され、共同所有者の人数は減る。共同所有者が四人か二人で、ある問題について賛成と反対が同数になったら、中立の立場の関係者が投げたコインでどちらかに決められる。ウィリアムは共同所有権がどんなときに無効になるかを述べた条項を入れようと思いついた。協会が解散し、土地が売られる場合だ。それは健全な精神を持つ三人の共同所有者の賛意が必要だというものだった。もしもそんなときが来たら、仕方ない。そのころウィリアムはこの世にいないだろう。複雑な制度ではなく、公正で、協会がこれから長続きすることをうかがわせるものだった。

最初の夏となった一八七九年は暑くて乾燥していた。協会の面々はほとんどの時間を戸外で過ごすことができ、ちょっとした伝統やゲームを数多く生みだした。女性も含めた全員が、エデンの園を見つけたと口をそろえて言った。そして贅沢な暮らしをする友人やいとこをいそいそと招き、集団での調和や簡素な生活を経験させた。彼らは釣りや船を走らせる方法を学び、さまざまな島までピクニックに行き、風が音をたてている木々の間にハンモックを吊るした。日曜には草原を抜けてミーティング・ハウスへ歩いていくことをみんなは好んだ。露の降りた朝はスカートやズボンに包まれた脚が濡れ、子どもたちはベンチにそわそわと座りながら冷えた爪先と爪先を前脚みたいにこすりあわせた。フィラデルフィアでは身に覚えがないほど、話したいという衝動に人々は駆られた。ウィリアム・リーは積極的に意見を述べた。

よその野鳥観察家がポイントに来るのを認めるかどうかという議論が、およそ十年にわたって行なわれていた。ウィリアム・リーは自分が作りだしたものを専門家に見せたくてたまらなかったが、ほかの者は自宅の前庭に見知らぬ人が入りこむことを望まなかった。とうとう、渡り鳥の群れを観察するために春と秋には専門家が来てもいいと決まった。野鳥観察家たちはルッカリーとして知られるようになった使用人向けの家に泊まり、ウィリアムは彼らに同行した。彼はこうして過ごす数週間を愛し、オーデュボン協会*初期の気前のいいメンバーとなった。ウィリアムはオーデュボン協会の鳥類画集を二冊買った。一冊はしょっちゅう眺めたせいで、ほとんど価値がなくなってしまった。もう一冊は額に入れ、フィラデルフィアにある家の書斎の壁に吊るした。

ウィリアムは天国を信じていなかったが、遺骨には敬意を払い、リーワードコテージとハンコック家のメドウリーとの間の草原にある墓地を歩きまわった。彼は簡素な棺に横たえられた遺体を埋葬し、ほかの遺体が埋まったところとの境界を定める石を置かないという、昔からのクエーカー教徒の慣習を守りたかった。だが、墓石を置こうという、協会のメンバーたちの要求に屈した。彼ら

*野鳥保護をはじめ、自然や環境の保護を目的とするアメリカの団体。

はフィラデルフィアの墓地を通りすぎるたび、自分の墓にも墓石が欲しいと思わずにはいられなかったのだ。時が経つにつれて、ポイントの数多くの住民やペットがその墓地に埋葬され、老齢になったウィリアムは墓石の間を歩くことを好んだ。彼は優雅に年齢を重ねていったが、当然のことだったろう。ウィリアムは望むものを何でも、いつでも手に入れた。顔立ちがよくて高潔な息子のクルレスも得られた。クルレスは事業におけるウィリアムの役割を継ぎ、家を譲りうけ、義務を引きうけた。ウィリアムは病に倒れてからほどなくして亡くなったが、死の床で数々の指示をはっきり言い残した。最後までアイデアマンだった。あいにくその晩、ウィリアムは入れ歯を外していて、家族が夕食をとりにダイニングルームへ行っていた間、付き添っていた地元の娘である看護婦はフィラデルフィア訛りを理解できなかった。だから、彼の最後の言葉は想像に任されることになった。その後、リー家の誰かが計画を立てるときは必ずウィリアムの遺志という言葉を引きあいに出したが、多くの場合は冗談だった。ウィリアム・リーは一族の誰からも好かれたし、奇跡的にも彼らが求めるものを求めた。すべての祖先や彼らの気性がウィリアムのように寛容だったら、よかったのだが。

一族の全員が、ウィリアムのように高潔だったらよかったのに。

わたしのようにね、とアグネス・リーは思った。

第五章

二〇〇〇年六月、リーワードコテージ、アグネス

「ああ、もう！」アグネスはリーワードコテージの食料貯蔵室で爪先立ちし、食器棚にある地元製の皿に手が届かないのでいらだっていた。専門用語で言えば、乳腺切除というものを受けてから、ウエストより上には右腕が上がらなくなってしまったのだ。「シルヴィ、手が届かないよ！」

「待っててください《ホールド・ユア・ホースィズ》、すぐ行きますから」シルヴィは急ぐ様子もなさそうな口調で答えた。

「心配なのは馬たち《ホースィズ》じゃなくて、子ガモたちだよ」食料貯蔵室からは海辺が見えず、カモたちとカモメたちとの戦いが今どうなっているかわからないのが心配だった。状況を観察するために上に戻りたくてたまらない。この一週間、毎朝のようにケワタガモの母鳥が子ガモの一団を引きつれて入り江に泳ぎだしていた。子ガモはあまりにも小さいので、はっきりと見るためにアグネスは双眼鏡の焦点をしっかり合わせなければならなかった。最初、ケワタガモのヒナは九羽いたが、それから七羽になり、六羽になって、昨日は五羽だった。胸が痛くなるほどの大量虐殺だ。こんなドラマが毎年繰りひろげられた。カモというか、とにかく浮いている鳥は捕食者にとって申し分ない軽食な

のだ。アグネスはカモメの抜け目のなさや長々と互いに鳴きかわすさまが大好きだったが、子ガモを襲う件についてはぞっとした。残忍でむごい。黙って眺めて自然に任せることなどできなかった。自分が目を光らせているうちは認められない。毎年、アグネスはカモメがカモを襲うのをできるだけ邪魔した。

「自分と同じ大きさの鳥をいじめろと、ロバートからこのカモメたちに言いきかせてもらわなくては。わたしは年寄りすぎて、そんな仕事ができないからね」

シルヴィは数メートルほどしか離れていないキッチンにいた。彼女はアグネスと同じくらいの年で、やはり敏捷には動けなかった。シルヴィは四十年近く、リーワードコテージの家政婦を務めていた。サーカムスタンス一家がポイントを離れてケープ・ディールの北部に引っこしてからずっと。ミセス・サーカムスタンスはしばらくの間、通いで料理をしに来ていたが、やがてシルヴィがその役割も引きうけるようになった。彼女とアグネスはどちらも認めたがらないほど、いろいろ似たところがあった。二人とも背が高くて痩せていて、頑固でぶっきらぼうだった。もしかしたら、のこぎりを使ったのかもしれないが、シルヴィは不揃いな灰色の髪を顎のあたりで短く切っていたし、今年、ブラジャーを着けるのをやめた。それはアグネスとの連帯を示す行為だったのか？　または、反抗としてやったことなのか？　垂れているシルヴィの胸は見苦しかったが、ブラジャーをつけろとはアグネスも言えなかった。とはいえ、二人はうまくやっていた。どちらもお世辞だの支援だのを必要としなかった。リーワードコテージはたいした波乱もなく切りまわされていた。

シルヴィは足音をたてて食料貯蔵室に入ってきた。重い厚底サンダルを履いているため、存在感が大きい。アグネスの猫のメイジーはこの音が好きではなかった。メイジーはメインクーンという長毛猫で、灰色がかった茶色の豊かでふさふさの尻尾は、気に食わないとかおもしろくないといった彼女のさまざまな感情を表すのに使われた。メイジーは尻尾を勢いよく振りながら玄関ホールへ歩いていってしまった。

「その皿だよ」アグネスは青いラックリフ製の皿に手を振った。シルヴィは楽々と手を伸ばしてそれを下ろした。

「見せつけているね」アグネスは言った。

シルヴィは肩をすくめた。

二人はキッチンに行った。アグネスはフルーツボウルからオレンジを一つ取り、ポケットに滑りこませた。

「果物、卵、トースト、マーマレードがもうすぐ用意できます」

「ありがとう。一緒に食べる?」アグネスはフルーツボウルのプラムに目をやった。石のように硬くて、これほど早い夏の時期にはただの飾りにすぎない。だが、黄色の実を覆う紫や赤の皮がついたプラムを見て、口に唾が湧いた。詩人のウィリアム・カーロス・ウィリアムズと彼が盗んだプラムについての詩*に共感し、胸の痛みを覚えた。

シルヴィは冷蔵庫を覗いた。「何か買いに町へ行かなくては。特に欲しいものがあれば、買い物リストにつけたしてください」


*アイスボックスに入っていたプラム(桃)を食べてしまったことを謝るという詩。『名詩集』中の「ちょっとね」篠田一士編・鍵谷幸信訳・筑摩書房・六二四ページ。

アグネスはチョコレートのM&Mを一袋、思いうかべた。いらいらしているからだろう。それは買い物リストに書きださなかった。「カモメのことでロバートが手を貸してくれるといいんだが」

「必死の戦いの中で自然は血に染まる《ネイチャー・レッド・イン・トゥース・アンド・クロウ》。お母さまはいつもそうおっしゃっていましたよ」

「あの人は平和主義者じゃなかったからね」その表現は〝ネイチャー・レディントゥース・アンド・クロウ〟と言ったはずだとアグネスは思った。意味を成さない言葉だが、〝レディントゥース〟という響きは気に入っていた。〈フランクリン広場〉シリーズの登場人物に求婚する人の姓に、それを使って楽しんだこともあった。チョーンシー・レディントゥースという名にしたのだ。アグネスは小説の人物に名前をつけることを楽しんでいた。ディケンズは救貧院から出たあと、登場人物に名前をつけては笑っていたに違いない。

「誰もが平和主義者じゃなくてよかったですよ。悪い奴らは奴らなりのやり方で扱われるべきです」

「カモメを悪い奴らと言っていいかどうかはわからないが、追放してやりたい。結構よ、わたしは出かける。もし、ロバートがやってきたときにあなたがいたら、カモメのことを伝えてくれない？」

シルヴィは同意らしき声を出したが、心から承諾したわけではなさそうだった。そういうのが二人の関係だった。古い家で、ばかなことを言いあっている二羽の老いぼれオオバン。アグネスは何度となくシルヴィに引退を勧めた。将来はルッカリーにある家がシルヴィに与えられるはずだし、アグネスは彼女の葬儀費用も負担するつもりだった。けれどもシルヴィはアグネスと同じように、怠けて楽をする生活にまったく関心がなかった。シルヴィは家を切りまわしてアグネスの生活を仕切るのが好きだったし、今でもそんなことが得意だった。充分うまくやっていたのだ。
「お皿を持っていきますか？」シルヴィは尋ねた。
「いや」皿を運ぶことならアグネスにもできた。ウエストより上には持ちあげられないが。リンパ節のかなりの部分を切除すれば、胸とつながる部分がいくらか動かなくなるかもしれないと、フィラデルフィアの外科医に言われた。だが、それがどんなふうか、彼女には想像がつかなかった。アグネスは前かがみになって髪にブラシをかけ、手の届くところにあるほつれ毛をみんな叩いて押さえた。

邪魔しないようにしているらしいメイジーをおともに部屋に戻ってくると、窓の外を眺めながら食事した。今のところ、何もかもが静かだった。メイジーも一緒に外を見ている。アグネスは猫が舐められるように皿を差しだした。メイジーは表面が汚れて卵のかけらがいくつかついた皿にゆっくりと視線を落とし、緩慢な動作で頭をまた上げるとアグネスを見た。メイジーのまなざしには愛情のこもった、大目に見てあげるという意味あいがあった。自分を喜ばせて気を引こうというアグネスの努力はわかるけれど、幼稚だねと言わんばかりに。メイジーは冬じゅうシルヴィと暮らしていたから、それが態度によく表れていた。メイジーとシルヴィはお互いが必要だと信じていたし、まさしくそうだったのだ。

アグネスは玄関ホールにあるテーブルの上に皿を置き、寝椅子という自分なりの監視所に行った。海面には動きがなく、刻みこまれたようにボートのマストが何本も映っている。アグネスは海水や海藻や魚のにおいを吸いこんだ。酔ってしまいそうな香りだった。

六週間前にメイン州に着くと、アグネスはポートランドでの主治医である、がん専門医のウィリアム・オズワルドの診察を受けに行った。オズワルド医師によると、これ以上なんの治療もしなければ、彼女の五年生存率は七十パーセントから七十五パーセントだという。放射線治療と化学療法をすれば生存率が上昇する可能性はあるが、副作用のせいで現在の生活の質に悪影響もあるという話だった。死は自然なもので、化学療法は老人にとってかなりの負担だというのがオズワルド医師の見解だった。今までそうしてきたように健康的な生活を送るべきだと医師は助言した。アグネスは死を恐れるような態度をオズワルド医師がとらなかったことがありがたかったし、毒物を避けられる可能性のほうに喜んで賭けるつもりだった。

アグネスは以前よりも強くなり、いっそう頑丈になったように感じていた。だが、おおやけにはできないが、ジョークじゃないかと思えるほど、相変わらず小説を書けないままだった。ぞっとする表現だが、スランプに当惑して心を痛めていたし、それについての心情を話すこともできなかった。手紙とか、ガーティ・ウィーディという筆名でニューイングランドの新聞の通信社に寄稿しているガーデニングに関するコラムは、いつもどおりにすらすらと書けた。だから、完全に書けなくなったわけではない。自分が生みだした〈フランクリン広場〉の女たちが老齢に達するのを拒み、アグネスから逃れようとしているのだ。根気よく続けるしか、打つ手はなかった。いつもやってきたことをやるのだ。自伝に取りかかるつもりがないことは確かだった。そう決めるのは簡単だったし、ハガキ一枚で片づけた。その後、モード・シルヴァーは何も言ってこなかった。

アグネスはいわば穏やかなわびしさを感じていた。著述に取りくんでいるときは、どれほど孤独な状況でも寂しいと感じたことは一度もない。だが、こんな停滞した状況だと、ほかの人は楽しい時間を過ごしているのだろうと感じてしまう。そういう人々の娯楽を軽視しているのに、うらやましく思えてしまうのだ。『ナン、優しいクマについての本を書く』を執筆することで、嫉妬の思いをいくらかなだめた。その本は自分の地位を高めてくれた学会にいたずらっぽく感謝を示すものだった。

ポリーが戻ってきたことが助けになった。彼女が隣の家にいるのはうれしかったし、毎日、午後遅くに会うという習慣がまた始まるだろうと期待していた。ポリーとは互いをよく知っていたから、会話は優れた詩のごとく自然に流れたし、目を見かわせば、言葉もいらなかった。

昨夜、二人で墓地を歩いていたとき、アグネスは体に支障があることに文句を言った。

「これじゃ、恐竜の前脚みたい」アグネスはティラノサウルスよろしく、肋骨のあたりまで上げた両腕をだらりと垂らしてみせた。

「母がそんなふうにして歩きまわっていたのを覚えている？　両手を体の前でだらんとさせていたのよね」

「フランケンシュタインみたいだった」アグネスは言った。「彼が肘を曲げられたらの話だけれど」

二人はゆっくり歩いてポージー・ハンコックの墓に行った。相手の家族や互いの家の環境をこれほど詳しく知っていると、気が休まった。温和で感じのよかったポージーのおかげでハンコック家の雰囲気は穏やかだった。ポージーが暮らしていたのは平和で楽しい世界だったが、それというのも、誰もが彼女を動揺させまいと力を尽くしていたからだ。自分がいたらないせいで、ポージーの平穏な顔がゆがむのを見たくないからという理由だった。俗物で視野が狭い夫のイアン・ハンコックさえ、ポージーには甘かった。ポリーは母が恋しかった。まだ母が生きているかのように、足元の墓石に話しかける。

「どうして手をあんなふうにしていたの、お母さん？」

「返事はあった？」アグネスはからかった。

「ええ。あなたによいお手本を示すためだったそうよ、アグネス・リー」

「ハハ」

ポリーはいつものようにリディアの墓の前でも立ちどまったが、無言だった。アグネスの前では何も言ったことがない。同じように、アグネスもバージル・リードとナンの墓のそばで足を止めた。もっとも、ナンの墓は空っぽだった。アグネスには一人で深い悲しみに浸らせておいて、ポリーは左へ曲がった。アグネスの妹と弟だった双子のエルスペスとエドマンドの墓についていては、彼女もポリーも気軽に訪ねて話もした。ポリーの弟のテディについても、長い間、ポイントの長《おさ》だったラクラン・リーについても、二人は墓を訪れて思い出話ができた。フィラデルフィアの墓地に埋葬してほしいと言いはった母親のグレース・リーを思って、アグネスもポリーも感心しないというふうに首を横に振った。フィラデルフィアの墓のほうがいい人なんているものだろうか？

そのとおりだとばかりにイヌワシが頭上で舞いあがり、サンクのほうへ飛んでいった。

「それじゃ、昼食会はいつにする？」アグネスは尋ねていた。ランド・トラストの何人かに連絡したことはもうポリーに話してあった。二人はフェローシップポイントの将来のために懸命になっていた。

ポリーは手庇を作って空を見あげた。「近いうちにね。ディックに話さなくちゃ」

「何カ月も前にもそう言ったじゃない。まだ話していないいんだ？」

メイジーがアグネスの脚に軽く体をこすりつけた。アグネスの動揺を感じたとき、いつもそうするのだ。

「話したわよ」ポリーはメドウリーを見つめていた。

「彼は何だって？」

「たいしたことは言わなかったわ」

アグネスは顎に熱い血が上って怒りがこみあげるのを感じた。「しっかりしてよ、ポリー。この件を進めなければならないんだよ」

「ディックはあまり調子がよくないのよ、ネッシー。引退は楽なことじゃなかったし。それに、一過性脳虚血発作《TIA》を起こしたから……」ポリーの顎が震えた。

「そのことは本当に気の毒だと思っている。でも、そういうことはどれ一つとして鷲たちには関係ない。ランド・トラストとの会合にあなたが賛成するように、わたしはがんを切り札に使わなくてはならないかもね？　同意してもらいたいから」アグネスはカモメに対するのと正反対の理由でポリーの喉を絞めたくなるときがあった。カモメを絞めてやりたいのは乱暴すぎるから。ポリーの場合はおとなしすぎるからだ。

　ポリーは打ちひしがれた表情になり、目に涙を浮かべた。「切り札なら、もう使ったとは思わないの？　毎日いつでも、あなたの病気のことを考えているわ！　頭がどうにかなりそうよ！　ディックもあなたも失いたくないもの！」

「悪かった」アグネスは急いで言った。

「悪いと思うべきよ。ほんとにもう」ポリーは手を伸ばし、羽織っていたカーディガンの袖に腕を通した。

「たしかに」

その後、話題は変わった。あとでまたこの話を持ちださねばならないとアグネスは思った。なぜ、何でもわたしがやることになるのか？

アグネスはたじろいだ。今の疑問は母親が世間に対して持っていた疑問の一つだった。母親がそう言ったとき、皮肉はこもっていなかったが。甘やかされたグレース・リー。最近、アグネスの潜在意識にある暗い淀みの中で、グレースは注目してと頼みながら泳ぎまわっていた。母親の思い出に抵抗する娘の防壁に割れ目があるのを見つけたかのように。まだ母について何か言いたいことがあるなんて信じられない。すでにアグネスは母親を違う姿に変えて小説に登場させ、手厳しくて気むずかしく、自己陶酔的な彼女を何度も何度も描いていたのに。でも、いつだって、充分ということはないのでは？　お馴染みの人間を組み立てなおすのは、新たにその人を解釈するためだ。思い出は曖昧で気まぐれだが、言葉でそれを押さえつけ、あらゆる感覚を使ってじっくりと調べ、明かりとテクニックを用いて当時を表現してみる。こうすることで過去は振りまぜられ、ぐらつかされ、もみほぐされ、新しい形に作りかえられるのだ。

一人きりで机の前に座ったり、長椅子に腰を下ろして日記を書いたりしていると、アグネスの思考は人生の深い部分に入っていった。執筆しているときは全世界にどっぷり浸かっているのを感じた。文字どおり孤独だが、彼女は自分の意思で言葉を選んでいた。言葉をアグネス自身と、ほかの人間の思考や心の間をつなぐ足がかりとするために。こんなことができるなんて奇跡だった。ページに記された小さな黒いしるしや、アルファベットと呼ばれる符号。それがあれば、何百年も前に書かれた物語を読めたし、何千キロも離れたところで読まれる本を書くこともできた。読書や執筆がこんなに超自然的なのだから、神や亡霊について興奮する必要などないのでは？

誰かといるときは、言葉の選択はさほど重大じゃなかった。花を指さしてにっこり笑えば、感動したことは伝わるだろう。けれども、「花」という言葉だけ書いて、自分の言いたいことを読者にわかってもらえるはずはない。どんな花？　赤、白、黄色、それとも青？　どれくらいの大きさなのか、どんなにおいがするのか、季節はいつなのか？　心の中に浮かんだ場面をあまさず描き、見知らぬ人にも同じものを思いうかべてもらえるように描写すること。それがアグネスの生計手段だった。軍隊に命令を下すとか、手術を行なうといった行為に比べてもひけを取らないほど能動的な活動だ。または、子どもを持つことに比べても。

母親はアグネスの意見に賛成しなかった。悲惨な恋愛のあと、二十三歳のときにアグネスがまた実家で暮らすようになると、グレース・リーは娘が上に行って読書すると言うたび、それまでも示していた、事実上、不賛成を表す視線にいっそう磨きをかけた。もっと社交的になりなさいとグレースはアグネスに促したが、一度でも経験すればたくさんだった。母親はよい縁談と将来に大きな期待を寄せていた。アグネスはそれとなく、だが明確に、結婚できなかったことを非難された。肩をいからせて部屋からさっさと出ていく様子がグレースの気持ちを物語っていた。

自分はかろうじて悲劇を免れたと、アグネスは必ず主張した。たいていはエルスペスか、子どもに甘い父親が聞き手だったが、話に耳を傾けてくれる誰にでも結婚への不満をぶちまけた。不自然で時代遅れなだけでなく、女にとって好ましくない制度だと述べたのだ。婚姻によって保護されることは大きな恩恵だとしても、守られるせいで、逆に女は子ども扱いされる羽目になる。女も男と平等だというのはクエーカーの信条だったが、グレースにはそんなことはどうでもよかった。彼女はすばらしい縁組だの、相続財産だの、広壮な屋敷だの、社会的地位だのといったことをくどくどと話した。十九世紀の小説に出てくることばかりだ。ラクランはいつもグレースをおだてて、友人同士のように妻の肩を抱き、しかめつらをしてみせる。そのうちとうとう、グレースのこわばった表情も緩み、気取ってはいるが、本物の微笑がつかの間浮かぶのだった。妻の堅苦しさをラクランはまるで苦にしていないらしかった。子どもたちにはわからないグレースの何かを、父は知っていたのだろうか？　夫婦だけのときはグレースも無防備なところや官能的な面とか、陽気な性質を見せていたのか？　そんなことはありそうになかったが、絶対にないとも言いきれない。今のアグネスは両親のどちらのためにも、夫だけにしか見せないそんな性質が母にあったことを願っていた。

現代的な感覚を受けいれることがアグネスなりの反抗だった。心理学に興味を持った。フロイトもユングも作家として優れていると思った。それに、アグネスは過酷な現実を前にしても怯《ひる》まなかった。友人たちのような人生は送れない。愚かな男を支え、礼儀作法やらエチケット違反やらといったことばかり気にかけるなんて、まっぴらだ。娘たちについてグレース・リーが抱いていたヴィクトリア朝風の望みから、エルスペスもかろうじて逃れられた。尼僧のような行動をとっていたエルスペスが男と一緒のところなど想像もできないとされたのだ。そんなわけで、リー家の娘たちは未婚女性になることを運命づけられた。男と接近しなくてすんだのだ。

ポリーがディックに発言権を与え、ポイントの行く末に彼が決定権を持つかもしれないと思うと、アグネスは吐き気がした。ポイントについてのどの話でも、ほかの多くの問題と同じように、ディックと相談しなければと最後にポリーが言うのはいらだたしかった。ディック、ディック、ディック。実のところ、彼はとてもちっぽけな男で、まったく取るに足りない人間であり、それを心得ている分別さえ備えていなかった。彼のせいで、どれほどの人が哲学を追究する気をなくしただろう？　彼の気取った態度のため、哲学はどれほどひんぱんに害を与えられたことか？　見え見えの気取りではなかったので、俗物根性が目だつことはなかった。ごくさりげなく物わかりのよさとして示されたから、俗物的なエリート主義はほとんど目につかなかった。それでも、エリート主義が存在することはわかった。十八歳のときですら、アグネスはディックの正体を見破れただろうし、彼女が特別なわけではない。学生の多くも彼の本質を見ぬいていたに違いなかった。なのに、なぜ、これほどの歳月が経ってもポリーには彼のことがわからないのか？

アグネスは腹立たしかった。ポリーのようなすばらしい人にディックが全体として不釣りあいなのはさておき、アグネスはいつも彼のせいで傍観者の立場にさせられた。ポリーにとってはディックのほうがアグネスよりも重要だという約束ごとに、いつも従わなければならなかった。ただ、彼らが結婚しているというだけで。そんなことが道理にかなうだろうか？　毎日の午後、何かを話している最中といったどこかの時点で、ポリーの顔に浮かぶ表情があった。そして、彼女は手の届かないところから人間が吹く笛の音《ね》を聞く犬のように小首を傾げる。そのときにどんな表情をしていようと、ポリーの顔はさっきまでと違う感情のこもった、複雑な別のものに変化した。気遣わしげな色を額に浮かべ、下顎は弱々しげになり、上顎には切望感をたたえ、口元は従順になり、目には——アグネスがもっともいらだつのは目の表情だった。熱狂的な色が浮かぶのだ。何かの幻でも見せられたかのように目が輝いた。ディック・ウィスターの幻？

アグネスは寝椅子の肘掛けを拳で打った。カモたちはどこよ？　カモは旅人のように行動し、寝る時間は遅い。海の色はピンクから灰色がかった青に変化し、空は白くなっていた。ディックは羽繕いをするみたいに得意げになっているに違いない。自分の論文を読みなおしているか、何やら賢そうなことを手紙に書いているかだろう。ああ、そんな男を支える重荷を負わされなくてよかった！　アグネスは寝椅子から起きあがると、外に目を向けたまま歩きはじめた。自分の足音を意識する。一人きりだと。

母親や世間にどう主張しようと、アグネスは婚約が悲しい終わりを迎えたことに心から解放感を覚えたわけではなかった。ジョン・マニングにはずっと関心があった。あるとき、フェアマウント公園で一台の自転車がアグネスの後ろに迫ってきた。振りかえると、そこにジョンがいた。当時のアグネスは二十二歳で、ペンシルベニア大学を卒業したばかりだった。そして名ばかりの秘書として〈リー・アンド・サンズ〉の一部門で働いていた。アグネスよりも年上のジョンは〈ジラール銀行〉の行員で、いかにもそれらしく見えた。堅実な感じがする黒髪の退役軍人。アグネスは芝生に倒していた自転車を起こし、二人は並んで歩いた。今の職に就けたのはペンシルベニア大学で経済を学んだからだとジョンは主張したが、アグネスがからかいたくなるような何かが彼にはあった。もし、あなたがイタリア人か黒人だったら、経済学の学位なんて説得力があるものだと思う？　この問いにジョンは狼狽した。二人は別々の道に分かれたが、翌日、彼はアグネスの家を訪ねてきた。

ジョンが腕時計を見ようと袖口をすばやくめくるしぐさがアグネスは好きだった。手首の骨のところまで明るい茶色の毛が生えているのが見えた。ジョンがチキンを切ってしっかり噛んでいるとき、アグネスが何を言っていても、返事はこれを飲みこむまで待たなければいけないよというふうに人差し指を上げてみせる仕草も気に入っていた。大人の男がいずれは自分のものになるかもしれないと思うと、アグネスは気持ちが高ぶった。ジョンのそういうしぐさを愛するのが自分だけかもしれないことにも興奮を覚えた。アグネスの人生には愛する者がすでにいた。弟や妹、父親、ポリーが。けれどもジョンへの思いによって、アグネスはそれまで愛する者に接していたときとは違う自分を知った。キスが交わされるようになると、ジョンの裸体を見たいと思い、そう告げた。アグネスは性の経験が皆無だったし、男と女がすること、つまりセックスについて何も知らなかった。だが、ジョンに触れたかったし、唇で彼の体を隅々まで探索したかったのだ。こんな感じは初めてだった。もっとも、それまでは男の子と出かけた経験しかなかったのだが。

「驚いたな、アグネス」ジョンは言った。二人はリッテンハウス広場のベンチに腰を下ろしていた。アグネスは夏から秋へと移りかわる季節に影響されて生き生きし、できるだけ戸外で過ごしたがった。

「それは間違ったこと？　そうは思わないけれど」アグネスは自分で自分の問いに答えた。「ここから自然に湧きあがる衝動よ」自分の腹部を指した。「何かを感じたとき、言ってはだめなの？」彼女は彼をくすぐってやろうと手を動かしたが、途中で止められた。

「殺したいという衝動も自然に湧きあがるものだよ」ジョンは眉をひそめて彼女を見た。

「そのとおり。多くの場合、殺されたいと願う人がいるものよ。あなたは打ち負かされることを求めているでしょう」

「まいったな！　そんな言い方をどこで覚えたんだ？　きみが珍しい女性だと、わかっているかい？」

「実は珍しくないのよ。ただ、たいていの女は男のそばでは自分らしくふるまわないだけ」

「ぼくの姉妹は絶対にきみのようなことを考えていないよ」

「じゃ、訊いてみて!」

ジョンは顔を赤らめた。アグネスはつかまれていた手を振りほどき、ジョンのそばにさらに寄ると、肩に頭を預けた。ジョンはあたりを見まわした。

「きちんと座ってくれ。人前じゃないか」

アグネスはジョンから離れると、ふざけてベンチの反対端まで移動した。気持ちがあまりにも高揚していたので、自分たちが行きづまっていることを理解できなかった。「あなたって、もう年寄りみたいよ、ジョン・マニング。手遅れになる前にわたしと出会えて運がよかったね」

何がまずかったのだろう? 彼からは決定的な答えがなかった。ある日、アグネスは銀行にいるジョンに電話をかけ、昼休みに散歩しないかと誘った。アグネスから声をかけたのはそれが最初だった。ジョンがたびたび電話してくるので、自分が誘う必要を感じたことはなかったのだ。だが、会うきっかけを作るのをためらいはしなかった。今やジョンは友人なのだ。ジョンは誘いを受け、独立記念館の隣にある自由の鐘のそばで互いの姿を認めたときは本当にうれしそうだった。いつものようにアグネスの手を取り、ふだんと同じように彼女の言葉に驚いたとばかりに頭をそらして笑い声をたてた。けれども、アグネスはジョンの声に当惑させられたような響きがあるのを感じとった。そして次に会ったとき、そのことを尋ねた。なんだか、ここにいたくないようねと穏やかに言った。いやだったらそう言ってもいいとアグネスは申しでたが、ジョンは疑わしそうに目を見開き、一瞬、二人は知らない人同士のように相手を見た。ジョンはたちまち自分を取りもどし、愛想のいい表情をまた浮かべた。

彼女はそれ以上どう話したらいいかわからなかったし、問題を指摘したところで、ジョンにはアグネスが何を言っているのか理解できないはずだとはっきり感じた。ジョンにはアグネスの影響を受けない部分があり、いつでもそこに引きこもることができた。そう思いあたると、彼女は冷たくて荒涼とした気持ちになった。夜空の下で感じる、自分が無意味だという気分に似ていた。誰と一緒でも、気に障ることがあったらこんな行きづまりを感じるものだろうかとアグネスは悩んだ。それとも、これはジョン・マニングとの間だけに起きる問題なのか。自分は一人でいるほうが幸せかもしれない。たとえ、満足できる親密な関係というものについて、誤った思いこみをしているのだとしても。それとも、このような大きな隔たりは恋愛中の男女にはありがちな特徴なのだろうか？

アグネスとジョンは何もなかったようにつきあいつづけたが、実のところ、二人の関係はそのときに終わっていたのだ。ジョンは短気な性質をあらわすようになり、アグネスがどこかへ行くと怒るようになった。はじめのうち、彼女はそれを好意のしるしと受けとった。だがジョンは自分がどこかへ行く場合も、アグネスに腹を立てはじめたし、二人で会っていても、幸せにはほど遠かった。アグネスはしじゅうジョンを不快にさせた。彼は首筋を真っ赤にし、抑制されたこわばった声で怒鳴った。アグネスは彼の怒りが治まって許してもらうまでおとなしくしていなければならなかった。わたしたちがお互いをもっと知るようになれば、こんな大騒ぎも終わりになるでしょうねと、考えを声に出した。そんな意見を言ったせいで、またしても疑いのこもった目でにらまれた。自分はどこでも好きなところへ行って誰とでも会いたいとジョンはきっぱりと言った。帰れるときになったら帰ってくるから、それまで機嫌よく待つという姿勢を見せてほしいと。あまりにもばかげた提案を、アグネスはジョンの無邪気さのせいにした。そんな取り決めを望む女がいるなんてよくも考えられるものね？　そう思ってもかまわないと、母親から教えられたの？

一方、ジョンは義務を果たすことに熱心で、顔を出すべきあらゆる行事に出席した。だが、それはクリスマスや誕生日をアグネスと過ごしたいというよりも、ジョンが自分を過大評価していることと、より関わりがあるようだった。あきれてものも言えないほど自分を高く評価していて、大成功すれば世の中を見かえしてやれると信じていたのだ。とはいえ、アグネスはジョンに愛されているから、憎まれもするのだろうと感じはじめた。ジョンが彼女に執着するのは支えてくれる相手を増やしたいからというより、弱いからだった。理不尽な話だし、アグネスはそれが自分の妄想ならいいと思いつづけた。ジョンは相変わらず怒りを示した。けれども二人は婚約し、これでジョンも不安が消えるだろうとアグネスは思った。

アグネスは妹に懸念を話した。ジョンに不実だと感じずに秘密を打ちあけられる唯一の相手がエルスペスだった。エルスペスは男性とつきあった経験がなく、これからもないだろうが、賢くて聡明で、愛というものを信じていた。エルスペスはアグネスの髪を梳かしてやるのに忙しい様子をうまく装いながら、注意深く耳を傾けた。そしてよく考える時間がほしいと言うと、アグネスはうなずいた。二日後、エルスペスはアグネスのもとへ来て、婚約を破棄すべきだと思うと言った。

「彼は魂を失った人よ」エルスペスは言った。大きな目には自分の魂を信じる気持ちが表れていた。

「彼は自分を正当化する方法をいつでも見つけるでしょう。謝罪しているときでさえも。あの人は壊れているのよ、ネス。誰もがそう。わたしたちはみんな生まれたときに転んで壊れてしまうの。このことを幸運にも理解できて、修復しようと励む人もいる。理解できない人もいて、世の中にあるのが当たり前の苦悩をまわりの人のせいにする。ジョンは理解できないほうの人なのね。とても残念だわ」

　エルスペスの言うとおりだった。どうして、そんなによくわかっていたのだろう？　けれども、アグネスはあきらめられなかった。ふたたびジョンに自分を捧げ、彼の気分や反応を予測し、穏やかでいてくれるようにとできることは何でもやった。だが、ジョンはいっそう落ちつきがなくなり、アグネスに触れられるのをいやがった。ある晩、自宅の応接室で二人きりだったとき、彼女はこの機会をつかもうと決心した。ジョンが訪ねてきたときは何の計画もなかったのだが、一時間ほど経つと、アグネスはシャツのボタンを外して脱ぎ、シュミーズも頭から脱いでほうった。ジョンにまじまじと見つめられてほほ笑んだ。「ジョン」彼に片手を差しだした。「さあ」アグネスの心は揺らがなかった。強い自信を持っていたので、ほんのわずかの間、またしてもジョンに疎まれたことに気づかなかった。

　ジョンは手をよじるようにしてアグネスの手を振りきった。飛びあがって背中を向ける。

「服を着るんだ、アグネス。売春婦のような振る舞いじゃないか」

　アグネスは大声で笑い、ジョンを驚かせただけでなく、自分でも驚いた。彼は眉を寄せた。彼女はまた笑った。滑稽だった。どうしようもなく滑稽でたまらなかった。その瞬間ですら、この場面を見物する人がいないことを残念に思った。アグネスは自分という人間をもっと見せようとしていたのに、ジョンはこれまでにないほどアグネスを見ていなかった。だが、彼ははっきりと正体を現していた。

「いやよ」アグネスは言った。

「すぐに言われたとおりにしろ。さもないと、ぼくは――」

「どうするって？」

ジョンは片腕を上げて拳を作った。自分を痛めつける力が相手にあることをアグネスは痛いほど意識したが、笑いを抑えられなかった。このしぐさも彼のあらゆるしぐさも、大げさで見せかけだけのものだろう。こんなに価値のない男と、よくもここまでやってきたものだ。

「わかった」アグネスはシャツを着た。

「そのほうがいい」ジョンは言った。「いったい、きみはどうしたんだ？」

「帰って、ジョン」

「何だって？」

「わたしたちは終わりよ」

ジョンは拳を握っていた手を開いた。「指輪を返してくれ」

アグネスは指輪を引きぬいて渡した。

「あばずれめ」ジョンは小声で言いながら出ていった。

「じゃあね、紳士さん！」アグネスは彼の背中にことばを投げつけた。

アグネスは妙に高揚した気分でベッドに行った。彼女は自分のために立ちあがったのだ。いつでもそんな人だったと、アグネスを知る多くの者は言うだろうが、まったくの真実でもなかった。意見は言ったし、誘いを拒むときもあったが、それは自分のために声をあげることとは違う。ジョンはアグネスに恥をかかせようとし、彼女は屈辱を味わわされまいとした。そんなふうに拒絶したのは自分のためだった。アグネスはジョンとのいっさいの関係を解消した。

当時のアグネスは精神病理学についてほとんど知らなかったが、ジョンのかんしゃくの原因が自分にないことはわかっていた。婚姻とは、自由を生みだす長期にわたる会話であるべきだ。のちに、アグネスが真のつながりを持ったことはあったかもしれない。バージル・リードと。でも、そのことを考えても意味はなかった。なんの意味もない。経験に基づかない推測だから、なおさらだ。それはアグネスが仕事よりも恋愛に関心を持った最後だった。もう考えないのがいちばんだろう。

長年の間に何度かジョンを見かけたが、彼はかつてアグネスを愛したことがあるというそぶりをこれっぽっちも示さなかった。話をしなければならない場合、ジョンは最低限のやり取りだけで立ちさったのだった。

アグネスは身震いしてわれに返った。カモたちはもう海岸線にいる！　近づいてくるのを見のがしてしまったのだ。泳ぎまわっている小さなねじまき式のおもちゃみたいなカモはまだ五羽いて、自分が何をしているかも、危険がありそうだということも考えていないように見えた。だが、危険はすぐそばにあった。浜辺の数メートル離れた岩の上に二羽のカモメが静かに留まり、ターゲットが近づいてくるのを待ちうけていた。

「逃げて！」アグネスは叫んだが、無駄だった。走れたらいいのにと思ったが、そんなことができたのははるか昔だ。壁と壁の間でよろめきながら、ふらふらと階段を下りた。「来るんだよ、メイジー！　シルヴィ！　争いを止めにいく！」

シルヴィが玄関ホールに現れ、アグネスに杖を渡した。「頭をかち割らないで」

「ありがとう」

「わたしも行きます」

アグネスはシルヴィの厚底サンダルを見やった。「だめ。ロバートが来ないか、見張ってて。来たらすぐにわたしのところへ寄こして」

アグネスは玄関の階段を下りて私道を横切り、草原を通ってようやく海岸に着いた。土手を下りるのは楽ではなかった。小道は狭く、しっかり根づいたハマナスの間を縫って続いている。出っぱったハマナスの根は土の間を曲がりくねりながら伸びていて、アグネスはそれにつまずきそうになり、恐怖で心臓が止まりかけた。手を伸ばして蔓をつかんだが、とげが刺さって悲鳴をあげた。ほんとに、もう！

「ここから出ていけ！」アグネスは岩だらけの海岸に突進した。カモメたちは何歩か離れたが、今度は彼女のほうへ向かってきた。「おまえたちのことだ！」そう叫んだ。「出ていけ！」カモメたちは小首を傾げ、まばたきした。アグネスはできるかぎりの気力をかき集めてカモメのほうへ進んだが、もはやかつての自分ではなかった。杖を剣よろしく天に突きあげ、ウエストあたりで振りまわす。

「行け！　うせろ！　行っちまえ、いまいましい、ならず者どもめ！」

カモメたちは宙に飛びたった。

「それから、あんた！」アグネスは母親のケワタガモに向きなおった。「もっと上手に子どもたちを守れないの？　あんたのせいで心臓発作を起こすところだよ！」

ケワタガモは首を伸ばし、くるりと向きを変えた。危険があったのに、なんとも無頓着に泳ぎさる。子ガモたちも同じように平然と母ガモのあとに続いた。

「ばかなんだから」アグネスは言った。とはいえ、カモが無事だったのでうれしかった。この朝は勝利を収めたのだ。家のほうを振りむき、ハマナスの群れにジーンズを引っかかれながら小道を上った。ロバートのトラックが道路を走ってきた。興奮してはいたが、トラックから降りてくる彼を見て笑みが浮かんだ。アグネスは、マルボロのコマーシャルに出てくる、高い段丘《メサ》での活動に視線を向けている俳優にロバートがそっくりだとよくからかった。彼は手脚が長い父親に似ていた。きょうだいたちは母親のミセス・サーカムスタンスのようにずんぐりした体形だったのだが。

「来るころだと思った。ちょっとしたドラマを見のがしたね」

ロバートは優美なしぐさで車のドアを閉めた。「へえ？　何ですか？」

「カモメたちだよ！」彼女はロバートに杖を突きつけた。「あいつらをどうしたらいい？」

「おっと！　そいつを下ろしてくださいよ」ロバートはトラックにもたれ、愛情のこもった目でアグネスを見た。彼はかなり日焼けしていた。いかにも戸外で働く者らしい。「何ができると思うんですか？　というか、どうしたいのかな？」

「午前中にわたしが仕事をしようとしている間に、奴らが子ガモをおやつにするところを見たくない。それを止められるものなら、何でもいいよ」

ロバートはこの問題をさまざまな視点から考えているというふうに、ゆっくりとうなずいた。新しい花壇について計画しているときのようだ。ハイラムがいつもそうだったように、額に前髪が落ちてくる。今やロバートの髪には白髪が多少交じっていた。「わかりました。あいつらを撃ちますよ」

「ハハ。ほかに何か思いつく？　カモメにはいなくなってほしいけど、殺したくないね」

「あいつらはここの常連だ。お気に入りのレストランがここにあるというわけです。自然に対して干渉できるものかな」ロバートはサングラスをかけずに目を細めている。まさにカウボーイという感じだ。

「悪いけど、あなたは造園家じゃないの？　自然への干渉は専門分野じゃなかった？」

ロバートは声をあげて笑った。「アグネス、本当にいつも正直ですね」

「じゃ、わたしのために何もしてくれないんだね？」

「あなたの努力を褒める以外に？　いい気分になりそうなものはないな」

「そう、わかった」

「自然は厳しいものですよ」ロバートからとても思いやりのこもった視線を向けられ、アグネスはさっきよりも気分がよくなった。男のおかげで安心できたとき、アグネスはいつも驚いた。もっとも、ロバートがそうしてくれる場合は多かった。

「自然と言えば、鷺についてのニュースはある？」

「ディール・クラブの近くにある巣が心配ですね。巣のまわりでは期待されるほどの活動が見られていないようで。調べてみなくては」

「鷺たちが無事なのを祈るばかりだよ。いとこのアーチーはどうしている？　昨日は彼のところで働いていたんじゃなかった？」

「ああ。思ったよりも時間がかかりました。去年の春、ぼくが植えたツゲの木の状態がよくなくて。それは予想がついたんだが、誰かさんが庭にトピアリー（植木を動物の形や幾何学模様に刈り込んだもの）を作るんだと言いはってね」ロバートはからかうように眉を上げた。「シーラ・リーは厄介な顧客だな」

「ふざけないの、ロバート。あなたはここでやることがたくさんあるし、ケープ全体でも、メイン州全部でも、なんなら、全世界でもやるべき仕事があるのに！　シーラはわざとあなたの時間を全部食いつぶすつもりだね。雑草はポリーとわたしで八月までに抜く」ロバートがシーラに独占されているかと思うと、またもアグネスの頭に血が上った。シーラの骨ばった手首に巻きついた、リー家の飾りつきのブレスレットが音をたてているところが思いうかんだ。アグネスは歯を食いしばった。

「いや。ぼくがここに来ますよ。雑草のことは心配いりません」

「ロバート！　何か隠していることがあるんじゃない？」

　ロバートは腕組みし、体をひねって空を見あげた。ゆったりした動きは優美だった。彼はいつも時間と手間をかけて物事をやっているように見えたが、誰よりも優れた成果を出した。「雨をちょっと利用できるかもしれないな」

「ロバート！」今ではアグネスも楽しんでいた。ささやかな戯れをすると、気分が高揚した。息子たちといるポリーがくすくすとよく笑っているのを見たことがあった。まあ、好意が基準になるならば、アグネスにとってロバートは息子みたいなものだ。

「わかりました。どっちみち、ばれてしまうだろうから。ミセス・リーに頼まれたんですよ。イギリスのシシングハースト城の庭園をお手本に、白をテーマにした庭を作ってくれと」

　アグネスは音をたてて杖で地面を打った。「冗談じゃない！　シーラがブルームズベリー・グループ（二十世紀の初頭にロンドン中心部のブルームズベリーで活躍した知識人や芸術家のグループ）の誰かの本を一冊でも読んだことがあったら、わたしは庭を掘ってみせる。実際、彼女には弁解の余地なんてない。前も思ったけれど、あの人たちはハンプトンズ（ニューヨーク州ロングアイランドにある高級別荘地）にでも家を買って、ここに見切りをつけたらいいのに。去年、ワンパム・ベルト（アメリカ先住民が作った貝殻ビーズの帯）が盗まれる事件があったのだから、なおさらだよ」昨夏にシーラが演じた大騒ぎを思いだすたび、アグネスは強い嫌悪を覚えた。

「あの家ではセキュリティ・システムを設置しましたよ」ロバートは嘲りを込めて言った。

「ああ、もう勘弁して。アーチーにはあのベルトを盗んだのが手癖の悪い友人の一人だってことが受けいれられないのかね？　または、何杯か酒を飲んだあと、アーチーが自分で捨てたかもしれないのに」

去年の夏、アーチー・リーが女性客を書斎に招きいれて宝物の数々を見せたときのことだった。〝わたしのエッチングを見にこないか〟（誰かを誘惑して家に連れこむときの決まり文句）という誘惑の文句のアーチー版といった行動だったのだが、そのときに彼はとても貴重なワンパム・ベルトが展示ケースから消えていることに気づいた。ベルトがいつなくなったのか確かなことはわからなかったが、わりと最近、別の客に見せたのは覚えていた。ワンパム・ベルトはアーチーお気に入りの所蔵品の一つで、何かの象徴である、伝統的な模様がついていたが、それが意味するものはわかっていなかった。ベルトの紛失に気づくと、アーチーは警察を呼んだ。彼らがよく知っている二人組のボビーとジョーという警官だった。警官たちは初めから困惑しており、キャンプ場にいる、飲酒運転や窃盗をする奴らのしわざだという線で考えていた。キャンプ場では犬が吠えたり、どんちゃん騒ぎがあったりだし、最近はトレーラーで覚醒剤も作られていた。美術品の盗難はケープ・ディールでは前例のない事件で、ベルトは盗んで逃げやすい品物だった。どこにでも持ち運べるし、アーチーの家を通りかかった誰でも容易に持ち逃げできただろう。

アーチーは盗難事件の話ばかりした。シーラはアーチーと同じように悲嘆に暮れていた。夫の言い分にシーラが示した狼狽や献身的な態度を見れば、アーチーが彼女に惹かれた理由は一目瞭然だった。アグネスはシーラのような女を知っていた。何が起こったのかもよくわからずにいる男を支配し、その男の人生を振りまわすタイプだ。本来なら世の中を支えるべきはずのそんな女を、アグネスは好んで小説に書いた。シーラはアーチーよりも十五歳上だったが、それはたいした問題ではなかった。シーラのおかげでアーチーが心地よく生きられることに比べたら、どうでもいいというわけだ。創造力抜きのヨーコ・オノみたいな人だね、とアグネスは冗談を言った。ワンパム・ベルトの盗難のような災難に遭ったときは役に立つ、やり手の伴侶。この事件の進展についてはあまり話題にしないほうがいいときが来たら、言わばあらゆる関係者の脈に当てていた関節炎にかかった指で、それを感じとれる人だ。アーチーがうんざりさせられる人だと思われることをシーラは望んでいなかった。

だが、アーチーは妻の心遣いを受けつけなかった。自分は博識だとディックが自信を持っているように、アーチーは自らの魅力を疑わなかったのだ。「こんなことが起こるはずがあるか？」拒絶された経験がない人らしく、信じられないと言わんばかりに彼は尋ねた。その質問の最後に来るはずの、「ぼくにとって」という言葉をつけ加える必要を感じないらしかった。アーチーがニューヨークから私立探偵を雇うことを考えているようだという噂が広まった。「いかにも彼らしいな」ディックは言った。アグネスは慈善家ぶったディックが俗物根性丸出しの本性を現すと、いつも困惑した。

「あの人たちの仕事をするつもりはないと言って」アグネスは言った。「ロバート、断って。時間の無駄だよ」

「大丈夫です。よい植物を手に入れるのは難しいかもしれないと、シーラに言っておいたから」どうやらやめる気はないらしい。

「だけど、シーラはあなたの言葉なんか聞いちゃいなかっただろう。それを忘れちゃだめ。彼女には聞きたいことしか聞こえない。それに、ロバート、お金ならいくらでもわたしが出すのに！　わかっているはずだよ」

彼はにやりと笑った。「自分が稼いだ分以上はいりませんよ。わかっているはずです」

アグネスはサンクのほうへ視線を向けた。「だったら、せめて散歩しようか。もうすぐランド・トラストの人たちに来てもらうの。彼らが最初にサンクを見るときのことを想像してみたい。わたしが転んで頭をかち割らないようにしてよ」

アグネスはウケ狙いで言ったのだが、ロバートはあきれた顔もしなければ、微笑もしなかった。むしろ彼はためらいを見せた。やるべきことリストが彼の目に浮かんだことにアグネスは気づいた。お気に入りの場所へ行きたい思いと、やるべきことを秤にかけているのだろう。アグネスは願いをさらに口にした。

「今日はかわいそうなツゲの木を痛めつけないで。アーチーとシーラはトリュフ入りのジュースでも飲んでいらいらしていればいい。待たせておくのは、あの人たちにいいことをしてあげるわけだ。何かしら文句を言うのが好きなんだから」

今度はロバートから笑顔が返ってきた。「じゃ、散歩は彼らのためということになるかな？　あなたのためじゃなくて」からかっている。

「もちろん！　無私無欲がわたしのミドルネームだからね」

「じゃ、行きますか。おまえも来るかい、メイジー？」ロバートは尋ねた。

メイジーは目を上げ、感謝するようにアグネスに向かってゆっくりとまばたきした。そしてのんびりと家に戻っていった。

アグネスは杖でポイントパスを指した。「あなたの仕事はヘビを追いはらうこと」ロバートに言った。「このあたりのヘビは無害だから怖がらなくていい、なんて言わないで。害があることがいやなんじゃなくて、あいつらの姿がいやなんだよ」

「わかっていますよ、アグネス。だけど、おかげで思いついた。シーラにずらっと並んだヘビの形のトピアリーを作るというのはどうかな？」

「作ると約束する？」

二人はポイントパスに向かった。ロバートがアグネスの歩調に合わせてくれるのは、考えてみれば立派な行動だった。アグネスは彼と自分がほぼ同じ身長なのが気に入っていた。というか、これまでは同じだった。

「前にも言いましたがね、アグネス。この土地について、あなたのやっていることは正しいですよ」ロバートは手を伸ばし、アグネスの腕に自分の腕を絡めた。彼女はお返しに自分の腕に力を込めた。

「まだ何もやっていないよ。ポリーがそのことをディックに話さなければならない。いつもと同じ」アグネスは天を仰いだ。「わたしは死にかけているのに、悪い知らせを告げようとしないとでも、あなたからポリーに言ってくれたらいいかもね？」

ロバートは体を引いて彼女の目を覗きこんだ。「本当のことじゃないですよね？」

「死にかけているのはいつも本当だよ、ロバート」

彼は見るからにほっとした表情になった。「ポリーに嘘をつくつもりはないな」

「実はね」アグネスは言った。「わたしがあなたを好きなのは、本当にいらいらさせられるからだ」

ロバートはまた彼女と腕をしっかり組んだ。「ありがたいですね」

第六章

二〇〇〇年七月、フェローシップポイントとディール・タウン、ポリー

ポリーもロバートに用があった。家から岩だらけの海岸まで続く小道を広げるという計画に、ディックがようやく賛成してくれたのだ。小道にはトキワナズナとケンタッキーブルーグラスの種を蒔いて、青い川さながらにするつもりだった。家族が来る八月にはメドウリーを最高の状態に見せたかった。ここ何日か、情報を交換しようとしていたのに、ほとんどロバートを見かけない。アグネスによると、いまいましいシーラのせいだという。どんな人にでも長所を探そうとするポリーだが、シーラのことはやはり好きではなかった。シーラはこれ見よがしによいマナーを実行していたが、実を言うと、それは悪いマナーだった。たとえば、ある招待を受けられない理由を説明するとか、誰かのドレスのお世辞を言うといったことだ。シーラはガイ・バークの家での昼食会に、パンみたいな何かの塊を持参さえした。「これはライムの皮入りパウンドケーキなの」集まった人々にシーラは言った。ガイはリスの死骸を渡されたかのような手つきでそれを受けとり、キッチンへ走っていった。ライムの皮入りパウンドケーキはキッチンで姿を消し、その後は名前さえ出なかった。

アグネスもいてガイの顔を見られたらよかったのに、とポリーは思った。でも、彼女は執筆を理由に昼は外出しないのだ。とはいえ、ポリーからその話を聞き、アグネスは大笑いして午後の静けさを破った。「シーラをペリシテ人と呼ぶことにしよう（ペリシテ人は文学や芸術に理解のない俗物のたとえに使われる）。もっとも、ペリシテ人は誤解されていたのに、シーラは違うけどね」

小道を作る話にロバートは興奮するに違いないとポリーは思った。世話をしているコテージの中でお気に入りはメドウリーだと、彼は言っていた。メドウリーの元の建物を拡張したとき、増築部分は簡素にした。室内に外光を取りいれて、外の光景が眺められるようにしたのだ。ヴィクトリア朝の雰囲気を重苦しいと思っていたポリーの母親のポージー・ハンコックは、そういう室内装飾をやめた。一方、隣家のグレース・リーはベルベットのカーテンをめぐらし、フィラデルフィアから運ばせたマホガニー材の家具をしつらえていた。ラクラン・リーはメドウリーを訪ねてくると、うらやましそうにまわりを見ていたものだった。

ポリーは今朝、なんとしてもロバートに来てもらおうと思った。朝食後、アグネスに先手を打つため、ポイントパスの外れまで歩いた。アグネスは自分がロバートともっとも親密だと思いたがっていたし、もしかしたらそうかもしれない。けれども、子どものころのロバートはポリーの息子たちと夏じゅう毎日のように遊んでいたし、のちにはハイキングに行くという共通の趣味ができて、アカディア国立公園に日帰りでよく出かけていたのだ。ディックは大学でロバートを教えたことがあり、優秀な学生の一人だといつも言っていた。寛大で頭脳明晰で好奇心が強く、穏やかな学生だった、と。ポリーがアグネスと白ワインを軽くたしなむ夕方、ロバートがディックとスコッチを楽しむこともあった。酒を飲みながらロバートと議論を戦わせると、ディックは刺激を受け、さまざまな考えが生まれた。ロバートが人生で何を成すべきかについて、アグネスとディック双方の主張をポリーは聞いた。ロバートはフィラデルフィアでも弁護士や銀行家として成功しただろうが、この地でも成功した。ポリーとアグネスの意見が一致したのは、慎み深くて信頼できる人間だから、ロバートは受けた教育を最大限に生かせるということだった。もちろん、彼は豊かな暮らしを送り、美しい庭を作っていた。若いころに短い結婚生活を送ったあと、ロバートは二度と結婚しなかった。言うまでもなく、ポリーはロバートにどうかとクラブや街中で若い女を探した。一方、アグネスはあてつけがましく、彼の前で孤独の楽しさについて述べたのだった。

「わたしたちのどちらも彼に影響を与えていないわね」ロバートが車で帰ったある日、ポリーは意見を言った。

「いまいましいけれどね、ポリー、まさにそのとおり！」アグネスは温かみのこもったいらだちを見せて言った。

サーカムスタンス一家は一九六二年にポイントを去った。その冬、亡くなった者たちがいた。町の司書と、バージル・リードという、リード家の風変わりな若い親戚の者だった。アグネスの父親が世を去って間もなく、ポリーとアグネスはバージルに興味をそそられた。バージルと彼の幼い娘のナンは、ポリーたちがいつも「山小屋《シャレー》」と呼んでいた、ロックリードのそばにある小屋で暮らしていた。アグネスはバージルと親しくなった。もしかしたら、ただの友人以上の関係だったかもしれない。ポリーは彼らの間に何があったのか、詳しくは知らなかった。バージルの死後、ナンはすぐさま親戚に連れさられ、悲しいことに、まだ子どものうちに亡くなったらしい。その悲劇と、サーカムスタンス一家が引っこしたことは何か関係があったのだろうかと、ポリーはずっと考えていた。たぶん、悲劇が起きたあと、このあたりは幽霊に憑《つ》かれたところのように感じられたのだろう。ポリーはそれについて一度もアグネスに尋ねなかった。どういうわけか、その悲劇に関する話のすべてがタブーめいた雰囲気をまとっていたのだ。

まあ、かまわない。過去は取りもどせないし、まして何があったかなんて推測できない。いちばん親しい友人のことでも、完全に知るのは無理なのだ。またはパートナーのことも……。

ケープ・ディールの北部へ移っても、ハイラムはフェローシップポイントを気遣ってくれた。あとを継いだ息子のロバートも。でも、ロバートがずっとフェローシップポイントに暮らしていれば、彼をつかまえるのがもっと楽になるだろうに。

ポリーはロバートが現れないかと十時まで待ったが、姿が見えなかったので、家に帰った。ディックの様子を見たあと、町へ向かった。日用品を買いこみ、郵便物を受けとるという日々の習慣になっている用事があった。もしも知人にばったり会ったら、少しばかりおしゃべりもするかもしれない。いかにも女性向けの雑誌に出ているような言い草だが、ポリーはそういう時間を自分のものだと思っていた。一人になりたいと言えば、息子たちは心配し、一緒に車に乗るための口実を考えただろう。けれども、〝買い物〟という言葉には、ディックも含めて家族全員を逃げださせる効果があった。妻が服を試着する間、店の長椅子に腰を下ろしていることを思うと、ディックは震えあがった。ほんの一分でも、彼はポリーのハンドバッグを持とうとしないだろう。

ディール・タウンは静かだった。こんな雰囲気は朝の風が海に吹いたときには珍しくない。人々はセーリングに行ったり、散歩に出かけたりした。ポリーは用事をすませ、ハーニーの店の男性店員とおしゃべりした。高校へ行ったあとでメイン大学ファーミントン校に入り、夏休みを過ごすために戻ってきたのだという。とても頭がいいのねと彼に言ったとたん、ポリーはディックに聞かれていなくてよかったと思った。おまえは人前で無意味な会話をすると、ディックからよく指摘されていたのだ。間違った順序で用事をすませてしまったかと思いながら、食料を車に積んだ。まあ、いいでしょう。店のショーウインドウを覗きこんだ。服や、金や銀の台に地元産の石をはめこんだ宝石や、贈答品を売る店。金物店の前につながれていたおとなしい犬をポンポンと叩《はた》いてやった。そうして待たされる犬のために水の入ったボウルが置いてある。思いやりのある工夫だ。「いい子ね」とポリーが言うと、犬はありがとうと言ったように見えた。それからポリーは郵便局で自分の家とアグネスのところの郵便物を回収した。

ジェームズからの手紙を目にして、やや心が沈んだ。たいていの場合、彼はあれだのこれだのをしてほしいと告げるときに手紙を書いてくる。〈クリケット・クラブ〉から送られてきた請求書があった。なぜ、まだ会員権が必要なのかとディックが尋ねないように、そっと支払いをすませなければならないだろう。それに、期待が持てそうな封書が二通。一通はアグネスの出版社からで、もう一通はディックの大学の学部長からだった！　おそらく大学はディックの名誉教授職についての決断を変えたのだろう。自分たちが間違っていたと気づいたのだ。

ポリーは封書を早く届けたくてたまらず、足を速めて車に戻ろうとした。が、やっぱり、通りを渡ろうとしたときに足止めされてしまった。苦労して長い丸太を運んでいる大きなトラックの後ろで渋滞が起きていた。誰かが何かを建てようとしているのだろう。東側のどこかに建てるに違いない。切られた木や刈りこまれた草原を目にすると、ポリーは悲しかった。

ケープ・ディールに一台しかないパトカーがトラックの後ろの車列にいた。ポリーはパトカーの窓を軽く叩いた。彼らが子どもだったころから知っている、警官のボビーとジョーに挨拶しようと片手を上げて振った。ジョーは彼女をすばやく見たが、顔に笑みは浮かんでいなかった。ボビーは道路に目を向けたままだった。ポリーは気恥ずかしくなり、一歩あとずさった。けれども、パトカーの後部の横に並ぶと、気が進まないながらも後ろの座席に視線を走らせてしまった。ひどく驚いたことに、ロバート・サーカムスタンスが乗っていた。前かがみになった彼の両手は手錠を掛けられ、背中にまわされている。

「ロバート！」ポリーは大声で呼んだ。彼はこちらを向き、二人の目が合った。信じられないという思いが交錯する。ポリーは縁石から降りて、ジョーの側の窓を叩いた。窓が下ろされる。「何が起こっているの、ジョー？」

「話せないんです、ミセス・ウィスター」彼の言葉とともに、バックミラーからぶら下がっている芳香剤のくだもののようなにおいが漂った。

「でも、どうしてロバート・サーカムスタンスがあなたの車に乗っているの？」

ジョーは海岸線のように無表情で前を見つめていた。

「ジョー、ロバートのことは知っているでしょう。どういうことであれ、これは間違いよ」

窓が閉められた。ポリーはロバートの横の窓に触れた。彼は陰鬱な笑みを浮かべ、悲しそうに肩をすくめた。

「心配しないで」彼女は叫んだ。「あなたを今日、家に帰してあげるわ」

ロバートはうなずき、またもやうなだれた。

ポリーは気分が悪くなり、心臓が早鐘のように打つのを感じながら車に戻った。暑かった。地獄のように暑い。座席につけた背中が焼けそうだった。今ごろ、ロバートは車から降ろされて町役場へと歩かされているだろう。手錠をはめられたまま！　誰もがじろじろと見るはずだ。みんながロバートを知っている。彼は千回もの用事で、千回も町役場に行ったことがあるだろう。ポリーは町役場に連れてこられた人々を何度も見たことがあった。おもな理由はアルコール依存症の者を一時的に収容するためだった。町役場の建物には動物園の檻のような独房が隅に一つあるきりだ。今、ロバートはそこに入れられているのだろうか？　ポリーはさしこみが起きたときによくやっていたように、腹部に両拳を押しつけて体を前後に揺すった。にっちもさっちもいかない。どうしてあんな場面を見てしまったの？　なぜ、このニュースをポイントに知らせるのが自分になったのだろう？

森林地を抜ける、家に帰るための近道に向かった。いつも「ゴミ道路《ダンプ》」と呼んでいる道を進む。町のごみが道端に捨てられ、カモメや猛禽類が頭上を舞うことで知られている道だった。好天の日でも薄暗くて、松や楓《かえで》の木々が茂った、地図にないような未舗装の道の間に狭いでこぼこ道が走っていた。道の始めから終わりまで、見るべきものなど何一つない。この道を通ってくれとディックが頼むときがあった。ポリーがいやがると、ディックは自分たちが住んでいる海辺と同じように、こういう田舎の光景もケープの真の姿なのだと説いて聞かせた。そして何かを読んで知ったらしいことから、この近辺の住民についてポリーに説明した。あれはメキシコ系の奴ら《ビーンズ》だなと、ひとかたまりになったトレーラーハウスと走りまわっているだらしない子どもたちを指して言った。で、あっちははみ出し者《ミスフィット》だ。錆びた小型トラックに乗った、髭が伸び放題の恐ろしげな男のそばを通りすぎたとき、ディックは言った。

けれども、ポリーが身震いしたのは見苦しい光景が理由ではなかった。ジョークとしてでも、ディックがそんな言い方をしたのが気になったのだ。だが、そういう表現はよくないと夫に伝えられるほど、動揺を説明することはできなかった。あまりにも内面的で自分にしかわからないことだった。リディアが亡くなったときの感情をどう伝えたらいいかわからなかったのと同じだ。その道を目にして、ポリーは心の底から荒涼とした気持ちになった。口はからからだったが、どうにかつばをのみこむ。ここがすさんでいる理由の一部は貧困だった。このあたりで暮らす人々にも誇りに思っている文化があることは、ポリーも疑わなかった。人間は与えられた状況で精いっぱいの努力をする。けれども、問題はそれなのだ。苦労する状況に彼らが生まれたことが問題だった。とはいえ、ポリーがここで感じる強い苦痛はそんな不公平さが原因ではなかった。もっと根源的なものだ。空を見あげるときに自分が小さな存在だと感じる奇跡の思いとは逆の気持ち。ダンプ道路の閉鎖的で呪われた雰囲気には奇跡的な感じなどない。早くこの道を通りぬけて向こう側に出たかった。自分が重要な存在だと感じられるところに出たくてたまらなかった。

何台かの廃車や動かない二台のトレーラーがある庭から、薄汚れた子どもの集団がボールを追って走りでてきたので、ポリーは車の速度を落とした。子どもたちは車が通るとゲームを中断した。何を考えているのかうかがえない目でポリーの車をじっと見ている。彼女は手を振った。子どもたちの視線が険しくなった。彼女は顔を赤らめ、たちまち手を下ろした。いったい、わたしは何をしているの？　わたしは不気味な人間なんかじゃない。けれども、ポリーは見知らぬ人間だった。しかも、と・し・よ・り・の。言いかえれば、不気味ということになる。

クルマはがくがくと揺れながら道を進んでいった。ポリーの足は安定しなかった。木の葉を燃やしているにおいが窓越しに入ってきて、不安から来る汗でシャツが湿った。パトカーの後部座席にいたなんて、いったいロバートはどうしたの？　何かの間違いよ。間違い。間違いに決まっている。

ポリーはふたたび横を見た。すぐ近くの庭にはタンポポがびっしり生え、ごみや散らばったタイヤ、錆だらけの古びた緑色のセダン、汚れておぞましいプラスチックのジャングルジムや自転車、金ぴかのガムの包み紙で足の踏み場もないほどだった。ほかにも何かあったが、すぐには正体がわからなかった。車の速度を落とし、何だろうとポリーは首を傾げた。見覚えのある形ばかりだったが、それぞれの関連性がつかめない。ブレーキを踏んだ。目をすがめて見る。突然、何なのかと気がつき、ぞっとして身震いした。

犬だった。幅が広くて重そうな頭の痩せた灰色の犬が、大きな木箱のてっぺんに後ろ足で立っている。箱は木の横にあった。楓の木だ。枝からぶら下がったロープが犬の首に巻かれている。ポリーはロープを凝視した。何かが変だ。宙に浮いた、不気味でみじめで汚いロープ。その長さを目で測った。木の枝に巻かれたロープの結び目と、犬の首の結び目。ああ、ポリーは息をのんだ。ああ、そんな。

ロープはぴんと張っていた。もし、地面に飛びおりようとすれば、犬の首は絞まってしまうだろう。あそこでは水も飲めないでしょう？　ポリーはシフトレバーをパーキングに入れ、腹部をさすった。どうしたらいいの？　自宅はすぐ近くだった。もっと若かったら、歩いて帰ることもできた。これほど家から近いところで、どうしてこんなことが起こっているの？

さっさと家に帰って、こんなことを見たのを忘れるようにと、ポリーの一部は助言していた。だが、もしも最後の審判の日というものがあるなら、そんな行動は正当だと評価されないだろう。

ポリーはシートベルトを外した。苦労したが、なんとか茶色の紙の買い物袋に手が届いた。座ったままハンバーガーの包みがないかと手さぐりし、茶色の紙袋を開けると、ピンク色の文字が走り書きされた紙で包まれた、丸い物体が現れた。犬がいる箱のてっぺんに着地するよう、正確にハンバーガーを投げられる確率はゼロだった。車を降りたほうがいい？　そんな考えはまともじゃないし、無謀だ。けれども、そうするか、何もせずに帰るかのどちらかしかない。このまま帰るのは耐えられなかった。

　煙のせいで目が刺されるように痛んだ。ボビーとジョーはここに来たのだろうか？　ここの火を消してこの犬を助けずに、ロバートを逮捕するなんてどういうこと？　車のドアを開け、ためらいながら少しずつ座席から降りると、立ちあがった。まったくもう、体が硬いことと言ったら！　タイヤを迂回して、ごみを踏みこえ、まとまりなく生えているタンポポの間を縫って一歩一歩進む。頭に血がさっと上ったが、足を交互に前に出し、どうにか進んだ。古いパパガッロの靴に泥の塊や砂が跳びはね、靴底にくっついて悩まされたが、ポリーは犬に視線を据えていた。ぞっとするような犬の状態に胸がいっぱいだった。首は痛そうだし、背中には虫が何匹も這っている。イエスは涙を流された（新約聖書『ヨハネによる福音書』十一章三十五節）。ポリーは逃げだしたかったが、前進した。いい子ね、いい子ちゃん。心の中で声をかけながら、犬の鼻の下にハンバーガーを差しだした。犬の反応があまりにもゆっくりだったので、生きているのだろうかとポリーはいぶかった。哀れなほど、ほんの少しハンバーガーを舐めただけだ。肉をしっかり突きつけると、犬は生きる力を奮いおこしたらしく、肉を半分口に入れて噛みつづけた。

「いい子ね」ポリーは犬の首のまわりに巻かれたロープの下に手を滑りこませ、結び目を探したが、そのあとはどうするつもりかまるっきり考えていなかった。一つだけはっきりしていたことがあった。この子を助けなければならない。だが、家で犬を飼うことを禁じているディックの姿が、計画の向こうに浮かびあがってきた。この犬を動かせないせいで、いっそう行動は難しかった。

ポリーの耳で脈打っている血の音を突きやぶるように怒声が聞こえた。「おれの土地から出てけ！」

ポリーは震えた。トレーラーハウスの男が大声をあげ、罵り言葉を次々に吐いている。網戸が音をたてて閉まり、震えるような音がしたかと思うと、さっきよりも大きな怒鳴り声が聞こえた。

「ここは私有地だ！　看板があるだろ！」

ポリーはどんな人間が言葉を発しているのか見ようとさえしなかった。痩せた体で車へと急ぐ。エンジンがかかったとき、ちらっと振りむくと、拳を振りあげている大柄な男が目に入った。

「二度とここいらに来るんじゃねえ！」男は叫んだ。ここいら《ニア・ヒア》が「ネヤ・ヘヤ」と聞こえた。

アクセルを思いきり踏んで車を発進させ、銃弾が飛んでくる場合に備えてハンドルに身をかがめた。「いったい、何なの？」声に出して言った。犬の唇の感触を忘れられなかった。あの空腹の生き物、ああ、あの飢えた犬の本能的で生々しい反応。それをはっきりと感じたが、今はそんなことを考えている余裕はない。自分とあの醜悪な場面や脅迫者との間に距離を置こうと、車を全速力で走らせた。とうとうその道から出て、ショア・ロードへ曲がった。ショア・ロードでは草原の草がさやさやと揺れ、飛びまわる蝶に平穏さをかき乱されることもなかった。ポリーは車を路肩に寄せて停め、片手を胸に当てて何度か深く息を吸った。何が起こったかを思うと、とうてい信じられなかった。手錠を掛けられたロバートを目撃したこと、裏道から家に急いだこと、そして飢えた犬に食べ物をやったこと。ディックの昼食を犬に与えたことは彼に話せないだろう。もっとも、ロバートの話を聞いたら、それ以外のことなど気にしないだろうけれど。ポリーはさっきまでの状況がもうすべて解決したことを願った。

頭上で一羽の鷲が舞っている。無力な齧歯類《げっしるい》を狙っているに違いなかった。ロバートの逮捕は鷲を守ろうとする努力と関係があるのだろうか？ 善という言葉を盾にして、彼が何か悪いことをしたとか？ 鷲は低いところへ急降下した。鷲が驚いて逃げることを願ってエンジンをふかした。

〝飛べ《フライ》、鷲《イーグル》よ、飛べ《フライ》〟という言葉が浮かび、なんだか元気づけられると思った。それはフットボールチームのフィラデルフィア・イーグルスの応援歌だった。ディックと息子たち、そしてフィラデルフィアにいたときからイーグルスを贔屓のチームにしているロバートも、もうすぐその歌を大声で歌うだろう。

最初にニュースを伝える相手を意図的に選んだわけではないが、道順に従ってポリーはアグネスの家の道に車を乗りいれた。歩いて家の横側に回りこみ、キッチンにいるシルヴィを見つけた。シルヴィはドアの外に顔を突きだした。「アグネスさんなら会えませんよ。仕事時間ですから。おわかりでしょうに、ポリーさん」

シルヴィのせいで彼女は落ちつきをなくした。

「緊急事態なの」ポリーは毅然と振る舞おうとしたが、重大すぎる任務に圧倒され、声が震えた。

「どんな緊急事態ですか？」シルヴィは挑戦的に尋ねた。

「本物の緊急事態よ。ロバートが関わっているの」

「交通事故？」

「いいえ。怪我はしていない。どうかアグネスのところへ行って、わたしがどうしても話す必要があると伝えてくれない？」ポリーは両脇に垂らした拳を握りしめていた。

シルヴィは冷ややかに彼女を見ていた。「邪魔した責任はとってくださいよ」

「ええ」

「ポーチのほうへまわってください。アグネスさんが会う気になったら、そちらへ向かわせますから」

「本当にありがとう、シルヴィ」心からの感謝のように聞こえる言葉だったが、ポリーは軽いいらだちを感じていた。皮肉はあまり言わないほうだから、得意ではなかった。

もうポーチまで半分ほどのところに来ていたので、向きを変えてまた私道を横切るよりは進みつづけるほうがよかった。家を囲むように石畳の小道が走り、その外側には色褪せた青いアジサイが並んでいる。不揃いの花に手を走らせ、てのひらに花びらがかすかに触れるのを感じると懐かしさがこみあげた。そのとき突然、リディアが現れた！　数メートル前方にいて、やはり花を撫でている。小首を傾げ、ポリーにほほ笑んだ。薄茶色の長い髪が腕をかすめた。〝いい日だったの？〟ポリーは心の中で尋ねた。リディアはうなずいた。じっとしているべきなのはわかっていた。どうすればいいかは心得ていたのに、自分を抑えられなかった。ポリーが一歩前に踏みだすと、リディアは消えた。

いつもとても悲しくなってしまう。

数分後、ポーチの階段に着いた。アグネスが急いでこちらに来た。

「ロバートがどうしたって？」アグネスはポリーの目に涙が浮かぶほど強く腕をつかんだ。こちらも彼女の腕を握りしめた。

「ああ、ネッシー、わからないのよ！　町にいたとき、彼がパトカーの後部座席にいるのを見たの！」

「ロバートが？　間違いない？」

ポリーは首を縦に振った。「ボブとジョーに話しかけたけれど、わたしと話そうとしなかったの。大丈夫だからねとロバートに言ったわ」

「だけど、何が大丈夫ということ？　何があった？」アグネスはポリーの手を離して歩きまわりだした。「考えてみるんだよ、ポリー。今朝、ロバートはここにいなかったし、あなたの家にもいなかった。たぶん、アーチーの家にいたはず。あのクソ女！　シーラ・リーのヘドロのにおいがそこらじゅうにする！」一瞬、アグネスは両手に顔を埋《うず》めたが、ふたたび顔を上げた。決意と困惑が入りまじっている様子がポリーには見てとれた。これまでにも何度となく見てきた表情だった。「まずは誰に電話したらいい？」

「たぶん、町政担当者とか？」

「名案。さあ、家に入ろう」

「わたしはディックに昼食を作らなければならないの」しかめつらをされるだろうと覚悟してポリーは言った。だが、アグネスは同情するようなまなざしを向けただけだった。

「行って。それからまた戻ってきてよ」

「いつもの時間に？」

「いつでもいい。そのころには、もっといろいろわかっているといいけれど」アグネスはハグを求めて手を差しだした。ポリーは平らになったばかりの彼女の胸を感じた。二人はいつもよりも長く抱きあっていた。

「あら！　あなた宛ての手紙があったのよ。車に置いてきちゃった」ポリーは車のほうを頭で指した。

「玄関の階段に置いてくれる？　帰るときに」

ポリーは帰宅するなり、ディックのところにも押しかけた。なぜ、わたしの大事な二人はどちらも物書きなのだろう？　ディックの書斎の入り口に立ち、知らせたいことがあると言った。彼は片手を上げた。ちょっと待て！　ポリーは左右の足に重心を交互にかけていたが、ディック宛ての封書を手首に打ちつけようと思いついた。気づいてもらえそうな音が出るはずだ。ピシャッ、ピシャッ、ピシャッ。効果はあった。彼は回転椅子をくるりと回した。

「手紙か？」

ポリーは夫に封書を渡した。彼は読みながら片手で顔を覆った。「アダムはわたしの本の序文を書くつもりがないそうだ」彼は言った。

「そんな、ディック。本当に残念だわ。あなたはあれほどのことをやったのに。それに、その本は古典よ。関われることをアダムは喜んでもいいはず……」そう言ったとき、ポリーは自分の言葉の意味に気づいた。アダムは喜ぶはずだ。喜ばなかったはずはある？　わたしの知らない何かが起こったのだろうか？　アダムにこっそり手紙を書いて、事情を尋ねたほうがいいかもしれない。

ディックは手紙をゴミ箱に放りなげた。「こうなってよかったよ！　これでもっと優秀な人間に序文を頼める」ディックは大声で言った。

「たとえば誰に？」言ったとたん、ポリーは後悔の念に襲われた。「気にしないで。申し分ない人を見つける時間はあるもの」

ディックはそれまでの作業に戻った。「大勢いるとも」

「ええ。関わりたい人はいくらでもいるでしょう」

ディックはキーボードに身をかがめた。ポリーは話を切りだしかねていた。

「ディック？」

彼の肩がこわばった。「わたしが執筆中だとわからないのか？」

「ほかにも知らせがあるの」

「夜まで待ってくれ」

「待てないのよ」ふたたび抗議の声があがる前にポリーは言った。「ロバートが逮捕されたの」

回転椅子がまたくるりと回った。「なぜ、そうだと思うんだ？」

「見たのよ。彼がパトカーに乗っているのを」

「もちろん、何かの間違いだろう。おまえは誰かをロバートだと勘違いしたんだ。もうあまりよくものが見えないからな」

「いいえ、あれはロバートだった。今、あなたのそばにいるのと同じくらい、彼の近くに行ったの。話もしたのよ」真偽のほどを確かめるこんなやり取りを、ポリーはさっさと終わらせたかった。もっとも早くすませる方法は冷静に応じることだ。夫が信じてくれないことには傷ついたが。ポリーはディックの世界の動かし方をよく心得ていた。

「ロバートと話したのか？」

「ええ」

「ロバートはおまえを見たのか?」

「そうよ」

「いや、そんなことは信じられん!」

「わたしだって信じられないわ!」

二人はまじまじと互いを見つめた。どちらもこれが事実なのを疑わなかった。ポリーはソファに腰を下ろした。

「もしかしたら、ロバートは何かの事件を目撃したのかもしれない」

「手錠を掛けられていたのよ」

ディックが今度は、当惑したように横を向いた。話の筋道がわからなくなったようだ。ディックは戦没将兵追悼記念日の週末に一過性脳虚血発作を起こした。また発作を起こすかもしれないが、心配しなくていいと医師に説明された。そんな発作は〝脳のおなら〟にすぎないからと。担当医は本当にそんな言い方をしたのだった。発作のせいでディックは動きが遅くなるし、気が滅入ることもあるかもしれないと言われた。「おならは気が滅入ることと正反対じゃないか!」ディックはあとでそんな冗談を言った。発作のことなど忘れたいと思っていたのだ。

「もっとはっきり話せ!」今、ディックは怒鳴っていた。

ポリーは心もち声を高めた。「ロバートのことを話していたのよ。アグネスは町に電話して、何が起こっているか調べているわ」

「ああ、わかった、わかった」ディックは左右のこめかみを押した。「ああ、そう言っていたな」

「コーヒーを飲む？」ポリーは言った。

「ううむ」

　また一過性脳虚血発作だろうか？

「アグネスがすべて解決してくれるに違いないわね」

「ああ、そうだな」ディックが額をさすると、ポリーは胸がどきっとした。

　そばについていることが役に立つならそうするところだが、ディックは一人のときのほうが冷静になれる。キッチンへ向かいながら、彼女はテーブルのそばで足取りを緩め、庭から摘んできた花束の香りを嗅いだ。古ぼけた赤い陶製ボウルからコーヒー豆をすくって、義理の娘《DIL》たちが去年の夏にくれたコーヒーメーカーのじょうごの部分に入れた。DILはポリーの家の設備が不充分だと思っていて、ウィリアムズ・ソノマのカタログから商品をいくつか贈ってくれたのだ。ポリーの家事が楽になるようにとのことかもしれないが、実際は、メドウリーでも自宅にいるときと同じように自分たちが料理するためだろう。ポリーは大型のミキサーさながらのものがキッチンカウンターに居座るのがいやだった。だから、さまざまな電化製品は出番が来るまでクローゼットや地下室に、DILに言わせると〝住みついた〟状態になっていた。彼女たちが来る時期になると、ポリーはガラクタめいたいろいろな道具を取りだしてきて、感謝を示すかのようにそれらをキッチンに配置した。だが、コーヒーメーカーは奇跡の道具だった。すばらしくおいしいコーヒーができる。そんなことより、ロバートのことよ！　もっと正しく対処できたはずなのに、そうしなかったのではないかと考えた。まっすぐ町役場へ行って、お偉方たちを説得すべきだったのでは。それに、どうにかしてあの犬を解放してやれたかもしれない。わたしは臆病だったの？　ポリーは一度もそんなふうに感じたことはなかった。息子たちには、丁寧なのと同じくらい徹底的に自分の意見を主張した。けれども、厄介ごとに巻きこまれるのが怖いという気持ちは消えなかった。

「はい、どうぞ」ディックの机にコーヒーのカップを置いた。

「すまないな」彼は顔を上げた。「腹がすいた」そう言った。

「ああ！　昼食を作らなくてはね。すぐ取りかかるわ」

ポリーはぐずぐずしていた。

「何だ？」

そのままこの場を去りたい気持ちもあった。でも、別の気持ちも……ポリーはそわそわと足を動かした。「帰ってくる途中、もう一つおぞましい光景を見たのよ」

ディックが眉を動かして好奇心を示したので、ポリーは犬の件を話した。もちろん、自分が不法侵入しておいしいハンバーガーを無駄にしたことは話さず、犬の悲惨な状況を強調した。ポリーが期待したとおり、夫は話を聞いて首を横に振った。

「あの犬は不当な仕打ちを受けているのよ」犬を気遣う答えが返ってくる可能性が高まるように、ポリーは言葉を慎重に選んだ。

ディックは眉を寄せた。

「あなたはここに犬を置きたくないでしょうけれど、でも……」

ディックは考えている時間を数えるように舌をリズミカルに鳴らした。近ごろは小さな問題が大きな問いと同じように扱われることが多い。ポリーはディックの思考回路が見える気がした。彼の頭にある金庫のダイヤル裏のタンブラー錠がカチッと音をたてて外れ、扉がさっと開くように。

「ケープのすぐ近くに動物保護施設があったんじゃないかな？」

「あなたの言うとおりよ！　今日、電話してくれる？」

ディックの顔が輝いた。〝あなたの言うとおり〟は彼のお気に入りの言葉だった。「今すぐ電話をかけよう」

「わたしは昼食を作るわ」

「何にするんだ？」

「グリルドチーズ・サンドイッチはどう？」

「わたしの分は机に置いてくれないか？　一人《ア・》で《スル》食べられるように。だが、アグネスから何か聞いたら教えてくれ」

「もちろんよ」ポリーは足早に歩いてキッチンに戻った。犬が助かるという思いと、ディックの考えをそこに向けさせられたという思いで元気づいていた。老いた手首は弱っていたから、重い鋳鉄《ちゅうてつ》製のフライパンを持つのに苦労したが、コンロに載せてバターの小さな塊を底に落とした。バターは溶けて触手のようになった。ヘラでバターを均等に広げた。サンドイッチをフライパンに入れる。昼下がりのおやつにクッキーを出すのも悪くない。古い緑色のボウルと木のスプーンを取りだした。ディックの好物を作るのに、ＤＩＬの凝ったミキサーなんていらない。

電話が鳴った。

「クソいまいましいシーラだよ！」アグネスの大声が聞こえた。「彼女が窃盗でロバートを訴えたんだ！」

「嘘でしょう！」

「イカれてるよ。シーラの首を絞めてやりたい。できるだけ早くこっちに来て」

「ディックに食事を出したらすぐ行くわ」

「自分も食べるんだよ。歩いている途中、倒れられたらいやだから」

じゃ、歩く予定なのね。望むところよ。ポリーは料理をディックの部屋に持っていった。「シーラだったわ。彼女がロバートを窃盗で訴えたの」

「まさか。信じられん」

「もちろん、信じられるはずないわ。そんなことを彼がやったはずないもの。なにしろロバートなのよ！」

「わかっている！」ディックは椅子でそわそわと身じろぎした。「シーラが信じられないという意味だ！　何があったんだ？」

「わからないのよ。ネッシーもわからないのだと思うわ。彼女のところへ行ってくる。食事がすんだらね。動物保護施設は何と言っていたの？」

どう解釈したらいいかわからない表情がディックの顔をすばやくよぎった。一過性脳虚血発作が起こってから、彼は以前になかった表情をするようになった。「ロバートの件に比べたら重要じゃないのはわかるわ」ポリーは言った。「でも、犬には大事なことよね」

「大丈夫だ」彼は言った。

「どこの犬か話してくれたの？」

「ああ。おまえが言ったことを話した」ディックは額をこすった。「そうだ、彼らと話した」

夫は疲れたようだった。「ディック、昼ごはんを食べて。それから昼寝をしなさいな。わたしはネッシーが何を知っているか突きとめてくるから」

「わたしが誰かに電話するべきなのだが。このあたりでわたしは名が知られているからな」

ディックの顔全体がだらりと下がって間延びしていた。急にひどく老けたようだ。

「誰に電話したらいいか確かめるわ。絶対にあなたは必要とされる人だもの」

ポリーは急いでサンドイッチを食べた。ディックはサンドイッチを噛むごとに指を舐めていた。

これも以前にはなかった行動だ。

「あとでクッキーを作るわね」ポリーは言った。

「ピーナツバターのか？」

「ええ」オートミール入りのものを考えていたのに。「ここのソファで昼寝する？　それとも、上に行く？」

「うるさいな、自分がどうしたいかは自分で決める！」ディックが机に拳を打ちつけると、皿が跳ねた。

「すぐ戻ってくるわね」ポリーは言い、二人分の皿を持ってキッチンに行った。メドウリーとリーワードコテージとの間のけもの道を通って、今度は家の正面のドアをノックした。

メイジーがポリーの足首あたりに現れたので、かがんで撫でてやった。メインクーンらしい長い毛は滑らかできれいに整えられていた。〝あんなにかわいそうな犬もいるのに〟

「海岸《ショア》？」アグネスの声が聞こえ、ポリーはぎょっとして悲鳴をあげた。神経過敏になっている自分に狼狽した。

「ごめんなさい！　つまり、了解《シュア》よ」

アグネスとポリーの昔からのお決まりの言葉だった。〝海岸《ショア》？〟〝了解《シュア》〟。安心させられるやり取りのはずだったが、今はどんな言葉にも不安を感じてしまう。

アグネスはハイキング用の杖というか、ヘビをつかまえるためのステッキを持ってやってきた。彼女は階段を下りるとき、一つおきの踏み板にしっかりとステッキをついた。それから階段を上るときは四段上にステッキをつくと同時に、オールで漕ぐときのような身振りで自分の体を引っぱりあげた。ステッキをつくのは、転倒しないかという老婦人にありがちな不安とは関係ないとアグネスは言いはった。彼女は二度、転んだことがあって、どちらも顔から倒れたせいで派手に痣をこしらえた。アグネスとポリーは家を出て道路へ向かい、そこを渡って海岸沿いの道に出ると、二人してほぼ同時に話を始めた。声を耳にしたメイジーが顔を上げた。メイジーがいくつかの魚の名前も含めて三百語は理解しているとアグネスは断言していた。

「それで、何が起こったの？」ポリーが尋ねた。

アグネスはため息をついた。「ばかげた話だよ。シーラがロバートを宝石の窃盗の疑いで訴えたらしい。どういうことなのかはわからない。シーラたちは例のベルトを盗んだ件でも、ロバートを起訴したがっている」

「まさか！」

「イカれてる」

「気分が悪くなってきたわ」ポリーが言った。

アグネスはしばらくの間、荒い息をつきながら音をたてて岩の上を歩いていた。

「つらすぎない？」ポリーは手術後のアグネスの体を気遣って尋ねた。

「どういうことにせよ、明日、ロバートを保釈させる。弁護士のガブリエル・マリンに電話したよ。ロバートと法廷にも出てくれるはずだ」

「法廷？」ポリーはアグネスが今日じゅうに片をつけてくれるものと思っていた。

「どうなるかわからないじゃない？　もしもロバートが留置場で一晩過ごさなければならないなら、あっちでみんながちゃんと世話をしてくれる。彼の味方に違いないから」

「そうならいいけれど」ポリーは潮風を深々と吸いこんだ。「今日の午後は自分が年寄りだと感じるのよ」バランスをとるために両腕を上げながら、どこに足を踏みだそうかと推しはかった。スニーカーを履いた足を丸みのある岩に置いた。「それと、ほかにも話さなくちゃならないことがあるの」ポリーは犬のことを詳しく語った。

「その犬なら知っている」アグネスは言った。「もう何年もあそこにいるよ」

「知っているの？　なのに、あの子を助けなかったの？」

「ポリー、人々の暮らし方を批判したら、一年じゅうここにいることなどできなくなる」

「でも、犬を愛しているでしょう！」

「もちろん。それに犬がロープで縛って追いだされたり、どぶに放りこまれたりすることが許せない。仔猫を溺れさせるのも、仔牛を母牛から引きはなすこともね。そういう行為すべてを憎んでいる。だけど、何でもかんでも正すことはできない」

「最善を尽くすことはできるじゃない」

「尽くしているよ。動物を食べないし。あなたが動物を助けるのを止めるつもりもない」

低く轟く波が岩場に打ちあがって、勢いよくしぶきが飛ぶ。波は強弱のアクセントがついた音をたてて引いていった。カモメたちはこれ見よがしにおしゃべりし、どこかでエンジン音が聞こえた。

「ディックはその件で動物保護施設に電話したのよ」ポリーは言った。

「ディックはなかなかやるね」

嘲りの意味がこもっていないかとポリーはアグネスの顔を見たが、彼女はもう歩きだしていた。アグネスが認めてくれるとは。本当に予測がつかない人ね！

しばらくの間、二人は言葉をそれ以上交わさなかった。二匹の哺乳動物が一緒にいるときに覚えるような安心感に浸りはじめていた。石や植物や鳥や、よく知っている場所が一年の次の段階が訪れたと告げている。ほっとできるお馴染みのものばかりだった。灰色の海はいつものように冷たそうで、港の向こうの鬱蒼と茂った森は相変わらず人が住めそうに見えなかった。風向きが変わると、ブイの鐘が金属音をたてて鳴り、また風が変化すると、その音は海へと運ばれていった。

「アーチーは電話に出てくれなかった。明日の朝いちばんに彼の家へ行くよ」アグネスは言った。

「この件はほうっておけないからね」

二人はサンクの先端を回り、冷たい砂浜から崖沿いの狭い道へ上った。たちまち彼らは水面よりも一階分は高いところにいて、平らな花崗岩の岩棚を見おろし、緑の棘性《きょくせい》の植物が密生する、うずくまったような形の小島が点在する海を眺めていた。ここはみんなが通れるところだった。海岸線は誰でも通行できた。家々の後ろにある小道は通行が自由でなかったが、海岸や浜辺、岩棚はどこも公共のものだ。すべてアメリカのもので、個人の所有物ではない。水平線とその向こうがつながっていた。無限という感覚と、民主主義の良識ある強い信念とが結びあわさっていた。サンクをランド・トラストに譲渡しようとするアグネスの考えは正しい。それをジェームズにどうにか納得させる方法を見つけなければならないだろうとポリーは思った。

先ほどジェームズの手紙を開けたとき、議論めいたことが書かれているのではないかと気をもんだ。けれども、彼はさまざまなニュースと、フェローシップポイントを訪ねる日時を書いてきただけだった。共同所有権の解消について異議を唱えたから、彼はこの話題に片がついたと考えているということだろうか？

「ちょっと窓から覗いてみたいね」アグネスはサンクのすぐそばに建つアーチーの家、ウェスターリーのことを言った。アグネスとポリーが幼かったころ、二人はフェローシップポイントの突端から上のほうへと、順番に家の名前を歌のように暗唱したものだった。ウェスターリー、メドウリー、リーワードコテージ、ロックリード、アウター・ライト。ポリーは子どもたちにその歌を教えた。リディアの声を思いだせないせいで胸が痛かった。彼女の声を録音したことさえなかったのだ。

ポリーは大きな灰色のシングル様式のコテージを眺めた。急勾配の屋根に、角度のついた両翼、壁のあるポーチ、細い欄干に設置された半柱を備えている。そこは建築学的に見て、ポイントで最高の家と考えられていた。設計したとき、ウィリアムが兄のために便宜を図ったのだ。ポリーはそのことをよく知っていた。毎年八月、ジェームズがアーチーのコテージで暮らすとき、連日のように見ていたからだ。「できればやめておきたいわ」ポリーは言った。「不法侵入になるでしょう」

「アーチーの家の？　よりによって今日、彼のことを気にするわけ？　とにかく、誰もあそこにはいない。ちょっと待って。あれって、わたしが考えているもの？」アグネスは指さした。

ポリーは彼女の視線を追って崖から岩棚へと目を向けた。何を見ているのかはわかった。どんなに小さくても、ちゃんと見えた。ロープブランコだった。丸太を一本、ロープの下の部分にくくりつけて座る部分をこしらえてある。「誰があれをぶら下げたの？」

「さあね」アグネスは言った。「もうあの場所を知っている人すらいないんじゃない？　だけど、わたしは何を言っているんだか。もし、持ちこたえられるものがあるとしたら、こういう場所についての言い伝えだね。ちょっと下りて、あのブランコに乗る？」

「お先にどうぞ」

「ああ、ポル。今ではあそこまでたどりつけもしないんだから、どうなると思う？　あなたがあの岩棚に最後に行った日を覚えている？」

「いいえ」ポリーは友人の口調に悲しげな響きを聞きとったが、注意は別のところに向いていた。前後に揺れていた、かつてのロープブランコを思いだしていたのだ。「さあ、行け、さあ、飛べ」と子どもたちがはやしたてるたび、みんなが海に飛びこんでいたときを。

「だけど、最後の日というものはあったんだよ。予期していなかったし、記念になることもなかった最後のときが。わたしは覚えていない。そういうのが何よりも、年をとるということだね、わたしにとっては。華々しいファンファーレもなく、次々と活動をやめていくことが。あとになって、最後のときが来て去ったと気づくだけだよ」アグネスは言った。

ポリーはあのとき、みんなにけしかけられたような行動がとれなかった。さあ、行けと言われても無理だった。ブランコから飛びおりたときのことを誰も詳しく話してくれず、ただ、水が氷みたいだから驚いて悲鳴をあげてしまうとか、脚に何かを感じたと聞いただけだった。どんなふうなのか、誰も話してくれなかった。でも、ポリーはよく想像していた。暗闇、氷さながらの水、音が聞こえなくて話せなくて息もできない閉塞状態を。ダンプ道路に車を走らせていたとき、それと同じ感覚を味わいそうだと思いあたったのだ。とうとう彼女がロープブランコに乗ることを志願した日と同じだった。ポリーはロープをつかんだ手を離せなかった。ただ前後に揺れつづけ、ついにブランコは速度が落ちて、ほかの子たちにつかまえられた。岩棚に行ったポリーは来たときと同様、乾いた体のままで終わった。

　飛びおりるのに失敗した彼女に、誰もが思いやり深く接してくれた。もうすぐできるようになると言ってくれたが、ポリーは二度と挑戦すると言いださなかった。何年もの間、ほかの子がブランコから思いきって飛びおりるのを眺めていた。遊びに来たいとこがブランコを勢いよく後ろに漕いで岩に激突し、何本か骨を折ったのも見た。彼の事故によって、ブランコから飛びおりられなかったというポリーの恥ずべき失敗は影が薄くなり、彼女は罪悪感を覚えながらもそのことに感謝した。

　そう、さっきの質問に答えるなら、ポリーは臆病だった。昔も臆病だったし、今でもそうだ。

「わたしは臆病だったの」声に出して言った。「そう思うでしょう？」彼女とアグネスはこれまでの人生をずっと一緒に乗りこえてきた。

「人生はまだ終わってないよ」アグネスは残念そうに言った。

　水平線に沿った空は今やピンクや赤に染まり、三角波も穏やかになっていた。午後の風が収まって、涼しく平穏な夕方に変わっている。野草は花を閉じていた。ポリーは月と北極星を探して空を見あげた。そっと身振りで示すと、アグネスも空を見た。遠くに明るい試金石のような星が輝いているのをたちまち見つける。まもなく、草むらから蚊がわいてきた。

　二人は墓地で別れた。ポリーが家に帰ると、ディックが暗い居間に座っていた。

「どこにいたんだ？」心配そうに尋ねる。

「すぐ近くよ」ポリーは明かりをつけた。

「とにかく、おまえを呼んだのに返事がなかったぞ」

ポリーは夫の首に両腕をまわし、頭にキスした。「長い一日だったわ。夕食は卵でいい？」

「ロバートはどうなった？　彼にとっても長い一日だったはずだ」

アグネスが弁護士に相談したことは夫に告げまいとポリーは決めた。「明日、あなたが彼を助けてあげられるでしょう」

ディックはうなずいた。「ロバートを出してやるぞ。ちくしょう！」

第七章

二〇〇〇年七月、イースターリー、アグネス

翌朝、アグネスは寒々とした思いで目を覚ました。ロバートは以前にも警察の世話になっていたのだ。彼は大学生のとき、マリファナ所持の罪状で逮捕され、有罪になった。タイミングが悪いときに都合の悪い場所で、マリファナを持っているところを発見されたという若気の過ちだった。そのせいで、アグネスは時間と金を費やすはめになり、法律学校へ行くというロバートの望みもついえた。正気の沙汰ではない薬物法によれば、ロバートは十五年間を刑務所で台なしにするはずだった。アグネスはある友人たちの力を借りて、どうにかロバートを釈放させて保護観察に付すことができた。ロバートはアマースト大学の造園科に専攻を替え、借金を全額返すとアグネスに約束した。彼女は黙ってロバートから金を受けとったが、かかった金額ほど多くはなかった。このために、ほかの人に借金をしていたアグネスは、長い時間をかけて返すことになった。世の中はそんなふうにできている。けれども、彼女はロバートを責めたことはなかった。人は過ちを犯すものだ。

長年、こんなことなど考えもしなかった。ロバートがまた逮捕されるなんて想像もしなかったの

だ。誰が想像するだろう？　このあたりでロバートほど正直な人間はいない。なのに、あの昔の有罪判決が今は痛手となりそうだ。間違いなくロバートもそれを自覚しているだろう。

　アグネスはシーラを殺してやりたかった。カモメよりもさらにたちが悪い。

「オートミール？」シルヴィが下の階から声をかけてきた。

「ああ、頼むよ。今日はキッチンで食べることにする」

　着がえて下に行った。席は用意されていた。腰を下ろしたアグネスの足元にメイジーが寝そべった。

「なんて朝だろう」アグネスはシルヴィに言った。「ここに座って」

　シルヴィは片手を曲げて腰に当てた。「忙しすぎて座ってられないんですけどね、これだけは言っておきます。彼があんなことをやったと思ってる人は町に一人もいませんよ」

「どんなことを聞いた？」

　サイドボードの上にある切りたてのハーブの香りを嗅ぎ、世の中の間違いを正そうというアグネスの決意は強まった。

「ダイヤモンドのネックレスを盗んだという罪状で、ミセス・シーラ・リーがロバートを訴えたと」

「これまでわたしが聞いていなかった詳しい話だね。ネックレスか。あのネックレスは大嫌いだ。もちろん、ロバートが盗んだはずはない」

「疑惑は疑惑を呼ぶんですよ。それに、ミスター・アーチー・リーがロバートに味方するだろうと、みんな言っています」

「アーチーのほうがシーラよりもましだろう。今朝、彼のところへ話しに行く」

「結構ですね。早いうちにこんな噂の芽を摘ん《ニップ》でくださいよ。彼女の首を取っ《ニップ》て」シルヴィはまぎれもなく、何かを切るしぐさをすばやくしてみせた。彼女が以前はそのしぐさをどんなことに使っていたのか、アグネスは考えたくなかった。シルヴィは農家の娘で、アグネスが倫理上の理由でベジタリアンであることに一度も賛意を示さなかった。「わたしが運転していきますか？」

「いいや。一人で行く」

アグネスはシルヴィが異を唱えると思って身構えた。だが、彼女はこう言っただけだった。「あの人にちょっとした常識を吹きこんでやってくださいよ」

「ありがとう、シルヴィ。そうするつもりだよ。アーチーだって、リーの一族だからね。何が正しいかはわかっているはずだ」

ポイントからケープ・ディールの東側までの内陸を走る道路は農場を横切っていた。おもに野菜や卵を地元に提供するだけの小さな農場だった。牛やヤギは生きられるくらいの余地はある囲いに入れられていた。アグネスは車の窓を下ろした。ロバートの家の前を通ったことは何度もあったが、私道に入ったことは一度もなかった。魅力的で創造的な家の景観は、ロバートの能力を示す広告の役目を効果的に果たしていた。速度を落として花壇を見ようとしたとき、私道から車が出てきた。アグネスは私道の入り口で車を急停止させた。ロバートの右腕であるジェフ・グリンが車から降りてきてアグネスの窓のそばに来た。

「おはよう、ジェフ。ロバートはいる？」いないことはアグネスにもわかっていたが、新しいニュースを聞かせてもらえるように、とぼけるほうがいいだろう。

「いや、いませんよ」ジェフは慎重な口ぶりで言った。彼はロバートよりも何歳か下で、子どものころからハイラムのために働いていた。

「わたしはアーチーと話そうと思って出かける途中」

ジェフはうなずいた。「おれはいろいろと点検しに来たんで。もうすべて鍵を掛けました。冷蔵庫から傷みやすい食べ物も取りだしたし」

「それは賢明だね。でも、ロバートはもうすぐ帰ってくるよ」アグネスの胃はざわざわしていた。

「ああ、とにかくそんなところですね。何かご用はありますか?」

「今日はないね。ありがとう、ジェフ。何があったかは聞いている?」

「ロバートからは聞いてないので、確かなことはわかりません」

「まさにそのとおりだ。ありがとう、ジェフ」

車で走りさったとき、ある一行が浮かんできた。緊急の用件で頭がいっぱいの場合でもアグネスはこんなふうに文章を思いついた。〝結婚は失敗だったと彼はたちまち悟ったが、自分の間違いへのセンチメンタルな愛着から家庭にとどまった〟。この文を書きとめたかった。〈フランクリン広場〉の女たちの小説に何かアイデアをもたらすことにならないかと、この文の代名詞を「彼」から「彼女」に変えてみた。そうだ。ネーヴがいる。〝人生をよりよいものにしようとするよりも、自分の考えにこだわるのは、いかにもネーヴらしかった〟。何かを成しとげたという満足感をつかの間覚えた。あとで思いだせるようにと願いながら、その文を何度も繰りかえした。

動揺していたし、やるべき用事もあったが、アグネスはあたりの光景の美しさに感動していた。ケープ・ディールはいつも理性よりも感情に訴えかけてきて、地面につけた足を通じて土や岩とのつながりを彼女に感じさせた。モード・シルヴァーに頼まれた自伝の執筆などにまったく興味はなかったが、もしも書くとしたら、ケープ・ディールについて書きたかった。ケープ・ディールという名前にさえ、その響きにすら感動した。〈フランクリン広場〉のシリーズでは、メイン州は重要な存在として扱われてはいなかった。メイン州に与えられていいはずの称賛が彼女の著書にはなかったのだ。メイン州のことを書かなくては。それを書きたかった。

モード・シルヴァーはたしかにしつこかった。彼女の手紙の調子は最初のものから大幅に変わった。手紙は定期的に届いた。自信に満ち、説得力のある手紙が。モードの売りこみ口上によれば、制作中の〈ナンのおしごと〉シリーズの改訂版と一緒に出すのに、自伝は最高の作品だろうというのだ。自伝と〈ナンのおしごと〉シリーズの両方が相乗効果で売れるだろうと。それを読んだとき、アグネスはあきれて目をくるりと回した。「嘘つきをだますのは無理」と返事を書いた。これで片がつくだろうと思ったが、一抹の後悔の念はあった。モードの手紙がなかなか気に入っていたのだ。だが、それで終わりではなかった。アグネスにも自伝を書くべき自分なりの理由があるはずだと、モードは返事を書いてきたのだ。映画の「アラビアのロレンス」にあった、あの台詞は何だった？「彼は来るだろう。それが彼の喜びだから」。モードは賢い女性だが、アグネスはこうなることを見ぬいていた。とはいえ、アグネスも手紙のやり取りをやめなかった。モード・シルヴァーは聡明だ。それに、自伝の企画はモードにとって利用価値がないはずはない。デイヴィッドにはアグネスが自伝を書こうと考えているところだと思わせておこう。

とにかく、まずはロバートのことだ！　こんな状況で、よくも考えが横道にそれてしまったものだね？

アグネスは一年近く、ケープ・ディールの東側まで車を走らせていなかった。このあたりは海がきらめく様子から「ダイヤモンド海岸」として知られているが、それは裕福な住民たちへの一撃だとおどけて言う者もいた。こうして見てみると、いくつか変化があった。おもな変化は、前よりもきれいになったことだ。不法侵入を禁じる看板があった。さらに、塀や門が立っている。あらゆるところに小型トラックが止まり、作業員が働いていた。ポルシェまでも！　ボルボ、フォルクスワーゲン、サーブ、メルセデスがアグネスのそばを疾走していった。

ダイヤモンド海岸の広壮なコテージ群は道の下のほうに位置し、海からしか見えなかった。陸地からだと、ときどき松のてっぺんの後ろに屋根の輪郭がわずかに見えるだけだろう。私道には冷酷なほど目印がなく、ほぼ存在がわからない。家々には名前があり、住人は家の名と訪問してもらう日時を言うだけでよかった。そうすれば、腕に抱かれた赤ん坊も含めて、招待された客たちは芝生でのパーティや花火観賞や午後のクロケットの試合や岩場でのピクニックへとやってきた。赤ん坊はやがて子どもになり、子どもはティーンエイジャーに成長する。そうなると、ティーンエイジャーは自分たちで秘密のパーティを開いた。そのころには、ショア・ロードに沿って隠れた入り口がある家に誰が住んでいるかを彼らも知るようになる。そして大人になるためのあらゆる儀式は、金や美といった目に見えない領域にいつまでも存在することになった。そういう金や美は根本的なものでも自然のものでも、あるいは単純なものでもないと彼らが知ることはなかった。当たり前のものだと教えこまれていたのだ。彼らは特権を当然のことと見なし、自分たちが排他的だと言われると、誤解されたように感じた。仲間と一緒にいることを好み、望ましいプライバシーを楽しんでいただけだ。それのどこが悪い？

　アグネスはこの問題について揺るぎない意見を持っていたが、ほとんど人に告げることはなかった。だが、あるディナーパーティで、こういう話題についてのとりわけ不誠実な会話に刺激され、おいしすぎる赤ワインのグラスを重ねてしまったアグネスは言った。フィラデルフィアのすべての民族の集団が、排他的なクラブに入会しても全然かまわないでしょう。仕事の話をいっさい持ちださないことを彼らが了承するという前提ならね、と。そこにいた人々を含めるために〝民族〟という言葉を使ったとき、彼らが眉をひそめるのをアグネスは見てとった。彼らが批判的な態度を示した意味をややあってから彼女は理解した。そのとき、テーブルにいた女の一人が、今の台詞はポーリーン・シュルツの本から取ったのね！　とアグネスに言った。〈フランクリン広場〉の小説にあったわ！　今度ばかりはアグネスも二の句が継げなかった。何を言えただろう？　誰かの意見を借りたと疑われたことにいらだった。本当は自作の小説から引用したのだが、そう思っても、かつての自分のような人たちが大勢いるテーブルでとがめられたという腹立ちは収まらなかった。

　ポイントの大邸宅群は人目につかないことというルールにも例外はあった。いくつかの屋敷は異様なほど派手だったのだ。アーチー・リーのイースターリーはその一軒だった。目立たなくするのは簡単だったはずだし、それによるあらゆる利点や礼儀正しさを備えた家にできたはずだ。さらに言えば、アーチーはウェスターリーにとどまってもよかったのだが、そうしなかった。アーチーにとっては二度目の結婚を、三度目の結婚になるというシーラとしたあと、彼はダイヤモンド海岸に巨大な家を建てた。シーラはさっさとアーチーの姓に変えたがっていたから、アグネスが彼女の姓を覚える暇もないほど唐突な結婚だった。アーチーは「イースターリー」という名を、私道の行きどまりにある二本の太い石柱に刻みつけた。存在をこれほどあからさまに主張したせいで、自分が属する集団を動揺させたことはわかったが、アーチーは悪い評判というものはないという現代的な考え方をしていた。それをアーチーは心から固く信じていたし、そういう性質のせいで、隣人の中でも特に型にはまった人以外は彼に魅力を感じた。ほかの者はこの状況に順応したのだ。ポーリーン・シュルツも書いているように、飲みに来ないかという招待ほど、革命をすばやく効果的に抑えられるものはないからだった。最終的に、アーチーは変わり者だと判断され、自宅は見つかりやすいほうがいいという彼の好みは近所の住民の役に立った。イースターリーは郵便配達人や来客に道を教えるための目印の役目を果たしたのだ。クラブで踊って泥酔したあと、イースターリーのおかげで家の方向がわかることは悪くないと、隣人たちはしぶしぶ認めた。

アグネスは頭を切りかえながら、ショア・ロード沿いにゆっくりと車を走らせていた。思考のスイッチを入れ、灯台のフレネルレンズから出る光を当てるように、年下のいとこのアーチーをどう扱うかに集中した。勝利を得なければならない。

アーチーは子どものころ、大きくなったらウェスターリーに住まないよとアグネスに話したことがあった。あんまりそこが好きすぎるからだと。その言葉を聞いて、アグネスはずっとアーチーに好意を持つことになった。彼は陽気で皮肉っぽい性格で、沈みがちなときもあったし、ついには怪しげな評判が立ったりもした。五十代の今も少年の面影がまだあった。砂色の髪は白くなったが、禿頭《とくとう》にはならず、痩せた体は相変わらず敏捷さをうかがわせる姿勢やポーズを保っていた。彼は期日どおりにフェローシップポイントの請求書や税金の支払いをし、ウェスターリーを子どもや友人に貸した。そして息子たちが来るときをいつもポリーに問いあわせてくれたので、彼らはアーチーのいくつもの寝室になだれこむことができた。

こういったもろもろのおかげでアーチーの評判は高まった。これ見よがしのやり方や欠点を他人があげつらうとき、アグネスは彼の長所を指摘した。アーチーに対するアグネスの見解は何十年も前にできあがっていたし、人間はあまり変わらないものだろう。おおいに気に入っていた女性とアーチーが離婚したことをアグネスは許した。自分には耐えられない、十五歳上の不愉快な女とアーチーがなぜか再婚したことも許した。人が何を本当に必要としているかなんて、誰にもわからない。アーチーには三人の子どもがいて、マンハッタンにアパートメントを所有し、イースターリーとウェスターリーがあり、投資銀行の共同経営者で、〈リー・アンド・サンズ〉の取締役でもあり、いつも楽しくしているための友人や習慣や趣味があった。アグネスはある計画を抱いてアーチーのところへ向かっていた。まずはロバートへの訴えを取りさげさせ、それからランド・トラストに土地を寄付する目的で共同所有権の解消への同意を取りつけるというものだ。だが、何かを頼む前に、彼の関心事を考えるのが賢いやり方だろう。アーチーは男の虚栄心という金ぴかのマントを着ているから、それを褒められたがるはずだ。

アーチーの家の巨大な石柱の間を抜けて、銀色の葉がひらめくブナの木の散歩道を通って登っているピンク色の花崗岩でできた私道へ向かったとき、アグネスは眉を寄せた。ブナの木のすぐ向こうは、壁さながらに並んだ樅の木が敷地を守っていた。ぴりっとした香りの、重くてひんやりした空気が彼女の腕のあたりに漂った。坂になった私道のてっぺんからは、ぼんやりした水平線まで海が何キロも続いているのが見えた。樅の木の壁と海の間に家が建っていた。一部は石で、別の一部は風雨にさらされた古板でできており、どこもかしこも花や蔓植物や木や灌木で飾られている。裏にある整形庭園をアグネスは思いうかべた。大げさな形のトピアリーがあるだろうし、白い庭が造られるに違いないと考えて首を横に振った。〝海の上のヴェルサイユ《ヴェルサイユ・シュル・メール》〟。王様になりたいと願った人は大勢いる。

　運転したあとはいつもそうだが、アグネスはまずお手洗いに行きたかった。ありがたいことにノラ・オコナーが玄関に現れたので、お手洗いを使いたいとアーチーに頼まなくてもすんだ。自分に肉体というものがあることを男にさらけだすのは恥ずかしかった。そんなことは彼らに関係ない！アグネスはノラを何十年も知っていた。シーラが「化粧室」と呼ぶところへまっすぐ向かいながら、ノラと有意義な世間話をした。アグネスはお手洗いのドアを開け、前にも来たことがあるのに、その豪華さに息をのんだ。またもやピンク色の花崗岩が現れたが、今度はシンクの台に使われていた。はめ込み式のシンクは翡翠色の大理石だった。固定具は真鍮だろう。そうならいいのだが。もしも金だったらどうする？　石鹸やローションの類はどれも香りがすばらしかった。ここで三十分でものんびり過ごせそうだ。お手洗いを使うことがここへ来た目的だとアーチーが想像したら恥ずかしいから、そうはいかないが。アグネスは手を拭いて外へ出た。

　アーチーが現れた。自分に最高の魅力があると信じこんでいる年配の男性の見本だ。頭頂の毛をきれいに撫でつけ、硬そうに見えるほど、服にはぴしっとアイロンが当てられている。子どものころはかわいかった顔にも、今では食道楽を暴露する皺ができていた。それじゃ、アーチーはこういう段階に達したのか。気の毒なシーラ。それとも、幸運なシーラと言うべきか。夫の食べ方や、いびきをかくことを、彼女がどれくらい嫌っているかによるが。

　アーチーは何事もなかったように微笑していた。アグネスは意志の力を振りしぼって動揺を隠し、ほほ笑みかえした。彼は両腕を開いてみせた。

「やあ、いとこくん！　入ってくれたまえ。きみがここに来た理由はわかる気がするよ。ひどく厄介な状況だ。ぼくがそちらへ行く前に、こうして会えたわけだね。元気かな？」

「わたしはがんなんだよ」アグネスはきっぱりと言った。やはり怒りを抑えておけなかった。こんなふうに激情をあらわにするとは思わなかったが。ただ、そうなってしまったのだ。両手を上げて胸郭の横を押さえた。そこに胸腔ドレーンがあった名残りのしぐさだった。

「ぼくたちが贈った花は受けとったかな？」アーチーはアグネスのほうへまっすぐ歩いてきたが、病気が感染すると言われたかのように立ちどまった。

「たぶんね。お礼状は書いたっけ？」

彼は笑った。「たぶんね！　だが、どうしてこんなことになったんだ？」アーチーは態度を変え、さっきよりもアグネスのそばに寄って目を覗きこみ、機知を働かせた親しげな口調で尋ねた。「きみはタバコを吸っていたかな、いとこのネッシー？」

「吸っていたらよかったね！」

「ああ。ぼくもタバコを吸いたい。八十歳になったらまたタバコを吸うと、いつも言っているんだ。だが、きみは八十歳じゃないか！」

「だったら、九十歳になったら喫煙を始めると言っておくよ」

「へえ、そういうものかい？　ぼくはそこまで長生きするかどうか」

「わたしもだよ」

アーチーの顔がゆがんだ。ふたたび幼い少年になったみたいに。

「ああ、しっかりして、アーチー。死を笑えないなら、何を笑えるっていうの?」アグネスは彼の腕に軽くパンチをくれた。

「ぼくは今のきみの年まで生きられたら運がいい」彼はぎこちなく言った。

「そうだよ。運がいい。何もかもとてもはっきりとわかってくる年だ」

「だが、きみはまだ若いと感じているだろう?」

「冗談じゃないよ。母が言っていたように、わたしは丘と同じくらい年寄りで、丘の二倍、汚れている感じがする」

「だったら、すぐにここの景色を見たほうがいい」アーチーはアグネスの肘の下に手を添え、前へ進ませた。

アーチーの居間は上品すぎてきれいすぎて、装飾が多すぎて、自意識過剰でベージュが使われすぎていた。最初の妻が家を仕切っていたころ、彼はこんなふうに暮らしていなかった。一人目の妻はリー家の人間がみんなそうであるように向こう見ずで、ウェスターリーに楽々と溶けこんでいた。もし、アーチーが余計なことをせず、最初の妻と別れずにいたら、今ごろロバートはフェローシップポイントで雑用をこなしていただろう。だが、そうはいかなかった。シーラがこの家を引きついで室内装飾家を雇った。あらゆる家具調度がノアの洪水以前のものみたいに時代遅れの家々では、室内装飾家など珍しい存在だった。アーチーの古い家具はウェスターリーに返され、イースターリーでは新しい家具が幅をきかせた。シーラがアグネスに知識を授けたところによれば「グレージュ」と呼ばれるらしいベージュの壁を背景に、ソファにはサンゴ色のクッションがいくつも置かれ、ターコイズ色のカバーが腕木に掛けられた。グレージュとやらの壁を眺めていると、アグネスは立ったまま眠れそうだった。ここを訪れた別のときだが、自分の室内装飾家はベージュがもっとも上品な色だと主張していると、シーラはアグネスに話した。反論を受けつけない言い方だった。「ベージュは色というよりは背景だと、わたしはいつも思っているね」アグネスは言い、痛いところを突いたと気づいた。イースターリーの装飾は、やはりベージュの服を着ていることが多いシーラの背景だった。家や服はシーラにとって、宝石商が宝石を載せるのに用いるクッションに等しかった。彼女はそうした家や服を背景にして、引きつった顔や、宝石で飾りたてた耳や首や両手を見せつけていた。「改装してさまざまな装飾を取りいれるのはとても簡単だわ」シーラは自分の創意工夫を称賛する口調で言った。「わたしがやるのは、色彩という飛沫《しぶき》をつけ加えることなの」。もしもそんな行動が滑稽だとシーラが心得ていたら、アグネスも彼女の完璧な趣味のよさを許したかもしれない。これまでそんなふうだったので、とりわけ今はシーラを攻撃したかった。

　アグネスは視線を走らせ、部屋にある、リー家に伝わったすべての品物の見当をつけた。そんなに多くはなかった。古いフィラデルフィア製のチッペンデール様式の家具に、シーラはぞっとしたらしかった。アグネスも受けついだチッペンデール様式の家具を処分したが、それは自分が選んだことだった。そういう家具はよい家庭に落ちついた。アーチーの分のチッペンデール様式の家具は、感じのいい彼の子どもたちのところへ行ってほしいと思ったが、今どきの若者はペールウッドの家具を欲しがるらしかった。その気持ちはアグネスにもよくわかった。

「全体を改装したばかりなんだ」アーチーはあたりを指し示しながら言った。「きみは前と同じに見えると思っているだろうが、素材ははるかによくなったよ」

「ダイヤモンドの粉末とか？」

「それくらいの金がかかる。珍しいヤギの毛皮とかだな」家具が自分の王国の民衆だとでもいうように、アーチーはそちらにうなずいてみせた。

「珍しいヤギの毛皮。本の題名によさそうだ」

「使ってもかまわないよ。それとも、印税の一部をくれと要求するべきかな？　きみのあの女の子──名前は何だっけ？」

「ナン」

「あの子はよくやっているじゃないか。あの子なら、シギをヤギ飼いにすることもできるんじゃないかな」

「一つのアイデアだね」アグネスは人前に出るたび、次にナンが何をしたらいいかを必ず提案された。

「それで、あとどれくらい作品を書くつもりなんだ？」

「働くのをやめる予定はないね。あなたの言う意味がそういうことなら。時計のねじが切れて止まるまで書くつもり」

「もちろん、きみならそうだろう」アーチーは昔ながらの親しげな態度でにやりと笑った。「会えてうれしいよ、いとこくん。ぼくがいつも言っているように、きみみたいな人はいないからな。とにかく、はっきり言ってくれ。これは社交上の訪問かな？　それとも、ぼくたちには議論すべき問題があるのだろうか？」

「どちらも少しずつってところ。でも、わたしは同志として来ている」

「なるほど」彼は部屋の中と外を仕切る、高くなった大理石の敷居越しにアグネスを見た。「来たまえ。楽しい気分になるだろう」

アグネスは部屋の外に出たとたん、家の反対側ではわからなかった風に気づいた。任務があるとはいえ、枝分かれしたオークの木々と銀色の樺の木の間に古い樅の木々が高くまっすぐにそびえているのを見て胸が高鳴った。注意深く手入れされた樅の木々は、荒々しい海の光景を縁取る自然の枠になっていた。今日の海は濃紺で、さざ波が立っている。テラスは香りのいい空気が漂う庭の上にせりだしていた。アグネスはこの光景に屈して、豊かな香りを深々と吸いこんだ。

「美しいね」彼女は感想を言った。

「ぼくたちもそう思っている」

〝ぼくたち《ウィ》〟。アグネスは自分たちを一つの単位と見なすカップルを軽蔑していた。ポリーは自分たち夫婦を〝わたしたち《ウィ》〟と考えているだろうが、いつも〝ディックとわたし〟と言う。そのほうがはるかにいい。「シーラはいるの？」アグネスはあたりを見まわした。

「出かけている」

「よかった。あなたと二人だけで話すのがいちばんだと思うから」

「こっちへ来て見てくれ」アーチーは指さした。「新しい庭だ」そう言った。「白一色になる予定だよ」

「シシングハースト城みたいに」

「ハ！　いとこくん、何でも知っているんだな」

二人はこれまでアグネスがお目にかかった屋外用の家具の中でもっとも座り心地のいい椅子に腰を下ろした。思わずため息が漏れる。「じゃ、これが快適な金持ちという状態なんだね」

「ハ、そうだな！　快適な家具が存在することすら知らなかったんじゃないか？」

　ノラ・オコナーがやってきた。

「コーヒーか紅茶は？　それとも水？」アーチーが訊いた。「もっと強い飲み物がいいかい？」

　アグネスは帰りの運転を考え、断ったほうがいいと思った。アーチーの家のトイレをまた使わせてくれと頼みたくはない。「いいえ、結構。すぐ帰るから」

「ぼくにはアイスティーを頼むよ、ノラ」アーチーは言った。ノラはたちまち姿を消した。

「じゃ、始めようか」アーチーは仕事用の態度に切りかわった。「ロバートのことでは、非常に困惑していると言わねばならない」彼は眉を寄せて両手に目を落とした。「ぼくはいつもハイラムを信用していた。ロバートのことも気に入っている。一般的に言って、彼は優れたデザイナーで庭師だ。今度のようなことをする人間だと思ったこともなかった。だが、こういうことになっている《ヒア・ウィ・アー》」

　アグネスは怒りがたぎるのを感じた。「わたしたちはここにいる《ヒア・ウィ・アー》けれどね。ロバートは留置場にいるんだよ」

「ああ、そうだ。実を言うと、気分が悪いよ。しかし、シーラは彼の盗みの現場を押さえたんだ。とにかく、ひどい話だよ」

　アグネスはきつく拳を握りしめた。「正確な状況を話してくれない？」

「ああ、そうだな、重要なことから片づけよう」ノラがアイスティーを持ってやってくると、彼はそれを受けとって一口飲んだ。「ありがとう、おいしいよ。ミントの量が完璧だ」

　ノラはこう言っているようにうなずいた。〝もちろん、ミントの量は完璧なはずです〟。アグネスはノラの苦労を察しながら彼女にうなずいてみせた。

「ぼくは書斎で仕事をしていた。金は眠らない、とかいうからな。すると、妻の悲鳴が聞こえた。私道に走りでると、ロバートがいた。シーラのネックレスを持ってね。シーラは地面に倒れていた。彼が妻を押したんだろう。シーラは町へ出かけて戻ったところだった」アーチーは両頬をこすった。「妻はほとんど動けなかった。ぼくたちは彼女を起こしてやらねばならなかったんだ」

「あなたとロバートで？　ロバートは彼女を起こすのに手を貸したの？」

「ああ」

「それで、ネックレスはどうなった？」

「ロバートがぼくに返した」

「あなたが彼を告発したあとで？」

アーチーは強い陽光をさえぎっている日除けに目を向けた。「実際はそうじゃなかった。シーラはまだ何も話していなかったんだ。怪我をしていたからな」

「いつ告発をしたの？」

「そのすぐあとだ。シーラはロバートを泥棒と呼んだ」

「つまり、あなたが飛びだすと、シーラが地面に倒れていて、あなたとロバートが彼女を助けおこし、彼はあなたにネックレスを渡した。そういったことが全部起こったあと、シーラはロバートを告発したってわけ？」アグネスはじっくり考えた。「わたしの見たところでは」穏やかに言った。「絶対にあり得ないけれど、もしもロバートが何かを盗もうとしたなら、取ったものをシーラに見せるようなばかな真似をするはずはない。あなたもそうだろうけど、わたしは子どものころからロバートを知っているし、いつも最高の人間だった。そんな彼がシーラを押したおした？　あきれてものが言えない」

アーチーは肩をすくめた。「きみは人間というものを知っていると思っているんだろうな」

「ロバートを知っていることは確かだ。間違いなく誠実な人だよ」

「シーラには痣ができているんだ」

「アーチー。こんなことをすべて信じろと言うのは無理だね」

アーチーは顔を両手で拭って頭を振った。「彼女はぼくの妻なんだ！」

アグネスは何度か深呼吸をして落ちつこうとした。つかの間、聞こえるのは風の音だけになった。

「あなたはリー家の人間だよ、いとこくん。今の状況が誰にとってもよくないとわかっているだろうに。わたしたちはこんなふうじゃないはずだ。疑わしきは罰せずという精神を持っているし、善良な人には二度目のチャンスを与える。必要なら、三度目のチャンスだって」アグネスは一息入れた。「仮にロバートがこんなことをしでかしたとしよう。それでも、彼を刑務所に行かせたいと思う？　ハイラムが亡くなったから、ロバートの母親は息子だけを頼りにしている。彼を大黒柱として頼っているきょうだいもいる。地域社会で重要な役割も担っているし、いつもあれやこれやの役員会や委員会に出ている。わたしはシーラが見たものを否定しているわけじゃないよ。ネックレスを持ったロバートを見たことは確かだと思う。シーラがつまずいて転んだのも。だけど、ロバートがわざと彼女を押したおしたなら、わたしは神に罰せられてもいい」

「ワンパム・ベルトのことはどうなんだ？」

「ベルト！　それが何だというの？」

「それも今回の件の一部かもしれない。ロバートはここに出入りしているからな」

「アーチー！　もうやめなさい！　あなたは自分を物笑いの種にしている！」

アーチーは椅子からすばやく立ちあがった。「ぼくにどうしろと言うんだ？　きみが何を求めているのかわからない！」髪が乱れ、唇に唾がくっついた。

「告訴を取りさげて」

「できない！　決めるのはシーラなんだ」

アグネスはどうにか立ちあがって彼と向かいあった。命令を下すときだ。「シーラを車に乗せて警察署へ行きなさい。間違いだったと、彼女から警察に言わせるんだよ。本当に間違いだったのだから。あなただってそれはわかっているし、わたしにもわかっている。筋が通らない話だ」

「しかし、シーラは――」

「ああ、もう！　そんなに彼女が怖いの？　自分を主張しなさい！」

アーチーは乱れていた髪を元の場所に押しあげ、ポケットからハンカチを引っぱりだした。顔の下半分をそれで拭う。「ロバートがあんなことをしなかったと、本気で思っているのかな？」

一、二、三、四、五……「本気で思っているよ。あなたもそうじゃないの？　ちょっと待って。シーラはテニスにでも出かけているってこと？」

「ああ」

「昨日、被害を受けたあとで？　あなたの話だと、彼女は病院に行くような状態だった。テニスクラブなんかじゃなくてね」

「ありがたいことに、怪我はなかったんだ」

とうとうアグネスは怒りを抑えられなくなった。「警察署に電話して！　この件を解決するんだよ、アーチー！」

二人はにらみあったが、アーチーは見るからにリラックスした様子だった。アグネスは優位な立場を失った。どうして、女はまっとうな怒りを示すことが許されないのか？　文明の歴史は自分の味方だとアーチーが心得ていることがうかがえた。あらゆる法は女に不利なものに作られていると知っているのだ。女はことごとく火あぶりにされたり、監禁されたり、ジョークにされたりしたことを。もっとひどいことにならなくても、アグネスは追放処分にはなったはずだ。つまり、有罪。

「落ちつくんだな、いとこくん」アーチーは冷ややかに言った。腕時計に目をやる。「もうすぐシーラが戻ってくる。そのとき、きみはいないほうがいい。あと一つ話したいことがあると言ったが、何かな？」彼は尋ねた。愛想のよさは影も形もなくなっていた。

「それは今度でいい。このままにしておけば、ここのコミュニティであなたの評判が台なしになることをちゃんとわかっているといいけれどね、アーチー・リー。あなたのお気に入りだったラクラン伯父は、さぞかし甥を恥ずかしく思うだろうよ。今のわたしが思っているのと同じようにね。今回のことは一人の人間の人生と評判の問題だ。このまま押しとおすなら、ケープ・ディールの社交の場にあなたとシーラの居場所はなくなる」

「きみにそれほどの権力があると思っているのか？　人々は別の造園家を雇える。仕事の第一の法則は、どんな人間でも取りかえがきくことだ」

「そのうちわかるよ」今やアグネスは疲労を感じていた。

アーチーは大声で呼んだ。「ノラ！」彼女が現れるまで、アーチーとアグネスは身を硬くしたまま待っていた。「ミス・リーを車までお送りして。さようなら、いとこくん」彼は両手を背中で組み、ウエストあたりから軽くおじぎした。思いあがったばか者。彼はさっさと階段を下りて庭へ行ってしまった。

「こちらです、ミス・リー」

「ありがとう」アグネスはノラのすぐ後ろを歩いた。慎重に足を踏みだして慌てないようにする。ふいに思いうかんだことがあった。「ノラ？　あなたは例の現場を見たの？」

ノラはみじめな顔で首を横に振った。「あとで見ただけです。奥様がだんな様に、警察に電話してとお話しになったあとで」

「わかった。気にしないで。仕方がないことだよ」

向こう側から来るシーラ・リーの車とぶつからないよう、スピードを落として私道を走った。アグネスは家までの道中、来たときに思いついた一文の記憶を取りもどそうとしたが、どこかへ行ってしまった。アーチーとの対決で消えてしまったのだ。もしもシーラがわたしの本を盗んだとしたら、ひどすぎる——

車を道端に停め、アグネスは久しぶりに泣いた。

第八章

二〇〇〇年八月、メドウリー、ポリー

ポリーの庭には花が見事に咲いていた。カンパニュラ、ルリマタアザミ、コスモス、ノラニンジン、日向のタチアオイ、日陰のギボウシやショウマ。関節を守ってくれるジェル製の膝当てパッドの助けを借りて雑草を取った。毎日、午後になると、ポリーはけもの道を通ってアグネスの家まで歩いた。続ける義務があると感じている日課だが、気が進まなくなっていた。アグネスはロバートの件で激怒して悲嘆に暮れ、ずっと不機嫌だった。ポリーが家に着くなり、アグネスはロバートの話を始め、とりわけシーラのことで怒りだす。だが、ポリーが口を挟むと、アグネスは動揺しすぎて議論などできないと言いながら話をやめてしまうのだ。まるでポリーは動揺していないかのように。アグネスはまったく外出しようとせず、仕事はどんな具合かとポリーが尋ねると、目を剝いてみせた。「楽しい日課はせいぜい墓地を訪ねることくらいだね」アグネスは喧嘩腰で言った。唯一の救いは、アグネスがポイントの件にあまり執着していないことだった。ポリーはその話をしたくなかった。ポリーへの手紙の中で、ジェームズはまたしても自分の見解をはっきりと述べてきた。

母さんが誠実だと信じているよ、と。ポリーはいつも誠実だった。けれども、忠誠を尽くすのにふさわしい二人の一方を、どうやって選べばいいのだろう?

ポリーは白ワインを一杯飲み、とっつきにくいアグネスと墓地を訪れたあと、けもの道を歩いてメドウリーに戻った。テラスでディックと腰を下ろしてジンジャーエールを飲みながら、彼が考えこむように塩味のプレッツェルをしゃぶっていたとき、彼女はその日にやったことを話した。ディックもアグネスと同様に憤慨しており、絶えず不機嫌だった。何もかもがあっという間に起こった。ロバートの逮捕、罪状認否、懲役。ディックはずっと懐疑的だった。アグネスは彼とポリーのところへ来て、ロバートがマリファナで有罪判決を受けたことがあったと話した。その話を一度も聞いたことがなかったポリーにもディックにも衝撃だった。道理でロバートは法律学校へ行かなかったわけだ。アグネスは打ちあけなかったことをポリーに謝ったが、ロバートから秘密にしてくれと頼まれたのだろう。

さらに、ロバートはアグネスの助けを借りようとしなかった。ほんのわずかでも。この前とは違ったのだ。あのときの彼は少年で、父親を動揺させたくなかったと思われる。ロバートは自宅を売りに出した金で訴訟費用を払い、従業員に給与を払いつづけ、自分がいない間に母親が金を受けとれるようにした。

司法取引の結果は幸運だったと見なされたが、落胆以外は感じにくかった。ロバートは二年間、トーマストンの州刑務所に入ることになるはずだ。無実なのに。ポリーは激怒するというよりも悲しかった。彼がそんな場所にいると思うことが耐えられなかったのだ。閉じこめられるなんて。本当なら、ロバートはポリーと一緒にピンク色の壁を建てていただろうに。

だが、人生は進んでいく。ポリーはアグネスのようにつらい思いをしたくなかった。彼女とディックはときどき旧友を訪ねたり、無難な場所に出かけたりした。招待を受けたときはマナーを脇に置いて、するべき質問をした。シーラとアーチーも招かれているの？　もし、彼らが招かれていれば、ポリーは招待を断った。

ディックは夕食後に仕事に戻ることが多かったので、ポリーはよくサンクへ行った。夜はコウモリが群れを成し、夜行性の鳥たちの声が盛んに聞こえた。たまにポリーは心が無になり、黒く見える木々と一体化した。死とはそういう状態、木と一つになるようなものだと考えるのが気に入っていた。誰に答えがわかるというの？　誰にもわからない。

リディアにならわかるだろうが。

ポリーはあらゆる犬たちが一人ぼっちでお腹をすかせ、苦痛を感じながらみじめな状態で外にいることを考えるのが習慣になっていた。どうして、みんな気づかないの？　けれども、人々は気づいていたし、動物保護施設は存在している。動物の幸福のために、ほかにもさまざまな施設や組織はある。これまでポリーが気づかなかったという意味だ。ほかにどんなことを見おとしてきたのだろう？

ポリーはそうした不公平さを深く考えないようにと育てられてきた。そんなことを考えていると、現実の生活を送るうえで、楽しい相手になれなくなるからだ。でも、本当の変化を起こすためには、物事を考えなくてはならない。こだわりすぎるくらいに。たとえば、アメリカ・フレンズ奉仕団のように、クエーカー教徒の多くは物事をきちんと考えてきた。そのおかげで世の中はかなりよくなったのでは？　ハバフォードへ帰ったら、ポリーは動物のために何かボランティア活動をするつもりだった。ディックが時間をくれればの話だけれど。アグネスは賛成してくれるだろうが、ポリーはそのことを彼女と話すのをためらっていた。菜食主義についての説教をされるに決まっていたからだ。〝動物を助けたいなら、動物を食べるのをやめなさい。動物たちはそのことに心から感謝するよ〟。アグネスの言いそうな台詞ならわかった。

ある晩、ディックがまだエネルギーに満ちた状態で二階のベッドへ上がってきた。挨拶も抜きで、いきなりわめきはじめた。彼は思考していたのだ。考えることは彼の全人生だった。

「われわれはどれほど刑務所から目をそらしてきただろうか？　われわれは収容所に囲まれて生きてきたドイツ人と変わらない。もはや更生などというものは存在しないのだ。ぞっとする状況じゃないか！」ディックはパジャマに着がえた。彼は皺がなめらかになり、手足のムダ毛が減っていく年齢だった。人には見せない部分の毛もなくなりかけていた。「刑務所にいる人々は仕事を覚えたり、上訴を申したてられるように法律書で学んだりしていると思ったが、今やほとんどそんなことは行なわれていない。刑務所は檻なんだ！　人生でこれほどこの国にうんざりさせられたことはない。こういうことについて、編集者にますます手紙を書かねばならんな。国民は知る必要があるのだ」

ディックはすがるような目でポリーを見た。

「まあ」ポリーはどうにか意見を言えた。「わたしもそれとほぼ同じことを考えていたの。ただ、考えていたのは虐待されているすべての犬のことだけれど。わたしが見つけてあなたが助けてくれたあの犬は、ここから歩いてほんの十分のところにいたのよ。わたしたちはみんな目がかすんでいるのね」

ディックはポリーが折っておいたベッドカバーの端をめくり、中に滑りこんだ。「だが、ロバートには耐えられるだけの資質があると思うよ。とにかく、彼はそんなに長く刑務所に入っていないだろう。死ぬまで出られない哀れな愚か者どもは気の毒だな。彼らが何をしでかしたかはどうでもいいが、誰もそんな一生を送るべきではない。そういう人々を目につかないようにさせるのは社会全体にとって望ましくない。そんな行動のせいで、われわれはいつの間にか抑圧されてしまうのだ。人間は残酷なものだと知られているし、そんな気持ちを心から追いださねばならない」

ディックの言葉にポリーは深く感動した。ロバートの逮捕と、ポリーが開いたパーティ以外は引退に花を添えるものがなかったことに失望したせいで、ディックの防御は弱くなっていた。引退といえば、学部がディックに名誉教授の称号を与えなかった理由を尋ねる手紙を学部長に出さねばならないのに、ポリーはまだ書いていなかった。手を伸ばして夫の骨ばった肩をさすった。彼も手を伸ばして彼女の手を取った。

ややあってからポリーは尋ねた。「あの犬は親切な人たちにもらわれたと思う?」

「何だって?」

「犬よ。ダンプ道路でわたしが見つけた犬。あの子はいい家庭を見つけたかしら?」

「ああ、そうだな。見栄えのいい犬だという話だったな?」ディックは寝返りを打ってこちらに背を向け、両手を頬の下で組みあわせた。「明かりを消していいぞ」

「わたしはまだ服を着ているのだけど」起きあがったままなのは言うまでもない。

「そうか、脱げ」

「大丈夫よ」ポリーは明かりを消して、ヘッドボードにもたれた。しばらくすると、いろいろな影が壁に映しだされた。服を着たまま寝るのはどう？　別にいいんじゃない？

「できるだけたびたびロバートに手紙を書いてやりたい」ディックが言った。「面会に行くことについて手紙に書いたよ。向こうではいい本が手に入ると思うか？　何冊か本を持っていってやろう。フィリップ・ロスの新作とか。『ヒューマン・ステイン』だな」夜の中で彼の顔は暗い染みとなっていた。

「すばらしい考えよ」

「そうしよう。そうするとも！　明日、本屋へ行くぞ」

つまり、ポリーがディックを車に乗せていくということだった。「すばらしい考えよ」彼女は繰りかえした。この台詞のおかげで、ディックは六十年間、彼女から離れずにいるのだ。彼は何かを思いついたり、アイデアを認めてもらいたがったりする。ポリーにとっては褒められることなど重要ではなかった。大事なのは平和だった。

ディックはたちまち眠ってしまったが、ポリーは眠れずに興奮していたので、夫との会話の続きを想像した。

わたし：もしも生まれ変われるなら、あなたともっと旅行をしたい。

彼：わたしは願っていたほど有名になれなかったな。

わたし：あの医師がどう言おうと、リディアをすぐ病院へ連れていったのに。

彼：わたしは研究者向けではなく、一般読者に向けた本を書くことをそんなにいやがらなくてもよかったんだ。結局のところ、成功すれば、大衆向けの本を書いてもそれほどひどい評価は受けない。
わたし：わたしはもっと勇敢になればよかった。息子たちが犬を飼えるようにと主張すべきだったわ。一匹だけでなく何匹も。
彼：平和主義を信じていても、わたしが反ユダヤ主義だということにはならんのだ。
わたし：みんなが帰ってしまったら、あなたと二人でカナダのカンポベロ島へドライブ旅行に行きたい。
彼：それはいい。
わたし：今年は感謝祭までここにいたいわ。紅葉の木々の下を散歩できるでしょう。
彼：いいんじゃないか。
わたし：いちばん大事なのはできるだけあなたと一緒にいることよ。
彼：いつもいつもいつも……。

ポリーは〝いつも〟とか〝永遠に〟といった、特に意味のある言葉を使うことによって、約束の呪文に力をそそいだ。そんなものは存在しなかった。何も信じないこと、信念など必要としないこと。それが大人になるということだった。
存在するものが現在だけとなったとき、地味な大人になるためにポリーがあきらめたものは何だっただろう？　〝いつも〟なんて、ただの考えにすぎないし、合理的な考えですらないと心から信じるために手ばなしたものは？　家のすぐ外にある自然は、物事が移りかわり、永遠に続くわけではないことを、毎日のように例をあげて教えてくれた。現実を否定できるという大きな能力を持つ人間には、生物としてどんな意味があるのだろう？

ポリーは何度も寝返りを打った。頭が冴えて眠れない。アグネスは眠れないとき、起きあがるという。そうすれば、ベッドに寝たときに現れるいらだたしい考えを未然に防げるらしい。分別のある方法だと思ったが、ポリーはディックを一人にしたくなかったし、目を覚まさせる危険を冒す気にもなれなかった。何か考えようとすると、当然のように子どもたちのことがしきりに浮かんできた。寝るときは子どものことを考えまいとしていたのに。心配したり、やりなおしたくなる決断を思いだしたり、違う反応をしたらよかったと思う質問や騒動のことを考えたりするからだ。でも、子どもたちはここにいないのに、注意を向けてくれとしきりに要求していた。ポリーは目を開けて窓の外を眺めた。星々を見つめ、長い夜になりそうだと覚悟を決めた。

ポリーの子どもたち。どの子の場合も、お腹の中にいたときからどんな性格かポリーにはわかった。動き方でわかったのだ。円を描くように腹部を撫でると、赤ん坊は向きを変えたり、不満や喜びを表して蹴ったりした。ポリーは初めから子どもたちを肌で感じ、一緒に過ごしたいと思ったが、それ以外の点では干渉せずに成長していくままにさせていた。ポリーとは感じ方が反対の女たちもいるらしかった。子どもは自身のミニチュア版で、誇りや恥の原因であるかのように感じるのだ。彼女たちは子どもが自分と違う存在になるのではなく、似た存在になるように仕向けていた。そうすれば社会の秩序が保たれるのだろうと思ったが、とても柔軟な感情を持つポリーにはそんなことはできなかった。ポリーは子どもの面倒をよく見たし、彼女なりに厳しい親でもあった。だが、干渉しすぎることには気分が悪くなってもいた。

ジェームズを身ごもったのはメドウリーにいたときだった。ある月夜、昼は陽光を浴びて夜はディール・クラブでダンスしたせいで疲れきっていたとき、彼女はディックと愛を交わした。経験した中ではことさら長い愛の交歓ではなかったが、今までになくゆったりしたものだった。ポリーはリラックスし、頂点に向かうことをディックが急いでいないと感じた。愛しあううちに自分がどんどん液体のようになるのを感じ、この行為をやめたくないと思った。こんなふうにしながら、食べて眠る暮らしをしてもいいかもしれない。

ポリーの思考はどこかへ行ってしまった。思考をとどめるものもつかまえるものもなく、さまざまな概念や感覚が穏やかでひんやりした川となって流れていた。ポリーは何も感じることができなかった。彼女が感情だったのだ。彼女自身が。ポリーは生きていて、あるパターンを作る糸だった。そのとおり。本物で、真実のひととき。ほとんどの場合、ポリーはいろんなものが雑然とした状態だった。感情に強くとらわれていた。感情があるせいで自然から、こんなゆるやかな流れから隔てられていたのだ。今や、彼女と感情は一つになっていた。

それが起こったとき、ポリーはたちまち気がついた。

たとえるなら、短い金属音が聞こえたような感じだった。キッチンでいきなり鳴るタイマーのような音。音波探知機の音。遠くの雷鳴のような音。〝ああ〟と彼女は思った。〝ああ！〟。二つの巨大な情報の集合が出あって結びつき、新しくて力強いことが起ころうとしている。ディックは行為を続けていたが、ポリーは同時に二つの場所にいた。これからはずっと、そんなふうに同時に二カ所にいるだろうという冷静な予感があった。二重の忠誠。次の瞬間、意識が朦朧とした。ディックが体を離したとき、彼女はすでに半分眠りに落ちていた。まだ意識があった最後の瞬間、ポリーは何が起こったかを夫に話した。そんなことを感じられるはずはない、そういう過程は顕微鏡でしか見えないほど小さなものだからとディックはきっぱりと言った。ポリーは説明できなかったものの、自分が変化に気づけないはずはないと思った。「今にわかるわ」ディックにそう言った。「わたしたちはもう二人きりじゃなくなるの」

「だが、いつもわたしを優先してくれ」ディックは言った。

その言葉に、嵐が起きそうな響きを聞きとってもよかったはずだが、ポリーはこう言っただけだった。「もちろんよ」

結婚生活は信頼に基づくものだと、ポリーは以前から聞いていた。信頼していれば、質問しなくてもいい。信頼があれば、そのうちにすべてが明らかになると思うことができる。ポリーはセックスや出産について尋ねたことがなかった。どちらにもある程度の苦痛が伴うことは探りだしていた。それ以外の点では大丈夫だと信じていたし、準備もしていなかった。ありがたいことに、セックスにはかなり早いうちに痛みを感じなくなったが、出産は気絶する前もその後も苦痛だった。最悪の痛みは気を失っていた間に訪れたのだろう。出産がこんなものだと誰も教えてくれなかったのは残酷な仕打ちだった。とりわけ、何度も診察した医師が教えてくれなかったなんてひどい。医師に裏切られた、そんな陰鬱な思いを抱えながらポリーは分娩室にいた。けれどもそのあと、痛みを乗りこえて彼女は母親になった。開けるべき贈り物があったし、書くべき手紙や理解して確立すべき新しい日課があった。何よりも本当に考えなければならないものがあった。楽しみや喜びを得られ、驚きを覚えるはずの赤ん坊がいたのだ。信じられないほどすばらしい赤ん坊が。ポリーは楽しみを見つけようとした。

〝この子はお父さん似ね！〟〝ディックそっくりよ！〟〝この子は火星人みたい、なんておもしろい顔！〟

ポリーはほほ笑んで、何に似ていると言われても同意した。彼女にとって息子は、息子以外の何者にも見えなかった。ときどき、この子は本当にわたしの赤ん坊だろうかと考えた。自分に赤ん坊がいるのかとさえ思うときがあった。どうかしている。それでも、そんな考えを振りはらえなかった。平らなお腹を見ると、何も起こらなかったように思えてしまう。何もかも夢だったのだと。赤ん坊におかしな顔をしてみせたり、音を聞かせたりしている人々。赤ん坊に手を伸ばしたり、抱きしめたり、両頬にキスしたりしている人たちから、ポリーは何キロも離れたところにいる気分だった。とにかく一人きりでほうっておかれたかったし、眠りたかった。

だが、ポリーはそんな気持ちを押しかくして芝居をした。もうたくさん、という思いは赤ん坊以外の誰にも知られていなかっただろう。息子は母親の気持ちを感じていて、ポリーに抱かれてもリラックスしなかったり、乳母のミセス・ベイリーが連れていくまで泣いたりしていた。ミセス・ベイリーもポリーの感情に勘づいていた。誰でも慣れるものですよと人前では言いながらも、同情を込めた目でポリーを見つめていたのだ。それに、ポリーと二人きりのとき、じきに自分が本当に母親だと感じるようになりますよなどとも言わなかった。ポリーはこういう思いやりのある心づかいに気づいたし、心からありがたいと感じた。これまでのポリーは干渉されないことの価値がわからなかったし、それを慎重に実践する方法を心得た人に会ったこともなかった。ポリーはミセス・ベイリーの配慮に逆らわず、何週間も寝てばかりいた。

ある日、ソファでポリーの隣に寝ていた赤ん坊が片足を上げ、それで彼女を指した。ポリーが身を寄せると、赤ん坊の片足はぐらついた。だが、赤ん坊は懸命になってだんだん片足をポリーに近づけ、とうとう彼女の頬を押した。どうしてこの子はこんなことをしたの？　わざとやったの？　どう見ても意図的な行動に思われた。ポリーは息子の足を握り、軽く振った。赤ん坊は声をあげて笑った。何度も繰りかえすと、そのたびに赤ん坊は笑う。手を離すと、ふらついている足がまたしても彼女の顔に近づいた。このゲームをしているうち、赤ん坊が自分の行動をわかっているのだとポリーは確信した。なんて賢いの！　なんて利口な赤ちゃん！　ポリーはこれを見せようとミセス・ベイリーを呼んだ。

「ぼっちゃまは奥様の注意を引きたいんですよ。あらゆる男の人と同じようにね」ミセス・ベイリーは言った。赤ん坊のジェームズにかがみこんで優しい声で語りかけ、ワンピースのポケットからベビーパウダーのパフを取りだした。

「注意を向けるのはかまわないわ」ポリーが言った。

「そんなふうにして男の人は世の中を支配しているんです」ミセス・ベイリーはため息をつき、手際よくジェームズのおむつの前から中に手を入れる。「おむつを替える時間ですよ」彼女は身をかがめてジェームズを抱きあげた。

「やり方を見せて」ポリーが言った。

それからというもの、ポリーが望むのは朝になって目を覚まし、またジェームズを見ることだけだった。いったん彼女の心に入ってくると、ジェームズは二度と出ていかなかった。ポリーはジェームズを抜きにして物事を考えられなかった。口を開けば、彼のことを話した。どんな話題でも、ジェームズに関する方向へ持っていけた。アグネスは傲慢な母親のグレース・リーが、気をつけないとポリーは退屈な人間になると言っていたことを話した。それを聞いてポリーは恥ずかしくなった。他人の感情を敏感に察し、注目を浴びてはいけないという教えをしっかり守ってきたのに、ものすごいおしゃべりになっていたのだ。わが子の話をする人ほど退屈なものはないとわかっていたはずだ。そういう話をする人の相手に何度もなったことがあるし、つまらないと知っていたのでは？　けれども彼女は子どもに夢中になり、興奮してしゃべりまくり、愛情のせいで正気を失っていた。

やがてミセス・ベイリーは、もはやポリーには自分がいらないと判断した。次の赤ん坊が生まれるまでは必要じゃないだろう。週に三日来てくれるベビーシッターを見つけたので、ポリーは前のように外出したり友人に会ったり、ボランティアの仕事を再開したりできるようになった。ベビーシッターを頼まずに、ジェームズを連れて出かけても幸せだっただろう。そういう人はいるし、少なくとも店では赤ん坊を連れた母親を見かける。だが、ポリーには自分だけの時間が必要だし、そのほうが赤ん坊にもいいとベビーシッターは主張した。間もなくポリーは元の暮らしに戻ったが、夫と赤ん坊がそばにいると思うと、彼女の持ち味である快活さはいっそう度を増していった。今はすべてを手にしていたからだ。ポリーは家政婦を雇い、ひそかに自分で報酬を払った。ディックには、あなたの稼ぎがよくてよかったと感謝しながら。頼んでもいないのに忠告を与えられる場合はよくあったが、ポリーはそれを聞き、数々の助言を耳にした。子どもには規律が必要だ、子どもは基本的に動物と同じ、子どもからつねに目を離してはいけない、子どもはあらゆるくだらないことをしてもうまく逃げおおせようとするものだ、などなど。そういうやり方はよくないんじゃない？なぜ、自分の子どもを疑いの目で見なければならないの？

優しい人だったポリーの母親は一度も娘の育児のやり方を批判せず、求められるまでは助言を与えなかった。だから、自分はこんなふうに考えるのだろうとポリーは思った。赤ん坊への激しい愛情は、同じように途方もない状況を切りぬけてきたポリーの母親にも向けられた。どうして、人々はこういうことを話さないのだろう？

ジェームズはいたずらっ子だった。クリスマスツリーによじ登って引っくりかえし、ガラス製のオーナメントを全部壊してしまった。ベッドの下に隠れ、手を嚙んで笑いをこらえ、自分が見つからないようにしていた。ディックは息子をしつけると言いはった。ポリーが守っていた、育児についての進歩的な理論など分かちあおうとしなかった。その結果、ジェームズはディックから目を離さないようにしつつ、ポリーに対してだけいたずらをするようになった。なんとも天才的な行動ではないか？

ポリーが二度目に身ごもったときも最初と同じ状況だった。ある晩、彼らはまたしても長いパーティのあとで眠りに落ちかけながら愛を交わし、ポリーは心からくつろいでいた。彼女はふたたび腹部に小さな爆発を感じた。今度はディックも彼女の言葉を信じた。というか、信じると言ったのだった。

出産のとき、ポリーは睡眠薬を少量しか入れないでくれと言いはった。口に出したことはなかったが、たまらなく女の子が欲しかった。娘がこの世に現れるときはちゃんと目を覚ましていたいと思ったのだ。だが、その点についてポリーはまた失望することになった。赤ん坊はノックスと名づけられた。かわいらしい男の子だったが、夜泣きし、たいていは不機嫌だった。ノックスは昼寝をいやがり、着がえさせられるときは泣きわめいた。汚れのない、まだ歩いたことのない足にポリーが靴下を履かせるときは特にひどかった。二歳になるころには、ノックスもかなり落ちついた。ジェームズが一緒にいたがり、ノックスに遊び方を教えたからだ。ポリーはそのことに感謝したが、少し嫉妬も感じた。ひたすら家庭生活を大切にするポリーは、家族との交流も切望していたからだ。彼女は毎日、植物の世話をした。水をやり、肥料を与え、植物を撫でたり話しかけたりした。ニードルポイント刺繍の布に針を刺し、二つの家にあるダイニングルームの椅子カバーを作るという、何年にもわたる計画に挑戦した。バースデーカードやクリスマスカードを作り、オレンジとクローブの小袋や糸でつないだポップコーンで、なかなか斬新なクリスマスオーナメントを作った。そしてバランスや色を丹念に検討して、慎重に部屋の飾りつけをした。息子たちはポリーが何に打ちこんでも、その周囲を飛びまわり、そばを楽しげにうろついた。けれども、母親を手伝ったり、何かを習ったりすることにはまったく関心を示さなかった。ポリーは二つの家に来るあらゆる鳥の名や、野生のものも栽培されたものも含めたあらゆる花の名を息子たちに教えたが、覚えてもらえたのは〝コマドリ、アオカケス、鷹、鷲、タンポポ、アジサイ、ヤナギタンポポ〞だけだった。娘がいたら、状況は違っただろう。娘なら、イヴにまでさかのぼる、静かに世界を美しくさせる女たちの長い列に加わっていただろう。娘なら、世界という布地に新たな刺繍をほどこしたはずだ。

またもや妊娠した！　ポリーは女の子でありますようにと呪文を唱えたが、身ごもったときの感覚は前の二人の場合と変わらなかった。彼女は分娩室で感じよくしようとした。赤ん坊が生まれてくる気配があったときはフィラデルフィアにいた。これまでのように、これまでのような痛みを覚えただけで、何も考えずに病院へ行ったところ、破水して液体が勢いよく脚を伝いおりた。ポリーは息んだらいいときを告げられるのを待ったが、大勢にじろじろ見られたりつつかれたりした。何が起こっているのかと尋ねても、誰も答えなかった。頭上で何人もの大声が聞こえ、照明がまぶしい部屋にストレッチャーですばやく運ばれ、カタカタと金属が触れあう音がして、担当医からほかの医師を紹介され、顔に黒い鞍のようなものを押しつけられ、意識を失った。

目を覚ましたとき、ポリーはまるで何も理解できなかった。ここがどこかをはっきりさせようと、最近の記憶を必死に探ったが、自分の名前もわからなかった。彼女は永遠の忘却のかなたに横たわっていた。恐竜が生まれ、その子孫が絶滅した。木の葉が石炭になった。壮大な文明がいくつも地の底に沈んだ。それから、白い服に身を包んだ女に小さな生き物を手渡された。あ・か・ん・ぼ・う、とポリーが心の中で綴ると、この男の子にどんな名前をつけるのかと尋ねられた。男の子。男が一人入ってきて花をくれた。ガラス製の円筒を渡され、それを赤ん坊の口にどのように差しいれるのかを見せられた。哺乳瓶！　それ自身を主張しているような言葉を、ポリーは声に出して言ってみた。そうですよ、赤ちゃんの哺乳瓶です。ミルクは温めてあります。ご気分はいかがですか？

ポリーが起きあがろうとすると、枕に背中を預けられるようにしてもらえた。〝あなたは帝王切開の手術を受けたのですよ、ポリー。自力では赤ちゃんを産めなかったでしょう〟

ポリーは手を下ろし、下腹部に巻かれた大きな包帯に気づいた。大事なのはあなたが健康な男の子を産んだことだと、誰もが言った。でも、わたしのことはどうなの？　ポリーは悲惨なほど失敗し、激しい怒りに駆られていた。子宮にメスを入れられたせいで、悪夢を見た。赤ん坊が〝生まれて〟五日後に退院したが、十日後、高熱を出してまた入院した。お腹はふくらんで、おもしろみのないドーム形になっていた。〝あなたは産褥《さんじょく》感染症にかかったのです。産褥熱です。昔はそれで亡くなる女性もいましたが、今は治療できますから、幸運ですよ。どうしてかかったのかはわかりません。ここではかかりませんでしたね。当院は無菌ですから。もしかしたら、ご自宅で何かなさったんじゃありませんか？　トイレを使用したあと、必ず手を洗っていますか？〟

なのに、担当医は親切な男性だとばかり、ポリーは信じこんでいたのだ。

両親やディック、友人たちが見舞いに来たが、彼女は話せないほど落ちこんでいた。それからアグネスがやってくると、ポリーは話をしたがった。

「元気にならなきゃだめだよ。それだけ」アグネスは言った。

「女の子を欲しがりすぎたせいで、罰を受けたような感じがするの」

「死ぬところだったんだよ。血液に細菌が入ってて、全身にまわった可能性だってあった」

「なぜ、わたしには娘ができないの？　知りあいのみんなに娘がいるのに」

「わたしにはいないけどね」アグネスが言った。

「わたしの言う意味はわかるでしょう。わたしにはたくさんの知識があるのに、誰と分かちあったらいいの？　花の生け方やギボウシの株分けのやり方、いろいろな場合のテーブルセッティングの方法とかを。男の子はどれ一つとしてそんなものを知りたがらない」

「ポリー、なんだか駄々っ子みたいな言い方だね。甘やかされたガキじゃないだろう。娘がいないからって、何？　生まれたばかりの健康な子どもがいるし、あなたは病気なんだよ。その二つに集中して。自分を哀れむ時間はたっぷりあるだろうが、わたしのまわりではやらないで」

「そうね」ポリーは言った。「そのとおりよ。ありがとう、アグネス」

「いつでも電話して。真夜中だっていい。その時間、わたしは箒に乗って空を飛んでいるだろうけど」アグネスは言った。

ポリーはくすっと笑った。

あとで訪ねてきたディックはベッド脇に腰を下ろしてポリーの手を取った。

「ポリー、わたしは決めたよ。もう子どもは作らない」彼は言った。「こんな危険を二度と冒すつもりはない。今度の息子が最後の子だ」

ディックは動揺して、わたしを心配しているだけよ。「この子の名をセオドアにしたいの」ポリーは言った。「わたしの弟の名をもらってね。でも、テディではなく、セオと呼びましょう」

「かまわないよ。今後わたしたちはおおいに気をつけなければならない」

「パーティのあとでも？」ポリーは夫ににやりと笑いかけた。

ディックはいぶかしげにポリーを見やり、額にキスした。「とにかく休んでくれ、いいね。元気になったら話しあおう」

小さなわが子を知るようになると、意外な感情がポリーに育っていった。それまでどんなものにも抱いたことがなかったような愛情をこの子に感じた。セオはポリー自身の子ども、真に愛する存在だった。これほど強い一体感を覚えることに罪悪感はなかった。ポリーはジェームズとノックスを無条件に愛していた。ただ、セオと彼女は互いをよく知っているというだけだ。あまりにもわかりあっていたので、矛盾が生じる場合もあった。絶えず相手に驚いていたのだ。ディックやジェームズやノックスの行動の意味がわからないときによくある困惑させられるような感情を、ポリーはセオに抱いたことがなかった。ジェームズたちには自分が合わせなければならなかったが、セオにはそうしなくてすんだ。この世に現れた最初の日から、セオはポリーと二人三脚で進んでいた。ミセス・ベイリーはすばやく状況を見てとると、ポリーがたっぷりと赤ん坊の世話をできるようにさせて、自分はそばで世の中から二人を守る役目を引きうけた。今やポリーはただの目的以外のものができたと感じた。ある運命を手にしたと。それは母親であることを超え、魂の領域に入っていくことだった。

魂の伴侶《ソウル・メイト》とはどういうものだろう？　ポリーはたくさんの夢を見た。存在すらしない楽器が必要な、聞いたこともない音楽が流れる不思議な夢だった。ある夢では、細い糸のようなもので地上の人々が互いにつながれていて、宇宙からは小さな点みたいに見えた。別の夢では、ポリーは生命が存在する前の不毛状態に突きおとされていた。そういう夢を言葉にするのは困難だったが、ポリーは言いあらわそうと決心した。自分の中で動きまわるのをほうっておいて、何の意味もないものにはするまいと。けれども、彼女の無の状態は表現しようとしたものと同じではなかった。無には何か意味があった。〝無〟という言葉にさえ、何かがあるのだ！　ポリーはその状態をうまく表す方法を見つけようと決めた。

ディックが子ども部屋に来たとき、ポリーは夫の助言を求めようと思いあたった。前には考えなかったことだ。いや、考えはしたが、ディックをわずらわせたくなかった。でも、今までとは違う意味で妻から必要とされたら、彼は喜ぶかもしれない。

「ディック、なんだかおかしな話に聞こえるかもしれないけれど、思いついたことがあるの。だけど、どう言っていいかわからない」ポリーは自分の脚の間でベッドカバーの上に寝ている赤ん坊のセオに気をつけながら、身を乗りだした。

「思いついたこと？」

「実際には、発見ね」

「発見？　引きだしに金でも見つけたのか？」

「あらあら、そうだったらいいけれど！　いいえ、そんな幸運の話じゃないの。夢の中での発見なのよ」

ディックは疑わしげに眉を上げた。「ああ、夢か。夢には何の意味もないと知っているだろう？」

それは睡眠中に与えられる電気的刺激にすぎない。

「ええ、わかっているわ。でも、これは聖書に出てくるような夢なのよ。目を覚ました状態と眠った状態の間のどこかに自分がいて、いろいろな言葉が聞こえるという夢なの。そんな言葉は自分の心から生まれたものに違いないと納得しようとしても、ほかの人が話しているかのように聞こえる。不思議だった。お告げだの、超自然的なものの訪れだのを信じているとも思わないけれど、そんなことが起こったのよ。だから、あなたに話したくて」

「その声はおまえに何を言ったんだ？」ディックは優しく調子を合わせるように、だが心を動かされた様子はなく、棚に座ってバランスをとりながらこちらを見おろしていた。それでも、ポリーは夫に理解してもらわねばならなかった。

「わたしが聞いたのはこんな言葉よ」ポリーは権威ある者の態度を装いながら、座りなおして頭を上げた。「『何者もその存在を何かに負ってはおらず、その逆もまたしかり』」

「それだけか？」

言うべきことを言ってしまうと、ポリーの内気さは興奮に変わった。「それだけよ。それがすべて！　どんな者も何かのおかげで存在しているわけではないの。そして、何かが存在しているのは何者のおかげでもないのよ」

「おまえは哲学の中心的な議論の一つをもてあそんでいるると気づいているかな。偶然性についての議論だ」

「そうなの？」

「ああ。たぶん、わたしがそれを言ったときに聞いていたんだろう」

「いいえ。わたしは自分が見たものの話をしているの」

「夢に出てきたものだろう」ディックは眉を上げた。

「ああ、ディック。ばかみたいに聞こえる話だとはわかっているけれど、ずっとこういうことが夢に出てきて、ちゃんと見えたし、いろんなことを学んだの。とてもすばらしかった。これから、こういう考え方についての話をあなたと始められるんじゃないかと感じているの。あなたが取りくんでいるような考えについてよ。さっき、何と呼んでいたかしら？」

「偶然性についての議論だ。多くの有名な人々によって異議を唱えられたものだよ。おまえはホームランも打たないのに、球場にいるようなものだ。哲学的な議論は研究や思考を通じて進んできたのだ。夢の中で進展してきたわけではない」

「でも、思いつきはそんなふうに生まれることもあるでしょう？」ちゃんと聞いてもらえる方法があるに違いない。ポリーは共通点を探しながら、ディックが関心を示してくれたときのことを思いかえしてみたが、彼女の発見は具体的な行動をとった結果というより、気まぐれの表れに見えた。根拠になればと、ほかの例をあげた。「夢の中で何かを見た科学者たちについて、たしかに本で読んだことがあるわ」

ディックはためらいを見せた。ベッドサイドテーブルに置いてあったメイン州の幸運の石を一つ取りあげる。白い輪に囲まれた光沢のある黒い石をてのひらの上で転がした。

「そういうケースもある。おまえはこれから科学に取りくむつもりか？」

ポリーは赤ん坊のセオを見おろした。自分にうなずいてみせた母親の表情を感じとり、目を見開いて彼女の顔を探っていた。完全な信頼。またはただの信頼よりも深いものがあった。たぶん、信仰のようなものが。もしくは、存在しない言葉がそこにあったのだろう。何であれ、ポリーはそれを吸収し、勇気をもらった。そのお返しでもないが、セオの存在がさらに大きくなった。二人きりで部屋にいるとき、セオとポリーはお互いの存在だけで満たされる。ポリーはセオとともに宇宙を駆けめぐっていた。

けれども、今この部屋にはほかの者もいる。今度ばかりはディックがそばにいることが歓迎できなかった。ポリーには魂の伴侶がいた。そして結局のところ、ディックがその相手ではないと、セオはわからせてくれた。ディックの表情を見れば、妻のあらゆる経験を何が何でも些末なものにしようとしておりだった。夫は不信感や軽蔑の念を持ってポリーを見くびるつもりなのだ。思ったとおりだった。ディックの表情を見れば、妻のあらゆる経験を何が何でも些末なものにしようとしているのがうかがえる。こんなことが何度もあったのだと、もうポリーにもわかっていた。夫と親密になろうと必死すぎて、物事がはっきり見えなかったのだろう。ディックはちっぽけで、つまらない人間だった。アグネスが言ったとおりだ。自分の考えのすばらしさをポリーは確信していた。そんなことなら哲学者が考えたと、ディックは言った。でも、彼はポリーを褒めようとしなかった。赤ん坊とベッドにいたポリーは、未曾有の嵐のように脳が活動したのを経験した。なのに、ディックの口髭の下から下品に突きだしている肉厚のピンク色の唇はそれを認めたがらなかった。彼は何様のつもり？　これはどういうこと？　言葉が浮かんでは流れていく。石鹸の泡のようにはかなくて、つかもうとするたびに弾けてしまう。夫はよくもこんな仕打ちができるものだ。それに、わたしはよくもこんな真似を許していたものね？　ポリーは危機に直面していた。自分の真の部分をたちまちディックに剝ぎとられてしまうかもしれない。

「気にしないで。ただの夢よ。たぶん、まだちょっと精神が不安定なのかもね」

本心からそう言っているのかと確かめるように、ディックは彼女をじっと見た。突然、ポリーはディックが世間でどう思われているのかを理解した。こそこそしたやり方をする、負けず嫌いの人。自分のものではない優れた考えをけなす人。疑《うたぐ》り深い人。ポリーが子どもっぽい表情を浮かべてみせると、それを目にしたディックはリラックスした。彼女の説明を寛大な態度と愛情のこもった微笑で受けいれ、見返りに頰にキスしてくれた。満ちたりた様子の自分たち三人の魅力的な肖像画を遠くから見たら、そこに描かれた女性がどんなことを考えているかなんて誰も気にしないだろうとポリーは思った。

「おまえには休息が必要だ。この子のせいで休めなかっただろう」ディックはセオの片足に手を伸ばし、さっき石にやったのと同じ仕草で手の中で転がした。

おそらくディックの言うとおりなのだろうと思ったが、さまざまな考えや夢は頭から離れなかった。赤ん坊のセオに対するのと同じように、ポリーはそういうものに夢中だった。浮かんでくるさまざまな考えや夢の中に生きていた。多様な役割にふさわしい服装をする自分を想像した。ミス・ディクターの学校で教えてくれた知的な女性のように、実用的なオーダーメードのスーツを着た自分。あるいは、メアリー・カサットの絵に出てくるような、現代的な母親らしい自分。フリルがついたり花柄だったりするドレスに身を包み、無邪気で甘やかされた聖母のようだ。母親として過ごす日、ポリーは息子たちと遊び、家のまわりや外をのんびり歩き、いたるところに花を飾った。知的な女性として過ごす日は机に向かい、見解を明確に記述しようとした。つねにやっている行為だから、考えを書くことはディックにとってたやすいだろうとポリーは思っていた。だが、夫が書斎にこもっている時間がどんなものなのか、今は理解できた。考えていることはすぐそこにある。はっきりとわかりやすく存在しているのに、書こうとすると、頭と手との間に何かの門や障害が立ってしまうようで、思いえがいていたことが消えるのだ。ダイニングルームにあるクリスタルの吊り下げ型照明《ダウンライト》《ペンダントライト》から生まれる、とらえられない虹のように。ポリーはこういう状態と絶えず戦っているディックのことを考えて同情したが、また彼とこんな話をしたら、自分がやっていることをやめろと言われそうで怖かった。

ポリーはやめなかった。それどころか前進し、とうとう自分の考えをすべて書きしるした。考えが形になり、論拠が示された。覚え書きに順序をつけて並べ、便箋に書きうつして、各パラグラフに番号を打ちながら進めていった。便箋に書かれるとどんなふうになるかを見ると、ふたたびそれを書きうつした。けれども、目を覚ましたセオがミルクや抱っこを求めるせいで作業は中断された。セオが頬を吸って、小さな手に持った哺乳瓶を叩いていたとき、タイプされた文章のほうが重みを増すだろうという考えが浮かんだ。タイプライターを使う理由などこれまでほぼなかったし、人差し指で打つ方法しか知らなかったが、どうにかやり遂げた。セオがミルクと愛情を与えられて充分に満足すると、ポリーは彼をミセス・ベイリーに渡して散歩に連れだしてもらい、原稿を持ってディックの書斎に行った。つかの間、非難して眉を上げるディックの顔が心に浮かんだが、彼が帰宅する前にタイプを終えて、タイプライター以外、書斎にあるものにはいっさい手を触れないつもりだった。
カーボン紙を挟んだ三枚のタイプライター用の紙をローラーの後ろの隙間から手前にセットした。一度に一文字ずつ入力する。進みは遅かったし、間違いがあればやりなおさないわけにはいかず、小声で罵りながらもとうとう打ちおえた。

〈魂の伴侶《ソウル・メイト》

1. 魂の伴侶とは何か?
目に見えないものでつながっている二人の人間。互いの結びつきを充分に認識し、ほかの親和性から区別するすべを心得ている二人の人間。分かれてはいても、相手に属している二人の人間。

2. 魂の伴侶はいかにして創造されるか?
魂の伴侶はビッグバンの間に創造された。彼らは物質的に存在している。魂の伴侶が抱いている、自分は全体の半分の存在であるという感情には物質的な基準がある。

3. その基準とは何か?
二つの部分に分かれた原子は、永遠の中で自分の片割れを探すべく運命づけられている。これはあらゆる状況が最初の状態に戻るまで続く。原子が片割れを見つけたあと、宇宙はふたたび収縮し、高密度の点となる〉

ポリーはキーを打って考えを書きだしていった。作業している間じゅうディックのことを考えていた。今なら、彼はわたしのさまざまな夢をどう判断するだろう？　尋ねずにいること、そして答えを知らずにいることは耐えられそうになかった。疑いの目で見られないように、彼に訊くにはどうしたらいい？　ちょっと待って。名案がある。ポリーはカーボン紙で写した二枚のうちの一枚を衝動的に封筒に入れ、大学内のディックに宛てた。それからその封筒を引きあけ、写しを原本と取りかえた。写したうちの一枚はアグネスに宛てた別の封筒に入れた。痕跡が残らなくなるまでディックの机まわりを片づけると、封書を郵便ポストに入れに行こうとした。だが、消印からディックに差出人がばれてしまうかもしれない。彼が公平に判断してくれなければ、本当の考えがわからないだろう。たまたまその日の午後、ニューヨークへ行く予定の友人が訪ねてくることになっていた。

〝これを出してくれないかしら？〟　〝ええ、もちろんいいわ〟。ポリーの全身は計画を立てる興奮でうずいていた。

もう一枚の写しは毛布用の整理だんすの底に入れた。そこなら決して見つからないだろう。けれども、何の反応もなく数日が過ぎていき、計画についてのポリーの興奮も小さくなっていった。ディックは彼女が出した手紙について一言も口にしなかった。ポリーは彼が話さないという可能性を想像していなかったが、考えてみれば当然のことだった。自分の論文の一つが雑誌に載ったといった場合を除けば、ディックはめったに仕事関連の郵便物について話さない。ポリーは一度か二度、近ごろは興味深いニュースがあったかと尋ねて状況を探った。返ってきたのは、あきれたように目を回してみせるしぐさだった。時が経つにつれ、ポリーはあきらめの心境になっていった。

あれは出産による、熱に浮かされた夢で、それ以上のものではなかったと一連の出来事を片づけてしまった。自分は哲学者でも予言者でもなかった。手書きの原稿を破り、キッチンのごみバケツの生ごみの下に紙きれを突っこんだ。一つの出来事にすぎなかったのだし、もう終わったことだ。

アグネスからの手紙が届いたとき、ポリーは多忙な日のまっただなかにいたため、玄関ホールのテーブルに置いたほかの封書とともに忘れてしまった。思いだしたのは、帰宅したディックからそれを渡されたときだった。アグネスは前置きの短さを詫び、ポリーの論文について感想を述べるのを待ちきれなかったと書いていた。ポリーは好奇心に駆られて便箋を顔に近づけた。論文を書いた記憶などおぼろげにしかなかった。幕は下りてしまったのだ。だが、アグネスが話を持ちだしたので、何を書いたか思いだした。自分のことについて言われているようには思えなかったが。

〈あなたの考えは鋭くて適切です。すべての魂には宇宙のどこかに浮かんでいる片割れがあるという見解は刺激的な洞察だし、説得力があります。シンプルな深遠さがある概念のおかげで、わたしがいろいろと考えるようになったのはなぜだったかを思いだしました。それは能力があるのに亡くなるとか、才能を発揮できない人生を送る人がいるのは悲しいという思いです。牢獄にいる人々。衰弱させられる病にかかった人々。いつの時代でも存在し、とりわけわが国に存在してきた奴隷。情報を公式な手段で知ることができない人々。まわりの人に知られていない変わった言語を用いる人々。怪我や病気のせいで自身の思考に閉じこめられている人々。ポリー、あなたも挫折させられた一人です。自分は科学者でも研究者でもないから、思いつきを発展させたり広めたりできないというの？　でも、そのことに落胆しないでください。あなたはわたしに話してくれたし、すばらしい考えをお互いに分かちあうことには世界に変化を起こす力があるのです。今ではあなたもわたしも、そういう考えが広まっていくとわかっています。

でも、友よ、聞いてほしい。何をするとしても、このような考えをディックに話してはいけません。あなたは話したがるだろうけれど、彼はまともに聞いてくれないと思います。こんな助言をすると、あなたは腹を立てるでしょう。ディックを批判するようなものだから。とはいえ、わたしは彼を悪く思っているわけではありません。そうなる可能性を考えて、こういう話をしているだけです。あなたの考えは考慮する価値があるんだよ、ポリー。それが却下されるようなことになってほしくありません。

話してくれたことに感謝しています〉

ポリーの洞察力が高まった時期はこれで終わりだった。アグネスの言うとおりだ。ディックから考えを称賛されることなどないだろう。もし、自分の見解を追究すれば、それが夫婦の間の溝になる。ポリーはそんなことを望まなかった。ディックはポリーに必ず避妊具を装着させ、ちゃんと使っているかと点検した。恥ずかしいやり取りだった。それに、生きることへのポリーの熱意はこの数年でいちじるしく薄れていた。もっとも、そのことを表には出さなかった。ポリーはこれまでのように幸せそうに振る舞い、よき友、よき妻、よき母親でありつづけた。けれども、彼女は夢を失い、それが去ったことを感じた。存在もしない娘がいるような感覚があった。

それから、避妊の努力をしていたのに、ポリーはまた妊娠したが、三カ月後に流産した。悲しみに暮れたポリーは、もう一人子どもが必要なのだとはっきり感じた。それまでになく情熱的にディックに迫り、例の金属音を感じたときは驚いたふりをした。前よりも楽な出産で赤ん坊のリディアが生まれたあと、最高に意味があって幸せな生活が始まった。セオには深い魂の一体感を覚えていたが、リディアはポリーとつながっている存在だった。似た点があるだけでなく、体も心も通じあっていた。ポリーと同じであるとともに、違う人間でもあった。リディアを初めて抱いた瞬間から、娘と話しているという興奮を覚えた。腰に乗せたリディアとともに、娘とやろうとポリーが想像していたすべてが実現した。

ポリーとリディアはメドウリーとハバフォードの庭で何時間も過ごし、一緒に花壇を作り、料理をし、クリスマスの飾りつけの新しいアイデアを出し、家を切り盛りするという満足の行く仕事をたいていは楽しんだ。ポリーは社交生活にほとんど関心を持たなかったが、例外はほかのママ友とのさまざまな行事だった。動物園に行ったり、クリスマスのイルミネーションや踊る噴水を見るためにワナメイカー百貨店へ行ったり、音楽アカデミーで「ピーターと狼」の演奏を聴いたりといったものだ。とはいえ、友人のほとんどはこういう外出の際にポリーと話したがった。彼女はリディアを見まもっていたかっただけなのに。リディアの顔ほどポリーが愛した顔はなかったし、彼女の反応ほど引きつけられるものはなかった。リディアに情熱を傾けても、ディックへの情熱が失われないことをポリーは夫にわからせた。ディックが帰宅するまでに一日のおもな出来事はすんでしまい、彼はいそいそと子どもたちに階下でおやすみのキスをする。そしてポリーが子どもたちをベッドに入れる間、書斎で妻を待った。息子たちはきょうだいがいるし、母親に充分に満足していた。ポリーは自らの小さな世界の中心が自分だと感じ、みんなが幸せでいることが誇らしかった。

九歳になったリディアが熱を出したとき、ポリーは最初、それほど心配はしなかった。季節は冬で、教室では病気が定期的にはやっていた。一週間後にリディアが亡くなり、死因ははっきりとは診断されなかったが、ポリーは検視解剖を拒んだ。耐えられないほどの悲しみだった。息子たちがいなかったら、ポリーはリディアのあとを追って土の中に埋められたに違いなかった。二度と自殺を非難するまい。アグネスもポリーの母親も、彼女が暗闇に引きずりこまれそうだと感じ、注意深く見まもった。そしてようやくポリーはふたたび何かに〝関心を持つ〟状態になりはじめた。けれども、本当の意味で関心を持つものができたのは、リディアが亡霊として現れるようになってからだった。

ポリーははっとしてわれに返った。空は黒から真珠色に変わりつつあり、ポリーはまだ眠れずにいた。起きあがって何か役に立つことをしたほうがいいかもしれない。息子たちと家族が間もなくやってくるし、彼らが泊まる部屋に最後の仕上げをしなければならなかった。セオの一家はメドウリーに泊まるし、ノックスとジリアン夫婦もそうだろう。ジェームズとその家族は例年のようにウエスターリーに滞在するはずだ。十代と二十代の五人の孫は陽気で、一緒にいて楽しい相手だろう。義理の娘たち《DIL》はもっとうまくやれそうな何かを数限りなく提案してくるだろうし、息子たちは——そう、相変わらずだろう。セオはいつも優しいが、ノックスは不機嫌かもしれない。そしてジェームズだが、いばり屋という言葉がぴったりだ。〝とにかく笑顔よ〟という母親の言葉が聞こえた気がした。ポリーはいつも笑顔を見せていた。でも、締めくくりの言葉はアグネスに任せよう。心の中でアグネスが指図する声が聞こえた。〝彼らにいいようにあしらわれてはだめだよ〟。まるで、わたしがそんなことをされるままになっているみたいじゃないの！

第九章

二〇〇〇年八月、メイン湾、アグネス

アグネスは指示されたとおり、メドウリーに向かっていた。やはり言われたように上着を持ち、バッグには帽子をしのばせている。彼女を歓迎する一団が私道で出迎えてくれた。

「ハイ、ネッシーおばさん！」口をそろえて言う。「準備はいい？」

三人のほっそりして優美なすばらしい女性たち。いとこにあたる、メーブにマディにマーゴットの、いわゆる「Mガールズ」、セオ・ウィスターの娘たちだ。ジェームズの娘である黒髪のキャロラインも一緒だった。彼女たちは日焼け止めローションとオレンジジュースの香りがした。お互いの身に起きたことをみんながいっせいに話し、声をあげて笑ったり身振りで示したり、きれいな髪を揺すったりしている。もっとも、ショートヘアのメーブだけは髪を振りまわしていなかったが。

ポリーは静かな家を懇願するディックを無視し、Mガールズにメドウリーを自由に使わせた。「夫は本気で言っているんじゃないのよ」とポリーは言い、アグネスもそうだろうと思った。支配権を握ることにこだわるディックのような人でも、こんな輝くほどの若さには抵抗できないだろう。

「あたしたちの持ち物はみんな車に隠したの。おばあちゃんは何も知らない。さあ、おばさんのかばんを寄こして。早く！」

アグネスは言われたとおりにした。かばんがしまいこまれたとたん、ポリーが現れた。「ここで何をしているの？」ポリーは目を見開き、指を広げた片手を胸に当ててみせた。ちょっと大げさだね、とアグネスは思った。とすると、ポリーは計画に気づいているのではないだろうか。

「さあね」アグネスは言い、わざと不機嫌な顔をした。彼女は期待を裏切らない人という評判をとっていたし、頑固な態度を娘たちはおもしろがっていたのだ。「考え事をしようと散歩していたら、このごろつき娘たちに手招きされたんだ。どうやらわたしたちはさらわれたらしいよ」

「さて、おばあちゃん」マーゴットが言った。「今日は一日、あたしたちが言うとおりにしてね」

ＪＰモルガンで仕事をしているキャロラインが言った。「それから、お財布を取りだそうなんて考えてもだめ。全部、わたしたちが費用を持つんだから」

「それにはまったく反対する気はないね」アグネスが言った。「誰かにおごってもらう機会なんてめったにないから」

娘たちは目を見かわした。アグネスの費用も負担するとは考えていなかったのだろう。アグネスがウインクすると、彼女たちは見るからにほっとした顔で安堵のため息をついた。

「こんな格好でいいの？」ポリーの両手はたちまち冷たくなっていた。

「あ、だめだめ。手袋はなし」マディが言った。「おばあちゃんはそのままですてきよ」

マーゴットがアグネスにウインクを返した。子どもがいないせいで逃したものがあるのではないかと、アグネスはめったに思わなかった。だが、この娘たちがこうして大きくなった今は、子どもを産んでも悪くなかったという気がした。

セオの巨大なワゴン車に乗りこんだアグネスとポリーは、真ん中の席に座らせられた。マディが運転席に座り、マーゴットは助手席、そしてメーブとキャロラインは後ろの席を占めた。車はリーワードコテージの前を走りすぎた。

ポリーがアグネスのほうを向いた。「あなたも来てくれてうれしいわ」

「断れないような申し出をされてね」

「ねえ、信じられる、おばあちゃん？」メーブが言った。「アグネスをさらうなんて。まるで日帰り旅行にハレー彗星を連れていくみたい」

「または、十七年ゼミを連れているみたいなものね」ポリーが言った。

「そっちのほうがいい」アグネスが言った。「わたしは自分を世の中の虫どもと重ねあわせているから。彼らは生きのこる生物だよ」

娘たちはこれを聞いて爆笑し、自分たちがそれぞれどんな虫みたいかと話しあった。みんなの意見が一致したのは、マディが脚の長いガガンボそっくりだということだった。彼女はニューヨークの通りで呼びとめられ、モデルさんですかと尋ねられたことがあった。彼女たちはテントウムシだの、蛍だのセミだのと話を続けたが、アグネスは半分しか注意を払っていなかった。フェローシップ岬《ポイント》にいる全員を鳥になぞらえてナン・リードを楽しませたときを思いおこしていたのだ。四十年近くも前の遠い昔だが、何もかも思いだせた。

「どうやらミニゴルフをやりに行くみたいね」ポリーが言った。

「ほんと、おばあちゃんに目隠しするべきかも」

「当てようとしないで。台なしになる」

「おばあちゃんはうんと楽しむはずよ。今日は人生で最高の日かもしれないんだから」

「わかったわ。すべてあなたたちに任せます」ポリーが言った。

「そうこなくちゃ！」

「新しいナンの本を書いているんですか、アグネスおばさん？」メーブが尋ねた。彼女は次女で、優秀な学生だと評価されていた。もっとも、どの娘も出来がよかった。

「いくつかアイデアを試しているところ。頼むから、提案はしないで。大嫌いなんだよ」

「友達の一人がナンについての論文を書きましたよ」マディが言った。

「あたしはナンみたいに大胆になりたい」マーゴットが言った。

「たぶん、活動範囲を広げて、ナンを金融アナリストとかそういったものにしたらいいんじゃないですか」キャロラインが言った。

おしゃべりや冗談が続き、互いの言葉を先取りしたり、息を合わせたかのようにいきなり話題が飛んだりした。

「オーケイ、ちょっと質問があるんだけど」キャロラインが言った。「ディナーパーティへ行くと、男の人たちがよくわたしと議論したがるのよ」

「それは質問じゃないよ……」

「どうすべきかという、暗黙の質問みたいだ」アグネスが言った。

「男の人？」ポリーが大声で言った。「どうして男の人のそばにいるの？」

「若い男性よ」キャロラインが言った。「わたしぐらいの」

「だったら、かまわないわ」ポリーが言った。

「彼らが議論するのは、話しているところを聞いてもらいたいからよ」マディはバックミラー越しにいいとこをちらっと見た。

「あなたたちが知っておくべきなのはね」アグネスが言った。「男ってものには、事実に基づかない意見を述べて、相手の話も聞かずに次は何を言いたいかを考えるという悪い習慣があることだよ。それに、人の話を邪魔するし！　話の要点がわかるなり、ほかの誰にも発言されないうちに自分が発言したがる。心当たりはあるだろう？」

「そのとおりなんです！」キャロラインはため息をつき、車内の全員も同じようにため息を漏らした。

「あたしみたいにレズビアンになればいい」メーブが言った。「そのほうがずっといいよ」

ポリーが男についてのこういう批判に動揺していないかと、アグネスはそちらをすばやく見やった。少なくとも、ポリーは自慢屋の王様であるディックの肩を持つだろう。けれども、ポリーは微笑して話を合わせているだけだった。

「レズビアンになる以外、何をしたらいいですか？」キャロラインは尋ねた。

「男たちにあなたの話を聞かせるんだよ。力とか誘惑めいた態度とか要求といった、なんらかの手だては必要だが。どれも普通の会話にはないものだね。または、男たちが話している間、もっと重要なことを考えるという手もある。無駄な息は使わず、会話のやり方を知っている女と話すときのためにとっておくってこと」アグネスは心からこの娘たちに同情した。そしてまだ若いうちに、そういう問題をすべて片づけたことをおおいに喜んだ。

「今の話を鵜呑みにしないのよ、お嬢さんたち」ポリーが言った。「話した人が誰なのかをお忘れなく。わたしが好意を持っている人の多くは男性だし、彼らの話を聞くことは好きよ」

「公平に言えばね」アグネスが言った。「自分が言うべきことには誰でも関心がある。だけど、女たちのほうが話をよく聞けと教えられているんだ」

会話はなおも続いたが、アグネスは道沿いに生えている野草の魅力に屈した。点々と生えている白いノラニンジンや家や木々を眺めた。月並みな感情だが、楽しかったのだ。アグネスをペンや机に縛りつけていた触手は緩んでいた。娘たちの言うとおりだ。休暇を一日取るのは悪くない。

ポリーはいつものようにアグネスの心を読んだ。

「わたしたちに必要なのはこれね」アグネスの手を取る。

「あたしたちには必要よね」その言葉がみんなに向けられたかのようにマーゴットが言った。「気の毒なロバート」

「マーゴット！」マディがたしなめた。

「ごめん」

では、そういうことだったのだ。老婦人たちを元気づけようとしてのことだった。なんて思いやりがあり、なんてまっとうな娘たちだろう。

マディはバーハーバーのフロントストリートで車を停めた。キャロラインは桟橋にある建物の中へと姿を消し、残りの者は歩み板の前で並んでいる列に加わった。「これは何なの？」ポリーが尋ねた。娘たちのためにまだわからないふりをしていたが、「ホエールウォッチング」という看板はいたるところに出ていた。

朝の港は穏やかで風もなかったが、ポリーは激しく風に吹きつけられたかのように髪を撫でつけた。娘たちはにやりと笑った。「ホエールウォッチングよ、おばあちゃん！　大好きなやつ！」

「まあ、なんてすてきなの！」ポリーは娘たちみんなを抱きしめた。

大型の双胴船《カタマラン》に乗ると、沖へ出るまで船室にいようとアグネスは提案したが、娘たちは彼女をおだてて階段を上らせ、上のオープンデッキに連れだした。一同が腰を下ろしたとたん、髭が濃すぎだが、ハンサムな若い乗組員がやってきた。そして下のデッキへ戻って、クジラのいるところまでの長い船旅を楽しんだほうがいいと勧めた。

「太陽に向かいあっているとひどい日焼けをしますよ。途中でみなさんの背中に日が当たるようになります。ここに座るのはそのときのほうがいいです」

娘たちはパンジーの花束のように、そろって乗組員に向かって顔を上げた。みんなは言われたとおりにぞろぞろと下に戻った。一カ所を占領すると、マディが二組のトランプを取りだした。

「下にいようと言ったのは誰だったかな？」アグネスはからかった。

「ごめんなさい、アグネスおばさん」娘たちはいっせいに言った。

「何のゲームをやる、おばあちゃん？　選んでよ」

「もちろん、札合わせよ《ゴー・フィッシュ》」ポリーは言った。彼女たちはこんなにおもしろいことを言われたことはなかったかのように、またしてもどっと笑った。

しばらくトランプをやったが、やがて娘たちは飽きてしまった。アグネスはポリーと二人だけで話したかった。「さあさあ。スナックバーを覗いてこようじゃないの」

ポリーはすばやく立ちあがった。娘たちはあるかどうか見てきてほしいと、いろいろなものを頼んだ。クラッカー・ジャックをお願い！

「どうやら本当にスナックバーを覗かなくてはならないようね」娘たちから離れると、ポリーはため息をついた。「にこにこしてばかりだから、顔が痛いわ。あなたはどう？　でも、こんなことをあなたが本当にやっているなんて信じられない。どういうわけで隠れ家から連れだされたの？」

「メーブが言ったんだよ。仕事ばかりではだめですよ、とね。そのとおりだった。わたしはロバートの件があってから仕事しかしていなかったし、怒りばかりにとらわれていた」二人はスナックバーの列に並んだ。「ディックの誕生パーティはどうだった？」

「よかったわ。ディックはすばらしい意見を述べたのよ。誰もが自分の足を好むものだって」

「そんなこと、有名な事実じゃない！」アグネスは顔をしかめた。ポリーはいつだって、並外れた感性を持っているとディックをまつりあげるのだ。

ポリーはため息をついた。「あなたがもう少し彼を認めてくれると、やりやすいのだけれど」青い目をアグネスに据え、忍耐強そうな視線を向ける。「わたしだってその足の話は前に聞いたことがあるけれど、孫娘たちは気に入ってくれたのよ。彼女たちは靴を脱いで自分の足を観察した。ディックがあの子たちに自分の足を見せると、喜びの悲鳴をあげたわ」ポリーは微笑した。「なんだか昔懐かしい夜だった」

二人は商品をじっくり見ながらスナックバーの前をうろついていた。観光客の一団が強引に押しよせてきたせいで、アグネスとポリーは脇へ追いやられた。

「ディックにとっていい息抜きになったわ。彼は毎日、ロバートに手紙を書いているのよ」

船はポリーたちの下で滑るように走り、上下に揺れたので、二人は両足を広げて動きに合わせてバランスをとらねばならなかった。どちらもこの感覚が気に入った。船酔いなどまったくない。

「自分は正しかったとシーラが喜びの声をあげているところをずっと想像している」アグネスは言った。「本当に彼女が憎いよ」

「憎んではだめよ」ポリーの口から無意識にそんな言葉が出た。子どもたちにそう言ったことは千回もある。「ちょっと待って。今の言葉は取り消し」

「あなたもシーラが憎いの？」

ポリーが答える前に、カウンターの向こうにいる若い女が身を乗りだした。「何にしますか？」

「さあね。あなたにはわかる？」アグネスは言った。

若い女は驚いた様子で口をぽかんと開けた。この娘は泣きだすのだろうか？

「何をさしあげましょうかと言うべきだね。相手の許可を求めているわけだから。あなたが助けになりますよということ。そういうつもりじゃなければ、この仕事につけなかったんじゃない？」

「船の仕事全般ということで応募したんです。それでここに配属されました」

アグネスは若い女を品定めした。どうやら、だまされやすい娘に見えた。「本当にやりたいことは何？」

「鯨について教えることです」

「鯨には詳しいの？」

若い女はうなずいた。

「結構。いくつか注文するつもりだけど、わたしが一つ頼むたびに、鯨に関することを話して」

「なんだか変な感じですね」

「そんなふうだから、仕事をもらえないんだよ。あなたができる人間だということを証明しなさい。じゃ、クラッカー・ジャックを四箱」

「鯨はウナギを食べます」

「いいね。続けて。ポテトチップを四つ」

「ミンククジラの体長は平均で五・五メートル」

「水を六本お願い」ポリーが言った。

「セミクジラ《ライト・ホエール》は大量の海水を飲み、口の中のヒゲ板で濾《こ》しとってオキアミを食べます。オキアミは優れたタンパク源です」

「コーラを六本」アグネスが言った。

「セミクジラ《ライト・ホエール》と呼ばれているのは、捕獲するのに好都合《ライト》な鯨だと考えられていたからです。メスのセミクジラは三年から五年ごとに一頭の子どもを産みます」

「Ｍ＆Ｍを一袋」

買い物を終えるころには、アグネスとポリーは一種の集中講座を受けたようなものだった。途中で名乗りあってわかったエミリーというその娘の講座を、アグネスたちの後ろに並んでいた客たちも受けることになり、誰もが話したり笑ったりしていた。

「マネジャーの名前は？」アグネスは尋ねた。「あなたのことを褒めておくよ。みなさん、エミリーのことを褒めてあげましょう！」

スナックバーをあとにすると、ポリーは言った。「あなたって場を盛りあげてくれる人ね。あなたが魅力的になれることを忘れていたわ」

「それを言わないで。考えるのも禁止。魅力というのはよくないサインだ」

「わかったわ。でも、あなたはいいことをしたのよ」

マディがこちらに走ってきた。「そろそろ船首に出ようかと思ってたの。鯨が近くにいるんだって」

「今行くわ！」ポリーが言った。アグネスのほうを向く。「ディックはロバートに面会したいとずっと騒いでいるの。今朝はいつも以上に言いはっていて――」

「無理もないね。何しろ今日のあなたは彼の思いどおりになっていないから」

ポリーは小さく手を振って、アグネスの言葉を打ち消した。「ディックを面会に連れていくべきだと思う？」

「いや。ロバートは刑務所にいる自分を誰にも見られたくないはずだよ。わたしにそう約束させたからね」

「ディックはそれを信じないのよ」

「わたしが言ってやろうか」

「いいえ。何かほかのことを考えるわ。このごろの夫はいつもの彼じゃないの。いまだに――」

娘たちがポリーたちのところへどっとやってきて、二人を外に連れだした。

一同は出入り口で日差しのまぶしさに驚き、慌ててサングラスをかけると、ぞろぞろと列を作ってデッキに出ていって右舷に場所を占めた。船長がマイクを使って話しかけ、距離はあるが、あたり一面にいる鯨たちを見つけられるように教えてくれた。鯨の潮吹きの見つけ方も。乗客の誰もがあちこちを指さし、潮吹きを見るたびに勝ち誇ったような歓声をあげた。カタマランは水面を静かに切って進み、船首は上下に揺れた。娘たちは大丈夫かと何度もアグネスに尋ね、彼女は平気だと何度も請けあった。ああ、大丈夫。大丈夫という以上に元気！　風のせいで一部の言葉しか聞こえず、残りの言葉は船外に漂っていく。

「右舷を見てください！」船長が声をかけた。

みんながそちらを見た。どの救命胴衣も帆のようにふくらんだ。三〇メートルほど離れたところで海が割れた。水面を裂くように三日月形の鯨の背中が現れ、船の全員が息をのんだ。「やあ、始まりましたよ！」船長が言った。「みなさんは運がいいです！」

乗組員は全部の鯨を知っていて、彼らが現れると名前を呼んで乗客に紹介した。近づいてきた何頭かの鯨は船と交信するかのようで、乗客から「おお」といった感嘆の言葉を浴びたり、拍手を受けたりしていた。何度も何度も海に渦ができ、爆発するように泡立ったかと思うと、水の中心部が巻きこまれて道ができ、輝く巨体が宙に飛びだしてきた。何リットルものきらめく海水が鯨の頭から尾へと流れていく。鯨はそびえるように立ち、空中に浮かび、停止する。重力など無視したように楽々と動く奇跡の光景に、見ている者は新たな希望を抱いた。まばたきもしないまま大きな目を持ったこの偉大な生き物は、牛や象のように人間たちの間で生きているのかもしれない、と。そうであれば、つかの間の予測できない瞬間に会うのではなく、互いにゆっくりと会えるのではないかと期待してもいいのでは。それとも、そんなふうに思ったのは、昔ながらのお馴染みの物語にも別の結末を楽々と考えだせるアグネスだけだったかもしれない。

もうショーも終わりだとみんなが思ったころ、一頭のメスの鯨が船体の帆桁の間に現れた。鯨は一方の側に回転して、船の片側にいる全員を見あげ、次は反対側に回転してそちら側の乗客を見た。鯨は十五分ほど船のそばにとどまり、アグネスは言葉を失っていた。娘たちは鯨が動くたびに「あー」といった声を出し、慌ただしく写真を撮るカメラの音であたりの空気が揺れた。とうとう鯨は潜ったが、三十メートルくらい先でふたたび姿を現し、別れの悲しみをやわらげてくれた。それから乗客がみな船室に戻りかけたとき、母と子の鯨が近くまで泳いできて水面に踊り出たではないか！　船に拍手が起こり、鯨たちは何度も見事な技を披露してくれた。しじゅう娘たちの誰かが、大丈夫かとアグネスに尋ねた。アグネスがぴったりのタイミングでうなってみせると、娘たちは声をたてて笑った。

「さあ、引きかえす時間です」船長がアナウンスした。集まっていた人々はうめき声をあげたが、ポリーはほっとした表情だった。ポリーをディックに結びつけている透明なロープがウエストに食いこんでいるのが、アグネスには見えるような気がした。

「じゃ、上に行きましょう」娘たちは叫んだ。「いいでしょう、おばあちゃん？」

「席を取っておいて。すぐ行くから」

ポリーはアグネスの先に立った。展望デッキへ向かう階段の途中で、ポリーは体をひねってこちらを向いた。「信じられないような光景だったわね？」

「本当に」アグネスは言った。「まだぼうっとしている」

「わかるわ、わたしは――」ポリーがさらに体をひねると、片足が踏み板の縁にひっかかった。一瞬、ポリーの体が宙に浮き、アグネスは時間がゆっくりになったように感じた。まばたきするほどのわずかな時間、足を踏みはずしてもポリーは大丈夫じゃないかと想像してしまった。あり得ないことなのに、ポリーが鯨のように空中に飛びあがるのではないかと思ったのだ。けれども、現実は違った。ポリーは大きな音をたてて落ちた。腕の骨が折れるような音がして、アグネスははっとした。ポリーは転がったが、悲鳴をあげずに顔をしかめていた。アグネスも叫ばなかったが、かすれた声を発した。いつもはヘビを見たときにしか出さない声だ。「動かないで、ポル。大丈夫だよ」アグネスはポリーに緊迫感を与えないように、手ぶりでまわりの人々に助けを求めた。誰かが娘たちに知らせにいった。彼女たちはいっせいに下りてくると、展望デッキに出るためにみんなが使う階段から、ポリーを慎重に動かした。船は港に向かっていて、アグネスが経験したこともないほど速く進んでいた。「さようなら、鯨さんたち」ポリーは悲しそうに言った。「あなたたちのせいじゃないのよ」娘たちに言う。

「もう黙ってて、ポル」アグネスは言い、気をまぎらわすために自分の脚をつねった。

バーハーバーの病院で医師の助手がポリーの両膝と両肘を消毒して包帯を巻いた。痛みをやわらげるための注射が打たれた。折れた片腕にギプスがはめられ、ねん挫した足首は包帯でくるまれて、ポリーは松葉杖を与えられた。松葉杖は必要がなくなったら返せるという。メドウリーに電話して不運を報告しないでくれと、ポリーは孫娘たちに頼んだ。もうすぐ家に帰るし、ディックを心配させたくないからと。

病院の職員がポリーの乗った車椅子を車まで押してくれた。マディはワゴン車を病院の入り口にまわし、手を貸してポリーを乗せた。みんなが何度も「かわいそうなおばあちゃん」とか「大丈夫？」と優しく話しかけた。一日を海で過ごしたせいで、アグネスは体の平衡が不安定になったように感じ、両足を開いて車の床にぴたりとつけ、気持ちを引きしめていた。車が曲がったり、道で小さく弾んだりするたび、不快に感じた。

「また鯨を見に行ける？」ポリーが尋ねた。

車内に沈黙が漂った。

「お嬢さんたち、冗談よ」彼女は言った。

相変わらず誰も何も言わなかった。頭上に厚く垂れこめた雷雲のように、みんなの動きが停止した瞬間だった。それから、全員がいっせいに話しだした！「ハハ、すごくおかしい。それ、ウケるよ、おばあちゃん、すごく勇気があるね！」。そして彼らは何度も事故や鯨の話をした。今回の出来事を大げさに話し、これは家族の伝説になりそうだと。メドウリーに着くと、アグネスも中に入ると言いはった。一同はなおも笑ったりおしゃべりしたりしていたが、壁を手さぐりしながらディックが現れると、ふいに立ちどまった。

「授業に遅刻する」彼は言った。

ポリーは玄関の階段を上って夫の前に行ったが、もう誰もがディックに起きた災難に気づいていた。ズボンの前が濡れて黒くなっていたのだ。

「ディック、二階へ行って」アグネスが言った。

「おまえが行け！」彼は怒鳴った。

娘たちはまごついた様子で目を伏せた。

「大丈夫よ、あなた」ポリーが言った。「さあ、上に行きましょう」

ポリーはギプスをした腕を彼に伸ばし、そのはずみに吊り包帯が外れた。彼女は悲鳴をあげた。

ディックはようやく妻に気づき、いつもの彼に戻った。「どうしたんだ？」ふだんの娘たちなら騒々しく祖父に説明するところだろうが、当惑しすぎていた。

「上に行ったら話すわ」

「どうしてわたしを追いはらおうとするんだ！」ディックは大声をあげた。

「さあさあ」ポリーは夫をなだめた。「あなたもわたしも着がえなくちゃ」

そのとおり、とアグネスは思った。「行って、ディック」彼女は言った。

ディックは自分の姿を見おろし、目にしたものに困惑したらしかった。なすすべもないようにポリーを見る。彼女は階段を指さした。

みんなは夫婦を見まもっていた。またしても二人はぴたりとくっつきあってゆっくりと階段を上っていく。それから、アグネスが娘たちを振りかえった。「今夜はポリーにちゃんと食事させて、忘れずに鎮痛剤を飲ませて。痛みがあまりなければ、治りも早いよ」

車が一台、私道に入ってきた。「みんなが帰ってきた！」マディは声をあげ、真っ先にニュースを伝えようと駆けだしていった。

アグネスは娘たちにさよならを言い、テラスを通って帰ろうと裏口の階段を下りた。船に乗ったせいでまだ軽くふらつき、スニーカーを履いた足を慎重に地面につけた。L・L・ビーンのかばんを右や左の肩に掛けなおしてバランスをとろうとした。ポリーが苦痛をこらえて家に帰ったところ、ディックが濡れたズボンで玄関に立っていたことを思うと、不安がどっと押しよせてくる。突然、アグネスはぎょっとして息をのんだ。〝ヘビ〟と体は警報を出していた。無理やりそちらに視線を向ける。だが、ただの棒きれだった。棒きれ、法廷から引きたてられた、手錠をかけられたロバート、《ケープ・ディール・ガゼット》紙の一面で薄笑いを浮かべていたハム・ルース・ジュニア。今はいなくても、草むらには間もなくヘビが居座るだろう。しかも、ずっと。アグネスはこれほどの無力感にとらわれたことがなかった。

第十章

二〇〇〇年八月下旬、メドウリー、ポリー

ポリーはディックが書斎に完全に落ちつくまで待っていた。コーヒーや水が欲しいだの、手洗いに行きたいだのと、彼はなかなか腰を据えなかったのだ。ようやくポリーは折れた右腕を手すりに沿ってのろのろと動かしながら、足を引きずって階段を上っていった。ギプスで腕を固定されてから三週間になり、たいていのことにはどう対処すればいいかわかっていた。厳密には運転を許されていたわけではなかったが、たいして苦労もせずに町まで二度、車で出かけた。片手で運転する人は多いし、正直な話、ポリーはいつも片手運転をしていたのだ。文字が書けないのはいらだたしかった。返事をすべき手紙が山積みになっていた。それに、重いフライパンや鍋を使わない、ごく簡単な料理しか作れなかった。ディール・タウンから来る、五人の子持ちである家政婦のシャーリー・マッケランはキャセロールを持ってきてくれた。味がしないと文句を言いながらも、ディックはそれを食べた。シルヴィも料理を持ってきてくれたが、そちらははるかに味がよかった。ポリーはサンドイッチを作り、ディックは缶詰を開けた。実際、そんなに食べ物は必要なかった。

ポリーが心から必要としていたのは朝のうたた寝だった。興奮していらだったディックと午前四時に起きるせいで、朝からすでに疲れていたのだ。毎朝、同じことが起こった。ディックは完全に目を覚ましてはいなかったが、ふたたび眠りにつくこともできなかった。起きあがるのをいやがり、本も読みたがらない。望むのは自分が話していることだった。夜明け前の灰色の時間、彼がポリーのことを認識しているのかどうかさえ、はっきりしなかった。ときどき、ディックは母親に話しているように見えた。死期が近いしるしではないかとポリーは恐れた。でも、死とは何だろう？　心が死ぬことなのか、それとも体が死ぬことなのか？　見たところ、夫の体は健康なようだったし、医師もそれを確認した。ディックには彼ぐらいの年齢の人間にありがちな、加齢黄斑変性や腹圧性尿失禁、関節炎といった症状はあったが、がんや心臓疾患はなかった。一過性脳虚血発作《TIA》を除けば、健康だった。ＴＩＡはポリーが気づかないうちにも、すばやく起こっていた。実際は脳が働かなくなっている場合でも、ディックは居眠りしているように見えるかもしれない。早朝の夫の行動はこの発作が影響しているのだろうかとポリーは思った。実は、医師にこのことを説明していなかった。本当のところ、夫にこういう行動をやめてほしくなかったからだった。彼が自分に話をしてくれるのだ。

　最初にそれが起こったのは、子どものころに飼っていた犬のジングルについてディックが話したときで、ポリーが初めて聞く逸話だった。ある日、ディックの父親がジングルと町へ散歩に行き、犬を連れずに帰ってきたのだという。「ジングルはどこ？」ディックは訊いた。父親は小首を傾げ、いぶかしげに宙を見つめていた。「さあ。ちょっと考えさせてくれ」父親は眉を寄せた。「郵便局の前でジングルをつないだまま置いてきたに違いない」。ディックはそこにいるジングルを思いうかべた。ひとりぼっちで、疑いを知らず、忠実に無邪気に待っている姿を。おそらくジングルはディックの父親が自分の前を通りすぎるのを見ただろうが、飼い主を信じきっていたので、飛びついたり引っかいたりせず、命じられたとおりに座っていたのだろう。待っていたのだ。たぶん。もし、誰かにさらわれたらどうする？　そう考えてディックは気分が悪くなった。すぐにジングルを連れて帰ってと父親に頼んだ。昼食のあとで行くよと父親は言った。ジングルが戸惑い、裏切られた気分でいるんじゃないかと想像して、ディックは拷問さながらの一時間を過ごした。誰かがジングルを車に押しこんで連れさる場面が目に浮かんだ。彼らはジングルが何を食べるか知らないだろう。寝床を用意してくれるだろうか？　蹴ったりしないだろうか？　ようやくディックの父親は歩いて町に戻った。ディックは玄関前で待っていたが、父親とジングルが家に向かってくるのを見て歩道を突っ走った。「ほらな？　問題なかっただろう」父親は言った。いや、問題はあったのだ！　ディックからすると、父親の過失は人間の不注意さや真剣さの不足をあらわにしたものだった。それ以来、ディックは父親がどんな人間かがわかった。まじめな人間はそんな間違いをしない。「わたしはまじめな人間だ」ディックにはポリーに、または灰色の部屋に向かって言った。「わたしならそんな失敗は決してしてしない」

ディックの義歯はベッド脇のテーブルに置いたグラスの中にあった。彼は歯茎を使って言葉を発した。

「わかっているわ」ポリーは安心させるように言った。

ディックは歌うときもあったが、いつも同じ歌だった。「オール・マン・リバー」*だ。

〈おやじの川
それはおやじの川
彼は何かを知っているはずだ
でも、何も言わない
それはおやじの川
ただ流れつづけている〉

ディックは歌がうまかった。美しいバリトンの声をしていた。ある薄暗い朝、彼が話してくれたことがあった。すでにポリーが知っていた話だったが、オペラの歌唱法を習おうと考えていたのに、父親に許してもらえなかったと。ディックは歌である程度までの成功を収められると思ったようだったが、決してポール・ロブスンのようにはなれなかっただろう。彼はとりわけポール・ロブスンを称賛していた。ポール・ロブスンも平和主義者だった。やはり自分の主義のために戦った。そして、信念のためにキャリアを失った。マッカーシーの赤狩りによって人生を台なしにされた。パスポートを取りあげられてしまったのだ。

ディックは一度だけポール・ロブスンを見たことがあった。ロブスンが下院非米活動委員会によって調べられたあとのことだった。話を聞いてくれる誰にでも、ディックはロブスンを弁護した。

＊ミュージカル「ショー・ボート」中の歌。これを歌った黒人バス・バリトン歌手のポール・ロブスンは公民権活動家でもあった。「オール・マン・リバー」の川はミシシッピ川を指している。

ロブスンは平和主義への不寛容さの犠牲者だと擁護したのだ。彼が作ったあの歌は何だったかな？春と戦争に関する何かの歌だった。皮肉な歌詞だったとディックは思いだした。〝来年の春には戦争をしているだろうか？〟といった歌だ。ディックはそのレコードを買ったし、まだどこかにあるに違いなかった。

「ハバフォードにあるでしょう」ポリーは言ってみた。

「ああ、それならいい」

ディックはロブスンが非難されたあとで唯一、予定されていたコンサートに誘われた。ニューヨーク州ピークスキルで開かれたものだった。だが、それは八月で、ディックはメドウリーにいたため、車で行くわけにもいかなかった。あとでわかったが、コンサート会場で大きな暴動が起きた。行ったところで、ディックがロブスンに挨拶できたかどうかすら疑問だっただろう。でも、ディックは行かなかったことを長い間、後悔していた。

「あなたが行かなくてよかった」ポリーは言った。

「しかし、わたしは自分の信念に従った行動を一度もとったことがないんだ」

「それは違うわ。あなたは平和主義についての本を書いたじゃないの。あなたのおかげで、誰もが平和主義とは何かを学べるのよ」

「あれはどうしようもないほど長く絶版になっている」

「近いうちにまた出るわよ。あなたが新しい序文を書くのだもの」

ポリーは夫の額を撫で、銀髪を上品に整えてやった。ディックは子どもみたいに両手に頬を乗せていた。

ディックの父親は息子に実業家になってもらいたがったが、彼は数字や売り上げといったことにまるで興味がなかった。いつもクエーカー哲学に関心を持っていて、形式論理学が得意なことに大学で気づいた。ハーバード大学の彼のクラスでいちばんだったのだ。哲学者になるという決断は正しかったかと、ポリーは彼に尋ねた。こんなことを訊けるのが、こうして朝に話す時間が魔法みたいな点だった。日中だとディックがいらだつようなことでも質問できたのだ。

哲学を勉強して実践したのは、この世が混乱した場所だからだとディックは言った。人間を理解するとどうなるのか、またその理由は何か、そして物事はどのようによくなる可能性があるのかを、彼はさらに知りたかった。しかし、より深くまで突きつめれば突きつめるほど、自分という存在にへこみに関する疑問への答えを探しているのではないかと思った。彼にとってそのへこみは、隕石が当たってついたようにはっきりとわかるものだった。ディックは岩に囲まれた深くて黒い水たまりのような穴を自分の中に持っていたのだ。しばらくの間、誰もがそんな穴を持っているのだろうと彼は考えていた。その穴は原罪なのか、それともあとから生まれた罪なのかと思いめぐらした。だが、深夜に寮でみんなと談笑していたとき、ディックはほかの人が自らを完全な人間と感じていることを発見した。彼らはディックのような疑念を持っていなかった。いつか自分自身の深みの中で崩壊するかもしれないなどとは考えていなかったのだ。ディックは高潔でありつづけようとするせいで、つねに動揺し、疲れきっていた。

ポリーはこれ以上ないほどの衝撃を受けた。返事をする勇気はなかった。聞き手が自分だとディックに思いださせることなど、とてもできなかったのだ。話したことのどれ一つとして、彼は妻に知られたくないだろう。ポリーはディックがうとうとするまで、目に見えない存在であるかのように、静けさの中で身じろぎもせずに座っていた。ディックが目を覚ますと、ポリーはカーテンを引きあけた。彼は天気について穏やかに話した。けれども、朝食後にうたた寝するために二階へ上がっていったとき、ポリーはディックの言ったことをじっくり考えた。彼は今までずっと、こんな重要な動機を隠してきたのだろう。それがよかったのか悪かったのか、正しかったのか間違っていたのかはもう関係ない。残されているのは、ディックというパズルにもっとつけ加えるためのピースだ。たぶん、ディックが典型的な自己陶酔症という傷を抱えているとアグネスが言ったのは、こういう意味だったのだろう。気の毒なディック。〝傷〟という言葉はあまりにも悲しい。どうしてそんなことになったのだろう？　ポリーの知るかぎり、ディックの両親はごく普通の人だった。

それから何日か経った朝、ディックは十歳だったころのある秋の午後について話した。母親が学校に迎えにきてくれて、二人は町を通って仲良く家まで歩いていった。ディックは歩道にいる犬や人々やさまざまなものを見て、母親が尋ねてくれるのを待っていた。〝今日、いちばんおもしろかった出来事は何？〟と。母親はいつもそう尋ねた。その質問をすれば、息子がたくさんの小さな出来事の中から母親をもっとも楽しませそうなことを話すとわかっていたのだ。当時はもう学校の送迎がいらないほど大きかったディックの兄のピーターは、機知というプリズムを通して自分の一日を話してくれたものだった。偽善や裏切り、卑劣さや策略といった瞬間に気づき、そういう行動をおもしろおかしく話したので、母親は声をたてて笑った。彼女の笑い声は世界を変えた。母親を笑わせられることが、最高の才能だっただろう。ディックにはそれができなかった。彼はおもしろくもなければ、気のきいた子どもでもなかった。それでも、自分が選んだ大事なものを、驚いたというふうに母親が褒めてくれたので、ディックはすばらしい気分になれた。「あなたはフィラデルフィアで唯一の男の子に違いないわ。こんなことに関心があるのは……」興味があるとディックが言った何にでも母親はそう言った。セミ。半過去形。三角州の形成。どれもこれも珍しい！

ディックの記憶にあるその特別な日、息子にいつもの質問をしようとしていたらしい母親が急に立ちどまり、傍らの家に顔を向けた。母親はたいていの場合、快活で穏やかで冷静だったから、ショックを受けたせいなのか、彼女の体が震えていることにディックは注意を奪われた。〝ママ？〟。けれども、彼は母の視界から遠ざかり、背景の一部になっていた。彼女はその家にさらに近づき、窓を見あげ、五本の指を広げて手を上げた。誰かの手と出あうのではないかというように、母親は窓に手を押しつけた。ディックは視線を動かした。驚いたことに、家の中から窓に手が一本、押しつけられたではないか。一つは家の中、もう一つは外にある手と手の間になんらかの感情が波となって渦巻き、奔流となって動いていた。目には見えなくても、彼にはそれが感じとれた。波打っている感情は自然に存在しうるものを超越していた。母親は涙を流しはじめた。窓に現れた顔がディックの目に入ったが、その顔にも涙が流れていた。もうひとりの婦人の顔。ディックの母親は指を曲げて拳を作っていた。彼女が頭を下げてあとずさると男にぶつかった。男はしきりに詫びの言葉を述べ、それから二人はおしゃべりを始めた。その間、ディックは心配しながら母親の注意がまた自分に向くのを待っていた。

「ママ、大丈夫？」

ディックのほうを向いた母親の目には涙がいっぱいだった。首を横に振る。「いいえ、ノーよ、ノー、ノー。大丈夫じゃないの」

それから彼女は肩をすくめた。にっこり笑う。ディックは母が伸ばした手を握り、ぴたりと彼女の体に寄り添った。こんなことを知っていたのはディックだけだったに違いないし、実際には何も知らないのも同然だった。けれども、母親が苦悶のうちに生きていたことだけはわかった。どんな苦悩かは知らなかったが、話せないものだということと、その秘密をディックと分かちあったことを母が気にしていないことは理解できた。それは信頼できる何かが自分にあるという意味じゃないかと、ディックが思ったときもあった。またはディックの中に、外に出てきて役に立つのを待っている成熟したものがあることを、母親が気づいていたのではないかと。とはいえ、自尊心がくすぐられはしたが、こういう解釈のどちらにもディックはあまり感情を動かされなかった。母親が頰を濡らして自分のほうを向き、起こったことを認めるような恥ずかしげな微笑を見せた、あの瞬間。それでも、その出来事を弁解したり解釈したり、隠したり説明したりしようとしなかったことは、ディックに強い衝撃を与えた。影響は心や魂にまで及んだのだった。

ポリーは思いきって尋ねた。「その女性が誰だったか、わかったの？」

「いや。あれから二度と彼女には会わなかった」

「どういうことだったと思う？」

「さあな。決して説明のつかない人生の謎の一つだったのだろう」

「彼女とお母さまとの間の感情が並外れたものだという印象をあなたが受けたことで、説明はつくと思うけれど」

「たしかに。わたしは子どもだった。それまであんなものを見たことがなかった」

ポリーはためらったが、あとには引けないほど好奇心を覚えていた。今の時間なら、暗闇に守られていると感じられた。「二人は恋人同士だったと思う？」

「それは考えてみたよ。だが、どうやって恋人になったんだ？　あの時代にだぞ？」

「方法なら思いつくものよ。あなたとわたしもそうだったでしょう」

「だが、わたしたちは当たり前で可能な関係だった」

「ミス・ディクターの学校でもそういうことは起こっていたわ」

「ふん。そうだな。うちの学校でもあったよ」

ディックはあくびした。眠ってしまう時間だ。男だらけの家庭で生きるポリーが身につけた最高の技術は、やめるべきときを心得ていることだった。だからといって、メダルをもらえるわけでも、能力を認めてもらえるわけでもないが、平和は保たれた。「お母さまが心の平和を見つけられたのだったらいいわね？」

「アグネスはそうなのか？」

「そうって？」ポリーは機械的に答えたが、彼の言う意味ははっきりしていた。

「同性愛」彼は言った。

「どうしてそんなことを訊くの？」あなたに関係ないでしょうと言いたかったが、ポリーはディックに辛辣な態度をとったことがなかった。

「いつも思っていたんだ。彼女はそうじゃないかと」

「アグネスが結婚したことがないからというだけで――」

「違う。ほかのことが理由だ。アグネスは女というより男のように見える」

「あなたの言う意味はわかるわ」ポリーは言った。「それに、アグネスがどう言うかもわかる。あなたが男らしいと呼ぶものについて――」ポリーは口をつぐんだ。〝女がどんなものかという、あなたの狭いものの見方について〟と言おうとしていたのだ。だが、争いは終わった。

とにかく、ディックはうとうとしていた。

ディックは学部に裏切られたことや、これまでの貢献に対してどれほど不当な扱いを受けてきたかについてよく話した。長い間、努力してきたのに。彼は行動を自重し、講義の準備をして、授業を行ない、レポートや試験の答案を注意深く読んで成績をつけるために法外な時間をかけ、もっとも怠け者でいいかげんな学生にもなんらかの誠実さや進歩しそうな知性が見られないかと探してきた。さまざまな言葉や有益な修辞効果を狙った選択に丸をつけ、それらが優れている理由を丁寧に書いた。骨の折れる作業だった！　時間も精神も消耗する仕事だ！　そして、ほとんどの学生はコメントを読みもしないか、読んだとしてもいい加減なものだった。答案の裏を見て成績を確認して終わりだったのだ。ばかではないからディックはそのことを知っていたが、それでも同じやり方を続けた。失敗や失望を経験したため、すべての学生を同等に扱うことを学び、いつも最大限の努力をした。だから、彼は言ってみればなりゆきで実直な人となったのだ。公正に取りくんだことによって、生来の性質に磨きがかかった。彼は功績を認められず、世間にも知られないだろうが、実直な人となるように人生の時間を費やしたことで、世の中を少しは変えられたと信じるしかなかった。

「もちろん、あなたは世の中に変化をもたらしたわ」ポリーは言った。「大きな変化をね。学生たちは決してあなたを忘れないでしょう」

その日、あとになってポリーはまたこの話題を持ちだしたが、ディックは妻が何を言っているのかわからなかった。それから彼女はちょっとしたテストを何度かしたが、彼にとっては早朝の時間と日中に起きているときとの間に壁があることがいつも判明した。ポリーがディックを知ってから初めて、二人は体の触れあいと無関係の親密さを育むことができた。ディックは動揺したり、ときには自制心を失ったりしたが、率直になった。ポリーはつぼみがゆっくり開いていくようなその様子を見ていた。新たなチャンス、新しい自由だった。決してあきらめてはいけないという言葉は、なんて真実をとらえているのだろう。

ある朝、ディックは実に驚くべき、そして実に個人的なことを話したので、ポリーは彼がそれを覚えているとしても、口に出すなんてとても信じられないと思った。ジェームズが子どものころ、ディックが部屋のドアをノックしても返事がないので開けたことがあったという。すると、十二歳になる長男は全裸でベッドに横向きに寝て片脚を上げ、星でも見るように爪先を見あげていたそうだ。ジェームズはハミングしていた。秘密の時間を過ごしていたのだ。〝秘密の〟という言葉を思いうかべたディックは、息子の秘密の部分に視線が向いたことを覚えていた。もちろん、ディックはすぐさま目をそらしたが、何本かの縮れ毛や大人になりかけている肉の部分を見てとった。息子に気づかれずにそっとあとずさりして部屋から出て、用心深く廊下を歩いていると、ディックは新たな感情、一種の高揚感を覚えた。理屈抜きで、これまで一度も経験したことがなかった感情を抱いた。自分は父親なのだという感情を。あの美しい曲線を描く肉や骨を作ったのは、ジェームズを創りだしたのはディックなのだ。息子が発していた幸せそうなハミングや、爪先に向いていた視線を創造したのはディックだった。自分は父親なのだ！

新たにこんなことを理解したディックはどうしたらいいかよくわからず、ポリーを探しに行った。

〝彼女に話したかったのだよ〟とディックは言った。だが、庭にいたポリーが移植ごてで穴を掘り、そばでリディアがくぼみのある握り拳から土の塊を落としているのを目にしたとき、感情を口に出すのが恥ずかしくなった。妻にこんな話をしようとしている自分はどういう人間なのか？　妻から愚か者だとか大人げないといった目で見られるに決まっているだろう？　ポリーなら〝だからそう言ったでしょう〟などとは言わないだろうが、言われても仕方ない。そんなわけで、ディックは身を引き、気持ちを落ちつけようと書斎に行った。厚板に乗った太ったアザラシのように、ほかの肉体を創った自分の肉体にとても満足していた。それまでディックは父親であることをさほど重視していなかった。誰でも父親になれる。相手に引かれる性的な衝動があり、女性のパートナーがいれば、ことは達成される。自然で基本的なことだ。しかし、結局は単純なものほど、目立たないようにして真実を何度でも隠すのだとわかった。単純なものを認識することくらい、知性へのすばらしい挑戦はあるだろうか？

この話を聞いてポリーはおおいに感動した。夫はそうあってほしいと、彼女が望んだような人だったのだ。

ディックは子どもたちや父親や旧友について話した。どれもそれほど長く話したわけではなかったが、ポリーについては何も言わなかった。どうしてだろう？　ポリーは臆面もなく、ディックをせっついた。「出あったとき、わたしのことをどう思ったの？」と。けれども、彼はそれが耳に入らなかったか、無視したようだった。するとある朝、ディックはポリーの話をしたのだ。だが、握ったてのひらに爪を食いこませたくなるような話だった。彼はポリー・ハンコックという名の娘と出あったことを話した。彼女はディックへの強い思いを隠そうとしていなかった。それほど献身的な愛情を受ける理由があるとは思えなかったが、自分のほうは情熱ではなく、ただの好意しか感じないのは彼女に対して不当だとディックは考えた。ポリーは当時の慣習からは考えられないほどディックを愛していた。普通でいるようにと幼少時からしつけられなかったら、強力で印象的なものに育ったかもしれないポリーのあらゆる面がそっと揺れていた。静かな港で、ブイに結びつけられたボートのように。それが気に入ったことをディックは認めないわけにいかなかった。女が愛だの、夫やわが子だのに打ちこむのは当然だろう。けれども、ディックは公正さという観点のせいで、誰かと愛し合うことができなかった。

というか、彼はそんなふうに理解するようになっていた。初めのうち、自分を見つめるポリーに困惑した。まるで千個もの太陽を代表するように輝いている顔が彼を見ていた。ディックは仕事以外のことに頭を使いたくなかったし、女は慰めや喜びのために手に入れたかった。ポリーはディックの仕事に、自分も同じように力をそそぐと断言した。ある女性たちとは違って、ロマンスのたぐいを求めないし、期待もしないと。精神の世界を信じているし、ディックが人類の知識を向上させる間、彼のパートナーとして仕えられたら名誉に思うだろうと言った。それほど穏やかで忠実な味方がそばにいれば、学問に意義深い貢献ができるとディックは感じた。何もかもうまくいきそうに思えた。それでもディックは愛されすぎることを、なおもわずらわしく感じた。本当の意味でポリーに心が動いたわけではなかったから、正式に求婚するのは先延ばしにしていた。

すると、ある週末、結婚していたポリーの友人が彼女やディックを招待した。彼らは列車でニュージャージー州のケープメイへ行き、浜辺で午前や午後を過ごすという日々の真っただ中に飛びこんだ。一同は船に乗ったりカクテルパーティを開いたり、めまいがするほど空に太陽が輝いている中で食事をしたり、波の音を聞きながら眠ったりした。親は一人も参加していなかったから、ポリーとディックは同じ寝室に泊まってもよかった。だが、ポリーはそういうことを待とうという気持ちだったらしく、ディックにとってもそれは都合がよかった。毎朝、若者たちはテーブルで顔を合わせた。朝食と夕食のときは料理人が来たが、昼食は自分たちで用意した。好きなようにキッチンに入り、チキンサラダやツナサラダや卵サラダが入っているボウルを取りだしたものだ。彼らはこんな昼食に表されるような自由にわくわくしていたし、親が持っているこういう家を任されて興奮していた。朝泳いだあとに外のシャワーで洗ってもまだ潮の香りがする体でうろつきまわり、太陽を浴びて海を見ながら酒を飲み、マヨネーズで和えたサラダのボウルに大きなスプーンを突っこんだ。スプーンを持ちあげ、サラダの見た目や味を確かめてくれと誰かに差しだす。サンドイッチに覆いをかけてポーチに持っていき、おおいに食べて笑って、日焼けの跡を見せびらかし、眠くなってきて、海をじっと見ているうちに目がちかちかしてくる。やがて、一時間ほど本を読むか散歩するか、刺繍でもするか昼寝でもするのがいいだろうということになる。

ポリーはディックの皿に手を伸ばしてキッチンへ運び、ほかの者は自分の皿を片づけた。それから、ポリー以外のみんながポーチに戻った。会話はとりとめもなく続き、そろそろ動く時間だとつぶやくものの、誰も動こうとしなかった。「ポリーはどこだ?」ディックが尋ねた。「キッチンにいたと思うけれど」誰かが言い、ディックはキッチンに向かった。茶色っぽく見えて涼しい、無人の静かな部屋をいくつも通ると、潮の香りとかびのにおいがかすかにした。角にあるダイニングルームを抜けて食料貯蔵室に通じるスイングドアを通り、左に曲がってキッチンへ入ったことをディックは覚えていた。そこにポリーはいた。シンクに向かって立っている。ハミングしながら。水が流れていた。セラミック製のシンクの底に当たって跳ねた水が横側に水滴となってくっつき、また流れ、円を描いて排水口に吸いこまれていく。ポリーはディックが入ってきた物音に気づかなかったから、ありのままの彼女を彼は観察できた。自分への愛情をたたえていない彼女の姿を。ポリーは髪を束ね、鼻がピンク色だった。肩の皮が剝け、バレリーナのような脚をしていた。片方の手に皿を、もう一方の手にはスポンジを持ち、夢見るような顔で洗っている。皿洗いをしながら一人でキッチンにいることが、人間にとってもっともすばらしい活動のように見せていた。ポリーにはディック以外から喜びを得られる、自分だけの生活があった。今ならディックはポリーを愛せるだろうし、彼への愛を彼女が深めても罪悪感を覚えることもないだろう。紳士たるもの、妻を愛して当然だ。その出来事から間もなく、ディックはポリーに求婚した。

ディックがこんな話をしている間、ポリーは夫を揺さぶって言いたかった。〝あなたはわたしについて話しているのよ！　そのポリーはわたし、あなたのすぐ横にいるわ！〟けれども、ポリーは自分を抑えた。もっとも、一つだけささやかな質問をせずにはいられなかった。「それで、そのあとはずっと彼女を愛したのでしょう？」

ディックは眠りに落ちていた。なんてばかげたことだろう。また探りを入れてしまった。ディックは愛してくれたのだ。ポリーは彼が愛してくれたとわかっていた。こういう夜明け前の物思いで肝心なことはそれだけ。信頼した相手に彼が人生を任せてくれたことだ。彼が愛した人に。

今日のディックはずっと落ちつきがなく気まぐれだったので、ポリーにはどうしても昼寝が必要だった。眠っていたところ、何かの物音で目が覚めた。車のドアの音？

「ディック！　ディック！」ポリーは寝室の窓から呼びかけた。車の中に座って何をしているの？　運転なんかしないのに！　これまでディックはポリーが階下へまた行って、食事だから出てきてと言うまで書斎を離れなかった。

ディックは車の窓から頭を突きだしてポリーを見あげた。「わたしはもう戻ってきたのか?」

「戻るって、どこから?」

「刑務所だよ! ロバートのところへ行っていたんだ」

「あなたが?」一瞬、ポリーは夫がそうしたのかもしれないと思った。「中に入って! その話をしてちょうだい!」ばかなおじいちゃんね。「昼食の時間よ!」

ディックが無事に車から出るのを見届けた。動きがぎくしゃくしている。ずっと座っていたあとはなおさらだった。それからポリーはキッチンに下りていった。ディックが入ってきて、支度をする彼女を眺めた。

「孫娘たちがいなくなって寂しいわね?」ポリーは言ってみた。

「何ごとにも時機があるんだ、ポリー」ディックは麻ひもを探して引きだしをあさっていた。捨てるのではなく、とっておくつもりでいるように、廃棄予定の郵便物と新聞をしっかり束ねる。彼はそれをゴミ箱に入れようとドアから外に出ていった。ポリーは怪我をしていないほうの手で二人分のトレイを用意していた。いちばん軽い皿を選んだが、それでも持ちあげるのに苦労した。怪我をした腕は相変わらず痛かった。

「なぜ、二つなんだ?」ディックが怪訝そうに訊いた。

「二人だからでしょう?」

「ロバートはどこだ?」

ポリーは胸がどきりとした。「彼はトーマストンの刑務所にいるのよ」

ディックは何かの陰謀じゃないかとばかりにそのことをじっくり考えていた。「わかっているとも！　なぜ、明らかなことをわざわざ言うんだ！」杖で床を激しく打った。額をさする。「ひどい頭痛がする」そう言ってキッチンカウンターにもたれた。

「鎮痛剤を持ってくるわね」

薬を入れた靴箱をしまってあるキャビネットの下段を開けた。幸いにもこれまでのところ、ディックもポリーもあまり薬をのまずにすんでいた。ポリーはタイレノールの瓶を振って二錠取りだし、舌の奥のほうに載せてのみこむようにとディックに教えた。彼はそれをのみくだした。

「よくできたわ！」ポリーは褒めた。

「クソッ！　胸につかえている」

「もう一度ごくりとやって」ポリーは水のグラスを差しだした。

「だめだ！　痛い！」ディックはあばら骨のあたりをさすり、ポリーは不安になった。だが、彼は錠剤をうまくのめたことがなかったのだ。「食事にしよう。食べ物で薬を流しこめるだろう」

「一つの皿にまとめるわ」ディックに背を向けると、ポリーは息ができるようになった。

ディックはトレイを外に持っていき、鋳鉄製のテーブルに置いた。ポリーがすぐあとに続く。ドアの敷居を越えるとき、彼は一瞬ふらついたが、どうにかやり遂げてトレイを置いた。彼の能力と限界はなんともわかりにくかった。

「わたしたち、年をとったら食事が簡単になったわね、ディック」

「その言葉も、終わるまでは何があるかわからないということの一つだな。アグネスの台詞ではないが」

ディックはポリーににやりと笑ってみせた。だが、すぐに笑みは消えてしまった。

「子どもたちがポイント・パーティまでいてくれたらよかったのに。あの子たちはそこまで残らなくなったのよね。来年はいてくれるように頼むつもりよ。ぜひ、残るべきだわ。パーティが開かれるのは、もう、そんなに何度もないかもしれないから」

「なぜ、何度もないんだ？」ディックは手首を曲げてサンドイッチを取りあげ、口に押しこんだ。マナーのよさはもう失われていた。

「アグネスが共同所有権を解消したがっているのよ。覚えているでしょう？」

ディックはぐっと身を引いてあえいだ。「なぜだ？」

まるでポリーが一度も話したことがないかのようだった。「サンクが保護されることを確実にするためよ」

「保護されているじゃないか。ずっと保護されてきた。アグネスは余計なことをするべきではない」

ポリーはそびえたっているリーワードコテージを見あげ、アグネスはシルヴィと食事しているのだろうかと考えた。一人で食事するのをアグネスが本当に好きなのか、それとも、誰かの負担にならないようにそうしているのかはどうにもわからなかった。

「アーチーがいなくてはできないことだから、今すぐにそうなるわけではないのよ。パーティに彼が現れなければいいけれど。アーチーに会うかと思うと……」

「われわれが帰ればいい」ディックは簡単なことだとばかりに肩をすくめた。そのとおりだろうとポリーは思った。

二人はしばらく無言で食事をしたが、ポリーは沈黙に長くは耐えられなかった。

「今日、セオから電話があったの。八月のフィラデルフィアは人が少ないそうよ。センターシティのどこでも駐車できるんですって。センターシティという言葉は好きじゃないわ。そうじゃない?」ポリーはフォークですくったチキンサラダを食べた。

ディックは拳でテーブルを打った。「刑務所に入るべきなのはアーチーだ!」

「まあ、そうね、そのとおりよ。でも、今は興奮しないで」

「アーチーは泥棒だ! シーラは泥棒だ! 奴らがのこのことパーティになど来られるものか!」

ディックの目は驚くほど大きく見開かれていた。椅子のひじかけをきつくつかんでいる。突然、彼の背中の後ろから鼻を突く悪臭がしてきた。ポリーはたじろぐと同時に思わず立ちあがり、夫のそばに寄ろうとする気持ちと後ずさりしようとする気持ちがせめぎあった。だが、ディックはがくんと横に倒れ、テーブルが傾いて、ポリーの皿はゆっくりと端から滑って床に落ちた。ポリーはふくらはぎに痛みを感じ、急いで手をそこにやって、割れた皿の破片を引きぬいた。椅子から飛びだしたとき、破片が当たったに違いない。靴に血が滴り落ちた。ディックが激しく痙攣した。抱えてじっとさせようとディックの背後にまわったが、彼はどさっと崩れおちた。ポリーは両脚をさらに開いてかがみ、両手を彼の脇の下に入れて抱きおこそうとした。だが、上半身を動かすと、彼の両脚は横向きになってしまった。「助けて!」ポリーは叫んだ。「助けて、誰か!」

ディックは完全に床に倒れて身を震わせ、テーブルの脚を規則的に蹴っている。ガチャン、ガチャン、ガチャン、ガチャン。ポリーはどうにか身を起こした。救急車よ。救急車を呼ばなくちゃ。でも、彼を置いたまま? そうしなくちゃ、電話しなくちゃ。「早く来て! 顔が真っ青なの」このとき、オペレーターに話していることにやっと気づいた。「フェローシップ岬《ポイント》です、大きな家の四軒目、白い下見板張りの。夫はテラスにいます。いえ、はい、いいえ。わたししかいません。はい、わかりました」外に駆けもどる。ディックの胸を押した。何の反応もない。押しつづけても、まったく何も起こらない。ポリーが両手を頭よりも高く上げ、ディックの胸骨に勢いよく下ろすと、彼の体は一瞬跳ねあがったが、またぐったりとなった。濃い灰色と紫色になった肌がますます黒ずんでいく。〝ディック！　だめ！　お願いお願いお願いお願いお願い〟

間もなく、何の成果も表れないことに気づいてしまった。ディックの傍らにひざまずき、できるだけしっかりと体に両腕をまわした。ディックの唇も濃い青灰色になっていたが、それでもポリーはキスした。何度も何度も。救急隊員たちは家をまわりこんで駆けてきたが、ディックを見たとたん、速度を落とした。無駄だとそこにいる誰もがわかっていたが、救急隊員はディックを蘇生させようとした。彼らがディックの空っぽの胸を押している間、ポリーは止めようとせずに忍耐強く見まもっていた。〝激しい苦痛のあと、形式化した感情が生まれる〟*。ポリーはその最中にありながらも、自分が形式化した感情を抱いていることを意識していた。誰にでも役目があり、たとえ無益でも、それを果たしているふりをすることが最善なのだ。そう理解して落ちついた。とうとう、救急隊員たちはうなだれたまま立ちあがり、そのうちの誰が自分に告げるのだろうかとポリーは思った。六十年間、彼女の夫だったリチャード《ディック》・ウィスターが亡くなったことを。

絶対絶対絶対。それは結局、大事な呪文だった。

もっとも年かさらしい男が進みでた。

「亡くなったと教えてくださってありがとうございます」ポリーは言った。「メイン州にいてよかったと思います。フィラデルフィアなら、夫は病院に運ばれて、まだ望みがあるというふりを誰もがしたでしょうから」わたしはこんなことを声に出して言っているの？　ポリーには確信が持てなかった。

救急隊員たちは、ポリーがしばらく夫といたいかと尋ねた。あとで葬儀場に電話して、御遺体を引き取りにこさせますかと。でも、夫の遺体と一緒に座っていても、何の役に立つだろう？　彼が死んだことに変わりはない。ポリーは生きているディックが好きだったのだ。だから夫を連れていってもらうことにした。

「どなたか、来てもらえる人はいますか？」救急隊員たちは尋ねた。「お一人でいるべきではありません」

ポリーは野原の向こうを見た。アグネスがけもの道を通って、小走りでこちらに向かってくる。

「友達がいます」指さしながら言った。

昼食をとろうと一緒に腰を下ろしてから、ディックの遺体が救急車に運びこまれるまで一時間も経っていなかった。

ポリーもアグネスもあきらめの思いを込めて見つめあった。彼らが覚悟していた瞬間だった。誰もがいずれは死なねばならない。

「さあ」アグネスが言った。「中へ入ろう。住所録はどこにある？」

＊エミリー・ディキンソンの詩より。『対訳　ディキンソン詩集　アメリカ詩人選（3）』亀井俊介編・岩波書店・一〇三ページ。

「ちょっと待って」ポリーは見えなくなるまで救急車を目で追った。「キッチンの引きだしよ」彼女は言った。

アグネスはポリーと腕を組み、二人は家の中に入った。お互いの間に電話を置いて居間で腰を下ろす。アグネスはポリーの息子たちに次々と電話をかけて事情を説明し、彼女に受話器を渡した。会話は短く、アグネスは各自がいつ来る予定か、あるいは計画が決まったらいつ電話をくれるのかについてメモした。それからテラスに出て、昼食の料理や割れた皿を片づけた。ポリーは家の中にいたままだった。何も考えられなかった。午後の美しい日差しが窓越しに入ってきて、揺れながら絨毯を横切っていく。

何十年もの間、ポリーはこの日が来るのを恐れていた。だから、居間に一人でいるところ、ベッドに一人で寝ている自分を思いうかべて心の準備をしていたのだ。今は、想像して準備していたことなど役に立たないとわかった。

「わたしは泊まるよ」アグネスが言った。

ポリーはうなずいた。意見もマナーも意志もすべて消えうせていた。ポリーはしばらく昼寝し、アグネスと墓地に行くと、いつものように自分たちなりの礼拝をした。

「ディックはどこに入るの？」ポリーはあたりを見まわしながら訊いた。

「ここだよ。リディアの隣。あなたはリディアのもう一方の隣に入る」

「ええ、そうね。よかったわ」

シルヴィが夕食の入ったバスケットを持ってポイントパスを歩いているのが見え、アグネスは手を振った。彼女とポリーは家に戻って夕食をとった。というより、アグネスのほうは食事をした。

彼女は九時まで電話に応えながら起きていた。それからポリーを二階に連れていった。「服を脱いで顔を洗って、歯を磨いて」

ポリーは言われたとおりにした。アグネスに寝室に連れていかれたが、ポリーはドアの前でためらった。「だめ！　だめよ！　そこは閉めて！」

アグネスはセオが前に使っていた部屋にポリーを連れていった。カバーをはずして彼女をベッドに入らせる。

「ディックは死んだの？」ポリーは訊いた。

「そう」アグネスは言った。

「もしかしたら、うたた寝しているだけかも」

「違う」

「今日、ディックはロバートに会いに行こうとしていたのよ。車の中に座っていたけれど、私道からは出なかった」助手席にいる彼の姿がまだ見えるようだった。腕と、それから顔だけがポリーのほうを向いていた。

「彼はロバートに対して誠実だった」

「ロバートのことが本当に気の毒よ」ポリーが言った。

「どう、眠れそう？」アグネスはポリーの額に片手を置いた。

「わからない」

「一緒にベッドに入ってもいいけど、シルヴィに言わせると、わたしはいびきをかくらしいからね。用があったら、呼んで。隣の部屋で寝るから」

〝彼はうたた寝しているだけで、まだ生きているのよ〟
〝わたしたちのどちらも生きているし、これからも生きるの〟
〝わたしも死んでいるのよ〟

第三部　二〇〇一年　話したい思い

第十一章

二〇〇一年五月、メドウリー、ポリー

ポリーは郵便局で、冬の間にたまっていた郵便物を受けとりたいと頼んだ。ロビーの壁に備えつけられたゴミ箱にクーポンやリサイクルできる紙を投げいれながら、郵便物を調べた。ちらしにカタログ。重要なものはない。というか、そう見えたし、予想どおりだった。けれども、一束の手紙に行きあたった。差出人住所はメイン州トーマストンにある私書箱。ディックに宛てたロバート・サーカムスタンスからの手紙だった。それを目にして衝撃を受けた。この数カ月、ハバフォードの住所ではディック宛てに何も来ていない。ディックはこの手紙をすぐ読みたがるだろうから、帰ったほうがいい。ほかの雑用はあとまわしにしよう。それからポリーは思いだすと、今ではすっかりお馴染みになった習慣を繰りかえした。夫は亡くなったが、わたしは生きていて、これから先もやっていかなければならないと自分に言いきかせるのだ。近ごろは前ほどこんなことがなくなったが、それでも一日に最低四度は自分に思いださせる羽目になった。

手紙の束をロバートに送りかえすべきだろうか？　彼からは美しい言葉で書かれたお悔やみの手

紙をもらった。ポリーはまともな返事を出さなかったのかもしれなかった。義理の娘たち《DIL》がカードを送る手伝いをしてくれた。それがポリーにできる精いっぱいだった。もっときちんとした手紙を人々に書くことが、夏の予定の一つだ。

ポリーは家や税金も含めたさまざまな問題について調べ、息子たちにも尋ねて、これからやり繰りしていくために必要な事柄を知った。ジェームズは弁護士に権限を与える書類にサインしてほしいと言ったが、ポリーはいつも小切手帳や家計を自分で管理してきたのだ。「それはわかるよ、お母さん」ジェームズは言った。「だが、そろそろ休んだらいいんじゃないかな」。ジェームズはわたしを何だと思っていたのだろう？　この年月、駆けずりまわって彼らのことをすべてやっていたのが、わたしだったと覚えていないの？　子どもたちのスケジュールを立て、必ず宿題が終わるようにさせ、野球やアメリカンフットボールを一緒にやり、きりがないほど運転してあちらこちらに送り迎えをした。そのうえ、家計を切りまわしていたのだ。「わたしは休みたくないの」ポリーは言った。「いいから、こういう書類を一緒に調べてちょうだい。そうすれば、あなたにも状況がわかるでしょう」。ジェームズは作業を先延ばしにしたので、結局、会計関係についてポリーと調べてくれたのはセオだった。ポリーは最初からセオを頼りたかったが、母親が自分を抜かして弟のもとへ行ったと考えて、ジェームズが傷つくだろうと思ったのだ。こういう昔からの嫉妬といったものがセラピーで解決されるというのは本当だろうか？　もし本当なら、ジェームズにセラピーを受けてほしかった。

彼女は町から帰ると、ルピナスや刈られずに枯れている冬草の間を歩いて海辺へ行った。遠くの島々は灰色の海の中で霞んでいた。アグネスの家の煙突から青白い煙が柱のように立ちのぼり、まっすぐな松の木が水際にぽつんと一本立っている。ポリーは岩の上に寝そべった。誰もこちらを見ないだろう。もしかしたらアグネスには見えるかもしれないが、こんな行動を理解してくれるに違いないし、ほうっておいてくれるはずだ。うめき声をあげた。〝ディック、ディック！　潮よ、わたしを連れていって。夫のもとへ連れていって〟

歌を口ずさんだ。賛美歌を。ディックにはいつも歌声をからかわれたから、今度は彼を茶化してやるために歌うのだ。〝燃える黄金の矢をわれに（聖歌「エルサレム」より）〟〝おお、来たれ、おお、来たれ、エマニュエル（賛美歌「久しく待ちにし」より）〟〝草原のずっと向こうをくだっていくと、かわいそうな赤ん坊がママを呼んで泣いている……（アメリカ民謡「All the Pretty Little Horses」より）〟

ポリーは寝たまま横向きになった。こうして自分は生きていて、白い空を見ている。白い空は大好きだった！　寒さで凍ったカモメたちが頭上からぶら下がったように見える。どうしてそんなことができるのだろう？　昔と変わらないロブスター漁用のブイや、海の轟く音に、梢を吹きぬける風の音。そういうものにポリーはずっと感情をかきたてられてきた。美しすぎたのだ。悲しみに打ちのめされている今は、たまらないほど美しい。

起きあがろうと手をついた。痛みを感じた。血が出ている。フジツボで手を切ってしまった。傷口を吸うと、新鮮で濃厚な血の味がした。ポリーは傷を舐めながら、ロバート・サーカムスタンスにディックの死がすぐに知らされなかったのは驚きだと考えていた。とにかく、知らなかったから、ロバートは手紙を書きつづけたのだ。ロバートはポリーがとっくに喪に服していた間、生きていると彼が思っていた人間宛てに手紙を書き、ディックが土に埋められたあとも書きつづけた。そんなロバートがうらやましかった。自分には思い違いをする時間もなかったのだ。かつてフロイトについて学んだとき、ポリーとネッシーとエルスペスは冗談を言ったことがあった。〝否認《ディナイアル》は川である〟*と。そんなジョークは誰でも知っていると孫娘たちは言ったが、それはここで、つまり岬《ポイント》で生まれたものだとポリーは教えた。今、ナイル川にいるならいいのにと思ったが、ポリーはこの海辺にいるだけだった。岩の上に寝ている、おもしろみのない年老いた女なのだ。

膝をついてから、ぎこちなく体を押しあげようとした。ああ、こういうことがつらくなってきた。両脚を開いてしゃがんだ状態から両手で地面を押し、太腿に力を入れて立ちあがった。ふたたび濡れてしまったスラックスのまま、背の高い草の間をとぼとぼと歩いていった。

家に戻ったころには、淡い青色の空がピンクに染まっていた。キッチンカウンターに置いてあった新聞を取りあげた。アライグマが子どもを噛んだので、警戒を怠らないように。ハム・ルース・ジュニアが海岸沿いにまた土地を購入した。ポリーは家政婦のシャーリーが置いていったキャセロールに手をつけず、フライパンの縁で卵を二個割り、ヘラを使って熱い鋼鉄製の底の上でかきまわした。卵と、オレンジマーマレードを添えたイングリッシュマフィン。いつもの食事だった。立ったまま食べると、皿を洗った。あとで棚にある三冊の本を読むとしよう。セアラ・オーン・ジュエットの『とんがりモミの木の郷』、ウィラ・キャザーの『大司教に死来る』、そしてローラ・インガルス・ワイルダーの『大草原の小さな家』だ。ポリーは三冊すべてを取りだしたが、寂しさを感じさせる内容に耐えられなかった。三冊を棚に返し、『ジェーン・エア』を選んだ。たぶん、ここに

＊ナイル川の発音が、「否認《ディナイアル》」の発音と似ていることによる言葉の遊び。フロイトは「否認」を防衛機制としてあげた。

いるのはよくないのだろう。たぶん、どんなものも二度とよくならないのかもしれない。

本を開き、余白の書きこみを捜した。ミス・ディクターが書きこんだ文字を。

＊＊＊

本を読むときに余白に書きこんでもかまわないことを学ぶと、ポリーは片手に鉛筆を持って読書した。女たちが恋焦がれて手紙を書き、返事を早く見たくて封筒を引きあけた箇所にしるしをつけた。彼女たちが希望を打ち砕かれ、腕に顔を伏せてむせび泣いた箇所にも。ポリーは愛に伴う孤独というものが大好きで、そんな場面にならないかと待ち、いつでもそれを阻止してやりたくてたまらなかった。まわりの女性たちを観察したところ、秘密の生活など送っている者はいないようだった。そんな生活はまれなのだろうか？　自分は秘密の暮らしをしているのだと確信するため、ポリーはいかにもそれらしい行動をとってみた。雨の中を長い間歩いた。たんすの引きだしにしまった下着の下に日記を隠した。蠟燭が手に入ったときは、友人宛ての手紙に蠟を垂らして封をした。こういう行動のどれ一つとして人に気づかれなかったが、それでもしばらく続けていた。だが、十四歳になるまでに、ポリーは愛の可能性についてよく知るようになった。自分が求めるのはお気に入りのヒロインたちのような苦悩ではなく、手持ちの本の中であまり重要でない登場人物の多くが経験していた、深い愛に満ちた結婚だとわかったのだ。一度だけ恋に落ちて、その愛の中でいつまでも暮らしたかった。ポリーにとって、理解ある愛情の上に築かれた結婚は、人間の可能性の頂点のように思えた。静かで、美人ではないとしてもかわいい自分のような女でも手に入れられるものだと。ポリーはロマンチックな悲劇の対象でなかったし、それでかまわなかった。本を読んでいるときに魅了されたものは、実生活ではあまり魅力的に思えなかったのだ。

ポリーの両親であるイアンとポージーのハンコック夫妻は、言葉にはしなかったものの、ディック・ウィスターが娘の夫として自分たちが思い描いたような人物ではないと、反対の気持ちを伝えた。わざわざ言うまでもなかった。それまで受けてきたしつけから、ポリーにはわかるはずだったのだ。子ども時代の家庭の指針となる原則を考えればなおさらだった。女性は陽気で社交的で、世の中に光をもたらす存在でなければならないというものだ。将来の哲学の教授を家族に加えるなんて気が滅入る話には不利な原則だった。両親が口に出しては異議を唱えなかったのと同様に、彼らの穏やかな正義が揺らがないのは確かだったから、ポリーは結婚したい理由を説明しなかった。いざこざを望む者はいないのだ。とにかく、彼女に言えたのはディックを崇拝しているということだけだった。ポリーの家族は計画どおりにならなかったという思いを、ディックがまともなクエーカー教徒の家の出だという事実でやわらげた。ポリーが予想したとおりだった。

ディックはさりげなく求婚したし、彼には洗練された性質があるとポリーは気づいた。彼も人並みに情熱的なのよとポリーは友人たちに説明した。まじめすぎて、そういう性質を見せられないだけなの、と。ディックはさまざまな思いつきに取りくみ、それに心を奪われてしまうのだった。まるで熱気球の籠に乗りこんで空に運ばれるようなものだ。ただ、この場合、熱気球は彼の心で、空気を温める火力は彼の思いつきで、空は万物だった。ポリーは一度、うわの空でいることと、教授になることのどちらが先だったのかと尋ねたことがあった。かわいそうに、ディックにはあまりユーモアのセンスがなかった。彼はこのことを考えようと歩いていってしまった。

「ディッキー！」ポリーは走って彼のあとを追った。「冗談よ！」

「ああ！」ディックは興味が湧いたようにポリーを見た。いきなり言葉を話した犬を見るような表情だった。ポリーのこんな一面をディックが気に入ったのかどうかはわからなかったが、その後はたいていの場合、彼女の機知を褒めた。機知はディックが本当に必要だと考えている資質ではなかったから、自分にその才能が欠けていても、彼が対抗意識を持つことはなかった。時が経つにつれて、ディックはポリーの影響である程度のユーモアを身につけ、もっともつまらないジョークでもわかるくらいになった。おかげでポリーはディックを成長させたように感じた。ポリーは持参金つきで結婚したのだが、ディックはそれを気にも留めなかった。彼は現実離れしており、新たな難問を考えだしては分析していた。動物には感情があるのか？　悪は存在するのか？　自由意志とは何か？　自由とは？　意志とは何か？　ポリーならたちどころに答えられる質問に、ディックが答えを出すまで何年もかかった。自分の疑問も答えも、普通の人のものとは違うのだと彼は説明した。問いを発し、証拠を見つけだすのだと。そんなふうに何カ月も苦労して手に入れた証拠が、ポリーがずっと信じていたものと同じだったこともよくあった。ああ、でも、ディックは自分の要点を主張して裏づけるのに対して、ポリーは感じたことを口に出すだけだった。ディックによれば、証拠なしで筋を通そうとしても結局は役に立たないという。証拠こそが支配力を持つ。感覚、常識、直観といったものは彼が性質を調べるまでは、実際に存在するかどうかわからない状態にあるのだと。

「年よりのクマさん」彼女はディックをからかった。〝わたしの年よりのクマさん〟

けれども、ポリーはディックに夢中だった。お腹の中で感じるおかしな思い、ジェットコースターに乗ったときのようなスリル、知らない土地へ一人旅するときの気持ち、権威ある人と話すときの気分。そういうものを味わった。もちろん、いつもお腹がそんな変な感じになったわけではない。そうだったら、何もやり遂げられなかっただろう。でも、そういう感じになることはよくあった。ディックが職場から帰宅したとき、ふだんよりも少し遅くなった場合は特にそうだった。あるいはポリーが外出して家に帰る途中、書斎にいるディックを思いえがいたときも。緑色の革の椅子に腰を下ろして文献を読み、まわりのことに気づかなくなっている彼を思うと、そんなおかしな気持ちになった。ポリーはふたたびディックに会うとわくわくし、不安にもなった。何度も何度も。ポリーの心の中で種を蒔かれるのを待っていた休閑中の農地に、ディックは足を踏みいれたのだ。何年もの間、ディックのような人が現れると信じていた。そのとおり彼は来てくれた。彼はポリーの重要な願いそのものという存在だった。ディックのほうは同じ気持ちとは言えなかった。彼のいる部屋に入ってきたポリーを見て、目をしばたたいたことがあった。名前を忘れてしまい、半ば記憶から滑りおちた相手だとでもいうように。ディックは彼女に驚きと困惑を感じているようだった。自分と違って、ディックはポリーのことがわからなくてもかまわないと感じているからだと、彼女は気づいていた。ポリーは自分自身の幸せを見つけようと決めた。いったんコツをつかむと、巧みに調節してディックの気分を変えさせられた。彼を幸せにできた。ポリーにとって何よりの望みは、幸せな人生だとディックに感じさせることだった。

二人は一九四〇年の国旗記念日に結婚し、ポリーは彼をもっと愛することにすぐさま取りかかった。ポリーの義理の両親はバミューダにあるホテル、〈ハミルトン・プリンセス〉でのハネムーンを贈ってくれた。完璧な場所だった。朝、ディックとポリーは港沿いに散策し、毎晩、月明かりに照らされてピンクがかった浜辺をドライブした。セックスがぎこちないものになることはほとんどなかった。二人ともセックスを求め、楽しんだし、日ごとにもっといいものになるという自信があった。ある夜、ディックは熱狂的にベッドに飛びのったり飛びおりたりし、風車のようにペニスをぐるぐる回した。床にぴょんと降り、窓の前で跳びはねた。その間、ポリーはどうすることもできずに笑っていた。彼女は裸でいることが好きだと気づいた。子どものころでさえ、裸でいたことはなかったのに。ディックとポリーは部屋に入ったとたん、いつも服を脱ぎすてた。

ポリーの父親と比べると、ディックは少々しみったれていた。父親は実家に来た娘が帰るとき、いつも手の中に何枚かの札を押しこんでくれたが、ディックが背を向けたときにそうしたので、造作もなかった。ディックは花や食事といったものにもあまり注意を向けなかったが、さまざまな考えについては熱心に議論した。テニスで簡単なショットをミスすると、ラケットを放りなげたし、自分の皿に載った食べ物に手をつけられると、いやがった。いずれこういう欠点は直せるか、見なかったことにできると理解すると、ポリーは夫の短所のほとんどをいとおしく思った。スポーツマンシップに反する性質は別だったが。競争がどれほど白熱しても、ミス・ディクターの学校でそんな行動をとる少女はいなかった。でも、男性には女性ほどの冷静さがなく、そのことをあまり恥だと考えない性質があるのだろう。さもなければ、戦争なんて起こるはずはないでしょう?

ディックとポリーはフィラデルフィアに戻り、彼女の両親からの結婚の贈り物である、デランシー通りの家に引っこした。ポリーには金があったが、ディックは妻とその両親に、自分の給料で家計をやり繰りするつもりだと強調した。その後、ポリーの両親は必要なものが娘の手に入るかぎり、ディックの給料でまかなえているというふりを礼儀正しく続けた。間もなく、本当の意味での適応が始まった。結婚に関するてんてこまいの混乱のあとに来る、日常生活という中休みの時期だった。

夫選びは独創的だったとポリーは思ったのだが、自分の選択はシェリーの代わりにウイスキーを頼むようなもので、さほど奇抜ではなかったとわかりはじめた。ほかのみんなと同じように、ポリーが成しとげたのは二十一歳で結婚することだけだった。夫がテニスよりも読書を好んだとしても、そういう人を選んだポリーのせいなのだ。これが最終的な結果なのはショックだった。残る生涯ずっとディック・ウィスターと暮らすのだろう。自分が心から望んだことだったが、こうして手に入ると、なんだか——満足したために行きづまりを感じるといった単純なことではなかった。何かはわからなかったが、ポリーは奇妙な感じを味わっていることに気づいた。カタカタ鳴る四角い氷でいっぱいのグラスになったような気分で、冷えるのと溶けるのを同時に感じているようだった。

ある日、ポリーは高級住宅街グラッドウィンへ行った。アグネスは仲間に入っていなかったが、ミス・ディクターの学校の同窓生である既婚者たちとお茶を飲むためだった。ポリーの上級生だったキャロル・バーンズという新婚の女性の新しい家でお茶会が開かれたのだ。その日、ポリーと母親は〈クリケット・クラブ〉へ車で行き、早めの昼食をとった。テニスコートの芝は枯れ、入り口は閉まっていた。ポリーは娘のころに飲んだレモネードが欲しかったが、メニューになかったので、ジンジャーエールを注文した。とはいえ、チキンサラダ・サンドイッチを頼んだのはいつもと同じだった。

今では既婚婦人となった娘に対するポージーの態度は、以前と変わっていた。どんなことを話しても、ポージーはディックの話題を持ちだした。おもに彼の意見を尋ねるという形で。ディックはチャーチルについてどう思っているかしら？　選抜徴兵制についてはどうかしらね？　ディックと父親は、彼らの伴侶よりも余分に地球の運命を任されているというわけだった。男性の意見なら、影響力の大きい人に届くかもしれないからと。世界の問題が片づいてしまうと、母と娘は本物のニュース、つまり他人のことを取りあげた。とがめだてはせずに優しく詮索し、ゴシップに伴う興奮は抑えながら慎重に話した。

「それで、テディはどうしているの？」ポージーは尋ねた。ほぼ毎週、ポリーの弟に会っているのに、そうではないような口ぶりだった。

「あの子は青春の真っ最中よ」ポリーが言った。「テディがペンシルベニア大学を気に入ってくれてよかった」

「あの子は〈マスク・アンド・ウィッグ・クラブ〉（ペンシルベニア大学の男子学生のみで構成されていた劇団）に夢中らしいわね」ポージーは普通にスプーンを使ってスープを飲んだ。母親のテーブルマナーは単純で、彼女が気取ったマナーだと見なしている、スープ皿の奥の縁にスプーンを押しつける方法はとらなかった。しゃれたやり方でスープを飲んだら、物を知っている感じを味わえるかもしれないとそそられたが、ポリーは母親のために昔ながらのマナーを守った。「今、コメディが求められているのかどうか、わたしにはわからないけれど」

　ポリーはうなずいた。ヨーロッパでは戦争中だった。

「それに、男の人が女性の服で着飾ることをおもしろいと思ったためしはないわ。彼らはわたしたちをからかっているんじゃないの？」

「そんなことないわよ！」ポリーは言った。だが、その光景が頭に浮かんだ。そう、彼らは女性をからかっていたのだ。

「どうして、テディはあんなことをやりたがるのでしょうね」ポージーはひどく打ちひしがれていた。あたりに聞こえていたおしゃべりが一瞬止んで静かになった。

「そうね、ユーモアがばかげた形になったものだし、テディにもうすぐわかるでしょう」

「そうだといいわ。テディにはああいうことに巻きこまれてほしくないの」

「テディはいつだってちゃんと切りぬけられるわよ」ポリーは母親をうまく言いくるめ、二人はまたしても笑いあった。今までポリーは母親を納得させる羽目になどなったことがなかった。ポージーはいつも穏やかで、人の意見に合わせていた。どうやら結婚したおかげで、ポリーは内密の相談を受ける役まわりになったらしかった。意外だったが、新たな自尊心を与えられた。ポリーはキャロルの自宅の私道で座席越しに身を乗りだし、別れの温かい抱擁をポージーと交わした。「電話するわね」ポリーは友達に対するような口調で言った。

キャロル・バーンズは来客に自宅を案内してまわった。とりわけ目だつものがあったわけではなかった。彼女の友人がみんな育ってきた家にあったような、コロニアル様式の家具が数多くしつらえてある。目新しいのはここがキャロル自身の家で、彼女が切りまわしているという点だった。一同が腰を下ろすと、キャロルは結婚祝いにもらったとても現代的なデザインの磁器に紅茶をそそいだ。ここにいる誰もが習ったようなやり方で紅茶を淹れる。まずはカップの半分まで濃い紅茶をそそぎ、それから湯をつぎ足すのだ。キャロルはめいめいにミルクやレモンはいかがと尋ねたが、砂糖については何も訊かずにそれぞれのカップに角砂糖を二つずつ入れた。間もなく砂糖は配給になるだろうが、今のところ、彼女たちは気に留めていなかった。ほどなくして夫や兄弟や友人が命を落とすだろうが、まだ彼女たちはなかなかうまく世渡りしてきたと自負していてもかまわなかったのだ。最新情報には通じていても、この場の誰一人として、どんな結果になるかを正確には想像できなかった。ディックはヒトラーの理不尽な意見や武力行使に困惑していた。ポリーは夫の意見をいくつか持ちだそうかと考えたが、差しひかえた。そんなことを言うのにふさわしい時機でも場所でもなかった。こういうことも前にはなかった変化だった。

ポリーは若くして妻になった友人たちに仲間意識を感じていた。今ではみんなが性の大きな秘密を知っていたし、四六時中、一人の男性を見ているのがどんなことかもわかっている。もちろん、そういう話はしなかったが、体が解放されたかのような新しい座り方や動き方をすることで性に関する秘密は通じた。それは誰が誰と会ったか、誰が誰の結婚式に行ったか、誰と誰が食事をともにしたかといった会話の裏にある意味を引きだすための暗号のようなものだった。ポリーと同様、ほかの女たちも快活な態度をとり、人生や自分自身を笑いとばすようにと育てられてきた。午後が過ぎていく間、彼女たちはさまざまな声をたてて笑っていた。

そのとき突然、ヘレン・ボーンが泣きはじめた。前かがみになってむせび泣いている。

女主人のキャロルが真っ先に駆けより、残りの者も続いた。彼女たちはネックレスを気にしながら、ヘレンのまわりに集まった。

「どうしたの？　気分でも悪いの？」

ヘレンは首を横に振った。彼女が泣きさけぶと、みんなはわずかにあとずさりした。友人のこんな振る舞いを見たことがなかった。

「横になりたい？」キャロルが尋ねた。

ヘレンがさっと椅子から立ち、キャロルはソファを明け渡すようにと客の三人に手を振って合図した。ヘレンはソファにすばやく横になった。青いベルベット地に、ヘレンの赤毛が完璧に映えていることに女たちは気づかずにいられなかった。ヘレンの美貌は人並み以上で、仲間よりもややニューヨーク風だった。彼女はさらにしばらく声をあげて泣いていたが、その間みんなはそばに集まって待っていた。どんな恐ろしいことが起こったのだろう？　それほど悪いことでなければいいと願った。大ごとでなければいいと。

バージニア・モンローがヘレンの横に身をかがめて背中に触れた。「ヘレン、わたしたちはみんなあなたの友達よ」

全員が同意を込めて小声でつぶやいた。ヘレンは泣きつづけた。誰かキッチンに行って濡れたタオルを取ってきて、とキャロルが言った。ポリーが行こうとしたが、メアリー・マクレインのほうがすばやかった。

ヘレンも永遠に泣いてはいられなかった。早い話、そんなことは無理なのだ。言葉にされなくても、みんながそう考えていたことは互いに伝わった。彼女たちは助けになりたいと思ったが、ヘレンの行動は手に余った。こんな態度はキャロルに気の毒だった。みんなはキャロルを元気づけるように見やった。

「ヘレン、寝室で横になる？」キャロルが尋ねた。

ヘレンは出しぬけに起きあがった。「離婚したいの！」彼女は泣き声をあげた。「わたしは失敗したのよ！」

バージニアはソファのヘレンの隣に腰を下ろした。ポリーは彼らに向かいあったところに椅子を動かした。ほとんど息もできなかった。

「初めから話してくれない？」バージニアが言った。

ヘレンは目を拭って鼻をかんだ。色白の肌が半透明のバラ色に染まっていた。顔を上げると、弱々しい曖昧な笑みを浮かべ、髪を手で梳いた。けれども、さっきほど激しくはなかったが、また涙が流れだした。「わからないわ、わからないの」彼女は言った。「こんなふうだと思わなかったわ」

「こんなふうって、どんな？」

ポリーは乗った車が衝突しかけているかのように、椅子をきつくつかんでいた。

「あまりにも……あまりにも刑務所に似ているの。しかも一生続くのよ」

バージニアは口を開いたものの、また閉じた。キャロルは湯の入ったポットを持ちあげたが、下ろした。

ヘレンは両目の下をこすって、両手を重ねて膝に置いた。ハネムーンからしばらくは順調だった。それから気づかないうちに、ヘレンは変わりはじめた。自分の人生を生きていないように感じるときがあった。関心すらない、どこかの女性の話を盗み聞きでもしているように、何か言ったりどこかへ行ったりする自分を眺めているという感覚があった。控えめに言っても、困惑させられた。ヘレンは冗談めかして眉を上げたが、一同から返ってきた抑えた微笑が本物でないことは、心配そうな目を見ればわかった。ある流れがみんなを結びつけながら部屋じゅうを巡っていた。あとでポリーがアグネスに話したように、それは魂の動きの一つという感じだった。欠けているものを示してくれたのだ。誰もが六十センチほど離れたところから自分の行動を見ているような同じ奇妙な感覚を味わっていたはずなのに、そのことに触れようとする者はいなかった。でも、いったん誰かがそんな感覚を口に出せば、気まずさを感じながらも熱心に耳を傾けることになっただろう。

ヘレンは何週間か街を歩きまわったという。彼女と夫のチョーンシーはリッテンハウス広場のすぐ外に住んでいた。灰色の舗道の敷石を数え、コロニアル様式の煉瓦の壁から離れて凍っているツタの鋭い葉先に、手袋をしていない手で触れながら歩いた。ヘレンはパーティに行くと、膨れあがって人の大きさほどの茶色い塊になった土くれと化して探り歩いている気がした。そのせいで、パーティの女主人は機知に富んだ会話をするよりも、この状況をなんとかしなくてはと気をもんでいるのではないかとヘレンは感じた。ほかの客をかまっていられなくなるような手間を自分がかけているのではないかと。ヘレンと二人だけのとき、チョーンシーは完全な男性から機械の部品へと変わってしまった。食事をすると、彼の歯はフォークに当たってカチカチと音をたてた。夜になってズボンを脱ぐと、毛の生えた奇妙な莢《さや》のような太腿をかいていた。夫は途方もなく集中して何時間もかけて靴を磨き、爪にやすりをかけた。もしかしたら、ほんの一分しか時間を費やさなかったのかもしれないけれど、わたしには何時間にも思えたのよ？　映画館ではまる一時間半もの間、毒蛇のような夫の腕がときには肩にまわされ、ときには彼の足をさすっているのを感じ、ヘレンはしまいには病気になってしまいたいと思った。

いったい何が起こっているのだろう？　どうして、自分はもはや夫を受けいれられないのだろうか？　幻滅するには早すぎるのでは？　まだ新婚なのに！　なぜ、新婚なら、朝食の前にチョコレートを食べたくなるのか？　そしてなぜ、午後は動物園や図書館で過ごすのだろう。ストロベリー・ヒルの下を流れる川にベネディクト・アーノルドがトンネルを掘ったことなんか、図書館で調べているのはなぜ？　ドア越しにヘレンを吸いこもうとしている、中にいる不気味な力を否定しながら、カトリック教会の外に立っているのはなぜなのか？　どんな音も深い水面下から聞こえるように感じ、誰もが仮面をつけているように見えるのはなぜだろう？　何もかも間違っていて、本物でないように感じられた。何もかも意味を成さなかった。かつての娘、元気で前向きでとても大胆な、楽しいことでいっぱいだった彼女は軸から取りのぞかれたトウモロコシの粒のように削りとられてしまった。何よりも当惑させられたのは、自分が笑わなくなったことだった。以前なら声をあげて笑いたくなったはずの状況や言葉は理解できたが、笑う気になれなかった。ヘレンはホームシックに近い感覚で、かつての自分を思いだした。夫との間に子どもを持ちたくなかった。というより、これ以上、何かとつながりを持つことをする気になれなかったのだ。夫は家を買いたがったが、一緒に見たどの家にも彼女は何かしら欠点を見つけた。

ヘレンは結婚生活を壊すことばかりやっていたが、夫のチョーンシーはまったく気づかなかった。でも、愛というものは、あらゆることを気にかけるのではないだろうか？　人々はその逆だと考えている。完全に相手に夢中になれば、どんな欠点も隠れてしまうと。けれども、本物の愛はつねに悩みを伴うものだとヘレンは言った。結婚生活で誰かと暮らすことによるいらだちを言っているのではない。それは予想できた。自分がもろくなり、誰かに執着しているせいで感じる困惑が歯がゆいのだ。ほかの人を大事に思うことがとても怖かった。自分がむきだしにされ、存在さえ知らなかったものが必要になるだろう。最初、ヘレンはそんなふうに感じたのだが、そう思ったのは彼女だけだった。チョーンシーはヘレンのことで悩んでいなかったし、それがいやでたまらなかった！　夫とヘレンは友人同士なのだ。でも、友人ならすでにいる。ヘレンは部屋にいるみんなを指しながら、片手で半円を描いてみせた。

「そんなわけで、わたしはだめになってしまったの」ヘレンは話を締めくくった。青いベルベット地のクッションに手を伸ばし、胸の前で抱える。「チョーンシーが話している相手は誰なのかしらね？　わたしではないわ」

「まあ、まあ」バージニアがなだめた。「もちろん、ご主人はあなたに話しているのよ。あなたは新婚につきものの憂鬱な気分になっているだけ。ごく普通のことよ」

「そのとおりよ」キャロルが同意した。「適応の問題なの。これまでずっと自分の心地いいベッドで眠ってきたのに、突然──そこへ男性が！」彼女はおもしろおかしくするつもりではなかったので、どっと笑い声があがって驚いてしまった。誰もが笑いを必要としていたのだ。

「普通のことよ」全員が同意した。太陽が昇って沈むのと同じように普通のこと。動物の赤ちゃんを好きになるのと同じように普通のこと。金曜の午後はオーケストラの演奏を聴くのと同じように普通のことよ！　ヘレンは結婚生活に適応しようとしている最中というだけ。

「じゃ、みんなも同じように感じたということ？」それが本当ならいいと思いながらヘレンは尋ねた。期待するような顔で見まわす。「何でもないことなの？」

「何でもないことよ！」みんな声をそろえて言った。

ヘレンは興奮した表情でほほ笑み、手を打った。「きいてみて本当によかった。正気を失いかけているんじゃないかと、とても怖かったの」

「全然そんなことない」バージニアが言った。

「気分がよくなったわ。どうもありがとう」

女たちからひとりでに拍手が起こり、ヘレンはにっこりした。誰もがふたたび順調で幸せな状態に戻ったようだった。だったらなぜ、焼かれた生贄《いけにえ》を目《ま》の当たりにしたようにポリーは感じたのだろう？　会話は進んでいったが、ポリーは何度も夫の注意を引こうとしたことや、ついに彼の頬にキスして、あなたはクマさんみたいと言ったことを思いだしていた。シーツの端から彼の下着を回収したことがあったわね？　あえて口に出さなかったけれど、ああいう下着が清潔そのものでもないと気づいたことはどう考えればいいの？

「あなたはもうチョーンシーのパートナーなのよ。パートナーシップは大変なものなの」

「あなたが陰で努力すれば、ご主人はもっと理解してくれるようになるし、もっといろいろやってくれるようになるわ。あなた次第なのよ」

「わたしたちの仕事は、家庭の幸福という新鮮な緑のリースで夫を囲って、すぐれた助言というピリッとした香りを与えることよ！」バージニアが言った。この言葉は笑いを巻きおこしたが、わかるわといった気持ちがこもった笑いだった。

「適切な頃合いになったとたんに再婚する、妻を亡くした男性のことを考えてごらんなさい。男の人たちは女性がいないと生きられないのよ。その逆は必ずしもそうではないけれど」

彼女たちは例をいくつかあげた。ヘレンは熱心で飢えたようなまなざしで、話し手ひとりひとりを見つめていた。だが、ヘレンを安心させようとする話も下火になると、彼女は質問した。

「夫のためにいろいろできるというのはわかっているわ。でも、彼のほうは……わたしのために何をしてくれるの？」

「あなたの面倒を見てくれて、大事にしてくれるわ。ご主人が幸せなら、あなたも幸せになれるのよ。それに、子どもたちを与えてくれるでしょう」

ヘレンはこの意見を考えていた。ポリーも考えてみた。他人を幸せにすることで彼女が幸せを感じるのと同じだった。ポリーは面倒を見てもらうという考えが気に入ったし、子どもが欲しかった。だが、ここまで話されたことの中には何か足りない部分があるような気がした。

ヘレンは玄関ホールでみんなに心から礼を言い、勇気づけられる助言をよく考えてみると約束した。列車の駅まで、キャロルがヘレンとポリーを車で送っていくことになった。列車に乗ると、ポリーとヘレンは並んで座った。ポリーはヘレンがもっと話してくれることを期待したが、会話はあたり障りのない普通のものだった。二人は三十丁目駅で降り、橋を渡ってリッテンハウス広場まで歩くことにした。どちらも物思いにふけって黙っていたが、とうとうポリーが口を開いた。

「ヘレン――ああいうことを言うなんて、あなたは勇敢だったわね」

「あら、みんなをうんざりさせてしまったに違いないわ」

「いいえ。あなたはみんなが感じてはいても、気づかないようにしていることを口に出したのよ」

「でも、何でもないことなんでしょう。みんながそう言ったもの。新婚につきものの憂鬱《ブルー》だって。とてもぴったりの言いまわしね。花嫁が身につけるといいものに、人から借りたもの、何か青い《ブルー》ものがあるから」

「そうじゃないのよ。ヘレン、もしも誰もが自分の状況を話したら、わたしたちの社会は崩壊してしまう。こういうことが何でもないと考えるしかないの。でも――」

「わたしにわかっているのは、精神科医に行くつもりだということだけよ」ヘレンが言った。

二人は西へ曲がって二十四丁目を歩き、その話はたちまち終わった。ウォルナット通りを進んでいたとき、裏庭がある家と家の間に点々と咲いているユキノハナやクロッカスがちらっと見えた。春がやってくるのだ！　そうなったらヘレンの気分もよくなるだろうと、ポリーは確信した。こうして歩いているうちに、ポリー自身は新たな自信が芽生えたのを感じていた。こんなふうに地に足が着いた感覚はお馴染みだった。ポリーはヘレンではないし、そうなりたいとも思わなかった。ポリーはインテリア家具の趣味や感情がどうしようもないほど自分と違う相手と結婚したことを、失敗とまで考えたことはなかった。ディックにも罪はないのだ。自分が夫に求めた資質はわかっていたし、彼はそういうものをすべて備えていた。長身でハンサムだし、頭がよくて地道で、フィラデルフィア出身で成熟していて尊敬できて、しかもメイン州を気に入ってくれた。それ以上のものが何かあるとしても、ポリーが歩いてきた人生の前例となる考えではなかった。だから、これ以上ヘレンを追求しないことにした。カトリック教会の前を通ったとき、ヘレンはこのステンドグラスを見てもただのガラスにしか思えないと言った。いつも行っている教会でなければ、精神的なものを感じないと。ポリーはたまらなくヘレン・ボーンから逃げだしたくなった。

「幸せに暮らせそうな気がするわ。あなたのおかげよ」ヘレンは言った。

「いいえ、そんなことない」ポリーは顔を赤くした。「わたしのおかげではないわよ。それと、ここでお別れね！」

とはいえ、ポリーは内心で身震いしながらもヘレンをハグするために立っていた。ポリーがここまで動揺することはめったになかった。心がかき乱されたことにより、新たな感情が生まれていた。〝子どもが欲しい。すぐに〟

その晩、ポリーは午後のことをディックに話した。夫婦ならすべてを分かちあうものだという気持ちだった。今ではなんとも奇妙に思えたが、彼に抱いた疎外感や疑念についてさえ話して聞かせた。ディックはポリーの告白を聞いても実に冷静だった。だから、彼女が皿の端に残した不運な軟骨のかけらみたいに、今日の出来事はただの邪魔なものでしかないように感じられた。「もう気分はよくなったかな?」ディックは眉をくねくね動かしながら訊いた。「よくなったわ!」ポリーは彼にキスし、自分自身に誓った。たとえ、この愛に疑問を抱いたとしても、そんな疑念には二度と目もくれないと。疑念なんか、意味のないものでしょう?

五時になると、ポリーは墓地を通らずにけもの道を歩いてアグネスの家に行った。一日にしてはもう充分なほど活動した。シルヴィに案内されて居間に入った。暖炉に火が燃えているなか、シルヴィとポリーはこの冬の出来事について情報を交換した。シルヴィは彼女なりのさりげない口調で、小さな町に起こった、さほどの惨事ではない停電だのボートの沈没だのといった事件から芝居がかった要素を絞りだして詳しく話した。ポリーはどのニュースを聞いても喜んだ。去年の夏から今まで、ことさら話すような何事も自分にはなかったからだ。劇的な悲嘆しかなかったが、それを伝えることはできなかった。

スニーカーを履いたアグネスが階段を一歩一歩下りてきた。ポリーは彼女が前よりも痩せただろうと思っていたが、その想像が裏づけられた。

「あなた、おばあさんみたいに見えるよ」アグネスはポリーに言った。

「人のことは言えないでしょうに」シルヴィは言い、首を振りながら部屋から出ていった。

「ありがとう。わたしも同じお世辞を言うわ」ポリーはアグネスに言った。

「ハグしなきゃならない?」

「それが慣習よ」

「よりによって、わたしたちが慣習に従う必要もないけれどね」

二人は抱擁を交わした。アグネスは先に立って暖炉のそばの椅子に行った。この部屋は何十年も変わっていなかった。アグネスが家を相続したばかりで、ものすごい勢いで室内を改造した、生産力があったときのままだ。あのとき、アグネスは陰気なマホガニーの家具を投げすてたり塗りなおしたりし、いくつかの壁に明るい色の絵を掛けたり、壁画を施したりした。こういった狂乱状態の室内装飾は、アグネスが〝ナン〟シリーズの本を真剣に執筆しはじめてから、ぱたりと止まった。木造部分は何度も塗りかえられたし、壁画はときどき補修されたが、色褪せていくままにされていた。ゴーギャンに刺激を受けた幻想的な風景を描いた壁画だったが、動植物はメイン州のものだった。

「しばらく沈黙しよう」

二人は毎日、墓地でやっていたのと同じように、何分間か自分の心の中を覗きこんだ。それから思いを手に伝えて集会《ミーティング》を終わらせるように、アグネスはポリーに手を伸ばして握った。

「来てくれて、どうにかなりそうなほどうれしいよ」アグネスは言った。「話したい相手がいなかったからね。まあ、シルヴィは別だけれど。でも、あなたの代わりはいないから」

めったにないこんな言葉を聞かされてポリーは感動し、うなずいて同意を伝えた。ポリーも話し相手がいなかったが、これまでの歳月ほど、〝わたしにもいなかった〟という気持ちではなかったかもしれない。今年の冬、ポリーには話したいことなどなかったのだ。アグネスと会ったのは二回だけで、クリスマスの間、彼女がフィラデルフィアにいたときだった。ポリーは話せる状態ではなく、アグネスは無理強いしなかった。一人でいることが本当に必要な人がいたらわかるくらい、何度も喪失を経験してきたのだ。

それからも互いに連絡はとっていたが、一緒に座って相手の顔を見て、筋肉のわずかな動きを感じたり、驚きの表情に気づいたりするのと同じというわけにはいかなかった。ポリーはアグネスに退屈したことが一度もなかったが、相手は自分をそんなふうには思っていないと確信していた。

「何がそんなにおかしい？」アグネスは尋ねた。

「別に。ここにいるとほっとするだけよ」

「フィラデルフィア郊外《メイン・ライン》は未亡人に好意的ではないの？」

ポリーは目を見開いた。「未亡人という言葉をわたしに言った人はいなかったわ」

「いやな言葉？」アグネスはポリーの表情を探った。

「いえ、いやじゃないわ。つまり、未亡人になるのはいやだけれど、その言葉を口に出すほうがいい。何を言いたいか、わかってくれるでしょう」

「未亡人を未亡人と呼ぶことについては、われにお任せあれ」

「そうね」ポリーはまたしても自分がずいぶん年をとったと思ったが、二人とも年寄りになったことにはどちらもすぐ慣れるだろう。それに、自分にはアグネスが以前と変わらないように見える。もう二人とも草原を駆けぬけることができないかと思うと困惑した。「仕事はどんな具合？」

「新しいものを書いて冬を過ごしていた。自伝みたいなものを」

「本当に？　どうしてそんな気になったの？」

「話したはずだよ。モード・シルヴァーという名の、イラつく女のせい。彼女に悩まされたから、とうとうそういうものを書いて黙らせてやったわけ」

「長期のプロジェクトに取りくむのってどんなことかすら、わたしにはわからないわ。その日のことしか考えられないもの」

「絶対に違う。あなたには子どもたちがいる。長期にわたって物事を考えたから成しとげたことだ。それに、ニードルポイント刺繡はどうなの？　ダイニングルームの椅子のカバーを考えてみなさいよ。あれは傑作だ」

すべてを知っている昔からの友人に代わるものはない。子ども時代の家の雰囲気がわかるほど長い間一緒に過ごし、感情や沈黙がどんなふうに生まれるかを心得ている相手。お互いが成長していった様子を知っている相手はほかにいない。ポリーは言葉も話せないうちから知っていたこの部屋で腰を下ろし、友情が始まりもしないうちから友達だったこの人物といると、幼馴染みという存在の力を感じた。

「大丈夫なの、ネッシー？　がんはすっかりなくなったの？」手紙でこのことを尋ねたが、一度も答えをもらえなかった。

「誰もこれまでと違ったことは言わないね」

「でも、最近、検査に行ったんでしょう？」ポリーは重ねて訊いた。

「そう、言われたとおりに」

「じゃ、心配しなくていいのね？」

「ああ。まったく心配ない」

「よかった。先にあの世へ行くのはわたしよ。そう約束して」

「大丈夫」アグネスは言った。「わたしは前と同じじゃないし、前ほどよくないが、もっとましな状態じゃないなりに元気だよ」

ポリーは涙ぐんだ。主治医からは〝感情的に不安定〟になると言われていた。そのとおりだった。でも、泣いてアグネスに負担をかけたくなかった。アグネスにはそれがわかっていたから、立ちあがって薪を勢いよくつついた。火の粉が出てきて、煙突へ上っていったり、敷物の上で舞ったりした。ポリーは両頰を拭い、さっきよりも深く椅子に座りなおした。リー一家はエルスペスが亡くなるまで、いつも七月にクリスマスを祝っていた。彼女の死後に残った子どもはアグネスだけで、当時は三十代だった。孫もいないから、クリスマスを祝っても意味がなかった。もとから絶滅寸前の伝統だったのだ。とはいえ、今はソファがあるところに立っていた大きな木は容易に思いだせた。夏らしい飾りや花や貝殻や羽根で飾られていたものだ。アグネスたちはクリスマスツリーをいわばメイポール（五月祭に広場に立てて花やリボンで飾った高い柱。そのまわりで踊る）に仕立てたがったが、そのまわりで踊るスペースなどないし、どっちみち〝欲しいものを全部手に入れることは無理です〟とグレース・リーは言った。彼女のこの決まり文句をポリーは疑問も持たずに受けいれたが、アグネスはそこにひそむ根の深い危険を指摘した。この言葉を貧しい人々に当てはめたら、どうなる？　どこで線引きをすればいい？　善意だと確信していたことがどれほど自己満足な行為なのかと知って、ポリーはいつもショックを受けた。

「郵便局でおかしなことがあったのよ」ポリーは言い、水質テストのように何かを試そうとする響きが自分の声にあるのを聞きとった。「ディックに宛てたロバートからの手紙がたくさんあって……」

ポリーはその手紙の束や困惑について詳しく話しつづけた。アグネスは腰を下ろし、話に相槌を打っていた。

「ディックが亡くなったことをロバートが知るまでどれくらいかかったのかしらね？　ロバートはお悔やみの手紙をくれたけれど、それはハバフォードに届いたの。たしか、わたしは返事を出したと思うけれど」ポリーは両手を組み、きつく握りしめた。

「わたしはすぐロバートに手紙を書いたはずだが、彼が知らせを聞くまでどれくらいかかったかは不明だね」アグネスは言った。

「そのとおりね。もしかしたら、彼はしばらく独房にぶちこまれていたかもしれない」

アグネスはおもしろがるような顔になった。「いい言葉だ。どこでそんな言いまわしを覚えたの？」

「テレビよ」ポリーはくすくす笑った。「そんな話し方をしているなんて知らなかった」

「ロバートは新しい言葉を学んでいるに違いない」

「そういうことを考えることもできないわ。手紙を開けるのも無理よ」ポリーは言った。「あなたならわかってくれるでしょう」

「わからないね！　それじゃ、わたしが読むよ」アグネスが言った。

ポリーは急に背筋を伸ばした。「嘘でしょう」

「やるよ。好奇心のほうが罪の意識より強いからね。ああ、ふだんはそんなことをしないよ。あなたの手紙を読んだことは一度もない。だけど、ディックは死んだんだ」

ポリーは真っ赤になった。〝ディック《ヽヽヽ》は死んだんだ《ヽヽヽヽ》〟。その言葉に奇妙なほど元気づけられた。

「ありがとう！　彼は世を去っただの、天使のもとへ行っただのという言葉ばかり聞かされているの。そんな言い方をされると、わたしはすっかり混乱してしまって。ディックは死んだ。それが正解ね。でも——それはロバートの手紙でもあるし、彼は生きているわ」

アグネスは首を横に振った。「あのロバートのことを話題にしているんじゃないというふりをしなさい。ここで肝心なのはロバートではないんだ。もう手紙はあなたのものだよ。まあ、もしかしたら違うかもしれないけれど、とにかく、わたしは好奇心ではちきれそうだ。好奇心に負けそうなのを、なんとか屁理屈をつけて正当化しているってこと。自分が正しいと言うつもりはない。だけど、訊かれたから、自分ならこうするってこと」

「訊いたのは、わたしがどうするべきかということよ。違いがあるわ」

「たしかに」

アグネスは椅子に座り、眼鏡を両手で持っていた。このあたりの誰もがそうだが、アグネスの髪型もひどく不格好だった。ディックが「屋根から落ちつつある屋根板」と呼んだスタイルだ。けれども、アグネスははるか昔に人生のそういう側面、きれいな女でいる面を捨てている。外見を気にしなくなったおかげで、アグネスはほかの面で自信が持てるようになったのではないかとポリーは思った。美しさなんて誰にとっても邪魔なのでは。近ごろ、ポリーはこんなおかしなことを考えていた。

「手紙の束を捨てるべきだね」アグネスは言った。

「だめよ！」

「ほらね？　あなたはそれを読む気があるってことだよ。読むつもりがないふりはやめたほうがいい」

「何かのふりをすることは、わたしがずっとやってきたことよ。すべて順調というふりをしているの」

「知っているよ。だけど、人生は短い。終わるまでは何があるかわからないけれど、終わりが来たら……」

二時間後、ポリーはメドウリーに戻って封筒を居間に持っていき、日付順に並べかえた。全部で八通あった。まずは最初に来た封筒を開けた。指で破いて開けたので、封筒の縁がギザギザになった。ディックがレターオープナーで切っていた、きちんとした端と大違いだ。ポリーはよく紙で手を切り、一日に二回は切り傷を作ったが、ちょっと消毒薬をつけておけばすんだ。急いで開けようとするからだと叱られたが、ディック宛ての個人的な手紙を開けたのはこれが初めてだった。入っていた紙はノートから外したものらしく、罫線が引かれていたが、文字はきちんとしていた。ポリーはランプを見やり、もっと明るくならないものかと思った。読むためには紙を高く掲げなければならなかった。

〈拝啓、ディック〉

ポリーはしばらくためらった。最後の意志の力を振りしぼり、手紙をマニラ封筒に入れてロバート・サーカムスタンスに送りかえすという高潔な選択ができないかと思いながら。でも、手紙を見た瞬間から、彼女は欲望にとらわれていた。そう、あのときに認めなかったとしても、見たいという欲望は存在していたのだ。それにディックについて手に入るものは何でも欲しくてたまらなかった。ディックの名前。ディックが生きていると信じていた人が彼に宛てて書いたもの。ディックについてのほかの人間の気持ち……ポリーは読んだ。

〈あなたの手紙を毎日読みなおし、元気づけられています。これまでは正義という概念についてあまり考えたことはありませんでした。正義を信じていたし、公平さや平等についても信じていましたが、こういう言葉についての前提をわざわざ考えることはなかったのです。ぼくはこんなよい概念を支持していたし、思慮深い人々が信じて実践しているほかの概念も支持していました。どれも常識に基づいているように思われます。常識とは、すばらしい言葉じゃありませんか？　常識の「常」は意見が一致したシンプルな基準を示し、「識」は万人の体と結びついた集合的な知を示しています。そういう知は自分自身からだけでなく、実世界からもデータを集めているのです。常識は現実に基づいています。ぼくは世界じゅうの人々、そしてこれまでの歴史上の人々が同じ優れた考えにたどりついたと思っています。それは人生に敬意を表し、すべての人の幸福を高めるものです。超自然の導きや介入があってもなくても、真実にたどりついたでしょう。

正義はそんな考え方をする概念ではありません。それは人々が気をまぎらわせるために使えそうなものはないかと考えるときに、重々しく下される具体的なものです。多くの場合、それが正義なのです。この刑務所にいる誰一人として、囚われているという事実や自分の刑罰、扱われ方や食事がこれでいいとは思っていないでしょう。誰もが現在の生活のいくつかの面に異を唱えています。不本意に孤独最悪なのは独房に監禁されている者で、彼らはまったく不当な状況で生きています。不本意に孤独を強いられるのは拷問に違いありません。外の世界には気晴らしになるものがいくらでもあります。ここにはそんなものがほとんどなく、それも哀れだったり、卑しかったりします。しかし、気晴らしになるものがないことは、邪悪と言っていいほどみじめな状態なのです。

ここの状況が正当だと思っている人はいません。また、噂はすぐに広まってしまいますが、自分がここに来ることになった理由を言う人もいません。そんなことはどうでもいいのです。自分がやったことや、やらなかったことについて、誰もがその人なりの理由を持っています。振りかえって、そのことを考えたいという人はほぼいません。現在に生きて、現在の暮らしの不平を言うほうがいいのです。今、面倒を起こしているにせよ、いないにせよ。

公正世界（人々が受けるに値するものを受けている世界）では良心など不要だし、後悔するための大義もいらないのでしょう。それについてはさんざん考えています。自分の行動が他人にどんな影響を及ぼすかをよく理解していたら、人はどんな行動をとるだろうかと。

ぼくと文通するのは容易ではないでしょう。手紙を書こうと腰を下ろすたび、刑務所という不快なものを考えなければならないのもつらいはずです。どうぞ二度と手紙を書かないでください、とぼくは言うべきでしょうが、それができません。あなたの手紙を楽しみにしています。刑務所のどこかには配達されないで放置された手紙の山があるのかもしれません。ここの警備員や看守は理不尽なほど囚人を試し、彼らが人間らしい反応を示すと、手厳しい罰を与えます。

どうかポリーとご家族によろしくお伝えください〉

ポリーは別の手紙を開けた。

〈ヘミングウェイの本をありがとうございました。もっとも衝撃を受け、両肩の間を打たれたように感じた作品は『二つの心臓の大きな川』です。それは読んだことがありませんでした。ヘミングウェイは学校で知りました。ぼくはたいていの人が示しそうな反応をしました。彼の文体にとても興奮したのです。高校二年生の授業で有名な短編をいくつか読み、彼の氷山理論について学びました。それまでのぼくは、読んでいる物語に書かれた以上の意味があるなんて考えたこともありませんでした。優れた書物はいつも完璧で、納得がいくもののように思えます。氷山のほんの一部しか現れていなくて、大きな真実のほとんどが、真実の基本となるすべてが目に見えなかったら、好奇心はどうやって満足させられるのでしょう？　でも、ぼくはたちまちその考えを理解しました。それは無邪気な視点でした。ごく幼い子どもでも、見えているよりも多くのものがまわりにあることを知っています。たとえば、たいていのものが自分の頭よりも上にあります。物事は閉まったドアの向こうにあります。太陽は姿を隠します。ヘミングウェイの氷山は、目に見えなくて謎めいたこういうものを推測しているのです。だから、彼の作品は悲劇的で……〉

ポリーはゆっくりと手紙に目を通していき、息がつまるほどの悲しみで自分が何をしているのか何度もわからなくなった。それでもまた読んで、ロバートが言っていることの意味を理解した。手紙をそれぞれ封筒に戻し、膝の上に積みかさねた。休もうと目を閉じたとき、暗闇の中にディックの姿が浮かんできた。町のベンチに腰を下ろし、ロバートの手紙の一つを読んでいるところが。ロバートがどんなことを書いているのかなんて、ポリーは一度も思いめぐらしたことがなかった。思考はディックだけに向いていたのだ。今でさえ、ロバートの言葉を読みながらポリーは考えていた。ディックもやはり自分について書いた返事を出したのだろうかと。ディックの書斎の暗がりに目を凝らした。ハバフォードにあるものと同様に、手紙が慎重に収められたキャビネットがありそうだ。ディックの手紙はわが子に宛てたものでも人間味がなかった。

〈今日、警備員の一人が来たとき、靴の踵に濡れた真っ赤な楓《かえで》の葉が張りついていました。なんだか禅の公案（禅宗で参禅者に出す課題のこと）のようではありませんか？〉

ポリーはこれと同じことにいつも気がついていた。濡れた葉が素足にくっつくと、生きているものが飛びついてきたようにどきっとした。それはちょっとした不運に分類される出来事で、思いだして楽しくなるようなものではなかった。でも、ポリーにはわかった。刑務所にいる人間が誰かの足首についた鮮やかな赤い楓の葉を見たとき、感動がしまいこまれた心の部分に通じるパイプが開かれただろうと理解できたのだ。たとえ、今は切断されて失われてしまったパイプでも。

これほど鋭い考えに対する返事がなかったことを、ディックの死を知る前、ロバートはどう思っただろうか？

翌朝、今度はポリーがロバートへの手紙を書いた。

〈拝啓、ロバート

わたしはちょうど昨日、フェローシップポイントに戻ったところです。そして冬じゅう郵便局に預けられていた、あなたからディックに宛てた数通の手紙を引きとりました。消印はディックが亡くなったあとのものだったので、あなたが彼に手紙を書いていたのに、返事を受けとっていなかったことが気になりました。最後の手紙の消印は十月十四日です。アグネスがディックのことを伝えてくれたのは知っていますし、たしかにあなたからお悔やみの手紙をいただきました。もし、わたしが返事を書いていなかったとしたら、正直言って、何もできない状態だったからでした。これから、ぼうっとしていた数カ月間の埋めあわせをするつもりです。

何はともあれ、わたしが気がかりなのはあなたの手紙が来たときとディックの死の時期との差です。ディックにはあなたが家に帰るまで文通を続ける確固とした意図があったことを伝えたくて、こうして手紙を書いています。

お送りできるものがあったら、どうかお知らせください。好きな本でも、許可されている、慰めになるようなものでもかまいません。あなたもディックもここにいないなんて、何かが間違っている感じがします。でも、間もなくあなたは戻ってくるし、一緒にピンク色の壁を作れますね。もちろん、あなたがそうしたいならの話ですが〉

一週間後、ポリーはロバート・サーカムスタンスからの返事を受けとった。手紙には同情がこもっていて、ディックから手紙が来なくても、一瞬たりとも疑念を持たなかったと、ロバートはポリーを安心させようとしていた。彼の知るかぎり、返事はどこかでなくなったか、止められているのだろうと。そういうことはよく起こるのだという。また、アグネスから手紙をもらって、悲しんだことも書いてあった。手紙はさらに続き、結婚にしろ仕事にしろ、あるいは刑務所にしろ、パターン化された人生の不可解な性質についての考えが述べられていた。そういうパターンが妨害されたときの、同じように不可解で、途方に暮れるような要素に対する心の叫びも書かれていた。一般には、どのような経験も貴重だと考えられているが、人生の悲しみの多くには、とりわけディックの死にはどんな善も教訓も効用も見いだせない。よいことも賢明なことも、支えとなることもディックの死からは生まれないとロバートは書いていた。ポリーも同じ意見だった。彼女は前に進んでいく力を見いだせず、その日その日を過ごしてきたにすぎなかった。今はただ生きているだけだ。

ポリーは時間をかけてツナサンドイッチを作った。マヨネーズ、ピクルスの調味料《ピックル・レリッシュ》、赤タマネギ、トーストしたパン。ダイニングルームのテーブルに食器をきちんと並べて、ゆっくり食べた。昼食後、腰を下ろして、ロバートの文章にはわたしの感情が見事に投影されていると伝える返事を書こうとした。けれども、ペンを取ると恥ずかしくなり、庭について書いた。自分の植物のことや、花瓶に生ける花を決めた方法を書いた。花は「どれにしようかな、天の神様の言うとおり」と偶然に任せて選んだり、有名な絵画の色の取りあわせを真似したりしたのだと。最後に、ディックは年寄りだったのだから、死を受けいれるのはそれほどつらくないと思われることが、どんなに耐えがたいかを一気にぶちまけた。わたしたちは六十年間も一緒にいたのよ！　持てあましていた時間が、今では待つというわくわくしたものに変わった。とにかく待つだけだ。あきれられるようなことだとは思ったが、ポリーはディックが帰ってくるとひそかに信じていた。初めは誰にもこんな気持ちを話せないと思った。あまりにも常軌を逸している。そのうち、何らかの挫折や事故、病気や死といった不幸なことが起こったほぼ誰にでも、こういう気持ちを話してもいいのだと気づいた。かけがえのないものを失った人はみな、そういうものがまだ自分のもとにあったときに戻りたいと願っていた。ポリーの願いは非常に強かったので、時間の進む方向が逆になるように思えた。幻や亡霊が現れるのではないかと。

そんな思いがリディアの亡霊を生みだしたのだ。それについては手紙に書かなかった。

ポリーは書いた返事を何度も読みなおし、親密な調子にたじろいだ。出すのをやめようかと思った。でも、出したところで問題があるだろうか？　本当の意味で秘密にするような内容ではない。人前に出ない年寄りの個人的な気持ちが書いてあるだけだ。翌朝、ポリーは手紙を持って郵便局まで車を走らせ、ポストの「市外」と書いてある投入口に入れた。

ロバートは刑務所での食事の質について詳しく書いてよこした。しょぼくれた肉やしおれた野菜のことを。寂しさと孤独との違いについても書いてあった。孤独ではなく、寂しさを感じるために懸命に努力しなければならなかったそうだ。ロバートは囚人たちが飼っているペットについても書いてきた。彼らはベッドでこっそりネズミや虫やヘビを飼っているという。どうやってヘビがまぎれこんだのか、誰も知らなかったが、手に入りにくいものだから、刑務所内に現れたヘビは一種の神様扱いをされた。ロバートはディックの支えが自分にとってどれほど意味があったかを述べ、それはいつまでも変わらないだろうと告げていた。ディックが亡くなったことが悲しくてたまらないと。

ポリーは手紙を二回読み、その日の後刻、さらに読みなおした。夕食後、「メドウリー」という文字がいちばん上に入った新しい便箋を一枚持って座り、書きはじめた。手紙を書くことが習慣になっていた。ポリーもロバートも文通をする時間があった。悪いことの中にもよい面があるものです、とポリーは書いた。自分がディックの代わりだとは思わなかったし、夫ほどの刺激をロバートに与えられるとも考えていなかった。言わば新参者でディックより劣っているポリーからの手紙でも、何も来ないよりはいいだろう。ポリーは朝になって目を覚ますなり、ロバートに手紙を書いた。日記を書いているようなものだし、とても正直な内容だった。ただ、ロバートはポリーがいつも思いえがいていた、名前のわからない懺悔《ざんげ》の相手ではなく、彼女の肩越しに日記を覗きこんでいるような存在だった。そんな客観的な存在はこれまでいなかった。彼はいつも親切だった。ポリーはさまざまな問題を考えている自分に気づき、何度も驚いた。もしも生涯独り身だったら、わたしもアグネスのようにベジタリアンになったでしょう、とポリーは書いた。でも、男性というものは肉を食べずにはいられないのです、と。彼女は夜明け前の空がピンク色に染まるまで夜更かしするか、そのころに起きるのが好きだった。リディアと暮らした数年は別だが、テディやアグネスやエルスペスやエドマンドと一緒に岬《ポイント》で過ごした少女のころがいちばん幸せだった。子どものころの彼らは幸福だったのだ。

ロバートは自分にも子どもがいればよかった、と言った。もっと旅をして、ふさわしい相手と出あうか、せめて気さくにつき合える相手が見つかればよかったと。大学時代、マリファナに好奇心を持たなければよかったし、友達づきあいにもっと慎重になればよかったと言った。こういう切なる思いや後悔はどちらにとっても退屈だと、ポリーは心得ていた。ディックなら、二人の感傷的な言葉を嘲笑うだろう。ポリーはディックの反応が想像できるのが気に入っていたし、自分たちの意見についての夫の意見が文通の一部みたいに感じられるとロバートに言った。ぼくたちの話にディックが言いそうなことも書いたらどうかと、ロバートは提案した。ポリーがそうしたため、手紙の内容はさらに充実した。彼女はそういう文を書きながら声をあげて笑うときもあった。ディックが自由主義者らしく自分の話ばかりしていたことを書くと、ポリーはもう彼のさまざまな欠点を慎重に弁護しなくてもよくなった。ディックはぶっきらぼうで感傷的なところがなく、罪深い者には手厳しく、少しばかり利己的ですらあった。いえ、彼はたしかに利己的だった。ポリーは彼の短所ですら好意的にとらえてきたが、今はそういう欠点を温かい気持ちで笑うことができた。ディックが生きていたときにそうするべきだったのだろう。もしかしたら、ディックを崇拝するよりも笑いとばすほうが、もっと彼を支援できたのかもしれない。ポリーが許せば、アグネスはディックを笑っただろう。でも、アグネスは昔からの友達だし、何を尊重すべきかを知っていたのだ。昔からの友人は持つべきだと、ポリーとロバートの意見は一致した。

第十二章

二〇〇一年六月、リーワードコテージ、アグネス

〈拝啓、アグネス

わたしは八月にうかがいますが、それでかまわないでしょうか。わたしに休暇をとってほしいとデイヴィッドが考えているのがそのころなのです。あなたの自伝は正式な仕事ではないため、わたしは労働時間外に行動するしかありません。今、おうかがいすることが重要だと思います。文通は楽しいですが、何の核心にも迫っていないのです。これはわたしたちが望むものではないでしょう。直接お会いすれば、わたしへのあなたの態度もやわらいで、原稿についてのさまざまな疑問にも答えていただけると思います。

トルーマン・カポーティは、あらゆる文学がゴシップであると言いました。文学が人を刺激したり驚かせたりすることを巧みに述べた言葉です。『アグネスのおしごと』の最新版にはゴシップがあまり書かれていません。あなたが原稿に記した言葉の裏には緊張感があります。危うく〝あなたから賜った〟言葉と書きそうになりました。そんなふうに感じてしまうからです。感情を抑えるの

がいい場合も、わざと控えめにする場合もあります。ですが、人間関係では誰もそんな行動を好まないし、思い出を記したものでも好まれません。たとえば、『オリバー・ツイスト』では食べ物の記述が控えめだというように、劇的な要素があるときは別ですが。とはいえ、オリバー・ツイストは食べ物を手に入れる方法を考えだしましたが、読者はあなたから与えられた以上のものを手に入れられないでしょう。ああ、そうですね——ちょっと無理があるたとえを使ってしまいました。ただ、わたしが何を指摘したいかは正確にわかっていただけるはずです。あなたが事実の一部だけを語ろうと決めたことは明らかです。それにわたしはいらだっていますし、多くの読者も同じように感じるでしょう。この点をどのように修正できますか？　それについて話しあいましょう。

どこの空港で降りたらいいかということと、朝食つきホテルの部屋が取れそうな、ご自宅にもっとも近い町の名を教えてください。お会いして、この本について徹底的に議論できることを楽しみにしています。

敬具

モード〉

この本について議論する？　徹底的に？　この妄想は、いったい何？

アグネスは手紙を机に置いた。書類がしまってある、廊下の先の正式な書斎に行き、モード・シルヴァーとの書簡を挟んだフォルダーを持って戻ってきた。ごく一部の人間にしか知られていないが、アグネスはパソコンやプリンターの使い方を学んでいて、重要な書簡はコピーをとっていた。ディックが手紙をファイルする綿密な方法についてポリーが話してくれたことがあり、アグネスはそれにひどく感心していた。もっとも、ディックの場合はそんな方法をとっても何にもならないだろうと思ったが。ディック自身とポリー、それにたぶん、どこかの記録文書マニアの孫以外は彼の手紙など読みたがらないことに、金を賭けてもよかった。それはアグネス自身にも当てはまるだろう。ペンシルベニア大学の記録保管所に記録が残るとしても、彼女に子孫ができる見こみはなかった。アグネスの記録は自分のための実際的なものだった。だが、うまく表現できた一節を読みなおしたいと思うことがときどきあった。自分の死とともにすべての文書が処分されるのがいちばんだろうとよく考えたが、あてにはできなかった。マックス・ブロート*みたいな人間が現れるかもしれない。おそらく、モード・シルヴァーという名の。

　アグネスは机の上でフォルダーを開き、一連のモード・シルヴァーの手紙を読みなおした。

〈拝啓、ミス・リー

『アグネスのおしごと』の原稿を二度読み、考えをまとめる前に一週間、原稿を寝かせておきました。さて、わたしの考えを申しあげます。

　まず、あなたの書いたものは見事です。文章は洗練されていて魅力的です。読んでいて胸がどきどきすることが何度もあり、わたしはあなたの言葉という滝に打たれながら立ちどまって一息いれました。どうか下手なたとえを許してください。

　フェローシップポイントやリーワードコテージ、そして隣人やきょうだいとそこで過ごしたあなたの生活の描写は郷愁を誘い、夏の夢のようです。毎年何カ月か、そんな自然のままの場所で過ごしたくない人などいるでしょうか？　苦労がなくてシンプルな毎日、絶えず話し相手がいて、自由気ままに行動でき、数週間過ごすためにオフィスからやってくる、時間のある優しい父親がいる暮らしは誰もが求めるものでしょう。嫉妬の対象になっても、あなたが動じなければいいと思います。きっとねたまれるでしょうから。すでにわたしはあなたをうらやましく思っています。あなたのもの以上に完璧な暮らしはあったでしょうか？

　原稿に目を通せば、わたしが気に入ったところ、アンダーラインを引いたところがあると気づくでしょう。FSPという頭文字がついたところがありますが、FSPとは「すばらしい《フレッシュ・》夏の《サマー・》すてきなもの《ピーチズ》」の意味。つまり、最高に最高ということです。さらに、数は少ないですが、こちらから提案した箇所にも気づくことと思います。おわかりでしょうが、この原稿は秀逸で、削除するような欠点がありません。まるで、あなたがずっと散文小説を書いてきたかのようです。これは驚くべきことでしょう。子ども向けの本がこの作品とどう関連づけられるのか、わたしにはわかりません〉

　大笑いだね、とアグネスは思った。

〈さて、腰を下ろしてもらって、心の準備をしていただかねばならない部分に来ました。用意はいいですか？　ここまで申しあげたことに加えて、この本にわたしが満足できないという事実があります。単刀直入に申しあげましょう。そのほうが気に入っていただけそうですし、批判の言葉を花束の真ん中に隠すよりもはるかに簡単ですから。そんなわけで、どうか座ってください。あるいは

＊カフカの紹介者として知られる作家。カフカの遺稿を次々と発刊した。

ウイスキーのグラスでも何でも、元気づけとして必要なものを持って次のパラグラフに備えてください。

ミス・リー。去年の夏、あなたがなぜ〈ナンのおしごと〉シリーズを書くようになったかについての自伝をお願いしましたよね。十ヵ月後に送ってくださった原稿はとても読みやすく、あなたがよくご存じの夏を過ごす場所について美しく描写されたものでした。わたしは気に入りましたし、高く評価しています。

ただ、これは〈ナンのおしごと〉シリーズを書いた理由が述べられた原稿ではありません。その疑問への答えが書かれたページはないのです。なんとなく推測できるところがあるだけで、あなたがこのシリーズを書いた理由に興味があるほとんどの読者にはそれがわからないでしょう。たしかに、とても自由で、大きな野心を持った少女たちが描写されています。それにあなたは父親と親密だったとはいえ、珍しいほど自我を持ったフェミニストだったでしょう。ですが、いつ、どのように、そしてどんな理由から、あなたが日記をつけるだけの子どもにとどまらず、作家になったかということについてはどこにも述べられていません。本当に関心をそそられるのは、その飛ばされた部分なのです。あなたが受けとる手紙の大半に書かれているのはその点に関する質問でしょう。ナンとは誰なのですか？　彼女は実在した少女なのですか、それともあなたの創造物ですか？　どうして、ナンにあれほど多くの冒険をさせることにしたのですか？　こういう質問はいくらでもあるでしょう。

これは正式な編集に関わる手紙ではありません。いただいた原稿はまだ初期の段階のものだと思うからです。あなたはこの原稿にもっと手を加えられるはずだし、そうしてくださることを願っています。

どうお思いになりますか？　あるいは――何か教えてください。あなたが初めての物語を書いたのはいつですか？

心から
モード〉

〈拝啓、ミズ・シルヴァー

あなたと同じように、わたしも考えをまとめるためにあなたの手紙を寝かせておきました。言うまでもなく、読むのがつらいものでした。自分の作品をこんなにあっさりと却下されたい人はいません。あるいは、キーボードを何度か叩いただけの言葉によって、最初からやりなおしを命じられたい人もいないでしょう。信じられないという思いと激しい怒りとの間で、わたしの気持ちは揺れうごきました。今は冷静になっています。その状態もあなたは気に入らないかもしれませんが。

あの原稿を書くのに、まるまる一冬を費やしました。美しい作品なのは確かです。自分が取りあげたいと思うことを取りあげました。原稿にはわたしが〈ナンのおしごと〉シリーズを書いた理由が説明されています。あなたが思っているように、その説明がほとんどの読者にとってあいまいすぎるなら、それはわたしに責任がない、教育制度のせいだと言いたいですね。いささかなりとも方向感覚がある者なら誰でも、A地点からB地点へ行けるし、わたしの過去と著書との間を行き来できるはずです。あなたの鈍い質問に答えることは、原稿の足を引っぱることになります。原稿は溺れ死ぬでしょう〉

〈拝啓、ミス・リー
何かをやりなおさなければならないときは、いつでもがっかりするものです。それをどう進めたらいいかわからないうちは、なおさらでしょう。
ですが、あなたならおわかりになるはずです。わたしは確信しています。
二人でその可能性を話しあいませんか？〉

〈拝啓、ミズ・シルヴァー
わたしの記憶が正しければ、そして正しいに決まっていますが、デイヴィッドはこの本の出版に関わっていないはずです。誰も巻きこまれていないでしょう。それに、あなたからわたしは何の恩恵も受けていません。この本が出れば、あなたは自分のキャリアに有利になると考えているのでしょう。つまり、お願いする立場なのに、あなたはひどく要求が多いということです。
わたしは申し分なくすばらしい原稿を送りました。
それが気に入らないなら、気に入る人はほかにいるはずです〉

〈拝啓、ミス・リー
たしかに、この原稿をそのまま活字にしてくれるほかの出版社はあるかもしれません。あなたの名前とブランドがあれば、華やかではあるが中身は薄いという噂が広まる前にある程度の部数は売れるでしょう。しかし、このチャンスを最大限に生かさないまま使ってしまいたいとお思いでしょうか？　あなたに執筆してほしいと提案した本は、〈ナンのおしごと〉シリーズ必携の書、または解説書というつもりでした。この原稿をあなたがほかの出版社に持っていった場合、同じような効果があるのかどうかわかりませんし、どんな方法で売りだすのだろうかと思います。わたしは自伝の出版を、〈ナンのおしごと〉シリーズ全作品が大幅に改訂されるときにするつもりでした。または、弊社でシリーズの別の作品を出すとき、デイヴィッドがこの本と関連づけてくれることを願っていました。もしかしたら、彼はやってくれるかもしれません！

どうやらローラ・ブッシュはファーストレディとしてのプロジェクトで、読み書きの能力に力を入れるつもりのようです〉

〈拝啓、ミズ・シルヴァー

あなたは若いのね。だから挑発には乗らず、あなたの最近の手紙を、わたしが助言を与える機会と見なすことにします。あなたの文の調子は威嚇的です。そのつもりで書いているのでしょう。手紙を読んだとたん、わたしがはっとわれに返って言われたとおりにする、という妄想を抱いて。なぜなら、あなたはわたしが指示に従うことを、ナン・シリーズの再販と抱きあわせにする形で脅しているからです。お嬢さん、これはうまい駆け引きじゃないですね。わたしは八十一歳です。シリーズの継続に関心はあるけれど、それを目にしたり宣伝したりするときまで生きているでしょうか？　そのことは三十年前と同じくらい、わたしには明らかではありません。

とはいえ、わたしはまだこの件に関心があります。もしも原稿についてあなたの提案どおりにするのが、残りの人生のいい過ごし方だとわたしを納得させる作戦を思いつけるなら、効果があるかもしれませんよ。ちょっとお利口になってみたら？
わたしのことはアグネスと呼んで〉

〈拝啓、アグネス

おっしゃるとおりです。お互いに武器を置きましょう。わたしはやりなおします。

お話ししなかったと思いますが、わたしは〈ナンのおしごと〉シリーズにおけるフェミニストの描写について、シニア・キャップストーン（アメリカの大学四年次または最終学期に学習の総仕上げとして行なう研究プロジェクト）をやりました。自伝を書くようにお願いするのは、とても特別なことだとわかっています。あなたがフェミニズムの観点から作品についてどう考えるのか、わたし自身、興味があります。

とはいえ、あなたがフェミニズムのことは語りたくないとしても、どうしてナンのシリーズを創作することになったかについては、もっと書いていただきたいです。さらに言うと、どのように創作しているかについても。その問いが自伝の中心です。メイン州で過ごした子ども時代の夏についての二百ページの描写は、あなたが大切に守っているインスピレーションのようなものでしょう。でも、読者にとっては違います。それに、あいまいすぎる描写が問題なのではありません。本を書くことについての説明が充実しているかどうかが問題なのです。

あなたはなぜ、執筆するのですか？　いつ書きはじめましたか？　作家であることはあなたにとってどんな意味がありますか？　ナンという登場人物をどうやって思いついたのですか？　ナンはある日突然、あなたの頭に浮かんだのですか？　それとも、考えた末に思いついたのでしょうか？　どうして、ナンについての本を子ども向けにしようと決めたのですか？　あなたはいつも絵を描いていましたか？　それぞれの本でナンが取りくむ職業や活動はどうやって選んでいるのですか？　これまでのところ、どの作品がお気に入りですか？　お子さんがいらっしゃらないのに、どうしてそんなに子どものことを理解しているのですか？　自分がフェミニストだと認識したのはいつですか？　（この質問をちょっと割りこませてもかまわなければいいのですが……！）

　これでおわかりだと思います。こういった問題についてあなた自身にインタビューして、どんな答えが出るかを見てください〉

〈拝啓、モード
　あなたが知りたいのは以下のようなことですか？
1．わたしは一度も自分がフェミニストだと認識したことがありません。自分が人間であり、欲望や欲求や才能や能力を持った個人であるとは認識しています。ほかの人と同じです。
2．わたしが子どものことを理解しているのは、子どもでいるのがどんなことだったかを覚えているからです。
3．気に入っている作品は『ナン、二度と動物を食べない』です。それはわたしの机の引きだしで朽ちかけています――刊行されずに。
4．ナンの職業は思いつきで選んでいます。たまたま読んだ本とか考えたことは何でも作品の題材になりそうです。動きが多い活動的な仕事を選ぼうと心がけています。
5．不足があるとあなたから指摘されている原稿からおわかりのように、フェローシップ岬《ポイント》にはわたしたちなりの習慣がありました。家にはノートがいくらでもあり、父は子どもたちみんなに何か書くようにと勧めたのです。わたしは戸外で目にしたものの絵をよく描きました。木や鳥や花、人々を。絵の才能はありませんでしたが、描くことは楽しかったです。

6．ナンはかつてわたしが知っていた子どもがもとになっています。今もこれからも、この話題についてはこれ以上話したくありません。

7．作家であることはわたしにとってどんな意味があるのか？　確実に自分を前進させる思考法を見つけたこと。生来は気まぐれだった感情を抑えながら、理性と似た論理のシステムを発展させたこと。必要なときは自分を明確に表現できるとわかること。特に意味があるのは、ぶらついたり遊んだり夢見たりできるプライベートな空間を手に入れられたことで、そこでなら、わたしは批判的で残酷で非難に値する人になってもかまいません。自分が考えだしたもの以外の誰からも邪魔されずに、自身を完璧に愛してさらけ出すことができます。執筆とは、書いていないときでも、わたしが生きる方法なのです。

8．わたしが文章を書くのは人間だからです。芸術作品を創りだすことは、ほかの動物とは異なる、人間という存在に完全になることです。芸術は人間です。わたしにも同じことが言えます。

9．おわかりですね？　数ページであなたの質問にはすべて答えました。インタビューで得られる興奮というものはこれだけでしょう。こうした答えが、岬《ポイント》や木々や鷲についての描写よりも、わたしをよく説明しているというのですか？　わたしが送った原稿にこういうネタをつけ加えて何が得られるのでしょう？　無意味だと思われます〉

フォルダーにあるその次の手紙は届いたばかりのものだった。アグネスは考えていた。原稿を書きなおすつもりはないが、直接話すほうがもっとうまく意図を伝えられるだろう。

とにかく、ポリーの家族がやってくるから、数週間、アグネスには遊び相手がいなくなるはずだった。

また部屋に戻って手紙を入力し、プリントアウトを二枚取った。もう一度読みなおしてから、手紙を封筒に入れた。

〈拝啓、モード

わたしたちは半ば自由な国に住んでいるので、あなたがメイン州に来るのを阻止できません。この近くには朝食つきホテルなどないため、ここに泊まったほうがいいでしょう。ご想像どおり、うちには部屋がたくさんあります。近いうちに行程についてもっと情報を送ります。

A〉

アグネスはダイニングルームで食器を並べているポリーを見つけた。シルヴィにも同席するようにと頼んだが、断られたのだ。自分がいるとポリーが気兼ねすることをシルヴィは知っていた。

「そんな格好?」アグネスとポリーは同時に言った。

アグネスはいつもと同じような服装だった。ジーンズ、着慣れた古いセーター、スニーカー。ポリーはスカートを穿いていた。

「サンクを歩きまわる場合はどうするんだよ?」アグネスは言った。

「この格好で歩きまわれるわ。生地がたっぷりしているの」ポリーはスカートの脇の部分をつまみ、膝を曲げておじぎした。ミス・ディクターの学校では何年もの間、毎朝、女性校長に膝を曲げたおじぎをしたものだった。

「まだ膝を曲げられるんだね」アグネスは言った。

ポリーは脚をさすった。「ちゃんと曲がるわけではないのよ」

「わたしは不作法だけれど優雅な人を目指している」アグネスは髪を肩の後ろに払った。

「無作法な部分は成功しているわね」

「こっちの服装なんて、ランド・トラストの人間は気にしない。土地さえ渡せばね」

「たしかにそうね」ポリーが言った。「さて、手伝ってちょうだい。サイドボードから給仕しようと考えたの」

ポリーは早い時間にカニ肉のサラダとトマトのゼリー寄せ、コーンマフィン、それにアイスティーをシャーリーと作ってサイドボードに並べておいた。

「シャーリーはどこ？　車で通ったのは見えたけれど、会っていない」

「午後は帰ってもらったの。あとで戻ってきて、皿を洗ってくれるわ。もちろん、その必要はないけれど、シャーリーに報酬を払いたいのよ」ポリーは盛りつけ用の皿の位置を直した。アグネスならあと一・五センチほど、それぞれの皿の間隔を空けるところだが、ここは自分の家ではない。

「バターがいるね。取ってくる」アグネスは力が湧いて気持ちがはやるのを感じた。もはやそういう感覚は毎日あるわけではなかったが、そんな気になったときは活力を生かせる方法を探した。

二人の客が到着し、簡単に自己紹介しあったあと、みんなは席についた。食事はありきたりの雑談で始まった。ノーストハーバーでマーサ・スチュワート（ニュージャージー州出身の実業家。料理や園芸、室内装飾などライフスタイルを提案するライフスタイルコーディネーター・クリエーター）の姿が目撃されたとか、ヘラジカが近くにいるという記事が出たとか。アグネスはジェーンという職員のほうと電話で話したことがあり、想像どおりの人らしいとわかって安堵した。やや腰が曲がっていて、ごわごわした感じの白髪で、ハイキングをする人のような格好をして、聡明そうだった。彼女のパートナーのネイサンはメドウリーの部屋くらい高い天井が必要なほど長身で、顔立ちがよかった。五十がらみで、少年のように体が細く、徹底して丁寧な態度だった。地所を手放すようにと人々をうまく説得するにはうってつけだろう。アーチー・リーのようなタイプだった。

　彼らなりの計画を携えてやってきた二人は、土地を寄付した人たちの最近の成功例をいろいろとあげた。ポリーやアグネスは同じメイン州のカムデンにあるアルデミア農場がメイン・コースト・ヘリテージ・トラストに寄贈された話を聞いたことがあるだろうか？　「オレオクッキーみたいな模様の牛がいるところね」ポリーが言った。そう、二人とも聞いたことがあった。ポリーは寄贈によって地所内の家々にどんな影響があるのかと尋ね、所有者の思いどおりになると聞いて安心した。家はそれぞれが所有する状態のままで、土地だけがトラストのものになる。または、保全地役権を実行してもいい。そうすれば、家族は土地を永久に使用できるが、土地自体はトラストに帰属することになる。あるいは、土地は寄贈されるが、現在の所有者が亡くなるまでその管理下に置かれるという方法もある。土地の譲渡をうまく行なうための選択肢もさまざまだ。土地は一括で直接寄贈してもいいし、分割で寄贈してもかまわない。あるいはトラストに土地を売却し、トラストはその目的のために立ちあげた基金で購入するという手もある。または、家族が生活するための毎年の年金を得られるような譲渡にする方法もあるといった具合だ。基本的に、アグネスたちの望みどおりの方法をとれるだろう。

「この土地はとても手入れが行きとどいていますね」ジェーンが言った。「管理人はどなたですか?」

「ロバート・サーカムスタンスです」アグネスとポリーは口をそろえて言った。

ネイサンは手を止めた。持っていたフォークとナイフが宙で止まる。「その名前を聞いたことがあるような気がしますが?」

「彼は造園家です。海岸沿いにある家の庭の多くを造ったんですよ」ポリーが言った。

「ここの庭もね」アグネスがつけ加えた。

「いえ、そういうことじゃなくて」ネイサンは答えを探すように皿を見つめていた。

アグネスとポリーは目を見かわさないだけの自制心を備えていた。疑問を追っているネイサンを観察していたアグネスは急に、彼に嫌悪感を覚えた。すぐさま自分を抑える。激怒した彼女を見れば、ネイサンは探していた答えを見つけてしまうかもしれない。《ポートランド・ヘラルド》紙の一面に載っていた、手錠をかけられて裁判所から引きたてられているロバートを思いだすかもしれないのだ。アグネスはあの写真を見なければよかったと思った。

「まあ、とにかく美しいところですよね」ジェーンがみんなにほほ笑みかけた。この人はポリーみたいだとアグネスは思った。いつも心の平静を求めているタイプ。

「美しいままにしたいと思っています」アグネスは言った。「それを実現しなければならないことは明らかですが、開発しか頭にない人がいるんです」開発が呪いの言葉であるかのように言った。開発は呪いになるに違いないのだ。「何よりもわたしたちが関心を持っているのは、鳥たちの世話をどうするかです」

「ほかのところでは、〈米国魚類野生生物局〉がトラストの敷地における鳥や動物の世話や健康を監督しています」ジェーンが言った。「ここで特に巣を作っている鳥はおわかりですか？」

「それを知ることが大事なんでしょうね？」ネイサンは意地汚くお代わりをもらおうと立ちあがりながら尋ねた。

「過去百年間にわたって記録をつけています」アグネスはそれを見せようと申しでなかった。

「よかったです。とても役に立つでしょう」ジェーンが言った。

ネイサンには指の腹を親指でさする癖があるようだった。食べ物を嚙む間にさえ、そのしぐさをした。さらに、彼はチェリートマトを何個か、レタスの切れ端の下に隠した。性的なしぐさ？ 隠れた貪欲さのしるし？ アグネスはこういうしぐさを心に留めた。

「米国魚類なんとかの人たちは鳥の世話がうまくできるのですか？ わたしたちには決まったやり方があります。彼らはこちらのやり方に従ってくれますか？」アグネスはチェリートマトをつまんで口の中に放りこんだ。「ああ、本当においしい。キッチンにもっとトマトがあったと思ったけれど。今すぐ、もっとトマトを食べたいものだね」

ネイサンは自分の皿をちらっと見た。うしろめたそうだ。

「みなさまの望みどおりにしてくれると思いますよ」ジェーンが言った。物事がうまく運んでいないと気づいているときに人が見せるきまり悪そうな表情だった。

彼らを気の毒に思う役割はポリーに委ねられた。「今はどんなプロジェクトに取りくんでいるのですか？」ポリーは励ますように尋ねた。

ネイサンが声を張りあげた。「ペノブスコット川の近くの数百万平方メートルほどの土地を購入しようと計画していますが、ご存じないですか？　権利を明らかにしているところです。ワバナキ族という、ほかにもそこに関心がある人たちもいますが、彼らは資金を集められそうにないですね」

「ネイティブ・アメリカンが土地を買うとは知りませんでした」ポリーが言った。「彼らは居留地に住んでいるものと思っていました」

「話は複雑なんです」ジェーンがフォークを置きながら言った。「わたしにはニューイングランドで結ばれたり破られたりしたすべての契約をたどることはできません。一般的に、ワバナキ族は自分たちが独立した民族だと思っていて、自己統治を望んでいるということですね。土地に関する概念も違います。彼らは人々や部族が特定の場所で狩りや釣りをする権利を持っていると考えています。しかし、土地は誰のものでもないと昔から信じているのです」

「彼らの見解に共感すると言わざるを得ませんね」アグネスが言った。「あなたたちもそうでしょう」

「ええ」ジェーンが言った。「わたしがこういう仕事をしている理由の一つはそれです」

この人だけならよかったね、とアグネスは思った。でも、ネイサンはいらない。

「一九七〇年代には、昔の土地契約に違反していることを申したてた訴訟事例がいくつもありました」ジェーンは続けた。「悩みの種は、契約によって先住民に与えられた土地が先住民ではない人々に譲渡されすぎていること、先住民は土地の返却と賠償の両方を求めていることです。わたしはあらゆる訴訟の一部始終を知っているわけではありません。とにかく基本的に、ネイティブ・アメリカンは市場価格で土地を購入するオプションつきでお金を受けとったのですが、土地をいくつか手放すしかなかったこともありました。それに、すべての部族が訴訟の対象になっているわけではありません」

「われわれが関心を持っているところは、かつて聖なる土地とされていたものです」ネイサンが言った。「しかし、ワバナキ族が購入できないなら、開発業者よりもわれわれが手に入れたほうがいいと考えています」

アグネスはコーンマフィンを半分に切った。あてつけがましく。「ここの土地に目をつけている人たちもいますよ。開発のためにね」

「実を言えば、先住民がサンクに夏の間、住んでいたことがあるんですよ。あそこではたくさんの遺物が見つかっています」ポリーが言った。

「埋葬地ではないですよね？」ジェーンが言った。

「違います。わたしの父がある人に全部調べさせました。こういう表現でいいとしたら、そこは言わばキャンプ場でした」

「それなら大丈夫です」ジェーンが言った。「埋葬地だと別のカテゴリーになりますから。合法性は複雑ですし、率直なところ、法律が変わる可能性もあります」

「道路のすぐ向こうに親族だけの埋葬地があります」アグネスは言った。「そこに父がいますし、ポリーのお父さまも、ほかにも一族が大勢眠っています。それについてもどうするか、答えを出さねばなりません」

「どうにかできるでしょう」ネイサンは指の腹をさすった。

やたら調子がいいね、とアグネスは思った。これは父が言った、数少ないけれど効果的な悪口だった。

「スケジュールについてはお考えですか？」ネイサンは尋ねた。

この人はアーチーではなく、ロバートのように見えた。まさにそう。ネイサンはロバートみたいに見えるが、彼ではない。だから腹が立つのだ。大人らしくない感情だが、仕方のないことだった。

今回の会合の準備をする中で、アグネスは自分たちの共同所有システムについて説明しようと考えた。現在、おもな共同所有者と仲たがいしていることについても。だが、〈ディリンゴ・ランド・プリザベーション・トラスト〉の職員にその情報を伝える理由はない。彼らには、フェローシップポイントのどの部分も譲り渡すつもりがなかったからだ。

「きちんとは決めていないですね」アグネスは言った。見苦しい大きなあくびをしてみせる。「すみませんが、急に疲れを感じたので、家に帰って昼寝しませんと。がんの手術を受けたばかりですから」

テーブルのまわりで口々に同情の声があがった。アグネスが立ちあがり、ポリーも立ったので、ネイサンとジェーンも席を立つしかなかった。食事は終了した。サンクの見学はなかった。何の約束もされなかった。近いうちにまた話しましょうという話もなかったのだ。

「お会いできてうれしかったです」ジェーンは理解しましたとばかりに手を差しだした。

ネイサンは眉を寄せた。

それで会合は終わりだった。

トラストの二人が車で帰ってしまうと、デザートを食べないかとアグネスはポリーに訊いた。

「あなたって最高ね、アグネス・リー」ポリーは言った。「さあさあ」二人はキッチンに行き、カウンターのところで立ったままレモンケーキを食べた。

「うーん。これ、あなたが作ったの？」アグネスはフォークを舐めた。

「そうよ」

「あなたからの食事の誘いをもっと受けたほうがいいね。とにかく、あの人たちをここに呼んだのは無駄じゃなかったよ。サンクを引きつぐのにふさわしい人々を見つけなければならないとわかったから。ここがどれほど特別かを本当にわかっている人にね。あの人たちが一度も土地を褒めなかったことに気づいた？」

「あら、褒めたじゃないの、アグネス！　すてきなことをたくさん言ってくれたわ」

「だけど、ふさわしい言葉は一つもなかった。わたしはこの問題にけりをつけたくてたまらないだけ。いったい何人の間抜けと話さなきゃならないんだろう？」

「そう簡単にはいかないわよ」ポリーが言った。「それに、ほかにもまだ問題があるでしょう。アー――」

アグネスが片手を上げて制した。「その名前は言わないこと」

「わかったわ」ポリーは言い、自分用にケーキをもう一切れ、薄く切りとった。「それはさておき、大勢の客が押しかけてくるから、準備していたの。見たい？　ここの二階にこの前あなたが上がったのはいつだっけ？」

どちらも覚えていた。ディックが亡くなった日だ。

「あの日よりも前という意味だったのだけれど」ポリーは言った。先に立って階段を上がっていく。

「なんだかおかしな話ね。お互いの家の一階には、しじゅう出たり入ったりしているのに」

アグネスは肩をすくめた。「昔みたいにね」

二階のドアは一つを除いてすべて開いていた。閉まっていたのは主寝室のドアだった。二人はそのことに触れずに主寝室の前を通りすぎた。

ポリーは案内しながら廊下を進んでいった。どの部屋もすこぶる簡素だった。ベッドが一台か二台、整理だんすが一つ、椅子が一脚、それにテーブルか小さな書棚のどちらかが備えてあるか、その両方が置いてあるか。尼僧の部屋と言ってもいいほどだったが、クエーカー教徒の価値観と調和していた。メドウリーの特徴はいつまでも変わらないことだった。

「飾ってある絵がいいね」アグネスが言った。「こういう絵を描いた画家たちをどうして知っているの？」

「ネッシー、あなたと違って、わたしはこの家以外のところに意外と行っているのよ！　メイン州では石を投げれば画家に当たるわ」

「まあ、いいことだ。画家っていうのは、多かれ少なかれ無害なものだよ。もしかしたら、この画家は違うかもしれないが」アグネスはメイン州の島の絵を指した。とても緻密な点描画法で描かれている。「点描画は絵画の最高の方法だとは思わないね」

ポリーはそれをじっくりと見た。「言いたいことはわかるわ。ハハ。あなたの絵と取りかえましょうか？」

「わたしはまっとうな画家じゃないよ」

「だから？　わたしはあなたの絵が大好きよ。あなたの壁画が」

「あなたの壁にいい絵を描くことはできない。だけど……ナンのイラストなら、どう？　二枚ある。ここの明るい部屋に映えるんじゃないかな。間もなく、ひ孫たちもやってくるだろうし」

「ありがとう、ネッシー。うれしいわ」

「本物の絵が描けたらよかったのに」アグネスが言った。

「歌えたらよかったのに」

「こういう告白は、まだ遅くはないと、安心させてもらいたいからするものだね。だけど、わたしたちにはそんなことできない。もう遅すぎる」

「わたしたちは決して体操選手になれない」ポリーは言った。客用寝室の窓の一つを開ける。

「そのとおり。エジプトにも行けない」

ポリーは先に立って歩いていたから、アグネスが主寝室へ続くドアの前に立ってノブを回しているのが見えなかった。だが、彼女がついてきていないことを感じとり、振りかえって捜した。

「ポル」アグネスは言った。「もう頃合いだよ」

「だめ――」

「だめじゃない。一年経っている。わたしのそばに来て」

「あなたの言うとおりなんでしょうね」ポリーはうなだれたが、アグネスのところへ行った。

ドアが開いていく。すさまじい熱気が噴きだしてきた！　二人は驚いてくすくす笑った。どちらも少女だったころのような笑いがこみあげた。激しい衝撃を体に受けると、二人の気分はたいてい喜びのほうへと急激に変わったものだ。喜びの爆発。寒い、暑い、怖いという感覚の爆発。桃やキャラメルを食べているときの歓喜の爆発、いつまでも終わらないパーティでおろしたての靴を履いているときや、つまずいて転んで顔を打ったときの苦痛の爆発。生の爆発。二人はさらに笑い、アグネスはポリーの腕を取って、なおも忍び笑いしながら部屋の中に入っていった。ディックが最後に眠った場所に。

ざっと室内を見まわす。部屋はきれいに片づいていた。日々の暮らしの雑多な感じはない。ベッドサイドテーブルは二つともきれいだった。アグネスは窓辺に寄った。どんな部屋に入ってもいつもそうするのだ。ここは家の中でもっとも景色がいい部屋だった。伝統として、フェローシップポイントの共同所有権を持っている人間のための部屋だ。

「ディックはここの眺めが大好きだったわ」

「ぞっとするほど空気がこもっている」アグネスは窓枠の掛け金を外し、窓を押しあげた。網戸を閉めるのはあとでもいい。

活動を開始したらしいハエが一匹、羽音をたてながら酔ったように部屋の中を飛びまわり、アグネスたちは手を振ってつかまえようとした。ふらふらと飛んでいるので、片手でも簡単につかまえられそうだった。二人はハエが急降下したり、音をたてたりしている様子を眺め、耳を傾けていた。ハエしか存在していないかのように。こんな小さな生き物が、部屋じゅうの注意を集めてしまうのは信じられないほどだった。赤ん坊並みに注意を引きつける。ハエが群れを成して飛びこんでくる前に、アグネスはほかにも閉じこめられた虫を窓敷居からそっと払いのけた。

ハエはワードローブのドアにとまって、のろのろ歩いていた。ドアを斜めに横切っていく。ポリーが前に飛びだし、アグネスに偶然ぶつかってしまった。

「痛い！」

アグネスはハエを窓のほうに追いたて、今回はうまくいった。「ほら!」勝ち誇ったように言い、網戸をぴしゃっと閉めた。

「わがヒロインね」ハエがいなくなると、ポリーは感謝をこめてうなずいてみせた。そこかしこに視線を向ける。「ここにまた入るのをどうしてあんなに心配していたのか、わからない。本当に気持ちが安らぐわ。ここはディックがわたしに話をしてくれたところよ。彼がいろいろ話してくれたことを、あなたに教えたっけ?」

「教えてもらわなかったと思う。今話しているような意味のことはね」

「去年の夏、話してくれたの。早朝にね。それまで一度も話してくれなかったことを、ディックはたくさん話してくれた」

「妙だね。父も死ぬ前にいろいろ話してくれた」

「これはすてきだね?」アグネスはワードローブの古い滑らかな木に手を走らせた。「あなたの?」

「いいえ。ディックのものだった」

アグネスがワードローブのドアを引きあけると、杉材の香りと老人のにおいが漂った。ディックの服がそっくりそのまま、彼なりのやり方に従って吊るしてあった。ポリーは息をのんだ。

「思ってもみなかったこと?」アグネスは訊いた。

ポリーは手を伸ばしてシャツに触れた。首を横に振る。ポリーが服を見ている間、アグネスは静かに立っていた。遠くのほうからモーターボートのエンジン音が聞こえた。ポリーは子どものように探っている。左手で、嗅覚で、何かを思いうかべるまなざしで。すべてを感じている。それから彼女の意識はアグネスのところに戻ってきた。

「ありがとう、ネス。わたしはうまくやれるわ。ここはまたわたしの部屋になる。今夜からこっちに移ってくるつもりよ」

「結構」アグネスは強く心を動かされていた。そのせいでぶっきらぼうな物言いになる。「ケーキをいくつかもらって帰るとしよう。また別のハゲワシどものために別の昼食会の準備をしなくては。町へ行く予定はある？」

「明日の朝ね」

「出してもらいたい手紙を持ってきた。玄関ホールのテーブルに置いていくから」

「わかったわ」

アグネスは家へ歩いていった。途中でメイジーが一緒になり、彼女の脚に尻尾を打ちつけながら歩く。玄関でシルヴィが迎えてくれた。

「会合は大失敗だったけれど、ポリーが元気になってきているよ。一杯飲まなくては！」

第十三章

二〇〇一年八月、メドウリー、ポリー

子どもたちと孫たちが到着して家に落ちついた。セーリング、テニス、アカディアでの登山と、毎日ずっと活動的に過ごしている。義理の娘たち《DIL》はキッチンを乗っとって、何年もの間に、ポリーに自分たちが贈ったさまざまなキッチン用品に感心していた。こんなすぐれもののミキサーやおろし金やブレンダーなら、わたしたちが欲しいわと言うのだった。お義母《かあ》さまはほんっとうにラッキーね！　〝だったら持ってって〟とポリーは言いたかったが、彼女たちに感謝し、声に出してはこう言った。こういう機械がなかったら暮らせないわ、と。どれもフェローシップポイントでの夏の恒例行事の一部だった。お馴染みのショー。

日が経つにつれて、一緒に過ごす毎日は近くにある多くの家の、多くの家族が過ごすものと変わらなくなっていった。ピクニック。ハイキング。流れ星の観察。ポリーの口から出る言葉は、ほかの家の祖母のものと似ていただろう。孫たちのまわりにいると健康そうで気楽になれたし、彼らのエネルギーを吸いこめた。ポリーは頑張っていた！

未亡人にしてはなかなかうまくやっていると思われていたが、ポリーはディックが恋しくてたまらなかった。

ある日、ディックを追悼するために海辺でセレモニーが行なわれた。やろうと思いついたのは孫たちで、より広い世界に彼らが出ていったことがきっかけだった。孫たちのユダヤ人の友人は家族の死後、一年経ってから墓石を公開したのだが、彼らはその慣習を気に入った。若者が独創的なものを求めながらも伝統も愛するのは奇妙な話だし、自分たちの伝統でない場合はなおさらだろう。なのに、彼らはほかの民族の伝統を借りてきて、独創性も伝統を愛する気持ちも満足させる。ポリーは誕生日を盛大には祝わない家庭で育ったし、十周年や十五周年といったイベントを特別だと考えるような、くだらないことに賛成したためしはなかった。ディックが亡くなってから今までのどの日だって、死後一年の日と違いはないのでは？

とはいえ、セレモニーはすばらしかった。孫娘たちが強く願ったので、草原の花を摘んで海に流すことになった。息子たちがひとりひとりスピーチをした。孫たちに短い追悼の言葉を頼まれ、彼らのためを思ってポリーは話した。

「ディックの信念は平和を希求することで、この美しい場所に、もっとも平和に近いものを見いだしました。彼はいつでも家族の中に平和を見いだしていたのです」

たいして意味のある言葉ではなかったし、実際のところ、期待されたとおりの言葉の寄せ集めにすぎなかったが、多くの者が泣いていた。未亡人の言葉には厳粛さがあった。

晩夏としては最高の天気で、暖かくて黄金色に輝いていた。澄みきった高い空のおかげでこの世が天国に近づいたようだった。花も海も高く舞いあがるように見え、人々の気分も最高潮に達していた。死と不釣りあいな日だった。たぶん、死とは人生を肯定することであるとまで死を崇める一連の考えが生まれたのは、こんな天気のせいだったかもしれない。ポリーはそういう考えをディックと分かちあいたかったし、彼ならそれが間違っている理由を説明してくれただろう。もしも賛成だとしたら、目を細くして唇を引きむすび、「ふうむ」とつぶやいたはずだ。どちらの反応でもかまわなかった。今なら、どっちの態度をとられても歓迎するのに。

死によって、人々の新たな面が明らかになった。ポリーはジェームズの妻のアンがいちばん思いやりがあると思っていたが、定期的に電話をかけてきて笑わせてくれたのは、ノックスの妻のジリアンだった。ジリアンとの電話のあと、何を話したのかは思いだせなくても、ポリーは気分がよくなり、いつの間にか行動を起こしていた。庭に出て作業したり、散歩をしたりと。図書館に車を運転していき、新しい本の棚を見てまわったりもした。とはいえ、こうしてみんながいると、セオの妻のマリーナが誰よりも気を遣ってくれた。ジリアンはと言えば、一人で長い散歩に出かけてしまった。人間に関してだが、誰でも得意なものがそれぞれあるとアグネスが言うのをポリーはよく耳にした。お祝いが好きな人もいるし、葬式が好きな人もいれば、病人の介護が好きな人もいると。それが真実だとわかった。ポリー自身はその三つのすべてに関わる人間だった。どこにでも顔を出した。頼れる人、信頼できる人だったのだ。できれば葬式には出たくなかったが、もちろんそうはいかなかった。行かなければだめよ——あなたが悪いわけじゃないんだから。

ある晩、食事が終わりかけたころ、若者たちがそそくさと席を立っていった。そのとき、何かがあると疑うべきだった。少なくとも、いつもならぐずぐず残っているメーブもいなくなったのをおかしいと思えばよかったのだが、ポリーはワインを飲んだせいと、二週間も家に人がいて一人になる時間がほとんどなかったせいで、無気力になっていた。真っ赤になった西の空を見ていると、またしても考え事をしたい気持ちになった。ポリーはリーワードコテージにちらと視線を向け、アグネスの寝室の明かりがついているのを目に留めた。すでにくつろいでいるのだろう。アグネスは日の出をたっぷりと眺めて真珠のような色あいの光とともに一日を始めるため、起きるのがますます早くなっていた。

「お母さん」ジェームズが言った。「ぼくたちはお母さんに話したいことがあるんだが」

「深刻な話をしようというんじゃないわよね？　だって、ほら、もう夜なのよ」ポリーはいとおしむようにジェームズにほほ笑みかけた。本当に、この子はからかいやすいわね。〝お母さん〟と呼ぶ彼が滑稽だった。

「母さん、家についての話なんだ」ノックスが言った。

「どこの家？」ポリーは穏やかに尋ねた。

「母さんの家だよ。今では二軒の大きな家が母さんだけのものになっている。管理するのが大変だよ」

マリーナが前かがみになり、テーブル越しにポリーのほうへ片手を伸ばした。「お母さまが管理するのは、っていう意味だけど」

「たった一人でね」アンが言った。

「今じゃ、お母さんはほとんど一人でいるだろう。もしもお母さんが倒れて、何時間も、あるいは何日も誰にも気づいてもらえなかったらどうするんだ？」ジェームズはすでにそんなことが起こったかのように沈痛な表情で首を振った。

ポリーはまじまじと彼を見た。「倒れる？　わたしは一度も倒れていないわ」うなじの毛が逆立っていた。

「へえ？　ホエールウォッチングのときは？」ジェームズは眉をひそめた。

不意打ちだった。

「お母さまがボーモントとかウェイバリーを見たいんじゃないかと思って」アンが言った。「わたしが案内します。お友だちと一緒に住んでもかまわないし、お母さまはまだあらゆる設備を楽しめるほどお元気だわ」

ハバフォードの自宅近くにある高級な高齢者ホームの話になると、ポリーは首を横に振りはじめた。「いいえ。ああいうところに移るつもりはありません。自分たちの家が気に入っているの。わたしの庭も」影が落ちて子どもたちの姿がよく見えない。彼らはテーブルのまわりに配置された岩礁群のようだった。「いざというときにはハバフォードの家に看護師を置くわ。または、ここにね。お父さまの大学のスケジュールに振りまわされなくてもよくなった今は、こっちの家にもっと長くいるつもりよ」

ジェームズは何かに刺されたかのようにさっとのけぞった。この子は母親がおとなしく従うものと思っていたのだろうか？

「まったく筋が通らないわね」ポリーは続けた。「一年のうち八カ月はここにいるなら、ウェイバリーに多額のお金を払っても意味ないでしょう」彼女は言った。

「どれくらいの間、一年のうちの八カ月をここで暮らせるかわからないだろう？」ノックスが尋ねた。「物事は急に変わるんだ」

「それってどういう意味よ？」マリーナは同情を込めた目でポリーを見ながら、ノックスに尋ねた。

「ちょっと考えなければならないことはあるよね、母さん」セオが言った。

「セオ？　あなたもそう思っているの？」ポリーの悲しげな口調にセオはたじろいだ。

「わからないよ」セオは言った。「もしかしたら、新しいことを考えても悪くないんじゃないかな」

ジェームズは目をくるりと回した。ノックスはいらだたしげにテーブルを指先で叩いた。「母さん、父さんならぼくたちに母さんの面倒を見てもらいたがるだろう」

「ディックなら、あなたたちがわたしに味方してくれることを願うでしょうね」ポリーは一同を見まわした。意気ごんでいる顔やきまり悪そうな顔を。「わたしはまだ八十一歳よ。わたしたち夫婦の間で、相手の面倒を見ていたのはどっちだったと思うの？」

「お母さんはこれからも夏にはこの家で暮らせる。ぼくたちがここへ一緒に来たときは」ジェームズはメドウリーを指ししめすように手を振りながら言った。「ここの庭は並外れてすばらしいよ。庭は一つあれば充分だろう」

子どもたちがここにいる間、自分は言うべきことを言うつもりだったのだろうかとポリーは思った。平和を乱したくなくて、その機会を避ける方法を探した。もうわかったが、問題は話すのにふさわしいときを探すことだったのだ。今がそのときだろう。「みんなに知ってもらいたいことがあるの。アグネスとわたしはフェローシップポイントの共同所有権を解消することに決めました。少なくとも、サンクをランド・トラストに寄贈できるようにね。アグネスは、つまりわたしたちは鳥のことを心配していて――」

「しかし、お母さんはそうするつもりがないと言ったじゃないか」ジェームズが言った。悲鳴に近い声を聞いて、みんなは視線をジェームズに向けた。

「いいえ」ポリーは言った。「わたしはこのことについて、あなたの考えを尋ねたのよ。あなたは自分の意見を言った。わたしは違う意見だけれどね」

「母さんが提案したとおりにすれば、税金面でかなりの利点があるだろう」ノックスが言った。

「相続する立場にいない者は何とでも言えるよな」ジェームズはむっつりして腕を組んだ。「父さんはそんなことを望んでいなかった。ぼくは事実として知っている」

「かまわないわ。お父さまとわたしはすべての点で意見が一致していたわけではないの。とにかく、共同所有権はわたしのものよ。ハンコック家のものなの」

「ああ、そのせいで父さんはどれほど骨抜きにされたことか」ジェームズがつぶやいた。アンが腕に手を置いたが、彼は振りはらった。

「家はどうなるんだ?」ジェームズは尋ねた。

「いくつか選択肢があるわね。わたしはみんなにこの家を残しておきたい。あなたたちはここを共同所有してもいいし、誰かが買いとるのでもいいし、売ってもかまわない。とにかく、そのほうが公平だと思わない?　わたしたちが何よりも案じているのは、サンクの保護よ」

「うち以外の家はどうなる?」

「これもいろいろな選択肢があるわ」

「アーチーは絶対こんなことに賛成しないだろう」ジェームズは腕組みした手にいっそう力を込めて言った。「いつ、こんな話になったんだ?」

「何年も話しあってきたのよ」ポリーは言った。

「いつ、ぼくたちに話すつもりだったんだい？」ノックスが尋ねた。

「近いうちにと。そう、今ね。ねえ、聞いて。何もかもうまくいくのよ。このことについてはあとでちゃんと話しあいましょう。でも、今は疲れてしまったの」突然、ポリーは疲労のせいで頭がぼうっとした。

「それじゃ、みんな、明日はどこの山に登ろうか？」セオは大胆にも話題を変えて尋ねた。

ポリーはその会話に加わらなかった。めまいを感じてじっとしていた。息子たちもその伴侶も、こんなことをずっと前から計画していたのだ。こともあろうに全員がこのことを提案した。みんなで考えて話しあい、いつ、どのように母親に話を切りだすかと計画を立てたのだろう。彼らの誰一人として、ポリーをディックの代わりとなる家族の長と見なさなかった。人に頼っていて、いつなんどき無能な人間になるかわからない者だと考えていたのだ。もしかしたら、すでにそうなったと思っているのかもしれない。だって、転んだではないか？ たしかに転んで怪我はしたが、ポリーは年齢の割に強靭で健康だった。精神状態だって問題ない。深い悲しみにとらわれて空白だったり当惑したりした時期があったのは事実だ。でも、それはストレスのせいだったと言えるだろう。ほかにもまだ誰もポリーに言っていないことがあるのだろうか？ アグネスに相談しなくては。

若い人は自分たちが決して変わらないといつも思っている。長生きした者に見られる、視力が衰えるとか、聞こえにくくなるとか、名前を思いだすのに苦労するといったことは自分に起こらないと思っているのだ。だが、ポリーはまわりのすべての者にそんな変化が起こるのを見てきた。そうなった友人たちは完全に元気で、ただ年をとっただけなのだ。息子たちについては、もっと用心しなければならないだろう。やはり、気を抜いてはいけない。ポリーは話している息子たちを観察し、不安そうな様子を見てとった。説得に失敗したあと、彼らが優しくしようとしているさまを。この件がうまくいくと確信していたに違いない。母親が異を唱える可能性も計算に入れ、自分たちの滞在が終わりに近づくまで話を持ちだすのを待っていたのだ。新たなよい思い出が加わったあとまで。子どもたちに献身的な母親だから、折れるだろうと思っていたはずだ。ポリーはおおらかな性格であると知られているのだから。

ポリーは立ちあがった。「失礼するわね」

「二階まで付き添っていこうか、母さん？」セオが尋ねた。

いつものようにこの子は思いやりがあるだけだろう。でも、今のポリーは正直に答えたら罠にはまりそうだと感じた。

「いいえ」アグネスの威厳ある口調を真似してみる。「もうテーブルを片づけて」

みんながいっせいに飛びあがった。椅子が音をたてて後ろに引かれ、ナプキンがたたまれて皿の隣にそっと置かれた。ジリアンがテーブルの片づけを引きうけた。話しあいの間、彼女は一言も口を挟まなかった。ジリアンは反対しているのだろうか？

「テレビでも見ませんか、ポリー？」マリーナが尋ねた。

「いいえ、結構よ」一日にしては充分すぎるほど人の声を聞いた。「散歩に行くから。暗すぎるなんて言わないで。いつもやっていることだし、わたしが散歩していたとき、あなたたちはここで心配なんかしていなかったのですからね」ポリーは玄関に行って外へ出た。

ああ、たちまち気分がましになった。夜の空気は湿気がこもり、潮の香りが強く漂っていた。星空だった。ポリーは露で濡れた手すりにしっかりと手を置いた。後ろでドアが開いた。

「母さん？　一緒に散歩しないか？」

セオはポリー側の家系の血を引いていた。美人だった彼女の母親のように、兄たちよりも背が低い。もっとも美形なのはジェームズだったが、ポリーはセオを見るのがいちばん好きだった。若者だったとき、セオはユーレイルパスを使って旅をし、イタリアのウルビーノの近くに小さな家を買った。彼は年に一度はそこを訪ねた。一人で行くことが多かった。大学で超越瞑想を学んで以来、欠かさずにそれを実践していた。イタリアの丘で静かな一週間を過ごすと、一年分のストレスへの心の準備ができると感じたのだ。その家を使ってみたらいいと、セオはいつもポリーに言っていた。もっといいのは彼の家族と一緒に行くことだと。孫娘たちはみんなイタリアが大好きで、遠い先のことだが、マーゴットは美術史で博士号を取ろうと計画していた。マーゴットは大喜びで祖父母を案内してまわったことだろう。けれども、ディックはイタリアに行きたがらなかった。ポリー以外の誰も知らないことだったが、ディックは飛行機恐怖症だったし、大西洋を横断する船に乗る法外な金を払う気にはなれなかったのだ。

「来ればいいよ」セオは言った。「この秋に」

ポリーは彼を見つめた。「イタリア旅行をするほどの元気がわたしにあると思うなら、どうして自宅を売らなければならないと信じこんでいるの？」

「ぼくに腹を立てないでよ」セオはポリーと腕を組み、階段を下りるのに手を貸した。

「腹を立てているとは思わないわね。まじめに尋ねているだけよ」

「高齢者ホームのことを話すのは悪くないんじゃないかな？　母さんはとても社交的だ。そういうホームに移れば、そこらじゅうで友達ができるよ」

「今だって友達とは会っているわ。三分も離れていないところにいる。そういう施設なら調べているの。わたしには合わないわね」

二人は砂利道に下り、私道へ向かった。「母さん、ぼくは兄さんたちと対立したくないんだ」

ポリーは立ちどまり、息子の顔をしげしげと見た。「それだけ？」

セオは母親の手を取った。「ああ。だけど、母さんには自分が正しいと思うことをやってほしいと心から思っているよ」

「じゃ、あなたは板挟みになっているのね。悪いわね。でも率直に言って、施設に追いやられるとは思ってもみなかった」

セオはうなずいた。「そうだね。まだ早すぎる。母さんが本当にやりたいことは何？」

興味を持っているのは確かだろう。セオは学校から帰ってくると、いつもキッチンカウンターのところに座ってポリーと話をする子どもだった。

「あら、セオ、わたしは八十一歳よ。選択肢は限られているわ」

「父さんの論文はどう？　父さんは出版社を探していたんじゃなかったかな？」

質問を聞いてポリーはあ然とした。どうして忘れていたのだろう？

「そのことはいっさい考えなかったわ。ディックは『平和主義者入門』の改訂版に取りくんでいたの。ハバフォードでは改訂版の原稿が見つからなかったから、ここにあるに違いないわね」

もちろん、原稿はここにあるはずよ！　去年の夏、ディックは改訂版にずっと取りくんでいた。なぜ、そのことが頭から消えうせていたのだろう？　すっかり忘れていたことは絶対に明かせない。

「いい考えじゃないか。取りくむ頃合いだろう。それから、父さんは論文を置いてくれる図書館を見つけたのかな？」

「ペンシルベニア州立大学に手筈をつけていたはずよ。すでにいくつか送っていたけれど、残りはまだここかハバフォードにあるでしょうね」ポリーの全身をきまり悪い思いが駆けめぐっていた。セオを見あげる。「思いださせてくれてありがとう。わたしはずっとぼうっとしていたし、忙しすぎたの。説明しにくいわね。わたしには自分に向いている仕事がちゃんとあるのよね？」

「そう思うよ、母さん」セオはポリーの肩に腕をまわし、二人はまた歩きだした。海岸線に打ちつける波の音が聞こえ、ベルがついたブイの耳障りな大きな音がする。

「おかげで元気を取りもどせたわ！　ディックはわたしに手伝ってくれと頼んだの。実を言うと、わたしたちは始めたばかりだったのよ」

「それをどんどんやっていくといい。ぼくたちがあんな話を持ちだしたことは忘れてさ」

じゃ、セオは応援してくれるのね。陰でわたしを助けてくれるのだろう。「ああ。本当にそのとおりね。あなたは駆け引きがうまいわ」

「ぼくは四人の女たちと暮らしているんだよ。全人生が駆け引きみたいなものだ」

二人はポイントパスに着いた。港の向こうの家々に明かりが輝いている。目を細めると、明かりは細長く伸びたように見え、ちらちらと光った。

「母さんにイタリアへ来てもらいたくてたまらないんだ！　お願いだよ、お願い、お願い。イタリアを大好きにならないはずはない」

「考えておくわね。イタリアを大好きになるに違いないわ」どうして自分は一人で行かなかったのだろう？　ポリーはそのことを一度も考えなかった。今は行くのをためらうことが無意味に思えた。セオに対してフェアではない。

「いいかい、母さん。家は母さんのものだ。やりたくないことは何もやらなくていい。ジェームズは父さんと似ているんだ」

ポリーはたじろいだ。「どういう意味なの？」ディックの名前が出ると、ポリーは生と死の間で宙ぶらりんになっている感覚を味わった。たとえ、〝父さん〟という言葉でも。

セオは目を見開いたが、警戒しているとまではいかない表情だった。ちょっとしたへまをやらかしたという感じだ。「ジェームズはあまり母さんを信用していないときがあるということだよ」

「まあ」

「悪かった。いやな気分にさせてしまったね」

ポリーがほほ笑んだり、大丈夫よと安心させることを言ったりしなかったから、セオは不安そうだった。彼から距離を置こうとしていたわけではない。ディックのことを考えていたのだ。セオの言うとおりだった。ディックはあまりポリーを信用していないときがあった。ポリーは自分なりの方法でそう思わないようにしていた。でも、それを知っていたセオに申しわけないと思った。

「わかっているわよ、セオ。あなたは一度もわたしの感情を傷つけたことがないもの」

「母さんだってそうだよ」

ポリーの目に涙がこみあげた。「帰ったほうがいいと思わない？　みんな心配しているかもしれない」

「ああ、もうすぐ帰ろう。でも、まだだよ。サンクまで歩く元気はある？　フクロウたちの声を聞きに行こうよ」

ポリーは肩をすくめた。「いいわね。別に悪いことも起こらないでしょう?」息子のあばら骨を肘でついた。

「痛い! すごい力だな!」

「わたしの言いたいことを言ってくれたわね」ポリーがサンクのほうへ視線を向けると、リディアがいた。道路の六メートルほど先にいる。そのとたん、夜には滑りやすい岩に気をつけることをリディアが覚えているといいと思った。リディアは緑色のフェアアイル編みのセーターを着てジーンズを穿いていた。彼女は手を振った。ポリーは心の中で手を振りかえした。

「セオ——妹のことを何か覚えている?」

「ああ、母さん、いろいろと覚えているよ。いつも彼女のことを考えている」

「そうなの?」

「マディはリディアがこのあたりにいると思っているよ」

「マディが?」

「なんというか、ほら、マディには霊感があるじゃないか。あの子はエトナで開かれるキャンプで霊能者たちと過ごしたがっている」

リディアは石を拾って海に投げた。そして姿を消した。

「やっぱり」ポリーは言った。「ずいぶん疲れているわ。家に引きかえしてもいい?」

セオはポリーの腕を取り、反対の方向に進ませた。メドウリーが見えた。明るく輝き、芝生に浮かんだ遠洋定期船のようだ。

「あなたはあの家を維持したいの?」ポリーは尋ねた。「共同所有権の合意を解消して家を維持することになったら、あなたにもみんなと同じ所有権があることになるのよ」

「たとえ何があろうと、ぼくはメイン州へ来るよ」セオはやんわりと言った。「この土地はぼくの体に染みついているからね」

「ええ。そうね」

家に帰ると、ポリーはおしゃべりしたいからマディを部屋に呼んでほしいとセオに頼んだ。もっと知らねばならないことがあった。

「どうしたの、おばあちゃん?」マディは寝室の入り口でためらっていた。

「さあさあ、入って。座ってちょうだい」

ポリーはインド更紗のカバーが掛かった長椅子の端に座り、こっちにいらっしゃいと手まねきした。マディはどさっと腰を下ろし、長い脚を伸ばした。髪を一方の肩越しに前に引っぱっていじっている。今どきの女の子のお気楽な態度ときたら。ポリーはマナーを直してやりたい気持ちと、そういう態度をうらやむ気持ちが半々だった。

「調子はどう?」ポリーは話の糸口を切った。亡霊のことはなかなか持ちだしにくい。

「帰りたくないな」マディは言った。「ここが好きだから」

「そう聞いてうれしいわね。わたしもここが好きよ」

「おばあちゃんとアグネスおばさんは本当にここを手放すの?」

「サンクが確実に守られるようにしたいのよ。それに、まだ何も決まっていないわ」

「ああ」マディは髪を巧みに分けて枝毛を取ると、くずかごに入れた。「おばあちゃんはジェームズおじさんと話すほうがいいよ。おじさんはわたしたちがメドウリーを失うと思ってる」

「そういうことはいつでも訊いてちょうだい。本当のことを話すから」

「オーケイ、おばあちゃん、いいね」

「マディ、あなたに訊きたいことがあるの」

「そうなんだ」

「お父さまから聞いたのだけれど、あなたはポイントで霊の存在を感じるそうね」

マディは髪から手を離して、背筋を伸ばした。「どういうこと？」警戒しているのね。ポリーはマディを責められないと思った。霊が見えるという女たちは火あぶりにされてきたのだ。

「かまわなければ、そのことについて聞きたいのよ。わたしも霊の存在を感じるから」

「おばあちゃんが？」今やマディは熱心な口調になっていた。「どんなふうに？」

「女の子の霊が見えるの。ときどきね。話すことさえある」

「うわあ、おばあちゃん。それって、すごくクール」

ポリーは手を伸ばしてマディの手を取った。「あなたの場合はどんなふうなの？」

マディはうなずくと、深く息を吸った。「わたしに見えるのは昔ここで暮らしていた人たちだと思う」

「誰？」

「わからない。とにかく人々。ときにはたぶん……レッド・ペイント・ピープルみたいな人たちが見える。サンクで夏を過ごしていた、もっとも昔の人たち」

ポリーはかなりの失望を押しかくしてうなずき、ほほ笑んだ。「その人たちは何をしているの?」どうにか訊いた。

マディは肩をすくめた。「特に何もしてないって感じかな。ただ暮らしているだけじゃない? わからない。わたしには感じるものがあるというだけ」マディの緑色の目が輝いた。

「暮らし。そうね。わたしに見える霊も暮らしているということだと思うわ。ありがとう、マディ。ところでね、ここには好きなだけいてかまわないのよ」

マディが階下へ戻っていくと、ポリーは長い間窓から夜景を見ていた。〝来てちょうだい〟リディアに呼びかけながら意識を集中させる。だが、夜は静まりかえったままだった。


最終日の前日、ポリーは息子たちを座らせ、自分の今後についてまた話をした。

「高齢者ホームについてのあなたたちの考えを検討してみたのだけれど――」

「そこにはいろいろなものがあるんですよ! アパートメントはすばらしいし――」アンが言った。

「――わたしの決断は、まだ動く気はないということよ。自分の家にいたいの。わたしは健康よ。もしも脳卒中でも起こしたら、そのときはあなたたちが決めて。ここの墓地に埋められたいわね。リディアとお父さまの隣に。何も言わなくても、そうしてもらえるといいわ」

「好きなようにするといいよ、母さん」セオが言った。爪の甘皮を噛んでいる。

「わたしの葬儀については指示事項も書いておいたわ。机の中にある」

「お母さん、ぼくたちはお母さんを動揺させるつもりだったんじゃなくて、正しいことをしようと思ったんだ」ジェームズが言った。

「はいはい、わかっているわ。でもね、将来の参考のために言っておくわね。誰も八十一歳になりたくないし、人の重荷になる段階に達したくもないの。年齢がその人にとってのいちばん重要なことにされたいとは、誰も思わない。こんなに年をとりたくないし、何が正しいかを子どもたちから説明されたくもない」

ポリーは立ちあがった。

「お母さん！」

「あとで戻って来るわ」ポリーは背を向けて子どもたちに手を振った。

たぶんジェームズはそれ以上何も言わないほうがいいと思ったのかもしれないし、ほかの者が合図して彼を黙らせたのかもしれない。彼は引きとめなかったからだ。ありがたい沈黙が続き、ポリーは相変わらず小さな心の声を聞く余裕ができた。

彼女は入り口で振りかえり、子どもたちと向きあった。「わかっているだろうけれど、ここはわたしの家よ。いつもそうだった。お父さまもそのことを理解していた。わたしはいろいろなことについてディックの意見を尋ね、あなたたちに対するのと同じように、完全に彼と考えを分かちあっていた。でも、お父さまは家がわたしのものだということを一瞬たりとも忘れなかった。どうして、あなたたちは揃いも揃って忘れてしまったの？」

ポリーは寝室へ上がっていき、ドアを閉めた。

第十四章

二〇〇一年八月、マンハッタンとフェローシップポイント、モード

〝これは無分別な行動よ、モード・シルヴァー、とことん無分別。本当に、本当に、無分別な行動〟

モードは鏡に映った自分に向かって首を横に振った。洗いたての髪はむきだしの肩のまわりにウェーブを描いて垂れている。シャワーを浴びたので肌には赤みが差していた。自分の姿を点検しはじめる。夏の今ごろにしては肌が白すぎるし、目は小さすぎるし、などなど。よくある女の子っぽい不愉快な悩みばかり。よくもまだこんなふうに自分をチェックできるものね？　とてつもない時間の無駄だし、何の役にも立たないのに、どうしてこんなことをしているのだろう？　それに、マイルズ・ウォーレンの目を通したら自分がどう見えるかと、一瞬でも試してみたのはなぜ？　マイルズはわたしにとって悪の根源なのよ？　ううん、訂正。わたしの過去だ。そう、それだけ。過去の人。三年近く前に、彼とは百パーセント終わった。彼がクレミーを認知しようとしなかったときに。だったら、自分は何をしているのだろう？

〝彼が手に入れそこなったものを思いしらせてやりたいのよ〟。いいえ。そんなもの、彼はわかっていたか、気にもかけなかったか、ってところね。

〝ドレスアップするのは自分のプライドのため〟。それでいい。ただ――正確には真実じゃないけれど。メイクしたりブローしたり、おしゃれしたりするのはプライドと関係ない。

〝生活にほんの少しときめきが必要なのよ〟。そうね、でも、マイルズと一杯やるのはそれにふさわしいと言えないわね。

〝興味があるの〟。正解に近づいてきたかな。

〝疲れきってたんだから、しょうがないじゃない〟。うんうん。

〝彼には何の借りもないし、彼のために努力する必要なんてなおさらない〟。そのほうが合ってる。

〝キャンセルしなさい！　行っちゃだめ！〟。それがいちばんいい考えね。そうする？

モードはドライヤーを使わずに片づけ、いつもの夏用のゆったりしたワンピースを着て、ビーチサンダルを履いた。髪は自然に縮れるままにした。鏡や化粧品から離れて階下へ行った。

家の中にたった一人でいるのはとても妙な気分だった。この前、一人きりだったのがいつだったか、思いだせない。何をしたらいいのか、よくわからなかった。その日の朝、リビングストンにいる父方の両親の家にクレミーを預けた。モードがメイン州にいる間、クレミーはそこに泊まることになる。ハイディはまたしても〈ペイン・ホイットニー〉に入院した。そう認めるのはひどい話だが、入院してくれてほっとした。モードは母親がどこにいるのか、無事かどうかを心配せずに出かけられるのだ。床の上に寝ていたり、胎児のような姿勢でソファに寝ていたりするハイディを見ることになるだろうと覚悟しつづけていた。でも、母は病院へ行ってしまった。モードは両腕を頭まで上げ、いつものように体を左右に曲げた。それから両腕を伸ばして前屈し、爪先にさわる。胃がぴくぴくしていた。
〝じゃ、五秒間でも一人きりになれたら、あなたはこんなことをするのね？　敵とつきあうってこと？　どうしようもなく無分別ね〞
少なくとも、モードは〝無分別〞という言葉を繰りかえすことができた。その言葉がひどく気に入った。景気づけの一杯としてスコッチをそそいだ。オーケイ、じゃ、出かけるつもりなのね。庭に出て心の準備をする。だからといって、マイルズ・ウォーレンに対する心構えができたわけではない。彼は生きていて、息をしている危険な存在なのだ。彼に関する限り、最高の作戦はできるだけ離れていること。まあ、そうしてきたのだ。昨日、〈ソウエン〉でばったり出くわすまでは。マイルズが〈ソウエン〉なんかで何をしていたのだろう？　彼ほどマクロビオティックの店などと無縁な人はいないはずなのに。BLTサンドイッチ大好き人間なのだ。マヨネーズをもっとかけてベーコンも追加してくださいと、ユダヤ人の両親を怒らせるためだけに言う人。父のモーゼズが両親に接するときの態度とそっくりだ。モーゼズ。マイルズ。マイルズがダメ男だという、これ以上ないヒントをよくも見おとしたものね？
マイルズは〈ソウエン〉でほかの男と話していた。箸から麺をだらりと垂らしながら、痛烈な悪口を言っていたのだ。マイルズたちは手を振った。モードはテイクアウトの料理の代金を払って逃げだした。だが、家に着いてAOLのアカウントにログインしたとき、胃がとんぼ返りを打った。「m・ウォーレン」のメールが受信リストのいちばん上にあったのだ。

〈やあ。ぼくだよ。会えたなんて驚きだ。きみのことを考えずにはいられない。本当にぼくは物事をめちゃくちゃにしてしまった。ろくでなしだよ！　だが、きみといたときのぼくは最高だった。だから、また一緒にいてもいいかな？　飲みにでも行かないか？　返事はしないでくれ。決心はしないでほしい。ぼくは明日の夜七時にグラマシーの〈ローズ・バー〉にいる。きみがどうしようもなく恋しい。きみはすごくきれいだ〉

きれい。本に載っている最古の誘惑の手口だ。とにかく、マイルズは結婚していたし、ずっと既婚者だった。恋に落ちたとき、彼が既婚者かもしれないと少しも考えなかったことを思って、モードは恥ずかしさのあまり顔が赤くなった。でも、マイルズは妻が自分を理解してくれないし、子どもたちが大きくなったらすぐに離婚するとモードに言ったのだ。これは本に載っている二番目に古い誘惑の手口。〈ローズ・バー〉に行くなんてとんでもない。マイルズ自身が言っているじゃないの——自分はろくでなしだと。

けれども、マイルズからメールが来たあとの二十四時間で、モードの決意は完全に打ちのめされた。ちょうど最近、ひどく重荷となっている問題があった。父親がチャールズ通りのこの家に戻ると脅してきたのだ。愛娘のアステルがニューヨーク大学で学生生活を始めるからだという。ハイディはアステルがこちらに引っこしてきて一緒に住めばいいと申しでた。なんといっても、アステルとモードは母親違いの姉妹なのだから。だが、再婚相手のキミーと自分は手に負えないアステルに目を光らせていたいと、モーゼズは言った。ニューヨークのグリニッジではなく、彼らが暮らしているコネティカット州のグリニッジで手に負えない行為とはどんなものだというのだろう？　ハロウィーンの前夜に近所でトイレットペーパー投げをしたとか？　飲み比べゲームをした？　考えなおしてくれとモードが頼むと、彼女とクレミーは一緒に住んでもかまわないとモーゼズは言った。ハイディはどうなるの？　そこで話しあいは終わりになった。けれども、いったん父が何かを思いついたら、それは計画になってしまうし、彼とキミーと子どもたちはチャールズ通りに引っこしてくるはずだとモードにはわかっていた。モーゼズは〝最後までやりぬくこと〟を行動に移していた。それが自分の成功の源だと信じていたのだ。

もしかしたら、そのとおりなのだろう。モードは最後までやりぬかないときもあったし、結果はまちまちだった。アグネス・リーに関してはよくやっていた。ようやく明日、アグネスと会うことになるだろうし、本を書いてもらえるのではと感じている。けれども、自分についてはマイルズに屈してしまいそうだと思っていた。モードはスコッチに口をつけ、クレミーの顔や汗ばんだ頭のことを考え、ハイディの洗っていない髪のことを思った。何かに腕をくすぐられている。とっさに腕をぴしゃりと叩いた。テントウムシだった！　拾いあげて草の葉に置いた。〝どうか幸運に恵まれますように〟

二階に戻ると、クローゼットから赤いドレスを引っぱりだした。髪に手を加える。下まぶたの下に黒のアイラインを大胆に引いた。どうして、マイルズとの再会を考えたことがなかったのだろう？　最初に別れたとき、モードは激しく悲しんだ。みじめだったし、何かあるたびに心の中で交換条件のような言葉を唱えていた。〝もしもわたしが泣かなかったら、彼は戻ってくる〟〝もしも白い車を続けて三台見かけたら、彼はうちの玄関に現れる〟〝もしもわたしたちが一緒にいるところを想像したら、そのとおりになる〟。けれども、どれほどモードが気合を入れて願ったところで、マイルズは戻ってこなかった。だからモードは変わった。だんだんと。ある人間になり、それからまた別の人間になった。完全に前と別人になったわけではなかったが、もはやマイルズ・ウォーレンを愛した人間でなければ充分だった。自分の分身のようなものだ。元の自分よりも強い双子になった。そして世の中に存在するものの名前を呼んでいる。建物の部分の名やかつての強い自分を呼んでいるのだ。〝蛇腹、手すり、礎石〟と。

だからといって、人に気づかれるほどモードの行動が変わったわけではなかった。以前と同じスケジュールを守っていたが、マイルズがいなくなってあいた穴は別だった。けれども、とにかく穴があくことはまれになっていったし、あいたスケジュールを埋めるのは難しくなかった。皮肉にも、マイルズと別れたあとのモードはマイルズに似てきた。前よりもさらに冷静で決断力を備えるようになったのだ。心を守るために自分を変えた結果、モードを取りまく世界は変化した。それまでの全人生と言える何年もの間、慎重に用心深く行動し、目立たないように振る舞うにはどうしたらいいかと考え、教師たちには気に入られるようにして、仕事に就き、母親が順調に暮らせるようにしつづけ、批判的でいばり屋で浅はかな父親との関係を維持してきた。その結果、クレミーがいることを除けば、ほぼ孤独になってしまった。マイルズはモードよりも四歳若い女のもとへ去った。彼にとってモードは年をとりすぎて、要求が多すぎ、愛情が不足した存在になったのだ。妊娠していた間、モードの腹にはいくつか妊娠線ができた。モードは……妻みたいなものだった。なのに、マイルズにはすでに妻がいたのだ。

妻を一度も愛したことがないとどれほど言おうと、マイルズは結婚生活を解消しなかった。モードはようやく理解した。彼は決して妻と別れないのだと。別れる理由などあるだろうか？　マイルズの妻は彼や家や子どもたちの世話をして、社交に取りくみ、金銭や休暇の管理をした。彼らの現実に対応していたのだ。マイルズは教授の職に就いていて著書もときどき出版していた。家庭できわめて不愉快なことが起こってでもいないかぎり、結婚の契約をやめる気になるはずはない。そして家庭での問題などなかった。マイルズは妻に飽きていた。妻は〝それでね、それでね、それでね〟というふうに子どもっぽい話し方で自分の一日を話すんだ。もうぼくたちは性的に惹かれあってもいないよ、と。浮気をする既婚者の常套句だった。今ではモードにもわかっていた。男が妻を一度も愛したことがないと言ったとしたら、それは彼が話を都合よく解釈しなおしているのだ。新しい女が欲しくなったとき、彼はいつでも、また同じことをするだろう。出かけるのは心が弱いからではなく、強いからよ。ドレスを着て夜の街で遊ぶのだ。アグネス・リーと対決する前に少しは楽しんでおこう。モードが推測したかぎり、フェローシップポイントではドレスを着る機会などなさそうだった。

モードにはどうしても、いくらかの気晴らしが必要だった。それが決め手となった。彼女は疲れていた。夏じゅう、ハイディの状態はよくなかった。階下へ来ることがますます少なくなっていき、下りてきても、ぼんやりして忘れっぽかった。一度、クレミーがハイディに近づき、腕を撫でてこう言ったことがあった。「本物なんだね」。さわってみなければ、本物の人間かどうかわからなかったかのように。幼い子は鋭い。

小さかったとき、モードは母親が好きすぎて、お気に入りの人形にハイディと名づけたことがあった。モードは母親のあとをついてまわり、ハイディがペーパータオルをたたんでナプキンにしたり、服の皺をアイロンでのばしたりするのを見て驚き、うっとりしたものだ。白いアイレット・スカートの装飾用に開いた小穴の間に、ハイディが何時間も費やしてアイロンをかけ、とうとう生地がパリッとして皺一つなくなるのを見ていた。ハイディはミネラル分が豊富で新鮮な水のようなにおいがして、肌はお日さまの香りがした。足首に鈴をつけていた。モードの足首にも鈴をつけてくれ、二人でウェイバリー通りを優雅に跳びはねるヤギの群れだというふりをしよう、と言った。状態がいいとき、ハイディはたくましくてクールで楽しい人だった。

だが、ハイディはベッドに入ったきり、起きあがれなくなるときもあった。モードは母親のベッドに腰かけて本を読んでやった。言葉もわからないうちからそうしようとしていたが、いったん読み方を覚えると、理解できないレベルの本も読んだものだ。モードは『ハウスキーピング』（ピュリッツァー賞作家であるマリリン・ロビンソンの小説）を読んだ。これはハイディが大好きだったのだが、変わり者たちが善人だからという理由だった。『侍女の物語』（マーガレット・アトウッドのディストピア小説）は詳細がよくわからなくても、ぞっとする話だとモードは理解していた。『ジョヴァンニの部屋』（ジェームズ・ボールドウィンの小説）にはため息をついた。登場人物たちがあまりにも頑固だったからだ。『教授の家』（ウィラ・キャザーの小説）は不気味なマネキンが出てきて、登場人物のトムが昔の南西部へ旅するから、気に入っていた。そして『ここではないどこかへ』（モナ・シンプソンの小説）はモードのお気に入りだった。主役が女の子だったからだ。こういった本はどれも助けになったが、そのうち役に立たなくなった。鬱状態のとき、ハイディはいつも同じ一連の考えやイメージに見まわれる。雪の夜にひとりぼっちでいる子どもや動物と関係があるものだった。彼らはパニックに駆られて凍え、あちこち走りまわる。助けを呼ぶが、誰も彼らの声を聞くことがない。ハイディには世界じゅうのどんな場所にいる子どもや動物も、これと同じ状況に陥るところが思いうかんだ。暑い国でも。鬱病の論理によれば、砂漠でも雪が降るのだ。

モードが五歳のとき、ハイディはこういう状態について話してくれた。二人は川まで散歩し、桟橋で腰を下ろして、向こう側のニュージャージー州や眼下の水を見ていた。

「あなたに話さなければならないことがあるの」ハイディは言った。「実は一つじゃなくて、いくつかね」

ハイディはいつも自分たちが対等であるかのようにモードに話した。

「一つ目は、お父さんがほかのところで暮らすつもりだということ」

「どこで？」モードは尋ねた。まだ動揺していなかった。

「近くだから、これからも会えるのよ。あなたも会える」

知りあいのカップルである体格のいい男たちが足を止めておしゃべりした。そのあと、またさっきの話が始まった。それまでモードには考える時間があった。「どうして、お父さんはほかのところへ引っこすの？」

「ほかの人と暮らしたいからよ」

「わたしたちとじゃなくて？」

「わたしとは暮らさないということ。お父さんはあなたから離れてしまうわけじゃないの。悲しそうなお母さんに疲れてしまったのね。この別の女の人は悲しがらないから」

「お母さんは悲しそうじゃないよ」本当のことではないと知っていたが、モードはハイディをかばわずにはいられなかった。

ハイディはいつものようにモードの額の生え際にキスした。「これから、あなたは探偵にならなくちゃね」ハイディは言った。「冷たくなった犬とか、お腹をすかせた子どもとか、熱い道にいるカエルとかのことをお母さんが話しはじめたら、お父さんに電話しなくちゃだめよ。そうしたら、お母さんは休息を取りに出かけて、また帰ってくるからね」

「わたしも一緒に行く」

「考えてみるわね。あなたはお父さんのところにいてもいいのよ」

モードは首を横に振った。けれども、結局はそうすることになった。何度も。キミーは賢くなかったが、別にかまわなかった。母親違いのきょうだいたちは無邪気で、モードのことをクールだと考えていた。

モードは相変わらずハイディに症状が現れたときは父親に電話していたが、今は母親が入院したあと、あらゆる手配がすんでから連絡した。先週、モードが電話した〈ペイン・ホイットニー〉でハイディはよく知られていた。ハイディは何度か自殺を試みたことがあった。試みずにはいられないのだ。恐ろしくてぞっとする出来事だから、モードもハイディも、本当の緊急事態に対処しなければならなくなる前に彼女が入院することを望んでいた。モードは母親を病院に置いていくのがいやだったが、選択の余地はないとハイディは知っていて、助けてくれる娘にいつも感謝していた。同様に、モードはモーゼズに感謝した。保険の処理をしてくれて、入院費用を全部もってくれたからだ。自分の身勝手さを心得ているときの父親のことはモードも愛していた。マイルズのような男については、父を見ていればあらかじめわかったはずだった。モーゼズ、マイルズ。〝否認《ディナイアル》は川である〟。モードは否認という川に長い間、浮かんでいた。もうそんなことはやめよう。

祖父母の家にいるクレミーに電話をかけておやすみを言うと、モードは自由になった。

〈ローズ・バー〉には父と何度か行ったことがあった。ニューヨークの中心部にある古めかしい店の一つで、モーゼズは自分のような人間のためにそういう場所があると考えていた。ダークウッドのインテリア、贅沢な長椅子、世俗的な秘密の話をつぶやいている人々。マイルズには〈ホワイトホース・タバーン〉のほうが似あいそうだけれど。いいところでも見せようというつもり？

モードのほうが先に着いたので、あたりの環境に一人で馴染む時間があった。だが、そう長くはなかった。すぐに、誰かの手で後ろから両目を覆われた。「ワッ！」。笑える。この人、こんなことがイケてると思っているの？　イケてる男になろうとしているってこと？

モードはくるりと振りかえり、握手のために手を差しだした。「こんばんは、マイルズ」

「ずいぶん堅苦しいんだな？　ぼくを知っているくせに」

「そう？」半ばいちゃつくように、半ば警告するように言った。

マイルズはピンク色のシャツを着ていた。モードがピンクのシャツを好きだと知っていたのだ。着ているのが男でも女でも、犬でもかまわなかった。生き物なら何でもよかった。でも、マイルズが着ていることを特に好んでいた。二人の関係が悪くなったとき、彼はモードのためにピンクのシャツを着ようとしなかった。なぜ着ないのかと尋ねると、クリーニングに出しているとか、捨ててしまったとマイルズは言った。なのに、今はまた着ている。うーん。

マイルズが希望したブース席に座ることができた。モードがカクテルのマンハッタンを注文すると、マイルズは〝興味深いな〟という意味のこもった視線を向けてきた。モードがお返しに向けた視線にはこんな意味がこもっていた。〝わたしには意外な面がたくさんあるの。逃した魚は大きいわよ〟。彼もマンハッタンを注文し、グラスを掲げた。昔の友達に乾杯、と。

モードは迷信にあるように不運を引きよせないためにマイルズの目を見ながらグラスを合わせた

が、こう言った。「あなたは友達じゃなかったけど」

「そうだな。友達じゃなかっただろう。友情を感じられないほどきみに惹きつけられたからな」マイルズは肩をすくめて眉を小刻みに動かした。自分の言葉が逆にお世辞になったとばかりにご満悦な様子だった。

「わたしの知るかぎり、惹かれることと友情との間に対立関係はないわね。わたしはあなたに親切だった。たとえば、奥様にわたしたちのことを一度も言わなかったし。妊娠したときですらね」

モードがマイルズにこんなふうに話したことはなかった。言葉遣いに気をつけてほしいという彼の求めに応じた話し方をいつもしていた。マイルズは目を見開いた。

「ああ、そうだったよ、よかった。そう、ぼくがきみを妊娠させたと知ったら、彼女は気に入らなかっただろう」マイルズは顔を赤くしていた。忍び笑いもしている!

「そうね、気に入らなかったはずよ。それについては二つのことが言える。Aは、彼女のためによかったし、知らないでいてほしいとわたしが願うべきだということ。Bは、あなたはわたしを妊娠〝させた〟んじゃないってことよ。コンドームが破れたのよね。というか、あなたはそう言っていた。不運だったと。さらに不運だったのは、あなたの精子がわたしの卵子の一つを受精させたこと。それはあなたが妊娠〝させた〟ことにはならない。避妊の失敗だったのよ」

「機嫌が悪いようだな」マイルズは言った。驚き、傷ついているようだ。時はあらゆる傷を癒すとでも思っていたの？　それとも、歌に出てくる女の子みたいに、この瞬間だけのためにわたしが辛抱強くおとなしく待っていると思った？

「どうして不機嫌だと思うの、マイルズ？　そんなはずないでしょう。だって、わたしが妊娠したと言ったとたん、あなたは何も関わりたくないと言ったんだから。関われるはずもなかったわね。新人モデルのためにわたしを捨てたんだもの。わたしがあなたに腹を立てるはずがある？」

「今夜、来た理由はそれか？　今のきみを見せるためかな？　つまり、赤いドレス姿を？　ずいぶん気合を入れたようだな」

　モードはうなずいた。マイルズはばかではなかった。その点は思いださずにはいられない。「正直なところはどうかって？　なぜ、自分が来たのかわからない。でも、わたしのいい面から生まれた決断じゃないことは確かね」

「ぼくには理由がわかるよ。きみはぼくが恋しくて、ぼくのほうもきみを恋しく思っているか知りたいんだ。恋しく思っているよ。実を言うと、ぼくは間違っていた」

「よくできました、名探偵《ノー・シット・シャーロック》さん」

　マイルズは人差し指を振りたてた。「ハ！　モード・シルヴァーがクソ《シット》と言うとはね。きみには罵り言葉についての方針があると思っていたよ。とりわけ、〝シット〟なんて言葉には」

　たしかにモードにはそんな方針があったし、罵り言葉を耳にすると不快に感じた。だが、しっかりとマイルズを見据えた。「わたしは変わったの」

「そうかい？　どんなふうに？」

「そうね、もっとも重要なのはわたしが今は母親だということ。クレメンスという名の三歳になる娘がいる。実を言うと、シングルマザーだから、まったく違うレベルの母親ということね。わたしの子どもについて聞きたい？　こうして二十分間ここに座っているわけだけど、あなたは娘について全然触れないわね。ただの一度も」モードは冷たいグラスを手首に押しつけた。ナイフやフォークの触れあう音、グラスの中で氷が当たる音。女が笑った。ウエイターが深くおじぎした。

「知りたいかどうかわからないな」マイルズは言った。「もっとも、またお互いの人生に関わるようになれば別だろうが。そのチャンスはあるかい？　ぼくはそうしたいが、きみは信じられないほど敵意むきだしだね。昨日、〈ソウエン〉にいたときのほうが感じがよかった。今は何が起こっているのか理解できないよ。そんなにきれいなのに、そんなに意地悪だという、相反するメッセージを発信しているんだからな」マイルズは指先でテーブルを叩いていたが、モードに見られていることに気づくと、手を膝に置いた。

モードはヒールの低い靴から両足を出してこすりあわせた。昔からの癖で、ハイディにはコオロギみたいねと言われたものだ。きれいだと言われて、条件反射で反応してしまったのが恥ずかしく、それを抑えようとした。もっと賢くなっていてもいいはずだ。

「マイルズ、ここにいても意味ないから帰るわね」

彼はモードの手首をつかんだ。首を傾げてモードを見つめる。彼特有の、自分たち以外の世の中のものを消してしまうようなまなざしで。その目の表情で、マイルズは優秀教員賞も、仕事も女性も勝ちとってきたのだ。「上にあるホテルの部屋を取ろう」

「え？」

「それが目的で来たんだろう？」

なんてことだろう。そのとおりだった。どうしてそのことを自覚しなかったのか。興味があるからだと思ったり、ほかにもいくつか口実を考えたりだなんて、よくもできたものね？　理由ははっきりしているじゃないの。ほかに何がある？　マイルズとモードの過去にあったのはそういうことだった。彼と一緒にいるのがどんなふうだったか、かすかに触れられただけでどれほどぞくぞくしたか、モードは忘れていなかった。最初のうち、彼女は絶えず燃えあがっていたので、考えることはおろか、息をすることさえも難しかった。二人の行為は曲芸的なものでもポルノっぽいものでもなかった。ことさら奇をてらう必要などなかったのだ。いつも自然の欲求に突きうごかされていたし、そんな欲望しかなかった。たいていの場合、欲求はたちまち満たされた。そのあと、二人はベッドに横たわって話をし、そのうちまた欲望にのみこまれてしまう。こういうことが若さなんだと彼は言った。モードは若かった。

でも、もう若くはない。前より年をとったし、心労でやつれ、責任を負うべきものもあった。これから上の部屋に行ったら、明日はどんな気分だろうかとモードは想像した。メイン州へ行く飛行機に乗らなければならないのだ。アグネス・リーが待っているだろう。両脚の間に感じるうずきとともに思った。こうなったのはすべて……母親が恋しかったからだ。

「マイルズ、こんなことは間違いだった。もう帰るし、二度と話さないことにしましょう。どこかでばったり会っても、挨拶はしないの。それと、クレメンスのことは心配いらないから。正直な話、あなたが生物学的な父親かどうかすら確かじゃないのよ」真っ赤な嘘だった。こんな嘘をついて道徳的に正しくない行動をとってしまったので、その穴埋めを、人生のほかの部分でしなければならないだろう。

マイルズは口をぽかんと開けてモードを見つめていた。怒りが湧きはじめたのだろう。モードは理屈抜きにパニックに駆られた。すばやく席を立つ。

「この飲み物の何倍ものお金を、わたしはこれまで払ってきたわよね」彼女は言った。「ここの勘定は持って」

マイルズの言葉を聞かなくてもすむように駆けだした。太陽はまだ沈んでいなかったが、グラマシー公園の花々にはひんやりした夕方の空気が降りてきていた。つい数時間前、通行人をにらみつけるようにぎらぎらしていた窓々は、今や重厚なトパーズ色に輝いていた。なんて美しい夕暮れだろう！ モードは力を与えられた。マイルズを憎み、自分にはもっと価値があると信じられるように自身を磨く努力をしてきたが、これまでは本当の意味でその価値に気づいていなかった。でも、価値がある、という言葉は正確ではない。自分はマイルズが差しだしたものよりも尊い人間なのだ。真実の愛を経験してもいい。そんな日が来るのなら、待つことにしよう。さて、本のことについてある女性に会いに行こうか。

モードが空港からフェローシップポイントへ行く途中、「Mガールズ」が観光案内をしてくれた。「ほら、わたしたちの名前はみんなMで始まるし、姉妹なので、祖父母からMガールズと呼ばれているんです。そう呼んでもらってかまいません」というMガールズは、ロブスターを食べるのに最高の方法を教えてくれた。「アグネスおばさんのところでは肉をひとかけらも食べられないんです」と。そして、どんなことが待ちうけているかについてモードに心の準備をさせてくれた。アグネスはたしかに恐ろしそうだが、どんな話の結末も、本当のところとてもすてきな人なのよということに落ちついた。いったい、どっちなのだろう？ ペコス川より東にいる、無気力な人やいいかげんな人や大バカ者とされた人をことごとく怯えさせる、愚か者には我慢できないという戦士なのか？ それとも、数えきれないほどひそかに助けてくれた、知的でユーモアがある、大おばさんタイプの人なのだろうか？　「それはアグネスおばさんに気に入ってもらえるかどうかによりますね」娘たちは言った。

そんなことを聞いても元気づけられなかった。

車はリーワードコテージの芝の私道に入った。年老いた女が一人、不機嫌そうな表情で戸口に立っている。

「あの人がアグネスなの？」モードは尋ねた。〈ナンのおしごと〉シリーズのどの裏表紙でもほほ笑んでいるアグネス・リーの写真と同じには見えなかったが、著者は写真と違っている場合が多い。Mガールズが手を振ると、年老いた女は顔をしかめた。モードは娘たちに礼を言い、近いうちに訪ねることを約束させられた。モードがもう一度礼を言うと、車はエンジンをふかして走りさった。

老婦人は娘たちに拳を振りあげた。顔いっぱいに嫌悪の色を浮かべている。モードは笑顔を作った。いったい自分は何を考えていたのだろう？　自伝の内容について、この人の気持ちを変えさせるチャンスなどない。クレミーと家にいればよかった。そうすれば、マイルズとの屈辱的なあの一幕もいっさいなかっただろうに。

ハイディが入院してしまうと、モードは必ず失敗をした。

「アグネス・リーさんですよね？」モードは手を差しだした。

「違います。アグネスさんは中にいます」

モードは手を下ろした。相手の女は手を取る動きなど見せなかったのだ。「まあ！　すみません。モード・シルヴァーと申します。ここに招かれているんですが」そうだといいとモードは思った。

「どなたなのかはわかっています。入って」

モードは一歩ごとに集中し、疲労した長旅の終わりにできるかぎり、一階の間取りを頭に入れた。今、横になったら、朝まで眠ってしまいそうだった。でも、まだ三時だし、そんなことになったら第一印象が悪いだろう。だから、元気を出そうと深呼吸した。

シルヴィがいきなり立ちどまったので、モードは彼女にぶつかって倒しそうになった。

「アグネス？」シルヴィは声をかけた。

「ここだよ！」

「まずはこの人の荷物を上に運んだらいいですかね？」

「南極から叫ぶみたいな大声を出さないで！」

シルヴィはモードを振りかえった。「二階へ荷物を運びたいですか？」

モードはその質問を、化粧室へ行きたいかという遠まわしの言葉だと理解した。髪を梳かすとか、手や顔を洗いたいかという意味だと。「ええ、ありがとう」

「まずは荷物を上に運ぶそうですよ」シルヴィは丸めた両手を口に当てて声をかけた。首を振る。「年寄り鳥は耳が遠くなってきたんでね。さあ、案内します」

階段を上ることを思って、歯を食いしばった相手の様子にモードは気づいた。「かまいません、自分で捜しますから。それからすみませんが、お名前を聞きのがしたみたいなんですが？」

「シルヴィ・ゴドロー。おわかり？」

モードはうなずいた。シルヴィは部屋への行き方を教え、モードはそれを何度も繰りかえして、ようやく理解した。何も覚えていられないような気がした。部屋に足を踏みいれたときは歓声をあげそうになった。空想していたようなところだった。いい意味で古めかしい、簡素な部屋。クリームがかった黄色の壁や、ごく淡い黄色のベッドカバーはおそらく百年は経ったものだろう。壁には額に入った花の絵が飾ってあった。年代物らしい家具は白く塗られている。ベッドに心を引かれたので、横になるスペースがないように服を全部そこに広げた。机は海に面した窓辺にあった。モードは原稿やペンを机に並べ、生けてあったバラに触れた。こういう部屋で暮らす人なら、自分は公平に扱われるのにふさわしいと感じるだろうし、不当な扱いを受けた場合でも、少なくとも避難場所があるわけだ。ハイディはモードにそんな部屋を作ろうとしてくれたが、傷ついた心の特徴がそこに表れた。だからモードは母親の心理状態をつねに感じた。モードはクレミーに気取らなくてかわいい部屋を作ってやり、そこから世の中を締めだすために精いっぱいの努力をした。クレミーはほかから影響されない部屋を持てるだろう。

急に新たなエネルギーが湧き、自分には優れた能力があるという気持ちになって、モードはできるだけ高く窓を押しあげた。階下でアグネスが待っているという不安も、解放感の妨げにはならなかった。それどころか、アグネスを知ることが待ち遠しくなった。モードの大きなプロジェクト、人生を変えるための計画が動きだしていた。

化粧室を見つけて用を足すと、顔に水をかけた。歯を磨いて髪を梳かし、部屋に戻ってチノパンを穿き、ストライプ柄のシャツを着た。それまでには十五分が過ぎていた。これ以上、階下へ行くのに時間がかかると、アグネスの忍耐心を試すことになりそうだ。

アグネスはガラスルームのテーブルのそばに立ち、積みかさねてある本に目を通していた。前かがみになっていても優雅な姿を目にして、モードはさらに背筋を伸ばした。

「トン、トン」モードはノックの代わりに言った。「こんにちは？」

アグネスはしゃんと体を起こした。「リーワードコテージへようこそ」

「お招きありがとうございます」

モードが手を差しだし、二人は握手した。アグネスは射るような視線を向けてきた。驚くことではなかったが。

「うちに客を迎えたのがこの前はいつだったか、覚えていないくらい。ここに来ることをよくわたしに納得させられたものだね？」

アグネスが話している間、モードはすばやく相手の品定めをした。この人については、どう言ったらいいのだろう？　若くはなく、わざわざ描写するまでもなく年老いている。肩が丸まり、指の関節のいくつかが膨らんだり節くれだったりしていた。ジーンズを穿き、真っ白なケッズのスニーカーを履いている。誰がスニーカーを洗うのだろう？　アグネスにはそういった些末なことなど超越した力があった。威厳がある。ひとかどの人物だ。

「『アグネスのおしごと』について話しあいたいから、来てくれとおっしゃいましたよね。わたしと同じようにその作品をいいものにしたいとお望みなのですね」

「いいものに決まっている。あなたに来てもらいたかったのは、その点が間違いないと強調するためだよ。こっちに座って」

アグネスは先に立って、外が見えるように配置された籐編みの椅子とテーブルに案内した。座面は低く、平織りのクッションは薄くて擦りきれていた。財力のある人の中には質素な暮らしを装う者がいると、モードは本で読んだことがあった。裕福なフィラデルフィアの人たちやクエーカー教徒はそういうやり方を熱心に実践しているという。現在でもそんな質素なふりをしているところを目にして、モードは少し感動した。

シルヴィが姿を現すと、モードはコーヒーを頼んだ。

「若さだね！　午後にコーヒーを飲むとは。たいしたものだ」アグネスは言った。「あなたが来てくれたことに敬意を表して、今日は早い時間から白ワインを飲むとしよう」

モードはサンクとおぼしき方角に視線を向けた。アグネスの日光浴用の部屋からだと、暗い森があるところのように見えた。それに、あっちにあるのはメドウリーに違いない。Mガールズが滞在しているところ。ポリーの家だ。この人たちはなんて運がいいのだろう。もしかして、ハイディとクレミーと一緒に父から家を追いだされたら、ここに引っこしてきたらいいかもしれない。あり得ないけれど。

それまでは、アグネスにお金の価値を教えるほうがいいだろう。「あの本がいいものなのは間違いありませんが、目的を果たすには充分じゃないんです。何かが隠されていそうだと感じるのは、わたしだけではないでしょう。重要な点は、あなたという人間をあらわにすることです。でも、この議論は前にもしましたね。今お尋ねしたいのは、どうやったら話を前進させられるかということですが？」

アグネスは椅子の肘掛けを指で叩いていた。「飛行機から降りたばかりにしては、ずいぶんエネルギーがあるね」

「もう何カ月もこのことが頭から離れませんでしたから」

「そちらをご覧」アグネスは言った。「あれがサンクと呼ばれているところ。聖域《サンクチユアリイ》を縮めたものだ。鳥の巣やらコケ類やらがたくさんある。よかったら、ここにいる間に散歩してみて」

モードは森に通じている道路に目を凝らした。「安全なんですか？」尋ねたことをたちまち後悔した。何よりも望まないのは、怖がりだとか弱虫だとアグネスに思われることなのに。「つまり、歩ける道なのかという意味です」そうつけ加えた。

シルヴィがトレイを持って戻ってきて、テーブルにコーヒーとワインと軽食を置いた。「シルヴィに訊いてみるかね。シルヴィ、サンクは安全なところ？」

「侵入者には安全じゃないですね。この人に撃たれますよ」シルヴィはアグネスのほうを顎で指した。

「撃ったことがあるんですか？」

「撃たないわけにはいかなかったんですよ。誰もがこの人のことをわかっています。あなたにもわかるといいですね、ミズ・シルヴァー」シルヴィは「ズ」の音を強調して言った。モードはからかわれていると感じた。

「モードと呼んでください」

「ありがとう、シルヴィ。夕食は六時半だよ」アグネスが言った。

シルヴィは立ちさった。

「なんとなく怖い人ですね」

アグネスは鼻を鳴らした。「彼女はわたしと長い間いる」窓の外を指さした。「あれが湾。反対側は海だよ。そっちも湾だけれど、港と呼ばれていた。わたしの曾祖父がそこをリー湾と名づけてね。たぶん、曾祖父はおもしろい名だと思ったんだろう」

アグネスはクラッカーの〈ゴールドフィッシュ〉をひとつかみ取った。

「ここは美しいですね」モードは言った。〈ペパリッジファーム〉のクッキーを一枚取る。

「そのとおり。わたしたちは今、ここをいつまでも守るために努力している。ランド・トラストに任せようかと思ってね」

「ここを離れるおつもりなんですか？」

「それについては何も考えていないね。これは未来のための計画だ。父はわたしにここを守ってほしいと思うだろう。わたしがくたばる前に」

「お父さまについてはいくらか存じています。調べました。見識ある方だったようですね。公正な実業家だったとか」

「そうだね」アグネスは言った。「父は、身を立てたいと思って会社で働いている人々を助けることが正しいと信じていた。それはこのフェローシップを作った曾祖父から代々伝えられてきた考え方だった。もう一つ伝えられてきた気質は、まあ、わたしがそう思うということだが、もっと標準的な資本主義者のもの。気持ちも頭も利益に向けつづけるというものだね。わたしのいとこのアーチーはその気質を受けついでいる。それは父の方針とまるで違うから、社内に不和が生じて、父は早いうちに引退することになった。そのことは残念がっていたけれど、会社に行かなくても父にはやるべきことがいくらでもあった」

「お父さまはここを愛していらしたのですね」モードにはそれが感じられた。

アグネスはうなずいた。

「あなたのファンは本の中でお父さまについてもっと読みたがると思います」

「自分がしつこい人間だと気づいている？」

「ときどきは」モードは昨夜、マイルズから逃げだしたことを考えた。あれは自分の品位を保つことにしつこくこだわり、もはや彼のつかの間の欲望に屈しまいとしたからだろう。自分はハイディを助けようとすることにも、クレミーが幸せでいることにもしつこくこだわっている。「しつこい人間だと思います」

「いくつかのことについては、わたしがプライバシーを守りたいならどうする？　間違いなく、それはわたしの権利。自伝と、暴露本とやらとの間には違いがある？」

「その点を一緒に考えるために、わたしはここに来たんだと思います。〈ナンのおしごと〉シリーズを書くことになったいきさつをもっと読者にはっきりわかるようにするのは、ほかのことよりも書きやすいんじゃありませんか。フェローシップポイントの美しい描写だけから、あなたが作家になった過程を推測させるのは読者にかなりの負担をかけます。彼らが望むのは具体的なもので──

──」

アグネスは両手の指の関節を椅子につき、苦労して立ちあがった。「はいはい。そういう話だったね。来て。夕食の前にそこらを案内するから。この話は明日まで棚上げにしよう。一日の今ごろは疲れてしまうから」

モードは無理に話を進めたことをすまなく思った。「もちろんです。何もかも見たいです。とりわけサンクを」

「ここにいるんだよ、メイジー！」

猫はおすわりをしてアグネスを穏やかな目で見あげた。アグネスはメイジーに大げさに目をしばたたいてみせた。メイジーもまばたきを返した。一人と一匹はこのしぐさを三回繰りかえした。

アグネスは歩行杖を取ってきて、夕食は六時半だとまたシルヴィに言った。でも、メイジーにはもう餌をやってもいいよと。音をたてて網戸を閉めて外に出ると、二人はそこにいた。一種の天国に。「これはポイントパス。フェローシップポイントをずっと通っている道路だね。今日はこちらを行くけれど、海岸に沿って歩くこともできる。水は冷たいし、岩は滑りやすいが、そこまで海の近くに行けることはいつでも癒しになるよ。ああ、ほら。ポリーだ。彼女も一緒でいい？」

「もちろんです」モードには迷いがあった。アグネスに会ったばかりだったからだが、いやな奴だと思われたくもなかった。けれども、ポリーの優しくて裏表のなさそうな顔を見たとき、この人となら仲良くなれるかもと思った。

二人はポリーが追いつくのを待ち、歩調を合わせて歩いた。

「あなたの評判はうかがっているわ」ポリーは言った。「厳しい編集者だそうね」ポリーの目はやらかいを込めて温かく輝いていた。たちまちモードは彼女をすてきな人だと思った。

「手助けしようとしているだけです」

「でも、この年寄り鳥さんを叱咤激励しているに違いないわね！　この人、とても頑固なの。みんなを震えあがらせているのよ」

「そうなんですか？」

「ええ、もちろん。わたしでさえもね。本当のアグネスがどれほど心優しいか知っているのに」

「まだ耳は聞こえるよ」アグネスが言った。ポリーはモードに眉を上げてみせ、彼女はたちまち気分が高揚するのを感じた。アグネスとポリーは自分を仲間に入れてくれたのだ。

森に入ったとたん、三人には気温が下がったのがわかった。光が木々の枝を透かして射しこんでくると、森はこの世のものならぬ荘厳な雰囲気をたたえているように見えた。

「でも、アグネスを怖がってはだめよ」ポリーは続けた。「彼女はお父さんととても仲がよかったの。わたしが気づいたところによれば、父親に応援してもらえた女性は気が強いことが多いわね」

「それは興味深いですね。母親の応援についてはどうなんでしょう？」モードは尋ねた。ハイディはできる限りモードを支えてきてくれた。

アグネスはため息をついた。「それについては知らないね」

モードの意気揚々とした気持ちが消えた。頭皮がぞわぞわした。まずいことを言ってしまったらしいが、何なのかはわからなかった。

アグネスは腕を伸ばしてから人差し指を唇に当てた。「しーっ。あれが聞こえる？　フクロウだよ」小声で言った。

「聞こえませんでした」モードが言った。森の生き物については何一つ知らなかった。

みんなは立ちどまって耳を傾けた。間もなくモードはパイプを通じて空気が送られてくるときのような音を聞いた。

「あれですか？」ささやくように尋ねた。

アグネスとポリーはうなずいた。二人は顔を見かわしてほほ笑んだ。長い間、こんなふうに驚きを分かちあってきたのだろう。

「ここには多くのフクロウがいる。フクロウも鷲のように捕食動物だけれど、サンクでの彼らは互いに干渉しないようにしている」

「こういう場所を見られてうれしいです」モードは小声で言った。「あなたの描写どおりのところですね。鷲も見られるでしょうか？」

「たぶん」アグネスが言った。

一行は森のさらに奥へ歩いていった。苔むした地面、針葉樹のこげ茶色の落ち葉、さまざまな表情を見せる樹皮。時の流れが遅くなったようなこの世界。モードはハイディとクレミーもここを見られたならよかったのにと思った。クレミーには自然の世界をあまり見せていない。その状況を変えようと心に誓った。それに、ハイディはメイン州がとても好きだ。メイン州にはハネムーンで一度来ただけらしいが、モードは〈ナンのおしごと〉シリーズで育てられた。さらに、ハイディは森を通っている針葉樹の葉で覆われた道の話や岩だらけの海岸を歩く話といった、自作の話をいくつも語ってくれた。プレゼントを自分で注文できるくらいに大きくなったある年、モードはハイディのために、メイン州についての雑誌《ダウン・イースト》誌の講読を頼み、それ以来、毎年のように定期購読を更新した。雑誌が届くたびにハイディは歓声をあげ、一ページ一ページ、ゆっくりとめくった。そしてハイディはクレミーが病院から家に来たとたん、〈ナンのおしごと〉シリーズの本を読んでやったのだ。

アグネスは杖を突いては体を引きつけるように前進し、ポリーは木の根を身軽にまたぎ越えた。モードはMガールズを迎えに寄こしてくれた礼をポリーに言った。すると、ポリーは自分の子どもや孫たちみんなについて説明した。大家族について聞いたことがあるような行動を彼らがいつもとっていたことを知り、モードの目に涙がこみあげた。自分がブリギッタだと想像しながら、「サウンド・オブ・ミュージック」を何度観たことだろう（映画「サウンド・オブ・ミュージック」に登場するブリギッタは三女で本好きの少女）。

サンクを横切り、端がなだらかに傾斜している崖になった空き地に出た。「何か気づいたものはある?」ポリーが尋ねた。

モードはあたりを見まわした。ばかげた質問だ。気づくものならいくらでもあった。海のきらめきを目にして、島を見ているのか、それとも幻影を見ているのだろうかと思った。もしもここで暮らしていたら、一日じゅう海を眺めているだろう。

「動かないで。待っていてちょうだい」

モードはうなずいた。少し経つと足が温かくなり、ぬくもりが全身に伝わってきた。このことを言ったほうがいいだろうか? それとも、これもまた空想なの? 旅の疲れが出はじめていた。

「ここはアベナキ族の野営地だった。もっと古い時代のものかもしれない」アグネスが言った。

「先住民はカヌーで川を下って、夏を過ごしにここへ来ていたんだよ」

「うわあ」

「たしかに、うわあだ」アグネスは答えた。「ここで収集した遺物がいくつかあって、自分で言うのもなんだけど、うちで良好な状態に保存してある。かつてポリーとわたしは、このあたりを掘りまわって穴から遺物を放りなげていた少年の一団に出くわしたことがあった。二人でそいつらを追いはらったけれどね」

「いくつのときでした?」

「十四歳」ポリーが言った。「勇敢なのはアグネスだったの。わたしは少年の一人がハンサムだなんて思っていたわ」

モードは声をあげて笑った。「アグネスは男の子のことで頭がいっぱいだったときなどなかったんですか?」

「ええ、彼女は一度もそういう病気にかかったことがなかったの」

「運がよかったですね」モードは言った。「今、アベナキ族はどこにいるのですか？」

アグネスが話を引きついだ。「その名前ではもう部族は存在していないんだよ。メイン州には全部ひっくるめてワバナキ族と呼ばれる人々が大勢いる。だけど、わたしたちよりも前に夏になるとここに来ていた人たちはいなくなったというわけ」

「悲しいですね」モードは言った。

「ああ」アグネスは言った。「だけど、残っていたものから判断すると、存続していた間はすばらしい部族だったらしい。さて、帰ろうか。一杯ひっかけないと」

彼らは回れ右して、来た道へ向かった。モードが覚えることになったその道は近道だった。さっきと逆に道をたどると、何もかもが前とすっかり違って見えた。木々を通して射しこむ木漏れ陽は今や魔法を生みだしていた。本当にクレミーがここにいたらいいのに！

「しーっ！　見て」ポリーが右上を指さした。最初モードは遠くに目を凝らしたが、進んでいる道の頭上三メートルほどのところに巣があることに気づいた。さわれそうなほど近くに。木の曲がった部分に重そうに載っている巣は、四隅をそれぞれ枝で支えられていた。巣は乱雑な感じだった。鷲たちには住まいのことよりも、もっと考えるべきことがあるかのように。二つの白い頭が現れ、首をぐいと回してあたりを見た。

「あの子たちは遅く生まれたんだ」アグネスが言った。「鷲は春に孵化《ふか》するからね」

「ここにはもっと長持ちしそうな巣もいくつかあるのよ」ポリーがじっと見あげながら言った。

「どれもイヌワシの巣ですか？」

「白頭ワシの巣もあるわ。これはアグネスのひいおじい様がこのフェローシップを作ったときに保護しようと努めたものなの。あらゆる生き物のための安全な生息地ということよ」

「今はお二人の所有になっているんですか？」

「ある意味ではそうだね。わたしのいとこのアーチーもその一人」アグネスが言った。「協会という形になっている」

「わたしたちはここを所有しているとは考えていないの」ポリーが説明した。「むしろ一種の責務というところね。所有権というものがそれほど重荷になっていないのは確かよ。わたしにはこの土地が自分のものだということが充分に把握できていないの」

「最近まで女性が土地を所有することは認められていませんでしたね」モードが言った。「ほんの百年ほど前までは」

アグネスはうれしそうな驚きの表情でモードを見た。「まさにそのとおり。女が土地所有者として見なされた歴史は短いんだよ」アグネスは言った。

「見て！」モードはにわかに騒がしくなった頭上の巣を指さした。一羽の鷺の翼が空気を打ち、風を巻きおこしている。モードはもっとよく見えるようにくるりと回った。「なんてすばらしいの！」

「そのすばらしさを守るためにわたしはいる」アグネスが言った。「たとえそれがわたしの最後の行動でもね」

「『風と共に去りぬ』の台詞みたいに、神に誓って？」ポリーがひやかした。

「スカーレット・オハラなんて知ったこっちゃないし、神だってどうでもいい」アグネスが言った。

「いつものように、万事はわたし次第」
モードとポリーは声をたてて笑った。

どういうことをするのかは話しあわれなかったし、どんなふうにやっていくかについてもアグネスとモードは話さなかった。二人はこれが当たり前の生活だというふうに行動していた。これまでずっと一緒に暮らしてきて、自分たちなりのやり方があったかのようだった。モードはガラスルームと呼ばれる日光浴用の部屋で朝食をとり、長椅子に寝そべってアグネスの原稿を読みなおし、議論すべき点を拾いだした。サンクからの遺物でいっぱいの飾り戸棚を丹念に探り、壁にかかった地図をじっくりと見た。地図には、最初に見たときは想像ではないかと思った点在する島々が残らず載っていた。想像ではなかった。たしかに数多くの島があったのだ。モードは動植物に関する、テーブルに置かれたままの書物や、いつどこでどんな生物を見かけたかを詳しく記録した、家族によるノートに目を通した。こういったすべてに、自分の提案どおりにできた場合の自伝よりも魅せられた。モードはここがおおいに気に入った。家に帰らず、あとを振りかえることもなく、いつまでもここで暮らしたいと感じるときがあった。二度とニューヨークを目にしなくてもかまわないと思った。失ったことも知らずにいた何かとぴったり合うように思えるのがこの場所だったのだ。なくしたものが何なのか、見つけたかった。

けれども、ふいにクレミーのことが思いうかぶと、いっさいの妄想が消えてしまった。

アグネスは二階の書斎に引きこもって執筆していた。午前の終わりごろ、アグネスは下に来てモードと食事し、それから二人でポイントを歩きまわった。アグネスは風を愛していて、自分もそうだとモードは気づいた。さまざまに変化する海も、いくら見ても見飽きることはなかった。海は大きな規模で同じ動きを繰りかえしながらも、近づいてみると波は独特の動きをしていた。散歩から帰ると、二人は濃いコーヒーを飲んで仕事に取りかかった。というか、見方によっては綱引きのような議論を始めた。

長年の間、一人暮らしが多かったにしては、アグネスは小さいころに受けた社交上のしつけを忘れていなかった。彼女は非常に会話が上手だった。質問があったのに、やり取りの中で何も訊かないで部屋に帰ってきたことにモードが気づく場合もよくあった。絶対に尋ねなくてはとはっきり決心しても、何度となくアグネスに出しぬかれた。率直そうなアグネスの物言いのせいで、どこで質問をしそびれたのか、見きわめるのは難しかった。アグネスは愛想のよい、歯に衣着せぬ言い方で自分の感情を細かく検討してみせ、遠い過去の詳細な話を驚くほどよく覚えていた。モードにとって、フェローシップポイントで暮らしていた子どもたちは以前よりも真に迫った存在になった。それでも、彼女はアグネスの自伝のためにさらに多くを求めていた。

「子どものころに脚本家だったという、わたしのキャリアの話はしたっけ？」ある日の午後、アグネスは尋ねた。

「話してはいないとわかっていますよね」そのころにはモードも、アグネスの頭は一秒たりとも調子が狂わないと充分に心得ていた。アグネスの知能には老いの兆候がいささかも見られなかったから、完璧に淀みなく会話を続けられた。

「たぶん、あれがわたしの最初の創作物だったと思う。お粗末な道徳劇だね。わたしはきょうだいや友達の性格上の欠点や、それを直すにはどうしたらいいかが感じとれた。だから、現実とは違う行動ができるような役を彼らのために書いてやった」

「そんなふうに人を操るのが得意だったんでしょう」二人は会話の一部になっていた、からかいを込めた口調で話していた。「あなたは何歳だったんですか？」

「脚本を書きはじめたのは八歳のとき。初めての感謝祭の前日に関する劇だった。女の子たちは先住民になり、男の子たちは入植者になった。先住民も入植者も自分たちの要求について話したという内容だよ」

「本当に？　八歳でそんなものを書いたのですか？」

「実際以上に、特別な意味がある脚本だったと想像しているようだね。その劇には足りない点が多かった。わたしはあのとき、脚本を書くというよりも、役者たちをとても熱心に〝監督〟したようなものだった。というか、彼らにいばりちらしたってことだね。みんなはわたしが思っていたほど、感心してくれなかった。脚本を書いていて夢中になったのは、エルスペスに意地悪な役をやらせて、テディ・ハンコックに恥ずかしがり屋の役をやらせたことだった。二人の登場人物が目指すものや行動はエルスペスやテディの性格とかけ離れていて、彼らは無理やり自分とは違う考え方をさせられた。あれには興味をそそられたよ。物語の登場人物がどう動くかについて、わたしの考え方を形作ってくれた」

「八歳のときに、役になりきろうと苦労している人を見て興味をそそられたと言うんですか？」

　アグネスは肩をすくめた。

「とにかく、おもしろい話ですね。それについても書きませんか？」

「書くかもしれない。書かないかも」

その他もろもろがあった。上がったり下がったり、後退したり回ったり、言いあらそったり口論を避けたりと。こうして二時間話したあと、何かはわからないが、なんらかの活動をするためにアグネスは自室へ上がっていった。たいていの場合、モードは外出し、一人で歩きまわって探索した。散歩から戻る途中、モードはときどきメドウリーに立ちよって、アイスティーを飲んだり、ポリーの家族に会ったりした。どうやらMガールズは、お互いに退屈することなく、いつまでもおしゃべりしたり笑ったりしていられるようだった。ここにいると、住人のゴシップに焦点を当てたものよりも、こういう場所を思いおこさせる自伝を書くことにアグネスがこだわるわけがわかった。モードはここの全体的な雰囲気をつかみはじめた。

ある日の午後、モードが散歩から戻ると、アグネスが玄関で待っていた。

「あなたのお父さんから電話があった。緊急事態ではないから安心してほしいと言っていたけれど、折りかえし電話が欲しいそうだよ」アグネスはモードの腕に軽く手を触れて図書室の電話まで案内した。そしてドアを閉め、モードを一人にして立ちさった。

モードは吐き気を覚え、怯えていた。なぜ、電話をかけてきたの？　胸をどきどきさせながら震える指で父親に電話した。

「お父さん！　どうしたの？　クレミーに何かあったのね？」

「いや、クレミーは元気だ。そのことをおまえの作家に言ったんだが、理解していなかったようだな」

そう、理解していなかっただろう。モードは娘がいることをアグネスに告げていなかったのだ。

「ハイディのことなんだ。身体拘束しなければならなかった」モーゼズは疲れたような声をしていた。

「どうして？」

「どんな意味なのかはさておき、彼女は行動化《アクトアウト》とかいうものを起こした。とにかく、前よりもひどい鬱状態に陥って、今、病院側は電気けいれん療法《ECT》を行ないたがっている」

「断ってくれたわよね」ハイディが身体拘束をされているなんて、モードは耐えられなかった。

「ああ、おまえがどう感じているかはわかるし、今のところは断ったよ。だが、この療法を考えてみるべきだと思う」

モードはめったに父親に共感しなかったが、大人になった今では、ハイディを妻に持つことがどんなふうだったか理解できた。どこの時点で、母は父のパートナーにはなれなくなったのだろう？

「そっちに戻る」モードは移動手段を探すようにあたりを見た。

「ああ、それがいい」父親は言った。「今、ぼくはとても忙しいんだ」

「ハイディの医療委任状にはわたしの名も加えてくれたのよね？」

「念のため、もう一度調べてみるよ」つまり、加えていなかったということだ。

「わたしたちから家を取りあげるつもりだとお父さんが言ったとき、お母さんが落ちこんだのはわかっていたはずよ」八百キロも離れていて運がよかったわね。モードは父親を殴ってやりたかった。

「おまえはそう言っていたな。だが、あの家に永久には住めないことを彼女はずっと知っていた。ほかに住む場所の家賃は払ってやるよ」

「それまで地獄にでも落ちてて」

「わかった。飛行機が着く時間を教えてくれ。車を手配しよう」

モードは頬から涙を拭い、髪を手で梳くと、ガラスルームにいるアグネスのところへ行った。

「母に関することでした」モードは言った。アグネスが堂々と横たわっている長椅子のそばの籐椅子にどさりと座った。

「お父さんはほかにも名前を言っていたけれど、わたしにはわからなかった」アグネスが言った。

「クレミー。わたしの娘です」

アグネスは話を理解したらしい。「いくつ？」

「三歳です」

「父親は？」

「逃げました」

「じゃ、あなたは本当に大変なんだね。で、お母さんの様子は？」

「病院は電気療法を母に施したいそうです。そうさせないように、わたしは帰らなくては」

「わかった」アグネスは言った。「続きは手紙でやれるから」

アグネスがどんなことにでも冷静なのがモードにはありがたかった。

「今夜の飛行機に乗れると思いますか？」

アグネスは首を横に振った。「いちばん早い飛行機でも明日だよ」

モードはため息をついた。フェローシップポイントで過ごしたこの数日間が自分の本当の生活のように思えた。クレミーにはたまらなく会いたかったが、それ以外はここを離れる気にさせるものがなかった。あと少し、ここにいるしかないことがうれしかった。「じゃ、待たなければならないですね」

「一杯飲もうか」

モードは立ちあがろうとしたが、アグネスが手を上げて押しとどめた。「ここにいなさい。ワインにする、それともウイスキー？」

「ウイスキーはあまり飲んだことがなくて」

「おいしいスコッチがある。泥みたいなものじゃなくてね」

「ありがとうございます」モードは言った。〝なぜ、ハイディは生きるのがいやなのだろう？〟

ふと、そう思って、モードは母親が病院で何をしでかしたかがわかった。

「はい、あなたの飲み物」

モードはごくりと一口飲んでむせた。アグネスは微笑した。

「そのうち慣れるよ。これは戸棚にずっと置いておける薬だね」

モードはグラスを置いた。「母は自殺しようとしたらしいです」

アグネスは眉を寄せた。

「父はそんなことを言わなかったけれど、話すつもりもなかったでしょう。父は何を子どもに話すのが妥当かわからないんです」モードは悲しそうに笑った。「家族を捨てたとき、父はわたしにこう言ったんですよ。ぼくは性的衝動が強すぎて一人の女では足りないんだ、とね。わたしは五歳でした」

「いい厄介払いだったじゃないか」

「ええ。でも、母は傷つきました。そのせいで絶えず不安定なんです。もっとも、状態がいいときの母は一緒にいて最高の相手ですよ。帰りたくないな。本のことですが、書かれていたことを経験できました」モードは言った。「少しは妥協するつもりがおありですか？」

「その見こみはないね」

「わたしも妥協するつもりはありません。だったらなぜ、わたしは来たんでしょう？」

「強情な老婆がどんな奴か、自分の目で見たかったからだろう。もうわかったわけだ」アグネスは自分の栄光を表現するかのように、できるだけ高く両腕を上げた。「わたしはあなた自身の将来の姿だよ、モード・シルヴァー」

「わ、耐えられない」モードは言った。そのとたん、自分の言葉に気づき、慌てて口を片手で覆った。

「かまわないよ」アグネスが言った。「口が滑ったんだろう。お母さんのことを話して」

モードはため息をついた。「ご親切にどうも。でも、ご迷惑をかけたくないんです。わたしがここに来たのはあなたの話を聞くためですから」

「それでもいい。聞きたいね」

「母についての話を聞きたがった人は担当の医師だけですが、彼らは症状を知りたかっただけです。もしかしたら、症状を聞くことしかできないのかもしれない。実を言うと、母のことはあまりよく知りません。母は過去について一度も話したことがないんです」

アグネスはうなずいた。「道理で、あなたはわたしの過去をしきりに知りたがるわけだ」

モードはふいを突かれ、返事ができなかった。アグネスは洞察力があるか、狡猾《こうかつ》なのだろう。そのどちらなのかわからなかった。

「なぜ、お母さんは鬱状態になると思う？」アグネスは口調を変えて尋ねた。

「はっきりとはわかりませんが、母の両親が交通事故で亡くなったことは知っています。そのとき、母は後部座席で眠っていたそうです。四歳でした。その後、タラハシーの近くの田舎に行って、父親の姉と暮らしたとか。それがサリー伯母さんです。彼女は福音派の信者でしたが、教会へ通うというよりは狂信的な信者だったみたいで」

「ひどい話だ。フロリダの田舎の狂信的集団とあまり変わらない。ヘビ使《スネイク・ハンドラー》いたちがいたに決まっている」

「母は十六歳で家を出て、奨学金をもらってコロンビア大学に行き、父と出あいました。まだティーンエイジャーのときにわたしを産んだんです」

「お母さんの担当医たちをどう思っている？」

「よさそうに見えます。母のような人にどんな治療ができるのかはわかりませんが」

「わたしは以前、フィラデルフィアのフレンズ病院の理事だった。そこで検査してもらいにお母さんを連れていく気はない？　セカンド・オピニオンということで。優れた病院だよ。情報を調べるといい。治療を人道的に行なうことでは、アメリカの病院の中で断トツだ。はやっているおぞましい治療法に流れたりはしない」

「よさそうですね。ありがとうございます」

「暖炉に火をおこしてこよう。それから、あなたの子どもの話を聞きたい」アグネスは言った。

「娘の話をしなかったなんて、ずるいね」アグネスは体を押しだすようにして立ちあがり、暖炉へ行った。

「わかりました。まずは飛行機の予約をしたほうがいいですね」モードは今にも流れそうなほど涙がこみあげているのを感じたが、アグネスの前では泣きたくなかった。

「そうして」

モードは重い足取りで二階へ上がり、落ちつける自室に行った。ベッドに倒れこむ。枕に顔を押しあてて叫んだ。何度も何度も叫び声をあげた。おそらく三十秒ほどのことだっただろう。けれども、あまりにも激怒していたから、時間の感覚がなくなっていた。誰もかれもが憎かった！ 世の中が憎い。あまりにも不公平だ。ハイディの脳を電気で壊すって？ とんでもない。父を信用できたらいいのにと願ったが、これまでも母の件で頼りにしたことはなかった。

それに、モードはハイディにセカンド・オピニオンを受けさせたこともなかった。自分はまだ親に依存し、若かったころに決められたことを続けているだけだ。だが、もう二十七歳なのだ。これくらいの年で亡くなった人は大勢いる。ジミ・ヘンドリックス、ジム・モリソン、ジャニス・ジョプリン、カート・コバーン。彼らの死に心が痛んだ。だが、モードは死ぬわけにいかなかった。子どもがいるから。ハイディがいるから。だから、もっと大人になって計画を立てなければならない。

モードは顔を洗って階下へ戻り、図書室に入って航空会社に電話した。またアグネスのところへ行くと、暖炉の火が燃えてぱちぱちとはぜていた。ソファの前のベンチテーブルには料理の皿が並べてあった。モードはクッションに沈みこんだ。

「子どもを欲しいと思ったことはありますか？」

モードはアグネスを見つめた。モードにブランケットを手渡し、皿をもっと近くに押しやっていたアグネスはその瞬間、この上なく母親らしく見えた。

「わたしにはナンがいる」アグネスは言った。「ずっと申し分のない娘だよ」

モードは皿を取りあげた。「あなたは幼いうちにナンを働かせましたよね。それはどうかと思いますけど」

アグネスは頭をのけぞらせて笑った。この笑い声を胸に抱いてモードはニューヨークへ戻るだろう。結局、今度の旅は実りあるものだった。新たな友情が生まれたのだから。

第十五章

二〇〇一年九月、リーワードコテージ、アグネス

アグネスは午前三時ごろのいわゆる「狼の時刻」に起きると、過去の出来事をあれこれ書きながら数時間を過ごした。モードとの会話に刺激を受けて始めたことだった。たとえこういう原稿が机の引きだし行きになるとしても、書いていると気分がよかった。モードは考えを変えようとしなかった。もっとも、モードが望むような本を書いて出版されないことになっても、悪くはないかもしれない。死後に出版される可能性もある。または、誰にも知られないまま焼いてもいい。小説を書けない場合、これはアグネスが打ちこめるものになるかもしれなかった。本を書くことに没頭する状態が途方もなく恋しい。アグネスは時間が過ぎるのにも気づかず、一心不乱に書いていた。八時半近くになり、シルヴィに邪魔された。下の窓のところで敷物を箒で激しく叩く音がしたのだ。アグネスは網戸を押しあげ、首を突きだした。

「ここでそれをやらなくちゃならないわけ？」

シルヴィは上を見た。「生きてるんだね！」

ああ。シルヴィは心配していたのだ。「すぐ朝食に下りていくよ」

アグネスは海や静かな草原に目をやった。ポリー以外、夏の間岬《ポイント》にいたみんなが帰ってしまった。これからが黄金の日々だ。空は真っ青で、嚙みごたえがあるものみたいに見える。アグネスは深呼吸を五回してから着がえて下に行った。

キッチンに入っていくと、シルヴィが大きな足音をたてて歩きまわっていた。「今日は図書室で食べることにするよ、シルヴィ」

「どうして?」

「自分でもびっくりだけどね。何かひらめきがあったというところかな」

「じゃ、トレイを持っていきます」

「声をかけてくれたら、取りにくるよ」

「ふん!」

「わかった。ありがとう」シルヴィの仕事についての見解を巡っては、いつまで口論してもきりがないだろうし、アグネスはそんなことをしたくなかった。

図書室に向かって一階の廊下を歩いていった。途中でガラスルームをちょっと覗き、床にあふれている陽光を見てほほ笑んだ。一日のこんな時間に階下へ来ることはまれだったし、これほどの上天気だとは気づかなかった。ここで食事したほうがよかったかもしれないが、もう図書室で食べると言ってしまった。意外だったが、図書室にも日差しがいっぱいだった。書棚を一瞥した。古い大型の本ばかりで、歴史やガーデニング、哲学、メイン州、アメリカ先住民、クエーカー教徒に関する書物だった。今はまだ読みたい気分ではない。なんとなくテレビをつけた。書いていた場面についてまだ考えていたので、音量は上げなかった。テレビはめったに見ないが、バックグラウンドミュージック代わりに音を流したいときもあった。テレビのほうもたいして見るべきものはなかった。前のテレビの代わりに買った古いモトローラ社製の白黒テレビだった。この家での最初のテレビだった前のものは、病気になった父のためにアグネスが買ったのだ。ケッズを履いたまま、ソファに横座りに腰を下ろした。どれも行儀が悪い行動だ。いけない行動がとても楽しいのは、どんなつむじ曲がりの神の為せるわざなのだろう？　とはいえ、アグネスはいかなる神も信じていなかった。がんになったのだから、やりたいことは何でもやっていいんだと自分に言い訳した。〝がんを切り札に使うんだよ、アグネス！〟。それは最高の切り札で、何にでも勝ちを占めた。

皿を持って入ってきたシルヴィは満足そうにうなずいた。

「いいですね。リラックスしなくては！」

「わたしは死なないよ」アグネスが言った。

「わたしはいずれ死にます」シルヴィは答えた。「それに、いつでも誰かが死んでいます。死なないのは結構ですが、生き残るのはあなただけになりますよ」シルヴィはたしなめるようなしぐさをして向きを変え、アグネスはその背中に向かって拳を振った。だが、厄介な意味で、自分とシルヴィには基本的に似たところがあると認めないわけにはいかなかった。知ったかぶりをする点とか、とどめの一言を発する点も似ていた。

ハネデューメロンの一切れにフォークを突きさし、果汁があふれて溶岩のように流れだすのを眺めた。溶岩――ベスビオ山の溶岩だ。アグネスとエルスペスとエドマンドは「ベスビオ山」という名のゲームを考えだしたことがあった。彼らは冬じゅうそのゲームをした。「ベスビオ山」という合言葉を三人の誰かが言ったら、みんなその場で動かずにじっとしていなくてはならないというものだ。エドマンドは体をよじるという、ただでさえ妙な姿勢のときに合言葉を発したので、さらに注目を浴びることになった。エルスペスはみんながフィラデルフィアの通りを歩いているときに言ったので、彼らは生きた彫像と化した。あきれた話だったが、アグネスは読書中に合言葉を言った。そうすれば、本を読みつづけられるからだった。本を読むのを邪魔されると、まだ合言葉でかけられた呪文が解けていないと言いはったものだ。

合言葉を最後に言ったのが誰だったか、アグネスは思いだせなかったが、ゲームというものがどれもそうであるように「ベスビオ山」も終わってしまった。その後、アグネスはナポリとベスビオ山を訪れたことがあった。遺骨が発掘されたポンペイの人々は何の警告も受けずに、何かをやっている最中に火砕流につかまったのだ。噴火に気づいたとしても、逃げる途中で火砕流にのみこまれたのだろう。彼らのゆがんだ顔やよじれた姿勢は永遠にそのままだ。イタリアにいたとき、アグネスはそんなふうに発掘された遺体を見に行かなかった。他人の苦悶の表情をぼうっと眺めるなんて、プライバシーの侵害だと感じられたのだ。

アグネスはトーストにジャムを塗り、一口かじった。一日の最初の一口は、その日最初のコーヒーを飲んだときと同じようにおいしかった。今は何の痛みもなかった。激しい疲労感はあったが。今日は昼寝をすることになるだろう。寛解という時期でも、がんは溶岩のように人をその場から動けなくさせるものだ。

テレビに目をやると、ワールドトレードセンターのてっぺんから炎が上がっているのが見えた。最新の映画だろうとアグネスは思った。パニック映画。もう何口かトーストをかじってから、またテレビを見やった。少しはさっきと変わっていないかと思ったが、映像は同じだった。ワールドトレードセンターのいちばん上から火が出ている。テレビは一つのことを短時間しかやらないのに、これはかなり長い映画レビューらしい。だけど、ちょっと待って――画面のいちばん下に流れている言葉は何？　「生中継」。どういう意味よ？　「生中継。ワールドトレードセンターの北棟に航空機が衝突」。頭よりも先に胃が反応し、宙返りを打った。テレビに映っているものに釘づけの自分を奇妙なほど意識した。何一つ、理にかなわない。超高層ビルからうねるように煙が出ていた。

アグネスは皿を置いてドアへ行った。「シルヴィ？　こっちに来てくれない？」

「キッチンで皿洗いの真っ最中ですよ！」

「ほうっておきな。早く来て！」

「待ってください」

ドスン、ドスン、ドスン。肩に投げかけた布巾の端を持ったままシルヴィが現れた。「何なんですか？」

「いいから、これを一緒に見てくれない？　自分が見ているものが信じられない」

シルヴィは眉を寄せた。「火事のようですね」身を乗りだし、目をすがめてテレビ画面を横切る文字を読む。「ワールドトレードセンターに航空機が衝突？」

「ああ、まさか」ことの次第は推測できていたが、アグネスはほかの人間の口から聞かねばならなかったのだ。シルヴィのそばに行って立ち、二人でレポーターの声に耳を傾けた。ワールドトレードセンターに航空機が衝突したが、誰にも理由はわからない、と。テレビでは同じ情報が繰りかえされ、煙が出ているビルの同じ映像ばかりが流されている。

「飛行機に何が起こったんですかね？」シルヴィが尋ねた。

アグネスは首を横に振った。「マンハッタン上空は飛行禁止だと思ったけれど」

見ていると、画面に別の飛行機が現れ、二人は互いの手を握りあった。「よけて！」シルヴィが悲鳴をあげた。

「ひどい」アグネスは小さな声で言った。「ポリーのところへ行ってくる」

「一緒に行きます」シルヴィは言った。

「ああ。そうして。だけど、メイジーは置いていこう」

気温は高いけれども雲が多い日だった。芝生は緑の色がさめて水分が抜け、枯れてきれいなベージュ色になっていた。野の花はあまり残っていなかった。あたりには相変わらず酔わせるような、小麦に似た香りが漂って暖かい。衝撃を受けたさなかでも、風景の美しさに気づかずにはいられなかった。

「モードは大丈夫だね？」アグネスは大丈夫だという答えだけを聞きたかった。「イエスと言って」

「彼女はあそこから離れたところにいますよ」シルヴィはきっぱりと言った。

「モードに電話するべきだった。シルヴィ――家に帰って、彼女にかけてみてくれない？　彼女と話したら、わたしを呼びに来て」

二人は墓地の反対側にいた。シルヴィは両手を腰に当てた。「わかりました。そうしますよ」

「一人でいてもかまわない？」

「一人でいるからって、何の違いがあるんです？」

〝こういう人だから、一緒に暮らせるんだ〟とアグネスは思った。

アグネスはテラスに出入りするドアからポリーの家に入っていった。ディックが亡くなったから、今は礼儀作法を気にしなくてすむことがありがたいと一瞬思った。これで地獄行きの切符にまた一つ、パンチ穴があいたわけだ。

「ポリー！」

「ここよ！」

アグネスは書斎にいるポリーを見つけた。受話器のコードをできるだけ伸ばし、テレビの前で行ったり来たりしている。力なく肩をすくめてみせ、片手で送話口を覆った。〝ジェームズよ〟声に出さずに口の動きで伝える。アグネスは肘掛けのない椅子に腰を下ろし、ここではカラーのテレビ画面に目を凝らした。両方のタワーから恐ろしいほどの炎が上がっている。黒い煙も。雨の日で部屋からは雲しか見えないとき、ワールドトレードセンターの〈ウインドウズ・オン・ザ・ワールド〉という展望レストランで食事をすると、セオから聞いたことがあった。アグネスはそれがどちらのタワーにあるのか知らなかった。こんな早い時間には誰もレストランにいなかったに違いない。でも、オフィスは――勤務中の人たちがいたのでは？　ニューヨークでは何時ごろに仕事が始まるのか、よくわからなかった。建物の中に人がいたことは間違いない。彼らの恐怖を想像し、アグネスは震えた。

左側のタワーからの雲のような灰色の煙がますます大きくなり、ゆっくりと、非常にゆっくりと建物は崩壊していった。建物が座ったかのようだった。灰色の煙が上がり、タワーは崩れおちた。

〝ああ、なんてことだろう〟アグネスは声もなく指さした。

ポリーは画面を見やった。「ジェームズ！　大丈夫なの？　ええ、ええ。わかったわ。ええ。そうね。よかった、神に感謝するわ。いえ、だめ、まだ切らないで――」

ポリーは受話器を戻した。「あの子はみんなに電話をかけつづけないとならないのよ」アグネスのそばへ行ってハグをした。「信じられない。あのタワーで働いているのはジリアンだけだけれど、あそこにはいないわ。いたことはいたけれど、ノックスが彼女と話して、すぐ帰宅するように言ったんですって。外に出ろって。まだスニーカーを履いていたから彼女は出たらしいの。わたしが何を言っているか、わかるわよね？」

「だからここにいるんだよ。ああ、嘘だろう！」

ポリーはくるりと振りかえった。人々が激しい勢いで通りを走っている。茶色の雲のような煙が大通りに噴きだしてきて、人々を追っていた。人々は灰色の土煙に囲まれ、咳きこんでいる。津波から逃げるようだ。あるいは火山の噴火から。

「ああ、そんな」ポリーが小声で言った。「ああ、神様」

「子どもたちはどうしている？」

「子どもたち？」

「おたくの子どもたちだよ」

「ジェームズがみんなに電話しているわ」

ポリーが「電話をちょうだい、電話をちょうだい」とつぶやきながら部屋を行き来している間、アグネスは次第に募っていくいらだちを抱えて彼女を見ていた。そんなふうにそわそわするのはいかにもポリーらしかった。そうしていれば、歴史の流れが変わるとでもいうようだった。見ていると、アグネスはいらいらした。

「ジェームズに掛けなおしたほうがいいかしら？」ポリーは訊いた。「あの子が電話を切らないでくれたらよかったのに」

「それはだめ。みんなの無事を確かめると、彼は言ったんだろう。ジェームズはあなたの無事を確かめたわけだよ」

「でも、何が起こっているか知りたいの」

「だったら、座ってテレビを見な。ジェームズには自由に使えるニュース編集室があるわけじゃないんだ」

ポリーは眉を寄せた。「そんなものはいらないでしょう」

「敷物に穴があいてしまうよ。歩くのはやめな！」

ポリーは床に目を落とし、当惑顔でまた目を上げた。

「座って」アグネスは強い口調で言った。「そんなふうに歩きまわられると、こっちは集中できない」

「動揺しているの？」

テレビでレポーターが「テロリストの攻撃」と言った。

「まさか、そんなことが」ポリーは言い、ソファにへたりこんだ。

「ああ、動揺しているよ。だけど、そんなに驚いちゃいない。アメリカ人は長い間、世界をいじめてきたからね」

「よくもそんなことが言えるわね？」

アグネスにも確信があるわけではなかった。けれども、自分が物事を見とおせると感じると気分がよくなった。「わたしは現実を話しているだけ」

ポリーは唇を引きむすんで膝に視線を落とした。「あなたってとんでもないモンスターになれるのね」

「わたしはモンスターじゃなくて、メッセンジャーだ。こんなことはしない」アグネスはテレビのほうを指してみせた。

「もしかしたら、家族がいないからそんなに冷たくなれるのかもしれないわ」

「今のばかげた言葉は聞かなかったことにするよ」アグネスは血が激しく湧きかえるのを感じた。深呼吸して。深呼吸するんだよ。落ちついて。言いあいをしても誰の役にも立たない。

電話が鳴った。ポリーは受話器に飛びついた。「ジェームズ？」ポリーは必死の形相でうなずきながら耳を傾けている。「みんな？　確かなの？　わかったわ。そうよ——ここにいらっしゃい！来るようにとみんなに言って。だめ、待って、切らないで——切れてしまったわ」当惑した様子だった。

「ここに来て座って、心配するのはやめなさい。みんな無事だとジェームズは言ったんだろう？」

ポリーは指示に従ってこちらに来た。静寂に近い中で二人はテレビを見ていた。テレビのレポーターたちはショックを受けて泣いている。

「ジェームズはどこ？」アグネスは訊いた。

「フィラデルフィアよ。オフィスにいるわ」

「ああ。フィラデルフィアは大丈夫に違いない」アグネスはきっぱりと言った。もっとも、この国がターゲットだとしたら……。

「だけど、独立記念館はどうかしら？　あれはいいターゲットになるでしょう。つまり、象徴としてということだけれど」ポリーもアグネスと同じことを考えていた。

「フィラデルフィアは大丈夫だよ」アグネスは言った。不安そうなポリーのためにと力を取りもどした。ポリーといると、無意識に自分の感情のバランスを調整してしまう。

また電話が鳴った。「まあ、ありがとう、シャーリー。いえ、大丈夫よ。わたしは元気。アグネスがここにいるのよ」

「ここにいるよ」アグネスは声を張りあげた。

ポリーはまた受話器を置いた。「シャーリーからだったわ。ご主人とテレビを見ていたんですって」

「おもしろがってるんだ」

「アグネスったら！」

「ごめん」アグネスは何やら考えていた。「ロバートはどうしているだろう？」

「あそこにいるなら無事のはずよ」ポリーが言った。

「でも、そもそも何が起こっているか、彼は知っているだろうか？　このニュースを話してもらえると思う？　何も知らないかもしれない」そう思うと、アグネスはぞっとした。

「気の毒な人たち」ポリーは言った。「みんな逃げられたと思う？」両手で顔を覆った。

「ポリー――いや。逃げられたとは思わない」

「でも、たくさんの人が逃げだせたに違いないわ」

「たぶんね。今はそういうことが問題ではないが」

「その人たちにとっては問題よ」ポリーはより重要な真実を知ろうとしながら、顎を上げた。

「わかったって。わたしは口論したい気分じゃないよ。ところで、あなたは大丈夫なんだね」

「どうでもいいわ。年寄り女のことなど誰が気にするの？　わたしの命と引き換えにできるなら――

――」

もう一つのタワーが崩れおちた。二人はうめき声をあげ、手で目を覆い、また画面を見てさらにうめき、腹に手をしっかり押しあて、自分の腕をつねった。ポリーは床にくずおれた。アグネスはキッチンから水を入れたコップを持ってきた。

「しゃんとして」アグネスは言った。ポリーに水を飲ませる。「さあ、外へ行こう。これ以上、ここに座っていられない」

「電話のそばにいなくちゃ」

「テラスに行くだけ。外の空気を吸うの。電話の音は聞こえるから」

アグネスはぎこちない動きでポリーを助けて立ちあがらせた。「やれやれ」アグネスは言った。「助かるために走っているんじゃなくてよかった」

ポリーは身をこわばらせた。「よくもそんな冗談が言えるわね、アグネス？　人々が死にかけているのよ。本物の人間が」

「わたしが何か言ったからって、状況が変わるとは思えないね」心は痛んでいたが、アグネスは弁解がましく言った。

「口を慎んで！」

二人は外へ出て、アグネスはシルヴィが来ないかと捜した。ポリーにはモードの件を話していなかった。今は怯えすぎている。「あなたの言うとおりだよ」アグネスは言った。いつものように、海を見ると落ちついた。「気が動転して、何を言ったらいいかわからない」

「そうね。話さなくてもかまわないでしょう」

テラスをゆっくりと歩いた。ポリーは枯れた花をいくつか摘みとった。

「ああ、なんてことだろう――モードが無事だといいが」アグネスが言った。ポリーのほうを見る。

「無事よ」ポリーがすかさず言った。「無事に決まっているわ」

アグネスは胸がどきどきした。「本当にそう思う？」

「ええ。無事じゃなかったら、何かを感じるはずじゃない？」

お互いを見つめた二人の目が大きくなった。何年も前にリディアが亡くなったとき、何の直感も働かなかった。ナンが亡くなったときも。二人はそのことに驚いていた。どちらも視線をそらした。

「またジェームズから電話があるといいわ。今の時点でもっと言えることがあの子にあるとも思えないけれどね。わたしが家にいたらよかったのに」

その言葉がアグネスの心に刺さった。「じゃ、ここは何？　あなたの家じゃないわけ？」

「ああ、アグネス。今はそんな話をしないで」

「本気で言っているんだ。ここはわたしの家だよ。あなたにとっても家だと思っていた」

「家よ。それにフィラデルフィアはあなたにとっても故郷でしょう。喧嘩を売らないで」

「喧嘩なんか売っていない。今ここにいなかったらよかったと思っているのは、あなたのほうだろう」

「アグネス、わたしの夫は亡くなったの。戦争のさなかなら、わたしは子どもや孫といるべきよ。それが当然だと思わない？」

当然だ。もちろん、それが当然なのだ。だが、アグネスはポリーにフェローシップポイントにいてほしかった。歩いていける距離のところに。自分がポリーにとっていちばん大切な人であってほしかった。「ここへ来るようにと、あなたが子どもたちに言ったのを聞いたよ」

「何が起こっているのか、わからないのよ」

「そうだね。あなたの言うとおり」そう言ったものの、アグネスは何に譲歩しているのかよくわからなかった。何か不確かなものに折れてしまった気がする。自分が取りのこされたような、何か心が痛むものに屈したように思った。

「ごめんなさい、ネッシー。わたしは子どもや孫を抱きしめたいだけなの。恐ろしくてたまらない」

「そのとおり。みんなで協力すべきだ。わたしは家に帰る」

ポリーはうなずいた。「あとで行ってもいい？　いつも一杯やる時間に？　もっと早くてもいいわ。ランチに行ってもいいし。シルヴィはかまわないかしら？」ポリーはとりとめもなく話していた。またしても両手を固く握りしめながら円を描くように歩いている。

「もちろん、かまわないよ」アグネスは神経が張りつめていたし、求めていた……何かを。確固たるものを。定義を。真実を。でも、どんな形で？　こんな状況でそういうことがそもそも可能なのだろうか？　真実なんて。アグネスは何かを殴りたかった。または誰かを。大きな苦痛から気をそらすための小さな苦痛が必要だった。両手の指を曲げて拳を作り、手を開いて、また拳を作った。

「ポリー──サンクをランド・トラストに委ねることを、ジェームズはどう思っているの?」

ポリーはふらつきながら頭を動かし、あらゆるところに視線を向けたが、アグネスのほうだけは見なかった。ぼんやりした表情をしている。指をそわそわと動かしていた。アグネスはここぞとばかりに追及した。

「シルヴィから聞いたけれど、ジェームズはアーチーとハム・ルースの若いほうの息子とゴルフに行ったそうだね。あの若いのはたしか、ティーターとかいったっけ」

「あの子たちはみんな幼いころから一緒で友達なのよ」ポリーは言った。「知っているでしょう」

「そう? そうだった? もしかしたら、ジェームズはわたしの退場を待ちたいんじゃないの。わたしが死ぬのを待つということだよ。わたしの所有権はあなたとアーチーに行く。それからジェームズのところに。彼らは何らかの策を練っているに違いない。わたしにそのことを話してくれてもよかったはずだよ、ポリー」

「アグネス、よくも今、そんなことを考えられるわね? 世界が破滅しているところなのよ!」

「去年はこの話を先延ばしにしていた。ロバートやディックのことがあったからね。今年もまだ話は片づいていない。たしかにアーチーは問題だ。だけど、この計画についてあなたがずいぶん慎重だったことにはっと思いあたった」

「わたしには考えることがほかにいろいろとあったの。ディックが亡くなったのよ! それにランド・トラストの職員にはわたしだって会ったでしょう。あなたが計画した昼食会にはすべて出た。息子たちにははっきりとこの件を話したし」

アグネスは化粧室に行かねばならないと感じた。実を言うと、せっぱつまっていた。でも、今は戦いの最中で身動きがとれない。「土地についてディックに話したことなんてあった？　話すつもりだとは言っていたけれどね？」

「ディックの話はやめて」ポリーの声は低かった。

「なんで？　わたしだって彼がいなくて寂しいよ」アグネスはティーンエイジャーみたいな振る舞いをしているとよくわかっていたが、どうにも止められなかった。

「本当に？　あなたはいつもディックがひどくつまらない人だと思っていた。どうしてだったの？　ディックはあなたに何も悪いことをしなかった。ただ自分をまともに扱ってもらいたがっていただけよ。あなたは一度もそうしなかった。彼に優しくできなかったのよ」ポリーはテラスの壁越しにひとつかみのしおれた花を取ってアグネスに投げた。

「彼のうぬぼれのために自分を偽るつもりはなかったからね。じゃ、それが理由で、あなたはこの土地が開発されるのをほうっておくつもりなわけ？　そこまでわたしに腹を立てているんだ」アグネスは下半身の筋肉に力を込めた。会話の勢いを止めたくなかった。

「いいえ。ああ、違うわ、アグネス。わたしのせいにしないで。わたしが悪いわけじゃない。全然違う。うちの家族はあなたをいつも歓迎してきたけれど、あなたは家に帰ってわたしたちを嘲笑っているんでしょう？　わたしが知らないとでも思っているの？　あなたを八十一年も知っているのよ。何でもわかっているわ」

「それはよかった。わたしが死んだら、モードと一緒に思い出の記でも作って」

「ええ、そうするわよ。彼女に何もかも話してやる。幼いナン・リードの事故についてもね！　どうやってナンの本を書いて、あのことを埋めあわせるためにお金持ちになったかについて！　でも、あなたはナンのことを話せないわよね。そうでしょう？」

アグネスは自分を解放した。ベスビオ山が噴火した。尿が脚を伝わって流れ、靴の中に入っていく。心からほっとする思いだった。

ポリーは両手を顔に当てた。「ああ、ネッシー、本当にごめんなさい。本気じゃないのよ。そんなこと、一度も思ったことがないわ、これまで――」彼女はアグネスのそばに寄った。

突然、サイレンが鳴りひびいた。緊急事態を告げている。最初のサイレンに続いて二度目が鳴り、さらに何度も鳴った。メイン州の小さな町々からのサイレンの音が海の向こうに運ばれていく。

アグネスはあとずさってポリーから離れた。「本気じゃないなら、そんなことを言わないんじゃない？　それが四十年間、あなたが思っていたことだ」

「違うわ。ネッシー、ごめんなさい。今日のわたしはどうかしているの」

「クソ食らえだよ、ポリー」

沈黙があった。「謝っても許してくれないの？」

「許す必要がある？」

「へえ、なんだかわかってきたことがあるわ。あなたはそれほどサンクを守りたいわけじゃないのよ。わたしの子どもたちにポイントを渡したくないだけ。理由はわからない。でも――」ポリーの顔にさっと赤みが差した。「でも、もうわかった。これまでそんなことを考えないようにしていたけれど。あなたはわたしに嫉妬しているのよ、アグネス」

ほら、やっぱりそうだった。結局、ポリーはグレース・リーみたいな人間だったのだ。アグネスは洗いながされ、浄化された気分で高揚感を覚えた。背筋をすっと伸ばし、その場を見おろすように立っていた。「あなたの無事を確かめに来たんだ。だけど、いつも大丈夫だよね。人がよくて信頼できるポリー。なんとも優しそうに見えるけれど、実際はわたしよりもはるかにタフだ。時間の無駄だね」アグネスは階段を下りて芝生に出た。

「黙りなさいよ、アグネス」ポリーはアグネスの背中に言った。

「ああ。黙るとも」

アグネスは両脚の間が濡れているせいでいらだちながら、よろめきつつ家に向かった。モード、モード、モード。ナン。わたしのナン。わたしの天国は失われた。

第四部　次々明かされる事実

第十六章

二〇〇一年十一月、フィラデルフィア、モード

ノース・フィラデルフィアにあるフレンズ病院は、一八一三年にトーマス・スキャッターグッドの後押しによって、〈理性を奪われた人々を救済するための精神科病院〉という名前で設立された。〈キリスト友会フィラデルフィア年会〉は、ほかの病院での過酷な精神病治療に代わる治療法に関するプロジェクトに乗りだした。クエーカー教徒は心の障害に対して、それまでとは違う解釈をした。あらゆる人間は高潔さを伴う「内なる光」を持って生まれてくるという信念に基づいたものだった。精神の病にかかった人はそういう光が明滅しているが、心は自身の傷を癒すことができるというものだ。それには休息できて、栄養のある食事や新鮮な空気を与えられ、健康になることに専念できる環境があればいい。キリスト友会はフィラデルフィアの西にある二十一万平方メートルほどの農地を七千ドルで購入し、人々が自然に回復できるような場所を作りはじめた。

フレンズ病院が先駆けとなって実行したものは多かった。一八三〇年代にはアニマル・セラピーという形の治療を始めた。患者は囲いこまれた空間に小動物とともに入り、彼らを撫でたり餌をや

ったりできた。さらに同病院は温室を作ったり、女性の医師を採用したり、水治療法を施したりした。もっと最近では、長期療養者向けの建物を作り、薬物中毒者の更生を行なっている。そこの方針は、ハイディを助ける方法を考えているモードの直感と一致した。ハイディの「内なる光」がぼんやりしているという考え方は筋が通った。モードはフレンズ病院とこれまでの病院の医師たちと話し、さほどの面倒なしに転院できると知った。モーゼズもあっさりと同意した。やるべきことが請求書の支払いだけであるかぎり、彼は元妻がどこにいようとほとんど気にしなかった。九月、モードはハイディをフレンズ病院に連れていって入院させた。前よりも見舞いには行きにくくなったが、母親がそこにいることでモードは楽観的になれた。とにかく以前よりもクレミーの世話や仕事に打ちこめたし、デイヴィッドは報酬を上げて昇進も約束してくれた。モードは忙しすぎて、自分がどれくらい幸福かと考える暇もなかったが、アグネス・リーとの文通が続いているおかげでさらに満足感を得られた。メイン州から戻って六週間ほど経ち、人生がまた比較的落ちつくと、モードは『アグネスのおしごと』の原稿を読みなおし、以前とは全然違う視点で称賛し、理解した。けれども、もっと話を広げて情報を明かしてくれとアグネスを説得するという目標は変わらなかった。現在の原稿では、この本が果たすべき役目を果たせないだろう。だが、今のモードはアグネスが成しとげたものを理解していた。そして、かつてリサイクルショップで見つけた小さな古い手袋を捨てずにいるように、元の原稿の型を保つつもりだった。近ごろは完璧なだけの原稿では充分じゃないのだ。

モードはこれまでに四回、病院へ日帰りで出かけた。電車で三十丁目駅へ行き、そこからノース・フィラデルフィアまでタクシーに三十分乗っていった。見知らぬ場所に着いたせいでハイディが怯えていた最初のときは別だったが、モードはそこへ行くことを恐れなかった。修繕が必要な壁もあったものの、堂々とした建物を見れば、中で高潔な治療が行なわれていることがうかがえた。感謝祭の前日、モードは入り口で名前を記入し、エレベーターで上に行くと、いくつか廊下を歩いてハイディの病室に行った。髪をさっと肩の後ろに払い、深呼吸を三回する。入院が決まったハイディが外さねばならなくなってから、毎日つけているゴールドのブレスレットに触れ、母親に希望と愛を与えられるようにと気持ちを集中させた。ドアを開けたとたん、ハイディが放つにおいに気づいた。腐って酸っぱくなったような、ひどく不快なにおい。意気消沈した人のにおいがした。モードは後ずさりしたくなる衝動と戦った。たいていの場合、ブラインドは下ろされていた。陰気な雰囲気だった。

「ハイ、お母さん」モードは毛布に包まれた足に触れた。ベッドに寝ている体は動かなかった。「わたしよ。お母さんを訪ねてきたの、今日と明日。クレミーはリビングストンのおじいちゃんとおばあちゃん《バッビ》と一緒にいる。わたしはリッテンハウス広場にあるアパートメントに泊まるつもりなの。アグネス・リーのアパートメントよ。信じられる？」できるだけ母の近くに椅子を引きよせた。

「あのアグネス・リーよ！　わたしたちは今、友達なの」

ハイディの顔はゆがんで皺が寄り、よだれで汚れていた。美しさは雲隠れしている。彼女は体の左側を下にして横たわり、両脚を引きあげて膝を胸につけていた。右手は毛布をきつく握りしめ、左手は所在なげに頭の後ろに当てられている。病院は清潔で管理が行きとどいていたが、尿と漂白剤のにおいに気づかずにはいられなかった。もっとも、尿のにおいはベッドからしているのだろう。

モードはおしゃべりを続けた。ハイディの顔を拭いてやり、できるだけよく髪を梳かしてやった。

ハイディが目を覚ますか、正気に戻ったように見えたときもあったが、そうではなかった。モードは話すのをあきらめ、母の指を毛布から引きはがして手を取った。モードは深く息を吸い、足が悪いのにチャールズ通りでスキップし、くるくる回って誰にでも挨拶していたハイディのイメージに心を集中させた。〝お母さんはそういう人なのよ〟と何度も胸の中で繰りかえした。〝あなたはハイディ・シルヴァー。グリニッジビレッジに住んでいて、みんなに愛されている人なの〟。母が動く気配がないかと見まもった。だが、筋肉のけいれんやため息をつく様子を見て、大丈夫だと自分をごまかせればいいのにと思いながらも、モードは必死に真実を知ろうとしていた。ハイディが何の反応も示さないというのが真実だった。

雑役係がきびきびと病室に入ってきた。床にこすれて靴が耳障りな音をたてる。「今日の調子はどうですか、ミセス・シルヴァー?」彼はベッドに片手を置き、相手に感じてもらえるくらいに少し押した。何の反応もなかった。雑役係はモードに視線を向けた。「ハイ、ぼくはトムです」

「モードです。この人の娘です」

「シーツを取りかえなければならないのですが、あとでまた来ます」

モードはバッグを取って立ちあがった。「かまいません。わたしはストレート先生と話しに行きますから。母は前よりもよくなったんですか?」

「新しい薬物療法を受けていますからね。慣れるまでややかかります。先週はお母さんと話しましたよ」

「本当ですか?」モードの鼓動が速くなった。「母は何を言っていました?」薬物療法のことは知っていた。

「あの写真が好きだと」彼はチャールズ通りにあるモードたちの家の写真を指さした。

「それはわたしたちが住んでいる家なんです」ここと正反対のところだ。しかも、住まいだと言える期間はもうそれほど長くない。モーゼズは自分と第二の家族が六月にそこへ引っこしてくるつもりだとはっきり言っている。あと半年ほどだ。

「まるまる一軒？」

「ええ。運がいいと思っています」

とはいえ、運がいいなんて言うのは奇妙に感じられた。こうして話している二人の下に、反応のない母親が横たわっているのだから。モードは身を乗りだしてハイディを抱きしめた。ハイディはわずかに動いてうめき声をあげた。「愛しているわ、お母さん」

「うーん」ハイディは顎を突きだし、背中を丸くした。モードとトムは目を見かわした。何かが起こっているのだろうか？　二人はしばらく待ったが、ハイディは丸まって横になったままだった。

「オーケイ、お母さん」モードは言った。「帰るわね。明日また来るから、感謝祭のごちそうを一緒に食べようね」

モードとトムは廊下に出た。「どなたか母の髪を洗ってくれませんか？」

「診療記録にメモしておきますよ」

モードはストレート医師のオフィスへゆっくり歩いていった。エレベーターに乗らないで階段を使った。古びた廊下に音が反響し、靴底が床に当たる音がしている。いつものモードには、自分の靴音が明快な目的を持っているもののように聞こえたが、今はうるさいほど大きく響いた。ハイディの病室に戻りたいと思った。クレミーは今、何をしているだろうか。その朝、大きな駅を通過するたびに、兵士がいたるところにいるのを見て緊張したことを思いだし、モードは急に身震いした。あまりにも激しい恐怖、あまりにも激しい憎しみ。同時多発テロ事件のあと何週間か、彼女とクレミーとハイディはアップタウンにある、短期滞在用の借家に移りすまねばならなかった。グリニッジビレッジは数週間、大気が汚れていて安全ではなかったのだ。

モードはストレート医師のオフィスに入っていった。磨かれた廊下に靴がこすれる耳障りな音や何かを引きずったときに出る音も、分厚い絨毯の上では聞こえなかった。希望にあふれているときのモードなら、こういうことを少しはおもしろがったかもしれない。だが、今は怒りがどっとこみあげていた。どうして彼の部屋にはこんな絨毯があるのだろう？　病室にはないのに！　どうして健康な人には特権があり、病人は貧乏人と同等に見なされるのか？　どうしてこの医師は上等なスーツを着て、こんなにきれいに髭を剃っているの？　あれほど無気力なハイディを目にして覚えた悲しみは怒りによって押しだされ、モードにエネルギーが戻ってきた。

もちろん、医師は敵意になど慣れているだろう。もし、彼がモードの反感を目に留めたとしても、気にしていないようだった。

「こんにちは、モード。そのヘアスタイルは似あっていますね」ストレート医師はどっしりした医師用の机の後ろに座っていた。

「そんなことを言っても許されるのですか？」モードは尋ねた。

「これはお世辞ですよ」彼はにやりと笑った。

「ありがとうございます」モードはうれしくなさそうな口調で言った。

医師は眉をかすかにひそめたが、モードは協力的な表情を保った。この医師が必要なのだ。「座ってください」

「ああ、わかりました。ありがとう」

別の女性が部屋に入ってきた。今度もストレート医師は立ちあがらなかった。モードはすばやく彼女を観察した。背が低くてほっそりし、髪には白髪が交じって、両端が下がった知的な口をしている。

「モード、こちらはグッドマン先生です。あなたに少しばかり知っていただきたいことがあるので、同席をお願いしました。彼女はずっとハイディを診ています」

「まあ。知りませんでした」

「かまいませんよ」グッドマン医師はさっと動いて、温かくて乾いた手でモードの手を握った。お互いをすばやく観察し、言葉では言いあらわせない、何か化学的な過程のようなものを経て、グッドマン医師もモードも相手が気に入ったという結論を出した。グッドマン医師はストレート医師の後ろに下がった。

「あまりよい知らせではないんですよ、モード。お母さまの鬱状態が改善されていないようなのです。新しい薬物療法を受けさせていますが、率直に言って、お母さまを長期療養棟に移す必要があるかもしれないと判断する時期に来ていると思います」

ストレート医師は吸い取り紙にペンを軽く打ちつけた。六十がらみの健康そうな、青い目をした医師だ。

「今年の春、母は元気でした」モードは言った。「食事を作っていました。孫娘の面倒も見ていましたし。どうしてこんなふうになったのか、理解できません」

「ホルモンの影響だと思います。女性の中にはひどい更年期障害が出る人もいます。それが原因かもしれません。お母さまを内分泌の専門医に診せて、数種類のホルモン剤を与えています。目に見える効果は表れませんが、それがなければさらに悪化していたかもしれません。お母さまは月経中になんらかの問題がありましたか？」ストレート医師は尋ねた。フォルダーを開き、すばやく書類のページをめくる。

「はい。母は月経前症候群がひどかったです」

彼は書類に視線を向けたままうなずいた。「月経前不快気分障害と呼ばれる症状の深刻な事例だという可能性がもっとも高いですね。その症状をうかがわせる大きな手がかりの一つは、本当に気分が良かったのは妊娠中だけだったとお母さまが言ったことです。妊娠中だと、ほかの場合とは比べものにならないほどホルモンが分泌されます。残念ながら、ホルモンと心の状態との相互作用についてはまだわかってきたばかりです。たいていの場合、女性はエストロゲンのレベルが低下すると状態がよくなります。ハイディは典型的なパターンに当てはまらないようです。もちろん、われわれは治療をあきらめていません」

「それで、どういう計画なんですか？」モードは身を乗りだした。

「あなたが電気けいれん療法《ECT》に反対なのは知っています。それをやるかどうかを決めるのはあなたです。もし、わたしがあなたなら、試すでしょう――」

「本当に？　じゃ、あなたがまずやってみたら」

ストレート医師は口をつぐみ、書類に目を落とした。「その治療法は以前のものとは違うんですよ、モード。あなたが映画で見たようなものとは違う。この技術はずいぶん進歩しました。ＥＣＴ

が驚くほどよく効いたのを見たことがあります」

モードは冷静になった。医師は力になろうとしているのだ。「すみませんでした。さきほどは失礼なことを言いました。その治療法が進歩したことも何かで読んだと思います。でも、母にそんな試練を経験させたくないんです。ＥＣＴなら〈ペイン・ホイットニー〉でも受けられました」モードはグッドマン医師をちらっと見た。思い違いだろうか？　それとも、彼女は小さくうなずいたの？　「それで、これからどうしますか？」

「そういうことなら、状況はさらに難しくなります。次はどうすべきか？　今のところ、お母さまは大勢の入退院する患者や、セラピーやさまざまな治療のために一日じゅう出入りする患者と一緒の病棟にいます。お母さまはそういうセラピーや治療を受けられません。新鮮な空気を吸うために戸外へ連れだされても、刺激に反応することもないのです。理学療法を受けていますが、それにも無反応です」

モードは両手を脚の下に敷き、できるだけ気づかれないように揺すった。

「病状を判断する手段がなく、患者が自分の気持ちについて話せない場合、目に見えるものから推測するしかないのです」

「母は何もかも聞いているかもしれません」モードは言った。

「可能性はあります。わたしの推測では、ハイディには聞こえるものもあるし、自分なりに考え、それらを認識しているでしょう。脳の損傷があるわけではなく、かつてのお母さまと著しく変わっていたことを示すものもありません。しかし、鬱状態のせいでコミュニケーションがとれなくなっています。わたしの経験上、このような状態はある程度の時間が経つと治療が困難になるものです。もうそれだけの時間は経ちました。わたしの意見では、今のお母さまの状態だと、グレイストーン棟のほうが適切でしょう。うちの長期療養患者のための棟です」

「そのことは知っています」

「モード、聞くのはつらいと思いますが、そこならお母さまは充分な世話を受けて快適にしていられると約束しますよ。わが国で最高の長期療養患者のための棟です」

「つまり、最高の遺棄場所ということですね」

「そんな見方をしなくてもいいでしょう」

「あなたのお母さまの場合だったら、どんなふうに感じますか？」

「母がそういう患者だったら、わたしはECTを試します」

「本当に？　お母さまにその治療を経験させるんですか？　文句も言わせずに？」全身が熱くなり、怒りがたぎってきた。モードはそれをあまりうまく隠せなかった。というか、まったく隠せなかったのだ。とはいえ、医師が本気でそう言っているのはわかった。彼らはECTを試したことがあるのだ。

「要は、養護ケアなんですね」

「われわれはそのようには見なしていません」

「でも、治療ではありませんよね。退院することもないし」

「モード、お母さまを自宅で世話するのは非常に難しいですよ。こんな状態ではね」

モードは流れた涙を拭こうともしなかった。彼に見せてやればいい。

ストレート医師は彼女を慎重な目つきで見た。「モード、わたしは敵じゃありませんよ。われわれは最善を尽くすと約束します」

「母はここに来てからますます症状が悪化しています」

「そうですね。最高に手を尽くしても、そういうことはありません。この病気は進行するものですから」

「もしかしたら、母に必要なのは家に帰ることかもしれません」

「わたしがそう思うなら、そのように言うでしょう」

モードの心臓は止まった。とうとう医師の言葉を理解した。ハイディの病は本当に深刻なのだ。ECTを検討すべきだろうか？　そうしなければならないと、モードはわかっていた。ストレート医師は正直に話してくれた。「はい。わかりました。はい」彼女は立ちあがった。「ありがとうございました。いろいろ考えることにします」ブレスレットに触れた。「失礼な態度でしたら、すみませんでした。でも、相当なストレスを感じてしまって。どうしても母に元どおりになってほしいんです」

「何か質問があったら、わたしに電話してください」ストレート医師も立ちあがった。たぶん、ほっとしているのだろう。あるいは、そんなふうに思ったらフェアじゃないかもしれない。手厳しかったのは彼ではなく、モードのほうだった。

グッドマン医師が進みでた。「外まで一緒に行きましょう」

「ああ！　そうですね」

グッドマン医師はモードと同じくらいの体格だった。バニラの香りがする。おそらくこの香りは患者の反感をやわらげるのだろう。ついてくるようにとグッドマン医師はモードを手招きした。どちらも無言で歩いた。反響する足音や遠くの叫び声が聞こえた。

「ここには空き部屋があるんです」グッドマン医師は言った。

彼女は部屋のドアを開けた。会議用にしつらえられた部屋だった。「ここで患者の症例を話しあうんですか？」モードは尋ねた。

「ええ。ちょっと座りましょう」

職場の同僚の編集者が、会議室で主導権を握るにはどこに座ったらいいかをモードに教えてくれたことがあった。別にかまわない。どこに座ろうと、モードには主導権などなかった。

グッドマン医師はマニラフォルダーをテーブルに置いた。「モード、お母さまとはかなりの時間を過ごしたんですよ。わたしは彼女のファイルを綿密に調べました。興味深い病歴です。二、三の質問をしてもいいですか？」

「ええ。もっとも、まだ答えていないことがあるとは考えられませんが」

グッドマン医師はその言葉を聞きながした。「お母さまの身内はどこにいますか？」

「母にはわたしと父、つまり母の元夫しかいません。母の両親は交通事故で亡くなりました。そのことはファイルに書いてあると思います」

「ほかにどなたもいないのですか？」

「わたしの知るかぎりではいません。母はフロリダで伯母に育てられました」

「その伯母さんに連絡をとる方法はありますか？」

「わかりません」モードは言った。

グッドマン医師はフォルダーを開いた。「わたしが見つけたある資料についてあなたにお尋ねしたいのです」フォルダーから紙を一枚抜きだし、モードに渡した。紙の真ん中には手書きのいくつかの言葉が並んでいた。

雪
寒さ
毛皮《ファー》
ブーツ
灰

「こんなものは初めて見ました」

「ハイディのファイルにずっとあったんですよ。どうやら病院から病院へとまわされてきたものらしいですね。どう解釈すべきか、見当がつかないのですが」

「でも、これが重要だとお考えなんですね」

「わたしにはわかりません」

「ちょっと待ってください。もう一度おっしゃってくれませんか？」

「わたしにはわかりません」グッドマン医師はモードをちらっと見あげた。モードはほほ笑んでいた。医師はその意味を悟り、自分も微笑した。「そうですね。医学界ではめったにそんな言葉を使いませんね。ですが、わたしにはわからないのです。ただ疑問に思っているだけで。もし、これが手がかりなら、何か起こったことを具体的に指しているのであれば、答えを知りたい。もしかしたら、これは一種のエクササイズかもしれませんよ？　お母さまが診療を受けた精神分析医が、ご両親が亡くなった交通事故について書きだすように頼んだのではないかと思います。ペニーバッカー博士の業績について聞いたことがありますか？　彼が考えついた方法は、患者にトラウマとなった経験を四日間にわたって毎日二十分ずつ書きだしてもらうというものです。経験したことをできるだけ詳細に書いてもらい、そういう記憶についての現在の気持ちも書きだしてもらいます。喪の作業《グリーフワーク》では標準的なエクササイズとなっています。いい結果が出るからですね」

「どの言葉もわたしには判別できません」モードは言った。「筆跡だけは母のものだとわかりますが。それに、これは詳しい話ではないですね。ただ言葉を並べただけです」

「記憶を短い表現にしたものかもしれませんよ。お母さまはトラウマになったものを思いだそうとしているようですが、うまくいっていません。わたしの推測では、まあ、本当にただの推測ですが、かなりつらいことがあって彼女は精神的なショックを受けたのでしょう」

「別のトラウマですか？　交通事故のものではなく？」

「おそらくお母さまが向きあうことができない、事故のなんらかの詳細ですね」

「かわいそうなお母さん」その可能性を考えて、モードは胸が苦しくなった。

「彼女の幼いころの人生は空白です。五歳より前のことは何も記録されていません」

「母は過去について話さないんです」

「じゃ、あなたは尋ねたことがあるのですね」

「小さかったころはよく訊いていました。でも、そのうちあきらめました」

グッドマン医師はうなずいた。「モード、はっきりしたことは言えませんが、お母さまの心をまだ動かしていない、なんらかの鍵があるかもしれません。鍵穴は見つかっていないのですからね。ここに書かれた言葉は重要な手がかりになると思います。お母さまにこの作業を勧めた医師はわたしと同じように、心の中の何らかの圧力のせいで彼女が鬱病を発症したと考えたに違いありません。もし、原因に直接立ちむかえるか、その正体を見きわめられれば、お母さまの気持ちが軽くなるのではないかと考えたのでしょう。これはわたしの推論にすぎませんが、あなたに話さないのはフェアじゃないと思いました。もしかしたら、あなたが助けになれるかもしれないし」

「グレイストーン棟に移ることについてはどうなんでしょう？」

「悪いところではありませんよ。ここの場合と同じくらいの頻度でハイディを診るようにします。正直な話、わたしは希望があると考えています」

「ＥＣＴについてはどうお考えですか？」

「効果はあるかもしれません。ストレート先生が言っていたように、本当に役に立っています」

「でも、そのせいで性格が変わりませんか？　母が違う人間にならないか、怖いんです」

グッドマン医師は前かがみになり、テーブルの上で両手を組みあわせた。「いい質問ですね、モード。しかも、答えにくい質問です。お母さまの気分に波があることにはあなたも慣れているでしょう。それは彼女の性格の一部です。そういう気分の変化がなくなったら、彼女は違う人間に見えるでしょうか？　そうかもしれません。ですが、そのように積みかさなった不安がなくなったら、お母さまはもっと本来の自分になれるという希望はあります」

「おっしゃりたいことはわかります」モードは言った。「でも、これについてはどうでしょう？」言葉が並んだ紙を指さした。「ＥＣＴによって、こういうことに関する母の記憶が永久になくなる可能性はありますか？」

「そんなことはないはずですが、とにかくこれまでのところ、お母さまはここに書かれた言葉を説明できないのですから、なんとも言えませんね。もし、お母さまが不安になったり落ちこんだりしていなければ、もっとよく思いだせるようになるかもしれません」

「わかりました。この件を真剣に考えなければならないですね。わたしはストレート先生に対して無礼でしたか？」

「全然そんなことはありませんよ。不安なのは当然です。ＥＣＴを勧められてためらうご家族はたくさんいます。ほかの治療法でもね」

「よかった。わたしは母を守らなくてはという気持ちがとても強いんです」薄暗い中で丸まってベッドに横たわっていたハイディの姿が浮かんだ。耐えがたかった。

「ストレート先生はそのことを理解なさっているに違いありませんね。ほかにわたしができることはありますか？」

「いろいろとなさっているじゃありませんか。お見舞いに来て、お母さまに話しかけて、自宅での生活を思いださせようとしている。そういうことがみんな助けになりますよ」グッドマン医師はモードに言って聞かせた。

「雑役係から聞いたのですが、先週、母は彼に話をしたそうです。わたしは半信半疑ですが」モードは本当の答えが表れていないかとグッドマン医師の表情を探った。

「話したかもしれませんね。話ができないような肉体的な問題はありませんから」

「どうして母はわたしに話してくれないのでしょう？」モードは自分の声に傷ついた響きを聞きと

った。

「個人的なこととして受けとってはいけません。この病気は微妙なのです」グッドマン医師の目が大きくなった。何かが頭に浮かんだらしい。「お父さまはどのように関わっていますか？」

「父は母と直接関わっていません。関係があるのは財政面だけです」少なくともそれだけだ。もっとも、モーゼズは金銭面の援助と引き換えに、ほかのことに関しては自分とうまくやっていくようにとモードに期待したわけだ。

「このリストについてお父さまに尋ねてくれませんか？」

モードは書かれている言葉をまた見やった。「やってみます」来週、モーゼズと二人だけで夕食をとる予定になっていた。どっちみち父はハイディのことを訊いてくるだろう。

グッドマン医師は椅子を後ろに押して立ちあがった。「よかった。うまくいくと思いますよ、モード。これは医学的所見ではないけれど、医学には直感による尺度というものがあります」

モードも立ちあがった。「お心遣いをありがとうございました」

グッドマン医師はうなずいた。「こうしてあなたと話してみると、本物のハイディに会いたいですね」

「わかりました。あらゆる点をよく考えてみます。母のことを気にかけてくださって感謝します。これを持っていってもいいですか？」

「コピーだから、どうぞ」

「楽しい感謝祭をお過ごしください」モードは言った。

街へ戻るタクシーに乗っていた三十分間、モードは書かれた言葉を何度も読み、ゆっくりと考えをめぐらせた。言葉を組みあわせてみようとしたが、手がかりはあまりにも少なかった。気がつくと、通りすぎる小さなテラスハウスを十軒まで数えては、またやりなおしていた。少なくとも車を降りたら、話し相手になるアグネスがいるだろう。

「じゃ、よろしいですね。わたしは帰ります」ミセス・ブラントが言った。「何かあったら遠慮せずに電話してくださいね」

「ありがとうございます」モードは言った。「大丈夫です」とはいえ、その言葉に確信は持てなかった。自分が一人きりになるのはまぎれもない事実だった。アグネスはメイン州にいるのだ。

「楽しい感謝祭をお過ごしください」

「あなたも」

モードはミセス・ブラントがエレベーターへ歩いていくのを見まもり、アパートメントのドアを閉めた。今、自分がどう感じているかがわかった。

怒りを感じていた。

だまされたと感じていた。

高揚した気分を感じていた。

この美しいアパートメントでこれからまる一晩、一人だけで過ごすのだ。何もすることなしに一人で過ごしたのがいつだったか、思いだせないほどだった。ベッドに横たわって、天井を見あげていてもいい。食べては眠るのを繰りかえしてもいい。楽しみのための読書もできる！　ミセス・ブラントはアパートメントの中を案内してまわり、客用寝室をモードに教えていった。モードは荷解きをするためにそこへ向かったが、立ちどまり、アグネスの寝室へとちょっとまわってみた。贅沢なシーツやカバー、白い絹地のソファがこの部屋に合っている。リーワードコテージにあるような頑丈な家具は見あたらない。モードは書棚をじっくり見た。小説はポーリーン・シュルツのシリーズものだけだった。〈フランクリン広場〉シリーズについては耳にしたことがあったが、読む機会はなかった。読むべき本が多すぎるし、時間は足りなすぎる。もうこれを読むしかない。持ってきた本には興味がなくなっていた。自分の部屋に持っていこうと、シリーズの一作目、『フランクリン広場の女たちはそれで間に合わせる』を引っぱりだした。

それから居間に立ちよった。分厚い黄色の絨毯を踏む前に靴を脱いだ。もっと早く靴を脱ぐことを思いつけばよかった。疲れた足が絨毯に沈みこむと、全身がぞくぞくした。踵が性感帯だと言われている意味を、それまでモードは理解したことがなかった。それが本当かどうか、試してみなくては。大きなはめ殺し窓に目をやった。裕福な人々のための光景が見える。テーブルの上にある、美術館にあってもよさそうな品々を見た。バーワゴンにあるウイスキーに視線を向け、唇をすぼめる。そして最後に、コーヒーテーブルに目をやり、アグネスが送ってきた箱に気づいた。蓋を開けた。中身を一目見たとたん、それがプレゼントかもしれないと自分がなんとなく期待していたことを悟った。哀れな妄想だったが、詰め物がしてある箱から取りだしたノートの束は本物だった。いちばん上に載っていた、タイプされたメモを読んだ。

〈親愛なるモード

アパートメントでお迎えできないことをお詫びします。わたしは体調がまた悪くなってしまいました。でも、わたしがいないと知ったら、お母さまを見舞っている間、あなたがアパートメントに泊まらないのではと思いました。ここに滞在してほしいのです。便利で快適だし、料金は適切でしょう。

わたしがいない埋めあわせに、一九六〇年から一九六二年までの資料を送ります。わたしは手記のようなものをつけていました。このノートの中に、あなたが知りたがっていたものの答えが見つかるでしょう。わたしが〈ナンのおしごと〉シリーズを書くに至った理由が。その話を伏せたかったわけがよくわかるのではないでしょうか。もし、内容について誰かと話したい誘惑に駆られそうだと感じたら、このノートを開かないこと。ここに書かれた出来事についてはほかの誰も知りません。これからも知られたくないのです。

これであなたも満足して、この話でわたしを悩ませるのをやめてくれるといいのですが。

あなたが来たことで、お母さまは気持ちを表せても表せなくても、気分がよくなるでしょう。

執筆できる日が、そして海を眺められる日がまた一日あることにわたしは感謝しています。あなたはどうですか？〉

第十七章

一九六〇年九月、リーワードコテージ、アグネス

〈親愛なるエルスペス

労働者の日（アメリカやカナダで九月の第一月曜日）、ポリーはいつもの予定どおりフィラデルフィアに帰っていった。彼女がいなくなると、お父さまの死がいっそう実感として迫ってくる。夏じゅう、ポリーはお父さまについての愉快な逸話を語ってくれたり、わたしが際限なく彼のことを話すのを聞いてくれたりした。泣かずにいられなかったときは一緒に泣いてくれた。わたしたちの間にお父さまはいてくれたから、身近に感じることができた。

今は一人でお父さまのことを思っている。悲しみに縁どられた心からは笑いを生みだせないので、気持ちがふたたび沈んでしまう。ポリーには彼女自身の生活があるし、世話をするべき子どもたちもいるとわかっているが、わたしの中の頑固な部分は、彼女がまずは自分のものだと主張している。わたしといるべきだと。彼女もわたしも享受してきた、何十年にもわたる独占状態の喪失を嘆くような儀式はない。友達というものは身を引き、理解しなければならないのだ。わたしは大人だから、

実際はそうしている。けれども、ポリーが家族に囲まれている間、自分が一人で取りのこされていることにも気づいている。正直言って、ポリーのように家族に囲まれたくはない。わたしならディックに返事をしたくないことは確かだ。ポリーはディックよりもはるかに賢い。その事実を彼女がどんなに隠しているかと思うと、わたしは——吐き気がすると書くつもりだったが、そういう光景を見ると腹が立つというのが正しい。イヴはアダムよりも賢明だった。もし、神がイヴの好奇心を称賛し、彼女を称えるようにと人々に命じたらどうなっただろう？　それとも、男の権力を盤石にするため、聖書を書いた人たちが事実を改ざんしたとか？　まったく作家という奴は！

　わたしは自由だ。いつかわたしの知性だけに一致した世界を整えて、個人的にイヴに埋めあわせをしてあげよう。形になりはじめたばかりの思いつきがいくつかある。自分が知っていて信頼する誰かの助けで発展させられたら、優れたものになるはずだ。愛しあった人と仕事のうえでも協力するというわたしの昔の夢を、あなたは覚えている？　そんなことを十二歳ごろから考えていたけれど、いったいどこから思いついたんだろう？　両親を観察した結果でないことは確か。あれほど相性が悪い人たちもいなかったし、たいしたものではなかったにしても、お互いの仕事を知りもしなかった。知っていた人たちを見ていて、生まれた考えでもないね？　もっとも、ミス・ハーディとミス・ワーズワース（トマス・ハーディの妹とウィリアム・ワーズワースの妹について述べたと思われる）にならそんな絆があったかもしれないと、わたしは信じているけれど。とはいえ、彼女たちの絆については詩に読まれていない。ヘンリー・ジェイムズが「ボストン・マリッジ（強い友情で結ばれた二人の女性が一緒に暮らす関係）」と呼んだ絆があったかもしれないのだ。なにげない表面の裏に隠された愛情。家賃を分担するという実際的な口実で取りつくろわれた愛情。わたしたちはそんなものを知らなかったね、エル？　愛については無知だった。

なのに、ある日突然、愛のことがわかるようになった。でも、どうやって？　前日にはあきれるほど手ごわかった疑問への答えを、翌日に目を覚ましたときは得られているなんてことはある？どんな妖精たちが夜のうちに働いて問題を解決してくれたのだろう？　こんな現象には科学的な説明や心理学的な説明がつくはずだが、調べるつもりはない。その代わり、昨夜眠っていた間、そんな妖精がわたしにしでかしたことを話そう。

今朝早く窓を開けて潮風が入ってきたとたん、理解してもらえる人と結びつく方法がわかった。妖精たちが授けてくれた思いつきは、あなたにあてた手記を書くということ。すばらしい考えじゃない？　わたしたちはいつもとても親密だった。二人の間に距離が生じたのはただ一度、どんな人間にもなすすべがない事態になったときだ。あなたなら、神の御許《みもと》にいると言う、そんな事態になったとき。でも、よく知っているだろうけれど、わたしはそんなことを信じていない。神を信じていないから、つまり、ある意味であなたはここにわたしといると考えることができる。

こんなふうに考えても、あなたにとって問題ないといい。迷惑をかけたら、悪いから。かつてわたしが「起きて、水を一杯持ってきて」と廊下の向こうからあなたを呼んでいたことよりもさらに悪いかもしれない。本当にひどいいじめっ子だったね！　とにかく、こうして書いているものが、あなたにとって価値があるようにするつもり。わたしたちが経験しなかったテーマについて報告しようと思う。つまり、休暇の時期が過ぎたあとで、ここに暮らしたらどんなふうかについて。興味を持ってもらえるとわかっている！　一緒に突きとめようじゃないの。重要なことが起こったり、新鮮な発見があったりしたら、すべてここに書く。天国での平和をあまりかき乱さないと約束する。気にしないよね？　でも、なぜ、わたしはこんなことを言っているのだろう？　あなたなら気にしないと、とっくにわかっているのに。あなたのおかげで、いつもわたしはありのままでいいという気持ちになれた。自分が美しいとさえ感じられる心のゆとりも得られた。美しかったことなどなかったし、これからもそうならないのに。姉妹で美に恵まれたのはあなたのほうだった。あれほど善良な人でなかったら、わたしはそのことをいらだたしく思ったはずだ。でも、あなたは善人だった。最高の人。

それを裏づける、あなたが聞いたことがない話をしよう。お父さまが亡くなる直前で、もう現実のことがわからなくなっていたとき、ときどき必死に起きあがってあたりを見ようとした。

「天使はどこだ?」お父さまは言った。

「先に行ってしまったのよ」わたしは答えた。「もうすぐ会える」

「もうすぐ」そんな会話のあと、彼はいつもうとうとしてしまった。安心したように。

そんなわけでエルスペス、こうして今、一緒にいてくれてありがたいと思っている。この手記をおもしろいものにするからね。

ここの様子ならとっくに知っているだろうから、説明はしない。新しい知らせはバージル・リードというお隣さんができたこと。ナンという幼い娘とここに来ている。彼はわたしより年下らしい。三十歳くらい? 近くから見ていないので、はっきりしたことは言えない。今年の夏、ポリーとの会話には彼とナンのことがよく出てきた。今は、わたしが秘密を打ちあけられる相手はあなただね。信じがたい話だが、彼らはシャレーで暮らしている。昔わたしたちがそうしていたように、この数年は、ポリーの息子たちがそこを遊び場に使っていた。ロバート・サーカムスタンスがポリーの息子たちと友達になり、リード家の者が来るまでは四人の少年と仲間が絶えずシャレーに群がっていたのだ。今年の夏、彼らはシャレーが空き家でなくなったので不機嫌になり、代わりに砦を建てた。でも、砦には魅力がなかったし、想像力に富んだ隠れ家がなくなったから、彼らは違う遊びをした。あの子たちも成長したわけだね。

　シャレーが建ってから八十年にはなっているはずだ。現在のリード家の者たちは春の始めからそこにいる。暖房はあの小さな薪ストーブだけでしのいでいるらしい。ベン・リードがなぜ、ロックリードに住む許可を彼らに与えなかったのかはわからない。ベンは決してここに来ない。少なくとも二十年間は来ていないのだ。今やロックリードは霊廟さながらになっている。もしかしたら、バージル・リードはロックリードで暮らしたくないのかもしれない。もっともだろう。もしかしたら、状態はいいとしても、ロックリードがバージルには広すぎるのかもしれない。彼はとことん反物質主義者のようだ。見たこともないほどオンボロの車に乗っている。その車から多くのことがうかがえるし、仕事をしていないらしい。発疹チフスが蔓延する南部連合の病院から退院したばかりといった感じだ。つまり髭だらけで痩せ衰えているということ。わたしたちの母親なら、彼を気の毒な親戚と呼んだだろう。ベン・リードを、故郷からの送金で暮らす追放者と呼んだように。母はリード家になど用がなかった。バージルの両親が飛行機事故で亡くなったときのことを覚えている？　わたしはぼんやりとしか覚えていない。バージルやその姉のことも。リード家はなんて奇妙な人たちの集まりだっただろう。こんなふうにわたしが言うのは、彼らがめったにフェローシップ岬《ポイント》に来なかったからだ。これほど奇妙なことはない！　来られるのに、来ようとしない人などいるものだろうか？　イアンおじさんの話によると、ベンの死後はバージル・リードがロックリードを受けつぎ、フェローシップの共同所有者になるという。だから、いずれはバージルのことをよく知るようになるだろう。わたしたちは共同所有権について投票で決めなければならないから、重要な問題点を話しあわねばならない。バージルについてはほかに何の情報もなかった。ポリーは彼を画家か作曲家だと考えている。そうならいいと思う。それなら、彼の行動に説明がつきそうだからだ。どうやら現実離れした人間らしい。

まあ、バージルについてはそれくらいにして。わたしの話に戻ろう。エル、もう不安に駆られながら目を覚まさなくてもいいかと思うと、どれほど元気になれるか、言葉にできないくらいだよ。農耕馬は引き具を外されたあとのことを本当に想像できると思う？　引き具のせいで農耕馬の想像力は抑えられている。わたしは悲しみやつらい仕事を乗りこえて、やっとその先を見られるようになってきた。

そんなわけで、今のわたしを思いうかべてほしい。籐編みの長椅子に腰かけて草原を見渡している。最近、ハイラム・サーカムスタンスが家のまわりの草を刈ったが、あることがわかった。彼はわたしたちがここから帰ったあとは、六月にまた戻ってくる直前まで、墓地以外の雑草を刈らないのだ。ハイラムの話では、雪の下で草のコートを着ていることが地面にとっていいらしい（彼は草のコートなんて言わなかった。わたしが脚色した表現だ）。わたしのために習慣を変えないでほしい、変えるとしてもほんの少しにしてと、ハイラムに頼んだ。すると彼は言った。「違うやり方なんかわかりませんな」

今日は九月半ばの、暖かく日光が降りそそぐ黄金色の日だった。七月の陽光がぎらぎら輝くときよりも、あたりの日差しははるかに柔らかかった。ああいう七月の日々を、自然って無神経ねと母は言ったものだった。数日前にハリケーンが来たけれど、今ではまったく想像できない。ここはそれほど被害がなかったが、サウスウェスト・ハーバーのディリゴ・ホテルでは火災が発生したとか。そのうち車でそちらに行って、ちょっと見てこようと思う。家の中にはやれたはずのこともやるべきことも山ほどある。でも、わたしには新しい可能性が開かれている。その一つは、雑用から逃れようと決めても、わたしに道徳心が損なわれたという気にさせる人がいないことだ。ミセス・サーカムスタンスはわたしを決して非難せず、軽蔑のまなざしで見ることさえしない。彼女も重荷から解放されたのだ。

そんなわけで、道徳心は損なわれていないが、義務感や勤勉さは棚に上げて、わたしは陽光を浴びながら座っている。あなたにこれを書いたり、小さなナンを観察したりしながら。ナンは草原を駆けまわり、草の茎をつかんで手を茎の下から上に滑らせていく。草の先端に来ると手を離さないわけにはいかず、彼女は前によろめくが、転ばないように頑丈そうな脚で地面を踏みしめてブレーキをかける。ナンは握りしめていた両手を開いて、自分が削《そ》ぎとった種子をじっくりと眺め、上手につかまえたとばかりにうなずいている。今度はその種子を手と手の間で激しくこすり、とにもかくにも満足すると——何に満足したのだろう？　うまくほぐれたということ？——空を指さすように両手を上げる。そして小さな手を勢いよく開くと、細かいベージュ色の粉状になったものがさあっと散り、微風に乗って運ばれていく。ナンの行動はなかなかの眺めだった。金色に輝く朝の中で彼女はなんとたくましく、元気溌剌《はつらつ》としていたことだろう！

名前を知る前、ポリーとわたしはナンを「すごすぎちゃん《ベリー・ベリー》」と呼んでいた。彼女にはすごすぎるほど多くの資質があったからだ。勇敢で、単独行動を好み、生き生きして、エネルギッシュなかわいい子。それにタフだった。彼女を見ていると笑ってしまうが、関わりを持たないようにするため、声はあげなかった。でも、実際のところ、笑い声を聞かれないかと心配する必要はないだろう。ナンは自分のやっていることにすっかり夢中だから、草原のはるか向こうのポーチに座っている中年女の笑い声などに気をとられないはずだ。何よりも、彼女の意識はほかの人間から離れていただろう。

どうして、わたしたちは走ったり遊んだりしなくなったのか？　あんなに好きなことだったのに。子どものころの体にある喜びには終止符を打つべきだというルールを、誰が決めたのか？　きっとピューリタンだろう！

さて、ナンは今度、体をのけぞらせ、ぐるぐる回って倒れ、また起きあがり、前に突進し、横方向へ走った。わたしは心の中でナンの上に紗の幕を掛けてみた。地理の本にあった、山や川しか見えないように隠すセロファンのように。すると、どうだろう。わたしたちがいたじゃないの、エル。リーワードコテージとメドウリーの子どもたちがいた。あなたにエドマンドにわたし、ポリーとテディが走っていた。息が続かなくなるまで走っていたのだ。肺は燃えるように熱くなり、わたしたちは野の花や草の上に倒れこんで、胸の中の炎を消そうとつばをのみこむ。みんなはいろんなゲームを考えだし、ルールを巡って言いあらそうけれど、そんなゲームを誰もやりたがらない。そしてお互いへの怒りはつかの間のものだ。気まぐれな大騒ぎや無謀さが特徴の夏の日々が、こんなふうに何年も過ぎていく。わたしたちは毎年、新しい儀式が増えていく小さな部族だ。自由を満喫し、高揚して木のてっぺんの揺れている細い枝まで上り、切り傷の血を舐め、手をつなぎ、輪になって走る。とうとうバランスを失って、みんなが折りかさなって倒れるまで。

何十年も経った今でも、あのとき、わたしの上に倒れたのがエドマンドではなく、テディだったと法廷で証言できる。そう、顔は見えなかったが、間違いない。わたしはひとりひとりの感触や重み、髪のにおいを知っているからだ。誰かに触れたとき、触れた人によってわたしの肌の反応が違うことも。なんて単純で、なんて色あせない記憶だろう。エル、わたしにはいろいろな年齢のあなたが見える。こうして昔と同じポーチで、同じ太陽の下で、同じ波が打ちよせる音を聞いていると、あのころのことが消えさったのが信じられない。永遠に終わってしまったなんて。それでも、もう終わったのだし、わたしは子どもとはほど遠い存在になっている。ポリーとわたし以外、あのころ一緒だった子どもは生きていない。こんなことを誰が予測しただろう?

ナンは左右の手にそれぞれ一本ずつ、さらに二本の茎をつかんだ。刃物のような茎でてのひらが切れてしまう感触をわたしは知っている。茎の根元をつかんだ手を上まで滑らせていくと、綿毛に包まれて膨らんだ先端が、握り拳の中で野ネズミのようにもぞもぞ動くのだ。わたしの指はナンの指のようにそわそわと、何か行動を起こしたくて動いている。この白紙のノートに言葉を書くとか、絵を描くとか、あるいはお父さまが病気になってからやる時間がなかったあらゆるものを作るとか、さまざまな行動を起こしたいとばかりに。この草原でどれほど多くの時間が粉々にされ、ばらまかれただろう。自分が少しも好きではなかったことに費やした日々がどれほどあったことか。けれども、多くの人の現実はそういうものだし、人生が終わるまでそんな生き方をしているのだ。わたしは感傷にふけっているわけにいかない。

さて、ナンはお気に入りの場所らしい墓地にさしかかった。墓石の間を縫うように走ったり、目に見えない敵に対して墓石の後ろに隠れたりしている。ナンとロバート・サーカムスタンスがここで一緒に遊ぶこともある。もっとも、ロバートは芝の生えた一画に踏みこまないように気を配っている。八歳のロバートはナンと遊ぶには年上すぎだが、彼女は彼のきょうだいよりも活発だし、ほかに遊び相手がいない。ロバートは思慮深い少年だ。彼はとりわけわたしたちの父親の墓に、土の山がまだ高くて崩れやすい墓に近づかないようにしている。お父さまの墓石は建てられないで木に立てかけてあり、わたしがハイラム・サーカムスタンスに建てるようにと頼む日を待っている。墓石を据えるにはある程度の儀式が必要だが、わたしはまだそのことを考えたくないのだ。ナンにはロバートのようなためらいはない。お父さまの高さ十五センチほどの盛り土のてっぺんに上り、そこから飛びおりる。お父さまの墓の上でナンが飛びはねているのを見ると、本当に気分がいい。娘たちに背中の上を歩かれたとき、お父さまがそれをマッサージだと言っていたことを覚えている？

ナンは今度、シャレーのほうへ戻っていく。父親から帰ってこいという合図でもあったのだろうか？　彼の姿はちらりとも見えない。娘に少しも注意を払っていないようだし、居場所を知ろうともしていないようだ。ポリーは彼の態度を怠慢だと見なしていたが、ナンにとってはたいていの場合、そのほうがいいだろう。子どものためになる気の配り方をする親ばかりではないのだ。

ナンは走って家の裏へまわり、姿が見えなくなる。エルスペス、本当にあの小屋で人が暮らしているなんて信じられる？　わたしたちがわがもの顔に使っていたときと同じように小さくて何もないところなのに。二年ほど前、古い板葺き屋根はアスファルトタイルのものに取りかえられたが、厚くはない。板葺き屋根のときほど、リスたちはそこを居心地のいい場所とは思っていないようだ。ポリーは父親に、幼い女の子のためにあの小屋を改造してやってとせっついたけれど、それは自分ではなくてベン・リードの仕事だとイアンおじさんは言った。去年の夏の終わりに小屋に入ってみたから、わたしたちはそこがどんな状態か知っていた。たぶん、冬に建物がさらに傷んだとしても、バージル・リードたちが移りすんだときの状態はあのころと同様だっただろう。薪ストーブは使えたが、薪の山はすっかり減っていた。小さな折り畳み式ベッドが二台、テーブルが一つ、それに薪ストーブがあった。わたしはあのかわいい部屋がいつも大好きだった。あそこで身寄りのない少女のふりをしたことがあったのを覚えている？　わたしはハイラムに頼んで、バージル・リードのところへ話しに行ってもらうことにした。どんなものが必要かを聞き、あの小屋をもっと住みやすくするために何ができるかを見てきてもらうためだ。バージル・リードがプライドのせいで断るといけないから、ハイラムはそれがお決まりの保守管理の作業だというふうに話すことになっている。わたしは本物のベッドを二台、注文した。ハイラムにそれらを運びこませて、バージルたちが冬じゅうとどまるつもりかどうかを探ってもらう。正直なところ、彼らにいてもらいたい。

わたしが五人の子持ちになりたがっていたことを覚えている？　もっとも、十六歳になるまでにはそんな気持ちもなくなったけれど。あなたは子どもを十三人、欲しがった。それくらい子どもがいたら、その一人はキリストの再来になるだろうという見解だったね！　本当に滑稽だった。大仕事に挑もうという意欲と、あなたが次の聖母マリアになるという実に壮大な考えが組みあわさっていたのだから！　そう、あなたなら大変な仕事もうまくやれたし、立派な聖人にもなれたと思う。あなたとわたしとで合わせて十八人の子どもを望んだわけだが、結局は一人も生まれなかった。エル、世話をする家族がいない女の人生にも価値があるという例を、あなたは穏やかな態度で示してくれた。それがわたしには計り知れないほど助けになったし、今でも助けになっている。

小屋が「山小屋《シャレー》」と呼ばれていることを、そもそもバージル・リードは知っているだろうか？あるいは、リーワードやメドウリーのように大きな建物が、わたしたちのような人間から小別荘《コテージ》と呼ばれることは？　近いうちに屋根裏部屋に上がって掃除し、わが家にありそうな『見せかけと偽善の辞書』という本でも探してみるつもりだ。あなたにはこんな名言があったっけ。「使用人が家に住み、自分はコテージに住んでいたら、その人はあまり不平等さを感じないだろう」と。

ああ、エルスペス。とても言葉では表せないほど、あなたが恋しい。

ナンが草原を駆けて戻ってくる。エル、あなたにもあの子を見せてやりたい。ナンはぼろぼろのフェアアイルセーターを着て、茶色のズボンを穿き、擦りきれたパーティ用の靴を履くという、寄せ集め状態のおしゃれをしている。誰かのおさがりの服や靴に違いない。バラ色の頬にブロンドの髪。髪はウエストあたりまで伸びている。子どものころのあなたにそっくり。ナンは転ぶと、自分で起きあがり、また歩いていく。誰かの注意を引こうと、泣いたりわめいたりはしない。独立心があるけれど、生来のものだろう。わたしのように自衛本能が理由ではない。

ポリーとわたしはバージル・リードに接触するかどうかについて果てしなく議論した。近づきになる機会はあるだろうと思ったが、自然なきっかけは訪れなかった。わたしたちはポージーおばさんを説得して、午後のお茶に招くようにさせたが、バージル・リードは招待を断った。手紙で断ってきたのだ。彼が何を企んでいるにせよ、かなり孤独でなければならないらしい。もしかしたら彼はお尋ね者で、自分のことを知られなければ知られないほどいいのかもしれない。子どもと小屋に身をひそめているお尋ね者。そんな憶測をしてわたしたちは楽しんだ。その一方、わたしはお父さまが五月に亡くなったせいで傷つき、疲れきっていた。そしてポリーは両親のさまざまな意見から息子たちを守っていた。それに、わたしにはポリーが結婚した相手だとまだ信じられない人からも、息子たちがとやかく言われないように守っていたのだ。ポリーもわたしも敵に囲まれたように感じていた。バージル・リードとナンの件は、気をまぎらわせてくれるものだった。

今ではサーカムスタンス一家とわたしを除けば、フェローシップポイントにはバージルとナンしかいなくなった。エルスペス、わたしが考えたり書いたりする対象は彼らとあなただ。

ナンがまた現れた。ふたたびお父さまの盛り土に上り、あたりを見まわしている。こんな光景を見たら、母ならどうするだろうか？　よく考えてみると、おそらく何もしないだろう。覚えている？　ウェストミンスター寺院に行ったとき、母はすぐさま偉人たちの墓へと歩いていったよね？実際、母が墓を踏んでいた光景が浮かぶけれど、そうだった？　彼女はなんともアメリカ人らしかった！　この世はフィラデルフィアで始まり、フィラデルフィアで終わると信じていたとは！　子どもがお父さまの墓の上を歩くことを、母は不快に感じるかもしれない。もっとも、彼女は間違いなく人の墓の上を歩いたけれどね。

ナンが両脚を揃えてジャンプする。何かに驚いてかがみこみ、背中が地面と平行になるほど体を曲げて走っている。これは新しいゲームなのか？　何をしているのだろう？　まるでベッドの中でもがいている人のように見える。悪い夢でも〉

文章はここでいきなり切れていた。続きが気になる。モードはベッドから出て次のノートを取ろうとしたが、ベッドに離してもらえない。これほど心地いいベッドがあるなんて知りもしなかった。フィッツジェラルドが言ったように、金持ちは自分たちとは違う、というわけだ。

頭上の天井に影がだんだん大きくなっていき、やがてモードを運びさった。

第十八章

二〇〇一年感謝祭、フィラデルフィア、モード

モードは電話の音で目を覚まし、自分がどこにいるのかと思いだしながら手探りした。電話に出てもいいのかどうかも自問できないくらい、頭がぼうっとしていたので、キッチンから聞こえる音のところまで走っていき、受話器を取りあげた。

「もしもし?」

「もしもし?」

「どちらさまですか?」

「どちらさまですか?」

それはアグネスに電話してきたポリーだった。モードはわかっているかぎりの状況を説明した。

「お母さまの具合はいかが?」ポリーは真っ先に尋ねた。思いやりを感じてモードは顔が熱くなった。

「あまりよくないんです。母にどんな治療をしたらいいか、はっきりしていないみたいで。でも、

母を診てくれる新しい医師がいるし、よさそうな人です」細かい点を話してポリーの気を滅入らせるのは妥当じゃないだろうとモードは思った。

「じゃ、あなたはアグネスのアパートメントで一人きりなの？」

「ええ、そうです」

「感謝祭はうちで過ごさない？　電車で来ればすぐのところよ。家族の誰かに駅まで迎えに行かせるわ」

「とてもうれしいですが、母と過ごすつもりなんです」

ポリーは無理強いしなかった。その代わり、モードがアグネスから何かを聞いていないかと尋ねた。奇妙な質問だった。

「それで、彼女は自分が来ないことを告げなかったのね？」

「はい。わたしはここに来てミセス・ブラントから中に入れてもらうまで知りませんでした。アグネスは何冊かの古いノートと一緒に手紙を送ってきました。それだけでした。そのこともアグネスから聞いていませんか？」

ポリーは自分たちが仲たがいしたことを手短にざっと話した。

「そんなことあり得ません。信じられない」モードは言った。ちらっと時計を見やる。もう九時だった！

「言いづらいことだけれど、こうして電話したのは仲直りしたいと思ったからなの。話さなければ、何事も解決しないと思うから」

モードはマイルズのことを思った。「事態がよくならない場合もありますよ」

「そうね。でも、今回のことはそれに当てはまらないはずよ」

「ええ。お二人はものすごく長いおつきあいですから。こんないさかいは些細なことです」今やモードはセラピストと化していた。

おしゃべりを続ける間、モードは朝食の用意をしていた。冷蔵庫を開け、キッシュを取りだす。さらにチーズとくだもの、レモンパンらしい一塊のパン、コーヒーを見つけた。ミセス・ブラントがコーヒーを選べるようにしてくれていたので、フレンチプレスを使ってバステロ（エスプレッソ向けの極細挽きコーヒー）を飲むことにした。ケトルをガスコンロに載せ、つまみをひねった。

「ありがたいですけれど、大丈夫です。〈フランクリン広場〉シリーズ全作品があるのを見つけたので、急いで読んでしまおうと思っています」

「アグネスがその本を好きだとは知らなかった。それどころか、ポーリーン・シュルツを批判しているのを聞いたことがあるのよ。こざかしすぎて自分には合わないって。自分のことを棚に上げて他人を批判するようなものじゃないの、とわたしは指摘したけれどね」

モードは声をあげて笑った。「わたしもそう思います。昨夜、一冊目を読みはじめました。気持ちをそらせてくれるのに申し分ない本ですよ」

「フィラデルフィアの誰もが好きな本ではないけれどね。自分のことが書かれていると思う人がいるのよ。誰かがこっそり観察していたのかと思うほど、リアルすぎる場面もあるわ」

「わかります」モードはフレンチプレスのガラス製シリンダーに熱湯をそそいだ。「あまりにも自分に近い話だと気が休まらないときがありますね。でも、わたしの日常からはかなり遠いと感じるので、一種の避難所になるんです」

「よかったわ。誰にでも避難所は必要だから」

「避難所といえば……わたしが立ちいりすぎたなら、そう言ってください……でも、バージル・リードという男性に興味があります。一九六〇年代の初めにフェローシップポイントに滞在していた人です。彼を覚えていますか？」朝食の準備はできたし、すべて居間に運んでいって、はめ殺し窓の前で食べたかった。だが、この問いへの答えを聞くほうが大切だ。

「ええ、よく覚えているわ。とても悲しい話よ。彼と幼い娘は二年間ほどポイントで暮らしていたの。アグネスは彼らをよく知っていた。二人はアグネスが一年じゅうフェローシップポイントで暮らすようになってから間もなくやってきたの。冬にある事故が起きて、バージルは亡くなった。子どもは親戚と暮らすために遠くへやられたはずだけれど、その後、彼女も亡くなってしまったの」

「なんてひどいことでしょう」

「ええ。そのころわたしは子どもたちや生まれたばかりの赤ん坊のことで忙しすぎて、注意を払わなくてはと思いながらも、あまりできなかった。アグネスはその件でとても悲しんだの」

「どうして、特にその件を悲しんだんですか？」尋ねたとたん、モードは後悔した。あからさますぎる質問だった。このことについて自分は何も知る立場にないのに。ポリーにしてみれば、そう思うだろう。ポリーはあのノートについて知っていたのだろうか？

「さあ、わからないわね」ポリーは間違いなく逃げ腰だった。

「でも、〈ナンのおしごと〉シリーズはその少女をもとにして書かれたんですよね？」

「モード、それについてはアグネスに尋ねるべきでしょう」

「ええ、もちろんそうですね。招待してくださったことにもう一度お礼を言います。メイン州にいるアグネスに電話してみたらどうでしょう？」そう言ったあと、モードはたじろいだ。どう行動しようと、ポリーの自由なのに。モードは自分が実際よりも首を突っこみすぎているように感じた。

「そうするわ。それに、あなただって少しは感謝祭のパレードを見られるでしょう」

「その時間はないと思います。でも、フィラデルフィアがすばらしいところなのはわかりました。この次はもっと観光しなくちゃ」

「わが家ではいつでも歓迎するわ。今はうちも部屋がたくさんあいているから」

モードは電話を切ると、居間に行ったが、食欲は失せていた。ナンは子どものころに亡くなったの？　それに、たしかポリーにも幼いころに亡くなった娘がいたはずだ。どんなにつらかっただろう？　そんなことがあれば、人は変わってしまうものじゃないの？　電気けいれん療法《ECT》よりも影響が大きいだろう。

キッチンから子機を持ってきて、祖母に電話をかけた。

「クレミーはどうしているの？　起きている？」モードは尋ねた。

「ええ、起きていますよ。だいぶ前から起きているわ。ここでは規則正しく過ごしていますからね」このごろではバッピという名のほうで通っている、グラディ・シルヴァーが言った。「おいしい朝食を食べましたよ」

「そう、よかった」モードは広場で犬を叱りつけている男を眺めていた。

「ええ、どうして、あなたがあの子に食べさせるのにそんなに苦労しているのかわからないわね。昨日も話したけれど、クレミーは昨夜の夕食もよく食べましたよ。今は朝食をたっぷりとね。あの子は飢えていたみたいに食べているわ」

モードは目を剥いた。「娘の面倒を見てくれてありがとう」

「あの子はここで楽しくしていますよ。一晩じゅうぐっすり眠っていたし」

「眠れなかった場合だけ、教えてくれたらいいんじゃない？」モードは小声で言った。

「何か言った？」

「あの子が近くにいるかと言ったの。挨拶をしたいから」

「遊んでいるわ」グラディは言った。「クレミーはすっかり落ちついているの。ちっとも騒がないのよ」

「お願いだから、クレミーを電話に出してくれない？」

「あなたの声を聞いたら、あの子は動揺してしまうかもしれないでしょう」

無駄な戦いはしないことね、とモードは自分に助言し、皿とコーヒーを寝室に持っていった。病院へ行く前にもう一冊、ノートに目を通しておこう。

第十九章

一九六〇年九月、リーワードコテージ、アグネス

〈親愛なるエルスペス

今は夜だ。わたしはベッドで枕にもたれてこれを書いている。今朝は書いている途中でペンを置かないわけにはいかなかった。代わり映えのしない日になるはずだったのに、劇的なことが起こって一日がめちゃくちゃになった。何もかもあなたの魔法なんだね、エルスペス。あなたに話すことにしたら、すべてがかき乱されてしまった！

どこでやめたのかと、今朝書いたものを読みなおしてみたところ。これで、そのあとに何が起こったかを説明できる。わたしがポーチにいたところまでだったのを覚えている？

ナンは低い姿勢でゆっくりと大股に歩いていた。今にも転びそうだから、直立姿勢を保とうと体を伸ばしているかのように。けれども、倒れまいとするのは体の重い大人だけだ。子どもはよろけるが、ナンくらいの身長なら、倒れても問題はなかった。何を企んでいるのだろう？　彼女は背の高い草むらにまた入っていき、獲物をつかまえる鳥のようにさっと何かに飛びついた。自信ありげ

な巧みな動きだった。生まれついての狩猟者。立ちあがったとき、ナンはヘビをつかんでいた。大きなガーターヘビ。ヘビをつかまえたかったの？　わたしには思いもよらないことだった。彼女は右手を上に滑らせていき、ヘビの首をつかんで激しく振った。いったい何をしようというのか？

「ナン！」わたしは大声で叫んだ。ナンは振りむかなかった。

ヘビの体は測鉛線のようにだらりと垂れた。ナンは作戦を変えてヘビの顔を撫でた。その光景を見てわたしはすくみあがり、気分が悪くなった。世の中のどんなものを持ってこられても、ヘビには優しくする気になれない。

ナンがヘビを放してくれたらと切望したが、わたしの願いが草原を越えて届くはずもなかった。ナンはもう少し上に手を滑らせた。目を細めて見たとき、わたしはさらにショックを受けた。ヘビの口からはシマリスが出ていた。もっとも、顎から見えるのは尻尾と後ろ脚だけだ。シマリスの頭はすでにヘビの口に飲みこまれていた。わたしは身震いした。ナンはシマリスをつかんで死から救おうとしているのか？　わたしの経験からすると、死が勝利するはずだし、シマリスはほぼヘビに殺されているだろう。ナンの闘いは数秒間続いたが、長く感じられた。ナンは集中した厳しい表情をしている。わたしはその努力を応援した。これは一種の降伏だと思う、エル？　間違いなく感情をかきたてられ、ナンへの思いが大きくなっていた。第三者としての好奇心で見ていたのに、ナンの勝利は彼女にもわたしにもきわめて重大なものへと変わっていた。

ナンはシマリスの脚をしっかりつかんで、いっそう力を込めて引っぱった。長椅子の肘掛けをつかんでいたわたしの手にも力がこもった。頑張れ、頑張れ、頑張れ。心の中で応援した。常識からすればヘビの勝利だが、そんな推測を抑えて、実際は奇跡を祈っていた。ナンは片手でシマリスを引っぱり、もう一方の手でヘビを揺さぶった。わたしは気を緩めずに様子を見まもり、医師を呼びに走る準備をしていた。バックグラウンドミュージックさながらに聞こえていた海の音は、わたしたちが嵐の中にいるみたいに激しく響いている。一瞬、わたしは目を上げてナンの向こうを見やったが、海は穏やかだった。つかの間、困惑したが、耳の中で血が轟音をたてて流れているのだと気づいた。体の中で嵐が起こっていたのだ。

ナンは突然、後ろによろめいた。悪戦苦闘したおかげでシマリスがヘビの口から抜け、二匹の体が急に離れたのだ。ナンはシマリスを地面に置き、〝待ってて、動かないで〟というしぐさをした。怒りくるったヘビをまだつかんでいる。ヘビは針金のような体をナンに打ちつけ、鞭さながらに尾で彼女の胸を打っていた。ナンはまわりを見て海に視線を据えた。彼女が走りだすと、わたしもとうとう椅子から立って駆けだした。ポーチを突っ切り、横側の幅の広い階段を駆けおり、墓地を通りすぎて海へと走る。ズボンがこすれあう音を聞きながら、ここ何年も出したことがないほどのスピードで走った。空気を求めてあえぐのと同時に、激しい恐怖心から来る奇妙なしわがれ声で叫んだ。まだナンとの間にはかなりの距離があった。彼女が土手の端から足を踏みはずして冷たい海に落下するのを防げそうにないほど遠い。ナンには土手の手前で立ちどまるくらいの常識があるだろうか？　テディ・ハンコックが土手から転げおちたとき、科学の法則を知らないのかとイアンおじさんが叱ったことを覚えている？　でも、あのときのテディは十二歳だった。ナンは三歳ぐらいだろうし、科学どころか何の知識もないに決まっている。

わたしは疾走した。胃があばら骨にぶつかっている。また誰かが死ぬなんて耐えられないという思いに駆りたてられて走った。とにかく耐えられない。今日までは知らなかったが、誰かの死が耐えられなかったのだ。あまりにも明らかだったし、核心を突いていたから、そう気づいてまさしくショックを受けた。背中に何かの衝撃を感じた。何度も何度も子どもの名を呼んだ。ナン、ナン、ナン。でも、彼女は気づかなかった。激しい絶望感が熱病のようにわたしの体内を駆けあがっていく。自分のせいだと感じた。表立ってそうしていたかどうかはともかく、ナンを見まもっていたのはわたしだったのだ。

ナンは土手の端までたどり着いて立ちどまった。わたしはさっきと違う声を発していた。体のいちばん奥にある器官から出た安堵の声だった。けれどもナンは横手投げでヘビを放ったはずみによろよろし、わたしはまたもやぞっとした。できるだけ急いでナンをつかまえようと両腕を伸ばしたが、もう少しで彼女に届くというとき、わたしは突然、ばったり倒れて一瞬息ができなくなった。つまずいたのだ。世界がどこかへ飛んでしまった。われに返ると、近くに立っている脚が見えた。何かの見間違いだろう。幼い少女と自分以外、ここに人間がいるなんて信じられなかった。だが、ロバート・サーカムスタンスがいたのだ。学校から帰る途中だった八歳のロバートは向こうへ行けというしぐさをナンにしながら、わたしに手を差しだして起きあがらせてくれた。救世主だ。

救世主という言葉を使っても、あなたが気にしないでくれるといいけれど。ロバートに会ったことはあった？　もしかしたら、赤ん坊のころに会ったかもね？　彼は人目を引く子どもだった。幼いころからわたしのところに話しにやってきて、よく楽しい会話をしたものだ。彼は好奇心が旺盛で、すばやく問題を解決する。ポリーの息子たちよりも聡明だ。まあ、わたしがよく知っている子どもはほかにいないわけだが。ロバートは顔立ちもいい。彼が生まれつき与えられたものよりもすばらしい人生を送れるように、わたしは手を貸そうと決心している。

いったんわたしたちが落ちつくと、ロバートは土手から飛びおり、ヘビのあとから冷たい海に飛びこんだ。ナンはいぶかしげに小首を傾げている。彼が何をしているのかも、なぜなのかもわからないようだ。わたしは彼女の後ろに近づき、両肩を持って土手の端から引きはなした。ヘビは激しくのた打ちまわり、わたしですら気の毒に思った。ロバートも手足をばたつかせ、何度もヘビをつかみ損ねた。声をかけたところでどうにもならないのに、気をつけてとわたしは言った。ヘビが弱りはじめると、ロバートはすばやくつかんで土手を上り、地面に横たえた。わたしは用心深くヘビから離れた。ナンもさっと動いてシマリスの隣に横になった。小さな人差し指でシマリスの背中をなぞり、顔に息を吹きかけている。わたしにはシマリスが死んでいるとわかった。でも、ナンにはわからなかったのだ。

「ロバート、あなたはヒーローだよ。大丈夫?」わたしは訊いた。

「はい」

わたしはびしょぬれの服を着た彼を見おろした。「あなたがどれほど勇敢だったか、ご両親に話すからね」

ロバートは髪からしずくを垂らしながらうつむいた。彼はたくましい両親から優れた性質をすでに数多く学んでいる丈夫な少年だった。脚を平行に開いて立っているので、姿勢がよくて優美に見えた。

「ヘビはシマリスを食べるんだ」彼はナンに言った。その行動を真似してみせる。ナンはロバートを眺めていたが、間もなく立ちあがった。「そのシマリスは死んでる」ロバートは自分の喉をさっと手で切るしぐさをした。ナンは不思議そうに彼を見た。

「ヘビはどう？」わたしは尋ねた。

「思いがけず風呂に入ってしまったよね」

わたしは声をあげて笑った。いつの間にこの子は、こんなユーモアのセンスを身につけるほど成長したのだろう？

「体が温まったら逃げていくよ」

「ああ」ヘビが草原にいることなど考えたくない。もっとも、ロバートの努力が報われたのは当然だが。

ロバートはシマリスを取りあげて墓地のほうを指さした。「こいつを埋めに行かないか？」ナンに言った。「いいよね？」わたしに尋ねる。

「いいよ、さあ行って、ロバート。ペットが埋葬してあるところに埋めて」わたしはナンを見た。

「野生の動物をつかまえちゃだめだよ。怪我をするから」

彼女はうなずいた。

「わかったと言って」

ナンはロバートを見た。助けを求めて。わたしはロバートと目を見かわし、なんらかの反応か説明を待った。誠実そうな口をした魅力的な少年だ。髪は早くも色が濃くなってきている。父親のハイラムのようにこげ茶色になるのではないだろうか。スコットランド系らしい色だ。

「ミス・リー、この子はあまり話せないんだ」

「どういう意味？」

「わかってはいても、話さないということだよ」

「耳が不自由ということ？」

「そうじゃないと思う」ロバートは言った。ナンの手を放し、彼女の後ろにまわりこむ。「ハロー」ロバートは小声で言った。ナンはくるりと振りむいてにっこり笑いかけた。笑った！　このものすごい小さな獣はロバートが好きなのだ！　ロバートはふたたびナンの横に来ると、肩を抱きしめた。

「この子は声を出せる？」わたしは訊いた。

「うん。いくつか言葉を知ってるよ」

「それは妙だね。これくらいの年になれば、言葉を話せるはずなのに。この子ぐらいの年のとき、あなたは話せた。潮の満ち引きについて話しあったことを覚えている」月が潮の干満をコントロールしているのだと話してやると、ロバートはもっと詳しく知りたがった。そういう話題については無知なのに、わたしは大人がよくやるように説明した。自分にはわからないと言うべきだった。わたしよりもポリーのほうが質問にうまく対処できる。おそらく、知ったかぶりのディックにいつも対応しているからだろう。答えられない場合、ポリーは息子たちを図書館へ連れていく。それはよい手本だろう。知らない物事があっても、わたしもあまり恥ずかしいと思わないことにしなければ。

「そのことも覚えているよ、ミス・リー」

「どうしてこの子は話さないの？」わたしは訊いた。「父親と関係があるとか？」もしかしたら、バージルには問題があるのかもしれない。だから、彼ら親子はお茶に呼ばれても来なかったのだろう。

「お父さんは話せるよ」ロバートは言った。

ナンは爪先立ちで体を揺すりながら草の間を歩き、半月形の足跡を残していた。

「ナン」わたしはかがんで彼女の顔に近づいた。自分を指さしてみせた。「わたしはミス・リー」次に、ロバートを指して彼の名前を言った。それからわたしはナンを指さし、尋ねるような表情を作った。「ナン」彼女は言った。もっとも、「ン」の発音が弱かったせいで、「ナー」のように聞こえた。わたしはナンという言葉を繰りかえした。そして、この小さな集団の面々をまた指さした。「ナン。ロバート。ミス・リー」ナンはRの文字をWのように発音したため、ロバートはウォバートになった。それからミス・リーという言葉をとてもはっきり言ったので、わたしは拍手した。

ふいに、わたしは言った。「今度はアグネスと言ってごらん」

「アグネス」ナンは真似した。

「それもわたしの名前。洗礼名よ。わたしはアグネス・リーで、あなたはナン・リード」ロバートのほうを振りかえった。「あなたもアグネスと呼んでいいんだよ」

「ありがとう、ミス・リー」

わたしはため息をついた。このあたりで平等主義の体制を実行しようとするのは容易じゃないだろう。エルスペス、あなたが手を貸してくれたらいいのに。もし、わたしたち二人で取りくめば、もっと説得力のある行動がとれただろう。落ちついたあなたがいれば、わたしの短気な性質も目立たなかったはずなのに。

「それでいいとしようか」わたしは言った。「今のところはね。でも、考えておいて。さて、ナンの父親についてほかに知っていることを話してほしい」

ナンはシマリスに手を伸ばしたが、ロバートはそれを彼女から遠ざけた。「この子は死んでるんだよ？　これから埋めに行くんだ。失礼していいですか？」彼はわたしに訊いた。

「いいよ、ロバート。あなたのお母さんがポーチのところに二人分のおやつを置いておいてくれるはず。埋葬が終わったら食べにおいで」

「ありがとう、ミス・リー」

「アグネスだよ」

ロバートは少女の手を取り、二人は草原を突っきって墓地へと歩きだした。わたしは家に戻り、子どもたちのためにおやつを用意してほしいとミセス・サーカムスタンスに頼んだ。「ロバートはいい子だね」わたしは言った。

「わたしはロバートを自分の子に選んでいたと思いますよ」と彼女は言った。「もし、選ぶ自由があったらですが。でも、どんな子どもが生まれるかはわかりませんし、完成された形で生まれてくるわけですからね」

わたしは二階へ行って机の前に座り、手紙を書くとか請求書の処理をしようとしたが、思考は乱れ、怒りに駆られていた。バージル・リードが社交嫌いなのはかまわない。だが、彼は娘のことを考えてやるべきだ！　ナンが話せるなら、話し方を教えてやらなくてはならない。人間には基本的な言語機能が生まれながらに備わっているというチョムスキーの普遍文法の理論に関する本をわたしは読んだことがあった。ナンが生まれつき備えている能力を引きだしてやらねばならない。ロバートから聞いた話から判断すると、彼女は育児放棄をされているらしい。ポリーとわたしはマナーやプライバシーを尊重して、そのことについて見て見ぬふりをしてきたのか？

向こうの墓地にいる子どもたちを眺めた。ロバートとナンはひざまずいて祈っている。ほかのときなら、そんな姿を見てほほえましく思っただろう。だが、今のわたしは神経が高ぶると同時に激怒していた。椅子から立ちあがり、怒りに任せて勢いよく道を歩いていった。ちっぽけな小屋がモンスターの城さながらにそびえている。エルスペス、わたしはバージルのドアをノックした。そんなことをするのは妙な感じだった。何年もの間、自由に出入りしていたところだったから。彼に何を言うつもりなのかはわからなかったが、とにかく何かを言ってやる気になっていた。返事はなかった。バージルの車は道に停まっていたから、彼は中にいるに違いない。もう一度ノックした。返事はない。頭の中で次々に考えが湧きあがり、爆発しそうだった。手のひらに爪が食いこんだ。三度目になるが、ドアを叩いた。何の音もしない。わざと返事をしないのに違いなかった。ドアに耳を押しあて、何か動く音が聞こえないか試してみた。相変わらずまったく音がしない。だから、声をかけた。「ミスター・リード、娘さんが危うく海に落ちるところだったんですよ。あなたはあの子に目を配るべきです。わたしには責任が持てません」わたしの知るかぎり、それは独り言のようなものだったが、ともかく説教をしていたわけだ。紙切れと金槌、それに釘を持ってくればよかったと思った。そうすれば、マルティン・ルターのように、ドアに紙を打ちつけてやれたのに（ドイツの神学者であるマルティン・ルターは「九十五カ条の論題」という文書をヴィッテンベルクの教会の門に貼りだしたとされる。これが宗教改革の始まりとなった）

わたしはとうとうあきらめた。家に戻ると、ロバートとナンはポーチで腰を下ろし、サンドイッチを食べていた。食べおわったらナンを家まで送っていって、とわたしはロバートに頼んだ。

さて、いとしい妹よ、疲れすぎていて今夜はこれ以上書くことができない。こうして話せるのがどれほどうれしいかを伝えてペンを置こう。昨夜寝ている間にどんなものにせよ、よい妖精が現れて、あなたに書くという思いつきを与えてくれたことに感謝している。今日、あなたはわたしとい

て、ポーチから走っていった。正しいことをするべきだという、あなたの必死の願いをわたしは感じたのだ〉

〈一週間後、まだ九月。

親愛なるエルスペス

わたしはリーワードコテージを隅から隅まで完全に知っていると思っていた。でも、こうしてここをじっくり調べてみると、自分がどれほど物事に注意を払わなくなっていたか、あるいは一度も注意を払わなかったかがわかって、驚いてしまう。人が住む普通の家だとわたしが信じていたものは、わが家の祖先の好みが反映された博物館でもあるのだ。何十年もの間、何一つ処分されてこなかった。ダイニングルームと食料貯蔵室の引きだしにはフォークやナイフ、スプーン、何ダースものリネンのナプキンが詰めこまれている。ナプキンの多くは黄ばんで擦りきれていた。食器棚には多すぎるほどの皿がしまってあり、欠けたり、接着剤でくっつけられたりしたものもある。どの部屋も屋根裏も家具でいっぱいだ。障害物を避けるためだけに、わたしたちは一日あたり二キロか三キロは余分に歩いているに違いない。写真立てに入れられず、アルバムに貼られることもない印画や写真がぎっしり入った引きだしがいくつもある。それにテニスラケット、ゴルフクラブ、バドミントンやクロケットのセットも。どの道具も複数ある。そしてマホガニーの家具！　わたしが死ぬほど嫌っているものだ。今はもう、売りたければ売ってもかまわない。先祖伝来の品物に自分がどれほどの感傷を抱いているのか、判断が必要だ。たぶん、感傷などこれっぽっちもないだろう。

この家がどう見えたらいいと自分が思っているのか、だんだんわかってきた。がらんとして穏やかな状態。床には美しい敷物。淡い色の木材の簡素な家具。もしも二度と、家具につまづいた、球をつかんだかぎ爪足を目にしなくてすめば、ありがたい。シェーカー教徒（キリスト教の一派。質素、勤勉を重んじた）のような生活をするのだ！　室内の暮らしを屋外らしく見せるとか、屋外の暮らしを室内に取りいれるような感じに部屋を塗りかえてもらおう。窓から見える景色の色は、それぞれの部屋を違う色に塗るための参考にするには充分なほど変化に富んでいる。ヤナギタンポポ一つ取っても――この花のオレンジや黄色、緑、それに黒と同じように塗れば、美しい部屋になるのでは？　エル、わたしは壮大な実験に取りくむところ。新しい人生の始まりにいる。四十歳。四十年間、堅いつぼみのまま待ちつづけてきた。もうわたしが花を開く時期が来たと思わない？

わたしはお父さまの寝室に移った。毎朝、太陽の光が窓からまっすぐ差しこんでくる。陽光は部屋を横切り、壁にかかったいくつもの絵のガラスに反射する。海に面した窓のところに小さな書き物机を移動させ、今はそこからあなたに書いている。わたしは変化を経験すると同時に落ちつきも感じていて、それがすばらしい！　どうして、秋が静かな季節だと思っていたのだろう？

さて、ニュースがある。ミスター・リードについてのさらなる報告が。あなたも聞きたかったのでは？

数日前、雑用のためにオーガスタまで車を走らせた。いちばん大事な用事は絵を描くための道具を買うことだった。ちょっとした装飾画に挑戦してみようと思っている。

家に帰る途中、新しい道を通ってみた。地図を見てだいたいの道を頭に入れたが、新しい道を走るときにはありがちなように、不慣れなせいで距離を長く見積もりすぎてしまったし、間違ったところで曲がったらしかった。でも、あたりの光景は美しく、本当に迷ったわけではないと自分に言いきかせていた。それに、必要となったら立ちよれそうな家も何軒かあった。だから、のんびりとドライブしていた。すると、両側に木立しかない道で仔犬を抱き、ほとんど読めない看板を持った男とすれ違った。わたしは車を走らせつづけた。けれどもバックミラーをちらっと見ると、最初は気づかなかったのに、辺ぴな場所で彼がとっている異様な行動がはっきりとわかり、どういう事情なのかを察してしまった。バックミラーに見えたあの強烈な輝きの向こうにはあなたがいたんじゃない、エルスペス？　わたしの目からうろこを剝がしてくれたんだね。わたしは教会の私道で車を転回させ、さっきの男から数メートル離れたところで降りた。

「あなたの犬はいくつなの？」わたしは訊いた。

「ほんの仔犬でさあ」

犬は小さくて毛並みがみすぼらしかった。でも、首のまわりに巻いてあるリボンを見て、わたしは胸が締めつけられた。無関心な人の購買欲をそそるために行なう、人間の無邪気な努力を目にするといつもそうなる。

「この犬は大きくなる？」

「いんや」

「嚙む？」

「いんや」

「いくらで売る？」

「七十五セントだ」

なんて悲しい値段だろう。

「この子を抱いてもいい？」

男は犬を持った手を伸ばし、わたしは犬を引きよせた。犬は警戒心と希望らしきものの入りまじった表情でわたしを見あげた。とはいえ、犬との出あいをそんなふうに言うのは感傷的だろう。痛い思いをさせないでとの、無言の懇願がこもっていたというほうが当たっている。肋骨は毛皮で隠れていたが、犬に触れたとたん、骨が浮きだしているのが感じられた。この犬を買って保護施設に連れていくほうがいいと思った。このあたりにそんな施設があればの話だが。あるかどうか、わからなかった。わたしにわかるはずがあるだろうか？　メイン州にはおおいに心を奪われているが、住民とはかなり距離を置いているのだ。でも、そんな状態ももう変わるだろう。

または、この犬をロバート・サーカムスタンスにあげてもいい。世話をするための手当もつけて。

「ちょっと待って」男がどこかへ行きかけているかのように、わたしは無意味なことを言った。「財布を取ってくるから」助手席に置くと、犬はクンクン鳴いた。わたしは財布の中を見た。五ドル紙幣も含めて何枚か札が入っていたが、十ドル紙幣を取りだした。

「これしかないんだけど」

男は札をじろじろと見た。「釣りはねえです」

「ないって？　ちょっと考えさせて」わたしは男に恥ずかしい思いをさせないよう、この問題を必死に考えるふりをした。「いいでしょう。この犬が欲しいから、あなたに十ドルを渡すしかない」

男は慎重な目つきでわたしを見た。わたしは無表情を装った。エルスペス、自慢なんかするつもりはないし、このささやかな慈善をあなた以外の誰にも話すつもりはない。でも、与えるという行為はたしかにいい気持ちだった。どうしてなのだろう？

「じゃ、取引は成立？」わたしは言った。

飢えるままにしておくよりは、犬にとっていいことをしたと彼に告げようかと思った。けれども、わたしの考えは無用だったようだ。認めたくはないが、そういうことはよくある。

「この子は大丈夫。心配しないで」

「こいつはスターというんでさあ」男は言った。「うちの娘が名前をつけたんだ」

そうなのだ。どこかの女の子が飼い犬を失ったことを知って、無表情を保つのがなかなか大変だった。

「この子は問題ないよ」わたしは確信ありげにうなずきながら言った。「あなたに連絡をとれるところはある？ 犬の行き先をお嬢さんに知らせるから」

「いんや」彼は向きを変えた。

「この犬はいい暮らしを送れるとお嬢さんに伝えて！」おそらくその少女よりもいい暮らしだろう、とわたしは思った。世の中に出てわかるのは、この世が自分の思いどおりにならないということだ。

スターを助手席に落ちつかせた。犬は疲れきっていて、あたりを見もしなかった。車を出しながら、人生の不公平さについてわたしは憤慨していた。エルスペス、わたしたちは世界という山のてっぺんにいたのだ。単なるまぐれによって。少なくともわたしたちはその事実を知っていたし、それは幸運でもあった。自分の運のよさを当然のものと信じこんでいる母親がいたからだ。

ルート3に戻って窓を下ろし、スターに手を載せてそっと撫でつづけた。愛撫を拒まないところを見ると、あの男の娘はスターをよくかわいがっていたに違いない。動物の保護施設がどこにあるかわからなかったので、まずは犬を家に連れていき、電話をかけて施設を探さねばと思った。それに、こんなに汚れて毛がもつれたままで犬を施設に渡すわけにはいかないから、風呂に入れてやらなくては。この子は何を食べるのだろう？　もしかしたら、ミセス・サーカムスタンスのところにちょっとした食べ物があるかもしれない。こういう考えがどこに向かうか、あなたならわかるだろうが、わたしは計画に沿ってことを進めていると確信していた。ポイントパスに入ったとき、次にやることで頭がいっぱいだったせいで小さなナンの姿が目に入らず、危うくひいてしまうところだった。ナンはポイントのほうへ下っていく道路の端にいた。またしても一人きりで。わたしなら喜んでセーターを着たいほどの午後なのに、Tシャツ一枚しか着ていない。ああ、本当にもう！　急ブレーキをかけ、間一髪のところでナンをひかずにすんだ。さもなければ、こんなふうに落ちついて手記を書いていられなかっただろう。こうなったら、ナンも車に乗せて連れて帰るしかないのでは？　わたしの車は救急車と化してきた。

「おいで」ナンを手招きした。彼女はまじまじとこちらを見た。「こっちへおいで、ナン」わたしは降りて車をまわりこみ、ナンを抱えて乗せた。犬を見た彼女の目が大きくなった。

「その子はスター」わたしは言った。「スターだよ」やれやれ。なぜ、この犬の名を彼女に教えているのか？　自分の失敗に気づいた。「わたしの犬じゃないの」そう言えば、ナンにわかるかのように。彼女はスターを見つめつづけている。犬の撫で方を見せてやるしかなかった。さもなければ、ナンは犬の目をつついてしまったかもしれない。

車は音をたてて私道を進んだ。絵の道具を買おうと出かけたのに、子ども一人と犬一匹を連れて戻っている。画材もあるにはあるが。もはや自分が何者なのかもわからない。

二人と一匹は家の裏のステップを上がり、キッチンにいるミセス・サーカムスタンスに会った。

「本当に悪いんだけれど」わたしは彼女に言った。「ごたごたを持ちかえったみたいで」

ミセス・サーカムスタンスは何も訊かずに状況を判断した。ほぼポリーと同じやり方だ。母親業というものには鋼《はがね》の神経が備わるらしい。

「お湯を沸かしますよ。ホットチョコレートとクッキーがいりますね」ナンの薄いTシャツを見やった。「まったくあの男ときたら」小声で言う。「あの人の頭には穴があいてるんでしょう」

「確かにそうだ。家に小さいセーターでもある?」

「山ほどありますとも」ミセス・サーカムスタンスはケトルを火にかけ、ちゃんとした服を持ってこようと出ていった。わたしはついてくるようにとナンを呼んで食料貯蔵室に行った。温かい石鹸水をシンクに張り、温度も水の深さも大丈夫だと確かめると、スターをその中に入れた。スターはあまりにもくたっとしていたから、胸の下に手を当てて頭が沈まないように支えてやらねばならなかった。わたしはもう一方の手を毛皮に差しいれ、一度に少しずつ泥を落としてやった。ナンは顔にありありと興味の色を浮かべて首を傾げ、目をみはっている。わたしはどうやってスターを手に入れたか、今は何をしているのかを説明した。ちょうどケトルが沸いた音がしはじめたとき、ミセス・サーカムスタンスが戻ってきた。彼女はナンをつかまえた。「二階でこの子をお風呂に入れてきます」そう言うとナンを抱きあげ、バランスよく腰のあたりに彼女を乗せた。

この家には生命があるよ、エルスペス。

わたしは急がずに作業を続けた。そしてゆっくりと、それは作業ではなくなっていった。犬は無気力な状態から変わっていった……絶好調の状態に。スターは三日月の上に乗ってふらついていたようなものだった。もし、一方の側に傾いたら、光に照らされて地球と向きあう。もし、もう一方の側に傾いたら、暗闇の中に滑りおち、永遠に姿を消しただろう。スターはどちらに転ぶかわからない運命に直面していたのだ。彼はどちらを選んだだろう？　体は生きることをつねに求める。精神のほうはもっと不確かで、心の影響をいっそう受けやすい。エルスペス、運命を選ぶ状況になったとき、あなたの意思は明確だった。あなたはできるかぎり持ちこたえた。わたしがいつも願っていたのは、わたしのためにあなたが無理してこの世にとどまらないことだった。それと同時に、ずっととどまってほしいとも願っていた。身勝手だったね。

わたしは時間をかけて犬を洗いつづけた。毛皮を濡らし、指で毛を梳く。数分ごとに湯の出る蛇口の下で犬を支えながらシンクの水を抜き、また湯を張って犬を洗った。二階のバスタブから水が流れだす音が聞こえた。走りまわる足音がする。ゆったりした足音とすばやい足音は安心させるようなリズムを生んでいた。温かい湯で最後にスターを洗いながし、布巾で拭いた。毛をふわっと膨らませてやると、スターはさっきまでと違う生き物に見えた。

ミセス・サーカムスタンスがきれいになったナンを連れて現れた。ナンは清潔なズボンを穿き、小さな赤いセーターを着ている。新しい姿になったスターを見てナンの目が大きくなった。

「この犬に餌をやらなくては。あばら骨がわかるくらいだよ」わたしは言った。

ミセス・サーカムスタンスはスターに手を伸ばした。「ひどくお腹をすかせているなら」彼女は言った。「一度に少しずつしか餌を与えないほうがいいですね。卵をいくつかあげれば充分でしょう」

「うちには卵がないよ」

「あるかもしれません」

彼女は冷蔵庫を開け、卵でいっぱいのボウルを取りだした。わたしの食事の予定に卵はなかったはずだが、そのことで文句を言う気はなかった。

ミセス・サーカムスタンスは手早くスクランブルエッグを作った。ナンは目を閉じ、バターの香りを吸いこんでいた。それに気づいたミセス・サーカムスタンスは卵をもう二つ、フライパンに割りいれた。わたしは床に膝をついて、水の入ったボウルにスターの頭を導いた。犬はそっぽを向いた。もう一度やってみたが、同じ結果だった。とうとうわたしはボウルに片手を突っこみ、手のひらに水をすくった。スターが横になったので、不安になりだした。ミセス・サーカムスタンスは卵の入った皿をわたしたちの隣に置き、ナンをテーブルにつかせると、彼女にも皿を置いてやった。わたしは手を傾けて水をボウルに戻し、卵を少しつかんだ。自分の心臓の近く、命の鼓動が聞こえるところにスターを引きよせた。上のほうからナンが舌鼓を打つ音が聞こえた。これまでそんな粗野な音をたてた者はこの家に一人もいなかったのに！　ミセス・サーカムスタンスに目をやると、わたしが何を考えているか正確に見ぬいている様子だった。わたしたちは忍び笑いの発作を起こした。わたしはそれを抑えようとしたが、お互いに顔を見て何度も何度も笑ってしまった。子どもは食べて舌を鳴らすのに忙しすぎて、わたしたちが笑っていることにも気づかなかった。持っていた卵が手からこぼれ、わたしは犬の頭のてっぺんにキスした。

「ごらんなさい！」ミセス・サーカムスタンスが言った。

スターが皿にかがみこみ、貪るように卵を食べていた。みんなスターから目を離せずに見まもった。彼が食べおわり、大きなあくびで食事を締めくくるまで。「労働したから、ホットチョコレートを一杯飲まなくては。あなたはホットチョコレートが好きじゃないんだよね、ナン？」わたしはからかったが、ナンは不思議そうにわたしを見た。かわいそうに。

ナンがおもしろがることを期待して、わたしはカンペール焼の黄色の食器を選んだ。ミセス・サーカムスタンスがトレイに食器を並べた。ホットチョコレートが入った小ぶりのカップ、リング形のクッキーを載せた皿。しげしげと見つめるナンに、わたしは見世物を提供しているのだと気づいた。あれほど純粋な関心を持ってわたしを見た人はいなかっただろう。少なくとも、子ども時代を過ぎてからは。エル、あなたは率直に接してくれた妹だったね。

わたしはまたスターを抱きあげ、みんなで列を作ってガラスルームへ向かった。スターのために、古いカシミアの毛布でちょっとした寝床をソファに作ってやった。予想どおり、ミセス・サーカムスタンスは眉を寄せた。「新しい箒をお願いね」わたしは彼女に思いださせた。スターは食事をしたし、きれいにもなったが、まだ子どもに近づけないほうがいいとわたしは思った。スターとナンに挟まれるのは最高だろう。ミセス・サーカムスタンスはほかにいるものはないかと尋ねた。

「いえ、ありがとう。それに、今日は慌てないでくれてとてもありがたかった」

「何かお手伝いが必要なら――」

「大丈夫。今は番犬もいるし」そう言ってから、自分がスターを飼うことに決めたのだと気づいた。ちょうどそのとき、スターは伸びをし、大きく息を吐いた。ミセス・サーカムスタンスはやたらに愛情を示す女性ではないので、こう言ったときは驚きだった。「あとでこの子にちょっとしたごちそうを持ってきます。あなたのほうは、いい子にしてるんですよ」彼女はナンに指を振ってみせた。ナンはたしなめるように振られた指に手を伸ばし、とらえる前に引っこめられると、くすくす笑った。

この家には生命がある！

ナンはスターをつかもうとこちらに突進してきたが、わたしは彼女をつかまえて座らせると、こう言った。「だめよ！」けれども、ナンは動じなかった。あたりを見て、ソファの柔らかい家具カバーに両手をこすりつけた。実に行儀の悪い子どもだ。手に負えない。変わった髪をした子。でも、ミセス・サーカムスタンスが髪にブラシをかけたので、柔らかいモヘアの毛布のように見えた。天使の髪のように縮れている。それに触れたかったが、自分を抑えた。彼女をほとんど知らないのだ。見知らぬ大人の髪に触れたりしないものではないか？　礼儀にかなった振る舞いをナンに教えるもっともいい方法は、こちらが彼女にそんな態度を示すことだろう。

とはいえ、ナンを喜ばせたくもあったから、ガラスルームをもう塗っていたらよかったと思った。殺風景な白さを、熱帯の魅力で隠せていたらよかったのだが。少なくとも陰気な家族の肖像画がフィラデルフィアにあって、ここで彼女を嘲笑うように見ていなくてよかったと思った。

わたしはナンにカップの持ち方を示した。人差し指を取っ手の中に入れて巻きつける方法だ。カップは傾いた。当然のように傾いた。なぜ、傾かないとわたしは思いこんでいたのか？　中身がこぼれる前にカップをつかんでやったが、間一髪だった。今度は戦略を変えて、両手で下からカップを支えるやり方を見せたが、ナンはさっきの方法でやりたがった。この利口な子はそっちのほうが優れた方法で、大人がやるものだとわかっていたのだ。空のカップか、ホットチョコレートではなくて水が入ったカップで教えるべきだったが、もう遅すぎた。ナンは自分の指を観察し、おおいに努力して指を動かすと、取っ手に正しく人差し指を通したが、彼女の力ではカップのバランスをうまくとれなかった。わたしはまたしてもナンの指を取ってカップを両手で持たせた。ホットチョコレートの表面が固まりだしていたので、わたしはスプーンで崩した。

「口を開けて」スプーンにホットチョコレートをすくって口の中に入れてやり、自分の分を一口飲んだ。口の中でチョコレートを転がし、舌のあらゆる部分で味わう。脂肪分の多い濃厚で豊かな甘さは現実から逃れさせて物事を忘れさせてくれる道で、内面と向きあう旅への水路だ。わたしは取っ手に人差し指を絡ませてカップを持ちあげたが、もう一方の手を底に添えていた。ナンはこのしぐさを上手に真似した。彼女は一口飲んでからソファを滑りおり、カップをテーブルに置いた。そして恍惚とした顔で現代的なダンスをした。両手で口を押さえ、うめき声をあげにあげ、左右に体を揺すりながら。まったくチョコレートというものは！

「あなたはお腹をすかせた赤ちゃん鳥だね？　これは今まで食べた中で最高の虫さんだったんじゃないかな」

ナンはわたしにスプーンを渡した。一口飲むたびにうめき声をあげてみせるゲームを二人でした。わたしはハーメルンの笛吹きみたいにこの子を夢中にさせた。ナンはくるくる回り、勾配のある丘だとでもいうように床の上で転げまわった。彼女のために音楽をかけてあげた。聴くといつも幸せになれる、ハリー・ベラフォンテの『カリプソ』のレコードを。もしかすると、ナンは一度も音楽を聴いたことがなかったのだろうか？　彼女の反応は怯えているとも、常軌を逸しているとも取れるものだった。ナンを追いかけてつかまえ、抱きしめて落ちつかせなければならなかった。抱いているうちに、彼女は音楽が部屋の中にいる何らかの神から出てくるものではなく、機械から流れているのだと理解した。レコードにどうやって針を置いたり外したりするかを見せたが、これはナンには試させなかった。ナンはやらせてもらえないことを受けいれ、ソファに落ちつくと、両手を頭上に伸ばし、リズムに合わせて振った。わたしはナンの動きを真似した。わたしたちは一人が動いてみせ、もう一人がそれを真似するというゲームをやった。その間じゅう、スターは眠っていた。午後が過ぎていった。

窓から遅い午後の陽光がまっすぐに差しこんできて、戦いのあとで投げだされた剣さながらに四散した。ナンは籐編みのソファに仰向けで寝ていた。物語を聞かせてとせがまれたわけではなかったが、このごろはめったに自分の声を聞いていなかったので、わたしはこの機会を利用した。物語を一つ作った。たった二人しか存在を知らない、森の中にある深い峡谷の話だ。そのうちの一人だけで行った場合、そこは単なる森の峡谷にすぎない。でも、二人で一緒に行くと、望むものが何でも手に入る。ただ、彼らは峡谷にとどまりつづけなければならないのだ。わたしは主役の二人を男の子と女の子にした。彼らはホットチョコレートを飲みたいと願った。それから、仔犬が欲しいと言うが、峡谷から連れていけないなら、犬がどうなってしまうかと考える。お腹をすかせたり、敵が現れたり、寂しがったりするだろう。ナンは深い息遣いをしてぐっすり眠っていたが、わたしは話しつづけた。物語を思いつくのが楽しかった。

太陽がピンクとオレンジの光を発して沈みはじめた。わたしは一日の変化を示すピンクとオレンジのあらゆる微妙な色あいを観察していた。ナンは身じろぎして何かつぶやき、スターは安心した様子で鼻をふんふんいわせた。

そのとき、わたしはぎょっとした。窓の向こう側に黒い影がぬっと現れたのだ。怒りくるった猫のように肩をすぼめている。ポーチに立った彼と顔を突きあわせた。バージル・リード。驚きの表情を彼に見られなかったならいいのだが。わたしは部屋の反対側にあるポーチの両開きのドア《フレンチ》を指さした。わたしたちはガラスを挟んで部屋の外と内でそこへ歩いていった。奇妙で調子はずれの二重奏でもしているように。

わたしはフレンチドアの掛け金を外し、開けるのにやや手間取った。彼は向こう側からフレンチドアを押していた。そんなことをされて、腹が立った。わたしの家に押し入ろうとしているとは。

バージルは眉を上げてみせた。

「そう、彼女はここにいます。ソファで眠っていますよ」

彼は一歩進んでわたしの前を通ろうとした。わたしは彼の前に立ちはだかった。

「だめです、だめだめ。まだだめです。あなたに話があります。今日で二回目ですよ。危うく災難に遭うところからお嬢さんをわたしが助けたのは」そう、わたしはそう言った。頭に血が上っていたし、彼に驚かされたから余計に腹が立っていた。「あなたはお嬢さんの面倒を見ていない。それは絶対に受けいれがたいことです」

彼はまじまじとわたしを見た。

「娘さんを見まもっているべきでしょうに！」

「申し訳ありません、ミス・リー」

わたしは衝撃を受けた。ばかげたことだが、彼は声を出せないのではないかと信じはじめていたのだ。けれども声はあったし、低くて――魅力的だった。だからといって、状況が変わるわけではない。

「すまないと思うべきです。わたしは心臓発作を起こしそうだった」

「あの子はどこかへさまよっていってしまうんです。ぼくは仕事に没頭するあまり、忘れてしまって——」

バージルは一歩前進した。わたしは彼をさえぎった。ここはわたしの家なのだ。

「聞きなさい。ナンはまだ赤ん坊も同然です。ここの凍えるほど冷たい海では一分も持ちこたえられなかったでしょう。体重が軽いから、水を吸った服の重みで海の中に引きこまれたはず。それに、あの子は車の座席からは見えないほどの身長です」

説教に、痛烈な非難。わたしが話している間、彼は沈痛な面持ちでこちらを見ていた。顔のほとんどが隠れ、口も完全に見えないほど大きな髭を生やしている。髭は金色だったが、髪よりも色あいが濃かった。目は緑。まっすぐな鼻。彼は抗議もせずに叱責を聞いていて、時が経つにつれて怪物じみた様子はどんどんなくなっていき、どんどん——まだわたしにはわからない。何かがあるのだろう。

「おっしゃるとおりです」バージルは言った。

顔がひりひりするのを感じた。「わたしをばかにしているんですね」

「いや。あなたが正しい。ぼくは仕事のことで頭がいっぱいでした。もっとうまくやります」

わたしは脇へどいてバージルを部屋に入れた。二人でソファまで行き、彼はナンの体の下に両腕を差しいれ、抱いて部屋を横切った。わたしは彼の横についていた。スターも走ってきた。わたしは立ちどまってスターを抱きあげ、外へバージル・リードを追っていかないようにした。

「ナンには食事をさせましたから」わたしは言った。

「ありがとうございます」

バージルは外に出てフレンチドアを閉めた〉

第二十章

二〇〇一年感謝祭、フィラデルフィア、モード

モードが階下に行くとタクシーが待っていた。ドアを押さえていてくれたドアマンにチップを渡した。

「感謝祭おめでとう！」誰もが口を揃えて言った。

アパートメントの建物からタクシーに乗るまでの短い間、今日は割と暖かいと感じた。凍えるような寒さを感じずにパレードのルートに立っているには申し分ない日だが、それは別の年まで待たなければならない。もしも昨夜、自宅にいたなら、クレミーを自然史博物館に連れていって、メイシーズ・サンクスギヴィング・デイ・パレードでバルーンが上がっているのを見物させられたのに。モードが子どものころ、ハイディはいつもそこへパレード見物に連れていってくれた。ほとんど貸し切り状態で眺めを楽しんだものだった。だが今では、自分だけの秘密みたいに見えたニューヨークの多くのものと同様に、パレードも一大イベントと化し、子ども時代を思いだしながらやってくる親に連れられた子どもや、仲間同士で来るティーンエイジャーでいっぱいになる。父親のモーゼ

ズはこうした変化が起こったのが、ニューヨーク市長のエド・コッチの「アイ・ラブ・ニューヨーク」キャンペーンからだと言った。それ以前の地下鉄は落書きで覆われ、観光客は名所中の名所にしか行かなかった。ほうぼうの美術館や博物館、エンパイア・ステート・ビルディング、自由の女神像といったところだけだった。モーゼズは汚くて埃だらけの街を、大人になるまでいたニュージャージー州のリビングストンとはまるで違う街を好んだ。現在はアッパー・ウェスト・サイドにいくつもショッピングモールができ、セントラル・パークは暗くなったあともにぎわっている。長所も短所もある街が、大人にとっての現実だと思えたのに。

モードはタクシーに乗ったとたん、ふたたび不安に駆られた。ストレート医師の勧めをどうにか一晩じゅう、心の奥に押しこんでいた。ハイディの入院と鬱の期間を耐えるために、考えを棚上げにしておく能力が育った。その能力のおかげで、仕事中はクレミーのことを考えずにすんだ。けれども何であれ、それまで押さえつけていたものに注意を向けるときが来ると、考えまいとしていたものがいっそう力を増してモードに襲いかかってきた。木の棒を歯でくわえ、右のこめかみから左のこめかみまで器具に挟まれ、体をけいれんさせているハイディが目に浮かんだ。それから、死のようにひっそりした病棟にいる母親を思いうかべた。そこでは一日に二回、ほんの数分間の点検をされるだけで、新鮮な空気も吸わせてもらえない。病院に行くとき、ハイディは農場に行くと思っていたのだ！　温室で植物を育てたり、ヤギの赤ちゃんたちと若草の上で寝たりするのだと思っていた。それが本物のハイディの姿だ。グッドマン医師によると、ECTによってまた現れるかもしれない母だ。とはいえ、モードはその治療に同意するのをためらっていた。

感謝祭の日に働いている運転手に気前よくチップを弾み、病院ですれ違う誰とでも今日を祝う挨拶を交わした。見舞客の中にはもっと楽しいところへ行く途中らしく、着飾っている者もいた。モードはひたすら静かなアパートメントに戻ってアグネスのノートを読みたいだけだった。その時間を手に入れるために、まずまずといえるだけの間、母のそばに座っていよう。

ハイディの病室は薄暗く、ベッドに横たわった体はぴくりとも動かない。モードは激しいすすり泣きが胸にこみあげて苦しくなったが、それに屈するわけにはいかなかった。

「こんにちは、ハイディ」快活に言ったが、ばかげていた。陽気な態度をとったところで何の役に立つの？　「感謝祭おめでとう」やはり明るい口調でつけ加えた。病人に話しかけるとき、人はこんな口調を用いるものだ。

ベッドの横に椅子を引っぱってきた。「今日は感謝祭よ、お母さん。ここでも特別な昼食が出ると思う。わたしもいるから一緒に食べようよ。わたしたちが好きな種類の詰め物が出るといいわね。ペパリッジファームのものよ！　そこって本物の農場《ファーム》だと思う？　何を育てているのかな？　ハーブ？　もしかしたらニワトリかも。でも、ニワトリじゃないといいな。ハーブだけでいい。イングランドではハーブ《herb》のhを発音するって、お母さんが教えてくれたんだっけ？　だったら、ハーブ一つは〝ア・ハーブ〟と言うの？　わたしはいつも〝アナーブ〟と言っているけれど。イングランドに行ってみたいな……」

モードはとりとめもなくしゃべっていた。心の中にある複雑な曲がり道から出てくる考えでないなら、何でも言った。モードは迷路を初めて走っているネズミのようだった。どこへ向かっているのかさっぱりわからない。でも、そんなことはどうでもよかった。誰も彼女が脱出するまでの時間を測っているわけでも、観察しているわけでもない。一人きりだったし、ゴールでチーズひと切れが待っているわけでもなかった。料理が運ばれてくると雑役係が手を貸して、食べられるようにハイディを起きあがらせた。

「まずは母をトイレに行かせたほうがいいんじゃありませんか？」モードは訊いた。

「お母さまはトイレに行きません」雑役係の女性は七面鳥とグレービーソース、詰め物が載った皿の蓋を取った。そして七面鳥を小さく切りわける。わたしがやりますと言おうかと考えたが、モードは及び腰になっているのを感じたし、まずはハイディがどんなふうに食べるかを見たかった。初めてクレミーを風呂に入れることになったとき、モードは今と同じように感じた。小さな生き物を扱うのに失敗しないかと怖くて、入浴させてほしいとハイディに頼んだのだ。

〝お母さまはトイレに行きません〟。わかってみると、いかにも明白な事実だった。病室はこんなににおうのだし、ハイディは自分で起きあがれないのだから。仔犬じゃあるまいし、一時間ごとにハイディをトイレに連れていくわけにもいかないだろう。

「母があなたと話したことはありますか？」モードは尋ねた。

雑役係はフォークに食べ物を載せた。モードは彼女のために椅子をあけた。

「ありがとうございます、お嬢さん。ぽつりぽつりと言葉を発したことはありましたよ」

「何だったか覚えていますか？」

雑役係はハイディが口を開けるまで頬をマッサージした。あまり口の奥に入れないようにして慎重に食べ物を運ぶと、ハイディはそれを嚙んだ。

「いいえ、覚えていませんね。文ではありませんでした。ただの単語で」

鬱状態にあるハイディは文を話せなくなり、すべての思考を失った。あのリストにあったような単語しか話せなかったのだ。せいぜいそれだけ。耐えられないほど悲しいことだった。

モードは雑役係としばらく会話を続け、ハイディの洗髪をする日程を決めてもらった。本当は、もっと状況を把握するためにこの近くに住むべきなのだ。もっと頻繁にここに来なければならないのだが、また今回のような手配をすべてやらねばならないかと思うと、気落ちしてしまった。モードの生活は友人たちのものとかなり違っていた。彼らの多くは独身で、働いたり街で遊んだりしていた。この前遊びに出かけたのがいつだったか、モードは思いだせないほどだった。マイルズと飲んだことは勘定に入らない！　こんな状況にひどく悩んでいるわけではなかったが、選択肢があることはいいものだ。いつも問題になるのはそういうことじゃないの？　選択の自由があるかないかの点だ。

「あなたにも料理を持ってきましょうか」雑役係が申しでた。「余分がありますので」

「いいえ、結構です」モードは言った。「あとで食事しますから」

「お友達とでも会うんですか？」

「いいえ。あなたは？」

「姉のところへ行くつもりで……」

彼女はそこに誰がいるかとか、どんなごちそうが出るか、あるいは料理をしなくていいからほっとしているといったことを話しつづけた。さっきモードがやっていたように無意味な早口のおしゃべりが続く。モードは上の空で聞きながら、無気力な母親が機械的に食べる様子を見まもっていた。この階のあちこちからさまざまな音が聞こえてくる。ほかの患者がたてる音、ほかの家族の声、金属製のバケツに足や箒がぶつかる音、エレベーターのブザーの音。生きていることを示すもの。アグネス・リーがほのめかしたように、この状況が最善なのだろう。モードはそう考えてしばらく平静な気持ちでいたが、自分がこんな状態に慣れはじめたのだと気づいた。皿をフォークがこするリズミカルな音、灰色っぽい肉、ハイディが自力で開けることもできないお粗末なプリンのカップ。こういうものを見ていて、いきなり怒りに駆られた。こんなこと、受けいれられない！　母親の病状をもっと好転させなければならない。それしかないとモードは決めた。

食事が終わると、モードは雑役係にハイディを起こしたままにしておいてと頼んだ。モードは洗面所に行き、布巾に湯をかけて濡らした。

「顔を拭いてあげるね、お母さん」

見慣れた顔の輪郭に沿って優しく布巾で拭いた。よく知っている、心から愛する母の顔。ハイディは抵抗しなかった。こうしてもらうのを喜んでいるのだろうか？　モードはハイディの手をそれぞれ取り、同じように布巾で拭いた。脚も拭こうかと考えた。爪も切ってやらねばならないだろう。でも、一度にいろいろやったら、やりすぎかもしれない。ハイディは精神的なショックを受けているのだし、母の弱い部分を不注意に刺激したくなかった。

きれいにしてもらったハイディがリラックスすると、モードはまた手を取った。

「お母さん、もう話をして。こんなことを続けていてはだめよ。このままだと、よくなる見込みがない場所へ移されてしまう。そんなこと、お母さんの身に起こっちゃいけないのよ！　わたしにもクレミーにも起こってはならない。わたしたちにはお母さんが必要なの。だから、話そうとしてみて」

ハイディの目の奥に理解のひらめきが見えただろうか？

「ここのお医者様から、お母さんがずっと前に書いたという言葉のリストを見せてもらった。今から読むね。それについて何でもいいから、話して」モードはバッグに手を入れ、紙を取りだした。「ほら、これよ」一語一語を読んで聞かせた。〝雪、寒さ、毛皮《ファー》、ブーツ、灰〟と。一つ読むごとに間を置き、母親の顔を探った。意志の力をかき集め、胸の中の号泣部分の隣にある強い部分にそそぎこみ、そこからハイディの心臓目がけてまっすぐに念を送る。話して、とモードは切実に願った。話すのよ！

だが、ハイディは言葉を発しなかった。モードは紙をたたんで、しまいこんだ。

「わかった。今日は休日だものね。だけど、お母さん、すぐに戻ってくるから、また試そう。お母さんがこんなふうに終わっていいはずはない。そんなこと、あり得ない！」

モードは母親をまた寝かせてやり、一時間ほど様子を見まもった。ずっと母親の面倒を見て健康を気づかってきたと思っていた。でも、今になってみると、十五歳くらいの子どもという有利な立場からそうしてきたのだとわかった。すべてを解決してくれる大人をまだ求めている十五歳の子どもだったのだ。〝だけど、わたしは大人なのよ〟とモードは思った。〝やれるのはわたししかいない〟

驚いたことに、もっと戦わねばならないとわかってみると気分がよかった。

アパートメントに戻ると、キッチンカウンターにはモードのために感謝祭のごちそうがすっかり用意してあった。彼女は泣きはじめた。世話をしてもらうことには慣れていなかった。自分が世話をするほうだった。誰がこんなことを？　アグネスが誰かを、おそらくミセス・ブラントをここへよこしたのだろう。もしかしたら、聞いたこともない別の使用人かもしれないが、裏にアグネスがいるのは間違いなかった。モードはアグネスの不在にもう腹を立てていなかったし、こんなディナーを用意してもらったことに感謝した。極上の詰め物。極上のクランベリーソース。完璧だった。食べている間、モードは〈フランクリン広場〉の女たちの人生を探索しつづけた。アグネスのノートを読むのはもう少しあとにして、期待どおりの純粋な喜びを追った。三巻目の本を開いた。『フランクリン広場の女たちは見ればわかる』だ。

〈ゲイルは場にそぐわない精神のまま禅堂に入っていった。太陽と冥王星との距離くらい、集中力や平静さは彼女の思考から遠かった。夫、子ども、家、あらゆることが問題だ――とはいえ、本当に一つ問題をあげるとすれば、ロザリンだった。母親だ。ほかの母親たちは老いるにつれていっそう穏やかになり、いっそう素直になっていくようなのに、ロザリンはいっそう辛辣になり、いっそう冷笑的になり、いっそう手厳しい批判をするようになった。今朝など、ゲイルに電話をかけてきてこう言ったのだ。昨夜ベッドに寝ながらずっと考えていたのだけれど、あなたのブラジャーはぴったり合っていないわね、と。背中のバンド部分の上に贅肉がはみ出しすぎていて、目障りだったというのだ。ロザリンはゲイルに、もっと腕のいい仕立屋のところに行きなさいと言った。ニューヨークでもいいから、知識が豊富で、もっと見栄えのいい体型がわかる年配の女性に相談しなさいと。そのことを考えると、ゲイルは激しい怒りで震えた。座布団に腰を下ろしたが、またすばやく立ちあがった。すみません、と口の動きだけで禅の師匠に伝え、バーに向かった〉

茶目っ気たっぷりの文章だ！　ヒロインたちは今や四十代で、ビートルズに夢中の子どもたちがいる。彼女たちは不倫をして、マリファナを吸い、精神安定剤を服用し、職場では軽んじられ、今の自分とは違ってもっと若いかもっと年寄りだったらよかったのにと思う。モードは本をバスタブに持っていき、そのあとはベッドに持っていくと、夜じゅう読んでいた。何度となく声をあげて笑い、たった六冊ではなくて五十冊のシリーズだったらよかったのにと思った。家に帰ったら、このシリーズを探そう。列車で読むために一冊持っていき、あとで郵送しようと決めた。別にいいよね？

翌朝の金曜日、モードは荷造りをした。しなくてもいいことだったが、午後に乗るはずの列車の予定をまた調べると、コーヒーとマフィンをおともに居間に落ちつき、ノートの残りを読むことにした。

第二十一章

一九六〇年十月、リーワードコテージ、アグネス

〈親愛なるエルスペス

今日はディール・タウンの図書館に行って、デスクにいた若い女に手助けを頼んだ。知らない人だったが、彼女はわたしの名前を呼んだ。「もちろんです、ミス・リー。できることであれば、喜んでお手伝いします」

「何とおっしゃるのでしたっけ?」

「カレン・コンコードです」

「ああ、カレンでしたね。失礼」

「かまいません、ミス・リー。去年の夏、ミセス・ウィスターと一緒にいらしたときにお会いしました。うちの後援者の方々の名は覚えるように心がけているんです」

彼女は痩せて骨ばかりみたいで、服が体から垂れさがっている感じだった。前歯のかみ合わせが悪い、細い顎。小さく束ねた茶色の髪はつららのように下がり、胸の上部に突きささっているよう

だ。体型に合わない服。おまけに防虫剤のにおいがした。正直言うとね、エルスペス、ファッション雑誌でも見たらいいんじゃないかという感じ。辛辣すぎる表現だろうか？

「あなたのことを知らなくて悪かったね。このあたりの出身？」わたしは訊いた。

「そんなところです。父はサウスウェスト・ハーバーの缶詰工場で働いています。ジェームズ・コンコードと言いますけど。でも、わたしはオハイオ州で母に育てられました。とはいえ、ここが気に入っています」

「この図書館でフルタイムの勤務をしているの？」

「そうなんです！　とてもうれしく思っています！　四六時中、本がそばにあるんですよ？　わたしの夢でしたし、それがかなったんです」

たいしてかなえにくい野望でもないだろう。誰もが司書になりたがるわけではない小さな町なら、なおさらだ。でも、わたしは微笑してうなずいた。「じゃ、まだ書籍を全部は把握していないんだね？」

「ええ、まだです。ですが、分類なら全部わかっています。どんなことでお困りですか？」

わたしは必要な本を詳しく述べた。カレンは彼女の地位にふさわしい権限を持ってわたしの要求を聞いた。彼女とわたしは美術書があるところへ行き、何冊か持ってきてテーブルに置いた。ページをめくって調べ、すばらしい風景画を三点見つけると、本を開いたままじっくりと眺めた。

「手ごわいね」わたしは言った。「遠近法を用いて木を描く方法がさっぱりわからない」

カレンは共感を示した。「この前、わたしが木を描こうとしたのは小学校二年生のときでした。まっすぐな棒を一本引いて、そのてっぺんに円を殴り書きしたんです」

わたしは声をあげて笑った。「ああ、わたしもそうだった」

「誰もがそういう段階を経験するんだと思います。わたしは失礼しますので、調べ物をなさってください、ミス・リー。ご用があるときは呼んでください」

「いてもらってかまわないよ」衝動的に言ったことだったが、カレンにはエルスペス、あなたを思わせるものがあった。あなたみたいな細い指をしていた。

わたしたちは一緒に本を見て絵を称賛した。ほかに誰もいなかったが、図書館にふさわしいひそ声で静かに話した。葉がどのように描かれているかをよく考えた。すると、蘇ってきた記憶があり、わたしはカレンにその話をした。幸せな思い出ではなかったし、長い間考えもしなかったものだ。カレンにいっさいを語って聞かせた。抑えこまれてきた物語が転がりでたのだ。「わたしのクラスにある女の子がいてね、誰にもできないほどのテクニックで木を描いた。彼女の描いた木は本物に見えたよ。その晩、わたしは家に帰ってから、彼女の描き方を見たとおりに練習し、やっぱり芸術的で自然の木らしく見えるものが描けるようになった。いつも自分が描いていた、棒を一本引いた上に円を殴り書きする木よりもはるかによかった。次の図画の時間、彼女の木を真似て覚えた、自分なりの木を描いた。彼女はわたしがやっていることを机越しに見て、先生のところへ走っていった。見て、見て、アグネスがあたしの木を盗んだの！　先生は彼女の絵を見てから、わたしの絵を見た。両方が似ていることは間違いなかった。先生は言った。『彼女があなたの絵を真似したのね。先にあなたがそんな木を描いたことを彼女は知っていた。そうでしょう、アグネス？』。わたしはうなずいた。その女の子は納得せず、自分が先に描いたとはっきり主張した。そのあと、人の真似をしてはいけないと生徒たちは教えられた。『学校では人の真似をしてはいけません』と先生は言った。『でも、画家は真似をすることで絵を学びます。真似されることは褒め言葉なのよ』と」

「その少女は話を理解したんですか？」カレンが訊いた。

「いいえ。彼女が知っていたのは、わたしに真似されるまで、木を描くのがいちばんうまかったのは自分だったということだけだった。わたしが知っていたのは、彼女の絵のほうが自分の絵よりも優れていたということだけ。わたしもそんな絵を描きたかった。アグネスは何も悪いことをしなかったと言って、先生は騒ぎを収めた。模倣によって学ぶのは普通のことだし、ある芸術家がほかの者を称賛することで、芸術はつねに進歩する。先生はその女の子に、本物っぽい木をもう何本か描きなさいと言い、父の日の展覧会には彼女の絵が飾られるはずだと言った」

「それで決着がついたんですか？」

カレン・コンコードは鋭いね！

「いいえ、その子はランチのときにわたしを問いつめ、あんたは妬んでいるんだとなじった」

「妬んでいたんですか？」

「まさか！　わたしは嫉妬なんかしない人間だからね」

「いいことですね。わたしは自分が嫉妬深いのかそうじゃないのか、わかりません。嫉妬するような理由があったことがないんです」

「本当のところ、わたしにもそういう理由がないということだろう」

「わたしは本を見て馬の絵の描き方を学んだんですよ」カレンが言った。

「見せて」

カレンは必要なものを取りにデスクへ行った。涼しい午後の図書館は心地よかった。窓の外では、陽光を受けた木の葉が金色に輝いていた。カレンが戻ってくると、わたしは意図的に興味と期待を込めた微笑を向けた。哀れな小さなネズミちゃん。

「とても簡単なんですよ」彼女は言った。「線の連続というだけで。鼻の部分は三角形です……」わたしがついてこられるように、彼女はゆっくり描いた。こちらに紙と鉛筆を押してよこしたとき、わたしは気がついた。カレンは学校でのあの少女の行動を埋めあわせようとしているのだ。不思議なほどの感情移入だった。やってみたが、わたしは彼女の生き生きした馬そっくりには描けなかった。今夜、わたしは三十頭近くも馬を描いたよ！

カレンとわたしはまた美術書を見て、明確な解決方法はないことを知った。細心の注意を払って描かれた木もあれば、色のついた点でできた木もある。点で描かれているのに、人目を引く印象的な木になっている。カレンはデスクの定位置に戻り、わたしはかなり長い間テーブルにいて、問題を解決しようとしたが、運に恵まれなかった。

二冊の小説とともに、それらの美術書を借りた。

「お話しできてよかったです、ミス・リー」

「わたしもあなたと話せてよかった、カレン。どうかアグネスと呼んで」

「ありがとうございます」

わたしは向きを変えて立ちさろうとした。

「ミス・リー……ちょっと思っているのですが……」

カレンはためらっていた。わたしは興味をそそられた。

「この次にいらっしゃるとき、読んだらいい本をお勧めしてくださらないかと思って。わたしは大学に行きたいんです。でも、出願すらできないほど、ものを知らないと思っています」

「バンゴーにある大学には行けるでしょう」

「ええ」カレンは言いよどみながら、考えこんだ様子でうなずいた。彼女は若くて、信頼することと、秘密を打ちあけることが同じものだとまだ思っている。秘めた思いを話そうかどうかと決めかねている彼女をわたしは見まもっていた。

「わたしはラドクリフ大学に行きたいんです」カレンは言った。

「ラドクリフ！」そう口走って、わたしはうっかり内心をさらけ出してしまった。あまりにも意外で驚きを隠せなかったのだ。

「女性のための最高の学校ですよね？」

わたしはたちまち立ちなおった。「そう、最高の学校の一つと思われている。入るのはとても難しいよ」わたしはカレンを守ってやるつもりだったのだろうか？　それとも、彼女の能力を疑っていたのか？

彼女は控えめだが、意志が固そうな様子でうなずいた。「そう聞いています。だから、あなたの助けが欲しいのです」カレンはわたしをじっと見た。「わたしには読むべき本のリストが必要なんです。ラドクリフを目指す女性が入学するまでに読んでいるはずの本です」

「そうだろうね」いいじゃない？　力を試せばいい。誰かがラドクリフに入らなければならないのだ。わたしはそうじゃなかった。ボストンにあるラドクリフへ行くためにフィラデルフィアを離れることなどなかっただろう。ペンシルベニア大学で充分だった。男子学生から離れて、女子大のブリンマー大学に行けばもっとよかったかもしれない。わたしは教訓を学んだのだった！

家に着くと、何冊もの重い美術書をダイニングルームのテーブルに置いた。昔からフィラデルフィアの家にあったチッペンデール様式のテーブルだよ、エル。それはまだ捨てていなかった。大きさからも頑丈な点からも役に立ったからだ。ミセス・サーカムスタンスがぴかぴかに磨きあげたから、表面にわたしの姿が見えるほどだった。並べて広げると、それぞれの本がテーブルに映り、木の表面には色彩があふれた。日没のころはいつもそうだが、クリスタルの燭台からぶら下がっている吊り飾りのところに虹ができて、光が動いているという感覚が強まった。

ナンという名はエレノアを縮めたものだろうか？〉

〈親愛なるエルスペス
子どもは隙間を見つけて、こっそり入りこむものだ。
今朝、足音が聞こえもしないうちから、わたしはナンが来るのを感じとった。彼女よりも先にその気配がしたのだ。
ドアが開いて閉まった。わたしはダイニングルームのテーブルに鉛筆や紙を思いきり広げて絵を描く練習をしていた。作業を続けながらも、部屋部屋を通りぬける音から彼女の動きを耳で追った。今やナンは見覚えがあるものには自信を持っていて、この家で大きくなったかのように一階を歩きまわっていた。自分はしじゅう叱られていたので、わたしは彼女に注意しなかった。怪我をしないようにとか、あれだのこれだのを壊すなと念を押したりはしなかったのだ。ここの人間のように感じているらしいナンの気持ちに比べたら、何かを壊すぐらい、どうってことはない。

午後二時ごろだった。わたしたちの日課はお絵描きかゲームをしたあと、紅茶を飲んでクッキーを食べる間、わたしがお話をしてナンが聞くというものだ。わたしの人生を話してきた。つまり子ども時代のことを。学校やペット、子どものころに読んだ本、両親、あなたやエドマンド、ポリーにテディ、フィラデルフィアで従っていた多くの規則、そして岬《ポイント》での自由な生活について。ナンにトルストイの作品を読みきかせても、わたしの話を聞かせるのと同じ結果だろう。彼女は理解していないのだ。それでも今日までは、ナンがわかっているかもしれないと思って、言葉には気をつけていた。たぶん、ナンが物思いに沈んでいるように見えたせいかもしれない。もしかしたら、沈んでいたのはわたしだったのだろう。とにかく、いろいろな秘密を打ちあけてしまった。

「こっちよ」わたしは声をかけた。

そして作業を続けた。ナンはようやくダイニングルームに入ってきた。わたしは見まわしもしなかった。ナンは片手をわたしの腕に置いた。重みがある、湿った手の感触。雨が降っていた。

わたしはひどく驚いたふりで振りかえった。「カエルさんがいる！　女の子の服を着てる！」わたしは両目を覆った。

ナンはくすくす笑った。わたしの手をつかんで目から離させる。じっとこちらを見つめてきても反応せずにいると、鼻を鼻に押しつけてきた。あたしを見て、とばかりに。

「ナン？　あなたなの？」

ナンは小首を傾げ、目を見開いた。わたしは彼女のにおいが大好きだ。よい香りでも、芳《かぐわ》しい香りでもない。下生えや泥のにおいのような、何かが成長しているときのにおい。

「今日は何をする？　わたしとお絵描きしたい？」ナンのほうに紙を一枚押しやり、作業に戻った。

ナンは椅子の端に両手をつくと、まずは右の膝、次に左の膝を座面に乗せてよじ登り、向きを変えて座った。鉛筆を差しだしてやった。わたしはフウリンソウの花を描こうとしていた。影を帯びた紫色のカップ形の花を。右側ではナンが鉛筆を握っていた。わたしは描く速度を落とし、教わったように三本の指でまた鉛筆を握った。ナンは鉛筆の先端近くを握っていた。わたしは紙に鉛筆を当てて線を引いた。ナンは真似してやや出しぬけに右から左に線を引いたが、左から右へ戻ったときの線はもっとしっかりしたものだった。わたしはまた作業を続けたが、ナンにすっかり注意を奪われていた。一心不乱に描き、わたしの行動に疑問も持たずに信じているナン。無邪気に真似をしてくるナンに。わたしのことを好きかどうかという考えすら、彼女には浮かばなかっただろう。わたしはいて当然のもの、備品のようなものだった。ナンの仲間は木や石、小動物や鳥、そしてロートだ。今ではわたしも同じようなものを仲間に選んでいるが、それはずっと人間と過ごしたあとだった。大人としての人生はおもに病室で過ごした。希望があった日々は熱心に目的意識を持って働き、その後の希望が消えて待つだけの日々は味気ない義務感を持って働いた。悲しみが近づいてくることと、悲しみそのもののどちらがいっそう気力を失わせるものなのか、わたしにはわからない。そんな状況では死にかけている者の暮らしのように一歩ずつ進んで、その日その日を生きるだけだった。今なら、そこに何があるだろうかと関心を高めながら海の向こうを、水平線の彼方を眺めることができる。

ナンは一生懸命に鉛筆を動かしていた。会話はしなかったが、彼女の呼吸は言葉と同じだった。集中しているとき、磨こうとしているかのように舌で下唇を舐める。喉の奥からは潮の満ち干のような息の音が聞こえる。作業への集中力はすばらしく、わたしは子どものことをあまりよく知らないが、ナンには高い知性が備わっていると信じている。

わたしたちはそれからもう一時間、絵を描いていた。子どもが集中するにしては長い時間に思えた。ナンは鉛筆を置いて椅子から滑りおり、ミセス・サーカムスタンスがグリルドチーズ・サンドイッチとトマトスープを作った。食事が終わると、わたしたちはガラスルームに行き、籐編みの長椅子に食後の体を横たえた。今ではいつもそうだが、スターが一緒だった。わたしたちは一列になって部屋を歩きまわった。ナンは立ちどまってはいろいろなものを観察し、中央のテーブルに置いてある家族の写真をしげしげと見た。全員の名前を教えてやると、ナンは彼らの顔に――あなたの顔にも――触れた。そしてわたしたちは長椅子に行く。スターは突きだした頭をナンの膝に乗せ、彼女は背中を軽く叩いてやる。わたしは特に考えもなく話しはじめ、さっきの家族写真について語っていることに気づいた。ほかの話題と同様に悪くない話だったし、どれもナンにとっては同じことだった。

まずはエドマンドの話。交通事故。その事故に心底から驚いた人はいなかった。エドマンドはあんなに活力にあふれて無謀で、スコッチを飲んで羽目をはずしてばかりいたからだ。あの子は老いを迎えそうな人間に見えなかったよね？　長い人生を過ごすには高すぎる温度で燃えていた子だった。わが家の光のような存在で、どんな長椅子のクッションの裏にもユーモアを見いだせた。母の厳格さにおじけづかなかったのはエドマンドだけだった。彼はできるかぎりの方法で母の気を引こうとした。母の社会からは切りはなせない精神である、うわべを取りつくろう性質にひびを入れようなどとはしなかった。エドマンドは母が子どもを持とうと決めたときに、息子のために取っておいたはずの場所を見つけようとした。そんな秘密の草原や入り江のほとりでは本物の母親が歩きまわっていて、息子と地面に横たわり、彼をくすぐろうという気になっていると信じていたのだ。娘二人は愚かな考えを寝室の中だけにとどめ、どこかへ持っていくとしたら、外の遠いところにしていた。でも、エドマンドは愚かさを居間で披露した。ジョークや滑稽五行詩、物真似、駄洒落、模写、ダンスや歌といった形で。彼はどんな人の声も態度も真似できた。訪ねてきた母の友人が帰ったあと、エドマンドはその人がいたところに座ってそっくりの口調で話すのが好きだった。「わたくしのうちのラッパスイセンを見にいらっしゃらなくてはいけませんわ！　敷地がラッパスイセンに乗っとられないかと、わたくしは本当に心配しておりますの！　春に街中で暮らすのは本当に大変に違いありませんわ！　どうかわたくしのバラを切りにいらして！」。エドマンドがとびきり上手に物真似したのはポリーのおばさん、アイルランド人の女子工員だったエイリッシュ・ハンコックだった。「エドマンド・リー、今日は七月四日なのに、どうしてあなたは赤と白と青の服を着ないの？　有色人種さえ独立記念日には旗を持っているのに。もっとも、彼らにとっては独立なんかじゃなかったけれどね！」

エドマンドは頭の回転が速い子だったよね？　わたしたちは声が出なくなるほど笑った。顔は乾燥リンゴみたいにゆがみ、息ができなくて死ぬに違いないと思ったほどだった。エドマンドは母親の顔におもしろがっている様子が表れないかと、じっくり観察していた。どんなしるしでもかまわなかったのだ。もし、母親が唇をゆがめたり、頬をふくらませたりすると、エドマンドは手を打って彼女の首に両腕を回した。「母さん、母さんって最高だよ！」と。すると、母は頭をのけぞらせて笑ったのだった！

もっと年をとるまで生きていたら、エドマンドはどうなっただろう。夜は酔っぱらってばかりいて、相変わらずエネルギー全開だったのに、彼は疲れきった顔をしていた。わたしは話しあおうとしたが、エドマンドははぐらかした。わたしの肩を抱き、自分はこれ以上ないほど順調だときっぱりした口調で言ったのだ。わたしはエドマンドの事故についていつも不可解に思ってきた。自損事故だと言われた。即死だったと。というか、わたしたちはそう聞いた。それがどういう意味なのか、誰にわかるだろう？　〝即〟という言葉は、意識のあった一瞬をどれほどとらえているのか？　もし、エドマンドにそのわずかな時間があったとしたら、何を考えただろう？　少年だった日々を考えたのではないかとわたしは思う。悪さをしても致命的なことにはならず、かえって愛情をそそがれた日々を思いだしたのではないだろうか。

　次はエルスペス、あなたの話だ。イエスへの傾倒が強まれば強まるほど、あなたは前にもまして優しくなっていった。病気のせいで力が失われていくごとに、イエスへの理解が深まると信じていた。わたしが部屋に入っていくと、あなたはイエスが二度目に倒れた第七留《ステーション》に自分がいると話したものだった。「イエスさまの苦痛を想像してみて」あなたはささやくように言った。聖書中のこの劇的な経験について、わたしたちは教えられてこなかった。お父さまにはミーティングに連れていかれたが、神という概念と教会の社会的な重要性を信じていた母には教会に連れていかれた。「あなたたちは聖公会員なのですよ」と母にさとされ、行儀作法や気まぐれな考えを直させられた。もっとも、わたしたちは聖公会員ではなかった。お父さまは子どもたちが堅信式を施されないうちに、断固として聖公会に反対した。「ああいう集団にはご立派な人が多すぎる」お父さまは言った。お世辞たらたらの人や聖人ぶった人たちとさほど変わらない、ご立派な人たちがいるのだと。あなたは残念がり、礼拝や儀式にあこがれていたね。数えきれないほどお父さまには感謝しているが、こうしてわたしを守ってくれ、救ってくれたこともありがたかった。
エルスペス、わたしたちはとても仲がよかったけれど、あなたの精神的な生き方はわたしには決して理解できなかった。ひそかに司祭になりたがっていて、女は司祭になれないと知ったときは打ちのめされていたね。「それこそ、宗教に何か間違ったところがあるという証拠じゃない？」わたしはあなたを挑発した。「わたしには間違いなくそう思える。あなたのほうがウィリアム・ブランチャード主教よりもはるかに優れた司祭になるはずだもの」。ブランチャード主教は祈りの言葉や詩編の言葉を間違った部分で強調し、歌うような調子で読む俗物だった。普通に話したら伝わったかもしれない意味が失われてしまった。正しい意味を伝えるよりも、彼は尊大な態度をとりたかったのだ。

天におられる**わたしたちの父**よ、み名が**聖《せい》とされますように。み国が来ますように。**みこころが天に行われるとおり**地にも行われますように***……

わたしは毎回、あきれて目を剝いていた。「不公平だよ」とあなたに言った。「それに、教会としても損失。あなたなら普通に読めるし、ハンカチで顔を覆ったりせずに病気の信者の家を見舞うはずなのに」。わたしたちの間で〝ハンカチの気むずかし屋〟と呼ばれていた主教は、役目にふさわしくないほど微生物病原説を理解していた。ヴェールをかけて黒衣に身を包んだ彼が部屋に入ってくると、発熱していた教区民たちが悲鳴をあげたという話がいくつもあった。主教は彼らを慰めに来たのではなく、鎌で魂を刈り取りに来た死に神のように見えたのだ。

あなたは宗教上のあらゆる偽善に苦しんでいた。賢かったから、ただ黙って言いなりになることはできなかったし、物事を見ぬく力があったから、自己犠牲を謙虚と勘違いしなかった。修道女たちをうらやましがっていた。彼女たちは篤《あつ》い信仰心を制御するため、自分たちなりに秩序を保ったり規制したりしていたからだ。でも、善良で鋭敏な心のあなたは、女を価値の低いものとする教会の姿勢が健全だと、自分に言いきかせることができなかった。何世紀にもわたる女性蔑視の小説を読むだけで、教会の不健全さがわかってしまったのだ。だから、あなたは俗人の修道女のようになり、貧しい人々の中で働くことに打ちこんだ。とても美しい娘だったから、両親は気の毒がられた。美しい女は結婚するものと決まっているのだ。キリストがあなたの肩を叩き、自分に従うようにと命じたのは無神経なばかりか、大変な損失だったと見なされていた。

あなたが病気になってよかったと考えるなんて、わたしはひどい人間だろうか？　本当にそう思ったのだ。とうとう、一日じゅう書物を読んで祈るだけの暮らしができるようになったね、と。まるで新婚旅行中の人みたいに、そんな日々にあなたは夢中だった。尋ねれば、自分の信じるものを話してくれたけれど、どんな幻影が見えるかについては話せなかったようだね。そうした幻に強い疑問を持ち、自分をごまかしたり、われを忘れたりはしなかった。薬の副作用や、脳の中で花火のように破裂している細胞や、単なる生物学的現象による影響に屈しなかったのだ。幻影への疑問のせいで容赦なく自分を苦しめていたから、わたしは黙って見ているわけにはいかなかった。そしてが横たわるベッドのそばに腰を下ろし、何が見えて聞こえるのか、何を思っているのかを尋ね、す自分のあらゆる信条に反して、あなたの並外れた経験を受けいれることにした。恍惚状態のあなたべてを書きしるした。あなたの洞察を聞き、もっとも高い次元で純粋であり、真実を知る人なのだ

＊日本聖公会北海道教区札幌聖ミカエル教会ホームページ「祈り」より引用。

と心を打たれた。自分の経験とはかけ離れていても、真理だとわかるものがあった。アリには人間と同じくらいの価値があるのよ、とあなたは言った。自然界にあるものには価値による序列などないの、と。神が仕事を始めたばかりのころに、誤解してしまった真実だ。宇宙の彼方にある忘却も含めて、さまざまな形をとって現れる存在はただ一つしかない。祈りは必要ないのだ。祈りは神と真実との間に入りこむ。どんなものも必要ない。すべてがすでに起こっていて、すべてが存在している。それだけなのだ。

神秘主義者が見るような赤々と燃える炎があなたには見えていて、点火装置がなくても火をつけられると言った。わたしが書きとった言葉によれば、自分が本当は神秘主義者なのだとあなたは受けいれたらしかった。わたしもそれを受けいれた。

あなたは夏に、両親とわたしに看取《みと》られて亡くなった。最後の言葉は〝収穫の月《ハーヴェスト・ムーン》〟（秋分のころの満月）だった。そう言ったあと、顔には死の影が差した。神のもとへ行くことができて、顔には微笑が浮かんだように思えたが、あなたの喜びは死の床での光景らしくなかった。わたしたちは棺を送ってもらって、墓穴を掘らせた。うちの地所とハンコック家の地所の両方に会葬者がぽつぽつと集まった。

フィラデルフィアでの追悼式の参列者はあまりにも多く、通りに行列を作っていた。王族の歓迎会であるかのように、わたしたちは列に沿って歩いた。

こんな話をしているうち、涙が流れてきた。「ナン？　起きている？」わたしはナンの肩に触れた。つぶやきが聞こえ、片手が振られた。話を続けろ、という意味だろう。なんとも横柄なしぐさだ。頬の涙を指で拭い、気持ちを静めようと窓の外を見た。木々の葉はほとんど落ちていたので、松の木が堂々と君臨している。緑がさらに濃くなるなんて信じがたいが、寒気のせいで松はいっそう際立って見えた。ナンは頭を後ろに引いてわたしの顔を見て、口を指さした。中断が長すぎるとばかりに。話しつづけて、もっと話して。わたしの声が好ましく思えるのだから、ナンはよほど人の声を聞いてこなかったに違いない。わたしたちは完璧な組みあわせだ。中年女と幼い女の子。どちらも午後を一緒に過ごす以外にやることがない。どちらも世の中での経験がほとんどなかった。とはいえ、四歳まで生きれば、人の心の働きについてはすべてを知るものだとどこかで読んだことがある。だから、わたしもそれを知っているに違いない。ナンも知っているか、ほぼ知っているだろう。

「わかった。あなたが頼んだんだからね。じゃ、今度は母親の話」わたしは大げさに眉を上げてみせた。ナンは気の毒なスターをつかんだ。スターはのけぞり、のがれようとして手足をばたつかせている。仔犬が背骨や肺に怪我をしないかと心配になり、わたしはスターとナンの腕の間に手を滑りこませながら割って入った。スターはわたしの膝へと跳び、脚の上に落ちついた。スターが逃げたことをナンは気にするそぶりも見せなかった。「牛が月を飛びこえた」わたしは言い、ナンが『マザーグース』の詩だとわかったかどうかと視線を向けた。

「ちっちゃな犬がわあったの！」ナンは言った。

わたしはその詩を最後まで暗唱し、ナンは言えるかぎりの言葉を発した。失われた時間を埋めあわせるかのように。ふたたび彼女が目を閉じると、わたしはさっきまでの話を続けた。

エルスペス——あなたのことだね——がいなくなってしまうと、わたしはかつてないほど孤独になった。まだ両親と暮らしていたが、彼らは夜、わたしにささやいてはくれなかった。前よりもいろいろなことに忙しく取りくんだ。新しい小説を書き、シェーレンシュニットという切り絵を習った。黒い紙をさまざまな形に切りぬき、無地の紙に貼りつける。根気のいる細かい作業で、山を下るときに正しい場所に足を置くのと同じように目標を定めた。人間の性格は小さな考えごとや、いろいろと注意をそらされる事柄から作られているというが、この作業には相当な集中力が必要だから、そんな些細なことを考えられなくなった。さまざまな物思いが洗い流されてほしかった。

母のグレースが心臓発作を起こした。〈コスモポリタン・クラブ〉で昼食をとっていたときで、ナイフやフォークが音をたて、香水や白粉《おしろい》のにおいが漂い、婦人たちが情報交換のために集まっていた最中だった。体が椅子の上で傾き、母は意識を失った。ペンシルベニア大学病院に運ばれ、どうにか一命を取りとめた。それは失敗だった。母は生きたくなかったのだし、二度と回復することはなかった。一年後、彼女は発作を起こして亡くなった。母が亡くなっても、わたしは普通の意味での悲しみしか感じなかった。おそらく自己憐憫《れんびん》の感情だっただろう。でも、ときにはそういう気持ちが正当化されてもいいのではないだろうか？

わたしは男性向けのブリーフケースに切り絵の道具を入れていた。そのために買ったブリーフケースだったが、それを持って家のさまざまな部屋で腰を下ろし、ゆっくりと鋏の使い方を覚えていった。母が病気だった間も切り絵を続けていた。わたしの指の間から小さな紙片が床に落ちていくのを見ると、彼女は眉を寄せた。わたしは母の怒りをやわらげようと、何か切り絵にしてほしいものはないかと尋ねた。どうなるかはわかっているべきだった。母はさまざまな肖像画をもとにエドマンドの切り絵を作ってほしいと言い、出来あがったものにケチをつけた。「でも、エドマンドの鼻はこんなに長くなかったわ。あの子の顎はもっと力強かったのよ。眉はもっと太かったし」。そのとおりねとわたしは言った。エドマンドの姿を正確にとらえられたためしはなかった。母はため息をつき、わたしが切り絵をしても文句を言わなくなった。母のためにほかの切り絵も作ってみたが、興味を示してはもらえなかった。看護師たちが部屋に入ってきても、わたしは母のそばに座っていた。本を読んでやり、呼ぶ声が聞こえるくらい近くで眠り、来客があるときは着がえを手伝い、父が部屋に来ようとするときは母に口紅を塗ってやった。でも、世間には元の母らしく見えるようにと手を貸しても、彼女は特に感謝しているふうでもなかった。母には生きる意志がなかったし、愛情のかけらも残っていなかったのだ。

家で介護するには、母はかなり厄介な人だった。わたしはトランプに興味を持たせようとしたが、母は疲れきっていた。教会にすら行きたがらなかった。終わりの日が来るのを待っている状態だった。母が荒い呼吸をしていた最後の四十八時間、父とわたしはずっとそばに座っていた。予想どおりだったが、母はエドマンドの名を何度も呼び、お父さま、お母さまと声をあげ、かなり昔に亡くなった自分の姉のキャサリンを呼んだ。そして最後の瞬間、母は言った。「手袋をはめなさい！」

グレース・ブラウン・リー。いかにも上流階級の人間らしかった人。習慣や礼儀作法のせいで、欲求や好みが育たなかった人。生涯ずっと、自分が運命づけられていたとおりの行動をとった人。ただ一度の例外はあった。エドマンドが亡くなったあと、悲嘆に暮れたとき。

わたしは話の聞き手を見やった。丸っこいお腹の上で両手を組んで、ぐっすり眠っている。ホットチョコレートを飲むのはもう少しあとにしなければならないだろう。ナンを眠らせておき、わたしはミセス・サーカムスタンスと話しに行こうとした。立ちあがると、スターが跳びあがり、わたしたちは金色の埃がいっぱいついたいくつもの窓の前を一緒に通っていった。ミセス・サーカムスタンスがどれほど懸命に掃除しても、その埃は取れなかった。ここで過ごす初めての秋は毎日が奇跡のようだった。

話すべき物語が、あと一つだけ残っている。もっともつらいものだ。お父さまが亡くなってからまだ五カ月しか経っていない。わたしはひどい病に倒れた父のせいで身動きがとれなかった状態から、変わりつつあるところだ。そして自分が知っていたとおりの父を、だいたいは思いだすようになっている。父は世を去ったが、わたしのもとに戻ってくる。まだ追憶の対象ではないが、父が存在しているわけでもない。ああ、わが父よ。快活な性格で、朗《ほが》らかに知性を発揮していたラクラン・リーよ。世界が劇的に変化した時代、特権階級の家に生まれた人だった。彼は自動車や飛行機の出現、世紀の変わり目を目撃した。兵士として戦争に行ったことはなかったが、負傷者や家を失った者を支援するために懸命に働いた。父は平和主義の理想に疑問を持ったことがなかった。穏やかな態度をとり、対立しそうになると、うまくそれをかわした。たいていは楽しそうで、好奇心に満ちた態度をとっていた。時が経つにつれて、それが必ずしも生来の性質ではなかったとわたしもわかるようになった。そうなろうと選んだ父が鍛錬した結果だったのだ。少年だったころの彼の逸話は、短気な気性や競争好きといった、ほかの性質を裏づけていた。父はそういう性質をなくし、世の中の光明になろうとしたのだ。

父は自由な考え方をしろと子どもたちに勧めてくれた。父がわたしたちの思いつきを受けいれたように、子どもの考えを真剣に受けとってくれる父親を持つ少女は学校に一人もいなかった。少なくとも子どものころは、わたしたちの限界を父が感じているようには見えなかった。子どもたちよりも自分のほうが賢いと思っている様子も見せなかった。父にとって、わたしたちは才気あふれる子どもだった。父はあれこれのことについてどう思っているかと尋ねてくれ、多くの時間をともに過ごしてくれた。〈リー・アンド・サンズ〉で取りくんでいる仕事上の問題を投げてくることもよくあり、どうするのが正しいか、思ったことを話してくれと言った。もちろん、父はエドマンドにも尋ねたが、それは予想どおりだった。おそらく予想どおりの質問だったせいだと思われるが、エドマンドはそういうやり取りに関心を示さず、ほかのことをしようと出ていく場合が多かった。エルスペス、あなたとわたしはお父さまに注意を払ってもらえて有頂天だったね。常識を働かせた答えを探すようにと父は勧めてくれた。でも、常識って何？　人間はどうやって常識を育てたの？　人間の精神にはどんなことが可能かを、わたしたちは次第に理解するようになった。人の精神が実際にはどれほど弾力性があるのか、どれほど能力を発揮できるのかがわかった。常識だと思っていたものが、ただの主観ではないと確信するためにはどれくらいものを知らなければならないかを理解するようになっていった。論理的に考えるための最高の方法はできるだけよい教育を受けることだと、父はわたしたちに信じさせた。勉強すれば勉強するほど、学べば学ぶほど、わたしたちといる父が感じる喜びは大きくなった。

お父さまが娘たちを興味深い存在として扱って関心を持ったから、あなたもわたしも未婚だったんじゃないかと思う人がいることは知っている。滑稽な憶測だよね？　わたしたちの知性に敬意を払いすぎた男性がいたと思われるなんてね？　わたしたちの教師だった知的で教養がある女性たちは優秀だったが、将来のお手本にはならなかった。母は権力を持つ男性と娘が結婚して、よき伴侶となることばかり望んでいた。さまざまなものに関心を持つのは仕方ないし、仕事すら持ってもいいが、未婚女性で終わりたいと願ってはいけない。そんな強力なメッセージが伝えられていた。それでも、あなたもわたしも未婚女性になった。二人ともそれぞれ結婚する機会はあったが、結婚したいからというだけで、結婚するわけにはいかない。というか、わたしたちにはそんなことができなかった。でも、わたしはお父さまといるのが本当に好きだったし、ほかの可能性よりも、お父さまと一緒のほうを選んだ。父と娘の関係は、どちらにも喜びをもたらす独特なものだ。相手が自分のものだという誇りには、互いの距離がとれる境界を理解することも欠かせない。わたしはお父さまと街に出かけて、レストランや〈リー・アンド・サンズ〉のプライベート・ダイニングルームで昼食をとることが自慢だった。いちばん特別だったのはドライブに行くことだ。二人で何よりも楽しんだのは車に乗り、この先にどんなものがあるだろうかとわくわくしながら出かけることだった。方向感覚のよさには自信があったから、めったに地図には頼らなかった。わたしたちは道に迷った人々を軽蔑した。自分たちだけが永久に森林を切りひらいていく人間だった。日曜日には百五十キロ以上も出かけていって戻ってきた。その間、母は教会に行き、親類や友人とローストビーフやヨークシャープディングの午餐を取った。お父さまはどこでも社交上の圧力を感じたことがなかった。夜は両親には社交上の集まりが数多くあったが、父はぎりぎりの瞬間になって、あれやこれやの理由から興味がなくなったと言った。そして母は電話をかけて欠席の口実を言わねばならなくなるか、一人で出かけたのだった。

腰を骨折し、過酷なリハビリ、歩行器、車椅子、寝たきり状態、そして死へと進むのを避けられなくなると、父の精神は衰えていった。わたしはどの時期にも一緒にいた。それまでの父の人生で、怒りや不安を隠したりやわらげたりする役目を果たしていた性質が徐々に失われていくさまを見ていた。そして最後には、そういう怒りや不安だけが残った。夜明け前の暗くて孤独な時間、父はわたしにそばにいてもらいたがった。父が十四歳だったときに、十三歳で亡くなった弟の話をした。弟の死後、自分がどうなるかをまったく気にしなくなったと父は語った。気持ちを分かちあえる相手がいないなら、気にしてもしかたあるまい？　何をして生計を立てるかも、誰と結婚するかも、父にはどうでもよかった。妻が自分をほうっておいてくれればくれるほど、よかった。父はポイントにある弟の墓のそばに埋葬されることを望んだ。でも、わたしはお父さまがその墓を訪れていたのを見たことがなかった。あなたはどうだった、エル？　こういった話のどれ一つとして、わたしは知らなかった。父はよく泣いていた。犯したすべての過ちやあらゆる恥ずべき行為、無分別な行為の一つ一つを思って泣いた。自分への裏切り行為や、自らが働いた裏切り行為を思って泣いた。父がこういう事柄を細かく思いだしている間、わたしは大きくて滑らかな額をさすってやった。カーテンの細い隙間に目をやっているうち、最初の灰色の光が現れ、晴れた日にはそれがバラ色の光になり、その後ようやく黄色の光が差しこんで、わたしは解放される。日中来てくれる看護師に、父の世話を引きつぐ時間になったのだ。彼女は父を起こしてシャワーを浴びさせ、車椅子に乗せたりベッドに寝かせたりした。

父の弟や母親や父親、エドマンド、エルスペス、そして最後に妻のグレース。こうした者たちの亡霊が彼のもとに現れるのだった。「アグネスはどこだ？」父はわたしに向かって怒鳴った。「あの子はわたしを見捨てた」。「わたしがアグネスよ、お父さま」そう言ってなだめたが、父はひどく疑念のこもったまなざしでわたしを見たので、自分がアグネスだと無理に信じてもらわないことにした。

父はわたしを罵り、激しく怒った。本だの写真だのフォークだのコップだのを投げつけてくることもあった。わたしは父と、外にある墓地との間に立ちふさがるものだった。忌まわしい存在であり、干からびてしわしわの年寄り女で、魔女で、不愉快な女というわけだ。わたしの前で一度も悪態をついたことのなかった父が、今はそんなにひどいことをわたしに言うのを聞き、胃がむかつく思いだった。わたしはあまり食べられなくなり、症状をしずめる薬をのまねばならなかった。脚や体の自由がきかなくなったことや、赤子みたいにおむつをしなければならないせいで、父が激怒しているのはわかっていた。それでも、知識が役に立たないことがよくあるように、事実を知っていても慰めにはならなかった。わたしは冷静で客観的でいようと最善を尽くした。自分の役目に徹し、愛情にこだわらないようにしたけれど、来る日も来る日も失敗だった。父に憎まれることは耐えがたかった。でも、ほかの選択肢はなかったのだ。

　五月の中旬、わたしたちはメイン州の家に移った。父はフェローシップポイントで死ぬことを望んだのだ。『ブライヅヘッドふたたび』（イーヴリン・ウォーの小説）のマーチメイン侯爵が死ぬためにブライヅヘッドに戻ったときのように、戻ってくるのはたいした騒ぎだった。寝室に落ちつかせると、海の空気のおかげで父は二日ほど穏やかに過ごした。だが、その後、なんだかこそこそした態度をとるようになり、わたしが部屋に入るたびに疑わしげな目つきで見た。午前四時にすすり泣く声を聞きつけて部屋に入っていくと、父は枕の一つを胸に抱いてわたしに口をきこうとしなかった。

　それから何日か過ぎた夜、突如としてわたしは父の死期が迫っていることを理解した。骨ばった顔に皮膚が張りつめていた。髭が伸びていて、どうして父がちゃんと剃らないのかと一瞬、考えた。剃ったからといって、どんな違いがある、とわたしは声に出して言ったのだと思う。そんなこと、どうでもいいじゃない？　父を見つめ、意識してゆっくりと呼吸し、聞こえるように声を張りあげた。父を落ちつかせたかった。

「ラクラン・リー。お父さま。あなたのような人にとって、死ぬことは楽ではないでしょう。あなたはまわりの人の面倒を見ることに生涯を捧げた。偉大な人だった。会ったことのある誰からも愛された。現在の制度の中で考えられる最高のやり方で会社を経営した。あなたは公正で信頼できたし、会社のために働く人の人生を確実に向上させた。優れた夫であり、愛された父親だった。わたしはお父さまを愛している。わたしが思いどおりの人生を送って、芸術家になれるようにしてくれた。わたしに住むところを与えつづけ、結婚しないからといって見くびるようなことは一度もなかった。わたしの考えがほかの人の考えと同様に価値があるかのように扱ってくれた。自由にさせてくれた。今度はわたしがお父さまを自由にさせる番。さあ、もう行く時間よ」

父はさらにしばらく闘っていたが、やがて意識を失った。わたしの睡眠を妨げたしわがれ声の荒い呼吸がだんだんゆっくりになり、無理やり息をしている感じではなくなった。呼吸と呼吸との間があまりにも長くなったので、父が亡くなったのだろうと思った。すると、ふたたび呼吸が聞こえて驚いた。とうとう、息をかき集めたような呼吸がやんだ。父の胸は岩さながらに動かなかった。わたしは喜んだ。病気のせいで、この上なく礼儀正しくて高潔だった人間が、辛辣で態度が悪い、混乱した人間になるのはなぜなのか。たしかに認知症が原因だが、何がどうなってこうなるのかは誰にもわからないだろう。

自分が生きのこったのはどうしてかとよく考える。だが、答えはわかっている。幸運だったからだ。成功者が信じたくないとしても、幸運は何よりも重要な要素なのだ。ある人が長生きする運命だとか、金持ちになれるほど賢い運命だとか、美しさを保てる運命だという考え方のほうが、ただ幸運だということよりもはるかに魅力的だろう。幸運というものがあるなら、不運もある。そういうことは誰もじっくりと考えたがらない現実だ。

けれども、それが現実なのだ。わたしが生きているのは、単なる幸運にすぎない。

ミセス・サーカムスタンスがホットチョコレートのカップを持って入ってくると、わたしはナンを軽く揺すった。ナンは握り拳で両目をこすった。こっちを見ると、にっこりほほ笑んだ。わたしは驚くほどの感動を覚えた。母がエドマンドに感じていたのはこんな思いだったのか？

「あなたは眠っていたのよ」わたしはナンに言った。「ぐっすりとね。長い冬のお昼寝」ナンはあたりを見まわし、はっきり目を覚ました。「ホットチョコレートを飲む時間よ。飲んだらおうちに送っていくね」

ナンはうなずいた。わたしはざっと手をナンの髪に走らせて撫でつけてやった。父親が娘にどんな服を着せようと、野生の動物みたいに育てていようと関係ない。わたしの家では、だらしない格好をさせないのだ。

「長いお昼寝だったね。小さなクマさんみたいに。そうじゃない？」

わたしはカップを指さしたが、ナンは立ちあがって部屋の真ん中に駆けていった。家族の写真が置いてあるテーブルへと。ナンはエドマンドを指さし、エルスペス、母、お父さまを指した。わたしは彼女が指すたび、従順にその写真に視線を向けた。すると、ナンはまた最初から始めた。

エドマンドを指さす。「エドマンド」彼女は言った。

エルスペスを指さす。「エルスペス」

母を指さす。「お母さん」

お父さまを指さす。「お父さん」

そうよ、そう、そうよ、わたしは言い、ナンはまたそのゲームを繰りかえした。二度目のとき、彼女はわたしをじっと見た。「アネス」

「アグ・ネス」

ナンは発音するのに苦労したが、何度も繰りかえさせると、とうとう言えるようになった。わたしの名を。アグネス。アグ・ネス。

「アグネス」ナンは言った。ナンに学ばせるために、もっといい名だったらよかったと思ったが、彼女には違いがわからなかっただろう。

わたしはあらゆるものを指さしたかった。部屋の中にある一つ一つのものの名を、世界じゅうのものの名をナンに教えたい。もっともっといろんなものを、さまざまな感情や考え方を、すべてのものを。言葉で表せる何もかもを教えたかった。けれども、カップとスプーンというものの名を教えるだけにとどめた。一日分としてはもう充分だ。

「さあ、ナン。おうちに送っていくね」

わたしたちは家をあとにした。金色の夕陽が最後の光を投げかけ、暖かさを醸しだしていて、草原の半ばに来るまで十月の寒さを感じなかった。わたしは家族の世話をしていたときと同じ目的意識を持っていた。公正で力強い態度、柔軟で有能なものだ。かなりの技術を持つ開拓者の女のようなものだった。小屋の窓から輝いているランプの明かりが、進んでいくための目印となっていた。ややあってから、ナンがいないと気づいた。振りかえると、ナンは地面に根を生やした木のように立っている。リズミカルに手を振っていた。「ロバート」彼女は声をかけた。はっきりとためらいもなく。「ロバート」

ロバートは数メートル離れたところに立ち、こちらに手を振っていた。三歳の子でも恋をするのだろうか？　ナンにとって、それは恋だったはずだ。彼のほうへと全身全霊でひたすら向かっていくナンの様子から読みとれた。

そんなわけで妹よ、ある子どもが死者たちの名前を口にしたのだ。今夜、彼らはみなわたしのところに戻ってきている。たぶん、あなたは彼らとしじゅう一緒なのだろう。亡くなった者たちがたてる夜の物音が聞こえる。足音や、部屋のドアが閉まる音。マットレスのスプリングがきしむ音も。ノートを閉じて明かりを消し、彼らの間で眠りに落ちることにしよう。

なぜ、バージル・リードを見かけないのだろう？〉

モードは伸びをした。バスルームに行き、髪を梳かした。クレミーと話そうと電話をかけたが、またしても忙しすぎて話せないと祖母に言われてしまった。アパートメントの中を歩きまわった。ノートに出てくるナンはクレミーと同じ年だった。ただの偶然だろうが、それでもモードには彼女の話が個人的なものに感じられた。バージルの魅力が増すときが来ると予想すべきだった。でも、まだ彼が信頼できそうだと考えていなかったし、アグネスを守らなければいけないという気持ちになっていた。アグネスは男性に関して無知だったのだ。バージルのことを読んでいると、去年の夏にモードがマイルズの話をしたとき、アグネスが本当は何を考えていたのかという疑問が頭をもたげた。マイルズの話を聞いて、バージルを思いだしただろうか？　もうアグネスも世慣れて、そうした事柄も心得ているに違いない。そんな態度だった。ここに書かれたようなドラマがすべて秘密にされることがモードには耐えがたかった。こういうノートをあらいざらい見せて、モードの道をふさごうというのはアグネスの実に賢い企てだ。親密さをちらつかせることと引きかえに、『アグネスのおしごと』でもっと事実を明かせと迫るのをモードにやめさせようというわけだ。冗談じゃないわよ、とモードは思った。

リッテンハウス広場を眺めていると、ワシントン・スクエア公園でハイディが足を止めては、チェスの試合や音楽の演奏やブレイクダンスを眺めていたことを思いだした。何時間も見ていることもよくあった。モードが家に帰って宿題をすませ、また戻ってくると、ハイディはまだ眺めていた。母親を連れて帰ろうかと考えた。でも、ハイディが眺めている人々は、彼女の反応を見ていたのだとモードは気づいた。こういう人たちは金を恵んでもらうよりも、楽しんで見てもらうほうが好きなのだ。おそらくアグネスが求めているのもそういうことなのだろう。見てもらいたいだけなのだ。

童話に出てくるゴルディロックス（ゴルディロックスは英国の童話『三びきのくま』に登場する少女）みたいに、モードは椅子やソファの座り心地をいくつか試したあと、これからノートを読んで過ごす間、落ちつく場所を決めた。選んだ椅子をリッテンハウス広場に面するところに持ってきて座ったが、モードにはハイディのような忍耐力も人への関心もなかった。好きなのは言葉やその働きだった。ノートに書かれた、効果をあげそうな話を発表してもらうための根拠を探しながら、アグネスのノートに取りくんだ。

第二十二章

一九六〇年十二月、フィラデルフィア、アグネス

〈親愛なるエル

天変地異のような変化というものについては、聖書やさまざまな小説で読んできた。わたしはそういう話が好きだ。イエスはダマスカスへ向かう道でサウロに話しかけ、天からの光で彼を盲目にさせて、反キリストの殺人者から宗教の定義者へと変えた。『クリスマス・キャロル』のエベネーザ・スクルージは彼を案じる三人の幽霊が訪れたことによって、守銭奴から寛大な人間へと変わった。大天使ザドキエルはアブラハムが息子のイサクを焼いて生贄として捧げようとしたときに、思いとどまらせた。外部からの象徴的な形をとって、変化を起こさせる超自然的な代理人が訪ねてくるのは、突然、ひらめきをもたらすために違いない。そうした話から、変化はつねに段階的に起こるという考えが嘘だとわかる。

変化とは急に起こるのだ。今ではわたしもそう確信している。どう説明したらいいのだろう？　わたしを落ちつかせて、エル。自分がどんなに混乱していたかを書くためには、この状況をきちん

と把握しなくてはならない。

まず、フィラデルフィアに、わたしたちの家に戻ってきたことを話すべきだろう。ここに来たのは短いクリスマス休暇を過ごし、医師や弁護士と会うことだけが目的だ。スターとわたしは列車に乗り、家々の窓が霜で覆われて色つき電球がともり、通りにはクリスマスの飾りが吊るされている街に降りたった。家に着くと、パット・オハラがすべてを用意してくれていた。部屋は掃除がすみ、暖炉の準備がされ、料理は温めるだけになっていた。でも、あらかじめ頼んでおいたとおりにわたしはその晩一人きりだった。風呂に入り、暖炉のそばで食事して、忘れないように予定を全部書きだした。昔からのベッドでぐっすり眠り、翌朝、すぐさま仕事にとりかかった。

トレイに山積みのクリスマスカードの処理をなんとか終えた。返事を書いて投函し、それから数日間はあちこちを訪問した。クリスマスイヴにはウィリアム叔父たちと過ごし、クリスマスにはポリーの家に行った。アーチー・リーはみんなの中でいちばんおもしろくて、遠慮なく笑い、辛口のしゃれを言っていた。彼は〈リー・アンド・サンズ〉に入ることを目指しているのだろう。ほかのビジネスで苦労するには道楽にふけりすぎではと思えるからだ。アーチーはおおいに気を配ってくれたが、そのことにわたしは逆らわなかった。アーチーは両親からも褒められていた。でも、この秋のフェローシップポイントについてわたしが話そうとしたら、アーチーの表情は曇った。それに気づかれたと見てとると、アーチーはわたしの手を取った。「いとこくん、あそこはぼくにとって静かすぎるんだよ。退屈すぎるし。わかってもらえるだろう?」。わたしには理解できないが、アーチーの思惑どおり、彼の魅力に負けてしまった。誰の魅力にも屈しまいと思っていたのだが。ポリーの家での集まりも悪いものではなかった。ポリーと二人だけになる時間がないかと願ったが、無理だった。自分の身に何が起きたかを話したいから、この短い旅の間に、二人だけで会えるように彼女を訪ねる時間を作らなければならない。というより、そんな時間をポリーが見つけなければならないのだろう。彼女の家は混乱状態なのだ。とにかく、まずはあなたに話したかった。つまり、何もかも書きたかったのだが、忙しすぎたし、ほかのことで頭がいっぱいだった。今はこうしてノートの前にいる。糖分をたっぷり取った日々のせいと、クリスマスの亡霊たちが群れを成してこの歴史ある街の通りをうろついているせいで気持ちが高ぶっているため、目は冴えている。もう話せるだろう。

　大異変が始まったのは六週間前だった。ある日の午後、わたしは寝室の机で仕事をしていて、体を伸ばそうと立ちあがった。窓辺に行った。よくあることだったが、その日、ナンは霜の降りた草原を歩いていた。目的ありげな足取りで何かの計画を進めているようだった。彼女を見つめていると胸がいっぱいになった。なんて自由で、なんて大胆な生き物だろう。わたしもナンのような精神で絵を描こうと誓ったのに、もっと実際的なことを考えて、向こう見ずな決意はくじかれてしまった。こんな凍えるような日でも大丈夫なほど、ナンは温かい服装をしているだろうか？　ナンに注意したり指示を与えたりする場合、ずっと慎重な態度をとってきた。怯えさせたり押さえつけたりしないような言葉を用いてきたのだ。わたしたちが教えられてきたような、何でも怖がることとか、礼儀作法は感情よりも望ましいといったことはナンに教えまいと決めていた。正直なところ、〝自由〟とは何かまだよくわからないが、自由じゃないものならわかっている。寒かったら何か温かいものを欲しがるだろうと、ナンに任せることにした。

　わたしはスターを階下へ連れていって放し、ナンを追いかけさせた。スターが駆けよると、ナンは歓声をあげ、彼らはたちまち墓地で追いかけっこを始めた。それからナンは墓石の間を歩いた。ドラムであるかのように墓石を棒で打ったり、土の下に埋められたらそうなるに違いない格好で墓石に頭を預けて地面に寝たりした。不気味であり、自然でもある行動だった。ナンは歌も歌った。声は聞こえなかったが、歌っているときはそうするように体を揺すっているのが見えた。もっと歌を教えなくてはとわたしは思った。ナンの声はすばらしい。

「寒くなってきたら、スターを連れて帰ってね」声をかけた。彼女は手を振り、わたしは三階へ行って絵をいじりまわした。壁に貼った紙や厚紙に絵を描くことからは卒業していた。海岸線や松の木や海の壁画を描いている。あまり上出来ではなかった、というか、ちっともうまくはなかったが、とにかく描いていて楽しかったのだ。たぶん六十センチ四方ほどの一画はうまく描けたし、それが励みになった。そこを見るのはわたしとナン、ミセス・サーカムスタンスだけだろう。限られてはいるが、だんだん発達してきた語彙を使って、ナンはわたしの作品をなかなか公正に評価した。そして、犬も描いてと言った。いい考えだ。

わたしは図書館で借りた本でかなりの知識を身につけ、地元の光景や島の動植物を描写するための自分なりのスタイルを探しているところだった。幸い、本物そっくりの絵を描くことには関心がなかった！　ここでの愛するものすべてについての思いをとらえたいだけだ。この家で初めて一人きりで過ごす秋を描きたかった。

二十分が過ぎたが、その一分一分が経過していくのを感じた。部屋を出て、ナンの様子を見ようと踊り場の窓へ行った。墓の一つに上って両腕を振っている。鳥になったつもりなのだろう。スターは熱心なまなざしで見あげていた。優秀な観客だ。ナンは地面に飛びおり、スターは前脚を彼女のズボンにかけて、撫でてもらうかキスされるのを待っている。予想どおり、ナンはそのどちらもせずにまた墓に上った。きっとこのゲームで疲れてしまうだろう。ミセス・サーカムスタンスがシチューをコンロにかけていた。昼食の時間には、それが食べられるくらいにナンはお腹をすかしているはずだ。

目の届くところで子どもと犬が無事でとても忙しそうなことに満足し、わたしは樅の木を描こうと壁画に戻った。おそらく十分ほど描いたときだろう。スターの吠える声が聞こえた。声の調子にたちまちわたしは恐怖を感じ、絵筆をどこかに落として走りだした。手すりの装飾部分をつかんで一つの階から次の階へと駆けおり、無謀にも階段を一段飛ばしで下りる。階段に響く音は一人のものとは思えないほどだ。速度を落としたのはたった一度、何が起こったのかと窓から外を見たときだけだった。間違いなく問題が起きていた。全身が固い殻に覆われたように感じ、耳の中では血がどくどくと流れる音がしている。一瞥しただけで、ナンが地面に倒れているのがわかった。わたしは進んだ。走った。駆けながら、あの一瞬に目にしたほかのものが何だったかを理解した。ナンの体の上に横たわっていた石だ。最悪の恐ろしいことが頭に浮かび、荒い息をつきながら低いうなり声をあげた。

ミセス・サーカムスタンスがキッチンから出てきた。「ハイラムを呼んできて！」そう叫ぶと、わたしは彼女と家から走りでてそれぞれ正反対のほうへ向かった。彼女は夫を捜しに、わたしは子どものところへまっしぐらに。隣にロバートが並んだ。わたしたちの足音は乱れ、パニックに駆られた群れのようだった。墓地に着くと、各自が墓石の両側に行き、持ちあげようとした。お父さまの墓石だった。わたしがまだハイラムに建てさせていなかったもので、野原の木に立てかけてあったのだ。「どかして！」かすれた耳障りな声で言った。全身の力を奮いおこそうとしたが、石の重さの衝撃で力が抜け、鉛筆さながらになった指は役に立たない。わたしたちはうめいた。筋肉が裂けてズタズタになった。数秒後、石が少し持ちあがり、ナンにかかっていた重さが減ったが、それ以上は動かなかった。そして――わたしたちはお手上げ状態になった。もし、もう無理だと石をまた下ろしたら、さらにナンを押しつぶしてしまうだろう。ロバートとわたしは見つめあった。墓石は凍りつくほど冷たく、もはや指の感覚はなかったから、石がだんだんと手から滑りおちているのではないかと想像した。最初の足の位置が悪かったのだが、もう姿勢を変えることもできない。待つしかなかった。待って踏みとどまり、持ちこたえるのだ。わたしは祈らなかった。祈るはずがある？　祈る代わりにロバートとわたしは互いの目から視線をそらさず、テレパシーのように考えを伝えあった。乗りこえられるよ、と。息を無駄にはしなかった。

その試練がどれほど続いたのかはわからない。たぶん、せいぜい一分というところだっただろう。両手は感覚がなくなり、切り株同然に何も感じなかった。果てしなく長い時間が経ったと思われたころ、ハイラムが現れ、ミセス・サーカムスタンスと石を持ちあげた。石をどかして草の上に置いた。一見、ナンはどこも怪我をしていないようで、わたしは笑みを浮かべそうになった。でも、ロバートがナンの体の下に両腕を差しいれようとしたとき、口と鼻から血が噴きだして、両脚が折れているのが見えた。

「救急車を呼べ！」ハイラムがミセス・サーカムスタンスに言った。

「毛布と水を持ってきて」わたしが言った。「お願い」

ミセス・サーカムスタンスは腕を回転させながら、音をたてて草原を突っきっていった。ロバートはナンの額の上で手を浮かせていたが、彼女には触れずに何かささやいていた。ああ、なんて長い時間だっただろう！　自分たちでナンを病院へ連れていきたかったが、待たなければならないと判断した。安全に彼女を運ぶ方法がわからなかったのだ。凍るような地面のせいでわたしの脚は湿っていた。スターはナンの手を舐めた。一分一分が途方もなく長く感じられた。わたしはこれから先のことをさっきよりも明確に考えはじめた。誰に電話すべきか、何をすべきかと。ミセス・サーカムスタンスは祈っていた。ロバートはナンに小声で話しかけていたが、言葉は聞こえなかった。

全員がバージルを忘れていた。彼を連れてこようということさえ、誰も思いつかなかった。実際、彼はわたしたちの世界の一部ではなかったのだ。だから、こちらに近づいてきたバージルの影が落ちると、わたしたちはぎょっとして困惑した。「そんな！」彼は叫んだ。その言葉がナイフのようにわたしを切りさいた。バージルは洗濯ばさみのように脚を曲げてナンの傍らにひざまずき、手を取った。わたしは突きさされるような憎悪を感じた。この人はナンを見まもっているべきだった。親なのだ！　ああ、ようやく自分の人生を手に入れてナンを愛し、何でもしてあげたいと思ったのに、わたしは彼女のベビーシッターにもなれない！　バージルはわたしたちの間にいるべきじゃないし、ナンを案じる資格もないというばかげた考えが浮かんだ。娘を心配する特権を彼は失ったのだと考えた。でも、それだとわたしがナンの保護者ということになるが、そうではなかった。こんなことになったのはバージルが悪い。

救急車が到着したとき、ナンには意識があった。救命チームはナンの状態を調べ、わたしたちに聞こえないように何メートルか離れたところで話しあっていた。それまでのわたしが怯えていたとしたら、今では役立たずだという思いが加わった。彼らが戻ってくるのを待つ時間は拷問だった。

病気の状態を聞くのがわたしの習慣のようになっていたし、ナンに呼びかけつづけているロバートのようにはなれない。わたしがやっていたのは、最悪の話を聞く予行演習をして心の準備をすることだった。この二カ月ほど喜びを感じていたが、いつも借り物のように思えた。わたしの本当の人生は死にまみれているのだ。

「みなさんの助けが必要です」上のほうから声が聞こえた。「わたしたちが言うとおりに行動してください」

できるだけナンを動かさないようにしながら、苦労して担架を彼女の体の下に滑りこませた。ナンはうめいた。「この子はショック状態です」救命チームの一人が言い、彼らは何度もナンの脈を測った。彼女は蒼白だった。そのころには恐怖のせいでわたしたちはぼんやりしていた。救命チームはナンを車に乗せ、ハイラムはバージルが父親だと伝えた。認めなければならないが、わたしはそんなことをしようと考えもしなかった。

「お父さんは乗せられません。お子さんを病院に連れて戻らなくては」

「わたしが車で連れていきます」わたしは言った。サーカムスタンス夫妻にスターの世話も含めてあとのことを頼むと、バージル・リードを隣に乗せて車で出発した。そのときまで想像もしていなかった出来事だった。走っている間、バージルは無言だった。見るからに打ちのめされた様子で黙っていた。わたしは考えにふけりながら、自分しかいないかのように運転した。のろのろ走るトラックの後ろにいたので、果てしなく続く、恐ろしい道中だった。いつものようにあたりの景色は美しく、乱れたわたしの感情を安定させる役目を果たしてくれたが、あまり効果はなかった。葉の落ちた木々の間から、禿げた頭皮のように遠くの山の岩が覗いていた。海はきらめき、泡立つ波が輝いている。でも、わたしの心はこういう光景のところになかった。こんな切迫した状況では無理だ。わたしは人間だし、泣き叫ぶまいと胃を押さえつけていた。

車の中の重苦しい雰囲気から離れて病院へ大股で歩いていったときは、ほっとする思いだった。家族の全員に付き添ったせいであまりにもお馴染みになった病院に入ると、何もかもうまくいくという感じを初めて覚えた。どこに何があるかは自分の一部のように知っていたから、わたしは通路を歩いてナースステーションに行った。ナンはまっすぐ手術室に運ばれていた。

父の看護師の一人だったサンディが足を止めてわたしに挨拶した。彼女はわたしを待合室に連れていき、何か知らせがあったらすぐに医師が話しに来ると言った。待合室にいるのはバージルとわたしだけだった。それぞれが勝手に、発作的に座ったり歩きまわったりした。ときどきわたしは彼、つまりナンの父親を見やったが、浮かんでいる表情が無感覚なのか退屈さなのか、あるいは不安や恐れやそれ以外の感情なのか、違いを見きわめられなかった。体を動かしてはいたが、彼は静止しているに等しかった。何を考えているかわからない、仮面をかぶったような顔。じっとしている人にありがちなことだが、彼はいつもよりも若く見えた。わたしはバージルとこれほど長く一緒にいたことも、これほどそばにいたこともなかった。本当のところ、彼はほんの若者なのだ。バージルを批判するよりも手を貸すべきだと思っていたが、うまくいっていなかったと気づいた。批判はわたしが得意とするものなのだ。

サンディ以外、誰も来ないうちに数時間が過ぎた。彼女はときどき顔を出してくれた。医師が現れて、身内の方と話したいと言ったが、バージルはぼんやりしていた。わたしは話をしようと進みでた。

「アグネス・リーです。父はこの病院の理事でした」わたしがそんなことを言ったなんて信じられるだろうか？　でしゃばるなんて！

「医師のマーサーです。お嬢さんは命に別状はありません。しかし、非常に重い怪我でした。骨盤が割れ、両脚はひどい状態です」

「そうですか」わたしはタフでどんなことにでも対処できるかのように振る舞っていたが、愕然とした。

「脚の骨は粉々になっています。内部の出血が広範囲にわたっていました。今はこれ以上の治療ができません。体が耐えきれませんからね。もうすぐお嬢さんは集中治療室に移されます」

「いつ、あの子と話せますか？」当然の権利であるかのようにわたしは尋ねた。

「ここにはエングストローム社の人工呼吸器があるので、しばらくそれを使用するのがいちばんだと思います。どれくらい状況が改善するか、待たなければなりません。お嬢さんをボストンの病院に転院させるのがもっともいいということになるかもしれないですね。明日か明後日になれば、状態がもっとはっきりするでしょう」

そんなにかかるとは！　わたしは数日のうちにナンを家に連れて帰りたかった。家に連れていき、自分で看病したかったのだ。看病をバージルに任せるつもりはなかった。

「娘に会いたいのですが」バージルが頼んだ。

医師はわたしを見た。身内だけというのが規則なのだ。現実にはわたしが仕切っていたわけだが。

「こちらは彼女の父親です」

医師は冷静なままだった。こういう状況はいくらでも見てきているのだろう。彼はバージルのほうを向いた。「病室には入れませんが、窓越しにお嬢さんを見られるかもしれません。病室に移されたら、看護師が迎えに来るでしょう」

またしても待つ時間だった。これほど不機嫌で無口な人間と同じ部屋で座っていなければならないのは、いらだたしかった。この状況が彼とどんな関係があるというのだろう？　わたしの解釈によれば、母親が亡くなったかいなくなったかして、ナンは慣習や法律上の理由から父親と暮らすことになったというのが彼らの事情だった。だが、その結果は納得がいくものではなかった。もっと彼らの現状に踏みこまなかった自分をわたしは非難した。礼儀作法なんか気にしていたせいで、めちゃくちゃになったのだ。

サンディとは別の看護師が現れ、わたしたちを案内して通路を進み、いくつもドアを通りぬけて、ドアに窓がはまった部屋にたどり着いた。それほどよくは見えなかった。小さなナンは何かの実験対象のようで、いくつものチューブや線が彼女からごちゃごちゃと突きだし、顔は人工呼吸器でほぼ隠れていた。わたしはしばらくナンを眺めていたが、二人とも家に帰ったほうがいいと看護師に言われた。今日は見ていても何も変化がないだろうし、することもないからと。「ぼくはここにいます」バージルが言った。自分が寝るつもりらしい床を指さす。わたしは二人分のベッドを用意してほしいと看護師に頼んだが、そのとき、バージルの顔をちらっと見た。どんな表情だったか、言いあらわすのは難しい。苦悩と、何かわからないほかの感情が入りまじったものだった。彼の内なる存在がある地点に達したかのような、心を決めた感じに見えた。完全に気持ちを理解したわけではなかったが、わたしは彼の愛情を誤解していたと知った。

「気が変わりました。こちらの男性のためにベッドを一台だけ見つけてください。この人はあの子の父親です。わたしは帰らなければなりませんが、明日戻ってきます」
暗闇の中、家まで運転して帰る道は長くて静かだった。事情をわかっていたかのようにスターはおとなしかった。わたしはスープを一杯飲み、とても眠れるはずはないと思っていたけれど、眠りに落ちた。

それから数日間、何の変化もなかった。わたしは病院へ行き来し、ナンの病室にバージルと座っていた。彼もわたしも無言だった。彼はほとんどの時間眠っていたようだったが、ときどきナンのベッドの脇に立って手を握ってやっていた。バージルの前では気恥ずかしいという気持ちを克服しなければならなかったが、わたしはナンに話しかけた。わたしたちのもとへ帰っておいでと励ました。ナンは声が聞こえたという反応をいっさい示さなかった。

ある寒い朝、スターと散歩に出ていたとき、わたしは以前に家族を看護していた間に身につけた精神的な鍛練をふたたび実行することにした。心を客観的で明るい状態に保つ技術だ。楽じゃなかったし、相手はナンだから、とりわけつらかった。でも、これから先のあらゆる課題に備えて、強さと集中力を守る最高の方法だった。

そんなわけで、その日、わたしはあたりを見た。おおいなる威厳と美を備えた冬が訪れていた。まだ大雪は降っていなかったが、太陽の光はこれまで見たことがないような変わった色あいを帯びていた。雨が降らなければ、さまざまな明暗の金色になる。白っぽい金色や黄色がかった金色、ピンク色を帯びた金色の光によって、色あせた草原が、金でできた化粧板で覆われたようなものに変化していた。木の葉はとうに散り、樅の木々は主役になる時期を迎えて活気づいて、軍人のような態度で、際立って姿勢よく並んでいた。冷たい道は歩きにくかったが、地面を踏むと、足が接した部分の霜が溶け、わたしが歩いたあとには黒っぽい足跡が航跡のように残った。スターの足跡も。もっと暖かくて生き物が集まってくる季節に、スターが追いかけて楽しんだ小動物たちは穴の中に身を隠していた。だから、スターは彼らがひそんでいる穴に鼻を突っこんで、自分はどこにも行っていないぞと思いださせるようにときどき吠えていた。スターが振りかえってこちらの反応を確かめたので、まずまずの褒め言葉をかけてやった。

わたしたちは道の突きあたりまで歩いてから、サンクを横切り、ウェスターリーとメドウリーの庭を通って家に向かった。家々を覗くと、どの部屋にも奇妙な形の幻想的な白い生き物のようなものがあった。本物の家具らしくも、本物の動物らしくも見えなかった。そうした白いカバーのかかった家具にはほほ笑ましい形のものもあった。埃による傷みから貴重な家具の表面を守るために住人が用いた、あるいは使用人に命じて使わせた布の長さにも微笑を誘われた。あらゆる家具が英国のカントリーハウスの場合と同じように注意深く覆ってある。もっとも、このあたりには保護するほど価値のあるものはあまりなかった。こういう生き物めいた家具について、子ども向けの本が書けるかもしれないという思いつきが浮かんだ。冬の動物の視点から書くといいだろう。屋根から逆さまにぶら下がって家の中を覗きこんだリスとか、静かに家のそばを通りすぎた鹿やヘラジカの群れの視点から。彼らはカバーに覆われた家具を見て、新しい種類の生き物が町に来たのかと不思議がるだろう。動物たちはそれぞれ、新入りに挨拶に来て、遊びに来ませんかと誘うけれど、その生き物たちは返事をしない。こういうことが繰りかえされ、ある日、動物たちが通りかかると、例の生き物たちは姿を消している。家の者が戻ってきたのだ。家の中に見えるのは家具ばかり。動物たちは夏を過ごすために森へ移動するが、また秋が来ると、彼らはこっそり家の様子を見にきて中を覗き、以前の物言わぬ友人たちを発見するのだ。

ナンが喜んで聞いてくれそうな物語を考えついたことが、彼女についてのよい前触れのように思えた。

病院に着くと、まっすぐ集中治療室に向かった。通路やナースステーション、そこで鳴っているブザーの音や騒々しい音にはほとんど気を留めなかった。またも礼儀を気にしてバージルに挨拶しようと待合室へ行く前に、ナンの病室に立ちよった。自分が床に倒れたことはぼんやりとしか感じなかったし、今でもはっきりとは思いだせない。タイルにぶつかったときの痛み、起こされたこと、話しかけられたこと、そして言われたことを漠然と覚えている。いいえ、お嬢さんは死んでいませんと。亡くなったのではありませんよ、と看護師は言ったのだった。集中治療室から一般の病室に移されただけです。いいニュースじゃありませんか、と。何もかもが、恐怖のせいで茫然としたわたしからひどく遠いところで起こっているようだった。わたしは麻痺したようになり、消毒薬のにおいもわからず、傷口を縫われる感覚もなかった。折り畳み式ベッドで休んでいると、看護師がやってきて話しかけ、それから医師が来てまた同じことを言った。もう大丈夫ですから、起きあがってもいいですよ。

大丈夫なんかじゃなかった。強いショックを受けており、倒れたときの怪我よりもひどかった。空っぽの病室を目にして、わたしはナンが死んだと思ってしまったのだ。

看護師が小児病棟にあるナンの新しい病室に案内してくれた。明るい写真や子どもが描いたらしい絵が廊下の壁に掛けてある。わたしはおそるおそる病室に入っていった。ナンを怖がらせたり目を覚まさせたりしないかと不安だったのだ。電気は消してあり、室内は暖かくて灰色がかった雰囲気だった。奥の壁の真ん中から突きだしているベッドが見わけられた。ナンのまわりの機械や線は前ほど多くなく、背後にそびえるような人工呼吸器もなかった。小さな胸を上下に動かしているのはナン一人の力だった。わたしはそばに行き、ナンを抱こうと身をかがめた。本当に抱きしめたわけではなく、両腕に軽く触れるだけにした。体には厚く包帯が巻かれていたが、顔の腫れは前よりもひいていた。ここ数日間、わたしはじっとして動かないナンの様子を、うちにあるキャビネ版の写真の子どもたちと比べて考えることがよくあった。何十年も前の、生き延びることができなかった小さな子たちと比べてみたのだ。そういう子どもたちは一見眠っているようだったが、もっとよく見ると、深く眠っている者の顔にも見られる生命力がなかった。ナンは命がある者に見えた。髪は枕に滑らかにかかっている。誰かがブラシをかけてくれたのだろう。

いくらかはナンに聞こえるはずだと思い、静かに話しかけた。何を言ったかは覚えていない。優しい無意味な言葉だったかもしれない。励ましの言葉とか。彼女の両手を取り、胸に頭を預け、つぶやいたり安心させたりしようとした。そうしているうちに後ろで聞こえる音がだんだんと意識に入ってきた。しゃがれた低い声。咳だ。くるりと振りかえった。バージルがいた。反対側の壁にもたれて無言で座り、わたしを見ていた。彼はずっとそこにいたのだろうか？　わたしは怒りを感じ、無防備な気がした。それに、自分についてあまり彼に知られたくなかった。

わたしが視線を向けると、バージルは目をそらした。

「とてもうれしいに違いないね。ナンがこんなによくなったのだから。あなたも喜んでいるでしょう？」かつてないほどそばにいたので、バージルのにおいがした。みすぼらしい服や洗っていない髪や髭のにおい。自分は礼儀を守らなくてもいい特例だと思うなんて、この人は何様なのだろう？

バージルはわたしと目を合わせずにうなずいた。

「さっき集中治療室にナンがいないのを見て、わたしは気を失った。もしかしたら……」言葉を切り、かなりきつい言葉に聞こえるだろうと考えた。「もしかしたら、ナンが夜のうちに亡くなったのかと思って」バージルに視線を据えたが、彼は目を上げなかった。「でも、こうして何事もなく、ここのところと同じ暮らしをつづけている。今日はスープとパンを持ってきたけど」ずっとバージルに食べ物を与えていることは話しただろうか？　というか、ミセス・サーカムスタンスが食べさせていると言うべきだろう。

「ありがとう」

彼が小声で礼を言い、ぎこちなくうなずくと、わたしの全身にふつふつと怒りがたぎった。これまでの人生で報酬をもらってするのであれ、義務としてやるのであれ、人の世話や誰もやりたがらない仕事ばかりやってきたことが思いおこされた。もう長くないとされた人のそばで飽き飽きする時間を過ごさねばならないことが、生きている人間にとってどんなものかということには触れられず、言葉だけの礼を言われることを思いだした。来る日も来る日もわたしが来て、彼の子どもに親並みの献身的な愛情を注いでいるのを目にして、バージルはどう思ったのか？　彼に対して隣人としての思いやりを見せたのに、ほんの少しも——何と言えばいい？　そう、わたしに感謝の手紙すらよこさないのか？　いったいわたしは何を期待していたのだろう？

バージルを蹴ってやりたかった。彼のにおいに吐き気を催した。よくもまあ、風呂にも入らない体でわたしやほかの人の前に現れることができるものだ。病院にはシャワーがあった。バージルが体を洗わないのは看護師へのひどい仕打ちだ。それにナンにも。わたしはもう抑えられなかった。

「ここにはわたしがいるんだけどね、バージル。一日じゅう、いるつもり。事故があってから、わたしは毎日この病院に来ている。それに気づいている？　毎日、来ているの。ここに来て、しばらくいて、家に帰って、スターの世話をして、あなたに食べ物を持ってこられるようにして、次の日はまたここに戻ってくる。わたしがやっているのはそういうこと。今度は、あなたがやるべきことを言うよ。もう立ちあがってシャワーを浴びなければだめ」

彼は指を組みあわせた。顔や首を覆いかくしている、黄褐色に波打つ髭の下の顎が強情そうにこわばり、目の下の皮膚がしかめられた。そっちがそう来るなら、こっちにも考えがある。わたしはあの母親の娘なのだ。彼に向かって顎を食いしばってやった。

「バージル――聞こえている？」

彼は鈍重で無気力そうに頭を振った。わずかに動くだけで漂ってくる悪臭は中世を連想させた。

「今すぐシャワーを浴びて。雑役係に案内させるから。シャワーを浴びたら、病院の手術着を着て。明日、きれいな服をわたしが持ってくるまでだね。そうしないなら、あなたをここから立ちのかせるようにと病院に頼む。そもそも、清潔な服はある？」

ナンの服はいつも清潔そうだった。ときどきシャレーの外の芝生に服が干してあるのを見たことがあった。

バージルはうなずいた。

「わたしがシャレーに入って服を取ってきてもかまわない？」

彼は怪訝そうにこちらを見た。

「あなたの家。小屋のこと。わたしたちはそこをシャレーと呼んでいる。服を取ってきてもいい？」

彼はかすかにうなずいたが、それで充分だった。わたしはナースステーションで、バージルが服を脱いでシャワーを浴びられるように手配した。二人の雑役係がバージルを連れに来て、わたしがナンといるためにまた病室に入っていったとき、彼らと出入り口ですれ違った。うなだれているバージルの体がわたしの体と軽く触れた。どれほど彼が疲労困憊《こんぱい》しているかを見てとり、胸が痛んだ。首を絞めてやりたかったが、彼が哀れだったし、ずっとナンといてくれたことに感謝もしていた。もっとも、ナンの父親が義務を果たしているだけなのに、わたしが感謝を覚えるなんてまるで意味を成さないことだった。

何もかもがあまりにも混乱していた。

バージルがシャワーを浴びに行ったあと、看護師がナンのベッドに来て、何本もの線を調節したり、脈や体温を測ったりした。

「この子はよくなりましたね」わたしは言った。

看護師はわたしを見あげてうなずいた。わたしは冷静で穏やかな表情を保っていた。医療従事者の警戒を解くすべを身につけていたから、さらに詳しいことを話してもらえた。

「ナンはよくなってきていますよ。回復するまで先は長いですが」看護師は言った。

「危険は脱したのですか？」

彼女はふたたびわたしの顔をしげしげと見た。「その可能性が高いです」

静かな病室の中では、わたしたちの声は叫んでいるように響いた。

「できることは何でしょう？」

「経過を見まもることですね。お嬢さんは若いです。体は回復したがっていますよ」

看護師はカテーテル・バッグと包帯を点検した。どの場合も、わたしは外へ出てほしいと言われなかった。どうやら家具の一部になってしまったらしい。看護師が出ていくと、わたしはナンに小声で話しかけて手を取った。うちにいたとき、生命力であたりを満たしていたようだったナンはとても大きく見えた。けれども、ベッドにいる彼女はほんの小さな女の子で、木の実さながらにしか見えなかった。父の墓石が彼女の上に倒れたことを何度も考えては気分が悪くなった。自分の骨が折れたように感じたのだ。

雑役係が出入り口で立ちどまった。わたしはほとんど目も上げず、制服を意識しただけだった。彼女は中に入ってきてナンの脚に触れた。あまりにも親しげに触れたように思えて、わたしはいらだった。

「すみませんが」わたしは言い、言葉に出さずにこう思った。〝いったい、どういうつもり？〟その表現のほうがわたしの気持ちをもっと雄弁に表していただろう。

彼女がこちらを向くと、髪がひるがえり、水滴が飛んだ。濡れた髪。女性ではなかった。

彼は髭を剃っていた。山男のように盛大な髭を生やしていない彼を見たことがなかったが、それは姿を消していた。髭がないと、肌はきれいで清潔だった。陽にさらされていなかったため、今や青白い。わたしはベッドから離れて彼のためにスペースを作った。彼は石鹸とシャンプーのにおいをさせてわたしの横を通って進み、ナンの額に手を乗せた。事故のあと、墓地でやったように。優しく髪を払っている。二人のプライバシーを守るため、目をそむけるべきだっただろうが、わたしはその光景から視線をそらせなかった。

ややあってから、彼は二つ並んだ椅子に戻った。そのころには疲れていたので、わたしは隣に腰を下ろした。髭がなくなった彼はとても痩せて見えた。手入れされていなかったもじゃもじゃの毛を刈られた犬のようだ。いい香りもした。初めてのことだった。

「前よりかなりよくなったね」わたしは言った。

彼は小さく肩をすくめた。

「ナンが回復しているのがとてもうれしい。脚の上に石が倒れているナンの姿が何度も何度も思いうかんでしまって」

なぜ、そんなことを言ったのだろう？　わたしは何を求めていたのか？　何を期待していたのだろう？　それは恐怖を口に出したものだった。そして明らかにバージルはひどい恐怖に襲われていた。

彼は全身から力が抜けたようで、気力もやる気も忍耐心もなくなったようになり、横向きでどんどん椅子に沈みこんでいった。頭も肩も下がりつづけたが、それ以上落ちるのはわたしの膝で止まった。膝がなかったら、彼は床にぶつかっていただろう。

エルスペス、そのとき、世にも不思議なことが起こった。ある幻が見えた。バージルの魂としか呼べない何かが見えたのだ。それは球形で、靄がかかったような内部から光が束となって伸びていたが、まったく角がない輝く玉のようだった。それは外の存在と結びつきたいという、さりげないけれども確固たる意志を持ち、出てくる道を感覚によって探していた。わたしのほうへ伸びてくる一種の触手が見え、広い心が自分にあればと願った。その行動を受けいれられるくらいの――

これではだめだ。抽象的な表現だから。もう一度やりなおさせてほしい。

バージルは光だった。枯れた枝だった。わたしには彼のすべてが感じられた。彼は声を殺して激しく泣きじゃくり、わたしはどうすべきかわからなかった。床に倒れないよう、ぎこちなく彼の体に腕をまわした。バージルの息遣いは荒く、目から涙がほとばしっている。わたしは動くのが怖かったし、助けを求めている相手に彼が気づけば、自分が気まずさを感じる羽目になると思った。彼にとってはよく知らない人なのだから。しばらく時間が経った。バージルの胸の鼓動が腕に響き、わたしは胸の中で何か小さな音がするのを感じていた。卵の殻が割れるような音。石のようなわたしの心にひびが入る音を。バージルはまだ動かなかった。安らぎを得るためのルールがすべて破られ、わたしは驚くとともに愕然としていた。方向を見失い、心臓が止まったような気がした。でも、そうではなく、心臓は彼を受けいれたのだ。ほかにどう言いあらわしたらいいかわからない。わたしの精神は出口を見つけ、一つのドアが開いた。さまざまな光景が浮かんできた。運動場を走っていたバージル。うつむいて大学の小道を歩いていたバージル。積み木を積む方法を考えていた赤ん坊のバージル。それまでのバージルが全部で二十枚ほどのスナップ写真となって現れた。今でもわたしにはそんな写真がはっきりと見える。

　バージルは長い間、わたしの膝に寄りかかっていた。部屋には時計がなかったから時間がわからなかったし、看護師は一人も入ってこなかった。わたしたちは寄りそったままだった。とうとうバージルは座りなおして身を引きはなしたが、彼が崩れおちたときのわたしはもういなかった。その後何日もわたしが考えられたのは、何かが自分の身に起こったということだけだった。

　そんなことが起きてしまったのだ。疑う余地はなかった。それはエルスペス、あなたが原因だろう。あなたがいつもこう言っていたことを覚えているだろうか？　並行世界《パラレルワールド》というものがあって、そこでは何もかもがあるべき姿になっているのだと。バージルのむきだしの悲しみによって、わたしはその並行する世界と関わり、彼という人間の核となるものを目にしたのだ。彼にもわたしの核が見えたかもしれない。そのことについて彼と話す日は来るだろうか。

翌朝、バージルの服を取りに出かけた。夜のうちに雪が少し降り、小屋に行く道にわたしの足跡が残った。冷たい空気の中で歌が聞こえた。一つ一つの音符はそよ風に乗って漂っていくというよりは、冷たいキャンディさながらに硬くなっていくようだ。軽い好奇心を覚えて耳を傾けているうち、聞こえているのは自分の声だとだんだんわかってきた。わたしは歌っていたのだ！「久しく待ちにし　主よ、とく来たりて」（讃美歌「久しく待ちにし」の一節）と。エル、あなたのことを考えた。陰気で厳粛な務めとともに、赤ん坊のイエスについて要約されたこの讃美歌を聞いたり、大声で歌う機会があったりすると、あなたがどんなに喜んだかを。囚われのイスラエルの民を解放せよ、とは。大げさな進軍命令だ。

もう何週間も誰もいなかったから、シャレーはすっかり冷えきっていた。足の下で床板が鳴る音が聞こえると、懐かしさのあまり身震いした。踏んだときには下がり、足を上げるとまた持ちあがる床板の音を口真似していた。お気に入りの音を録音し、遠く離れていても聞けるようにしたら楽しいのではないだろうか？

バージルは目的に沿うように家具を主寝室に移動していた。小さなダイニングテーブルは今や机代わりになっていて、ノートが山積みされ、鉛筆をいっぱい挿した陶製のマグが置いてあった。既視感を覚え、わたしはその光景を凝視していた。ノートを開き、窓辺に寄って朝の光を利用しながら何ページか読んだ。どうやら恋愛小説らしかった。ポリーの予想どおり、彼は芸術家だった。作家だったのだ。以前のわたしなら、誰かのプライバシーを侵害することなど恐ろしくてできなかっただろう。だが、深い悲しみにとらわれているうち、前よりも無謀になり、良心に恥ずかしくない態度という繊細なものは少々古くさく思えるようになった。こうして取りくんでいたものがバージルにあったことがわかると、小さな娘への彼の相反する行動も、前よりはつじつまが合うと思われた。家ではずっと無視していたのに、病院では片時もナンのそばを離れないという矛盾にも筋が通った。バージルは仕事をしていたのだし、子どもほど邪魔になるものがあるだろうか？　玄関ホールに置かれた乳母車は芸術の敵だ（イギリスの評論家・作家、シリル・コノリーの言葉）、と言った人がいたんじゃなかった？

ナンの部屋に行った。枕の下にはポリーのものだった古いキルトのベッドカバーが敷いてあった。白地に小さなピンクと緑の花がちりばめられている。わたしの記憶が正しければ、この裏側は緑とピンクのストライプになっているはずだ。ベッドカバーの隅をめくってみた。そのとおりだった。枕にはクマのぬいぐるみが寝ていた。幸運の石である、白い線で囲まれた黒い石が窓敷居に並べてあった。部屋の隅には白い木の椅子があり、やはり白く塗られた小さな整理だんすが向こう側の壁際に置いてある。恐竜がいた時代からハンコック家にあった家具だ。整理だんすのてっぺんにはわたしがあげた紙や鉛筆やクレヨンが置いてあった。彼女の服は各引きだしにかろうじて一列ずつ並ぶぐらいしかなかった。

わたしは病院でバージルに服の入った紙袋を渡した。歯ブラシやノート、数本の鉛筆も入っていた。二つの椅子は相変わらず並んでいたが、また彼の隣に座るのは恥ずかしかった。二つ目の椅子を移動させるのも気が引けたが、そのほうが緊張しないように思えた。わたしは向こうの壁まで椅子を運んでいき、本を開いた。実を言うと、病室で腰を下ろし、読書しながら待っているのは平和だった。静かに考えに集中することはナンにとっていいかもしれない。わたしたちは彼女のために病室で祈っている修道女のようだった。わたしはときどき目を上げてバージルをちらっと見た。髪が垂れているせいで顔がはっきりとは見えない。五回目に目をやったとき、バージルの視線はすでにこちらに向いていたが、わたしを見ていたのではなかった。こっち側の空間を見ていたのだ。わたしはナンを思って同情を込めた表情をした。長い間、わたしたちはそこに座っていた。バージルは目をしばたたいた。二人ともふたたび視線を落とした。

翌日、わたしはツナサンドイッチを持参し、スターを連れていった。ナンの近くに寄ると、スターは同情するように何度かキューと鳴いた。バージルとわたしは途方もない希望を持って見まもっていたが、奇跡のような反応はなかった。スターはナンのそばで一時間ほど寝ていた。わたしはスターを連れて帰ると、その日は病院に戻らなかった。また往復するには距離が長すぎたのだ。

そんなふうに日々が過ぎていった。

バージルとわたしはどの日もわずかな言葉しか交わさなかった。けれども、集中力と目的を共有しているうち、わたしたちの間には互いへの気持ちや共感が育っていった。わたしは墓地から墓石をすべて取りはずし、撤去させた。地元の石工がわたしのために平らな墓碑を作っている。春になったら、その墓碑を地面と同じ高さで埋めてもらうつもりだ。そうすれば、墓碑は床と同様に安全だろう。

とうとうナンをリーワードコテージへ連れて帰ってもいいという許しが出た。そんなわけでエルスペス、彼女は今あなたの部屋にいる。たぶん、ナンはわたしが置いてきたプレゼントを開けただろう。バージルにもプレゼントを置いてきた。うちの机の中で見つけた、古い万年筆を。バージルに手紙を書こうかと考えたが、何を述べればいいのだろう？　ナンについての報告はミセス・サーカムスタンスから聞いていたので、口実には使えない。彼からも手紙は来ないが、それに何かの意味はあるだろうか？　とにかく、わたしはずっとバージルのことを思っている。そう、それがどんな意味かはわかっている！　文学には詳しいのだから。彼のことを思うなんてよくないとは知っている。けれども、気持ちはその逆なのだ〉

第二十三章

一九六一年一月、フィラデルフィア、アグネス

〈親愛なるエル

明日、メイン州に戻るつもりだ。帰るのが待ち遠しい。人に囲まれていても孤独を感じるという、典型的だが、混乱させられる経験をしている。大勢の人と一緒だったのに。今ではフェローシップ岬《ポイント》での静かな生活のほうが豊かなものになっている。ある意味ではいつもそうだったのだが、フェローシップポイントとフィラデルフィアとが大違いだというわたしの結論は今や決定的だ。

とにかく、あなたも知っているように、フェローシップポイントは静かなところではない。そう思われているだけだ。わたしにとっては好都合だった。

注目すべき二つの出来事があった。一つ目は大きなことだが、心配しすぎないようにしている。昨日、弁護士から面会の要望があって会いに行った。彼の話によると、〈リー・アンド・サンズ〉のなんらかの売買や金銭的な決定が原因で、今後わたしは明確な収入を当てにできなくなるということだ。それがどういう意味か、わたしには正確にわからないが、弁護士もわかっていなかった。

わかっているのは、自分が父の庇護のもとで小さい子のように暮らしてきて、金を出してもらっていたということだけだ。金銭上の心配事があっても、わたしにはそれを解決する責任がなかった。もはやそういうわけにはいかないようだ。どうやら親類が事業でまずい決断をくだしたか、理由は何であれ、事業が以前よりも利益を生まなくなったため、わたしは警告を与えられたということらしかった。とっさに思いうかんだのは、リーワードコテージがどうなるのかという不安だった。あの家の費用をまかなえるだけの金銭はありますか？　弁護士の答えは、今後の状況によるということだった！　腹立たしいほど、らちが明かない会話が続いた。こちらが希望したり必要としたりするほどは詳しく答えてくれない弁護士と、彼の危うい答えでしっかりした建築物の足場を組もうとしているわたしとの間で、いたちごっこが行なわれていたのだ。わたしはすべての銀行口座の明細に目を通し、お金を稼がねばならないという結論に達した。自分に何ができるだろう？　霊感を与えてよ、エル。正直言って、リーワードコテージを失わないためなら、わたしは街頭で体を売ってもいい。

もう一つの知らせは、ようやくポリーと二人きりで会えたことだ。彼女の訪問にはいろいろと波乱があった。

ポリーは正午にやってきた。わたしは午前中ずっと準備していた。もうすぐ彼女と会えると思うと強い安堵感があった。安堵感……このあとは何もしなくていい。まったく何も。一つの対象や一つの義務だけに集中し、一つのことだけに心をそそいでいた人間が突然、そこからはっきりと解放されると、すぐには元の状態に戻れない。苦悩がなくなったことによって魂はむきだしになるが、魂は人間ではないのだ。魂には生き物らしさなどない。凍りついた感情や手足が温まりだすのは冬眠状態のあとのはずで、そうなったら体は復活するだろう。

一時的な休止状態は長くは続かず、やがて心には感情が満ちてくる。エミリー・ディキンソンは激しい苦痛のあとの感情を「形式化した感情」*と呼んだ。二重の意味が含まれた、なんて美しい言葉だろうか。形式は、野生の反対の意味を持つ言葉だ。そのうえ、無の状態から意図的に何かが作られたことも意味している。

わたしは今朝、感情の移りかわりを経験した。苦悩の中断、放心状態、形式化した感情というふうに。それから、そんな感情を手ばなした。エミリー、あなたが解説してくれたことに感謝する。

ポリーは時間どおりにやってくると、彼女らしいしっかりした足取りで入ってきた。予想に違《たが》わず、彼女の訪問のために家を明るく見せようとしたすべてのことに気づいてくれた。ポリーはわたしと同じくらい、この家をよく知っている。子どものころに遊んだ古い人形をいくつか階下に運んでおいた。そうするだろうと思ったとおり、ポリーは人形に飛びついた。

「まあ、最高じゃないの！ ちょっと待って――アランサにギャバジン、ステラ、マンチー、ジャマイカ、アイスランド、テレーズね。人形たちに名前をつけたの、あなたじゃないわよね」

「まったくつけなかったね」

「一つも？」

わたしは笑い声をたて、ポリーは首を横に振った。二人でため息をつき、昔のことを思いだした。


*エミリー・ディキンソンの詩より。『対訳 ディキンソン詩集 アメリカ詩人選（3）』亀井俊介編・岩波書店・一〇三ページ。

そう、エルスペス、あなたのことを。思いがけない名をつけるだけでなく、あなたは人形たちのために複雑な人生を考えだしていた。人形にアイスランドという名をつける女の子なんて、ほかにいただろうか？　でも、セーターを着て白い髪をしている人形にその名はぴったりだった。

ポリーはため息を漏らした。「うんとたくさん、幸せな時間を過ごしたわね」ギャバジンを取りあげ、襟の皺を伸ばす。

「好きな人形を持っていって。全部でもいい。あなたが持っていかなければ、いくつかナンに取っておくから」

「一つ持って帰るわ。すごく懐かしいから」ポリーは人形を見まわした。「エルスペスがマンチーをずいぶん大事にしていたことを覚えている？　ほかの女の子はこの人形を欲しがらないと思ったのでしょうね。こんなに醜い人形もいなかったもの」

「ああ、覚えている」

「あなたには区別がつかないでしょう。人形にはまったく興味を示さなかったものね」

「そうだね。全然だった」

「マンチーを連れていってもいい？　それとも、エルスペスの思い出にこの子を取っておきたい？」

「任せるよ」

ポリーは赤ん坊を抱くようにマンチーを取りあげた。「どうかしら、マンチー？　わたしと一緒に来たい？」

ポリーの目に涙がこみあげ、顔に苦悩の表情が表れた。床に崩れおち、人形を脇へ押しやる。昼食の用意ができたと知らせに来たミセス・オハラとわたしは、目を見開いて顔を見かわした。出ていくようにとわたしが手を振ると、ミセス・オハラはすばやく立ちさった。わたしはポリーの横にひざまずき、肩に腕をまわした。

「ポリー、ポリー、どうしたの？」

ポリーは手を伸ばしてわたしの手を取り、指をきつく握った。あまりにも強い力だったから、歯を食いしばってこらえなければならなかった。ポリーは打ちひしがれた様子で苦しそうに泣いている。その姿にわたしは怯えた。こんな状態の彼女を見たことはなかった。わたしたちは手厳しくて誇り高く、冷静な人間だったし、今でもそうだ。強い精神力を称賛している。喪失や失望を味わったときは動揺してもかまわないけれど、恥をさらさないで場を切りぬける方法もあることを覚えておきなさい。そう言われて育てられた。泣かないの。しっかりしなさい。勇敢になりなさい。

身勝手だが、ポリーに気力を回復してもらいたかったし、そうなってもらわねばならなかった。今はわたしが動揺する番じゃないの？　ポリーがこれほど取りみだすなんて、何があったのだろう？　わたしは話さなければならないという重圧を感じていた。少なくとも、自分に起きたことをいくらかは話さなければ。話そうか話すまいかと心が揺れうごくのと同時に、わたしは昼食のことを考えていた……料理は冷めないだろうか？　心というものは実に手に負えない。ポリーが泣いていたのは三分ほどだっただろう。わたしたちのような者にとっては無限の時間だ。スターはこの出来事がどれくらい危険なのかを知ろうとするようにわたしの顔を見た。撫でてやると、スターはポリーのスカートに触れながらわたしたちの間に横たわった。

ポリーは泣きやみ、顔をこすった。わたしたちは手を取りあい、背中をそらすようにして互いを立ちあがらせた。子どものころにやっていたみたいに。わたしは身をかがめてマンチーを拾い、ほかの人形のところに置いた。そして長椅子にポリーと腰を下ろした。

「ごめんなさい、ネス。あんなふうになるとは思わなかったの」疲れきったように低くてかぼそい声だった。

「何があったのか、話してくれない？」わたしはポリーの息子の誰かが病気ではないかと恐れていた。

「ああ、ネス、あなたがとても話したがっていたのは知っているのよ。わたしだって話したかった、あなたと同じくらいに。でも、どうしても話せなかったの。ひどいわよね。あなたには話したい大事なことがあるとわかっているのに、聞くのが耐えられなかった。本当にごめんなさい。でも、もう大丈夫だし、残らず話してほしいと心から思っているわ」

「だけど、なぜ、問題を抱えていることを打ちあけてくれなかったのよ？」

「打ちあけるべきだったって、今ならはっきりわかる。ちゃんと物事を考えられるから。でも、前は考えられなかったの」

わたしはうなずいた。ポリーは許せと無理強いしていない。その態度に感心した。わたしは彼女を許すかどうかを選べたし、許していた。許すに決まっていたのだ。足が機械的に歩きまわる日々*、激しい苦痛を感じる混乱状態の中で、音がしない籠に閉じこめられるのがどんな気分かはわかっている。またしても、エミリーの詩を思いだしてしまった。

「話してよ。あなたが話してくれなければ、わたしの話もできない」わたしは前脚を長椅子にかけたスターを抱きあげた。

ポリーは勇気をかき集めながら、鼻から深々と息を吸った。視線は膝にそそがれていた。「わたしは妊娠して、流産したの」

「え？　そんなこと手紙に書いていなかった」

「ディックにさえ話さなかったの。今でも話していないし、正直なところ、これからも話さないでしょう。この子を自分のものにしたかった。女の子だったの。四人もの男性と暮らしていると……わたしが関心を持っているものについて話せる相手がいないの……息子たちはみんな結婚するでしょうし、あの子たちとの将来は妻がわたしに好意を持ってくれるかどうかしだいでしょう。結婚するとか子どもができるとかいろいろあっても、いつも一緒にいてくれる自分の子が欲しかったの。わたしが母といるのと同じようにね。ネッシー、しょっちゅうそのことを考えていたのよ。花を生けたり、テーブルセッティングをしたり、ドレスを選んだり、そのほかわたしがディックのためにやることをしているときにね。そういうことをやっても、ディックは気づきもしない。個人的な生活を娘と分かちあうことを夢見ていたの。この前妊娠したとき、わたしはちょっとおかしくなっていたのね。この子ができたことを秘密にしていられたら、生まれてくるのは女の子だと信じていた。愚かなことだとわかっているわ。でも、そういうことだったのよ」

「いつのこと？」

「流産したのは十二月四日、妊娠して十六週目だった」

＊エミリー・ディキンソンの詩より。『対訳　ディキンソン詩集　アメリカ詩人選（3）』亀井俊介編・岩波書店・一〇三ページ。

「十六週目?」わたしは計算しようとした。

「身ごもったのは八月だったの。気づいていなかったけれどね。妊娠したとわかったとき、こんな考えが浮かんだのよ。ナンにうんと関心をそそいでいたから、彼女がわたしに女の子を授けてくれたんだろうって。ばかげた考えじゃない?」


ポリーはさっきよりも落ちついていた。わたしの手を放し、長椅子に背中をもたせかける。「とても幸せだった。ウェバー先生は、わたしが出産には年をとりすぎているから、楽観しないようにと言ったけれど、喜ばずにはいられなかったわ。人生であんなに幸せだったときを思いだせないほどだった」


理解できた。わたしも幸せな秋を過ごしていたからだ。やはりばかげたことだったが。

「何が起こったか、ウェバー先生は話してくれた?」

「先生にはわからなかったの。珍しいことではないと言って、自分なりの哲学を話してくれたわ。流産は人知を超えた自然の摂理の一部で、出産という結果につながらないものだったのですよ、と。その言葉を信じようとしているの。だから、くだらない言いぐさだと言わないで」

「わかった」

「その子は女の子だったのよ」ポリーは気の抜けた顔になった。あまりの苦悩に、表情すらうまく作れなかったのだ。それを見て、わたしは言葉にできないほどの苦しみを覚えた。

「たった一人でつらい思いをしていたなんて大変だったね」

「ありがとう。さっきも言ったように、もう元気になったのよ。妊娠初期の流産を悲しむなんて妙よね。あまり悲しまないものよ。まだ赤ちゃんじゃないのだし。でも、それは一つの出来事で、一つの行動なの。わたしは行動を起こした。娘を育てていたのよ」

「わたしはそんなふうに考えたことはなかった」

正直言って、そういう想像もしたことがなかった。

「わたしにはそう感じられるの」ポリーは胸に触れた。彼女はふたたび強くなり、堂々としていた。

ポリーにはたまに驚かされる。

「どのくらいしたら、娘を持つことにまた挑戦するつもり？」わたしは尋ねた。

ポリーはわたしにすばやく視線を向けた。やるべきじゃないことをやっているところを見つかったかのように。あるいは、やるべきことをやっているところを見つかったと思ったのかもしれない。

「ネッシー――あなたがいなかったら、理解してもらえるのがどんなことか、忘れたかもしれないわ」

「言いたいことはとてもよくわかる」

「お互いがいて幸運だったわね」

「そうだね」

「今週はあまり時間がないのが残念よ」

「それに、わたしは明日帰るし」

「わかっているわ」

わたしたちはなすすべもなく見つめあった。

「夏じゅうまったく一緒にいられないわけじゃないし。遅れは取りもどせる。とにかく、質問。いつ、また挑戦するつもり？」

「だいじょうぶになったらすぐよ。今のところ、わたしは頭痛がするとか腰痛がするとかいうふりをしなければならないの」ポリーはいたずらっぽく眉を上げた。

「ポリー、勘弁してよ」

「あら、大人になりなさいな！　あれだけの息子をわたしがどうやってこしらえたと思うの？」

「わかっているけどね――」

ポリーはまじまじとわたしを見た。「そもそも、あなたは興味がないの？」

「ない。もしかしたら、あったこともあったかも。でも、もう年だから。想像もできない」

　とはいえ、わたしは想像している。いちおう、少しは。

　ポリーは肩をすくめた。「あなたが逃したものはそれほどのものじゃないわ」彼女は部屋の向こうへ行き、マンチーを連れて戻ってきた。「本当にこの子が欲しいのよ」わたしの手を取った。わたしたちのどちらのほうが心労でやつれた手をしているのか、わからない。二人とも裕福な女だ。でも、人生に精力的に取りくんできたことが手に表れていた。「今度はあなたの話を聞きたい。時間はあるわ。午後はずっといられるのよ」

　昼食をとり、そのあとで居間に戻ってから、わたしはナンの事故について話した。もっとも、病院でのバージルとの件は除いた。何も隠したくなかったが、あのことを人に話す心の準備はできていなかった。ポリーはたくさんの針を刺されて病院にいるナンを思いうかべて泣いた。「かわいそうな小さな女の子《ナン》」何度も繰りかえしてつぶやいた。

―ナンは今、リーワードコテージで無事に暮らしているよ。ミセス・サーカムスタンスがどうにかナンを回復させてくれている。夜は父親が泊まっているけれど、わたしが戻ったら、それは終わり。

必要なら、ナンと一緒に寝ることにする」

「そうしたがっているような口ぶりね」

わたしは顔が熱くなった。なにげなく願ったことから出た言葉だったが、罠にはまった気がした。

「誰かが健康になるために看護するのは楽しいはずだ。そうでない場合より――」

「そうね」ポリーはわたしが説明しなくてもすむように口を挟んだ。「ほかに類を見ないほど満足できるものでしょう。あなたにとってクリスマスプレゼントになるわね。ちょっと待って、すぐ戻るから」ポリーは立ちあがって玄関ホールに行った。そこにバッグを置いていたのだ。そして紙に包まれた本らしきものを持って戻ってきた。

「クリスマスプレゼントなら、もうもらったけど。このネックレス」わたしは喉元のネックレスに触れた。もちろん、ポリーが訪ねてくるから着けていたのだ。

「開けてみて」

わたしはテープの下に親指を滑りこませ、包装紙を剝いだ。『きらめく海』。著者はバージル・リード。

たぶん、わたしはハッと息をのんだのだろう。「どうやってこれを手に入れた？」

「リアリー家の知りあいに頼んで探してもらったの」

本を開き、ページに目を通した。「オットーへ」と書いてあった。女ではない、と思った。「バージルが本を出していたことすら知らなかった。一度もそんな話をしなかったよ」なぜ、彼は話さなかったのだろう？　「どうやって彼が本を出したと推測したわけ？」

「推測したんじゃなかったのよ。バージルについて尋ねてまわったの。わたしたちがすでに知っている以上のことはあまりわからなかったけれど、彼が本を出版したことだけは知ったのよ。そのことを手紙で知らせようかと思ったけれど、代わりにこの計画を立てたの」

「すばらしいサプライズだった。本当にありがとう」本を開いたが、わざと内容が頭に入らないようにした。読むのは一人のときにしたかった。

ポリーは鋭い目でこちらを見た。「バージルについてはあまり話さなかったわね」

「ああ、結局のところ、そんなに悪い人ではなかったね」

「それで？」

「それだけ。病院ではかなりの時間、一緒にいた。わたしは彼に慣れてしまったってこと」

「彼があなたに慣れたかどうかのほうが大きな問題ね」

ポリーは声をあげて笑った。親しみやすくて率直なポリーの顔を見て、バージルへのわたしの感情が育っていることなど想像もしていないのだとわかった。わたしが真剣になっているかもしれないことも。バージルはわたしたちのプロジェクトであり、好奇心の対象であり、ゲームの的だった。ここに来たときのポリーの悲しみを考慮して、しばらくは真実をすべては打ちあけないでおこうと決めた。

「新しい友人ができるのは楽しいものだね」わたしは言った。「とりわけ、歩いていける距離にいる友人は」

「歩くと言えば、うちまで一緒に歩かない？　そうすれば、わが家の悪党たちにお別れを言えるでしょう」

ポリーはあなたのマンチーを注意深くバッグにしまった。そして、わたしにはバージルの本があ

る〉

モードは紅茶をもう一杯飲もうと立ちあがった。じゃ、バージル・リードは小説を書いたの？　そして出版した？　彼がシャレーで執筆していたのをアグネスが発見したのは、それで説明がついた。さらに、そもそもバージルがシャレーに来た理由も説明がつくかもしれない。彼は新しい本を書いていたはずだ。シャレーを見られたらよかったのにと思ったが、何十年も前に取りこわされていた。モードはその理由がわかるような気がしてきた。バージルとナンはその場所と永久に結びついていたのだ。

気の毒なポリー！　そして、彼女が連れて帰ったのは醜い人形だった。

第二十四章

一九六一年二月、リーワードコテージ、アグネス

〈親愛なるエルスペス

今日の午後、わたしはナンとスターと座っていた。スターはとても行儀がよく、一度もナンの脚に飛びついたりしない。ナンは一階の居間にずっといる。階上の部屋は寒すぎて、昼も夜も暖炉をたかなければならなかったし、四歳の子をひとりきりで火のそばに残していくわけにはいかなかったからだ。冬の暖房のことすらわたしは考えていなかった。つまり、もっと充分な暖房設備が必要だと思っていなかったのだ。今度の夏のうちに何か手を打つつもりだ。

わたしたちはトランプで神経衰弱をやり、本を読んだ。それからナンが絵を描きたがったので、わたしはそれを眺めながら座っていた。いつしかうとうとしたらしく、バタンという音と大声で目が覚めた。

「ロバー！」

ロバートが玄関ホールで母親と話していた。ナンはロバートが近くにいると、何も考えずにわた

しを放りだす。まったく女という奴は！

ロバートはドアのところでブーツを脱ぐようにと教えられていたから、靴下を履いただけの足で入ってきた。彼とともに冷気がふわりと入ってくる。

「学校はどうだった？」わたしは訊いた。

「よかったよ！　割り算のやり方を習ったんだ」ロバートはいつものように陽気だった。

「それで、攻略できた？」わたしはからかった。からかわずにはいられなかった。「気にしないで」急いで言った。「とても難しいものね。というか、わたしには難しかった」

ロバートはこれに対して何も答えなかった。とても察しのいい子だったから、割り算が自分にとって簡単だったとしても、その事実を話してわたしに恥ずかしい思いをさせたくなかったのだろう。

「ナンのリハビリを始めようとしていたところだった。キッチンでお母さんと待っていたい？」

「ここにいるよ」ロバートはナンに笑いかけた。

「いい考えだとは思えないけどね」ロバートがいることになりそうなのはわたしのせいだった。彼がいつも立ちよる時間になるまでリハビリの開始を引きのばしていたのだから。ぐずぐずしていたのは、リハビリを全然やりたくなかったからだ。ナンは激しく暴れて抵抗した。わめいて腕を振りまわし、泣いた。わたしは痛い思いをさせたくなかった。ナンが野原を駆けまわる姿をふたたび見られるかもしれないという期待だけが、リハビリのプログラムを実行する力となった。「リハビリが終わったら呼ぶから」

「ロバー、いて！」ナンが言った。彼女はロバートの名を完璧に発音できるようになっていたが、前よりもうまく言える今、また赤ん坊のように話すことを楽しんでいた。

「ぼくならナンの気をそらせるよ」ロバートは言いはった。

やってみたらいいのでは？　もし、ロバートにそんなことができたら、おおいに助けになるだろう。

わたしは毛布の下に手を伸ばし、ナンの両足をつかんだ。ロバートにうなずいてみせる。

「ナン！　トン、トン！」

「わたしの両手を押しのけて」ナンに命じた。

「だあれ？」ナンはロバートに言った。でも、両脚はぴくりとも動かない。

「さあ、ほら、ナン。わたしの手を押しのけるの」

「オレンジだよ」ロバートは言った。「トン、トン！」

またしてもナンは足を動かそうとはしないでロバートに返事した。わたしは立ちあがった。「これじゃうまくいかない。たしかにあなたはナンの気をそらしているけれど、やりすぎだ。この子はちっとも集中していない」

ロバートは眉を寄せた。「どんな訓練をやらなくちゃいけないのかな？」

「ナンは脚に力をつけなければいけないの。まだ脚で体重を支えられないけれど、筋肉が強くなったら、骨はもっとくっつくようになる」

彼はうなずいた。ロバートといると、相手が子どもではなくて対等の大人のように感じることがよくある。わたしは彼がどう言うかと待ちうけた。ロバートの目が大きくなる。何かひらめいたのだ。

「ナン――ぼくを追いかけて。タッチされたら、今度はぼくがきみを追いかける」

彼女はあやふやにほほ笑み、ちらっとわたしを見た。

「つまり、ナンはベッドにいながらあなたを追いかけるということ？」

「うん」ロバートはナンに視線を向けた。「ぼくを追って！　つかまったら、そう言うからさ」

ナンはまたしてもわたしを見やった。この件について信頼されていることに心を動かされた。ナンにとって自分がどんな立ち位置にいるのか、いつもはわからない。わたしは彼女に多くの痛みを与え、無理なことを強いる相手なのだ。「やってもいいよ。大丈夫だから」そうだといいが、と願った。

「もういいかい、さあ行くよ！」ロバートが声をかけた。励ますように腕をぐるぐるまわす。まるで本当にナンがロバートを追いかけているかのようだ。彼は部屋の中を走りまわった。ナンは眺めていた。「出ていっちゃうよ！」ロバートはナンを煽るように言った。「家まで走って帰ってしまうからな」

ベッドカバーの下でナンの両脚が動いた。

「ぼくが速いから、つかまえられないだろう」ロバートは言った。

ナンの両脚が上下に動いた。うめき声をあげたが、動かしつづけている。わたしも走りはじめ、間もなくみんなして息を切らしたり、声をたてて笑ったりしていた。激しい運動のせいでナンの生え際は汗で濡れ、彼女は目から巻き毛を払いのけた。ロバートはそれに気づき、声をかけた。「あーあ、つかまっちゃった」押されたかのように床にのびてみせる。

ナンは言った。「つかまえたよ、ロバー」

「今度はぼくがきみをつかまえる？」彼は訊いた。

「明日ね」ナンは言った。

どう思う、エル？　会いたい気持ちを満たすため、十歳にもならない二人の子がこんな複雑な手順をよく考えだしたものだ。わたしはただあっけにとられていた。

遊んでいる二人を残したまま、スターを部屋の外に出し、それからキッチンに連れていって餌をやった。ミセス・サーカムスタンスは深鍋をかきまわしていた。わたしは後ろから彼女を眺め、エプロンの紐をきっちりと蝶結びにしていることに目を留めた。たいていの場合、わたしは彼女をあまりよく見ていない。ミセス・サーカムスタンスの無防備な面を目にして、感情がかきたてられた。わたしが彼女の心を動かしたことがないのは確かだ。彼女はわたしたちの父を懐かしがっているし、母に忠実だった。

「ロバートは賢い子だね」わたしは言い、彼がナンとやったゲームのことを話した。ミセス・サーカムスタンスが喜ぶだろうと思った。わたしと同じくらいロバートに感心しているのだ。ロバートはほかの子の毎日を明るくし、父親が建物の管理をしたり庭仕事をしたりするのを手伝っている。

「あの子は父親のあとを継ぐでしょう」ミセス・サーカムスタンスは答えた。

「とにかく、本当に利口な子だよ！　ロバートなら大学に行ってキャリアを築ける」わたしは言った。

「誰もが腕のいい庭師というわけじゃありません」彼女は歯切れよく言った。「誰もが優秀な管理人でもありませんし」

わたしは衝動的な発言を悔やんだ。「そのとおりだね」急いで言った。「ただ、ロバートが本を読んだり何かを学んだりすることを楽しんでいるという意味」

「ロバートは本を読んでいますし、いつも何かを学んでいます」ミセス・サーカムスタンスの答えにわたしはいっそう狼狽させられた。彼女の縄張りに足を踏みいれてしまい、逃げる方法がわからなかった。

「もちろんそうだ。ロバートはいい将来に向かっている」

ミセス・サーカムスタンスは眉を寄せた。元の雰囲気になるようにと、わたしは彼女をおだてたが、今度のことでは教訓を得た。

それから、カレンが図書館の勤務後に立ちよった。わたしは彼女を雇ってナンと本を読ませ、アルファベットや数字を教えさせていた。ナンの人生に関わる人が多ければ多いほどいいだろう。秋にはナンが幼稚園へ行けるように準備しようというわけだ。ナンが幼稚園に行くときは、ロバートと彼の兄弟や妹も一緒にバス停へ歩いていけるといいのだが。当たり前の毎日を過ごす子どもの一団にナンが加わるのが、わたしは待ち遠しい。一方、カレンは何者かになる自分を、どこかほかのところにいる自分を思いえがいている。もっと大きな人生を求めているのだ。彼女を責められるだろうか？　わたしは彼女に文学を批評的に考える方法を教えている。受けてきた教育はどう見てもつまらなくて機械的なものだったようだが、カレンは頭が切れたし、話していると楽しい。

戸口までカレンを送っているとき、フォースターの作品を読みはじめていると言った。

「それで？」

「すばらしいですが、わたしが見落としていることが多いかもしれません。あなたと読みたいんです。お時間があるならですが」

「わかった。まず読むのは――」

『ハワーズ・エンド』です」カレンは言った。「もう読んでいるところです。『ハワーズ・エンド』を読むと、リーワードコテージを思いだしますね」

「そうかもね。もっとも、誰が屋敷を相続するかという争いはないけれど」

「争いのない小説なんかありませんよ」カレンは考えるように言った。

「そういう小説を書こうとした人たちはいる」わたしは言った。「でも、小説の魅力の一つは、人が問題をどのように解決するかを見ることだからね」

カレンがナンの勉強を見たあと、午後の遅い時間に少しずつ作品を読んで議論しようという計画になった。ナンもいる部屋で話してもいい。ナンはわたしたちの声を聞いて喜ぶだろう。

カレンが帰ってから間もなく、バージルが現れた。まったく忙しい！　ドアマットをブーツが踏みつける音がした。ファーだ、とナンが教えてくれた。彼女は父親《ファーザー》をファーと呼んでいる。ロバートはロバーで、わたしのことはアギーと。ナンは背筋をしゃんと伸ばし、膝を覆ったカバーの皺を伸ばした。男の前では少しばかりいいところを見せたいのが女なのだろうか？　わたしも体の中に衝動がこみあげるのを感じる。

バージルが入ってきた。ナンとわたしは彼の動きを物語る音に耳を澄ましていた。コートを脱ぎ、歩きまわっている音。ため息が聞こえると、ナンとわたしは勝ち誇った顔でほほ笑みあった。バージルがここでほっとしていることを示す物音だからだ。ため息は心が休まっているしるし。おそらくバージルは一日じゅう執筆していたのだろう。または、書けるようになるために何らかの行動を起こしていたのかもしれないが、わからなかった。シャレーで見つけた原稿について、わたしたちは何も話していなかった。クリスマスプレゼントとしてポリーからもらった小説についても。そのことを話す時間はあるだろうと期待しつづけていたが、バージルといる時間はたっぷりあったのに、わたしらしくもなく遠慮してしまった。何か言うと、ある種の境界を越えてしまいそうだったのだ。

自分の本が読まれたとわかったら、バージルはわたしが彼について多くを知っていると気づくだろう。そのことに悩んでしまうかもしれない。彼はプライバシーを確保したくてここに来たらしいからだ。それに、本のページにある言葉を通じて、その作品を書いた人を見る人ばかりではない。わたしはペンを持った人とつながっているという感覚を愛している。彼らが笑ったり嘆いたり、自分をたしなめたり、最初はよかったものを修正しすぎたりしていることを感じとれる。とりわけ大好きなのは著者の筆跡を思いうかべることで、それができると信じている。確かめたことはないから、間違っているかもしれないが。でも、間違ってはいないだろう〉

モードは自信に満ちた文を読んで微笑した。アグネスからこのような読み方をしていると聞いたことがあった。アグネスは想像上の筆跡をいくつか実演しようとしたが、頭に浮かんだものを再現しようとしても関節炎のせいでうまくいかなかったので、がっかりしていた。たいていの人はそんな読み方をしないと、モードは教えた。著者がテキストとつながっているかもしれないという概念に対して、嫌悪を示す批評家の一派があることも話した。

「そういう進歩に乗りおくれて、本当によかったよ」アグネスは言ったのだった。

モードはアグネスが恋しかった。でも、アグネスはこんなやり方で自分を知ってもらうことを望んだのだ。そう言ってくれればよかったのに。ぎりぎりになってから来られなくなったふりなんてしなくてもいいのだ。けれども、モードのいらだちは収まっていた。彼女は読みつづけた。

くバージルが居間でナンと夕食をとることはよくあった。同席するときもあったが、わたしはたいていの場合、キッチンで一人で食べてから上に行った。バージルが夜の間見まもれるように、ナンのそばに寝椅子を置いてあった。夜の見まもりをわたしがやってもよかったが、バージルにも何かをさせなければならなかったのだ！

そんなわけで、わたしたちは別々の場所で食事した。上に行こうと、スターと階段に向かっていると、バージルが食事の皿を持って現れた。キッチンへ返しにいくところだったのだ。鉢合わせすることになって、わたしたちは立ちどまった。

「こんばんは」彼は言った。

「こんばんは」

「ナンは元気そうだ」

バージルは石鹼の香りがして、髪には櫛が入っていた。見栄えをよくしたいと思ったのだろうか？

「ナンはとても元気だった」わたしは午後のロバートの画期的な方法について話した。

「ロバートは頭がいいな」

「わたしもそう思っていた」

わたしたちはぎこちなく立っていた。何も話さず、ばかみたいに。

「紅茶でもいかが？　またはウイスキーでも？」

「ウイスキーか！」バージルは言った。「そいつはいい」

「いくらかあったと思う。ちょっと見てくる」わたしは先に立ってキッチンに行き、バージルが皿を洗っている間に食料貯蔵室の食器棚の下のほうを覗いた。特別の酒がいつもしまってあるはずだ。ほら、あった。スコッチとウイスキーとバーボンというお宝の山だ。印刷されたラベルを頼りにボトルを引っぱりだした。

「これを一杯というのはどう？」バージルにボトルを見せた。

「いいじゃないか？」

あたりを見て、気に入った形のグラスに目を留めた。一つをバージルに渡した。

「これはシャンパングラスだよ」彼は言った。

そんなことを彼が言うなんておかしかったが、もちろん知っていたのだろう。バージルだって山男というわけではなく、リード家の人間なのだ。

「シャンパンみたいな味がすると保証してもいい」わたしはキッチンテーブルの椅子を引きだして座った。下心があると思われそうなガラスルームと違って、ここなら差しさわりがない。わたしたちはナンの回復を願って乾杯した。

「うわ、すごい」熱い液体が食道を通りぬけると、わたしはどうにか言葉を発した。

「飲める口ではなさそうだな」バージルが言った。

「飲む機会をずっと逃していたと思っている」

「こいつは極上のスコッチだよ。とても滑らかだ。泥炭香《ピート》が強い種類だな」

「そういうものはどんな味がする？」

バージルの指はなんて長くて細いのだろう。

「ひどくまずい味だね」バージルは微笑した。「だんだん慣れていく」彼はわたしを見つめ、こちらも見つめかえした。まっすぐ見て、相手を品定めして受けいれるような目で。病院でのあの日以来、わたしたちが親密なひと時を過ごしたことは一秒もなかった。

「あなたの小説を読んだよ」わたしは思わず口を滑らせた。

「え？」バージルはしゃがみこんで上目使いにわたしを見た。

「クリスマスプレゼントとしてポリーからもらった」それなら、わたしが彼を探っていたとは思われないだろう。こんな話題を自分が持ちだしたことが信じられなかった。

「どう思ったのかな？」

もっともな質問だったが、わたしには不意打ちだった。

「すばらしかった。本当に。美しい文章だし、知的だった」

「そうかい？」

「自分でそう思わなかったら、出版しようとはしなかったでしょう？」

バージルは肩をすくめた。「それ以上は書けなかったんだ」

「もしかしたら、優れた作品であることと、書きおえることは同じなのかも」

「そうは思わないな」

「わたしも思わない」わたしは――興味を引かれていたのだ。バージルの一つ一つの呼吸の間隔は長かった。こっそり盗み見ると、胸と腹部が上がったり下がったりしていた。「もっと感想を聞きたいんじゃない？」

バージルは顔を赤らめてにやりと笑い、うなずいた。それを見てわたしは動揺した。何かが起こっていることはわかった。でも、何が？

「そうね。構成は自然だった。木のように幹があって枝があって、葉があるというふうにね。文章は驚くほど多彩で、言葉はさまざまな意味を持って積みかさなっている。ストーリーはこの作品の成り立ちという本当の主題を隠すための巧妙なごまかしだね。あなたは読者に、つまりわたしに、思いを巡らせるためのプロットを与えて、ある論理や考え方へと進んでもらいたがっている。でも、プロットがどうこうの問題ではない。あらゆる優れた書物や芸術作品と同じように、結局は形式がすべてってこと」

「そのとおり」バージルは眉を寄せた。どうとでもとれるしぐさだった。「なぜ、そんなに本について詳しいんだ？」

本当のことを彼に打ちあけるつもりはなかった。「たくさん本を読んだから。それに、大学で文学を学んだし」〉

モードは思案した。ここでアグネスが言う、本当のこととはどういう意味だろう？　モードにはわからない言外の意味があるらしかった。

〈バージルは相変わらず眉をひそめていたが、感じのいい声で言った。「それに、これまでぼくの作品を理解してくれた人もいなかった」

「繰りかえしみたいな答えだけれど、わたしは本が大好きだから」彼の本がベッドサイドテーブルに置いてあり、暗記するほど読んだことは言わないようにと自分の体をつねった。目を剥いてみせるしぐさもしてはいけない。バージルの本は理解しにくいものではなかった。

バージルは黙っていた。わたしは気まずい思いで待ちながら、どうしたらいいかと考えた。ある意味で、わたしはバージルのプライバシーを侵害したわけだ。でも、小説は個人的なものではない。彼はそれを出版したのだ。ここで身をひそめていたバージルだが、わたしは彼の子どもを何週間も世話してきた。実を言うと、彼が無言なのはいらだたしかった。ぶん殴ってやりたい！　わたしはうろたえていた！

「ありがとう」

「たいしたことじゃないよ」

でも、たいしたことだったのだ。わたしがバージルの作品を誰よりも深く読み、誰よりも気にかけている読者なのは間違いない。おそらくその本とのつながりを感じ、バージル自身は備えていない洞察力を持って読んだだろう。それとも、わたしは自分を偽っているのか？　ある本を愛する人々は、いつでも自分がそれをいちばんよく理解していると思うが、著者がいわば読者の鼻に輪を通して、誘導したいところに連れていくということが重要なのだ。バージルのテーブルにあった原稿、さんざんバツ印で消されていた原稿、どのページも重みでつぶれそうなほどインクで消されていた原稿。今、彼はそういう原稿のすべての意味を理解し、これからどうすべきかと考えているだろう。結構。わたしは彼にとってよい読者なのだ。

「別の本を書くつもり？」わたしは訊いた。

「書こうとしている。かなり苦労しているんだ、アグネス」

好意を持っている人に名を呼ばれると、どうしてそんなに感動するのだろう？　天体の音楽さながらに、声に真実の響きがあるように聞こえるのはなぜなのか？　アグネス。アグネス。わたしがいつも残念に思っていた名前が、今では心地よいものに聞こえた。

「アグネスは暴力と戦ったローマの少女で、キリスト教を信仰してレイプされることを拒んだせいで殺された。彼女は聖人に叙せられたの」わたしは教えた。

「へえ」彼は言った。「全然知らなかったな」

「聖人について知っている？」

「いや、まったく」

「わたしは妹から聖人について教えられた。妹は徹底的なクエーカー教徒だったけれど、信仰に熱心だった人々に魅せられてもいた。それに、本人も聖人だった」

「妹さんのことを少し覚えている」

「どんなことを？」

「彼女ときみの弟さんが――」

「エドマンド」

「――ぼくと姉と一緒にかくれんぼをやったことだ。妹さんはいつも簡単に見つかった」

「隠れることは妹の性分に合わなかったからね」わたしは言い、急にこみあげた涙をこらえた。「でも、アグネスの話には続きがある。もし、ある女が将来の夫を知りたいと思ったら、聖アグネス祭前夜に夕食を食べずに、服を着ないで眠らなければならない。そうすれば、将来の夫が彼女のところに現れてキスをするのだとか」わたしはお手あげ状態になっていた。いったい何をしているのか？　視線がバージルの両手や前腕に向き、つばをのみこむことができなかった。わたしは麻痺したようになっていた。あまりにも軽んじられたせいで、ジョン・マニングを許しがたいと思ってきたのに、バージル・リードから離れる方法が見つからなかった。パン籠のほうを見て話しつづけた。「優しき聖アグネスさま、うるわしの聖アグネスさま、どうかわたしのところへ現れてください。美しき聖アグネスさま、こちらへいらして、わが夫となるものの姿をお見せください」こういう言葉を繰りかえしているうち、胸が切望感でいっぱいになり、目を涙がちくちくと刺した。甘い希望はわたしのものではないのに。

「若いとき、きみもそんな呪文を唱えたのかい？」

「まさか、そんな！　それは昔の妻たちの物語」いったい彼の目にわたしはどれくらいの年に見えるのだろう？

「もし、ぼくが女性だったら、試してみただろう。聖アグネス祭前夜はいつ？」

「一月二十日」

「しまった、ぼくたちはやり損ねたな」

ぼくたち。

「新しい本の題名は何？」

「『不等辺』だ」

「その言葉を聞いて昔を思いだした。辺の長さが等しくない三角形だよね？」

「まさにそのとおり」

「どんな内容？」

「登場人物が三人」

わたしは微笑した。「何か起きる？」

「まだ起きていない」

「どれくらい進んでいるの？」

「わからない」バージルはきまり悪そうだった。「正直言って、何を書けたのか、わからないんだ」

「作家の伝記はかなり読んだけれど、あなたが言うような段階はよくあることらしいよ」

「だといいが。作品を考えることにずっと没頭していた。実を言うと、そこに逃げこんでいたんだ」

「何から逃げていたわけ？」

バージルはわたしに打たれたかのように反応した。飛びあがったのだ。スターが甲高い声で吠えはじめ、バージルのまわりをくるくる回った。

わたしも立ちあがった。「ごめんなさい」もっとも、何について謝っているのかわからなかった。

「いや、そんな」彼は言った。「ちょっと思いついたことがあるんだ。失礼するよ。帰って書きとめたほうがいいだろう」

「ウイスキーを持っていって」

バージルはドアから出ていった〉

第二十五章

一九六一年二月、リーワードコテージ、アグネス

〈親愛なるエルスペス

今朝、朝食をとりに一階へ行くと、階段の下から三段目に紙が一束あるのが目に留まった。バージルからわたしに宛てた手紙だった。その出だしをここに記そう。

《アグネス

きみに説明すべきだと思う。きみは友人になってくれて、ノックもせずに出入りできるように家をぼくに開放し、食事をさせてくれ、黙って必要なものの世話をしてくれる。母親並みにぼくの娘の面倒を見てくれて、あの子を癒し、教え導いてくれる。一人で閉じこもっているぼくに、きみは率直に嘘偽りなく話してくれた。簡単に説明するくらいでは足りないほどきみには借りがある。とにかく、もう説明しなければならないだろう。

ぼくは自分のことばかり考えていた。言うのは恥ずかしいが、きみがぼくの作品を読んだと話し

てくれなければ、説明を先延ばしにしただろう。原稿をきみに見せたい。だが、まずはもっとぼくを知ってもらわなければならない。とりわけ、『不等辺』の背景にある出来事について》

わたしはほとんど息ができなかった。まったく思いがけないことだった。部屋をちょっと覗いたが、ナンはぐっすり眠っていた。ポットにコーヒーをつくり、手紙の残りを読もうとガラスルームに行った。

感情があふれた手紙なのは間違いなかった。正確には手書きで四十二枚あった。ところどころは若者らしい文体で書かれていた。自己憐憫の調子になったり、得意げになったりしている箇所もあった。けれども、全体としては知的な文章で、わたし自身が感じているような切望感でいっぱいだった。もっと何かを求めている感じだ。バージルは作家としての成長過程について書いていて、正直言って、わたしは嫉妬を覚えた。彼は「アイオワ・ライティング・ワークショップ」とかいうところに所属していた。そこでは文学的な話をしたり、文学関係の友情を育てたり、助言を受けたりできたが、参加者は男に限られる。もちろん、そんなワークショップに加われないおかげで、女は男にできないやり方で反体制的になる機会を与えられている。男たちはチーム内での居場所を探したり、お互いを褒めたりするのに忙しすぎるからだ。しかし、バージル・リードのような若い男にとって、機会や可能性があることや孤独でない状態は当然なのだ。一方、わたしにはそういった状況が異国の話のように思える。ふだんはそんなことを考えない。自分が変えられないものについてはくよくよ思い悩まないという態度が深く染みついている。だが、バージルの苦悩について読んでいると、彼とは大違いのわたし自身の薄暗い小道がよくわかり、自分が彼だったらどうしただろうかと考えた。

バージルはローという名の恋人をアイオワ州に連れていった。ローは西部のどこかの出身で、親切さも支援も家庭によってまちまちの、さまざまな里親の家で成長した。彼女は美しく、それだけでバージルの注意を引くには充分だったようだ（わたしはその部分を読み、やれやれという思いで目をくるりと回した）。ローは大学で事務の仕事をして、彼女とバージルは学生用の住まいで暮らした。彼らはしじゅう愛を交わし、幸せだった。まあ、よかったじゃないのというところだ。

オットー・ゼフという、わたしも聞いたことはあるが、作品は読んだことのない南アフリカの作家がバージルをお気に入りの学生と見なしていた。バージルは見解を重視されるオットーのような人間に、著作を認めてもらいたくてたまらなかった。オットーは富を得られる話をバージルにちらつかせて魅力を振りまき、ニューヨークへ来るようにと説得した。ニューヨークへ行ったバージルとローは、グリニッジビレッジのオットーのところに集まってくる大勢の作家や画家、ダンサー、知識人に会った。ローは画廊に職を得て、おそるおそる絵を描きはじめた。意外にもローには絵の才能があり、オットーは彼女を励ました。それに対して、バージルはいい評判を自分が築けないのに、有名人のまわりをうろついていることにいらだつようになっていた。バージルがわたしに書いてきたように、こんなことをぬけぬけと言っても、男だったら非難されない。男が当然のように手にしている多くのものを、わたしはいつもうらやむまいとしてきたが、バージルの手紙を読んでいるうちに突然、わたしもこのくらい率直になれたらいいと思った。実際は、一度もそんな思いを書いたことがなかった。まして表現したくなるまで、そういう考えを自分の中で育てたこともなかったのだ。気分が悪くなりそうだった。だが、バージルは自分の気分がよくなるように、こういうことをすべて告白したのだ。

バージルはパーティに行くのをやめ、近くのカフェでの仕事と執筆以外のことをしなくなった。ローは妊娠した。それは予想外だったが、悪いことではなかった。赤ん坊のナンはさしたる問題もなく生まれ、ローは彼女を腰のところにくくりつけて、人生は進んでいった。ローはかなりの時間、ナンを画廊に連れていけたし、友人たちが手を貸してくれた。喜んで赤ん坊と遊んでくれたのだ。ローが働くおかげでバージルは好きなだけ執筆に打ちこめたが、彼はそれを当然だと見なしていた。妻や赤ん坊を愛してはいたが、本を書くことで頭がいっぱいだった。バージルは今、そのことをひどく後悔していた。彼は『きらめく海』を書きあげ、ある出版社が出そうと言ってくれた。バージルはできるだけの宣伝をしたが、時期が悪かった。大型新人になりたかったのに、トルーマン・カポーティやジャック・ケルアックに打ちまかされた。彼は文学界の周辺をとぼとぼと歩き、新しい本を書こうとしたが、最初の本のようには打ちこめなかった。バージルはオットーと出あるき、しこたま酒を飲んだ。最低の時期で、失望感と敗北感ばかりがあった。バージルがやることはひいき目に見ても、身が入らないものばかりだった。

ある日、ローはナンを連れずに職場から帰ってきた。ナンはまだローの友人の一人と一緒だった。横から車がぶつかってきたせいで、ローは倒れて頭を打ち、両膝を擦りむいたのだ。少し横になりたいと彼女は言い、ナンを連れてきてくれないかとバージルに頼んだ。ローはソファに寝て、バージルは毛布を掛けてやった。その日の午後は寒くて太陽が輝いていた。明るいニューヨークの一月の太陽が沈んでいった。母親ではなくて父親が迎えに来たので、ナンは驚いていた。バージルはローの友人の家で一緒に酒を飲み、隣人の噂話をした。ナンがぐずりだすと、彼はいとまを告げ、娘と手をつないで家まで歩いた。ナンはあちこちの窓や犬を指さし、バージルは自分の作品のことを考えていた。家に着いたとき、ローはまだ眠っていた。ナンは母親を起こそうと腕を引っぱったが、何の反応もなかった。ナンの夕食に何を食べさせたらいいかとバージルが尋ねても、ローは返事をしない。彼は様子を見ようとローのそばに寄り、かつて感じたことのない恐怖に襲われた。亡くなっているのがすぐさまわかったのだ。それでも彼はなすすべもなくローを揺すった。

ようやくバージルは救急車を呼ぼうと思いついた。頭を打ったときに脳で出血が始まり、大量に血が出たことが死につながったと、バージルは説明を受けた。病院に連れていっていれば、彼女は助かったのかとバージルは尋ねた。この箇所を読んだとき、わたしはたじろいだ。わたしはその前から答えにたどりついていたのだ。もしかしたら、助かっていたかもしれないと。それは罪悪感を抱いたまま、今後の人生を過ごすことになる質問だった。遠くから見たとき、バージルが気の触れた人みたいだったのは無理もない。彼はまともじゃないほど原稿を書いた。後悔と深い悲しみで理性を失っていた。自分がナンに気を配っていないとわかっていたが、とにかくそんなことはできなかった。ローがいないアパートメントどころか、ニューヨークにすらいたくなかったのだ。バージルはフェローシップポイントのことを思いだし、そこに滞在してもいいかと伯父に尋ねた。そのあとはわたしが知っているとおりだ。ナンが事故に遭ったあと、彼は娘も失うのではないかと怖くてたまらなかったと書いてあった。彼はわたしに心から感謝していた。正直なところ、感謝の言葉などいらなかったし、求めてもいなかったが、今の状況にはふさわしい感情なのだろうと思った。

手紙の最後の部分をここに載せよう。

《先日の夜、もう眠っているると思ったナンが声をかけてきた。

「ファー、本を読んでよ?」

ぼくはベッドに行き、娘のそばに座った。本の一行を読んだ。ナンは神妙な顔でうなずき、一つの言葉を指して言った。「歯」

それから別の言葉を指した。「ボート」

また別の言葉を指す。「塩」

「読めるのかい?」ぼくは訊いた。

ナンは肩をすくめた。わからないというのが本当だろう。

ぼくは別のページを読み、そこでやめた。「今度はおまえの番だよ」さりげなく言った。

ナンは頭を突きだし、相当な集中力でページをじっと見つめた。ぼくは一つの言葉を指した。

「貝」ナンは言った。今や娘が言葉を認識していることをぼくは確信した。「the《ザ》」という言葉を教えた。「ザ」についてわかれば、先へ進める。カレンがどんなふうにナンに教えているのか知らないし、邪魔をしたくはないが、同じ結果になるとしても、違う方法を試すのも悪くないだろう。

ナンにせがまれるままに本を読んだ。娘の体がぼくの腕に押しつけられたり、もたれかかってこられたりすることがうれしかった。信頼されているという喜びもあった。

ナンにどう接したらいいか、ぼくが以前はわかっていなかったし、今もわからないなんてことがあり得るだろうか? あの子にどれほどの借りがあるだろう?

ナンから離れているために、ぼくはあまり話しかけないほうがいいと信じていたなんて、あり得るだろうか?

それから、きみだ、アグネス。ぼくが自分を抑えてきみから離れていたなんて、あり得るだろうか？　人生での最大の特権は、きみと話さないことだと思っていたかのように。

帆がマストに当たる音が聞こえる。打鐘浮標《ベルブイ》が鳴り、霧笛が響き、波が打ちよせている。きみのことを知りたいんだ、アグネス。かまわないかな？》

わたしは膝に手紙を置いてしばらく座ったまま、内容を理解しようとしていた。バージルがあれほどまともじゃないように見えたのも無理はない。意気消沈し、途方もなく人づきあいが悪く、無責任だったのは当然だった。彼はローを失って悲嘆に暮れていたのだ。ローの身に起こったことは、エドマンドの交通事故と同じように恐ろしくて衝撃的だった。彼女が家に帰ってきてバージルと話し、ちょっと横になりたいと言った場面をわたしは思いうかべた。それが二人の最後の会話になったのだ。ローを病院に連れていかなくてはならないなんて、バージルにわかったはずがあろうか？彼らは若く、死というものの実感はなかっただろう。少なくとも、自分たちの死に関しては。

バージルの頼みについて考えてみた。ある人が本気で考えた末に近づいてきたとき、それ以外のことは重要じゃなくなるのはなぜだろう？　バージルの質問は、すぐに気持ちを決めなくてもいいという余裕を与えてくれたものだった。そうしたければ、よい点と悪い点をじっくり検討し、何週間も返事を先延ばしにしてもかまわない。話もせずに彼にちらっと視線を向け、わたしがどういうつもりなのかと悩ませてやってもいい。

でも、そんな行動をとっても意味がない。それにエルスペス、二人とも知っているように、わたしは意味のあるものが好きなのだ〉

第二十六章

一九六一年三月、リーワードコテージ、アグネス

〈親愛なるエル

実を言うと、腰を下ろす時間もない。座れるのはナンと一緒に絵を描くとか、やるべきことのリストを作るときくらいだ。今では毎日、わたしたちはナンを立たせているし、ナンはエルスペス、あなたのように断固とした意志を持っている。彼女の場合、スクールバスを降りたら道を走れる普通の女の子になりたいというものだ。ナンが何歩か歩くとわたしたちは拍手し、注目されて彼女は得意げになる。

あの子は本当に自然のままだよ、エルスペス。わたしたちがあんなふうだったことはなかった。子どもが他人の非難の対象になってはいけないという母親の懸念に、わたしたちは行動も考え方さえも影響された。ごく幼いころから社会に馴染むようにとしつけられた。ナンはこの点について野生児も同然だろう。彼女はごくわずかの人間にしか会ってこなかったし、知ることもなかった。ナンの世界はカレンが読みきかせる本を通じて広がっているが、聞いたものからどんなことを得てい

るのか、はっきりとはわからない。子どもは想像力に富んでいると同時に現実的な面も持っている。そのどちらが優勢なのかは、いつでもわかりにくい。

どういうことを思っているかとか、どう感じるかをわたしに話すのはナンの好きにさせている。そのため、こっちもどう思うか、どう感じるかを彼女に話す。わたしたちはできるだけゆっくりと握り拳を開いて、指がまっすぐ伸びるときの感覚を言葉にするといったゲームをやっている。それから葉っぱや紙切れをしわくちゃにして握り、拳を開くときに同じような感覚なのか、を観察する。こういう行動が科学なのか愛情なのかはよくわからないが、わたしたちも心を開くようになっている。

このごろはほぼ毎日、バージルとカレンとわたしは夕食をともにする。くつろいだ会話が活発に行なわれる。バージルはすっかり打ちとけ、堅苦しさも消えた。屈託なく笑い、わたしたちの会話に機知ある言葉を差しはさむ。おそらくカレンが緊張しないようにと気を遣っているのだろう。カレンは本を持ってテーブルに来ることがよくある。本の話をしたいという欲求は、わたしとの一対一の議論だけでは満たせないのだろう。彼女は本の一節を声に出して読み、どう思うかと尋ねる。バージルもわたしも決して口に出したことはないが、カレンを妹のような存在として気に入っているし、彼女が生きていくための準備をさせるつもりでいる。ラドクリフ大学へ行けるように。今ではカレンがラドクリフ大学に入れると、わたしは確信している。彼女の洞察力は素朴で、わたし自身の教育が反映されたものだ。それはカレンがよく言っているように、正規の課程では生まれてこなかったような能力だろう。

エル、あなたならカレンのことをどう思うだろうか〉

第二十七章

一九六一年四月、リーワードコテージ、アグネス

〈親愛なる妹
あなたへの報告を書く回数が減ったことはよく心得ている。でも、それにはもっともな理由がある。わたしは幸せなのだ。そう。信じがたいことに！　けれども、本当だ。
朝の遅い時間にバージルが来て、新しい原稿を見せてくれた。わたしたちはガラスルームで腰を下ろした。陽が降りそそいでいた。まぶしい光を避けるため、絶えず座る位置を変えなければならなかった。バージルが自分の文章の形を耳で理解できるように、わたしは原稿を声に出して読み、そのあと、二人で一行ずつ検討した。とても浮き浮きする作業だった。まるでわたしたちの心がパズルのピースのようにぴたりと合った気がした。さまざまな感情もあった。わたしたちは精神についてだけでなく、心についても話している……自分で言うのも変だが。わたしらしくないことだとわかっている。そんなに……どう言えばいい？　たぶん、そんなに無防備なのはわたしらしくないだろう。

バージルの書くものを愛しているし、ナンを愛しているし、ルピナスを愛しているし、スターを愛しているし、岬《ポイント》を愛しているし、あらゆる木と岩と花と鳥を愛している。わたしは鷲を愛している！

それからね、エルスペス——わたしは髪を切った〉

第二十八章

一九六一年六月、リーワードコテージ、アグネス

〈親愛なるエルスペス

昨日、二週間ぶりにバージルに会った。彼は『不等辺』について編集者と会うため、ニューヨークへ行っていた。つかの間挨拶しただけで、ちょっとしたニュースがあると彼が伝えるくらいの時間しかなかった。それが何なのか、わたしはすぐにも知りたかった。やっぱり、わたしはあまり忍耐強くないのだ。ハハハ。とはいえ、早く話してくれと何度もせっついたりはしなかった。まず一人になる時間が欲しいとバージルは言った。〝一人になる時間〟はわたしがよく理解している言葉だ。だから、好きにすればいい。

何があったのかがわかったのは、今夜、いつもの夕食をとっていたときだった。今ではナンもテーブルについている。ミセス・サーカムスタンスはかぼちゃとほうれん草を添えたシェパードパイを作った。

ナンは父親が戻ってきたことをとても喜んで、彼にべったりだった。「お水、ファー？」そう尋

ねて自分のコップを父親に差しだしたが、はらはらするほど傾いていた。バージルは水を一滴もこぼさずにうまくコップを取った。

「それで?」わたしは促した。これ以上、話を先延ばしにされるのはごめんだった。

「それで、出版社はぼくの本を出したがっている」バージルは心からうれしそうに顔を真っ赤にした。カレンが拍手し、ナンも真似をした。

「出したがるに決まっているじゃない!」わたしは言った。「疑問の余地なんてあった? 作品を求めていないなら、遠くからはるばる来るようにとあなたを呼ぶはずない」

バージルは髪を手で梳いた。相変わらず長い髪だが、近ごろは手入れされている。彼がそんなしぐさをしたとき、わたしはギリシャの英雄を思いだした。やれやれ!

「きみは大丈夫だと断言していたが、ぼくはそう思えなかった。この前のときは自信があって、そうしたら――」バージルは肩をすくめた。失敗したと思っているものにいまだに傷ついているのだ。

「この作品はすばらしい。最高だよ」エルスペス、わたしがそういう作品になるようにしたのだ。彼が許すかぎりだが。当然、彼も手を尽くしたし、わたしは自分の手柄だと言うつもりはない。でも、バージルに手を貸したのだ。それも、かなり! 「詳しいことを話して」

「編集者はこれほど完成された原稿をめったに見たことがないと言った。この本が成功するだろうと彼は思っている」

わたしは心の中で微笑した。謙虚でありたい気持ちと称賛されたい気持ちが入りまじったバージルの様子ときたら――ほほ笑まずにはいられなかった。

「すばらしいニュースだね」わたしは言い、水の入ったコップを上げた。「バージル、あなたに乾杯」

「ありがとう」

「読んでみたいな」カレンが言った。

バージルは初めて存在に気づいたかのようにカレンを見た。もしかしたら、気づいていなかったのかもしれない。またしても、わたしはひそかに微笑をこらえた。カレンの言葉は男の自尊心をくすぐるに違いない、と。

「書きおえてからということかな？」バージルは尋ねた。

「できるだけ早く」カレンは言った。「タイプで打たれた草稿でも、作品の要点はわかるはずよ」

「そうかもな」彼は言った。「原稿は一部しかないんだ」

「慎重に扱うわ。ここで読んでもいい」カレンは子どもみたいな熱意を見せている。

バージルは肩をすくめた。「わかった。明日、持ってくるよ」

カレンは大きなご褒美をもらったかのように手を打った。バージルはうれしそうにうつむいた。

それから彼は話題を変えた。

「で、どんなニュースがあるのかい？」彼は訊いた。

わたしたちは積もり積もった話をわれ先に話した。もうナンも上手に話せる。後れを取りもどしただけでなく、たぶん同じ年ごろの普通の子より話せるようになったと言っていいだろう。とはいえ、詳しいことをわたしが知っているわけではないが。

カレンは陽気な態度のままだった。「サンクに先住民の埋葬地があることは教えてもらわなかったですよね？」

そうだった？　わたしがおもにカレンと話すのは、ナンや本や大学についてだった。カレンは若く、輝かしい未来という妄想で頭がいっぱいなのだ。当然だろうが。

「そこは正確な意味では埋葬地じゃない。野営地の跡だね。住居の跡。どうして、そんなことを訊くの？」

「図書館で地元の歴史書の棚を作りかえるので、そういう本に目を通しているところなんです。このあたりで起こった先住民と入植者との小競り合いに関する記述を見つけました」

「へえ？」

「どれも小さな争いだったみたいで。戦った人はわずかだったようです。お互いに奇襲をしたとか。あ、そうだ！　ここに奴隷がいたことを知っていましたか？　ある家族とその奴隷を囚人として連れていた先住民に関する記述をたまたま見つけました。先住民はカヌーを持ってくるから川のそばで待っていろと彼らに言いました。で、どうなったと思います？　家族のほうは逃げだして生きのびました。でも、奴隷のほうは姿を消して、二度とその消息が聞かれなかったとか」

バージルはテーブルを平手で叩いた。「彼にとってはいいことだったな！」

「あるいは、彼女にとってはね」わたしは言った。「居間にある遺物はわたしたちがサンクで発見して、父が収集していたものだよ。かつて、わたしは略奪しようとする少年たちからサンクを守らなければならなかったことがあった。彼らは銃を持っていた」鷲を殺していた最低野郎のハム・ルース。わたしは町で彼とすれ違うたび、知らないふりをする。信じがたいことだが、ハム・ルースは成功していた。ああいうタイプは抜け目なくやるのだ。不動産関係の仕事をしているらしい。

「目に浮かぶよ」バージルが言った。「きみは信念を持った少女だっただろう」

「おてんばだったってこと。ここではそれでもかまわなかったけれど、フィラデルフィアでは受けいれてもらえなかった。わたしは先住民になりたかったの。せめて、彼らにとらえられたいと思った」

ナンがわたしを不思議そうに見た。

「先住民はヨーロッパ人が来る前にここに住んでいたんだよ」わたしは言ったが、それではなんの疑問も解決されなかった。今の言葉にナンがわかるものはなかったし、岬《ポイント》以外の暮らしについては何も知らないのだ。「ときどき、わたしがケースから取りだすものは知っているよね？　モカシンとか石とか、こん棒とかだけど？」

ナンは一心に考えている表情で唇をすぼめた。

「あとで本を見せてあげる」わたしは言った。「つまり、明日ってことね」遅くまで起きている口実が手に入ったとナンに思ってほしくなかった。

わたしはカレンのほうを向いた。「曾祖父のウィリアム・リーは先住民に対して、クエーカー教徒としての敬意を払った。このあたりに野営地を見つけると、彼はすぐさま保護しようとした。曾祖父はここにとどまるようにと先住民に勧めたかったけれど、協会ができると、ほかの創設者は彼の考えに反対した。ウィリアムは失望した。彼はエデンの園のようなところを考えていて、ここで多くの人が平和に暮らすことを思いえがいていたんだね。フィラデルフィアのクエーカー教徒以外の者も。でも、彼の兄は自分と同じ種類の人間としか知りあいたくないと思っているクエーカー教徒であり、フィラデルフィアの人間だった」

「そういうタイプの人間なら、よく知っている」バージルが言った。

彼はわたしにほほ笑みかけ、眉を上げた。わたしたちは見つめあい、二人の間にこの世のあらゆる感情がすばやく通りすぎた。わたしはそう思っている。

「ほかにも興味深いものを読んだんですよ」カレンは言った。「メイン州はミズーリ協定の一部だった。ミズーリ州を奴隷州とするために、メイン州は自由州として北部に入ったんです」

「そのとおり」わたしは言った。

「それを忘れていたよ」バージルが言った。「実にひどい協定だ」

「本を整理しながら、こういう歴史書を読みつづけて。こうして食事する間に多くのことを学べる。もしかしたら、あなたは大学で歴史を専攻することになるかもね」わたしはカレンに言った。

「もしかしたらね」カレンは言い、皿に目を落とした。「まだ決めていないんです」

「かまわないよ。決めていないほうがいい。大学に行ったとき、優れた教授を見つけなさいと言われた。そしてどんなテーマであれ、彼らの講義を取るべきだとね」

「あたしは本を読んだ」ナンが言った。「あたしは本の中にいたの」

わたしはナンのために小さな本をこしらえた。怒ったヘラジカから彼女がわたしたちを助けてくれるというお話だった。ナンは勇敢な自分が描かれた話を読むのを楽しんでいる。

「おまえはヒロインだよ」バージルは言い、わたしの視線をとらえた〉

第二十九章

一九六一年七月、リーワードコテージ、アグネス

〈親愛なるエルスペス

ここでは本格的な夏だ。そのとおり——独創的な表現ではないね。わたしは気持ちが落ちつき、安定している。

とっておきのニュースはポリーが来たこと！　彼女に毎日会えると、暮らしは千倍もよくなる。そう、わたしたちはくすくす笑っている。二人とも幸せだからだ。ナンはまた立てるようになり、ほかの子と一緒に行動しているが、いつもロバート・サーカムスタンスが見まもっている。ロバートがナンの世話を焼く様子や、そばを離れなければならないときは必ず戻ってくるからねと彼女に説明するのを見ると、感動してしまう。子どもたちのゲームを見るだけで、遊びをより高度にする方法を考えつくのがロバートだとわかるだろう。それに、彼は植物について名前以外のことも知っていて、大切にするようにと子どもたちに教えている。間違いなく頭のいい子だ。母親が何を望もうと、ロバートはこの地にとどまるべきではないし、わたしは彼に機会を与えてやらねばならない。

ああ、バージルのことを知りたいんだね？　いや、尋ねられても、まったく気にならないけれど！　わたしたちは毎日一緒にいて、本の話をしている。特に話すのは彼の本のことだが、想像できる限りのほかのことについても話す。バージルは絶えずわたしに気配りしてくれる。彼にどう見られているのかと考えてしまうこともあるほど。走ったりばかなことをやったりできるくらい、わたしはまだ若いのだと彼に思いださせている。バージルはとても優しくて、いつも手を取ってくれ、歩くときは体に腕をまわしてくれる。唇にキスしてくれるときもあるが、情熱的なキスではない。その事実を書くだけで心が痛むが、書かないわけにはいかないのだ。エルスペス、あなたには真実を打ちあけなければならないね。でも、わたしは不思議に思っている。そう言ってもよければ、バージルはわたしに関心があるようだ。だったら、何を待っているのだろう？

先日、ポリーとわたしが芝生で腰を下ろしていると、遠くを歩いているバージルが見えた。最近はすっかり伸び伸びとした様子で、本来の性格を発揮しているようだ。髪は前よりも長くなったが、撫でつけられている。シャツの裾がズボンから出ていたが、だらしないのではなく、おしゃれに見えた。たぶん、わたしは気持ちがうまく隠せていないのだろう。

「まったく、あなたの笑顔ときたら」ポリーが言った。

「何なの？」弁解がましいわたしの態度は、母が軽蔑を表すときの振る舞いから身についたものだった。

ポリーはそんなことを見ぬいている。「相手はわたしなのよ、ネッシー」肘でわたしのあばらを突《つつ》いた。「赤ちゃんのころから、あなたのあらゆる表情をわたしが見てこなかったとでも思っている？」

顔が熱くなった。「そんなにわかりやすい？」

「わたしにとってはね」

わたしは大きさや形がちょうどいい葉を探して牧草を両手でかきわけた。ぴったりの葉が見つかると、舐めてから、両手の親指の間でより合わせて糸のようにして吹きとばした。ポリーは訳知り顔でほほ笑んでいた。

「何かあったの？」

わたしは肩をすくめた。「なんて答えたらいいのか。あらゆることが起こったような感じだけれど、あなたが言っているような意味のことは――ないよ」

第三者にはこんな態度がどう見えるか、この口調がどう聞こえるかはわかっていた。でも、昔からのよき友のポリーは言った。「全部話して」

わたしは話そうとしたが、二人きりでいるときに気持ちが高ぶって湧きあがってきた感情を描写するのは難しかった。話している言葉以上の何か深いものが見えないかと、お互いの目を覗きこんでいるときの感情は伝えられない。

「機が熟すのを待つのよ、ネッシー。彼は亡くなった女性についての本を書いている。書きつづけるためには、彼女に忠実でなければならないのかもしれないわ」

ポリーの言葉を聞いて恥ずかしくなった。こんなに単純で明らかなことに考えが及びもしなかったからだ。またしても、日々の生活に関するポリーの知性はわたしの才気など目じゃないほどすばらしかった。

「いい指摘だね」やっとのことで言った。エルスペス、罪なことに、わたしはたいそうな知ったかぶりなのだ。

「我慢しなさいよ、ネッシー。そういうのはあなたのやり方じゃないって、みんな知っているけれど。でも、今は耐えるの」

「どうやら選択の余地はないようだ」

ちょっと間があった。「それと、あなたへの彼の思いがどれくらいかについては、自分に正直になってね」ポリーはわたしの腕に手を置いた。言葉に含まれた棘を取りのぞこうとしての行動だったのか？

「まるでわたしが少女みたいな話し方だね」

「この状況は、少女の場合みたいなものでしょう？　称賛を、惹かれる気持ちと混同してほしくないの。あなたが傷つくのは見たくない」

「ありがとう。でも、傷つくことが最悪の事態かどうかはわからない」わたしはポリーの手をつかんで話題を変えた。「で、なぜ、今朝はにこにこしているわけ？」彼女はほほ笑んでいたのだ。たいていいは微笑をたたえているポリーだが、いつもとは違う何かがあるのが読みとれた。何かわたしの望んでいたものが。でも、話すかどうかはポリーの意思に任せるつもりだった。

「わかる？　わたしたちはお互いを本当によく知っているわね」ポリーは右手をお腹の上に乗せた。

「今は三カ月なの。彼女はクリスマスにやってくる予定よ」

「わあ、ポリー。本当にすばらしい」

ポリーの顔が輝いた。「ええ。本当にそうよ。だけど、誰にも話していなかったの。もう隠せなくなるまでは、娘をわたしだけのものにしていたいのよ」

「ディックには？」

「ディックには話していないの」

「あなたらしくもない」

「わたしは四十一歳よ、ネッシー。あなたと同じ年。少女や若い女性だったころの自分とは違う人間になるチャンスをつかむべきときだと思うの。そんなわけで、今はこういうのがわたしらしい行動なのよ」

「気に入ったよ、ポル。もちろん、あなたの秘密は守る」

「だからあなたには話したのよ」

クリスマスまでに、わたしの人生はどうなっているだろうか？〉

第三十章

一九六一年九月、リーワードコテージ、アグネス

〈妹へ

わたしはすでに二階の自室にいた。一日の終わりだった。ナンは廊下の先の部屋で眠っていた。バージルはシャレーに戻っていたし、カレンはもっと前に帰ってしまった。わたしは満ち足りた思いで気だるさを感じながら、本を読んだりぼうっとしたりしていたから、スターが吠えたときは驚いた。吠え声に慌てて、スターのほうに手を振った。自分のせいじゃないよという顔でスターはわたしを見た。

お腹の上に落としていた本を拾いあげた。ミュリエル・スパークの『ミス・ブロウディの青春』。余談だが、この本を読んで大笑いした。なんて見事にファシズムについて書いているのだろう。スパークの基準によれば、わたしは人生の絶頂期にいることになる。彼女は絶頂期がいいとか悪いとかについては気にしていない。

ふたたび本を読みはじめたが、スターの低いうなり声が気になってしょうがなかった。

壁がきしむ音がした。リーワードコテージにはつきものの音だ。わたしは怖くなかったし、不安でもなかった。ここでそんなふうに感じたことはない。これほど古くて不気味な家にいて、近くには誰もいないのだから、怖いと思うべきなのだろう。でも、そんなことはない。図書館の古い歴史書を読んだカレンが生々しく語ってくれた、メイン州での殺人や奇妙な死の話を聞いてはいたが。閉所性発熱。先住民との小規模の戦闘。この家で暮らしていながら、何も知らず、情報もほとんど得ていなかったら、どうだっただろうか？

足音が聞こえた？　そうだ、違う、そうだ、違う、そうだ。わたしは本を脇に置き、起きあがった。

今ではもう何ヵ月も、彼が歩く音を耳にしていた。軽いときもあったが、今はとても重い足音。彼の足音は体に備わった優美さをいつも表現していた。重力のせいで体が下に引っぱられるのではなく、上に引きあげられるかのように。

このまま座っているべきか、それとも立ちあがるべきか？　心を決める余裕はなかった。彼はノックし、どんな格好かとわたしが案じる間もなく家に入ってきた。ああ、本当は案じてなどいなかった。彼のそばでは不安などなかったのだ。とにかく、わたしに何ができる？　わたしはわたし。着るべきものは着ている。お父さまのものだったフランネルのパジャマを着ていた。

バージルが部屋に入ってきた。涼しい夜の土のような香りがふわりと漂ってくる。右手に紙切れを持っていて、わたしが身を乗りだすと、それを振りまわした。短剣を振りかざしてわたしの首をはねようとするかのようだ。怒りがひしひしと伝わってくる。

「災難だ！」バージルは叫んだ。

わたしは一言も言わずに待った。

「とても理解できないよ！　ぼくのどこが悪かったというんだ？」

ああ。原稿の修正のことを言っているのだろう。この大騒ぎも無理はない。

バージルは今までに一度、わたしの腕の中に倒れこんだことがあった。またそうなるのだろうかと思った。慰めてあげたくてたまらなかった。けれども、彼はうろうろと歩くだけで、こちらには近づかなかった。

「起きることにするから、キッチンで待っていて」わたしは言った。

バージルはうなずいて出ていった。わたしはドレッシングガウンを着て髪を梳かし、口をすすいで下へ行った。言うまでもなく、スターがついてきた。

バージルはスコッチを取りだしていた。わたしのためにグラスが用意してある。

「あなたの作品は優れている」彼に言った。「とてもね。それは疑問の余地がない」

「どうしてわかるんだ？」

「わたしは本のことがわかっているから。編集者が作品を気に入っていることは覚えているよね？」

「なぜなのかわからない。ひどい原稿なのに」

この台詞を聞いていくぶんいらいらしたと、言わざるを得ない。これまで彼をずいぶん助けてきたのだ。さまざまな意味でバージルはまだもろいのだと、自分に言いきかせた。彼に不満をぶちまけさせたほうがいい。どうして、こんなことがわかったのだろう？　たぶん何年にもわたって、ポリーが家族の男たちを扱うやり方を見てきたからだ。彼らを甘やかすポリーをいらだたしく思ったものだが、バージルにみじめな気持ちを吐きださせるのが、平和への道に戻る最短の方法だとわたしは学んでいた。やるべきことを示してくれたポリーに感謝しなくては。

「なるほど」わたしは言った。「それで、どうしたい？」

「わからない」

「もう一度やりなおせるでしょう」

彼はうなずいた。「やりなおせる。だけど、まずまずのページだって少しはあるんだ……」

そんなふうにさらに一時間が過ぎ、とうとうバージルは自信を取りもどした。彼の気分を変えることができてよかったと思わずにはいられなかった。帰ろうとしたころには彼を笑わせさえしたのだ。でも、そんなふうに男に尽くす生き方がわたしにできるだろうか？　正直なところ、わからない。バージルはわたしに尽くしてくれるだろうか？　ほかにそんなことをしてくれる男はいる？一度も見たことがない。女は男が尽くしてくれることを求めないのだろうか？　または、伴侶についての概念があまりにも深く根づいているので、支えは女からだけの一方通行のものだと誰もが信じているのか？　なぜ、女は同じような支援を求めないのか？　なぜ、男はそのことに気づかないのだろう？　誰かと恋愛関係になるなら、わたしは相手と平等でありたい。バージルは恋人というよりも、なんらかの対象物とか、アーチー・リーのような年下のいとこという感じだ。わたしのほうも彼を必要としていると思ったら、バージルは困惑するだろう。

わたしはバージルと玄関まで行き、外の暗闇に歩きだした。雲がなくて星の多い夜だった。どうするとお互いに尋ねるまでもなく、わたしたちは空に感嘆してさらに先まで歩いた。話さなくてもかまわなかったから、どちらも無言だった。いつもより大きく見える夜の中で二人は並んで立っていた。彼に尋ねてもよかったのだ。あなたは何を信じているのとか、どれくらい想像力があるのとか、本当に自分が属している時代はいつだと思う、と。この甘美で静かな交流よりも雄弁なことを、彼は言えただろうか？

バージルは何を考えていたのだろう？

肩に腕をまわされると、わたしは彼のウエストに腕をまわした。

「ぼくがいつも感じたいと思っていたのは、こういうものなんだ」彼は言った。

「わたしも」

バージルはわたしにキスした。少なくとも、そうだったとわたしは思った。でも、こうして部屋に戻ってみると、あれが本物のキスだったかどうか確信はない。

何よりもいらだたしい行動をとるしかない。つまり、待って状況を見るのだ〉

第三十一章

一九六一年クリスマス、フィラデルフィア、アグネス

〈親愛なるエルスペス

今年、フィラデルフィアの家の近所でいちばんわくわくさせられる存在は赤ん坊のリディアだ。リディアは笑いはじめたばかりで、笑うことは人間の成長にとって大きな進歩に違いない。ポリーは娘に夢中になっている。見ていてほほ笑ましいほどだ。ポリーやリディアといると楽しい。明るく穏やかな雰囲気で、赤ん坊の表情だけに集中している。わたしとポリーは話そうとしたが、赤ん坊の小さな顔が奇妙にゆがむと、会話はさえぎられた。リディアは地球外生物だ。わたしはそれを見て畏敬の念に打たれているが、ポリーは楽々と赤ん坊の世話をこなしている。だから、ポリーにも畏敬の念を覚える。

ここには仕事を持ってきた。ナンに話しているさまざまな物語をもとに書いている絵本だ。タイトルは『ナンが三キロ歩いたとき』。ナンとわたしが初めて一緒に岬《ポイント》をぐるっと歩いて回ったときのことが書かれている。それをシリーズにするかもしれない。ナンがとったあれこれの行動につ

いての本というわけだ。わたしの絵はひどいものだが、上達したら、売りこみに挑戦してみよう。お金を稼がなければならない。会社からの収入で生計を立てることは当てにできないのだ。わたしは自立したい。自立できるようにと育てられなかったのは両親が犯した間違いだろう。彼らは自分の経験してきた過去というものを信じすぎていたのだ。

ポリーからバージルのことを訊かれたので、簡単に報告した。彼はこれまでどおり無条件の敬意と一種の崇拝がこもった態度でわたしに接していた。愛について話すことはなかったが、わたしたちのまわりじゅうにも、互いの間にも愛の気配はあった。毎日、わたしは愛の話を持ちだすようにと自分に言いきかせる。率直に愛と向きあいなさいと。けれども、わたしは人生で何も知らない領域に迷いこんでいる。わたしの無愛想なやり方が似あわない場所に。それに、問題がある。こんな気持ちになったのは、病院で目にしたバージルの旋回している球体――ばかげて聞こえるが、もっといい表現を思いつけない――を見ているせいなのか、それとも自分の意思に反して、気は進まないが手を貸さずにはいられない男たちのそばで行動する道にのめりこんでいるせいなのかという問題だ。そんなわけで、言葉にしない気持ちとはっきりしない気持ちとの間で宙ぶらりんの状態だった。とはいえ、バージルとわたしは楽しい日々を送っていた。

誰かを愛すると、つまり、こんなふうに愛すると、この上なく寛大な気持ちになる。

ほかのニュースを話そう。スターはウォルナット通りの家のものをたちまちすっかり認識した。ミセス・オハラはスターのために肉が入った皿を用意してくれ、一日に三度、作りたての餌をやって、完全に犬の心をつかんでしまった。わたしは相変わらず不要なものを捨てることに取りくんでいる。すべてを手放したいのだが、そこまでたどり着くには数年かかるだろう。今や四人の子持ちになったので、ポリーは街を出てブリンマーかハバフォードに引っこすと言っている。もっともな話だが、どこにいてもポリーがそばにいるというわけじゃなくなったら、どんな感じだろう？　離れるのは寂しいとポリーは同意してため息をついたが、わたしのそばにいることは彼女の最優先事項ではない。そう――それについては、わたしも大人にならなくてはいけない。

ニューイヤーズイヴのディナーとダンスの招待は受けた。さらに元日のママーズ・パレード（フィラデルフィアで元日に開催されるパレード）を見るためにぶらつくかもしれない。

一九六二年が待ち遠しい！〉

これがノートの最後の記述だったが、それでも何か見おとしていないかと、モードは箱の中を覗いた。話の途中で終わるなんて、あり得るだろうか？　もっと読みたかった。続きがあるに違いない。でも、モードをこんな状態にしておくことがアグネスの計画の一部だったんじゃないかと思った。

慎重にノートを全部、中に戻すと、アグネスの書斎のテーブルに箱を置いた。列車に乗るまでいくらか時間があったので、〈フランクリン広場〉シリーズの次の巻を取りあげた。間もなく本に没頭して楽しみ、さっきよりもリラックスした。けれども、このシリーズの本を読んでいる間じゅう、何かが頭に引っかかっていた。思いだせない、どこか遠くのこだまのように。作品の表現方法や感性の何かが、言葉の配置がときどき奇妙になるところが引っかかる。それにぴったりの例はこれだ。ゲイルという登場人物が、禅堂での超自然的な経験について語るところ。「それは無意味にしたのだ。言葉というプロジェクト全体を」。最近、これと同じような奇妙な言いまわしを読まなかったっけ？　そのページを凝視しているうち、めまいがしてきた。そして突然、登場する女たちの名前——Ｓｕｓａｎ《スーザン》、Ｎｏｌａ《ノーラ》、Ｇａｉｌ《ゲイル》、Ｅｖｅ《イヴ》、Ａｎｎｉｅ《アニー》——が動きだし、配列しなおされて、あるアナグラムとなった。Ａｇｎｅｓ《アグネス》と。

第五部　洞察力

第三十二章

二〇〇二年三月、ハバフォード、ポリー

「あいつに利用されないように、とにかくお母さんは気をつけてくれ。あいつは生活費を払っているのか?」ジェームズはポリーが作ったグリルドチーズ・サンドイッチを一口かじろうと皿に身を乗りだしたが、視線は母親に据えたままだった。

ポリーにとってその質問は、本当の心の状態を計るための、血圧計についた測定バンドのように感じられた。どんどん膨らんでいく。思っていることを告白しなければならないという、子どものころと同じ衝動をいまだに覚えた。たいていはそんなことをしなくていいとわかっていても、その衝動のほうが優位に立ちがちだった。ポリーは自分にとって不利になりそうな質問に答える前に、三つまで数えるという単純な方法をとることにした。とはいえ数える前にうっかり口を滑らせてしまう場合が多く、その方法が役に立たないことはよくあった。今回はこんな質問を予期していたから、心の準備はできていた。だいたいは。

「ジェームズ、あなたと同じようにノックスもわたしの息子よ。今、あの子は人生の困難な時期に

いるの。ノックスはいろいろと家事をやってくれるし、わたしにつきあってくれるわ」ほら。これが用意していた答えだったし、すらすらと出てきた。

「じゃ、お母さんが何もかも支払っているんだな。誤解しないでほしいが、うちの子どもたちのためにこれは指摘しておかなければと思う。お母さんがノックスに与える金は、ぼくの子どもたちの相続財産から引きだされていることをね。そのことを考えてほしいだけなんだよ、お母さん」

ポリーはスプーンを置いてジェームズをじっと見た。髭をきれいに剃り、襟のあるシャツに濃紺のカシミアセーターを着ている。結婚指輪をはめ、ディックのものだった鰐革のバンドがついたハミルトンの腕時計をしていた。ジェームズは水曜の夜と、ほかにもっと重要な用事がない場合には、週末のどこかの時間に食事をしに家に寄る。よい息子になろうと決めていたのだ。ポリーはジェームズを愛していたから、その決意がうまくいっていると信じさせておいた。でも、ジェームズはセオほどきちんと母親の話に耳を傾けてはくれない。それにここに来てからというもの、母親の暮しをもっと楽にする方法に気づくと、頼まれなくてもそのために行動してくれるノックスにもかなわなかった。ジェームズは自分が決めたスケジュールをこなすだけだった。ポリーが何か足りないものを告げると、ジェームズは激しく自己弁護し、実際には理解してくれなかった。アグネスが言葉に出したことは一度もなかったが、ジェームズを嫌っているとポリーは確信していた。アグネスにはある種の行動規範があり、それに従って生きてきた。決して言わないはずのことがあるのだ。ポリー自身がジェームズに嫌悪の感情を持ちそうになった瞬間、アグネスの反感が心に浮かぶことがときどきあった。ポリーはアグネスに救われていた。ジェームズに不信感を示すのは、アグネスとポリーのうち、どちらか一人でたくさんだ。

「ジェームズ、財産が信託になっていることはよくわかっているでしょう。たとえ使いたくても、そのお金をわたしは使えないのよ。使いたいとも思わないし」ポリーは残念な気持ちでサンドイッチに目をやった。これを食べるのを楽しみにしていたが、今はほかのものと同様、おいしくもないだろう。

ジェームズはうなずくのと同時に、疑うように眉を上げた。彼は母親を信じていなかった。きっと見張るつもりだろう。ポリーにはすべて見えてしまった。ジェームズにはただもう帰ってほしかった。ジェームズが来ると疲れきってしまうし、来ないでくれとは言えなかったが、彼の訪問を恐れていることにポリーはたびたび気づいた。すみやかに葬りさったものの、死ぬはずじゃなかった子どものほうが亡くなってしまったという最悪の考えが浮かんだことがあった。その思いが心の中で形を成したとき、ポリーはまさしく息をのんだ。それ以来、自分は善人だという自身の主張に疑問を持った。何十年も前に、アグネスがジミー・カーター元大統領について言ったことにポリーはしがみついた。妻のロザリン以外の女性に心の中で欲望を抱いたため、カーターが罪を犯したと見なされたことについて、アグネスはこう言ったのだ。「思考というものは本物だが、考えることは罪ではない」アグネスは断固とした口調で言った。「罪と見なされるのは行動だけだよ。もっとも、罪なんてものは存在しないけれど」。ポリーは自分の考えたことが罪でなければいいと思ったが、そんな考えが浮かんでからは、二度と前と同じ気持ちにはなれなかった。

「ノックスのことならわかっている」ジェームズは言った。「ジリアンがあいつを捨てたのは少しも驚きじゃないよ。ジリアンは別れる理由を一つしか言わなかった。同時多発テロ事件のせいで自分がもっと何かを、つまり、より広い人生を求めていることに気づいたと主張したんだったな。だが率直に言わせてもらうと、ジリアンははっきり言わなかったが、ノックスにも原因があるに違いない。あいつはつまらない奴だ。お母さんだって、ぼくと同じようにわかっているだろう。それに、あいつはたかり屋でもある。そのことが心配なんだよ」

「さっきも言ったけど、あなたの財産のことなら心配しなくていいのよ。わたしは喜んで、いたいだけノックスにいてもらうわ。大人になったわが子とこんなに多くの時間、一緒にいられる機会はめったにないものよ」

ジェームズはため息をついた。「お母さんは甘いんだよ。父さんなら、ぼくにお母さんの面倒を見てほしいと思うだろう」

「お父さま自身がわたしの面倒を見ているのよ」彼女は言った。「いつでもお父さまの声を聞けるわ」

ジェームズは疑わしげな目つきでポリーを見た。「わかった」

「今年は早く岬《ポイント》に戻りたいの」ポリーは言った。「あなたはいつ来るつもりか、考えている？」

玄関のドアが開いた。ノックスがひょいと入ってくると同時に冷たい空気が漂ってきた。ノックスはポリーの横に音をたてて郵便物を置いた。「ロバート・サーカムスタンスから手紙が来ているよ。まただね」彼はジェームズに視線を向けた。「母さんと彼は頻繁に文通しているんだ」

「そうなのかい？」ジェームズが訊いた。「なぜなんだ？」

「ロバートに手紙を書くことをお父さまがわたしに望んだのよ」ポリーは言った。「楽しいわ」

「お母さんには気にかけなくちゃならない自分の家族がいることを忘れないでくれよ」ジェームズは不機嫌に言った。

「忘れようとしても忘れられないわね」ポリーは返した。

＊＊＊

一月のいつごろからか、ポリーは力が湧いてきたことに気づいた。ディックについてあまり考えなくなったわけではない。前とは違った意味で夫を恋しく思っていた。物事をうまくやろうとする夫の不変の意志の強さが今は恋しかった。ポリーはそれについてロバートに手紙を書いた。ディックがまわりの誰に対してもすぐれた例を見せてくれたと、ロバートは書いて寄こした。

平和主義に関するディックの新しい論文はまだ見つけられなかった。論拠を書いた原稿はなく、覚え書きくらいしかない。ポリーはそうこうする間、出版するという観点から夫のほかの原稿を整理した。はっきりとはわからないものもあったが、カラーマーカーを使って原稿を分類した。できるかぎりのことをやるしかなかった。ディックの書簡は細心の注意を払ってすでに整理されていて、彼女はそれを読んでいるところだった。一般の人の関心を引きそうだと思った手紙は机の上の新しいフォルダーに入れた。ディックは息子たちに宛てた手紙のコピーもとってあり、夫のぎこちない愛情を思ってほほ笑まずにはいられなかった。彼は良識や助言を与えなければならないと感じていたようだ。そういう言葉を目にすると、ポリーは倒れそうな感じがした。バタン！

こんな作業やロバートへ手紙を書くこと、そしてノックスとの生活でポリーは手一杯だった。ロバートへの手紙は毎日書いた。さまざまな考えや見解が浮かんできたときにつけ加えているうち、一回の手紙には充分なほどの量になった。冬の間に手紙を出す回数が増えていき、内容の幅も広がった。彼女はいつも真の気持ちをごまかしてきたが、自分について正直になろうと思った。本当の感情を偽るまいと思ったのだ。「どうしたらうまくやり過ごせるかと計算しなくなるのは、すばらしい習慣です」とロバートは返事を寄こした。ポリーの意図とは違ったが、物事からうまく逃れたがる自分を監視しようと決めた。そして、逃げたいという衝動がいつもあると気づいた。このことをロバートに告白し、助けを求めた。「さっぱりわかりません！」とロバートは書いてきた。「しかし、いい衝動なら、そんなことはたいした問題じゃないと思いますよ」

最近、ポリーはフェローシップ岬《ポイント》に戻るのが待ち遠しいと手紙に書いた。今年は早く帰るつもりだ、ルピナスの咲く季節に戻りたいと。「ピンク色と藍色に染まったポイントの草原を歩いたことが一度もないんです」。郵便局のポストの投函口に手紙を入れたあと、自分がどれほど無神経だったかと思いあたった。ロバートは花などいっさい見られないのだ。庭について書くのはかまわない。ロバートが手入れし、大きくしてきたものだからだ。けれども、春のすばらしさについてくどくど書いたり、誰にとっても憧れの思いを引きおこしそうな〝草原〟という言葉を使ったりするのは話がまったく別だろう。それから二日ほど、ポリーは飲み物をこぼしたり、セーターに穴を開けたりした。次の手紙を書こうとしたが、一行書いては消し、また一行書いては消していた。もし、二度とロバートから手紙が来なくても、自分が悪いのだ。親切な衝動――まさにそのとおり！

でも、ロバートからはわずか五日後に返事が来た。こう書いてあった。「ルピナスを見るのが待ちきれないでしょう！」ポリーは声をたてて笑った。自分がそんなふうに笑えることを忘れていた、強い喜びに満ちた笑いだった。残りを読む前に、紅茶を淹れてソファに背中をもたせかけ、靴を脱いで両脚を上げた。こんな姿勢をとったことはなかったが、目いっぱい手足を伸ばしてもらうのを、ソファがずっと待っていたように思えた。クッションの一つを両膝の下に入れて調整し、すっかり寛ぐと、何度かゆっくりと呼吸した。子どものころにピアノ教師から命じられたときと同じように。そして、手紙の真ん中あたりに大きなニュースが埋もれていた。

〈まだ発表されていませんが、今回は大きなニュースがあります。最初にあなたに話したいのです。今、腰を下ろしていますか？　知らせを聞いてからぼくは座れないのですが、この先を読む前にあなたは座るべきです。座っているって？　オーケイ、じゃ、始めます！

ぼくはもうすぐ出所する予定です。判事が釈放を許可したのです。だからポリー、ぼくは自分の目でルピナスを見られるかもしれません〉

ポリーは息をのんだ。手紙を下に置いた。これはロバートのほかの手紙と感じが違った。何度も繰りかえして読んだ手紙とは違う。魂と魂とのやり取りといった感じではなく、現実からのメッセージだった。充分に理解しようとじっくり考えるまでもなく、たちまち意味がのみこめた現実からのメッセージ。思いがけないことであり、衝撃でもあった。

どう反応したらいいのか、よくわからなかった。映画に出てくる女たちの喜びは、よいニュースを広めようと通りや丘を走ったり、あるいは宙に飛びあがって靴の踵を打ち鳴らしたりする人物の様子で表現されることが多い。だが、ポリーの喜びは、少なくとも今のところは抑制されたものだった。厳粛な喜びとすら言っていいだろう。過去と未来の両方の時間が失われたという不安に圧倒されすぎていたので、先に来たのはロバートが服役していたほぼ二年間を嘆く気持ちだった。あんなむちゃくちゃな二匹のクサリヘビがいる小道にいただけで、ロバートは二年近くも刑務所で過ごす羽目になったのだ。ポリーは気分を変えようと目を閉じた。返事を書く前に気持ちのあり方を変えねばならない。けれども起こったのは、見ていないうちに空から明るさが消えたことだけだった。ふたたび目を開けると、窓の外の光景は変わっていたのだ。ガラスケースに陳列されたようにさまざまな木々が並んだ光景から、壁についた濃い灰色の染みのような光景に変わっていた。明かりをつける時間だった。靴を履かずにストッキングだけの足で絨毯を歩いていると、火花が上がるように感じた。自分よりも絨毯のほうが祝福の気持ちを表せているらしいのは、なぜだろう？

ポリーはオムレツを食べてディックに話しかけた。自分の声が聞こえるところに彼がいないことは充分わかっていた。けれども、ディックと話すように、自分自身に話すことがよくあった。ディックなら、ロバートの濡れ衣を完全に晴らすことをなおも求めるだろう。ロバートのためと、ディックの見解と反対運動の正当性を示すために。ロバートへの不当な仕打ちのせいでディックの胸は張りさけた。ロバートが自由になるというニュースを聞いたら、アグネスがどんな反応をするだろうかとポリーは思った。電話をかけてくる？　そうならいいけれど。ポリーはアグネスに宛てた手紙を何通も書いたが、出さなかった。正しいことをしているという気持ちと、おじけづく気持ちがあったし、行動を起こすのが怖かった。ポイントで互いの家が近いことが、仲直りに役立つのではないかと期待した。アグネスもポリーも友達づきあいをしないわけにはいかないほど年老いているのだ。喧嘩は新しい人々と出会う時間がある人たちのためのものだ。

こういう考えは単純で明快だったが、容易には説明できず、何なのかも言えない、もっと微妙な思いもあった。もしも複雑な思考に精通していたら、ポリーにも理解できたかもしれない。ロバートの状況が変わったことで起きそうな変化によって、これまでの日常から自分が引き離されそうだという思いを。ロバートが刑務所にいたから、彼が自分の生活の中心になっていたのだと認められたかもしれない。見捨てられそうだという虚しさを感じる今、この痛みを言いあらわすのにふさわしい言葉を知っていればいいのにと思った。この二年間で二度目になるが、彼女は選びもしなかった未知の世界に投げこまれていた。〝これはよいニュースなのよ、すばらしいニュースよ〟と自分に言いきかせたが、喪失感を覚えた。ロバートとの文通を愛していたし、それが終わることを考えたくなかった。自分が何者かをペン先で発見するのに費やす静かな時間や、ポリーのことを知ろうとしてくれるロバート。こういうものをそれまでの人生で経験したことがなかった。こんな身勝手な考えがポリーのあばら骨を圧迫し、苦しめる。片手でそれを押しかえした。わたしは心臓発作を起こしているの？

違う。心臓発作なら見たことがあった。

ポリーは立ちあがって部屋を歩きまわり、考えた。

これからロバートはどうなるのだろう？　彼が職に就けないだろうとディックが言っていたことを思いだした。ロバートは重罪を犯した人なのだ。重罪犯は普通の暮らしを送るのが難しくなるような決まりがあった。ロバートは自宅を売った。釈放されたとき、住む場所もなく、一人きりになるだろう。

これまで黙って人に従うのが習慣だったから、こんな問題はもっと頼りになる人に任せればいいという思いが頭をもたげた。でも――でも――一人で暮らしているうち、ポリーは自分に知性があることをかつてないほど理解するようになった。ポリーはいつも思いやりがある態度をとる人として知られてきたが、それは本当の意味での道徳規範や理想主義の表れではなかった。生まれつき備わった、単純なバランス感覚の表れだったのだ。花を生け、部屋に家具を配置することが彼女にとっては簡単なのと同じ感覚だった。ポリーは身のまわりに起こることの調和も保った。ポリーをいい人と思いこんでいるロバートの考えをどうしても正さねばならない。かつてのエルスペス・リーのような善人とは違うのだ。でも、心の平静を求めることについては信頼してもらってかまわない。

　突然、鏡に映った自分を見たくなった。世間の人の目に映っているように、自分の全身を見たい。孫娘のマディから、ラクダみたいな瘤《こぶ》があるねと言われたことがあった。義理の娘《DIL》たちがマディに腹を立てたので、その言葉が本当だとわかった。でも、どれくらい真実だったのだろう？　家の中でもっとも大きな鏡、つまり全身が映る唯一の鏡はダイニングルームのサイドボード上に横に置かれた一枚ガラスのものだった。今は頭のてっぺんがやっと見えるくらいだ。だが、ほかに選択肢はなかったから、椅子に膝で上り、さらにテーブルに上ろうとした。うまくいかなかったのでディックの杖を取り、それをついて体を椅子の上に引きあげてから、もう一歩上のテーブルに上がった。テーブルの真ん中、天井から下がっているシャンデリアのすぐそばに立ち、横を向いた。ある。瘤があるのは否定できない。背筋をぴんと伸ばそうとし、少しはうまくいった。でも、傾きたがっている腱や骨をまっすぐに保とうとすることにたちまち疲れてしまった。人生のほとんどの間、こういう人だったというポリーは消えてしまい、二度と会うことはない。なんて奇妙なのだろう。彼女は何をしたらいいかもわからずにテーブルの上に立っている、年老いて背の曲がった女だった。楽しみや平和を確実にもたらせるようにと、人々の間でバランスをとるおもりのような役割を果たして人生を送ってきた人間。けれども、今はとても孤独で、親友は刑務所にいる文通相手だけだった。

ポリーは鏡に向きあって目を閉じた。「自分を評価してみなさい」声に出して言った。弟に両親に友人にディックに子どもたちに孫たち——関わってきた人々だ。ヘイスティングズの戦いが起こったのは一〇六六年。赤と青を混ぜると紫色になる。IはEの前に来るが、Cの後ろは例外（英語の綴りを覚えるための覚え歌）。目を上げて、わたしは山々を仰ぐ、わたしの助けはどこから来るのか（旧約聖書『詩編』百二十一篇からの引用）。フランス語で「あなた」を表す「vous《ヴ》」は改まった言葉で、「tu《テュ》」は親しい人に使うもの——どれも学校で学んだことだ。学校に大学にフィラデルフィアにメイン州——自分の居場所。愛についてはどうだった？　情熱については？　かつて少女だったころ、学校で年上の少女を崇拝したことがあった。それからもう少し大きくなると、ある少年を崇拝した。何十年もの間、そういった恋はお守りとして心にあり、人間がどれほどの高みに達することができるかを思いださなければならない場合、頼りにしたものだった。けれども、わが子たちがそういう人生のステージを経験するのを見まもっていると、幼いころの恋愛は真の意味で他者を理解するというよりは、自分自身を理解するものだったことに気づいた。いまだにポリーは自分自身を見つけだそうとしている。

　今はディックと子どもたち以外の記憶を一掃する時期ではないかと思えた。あらゆる考えを手放すときだ。あらゆる宗教、政治、哲学、科学、人間のあらゆる理論を。今そんなものが必要なはずはない。自然は残りつづけるし、思い出もそうだろう。ほかに何が必要だというのか？　祖母の玄関ホールのレモンとラベンダーの香り。ブラウスを突きさした松葉。吹きとばされそうになった、山頂での風。ディックとのセックス——あれは楽しかった。子どもが生まれてくるのは男の楽しみからであって、女の楽しみからではないと書かれたものをどこかで読んだことがあった。けれども、ポリーが楽しんでいる最中に子どもたちが作られたのだ。

疲れすぎて落ちそうな気がしたので、ディックの杖を最初は椅子に、それから床についてテーブルから下りた。ばかげていると思ったが、声に出してディックに話しかけた。「ディック、あなたはどう思う？　メドウリーで暮らさないかと、ロバート・サーカムスタンスに申し出るとしたら？」。静かだった。ポリーの頭の中には何の声も聞こえず、一言の返事もなかった。ディックは理想を実現するためにどれくらい努力したのだろう。ポリーは考えようとしたが、まるでわからなかった。大学生のころの子どもたちにディックは小遣いをやらなかったから、彼らは夏のバイトの稼ぎを小遣いにすることを覚えた。それなのに、ディックは勤務先の大学の掃除婦に、子どもの授業料を払ってやっていた。でも、それはお金の問題だ。関係の近さの問題ではない。

ベッドに入って、もう一度ディックに尋ねた。マットレスの向こうに手を伸ばし、彼が寝ていた場所に触れた。「ディック、わたしはどうしたらいいの。教えて」

彼は何の答えもよこさなかった。決断はもうポリーに委ねられていた。

五月、ポリーはポイントに着いて間もなく、家政婦のシャーリー・マッケランの助けを借りてルッカリーにある家の一軒をきれいにし、いくつか手を加えた。ロバートはメドウリー自体には住もうとしないだろうが、ルッカリーなら住んでもいいと納得するだろう。彼は家の修繕をして自活すればいい。そのことでロバートと議論しても仕方ないし、どっちみち修繕は必要だ。もはやこの家はほとんど使われていなかったし、放置された家にありがちなように、いかにもほったらかしにされている感じだった。修繕できることに興奮しているとロバートは手紙に書いてきた。長い間仕事をしていなかったから、手がうずいていたのだ。

ロバートが釈放される日の朝、ポリーは早起きしてルッカリーの家をふたたび点検した。一度思いついてからというもの、この計画があまりにも重要になってしまい、老女の自分が刑務所まで車を一人で運転していくということがまったく頭に浮かばなかった。〝正気の沙汰じゃないわ〟と彼女は思った。〝さんざん失敗しそう〟。けれども、運転しているうちにリラックスしてきた。刑務所への道にはメイン州のほかの道と同様に、白い下見板張りの家や古びた納屋が並んでいた。人が住んでいそうな家もあれば、腐って傾き、まだ建っているのが不思議だというものもあった。こういう家々はよそから来た者にはどう見えるのだろう？　旅行者の目には？　ポリーには美しく見えた。多くの絵画のテーマになったのも無理はない。ポリーは道路沿いの売店に目を留めた。まだ販売を始めていないが、準備をしている。ルピナスが咲く野原や干し草が積まれた畑もあった。うまく運転できると自分に言いきかせなければ、ポリーは上手に運転できた。自分が運転できるかもしれないとディックが考えたのはばかげたことだった。あの最後の朝じゅう、ディックは頭がはっきりしていたり、ぼんやりしたりしていた。今になってみれば、脳に血液が行かなくなっていたことは明らかだったし、話し方や行動もそれを反映していた。当時、そんな言動をポリーは心配していたが、間違った理由からだった。そういうことはよくあるのだろうか？

「スーパーマックス」（もっとも警備レベルが高い刑務所）では気まずさや落ちつかなさを感じると思っていた。刑務所をそんな言葉で呼ぶなんてどういうつもりだろう？　ポリーはそこをばらばらにしてしまいたかった。自分にもっと言葉を操る能力があればよかったと願った。そうすれば、そんなに人間味のない建造物のせいでどう感じるかを、自分自身にも説明できたのに。この言葉には残酷さがあった。追放を示していた。こんな場所やここと似たようなすべての刑務所は、一人の人物や一人の考えから生まれたものではない。全体的なシステムだった。ここで無実なのがロバートだけでないのは確かだ。それだけでなく――本当のところ、こんな環境に何人の有罪の人間がいるのだろう？　彼らやその家族にどんな利点があるの？　一瞬の過ちの償いを何年もかけて少しずつさせられるのだ。無意味なことだろう。

ポリーは長い間待った。釈放に伴う書類が数多くあるに違いなかった。まわりではさまざまな活動が行なわれていたが、観察する気にもなれなかった。大事なのはここを離れて二度と戻ってこないことだ。とうとうロバートが出てきてポリーと握手し、二人はぎこちなくハグした。ロバートは前よりも痩せて老けていたが、大きく変わったところはなかった。もっと優しい世界に戻ってくるのを助けたいという願いを込めて、ポリーは彼に優しくほほ笑みかけた。もっとも、彼をここに送りこんだのはその優しい世界だったのだが。ロバートは消毒液のにおいがした。そして服は――いったい、この服は何なの？　こんなの侮辱じゃないの。

「あなたの家は用意できているわ」

だが、ロバートはすでにそのことを知っていた。あらゆる細かい点まで手紙で話しあわれたのだ。アグネスも知っていると、彼はもうポリーに伝えていた。「ありがとうございます」ロバートは言った。彼はダッシュボードに手を触れ、座席をさわった。ドアの取っ手に触れ、床のマットに足をこすりつける。「感謝しています」

「その言葉はもう言わないでちょうだい」

ロバートはうつむいてうなずいた。長い間、下を向いたままだったので、泣いているのかもしれないとポリーは思った。彼のプライバシーを侵害しないように、ラジオをつけた。そろそろいいだろうというほどの時間が経つと、車を道路脇のレストランに乗りいれて停めた。「わたしは興奮しすぎて朝食抜きだったの」完全な真実ではなかったが、嘘でもない。

　ロバートははにかんだような微笑を見せた。「ぼくもです」

　二人はボックス席に落ちついて注文した。ロバートはツナメルトサンドイッチ（ツナとチーズを食パンではさんでトーストしたサンドイッチ）を頼んだ。「こういうのは刑務所で出ませんからね」ふざけたように言った。ポリーはテーブルの上にあるすべてを味わうかのように眺めた。ナイフにフォーク、ケチャップ、小袋入りの砂糖、花が生けてある小さな花瓶。こういったものを自分も奪われていたような目で見た。

「やってもらいたいことがたくさんあるのよ」ポリーは言った。色や光の洪水のせいで、軽くめまいを感じていた。

「ほかの作業員がいい仕事をしたんじゃないですか？」ロバートは口を大きく開けて一口ツナメルトを嚙みきると、ポリーがいることを思いだして、もっと控えめに食べた。

「ええ、でも、あなたが帰ってくるまで改装しないでいたの」

　ロバートは小声でうめいた。サンドイッチが気に入ったのだ。

「ほかの料理もどうぞ」

「時間があるなら、いただきます」ロバートはライ麦パンのローストビーフ・サンドイッチとバニラミルクシェイクを注文した。気分が悪くならなければいいけれど、とポリーは思った。こういう状況では、車を速く走らせたほうがいいのだろうか？　それとも、ゆっくりのほうがいい？

「まだ遊歩道を作ろうと思っているんですか？」ロバートは尋ねた。

「それを話しあいたいの。いくつか新しい思いつきもあるのよ」

ロバートはにやりと笑った。「きっとそうだと思った」

ケープ・ディールに着くと、ポリーはロバートのかつての家の前を通る道をわざと避けた。彼は道が間違っていると訂正しなかった。いずれはそこを通れるようになるだろう。

「先週、また鷲が殺されたの」ポリーは言った。「撃たれて羽根をむしられたのよ」

「ううむ」ロバートは言った。「手を打ちますよ」

「あなたならやってくれるわね。ほかにも話さなければならないことがあるの。手紙では言いたくなかったのよ。アグネスとわたしは喧嘩をしたの。九月からずっと話していない。彼女から聞いたかもしれないけれど」

「いえ、聞いていません。それは残念だな」

車がポイントパスに入ると、ロバートは膝の上で組みあわせた両手をぐるぐる回した。「なんて美しいんだろう」

「そうね。ルッカリーに着く前に道をひとまわりしたほうがいい？」

彼はうなずいた。途中で、ロバートはアグネスの家の花壇や低木をちらっと見やった。

「いつものように彼女のところの世話もしなければいけないわ」ポリーは言った。「わたしたちのもめごとは気にしないで」

「ありがとうございます。でも、喧嘩はそう長く続かないと思いますよ」

「アグネスがどんな人か知っているでしょう。ものすごく頑固」

「ぼくはお二人とも知っていますよ」ロバートは眉を上げた。

「笑えないわね。まあ、今にわかるわ。あなたが幸運をもたらしてくれそうね」

「幸運に関しては冗談も言えないな」

二人はサンクのそばにしばらくいてから、ゆっくりとルッカリーに戻っていった。ポリーはロバートに家を見せ、自分が追加したテレビや読書用の椅子や書棚といったささやかな贅沢品についてはロに出さないように気をつけた。そして、ロバートが元気を取りもどせるようにと立ちさった。ロバートが戻ってこられたのだから、ポリーはもっと元気にならなければならなかった。これはいいことだった。とてもとてもいいことなのだ。

第三十三章

二〇〇二年七月、リーワードコテージ、アグネス

アグネスはその日の朝に書いた原稿を集め、ペーパーウェイト代わりの、浜辺で拾ったピンクと灰色の斑点がある石で押さえた。執筆用の日誌に何をどれくらい書きあげたかを記録し、明日書きたいことをメモした。また仕事に戻れたのはすばらしかった。少女探偵のモード・シルヴァーに感謝だ。アグネスはもう七カ月近くこの原稿に取りくんでいて、『フランクリン広場の女たちは聞く耳を持たない』は形になってきていた。

感謝祭の時期にリッテンハウス広場のアパートメントにモードを一人で泊まらせたとき、こんなふうになるとは予想もしていなかった。アグネスはモードの力になりたかった。彼女を導きたかった。だが、自伝は書きたくなかったのだ。

相手のことを考えるほど気に入った人にアグネスが会ったのは数十年ぶりで、モードには興味をそそられた。アグネスはモードの母親のためにできるだけのことをした。モードが果敢にハイディを世話しているらしい様子に感服した。アパートメントで食事をたっぷりと用意してもらったモー

ドが、一人で寛いでいる姿を想像するのは喜ばしくもあった。アグネスはモードが滞在している時間について細かく検討した。モードが考えそうなことを予想してさらに気を配った。執筆について書いてあったノートのページを用心深く取りのぞいた。だが、寝室の書棚に置いた〈フランクリン広場〉シリーズのことまでは考えがまわらなかった。

モードはアグネスのアパートメントから帰るなり電話をかけてきた。電話は好きじゃないとはっきり申しわたしていたので、アグネスはこれが重要なことに違いないと推測し、シルヴィから受話器を受けとった。

「こんにちは、アグネス」

「こんにちは、モード」

「それとも、こう言うべきかもしれませんね。『こんにちは、ポーリーン』って」

アグネスは凍りついた。しばらく二人の間に重苦しい沈黙が漂った。アグネスは否定して異議を唱えようかと考えた。でも、それが何になるだろう？

「どうしてわかった？」アグネスは訊いた。

「名前のアナグラムです。Annie《アニー》、Gail《ゲイル》、Nola《ノーラ》、Eve《イヴ》、Susan《スーザン》」

アグネスは心底から仰天していた。「考えもしなかったよ」

「意図的にそうしたわけじゃなかったんですか？」

「違う。もっとも、そのことを思いつけばよかった。もし、腰が抜けそうなほど驚いていなかったら、自分がアナグラムを考えたというふりもできたのに」

「あ然としました」モードは言った。

「それはわたしにも言えること」

「質問が山ほどあるんです」

「今すぐ答えられるかどうか」アグネスは一階の図書室にいた。書棚を見たが、どの本の題名も読めなかった。まだ五時にもなっていないのに、外は暗くなっていた。

「誰にも話しません」モードは言った。「絶対に。そのことを知ってもらいたくて」

「ありがとう」やれやれ。こんな事態になるとは思いもしなかった。すぐには頭が働かない。めまいがしそうなニュースだったのだ。

「あの本を全部、あなたが書いたなんて信じられません！」モードは言った。「本当に気に入ったんです。それどころか、すっかりはまってしまって、全部読みました。ずっとあのシリーズに取りくんでいたんですか？」

「そうしようとはしていたね」あのシリーズについて話せるとは、なんて奇妙なのだろう！

「怒っていますか？」モードは尋ねた。

「さあ、どうだかわからない」

「そうしようと思って突きとめたわけじゃないんです。ただ、頭に浮かんできてしまって。あのアナグラムが。そのことと、アパートメントにあった唯一の本があれだったという事実から……」

「なるほど」今ではアグネスも理解できた。モードのような人が現れるのを待っていたのだろうか、と思った。彼女のような人間に何か手がかりを植えつけたらどうなるかと。それとも、無意識のうちにアナグラムを作っていたのか？　ある意味で自分の名を本に刻めるように？

「あなたのノートも読みましたよ」

「へえ?」そのことを忘れていた!

「わたしが読んだことはわかっていますよね。とても感動的でした。ナン・リード! 彼女は完璧な芸術の女神ですね。ナンのことを思って、あれだけの本を生みだしたのですよね。それに、彼女はクレミーと同じ年だった。だから、ナンの姿をはっきりと思いうかべられたんです。実を言うと、わたしの心の中ではナンとクレミーが一緒に走っているような感じで。だから、ナンの事故にはぞっとしました」

「ああ、すまなかったね」ノートを送ったとき、アグネスはそんなことまで考えが及ばなかった。

「大丈夫です。あなたが話したくない事実は明らかにしないでも、ナンのことを書く方法は見つかると、本当に思っています」

「わたしはそんなことが無理だと確信している。どの事実も明らかにしたくないからね。それがわたしの主張だった。わかってもらえると思ったのにね」また、この話に戻るわけ?

「衝撃的な話はありませんよ。バージルについてはただナンの父親であると書くだけで、それ以外のことには触れなくていいんです。『不等辺』は出版されたんですか? まだ調べてみる機会がなくて」

「出版されなかった」

「残念でしたね」

たしかに。アグネスはその本を救いだそうとした。だが、彼女の感性はバージルの感性とあまりにもかけ離れていたので、確信を持って作品に介入することはできなかった。バージル・リードの本は出なかったのだ。

「これからのことを決めなければなりませんね」モードは言った。「こうしてすべてが明らかになったわけですから」

「これからのことか。一億ドルに値する質問だ」

今後について考えるということで意見が一致し、二人は電話を切った。モードがアグネスと協力して『フランクリン広場の女たちは聞く耳を持たない』を出すという計画がだんだんと形になった。いい方向に進んだら、アグネスは匿名のままで、〈フランクリン広場〉シリーズを出している出版社にモードを紹介する予定だ。モードに編集の仕事を引きうけてもらいたいという条件をつけて。自分が知っている出版業界の事情からすると、新しい地位を得る方法としてはあまり見込みがなさそうだとモードは言った。それでも、試してみたほうがいいということになった。もし、すべてが丸く収まったら、自伝についてもう一度考えてみるとアグネスは同意した。それは妥当な賭けだった。そのころまでには死んでいる可能性が高いから、自伝なんて書かなくてもすみそうだとアグネスは思った。

ポートランドの医師のところまで車で送っていくと、ロバートはアグネスに言った。このごろ、彼女は願っているほどロバートと過ごす時間がなかった。寛大な気分になっているときは、ロバートがポリーと親しくしているのを喜んだ。ポリーはアグネスと違って、男がそばにいなかったら、どうしたらいいかわからないのだから。だが、腹が立っているときのほうが多かった。

街までの道の半ばくらいまで来たとき、ポリーの家族がやってくる予定だとロバートは告げた。

「いつ？」アグネスはジェームズが両手をズボンのポケットに入れ、支配者さながらの態度で歩きまわる姿を思いうかべた。

ロバートは眉を寄せた。話を途中でさえぎられることが好きではなかったのだ。

「八月の初めですよ」

「ジェームズはウェスターリーに滞在するの？」

「いつものことじゃないですか」

「まあね。でも、今では不吉だよ」

「ずいぶん強い言葉だな」

「ああ、もっと強い言葉を考えていたけれどね」

「ジェームズは岬《ポイント》を愛していますよ」

「開発したいと思っていなかったら、愛していないはずだ」

「ポリーの話では、開発の計画などないとジェームズは断言しているとか」

こと男に関してはポリーはだまされやすいからねと言おうとして、アグネスは思いとどまった。その言葉をロバートが客観的に聞けるはずがあろうか？

「そのころわたしの友人もこちらに着く予定だよ」モードが一緒に仕事をするため、またやってくるのだ。ポリーはそれを知っていただろうか？　ロバートは？　アグネスはモードにポリーと連絡をとることを禁じてはいなかった。そこまでする権限はない。そんなことをすれば、ポリーは自分が倫理的に正しい行動をとっているとして事実をねじ曲げ、被害者面をするだろう。アグネスはとりわけそういう態度が嫌いだった。さらに嫌いなのは、そんな態度がいかにも女らしいとされることだ。被害者ぶることが本質的に女らしいやり方だとは思わなかったからだ。被害者だと思ってしまうことは女の力をゆがめるもので、痛みに伴う怒りが裏返されてしまう。口を閉ざした妻、背を向けて立ち去り、がっくりと膝をついた女は完全に心が打ちくだかれた状態なのだ。アグネスはポリーにも自分にも、自己憐憫の感情など引きおこしたくなかった。

ロバートはアグネスを車から降ろし、用事をすませに行った。彼女はがん患者たちと待合室で腰を下ろしていた。これは自分の想像なのか？　それとも、本当にここの患者は、アグネスと同様にフィラデルフィアの大学病院の診察室にいた患者たちほどはみじめに見えないのか？　ここでの主治医のウィリアム・オズワルドは、二次治療を行なうがん専門医と同じように医療を重視していたが、化学療法プロトコールや手術に関する知識があるだけでなく、患者やその生活についての強い好奇心も持っていた。患者の治療には何が最善かを見つけだすためだ。アグネスのケースでは、化学療法を見送るべきだと彼は二回、主張した。それよりは新鮮な食べ物、新鮮な空気、睡眠のほうがいいと言ったのだ。フレンズ病院の方針とほぼ同じだった。毎日のように仕事をしたり戸外に出たりできるくらいの体調でいるためなら、統計的にがん再発の数値が高くなるリスクを負うほうをアグネスは好むと、オズワルド医師は見ぬいていた。この前のがんのとき、彼女は統計値など打ち負かしてしまった。今度もアグネスは手術をして、野菜をとるという方法を選んだ。

成功例ばかりではありませんよと、医師は慎重にアグネスに告げた。もしも、〝成功〟という言葉を治癒や最大寿命の意味でとらえるならばですが、と。とはいえ、その方法で、多少なりとも普通の生活にすばやく戻ることができた。自分と同じ選択をした患者もいるに違いないとアグネスは思った。彼らは元気旺盛には見えなかったが、毒を盛られた人間というふうにも見えなかったのだ。

アグネスは採血のために呼ばれた。診察で何よりも嫌いなものだが、腕から血が取られる様子を冷静に見ている彼女の顔からは、誰にもそんなことがわからないだろう。今日の血液は黒に近い色に見えた。いいことなのか？　悪いことなのか？　採血する看護師《フレボトミスト》に尋ねたほうがいいのだろうか？　フレボトミストなんて四音節の単語は珍しい。まあ、気にしないでおこう。もうすぐ結果はわかるだろうから。

それから、また座って待つことになる。アグネスはかばんから最新の原稿を引っぱりだし、鉛筆を捜した。無駄にする時間はない。今ではモードと取り決めをしてあった。アグネスは毎週月曜に原稿を送り、モードはそれに手を入れて次の日曜に送りかえすというものだ。その手順を何度も繰りかえすことになる。

アグネスは第七章に取りくんでいた。今や八十代になったヒロインたちはまた少女に戻った。彼女たちの誰に対しても、アグネスは優しく寛大な気持ちを持っていた。若かったころのアグネスは今よりもはるかに批判的で、残酷なくらいに彼女たちをわざと嘲った。読んでみた小説の書き方に関する本にあった、自分の登場人物を愛することがもっとも重要だという助言を無視した。いったい愛がどう関係するというのだ？　〈フランクリン広場〉の女たちは、アグネス自身が間違った選択をしないためのお守りだった。アグネスは結婚することを想像したり、せいぜいのところ、珍しい存在としか自分を見てくれない上司たちの下で銀行員として働くことを思いえがいたりした。せいぜいのところ、とは！　フィラデルフィアじゅうの女たちから聞いた話は、穏やかな戸惑いの目で見られるなどということよりもはるかに悪かった。アグネスはそういう話を書き、調査し、兄弟愛の街であるフィラデルフィアの偽善や性差別や人種差別を暴いた。

アグネスは自分の著書が戒めを与えるものだといいと、いつも願っていた。〈フランクリン広場〉の女たちの失敗から、多くの実在の女が学んでくれるようにと。彼女たちの失敗は態度に関するものが多かった。仕事を静かにこなしても、女が真の意味では報われないことを明らかにするため、アグネスは多くの時間を費やした。いつか、誰かがそのことに気づいてくれるといいと思った。「ディックはわたしに感謝しているのよ。それを表せないだけなの」ポリーはよくそう言ったものだった。アグネスは、ディックが賛同を得たい人々のご機嫌取りをしているところを見たことがあった。感謝の念を示して利益がありそうなときなら、ディックも謝意を表せたのだ。ポリーは自分の努力を自分で褒め、夫が感謝してくれなくても大目に見た。やがて、ディックはポリーの努力に気づけないのだということにされた。男は女と同じように文化が作りだした存在で、期待されたとおりの行動をとる。そこには女の奉仕を当然のものと見なすことも含まれる。だが、男たちは別の選択もできた。女も同様だ。それを指摘することがアグネスの役割だった。

というか、全盛期にはそうだったのだ。

アグネスはヒロインたちにかなりの経験をさせたし、彼女たちはいまだに戻ってくる。朝になれば書斎にさ迷いこんできて、原稿にペンを走らせるようにと促すのだ。彼女たちは相変わらずさまざまな要求をした。年老いてはいたが、まだ終わってはいなかったのだ。アグネスは彼女たちが成長しつづけている姿を表現したくてたまらなかった。こうして毎日、机に向かっている今、何をしてあげたらいいかとヒロインたちに尋ねた。〝今日はどんなことを考えたい？　どこへ行きたい？何を思いだしたくて、誰を恋しく思っていて、何を学びたいの？　要求を話して。あなたたちの役に立ってあげるよ、女の子たち〟

自分がポーリーン・シュルツだということを誰かに知られてうれしいと、アグネスは認めないわけにいかなかった。いや、誰かではない。モードだ。もうわかったことだが、意識していなかったものの、モードこそ彼女が必要としていた人だった。モードは理解した。完全に理解してくれた。どうしてそんなことが可能なのかはわからなかったが、理解してくれる理由はわかった。モードは書くということに心の底から真剣に関心を抱いていた。モードは可能性を感じる力があり、作家の無意識や個性や意思といった金床の上で想像力が叩かれることで現れる不思議な錬金術を本能的に理解していた。自分で執筆することには興味がなかったが、モードは何が盛りこみすぎで、何が足りないかを見ぬく才能があった。助けになってくれた。モードならアグネスの秘密も守りつづけるだろう。アグネスはそう願っていた。

アグネスは完成するまで誰にも原稿を見せたことがなかったが、今の過程を本当に楽しんでいた。作家というものがそうであるように、アグネスは自身の作品の編集者でもあろうと自分を訓練してきた。だが、書いている途中でさまざまな質問ができるのは信じられないほど有益で元気づけられたし、どんなプロットに発展させられるかと議論したり、別の角度から見てくれたりほかの人間がいることは役に立った。アグネスはモードに編集する方法を教えていた。モードは編集することを意識し、ある場面やある章の不備な点を指摘する方法や自分の回答をもっともよく伝える方法について山ほどの質問をした。昔ながらの優れた編集者になりたいというモードの野心に、アグネスは胸を打たれた。親密さと誠実さを兼ね備えたいという願い。作家の心の奥にある意図や能力を真に理解し、そういうものを育《はぐく》んで原稿にさせ、理路整然とした美しい作品にするために。なんて高尚な行為だろう！　人間の努力の頂点に来ると言っていい。アグネスは人間以外の動物の知性に一目置いてきた。けれども、人間と動物を明らかに分けている部分はあったし、その一つが本の執筆と編集だった。

モードは約束を守り、自伝の話題をいっさい出さなくなった。すると、意外でもなかったが、アグネスは自伝のことを前よりも考えるようになり、もっと詳しく書くべきかと悩んだ。今のところ詳細なものにするつもりはないが、拒否する声は以前ほど大きくなかった。

診察室という聖域へのドアが開いた。じろじろ見るまいと思ったのに、アグネスはちらっと視線を走らせてしまった。まずは車椅子の足載せ台に置かれた足が現れた。彼の車椅子を押しているのは、看護助手というよりも娘に見える女だった。看護助手ならパンツを穿いているものだ。娘らしき女はスカート姿で、ストッキングとトップサイダーのデッキシューズを履いていた。父親は末期状態だった。もう長くはないだろう。痩せこけて灰色に見え、頭は横に傾いている。娘はクローゼットから二人分のコートを取った。

「大丈夫よ、お父さん。さあ、これを着て。外へ出るからね」

彼女は父親の肩にコートを掛けた。コートが触れ、背中を覆えるようにと少し前かがみになったせいで、彼はうめき声をあげた。彼らの背後に看護師が現れた。

「ミセス・リー？」

「ミスですが」

アグネスは立ちあがった。立つのはもはや簡単ではない。とにかく、あまり簡単ではなかった。でも、あの男よりはましだ。

車椅子を押す娘とアグネスの視線が合った。同情のまなざしを向けるつもりだったのに、娘は哀れみの目でこちらを見てきた。まあ、当然だろう。いつも娘の立場で考えたくなるが、自分はあの父親と同じ部類ということだ。

看護師に続いて検査室に入った。「体重を測りましょう」

アグネスは靴を履いたまま体重計に乗った。ほんの少しでも体重を減らすために服を脱ぎ、ブレスレットすら外した日々ははるか彼方だった。

「五十九キロ」看護師は言った。カルテを見る。「一キロちょっと減りましたね」

「ビキニの季節ですからね」アグネスは言った。

返事はなかった。アグネスは雑誌に掲載する自分のエッセーのタイトルを思いうかべた。〈がん専門医の診察室：ジョークが死ぬところ〉

「ブラジャーとパンツ以外はすべて脱いで、開いている部分を後ろにしてガウンを着てください」

「パンツというものは履いていませんよ。下着ならつけていますが」

ふいに看護師はアグネスをまじまじと見た。本物の人間を相手にしていると気づいたかのようだった。「違いがありますか？　わたしは知りませんけれど」

「パンツは男向けのもの。下着が女向けのものです」

看護師はうなずいた。「それなら筋が通りますね。たぶん、わたしは両方持っています」

「あなたの下着用引きだしの状態を教えてくれてありがとう」アグネスは言った。

看護師は真っ赤になった。

「ごめんなさい」アグネスは言った。「わたしには人をからかうという英国人の遺伝子があってね」

だが、もう遅かった。看護師は断固とした口調になった。「お医者様はすぐ来ます」

アグネスは服を脱いだ。詳しいことを小説に書くうえで、自分のあらゆる行動を参考にする段階に来ていた。診察室で服を脱いでいるアグネスは自分ではないか、あるいは単なる自分以外の存在だった。しかも、自作に登場する人物の一人でもあった。足首からスラックスを取りさろうとかがんだときに背中がこわばる感じを観察した。オズワルド医師が見る場合に備えて服を慎重にたたんだ。きちんとしていれば、彼は自分を生かしてくれるだろう。それから、壁にかかった数点の絵を見た。ありがたいことに、診察室には内臓の図とか薬の広告が貼られていない。あるのはメイン州の風景画だった。

「メイン州を愛している」声に出して言った。「フェローシップポイントを愛している。どうか永遠に存在しますように」

アグネスの言葉を耳にしそうな人はいなかったが、声が聞こえても誰も気に留めない年齢に達しているはずだった。

アグネスにはビルという愛称のほうが馴染みのオズワルド医師が入ってきた。握手をしながら彼女の様子を注意深く見ている。アグネスは診療の早い時期に、患者を実際に観察することによって治療するという昔ながらのやり方についてオズワルド医師と話したことがあった。一部は医師の経験から判断し、一部は患者の体がどんな具合かを感じとる直感を利用するのだという。

「わたしの前にここにいた男性を見かけました」アグネスは言った。「彼は本当に治療を続けたがっているんですか？」

「彼の体が求めているんですよ。体が生きたがっているのです。生きつづけるために体がどんなことに耐えられるかを知ったら、きっと驚きますよ」

「あんなふうにわたしを生きながらえさせないでほしいですね」

医師はそっとアグネスの体の触診を始めた。いつも指で脈を診て、内臓の触診をしてから冷たい聴診器を肌に当てる。オズワルド医師は、アグネスの体が価値あるものだとはっきり伝えた数少ない人間の一人だった。それはアグネスが自分のために医師を判断するおもな基準となった。

「あの患者がどんなことを感じているか、あなたにはわからないでしょう」

「あれほど重症なように見えるのもいやです。娘さんが気の毒でした」

「そうですね。近ごろの彼女はあまり楽しくないでしょう」

「わたしもあんなふうでしたよ。十五年ほどね。好んで介護をしていたわけではありませんでした」

「わたしはこんなことを四十年近くやっていて、しかも好んでやっていますよ」医師が傷跡をとてもさりげなく調べていたので、アグネスは体を侵害されているとほとんど感じなかった。

「とにかく、先生の場合は状況が違うように思いますが」

「正直言って、こういう役割を職業としても、やる人が変わるだけです。やることは同じですよ。それは成長することがない、生命の領域なのです」

「がん細胞は成長するでしょう。腫瘍も」

「知らなかったな」ビルは微笑した。

アグネスは声をあげて笑った。くだらない冗談を言ったときに無視されずにやり取りできることが何よりも好きだった。「わたしは知ったかぶりの人として悪名高いですからね」

「実はそういうことが役に立つんですよ。それで、調子はどうですか?」医師は尋ねた。「とにかく、服を着がえてわたしのオフィスに来ませんか。そこで話しましょう」

「ありがとう」アグネスは言った。

オズワルド医師のオフィスには意表を突かれた。必要最低限のものしかなく、静かで、慎重に考えぬかれた部屋だ。仕事をするための部屋で、思考を妨げるものはなさそうな場所。患者はそのオフィスを自分たちのための部屋だと思うかもしれない。だが、オズワルド医師が患者のためになっているのだ。オフィスは彼を支えるものだった。

まるで子どもみたいだが、アグネスは選ばれた患者しかここに招かれないと考えたかった。

「さて。今後についてはどう考えていますか?」彼は訊いた。

「自分の仕事を終わらせたい。敵を倒したいですね」

「では、あなたにはエネルギーとあらゆる知恵が必要ですね」

「はい。たぶん、あらゆる知恵ではないにせよ、かなり必要かもしれません」

「手術後の痛みはありますか?」

「少し。予想どおりですね。右腕を肩より上に上げられません」

「それが気になりますか?」

「慣れてきましたが」

「瞑想はしますか、アグネス?」

「毎日、あたりを歩いています。まあ、嵐のときは、外を眺めているだけですけど。おともに猫を一匹連れています。執筆しているし。または、ただ座って言葉が浮かぶのを待っています」

「そういう考えの中に、自分の体への愛情を入れようと思ったことはありませんか?」

「あり得ません！」

医師は微笑した。「本当かな？」

「心の中では、わたしは十四歳ですから」

「そのころは自分の体が好きでしたか？」

「なんだか腫瘍学というよりはセラピーみたいですね」

「セラピーといえば、また心と体の問題に戻りますよ。今、何をしたいですか？」

「がんに関して？」

「手始めとしてはそうですね」

「がんを完全に無視したい。わたしの勝算はどれくらいですか？」

「治療をしなければ、がんが広がる可能性はあります」

「可能性は高いのですか？」

「あなたが若ければ、イエスと答えますね。しかし、年配の患者の場合、がんの進行は若者と違います。決定的と考えられるデータはありません」

間があった。アグネスは戦いたいというお馴染みの衝動を感じて両腕がうずいた。戦闘に加わりたかった。戦いの場にいても医師に見つけてもらえないだろうから、自分はばったり倒れて、もがき苦しみ、ついには丘に横たわった姿で発見されるだろう。

「わたしは自然が立てる予定に任せるほうがいいです。でも……いざというときが来たら、手を貸してくれますか？」

「さっきも言ったように、体は生きたがるものです。いざというときがいつなのか、知るのはとても難しい。人はそのときがわからないのですよ」

「栄養チューブはまっぴらです。入院もお断り」

「生前遺言を作成して、意思を明確にしておいてください。ホスピスに入れるでしょう」

「そうですか。それなら上出来です。でも、死にかけの状態で寝ころがっていたくはありません」

「おっしゃる意味はわかりますよ、アグネス。わたしができることには限りがありますが。こういったことを全部話しあって、決断をくだすのに助けとなる人を紹介できますよ」

「『ハロルドとモード　少年は虹を渡る』を覚えていますか？　モードが八十歳の誕生日に自殺しようと計画を立てたときのことを？」

「好きな映画の一つです」

「わたしにモードの真似をしろと勧めているわけですね」

「いいえ。よく考えることを勧めているんですよ。そして親しい方々に話すことを」

「なるほど」アグネスは理解した。どうするのか、精神が体を管理できるうちに答えを見つけなければならない。いったん精神が体に支配されれば、もはや自分をコントロールできなくなるだろう。

「とても有益な助言ですね。でも、無理に治療を受けさせないと、先生は儲からないと思いますが」

「おかしな話でしょうが、そういう仕組みではないんですよ」

「ふうん。予想とは逆ですね。わたしは予想を覆すのが得意ですが」

「大丈夫ですよ。そんな推測をしても、妄想の症状があるわけではありません」

オズワルド医師は心からそう思っているのだ。まさに横柄な態度をとらない男性医師の象徴のような存在だった。

「ありがとう。妄想だろうとそうでなかろうと、よく考えます」

アグネスが医師のオフィスから出ると、ロバートが待合室にいた。これほど男性から気配りされることは一日に一度もないどころか、一シーズンでもめったにない。実を言うと、アグネスは気を遣われることを望みもしなければ、必要ともしなかった。でも、いやな気分ではないことがわかった。もはや、そんなことがいやではないらしい。

「帰れますか？」ロバートは訊いた。

アグネスは注目を浴びているという晴れがましい気分を味わった。そんな感覚をいつも気に入っていた。自分が重要な人間だと感じるのだ。苦労して書いた作品を匿名で出す人生を選ぶ人間にしては奇妙なことだが。

病院から出ていく途中、アグネスは新聞売り場のそばでバッグを落とした。手から滑りおちてしまったのだ。バッグを拾おうとロバートと二人でかがんだとき、《ケープ・ディール・ガゼット》紙が目に留まった。どうしてこの新聞がポートランドにあるのかわからなかったが、あらゆる地方紙が置いてあった。《ケープ・ディール・ガゼット》紙の一面にはケープ・ディールの家が載っていた。

「これをください」アグネスは音をたてて新聞を取りながら言った。

新聞を買ってバッグにしまいこんだ。自分が本当に世の中に出たように感じた。これまで一度も新聞を買ったことがなかったのだ！

「で、わたしが診察を受けていた間、何をしていたの？」アグネスは尋ねた。ロバートと一緒に車に向かって歩いていた。

「用事をすませていましたよ。あれやこれやと」

「楽しそうだね」

「このごろはほとんどのことが楽しいですね」

「刑務所のことをもっと話して」アグネスはシートベルトを締めた。

「話すようなことはないです」彼は言った。「映画で見るのと同じようなもので」

「映画の話は現実と正反対だろうに」

「実際は、似たようなものですよ。刑務所では時間のことばかり考えていきます。時間が経たないかとばかり考えている。二時間なんて、数えるうちにも入らない」

「しかし、それはわたしが理解できそうな時間の一面にすぎないね。時間の経過はわたしの重要な課題だよ」

ロバートはこれについて考えていた。「問題は、そういうものだと誰もが理解していることですね。もっとも頭が悪い看守でも、時間をやり過ごさなければならないことが鞭打ちよりも苦痛を与えるとわかっている。独房に監禁されると、精神がやられます。孤独だというせいもありますが、四六時中明かりがついていて昼か夜かもわからず、何時間眠ったといった時間の感覚がなくなることのほうが大きな原因だと思いますよ。時間を記録しようとしても不可能だ。太陽が上ったのか月が沈んだのかもわからない。何もわからないんです」

「独居房には入ったの？」

「しばらくは。無限の時間だったと言っていいですね」

「ここはこんなに美しいのに、どうしてそんなことが起こるの？　なんて尋ねると子どもみたいだが、わたしはそういう問いにうまく答えられたことがない。試してはみたよ。すべてを一つの流れの一部として見ようとしたり、自分が幸運だったと考えたり、実態を把握していないと思ったり、正反対のものがお互いに引かれあうと思ったり、ほかにもいろいろと考えた。けれども、理解する助けとなるものは何もなかったね。何一つ」

「人間の心は小さいですからね」ロバートは言った。

「それをちょうど思いだしたところ」

「ポリーは何が何でも、時間を浪費する贅沢をぼくに味わわせようとしていますよ」

「彼女がしてくれたことを思いださせても、わたしたちの関係は修復できないよ。わたしは誰よりも彼女をよく知っているからね。それに、いつからあなたは暇を持てあますようになったわけ？」

「ポリーは強い人ですよね」

「彼女を恋しがらせようとするのはやめて」ポリーの名を口にするだけで、アグネスの胃は締めつけられた。

「オーケイ。ぼくは口出ししません」

「それがいちばん」アグネスはバッグから新聞を引っぱりだした。「この家に寄ってみよう。どこにあるかわかる？」

「もちろん、わかります」

アグネスは新聞をざっとめくった。宝石店や不動産業者やレストランの広告が載っている。「メイン州はずいぶんにぎやかになったじゃない」彼女は言った。そのとき、あるページで手が止まった。

〈ハム・ルース、未来を見据える男〉

彼の醜い顔がまっすぐアグネスを見ていた。突きでた腹をして、ハムみたいな拳を握って。記事に書かれていたのは、自然のままの美しい場所やあまり利用されていない土地を、ハム・ルースが派手なリゾートに変えたことだった。つまり、メイン州で可能な限り派手にという意味だ。〝趣のある〟という言葉が一度ならず使われていて、アグネスは激怒した。あれほど多くの木々や動植物の生息地を破壊する行為のどこに、趣があるって？

《ルース・プロパティーズ》はディール・タウンの北西で、大きなマリーナリゾートの建設に着工した。「しかし、リゾートや村を作るための夢の場所はフェローシップポイントだ」という夢をハム・ルース・ジュニアがかなえるかどうかは、いずれわかるであろう〉

「さっきの話は忘れて」アグネスは言った。「まっすぐ家に帰りたい」

「大丈夫ですか？」

「わたしが年寄り女じゃなければ、こんなことは起きた？　この男どもはわたしの経験や知恵や知識をことごとく無視していいと思っているわけ？　ジェームズ！　アーチー！　あの子たちが成長するのを見まもってきた。手を貸してきたのに！」

ロバートは車を停めた。「読んでもいいですか？」

アグネスは新聞を渡した。ロバートはすばやく目を通してため息をついた。

「まったく、厚かましいったらありゃしない」アグネスは言った。「これでわたしがポリーとの喧嘩をなかったことにできない理由はわかったね？」

「前からわかっていましたよ」

「間違っていると彼女に言って」アグネスは言った。「お願い、ロバート」

すると怒りの激しい波が体の中を通りぬけ、彼女はダッシュボードに拳を打ちつけた。ロバートは飛びあがった。

ややあってからロバートはアグネスの肩に手を置き、ぎこちない態度で軽く叩いた。アグネスは冷静さを取りもどした。

ロバートは新聞をたたみかけたが、途中で手が止まった。「何だって？　ちょっと聞いてください」

〈本日、十七歳の女性、メアリー・ミッチェルが弓矢で鷲を射ったという容疑で逮捕された。彼女はキム湖の近くに住む地元の者によって現場を目撃され、通報された。

メアリー・ミッチェルはディール・タウンの警察署に連行された。メアリーは居留地で暮らしているアベナキ族の一員であると主張した。何年にもわたって鷲を射ってきたことを彼女は認めている。

「あの鷲はわたしたちの部族にとって聖なるものです。神にもっとも近い生き物なのです。わたしたちはつねに鷲と暮らし、彼らを理解してきました。けれども、今ではコロラド州にある博物館を通じてしか、儀式のための鷲を手に入れることが許されません。そこから羽根をもらうためには、申請してから四年はかかります。わたしは聖なる儀式で使うための鷲を捕獲してきました。利益なんて求めていません。わたしは十二歳のときに受けたお告げに従ってこんなことをしているのです」〉

「いやはや」アグネスは言った。「ずっと子どもがやっていたことだったとは。ある使命のためのお告げを受けた子だったんだね。わたしは大柄で下品で残虐なやつを想像していた。彼女は拘置所にいるの？」

「そうらしいですね」

「アベナキ族だなんてことがあり得る？」

「もしかしたら、彼女は政治的な意見を述べているんでしょう」

「たぶん、そんなところだね。その子と話したい。電話して、話せるかどうか確かめよう」アグネスの両腕に活力が呼びさまされた。「わたしは生きなくてはね、ロバート。まだ終わってはいない」

翌朝、アグネスはオズワルド医師に電話をかけた。

「ビル、じっくり考えました」彼女は言った。「治療を進めて、わたしに劇薬を盛ってほしい」

「わかりましたよ、アグネス。よい判断だと思います。経口化学療法から始めましょう。あなたのかかりつけの薬局にこのことを伝えます。あなたにはいくつか知ってもらわなければならないことがあります。それに、薬を服用する間、支えになりそうなことをいくつかやってください。看護師と電話相談の予約を取りますから、電話を切らないでください。いいですね？」

中世の合唱音楽を聞きながら待っている間、アグネスは電話を切りたいという意地悪な気持ちに駆られた。そうすれば何かが変わるとでもいうように。だが、彼女は看護師の予約を取り、それから弁護士に電話をかけた。

第三十四章

二〇〇二年夏、ケープ・ディールとメドウリー、ポリー

「ポリー、ロバート・サーカムスタンスはどうしているの？」エッタ・マクファーソンが尋ねた。

こんな質問が来るだろうとポリーは心づもりをしていた。俗に言うように、いくらか脚色した答えをしようと思った。顧客の多くがいなくなってしまったから、ロバートの後押しをしたかったのだ。「ああ！　とても順調にやっているわよ。彼のビジネスは好転してきたの。間もなくロバートをなかなか雇えなくなるかもしれないわね。昔からのお馴染みさんに加えて、新しい顧客がたくさんいるから。とりあえず、彼はわたしの家を宮殿に変えているわ。今は二階の廊下の塗装をしているところよ」

「危ないと思わないの？　彼を家に一人にしておいていいの？」

ポリーは身をこわばらせた。

「ロバートを心から信じているわ」ポリーは言った。あいにく声が震えていた。でも、体は震えてなどいなかった。必要とあれば、戦う準備はできている。アグネスと喧嘩して以来、ポリーは強く

なった。天候が助けになってくれた。その日の空は真っ青で、七月にしかない輝きを見せていた。友人のロージー・ベイヤー・ベインの家のダイニングルームからは何キロも遠くまできらめく海が見わたせた。テーブルを囲んでいるのは五人の婦人で、全員が年老いて浮世離れしていた。

婦人たちの間で目配せが交わされた。

「みなさんも彼を信じるべきよ」ポリーは言った。テーブルの下でナプキンをしっかり握った。

「大丈夫よ、ポリー」この家の女主人のロージーが言った。

「彼は無実なのよ。明らかだわ」

「シーラはまだとても動揺しているわよ」ガガ・バンティングが言った。

「あら、ロバートだって動揺しているわ！　犯してもいない罪のせいで二年近くも刑務所にいたのよ」

「話題を変えましょう」ロージーが言った。「この夏、サヤ・ガーデンにいらした方はいる？」

「あなたたちみんなが何を考えているか、誰か話してくれたらよかったのに」ポリーは言った。

「どう考えたらいいか、よくわからないわ」エッタが言った。「シーラは彼がネックレスを盗んだところを見たと証言しているのよ」

ポリーは首を横に振った。こんなに動揺したのは久々だった。「でも、それは真実ではないのよ。彼はトイレからネックレスを引っぱりだしたの。シーラのためにネックレスを救ったのよ」

「人によって見方が違うんでしょうね」

「いえ、そういうことじゃないの」ポリーは激しい口調で言った。「シーラの話は一度も筋が通っていなかった。彼女はネックレスをバスルームに忘れてきたことを覚えていなかっただけよ」

「シーラがでっちあげで誰かに罪を着せるなんて真似をするとは思えないわ。とにかく、ロバートは彼女を殴りたおしたんでしょう。あなただってそれは否定できないはずよ」

「何が起きたかについては、別の説明がつくのよ」ポリーは言った。帰ろうとしてナプキンを折りたたむと、テーブルから立ちあがった。

ロージーも立ちあがった。「ポリー、お願い、帰らないで――あなたがいてくれるのがとてもうれしいのよ」

ポリーはロージーを押しのけてドアへ進んだ。出ていこうとしながら、炉棚の上に掛かった、南北戦争で使われた剣にちらっと目を向けた。〝なんて無駄だろう〟そう思った。〝こういう愚かな戦争には誇るべきものなどないのよ〟

「ポリー、ポリー」みんなが口々に言っている声をポリーは背中で聞いた。だが、ガガのものだとわかった声はこう言った。「あら、帰らせればいいわ」

家に着くと、興奮している様子をロバートに気づかれたようだったが、ポリーはきまりが悪すぎて、何が起きたか話せなかった。ポリーはロバートと過ごす午後を楽しみにしていたが、彼は町へ買いだしに行ってしまった。ニードルポイント刺繍の道具を取りあげたとたん、針で指を刺した。膝に置いたウールのかせ糸で血を拭いとった。血がついたさまざまな色のかせ糸をざるに並べ、ケトルから熱湯をざっとかけて、色が元に戻るのを願うしかなかった。その間じゅう、ポリーは次々に押しよせる屈辱と怒りの波にさらされていた。これまで自分がゴシップの対象になると思ったことはなかった。新しい意味で孤独を感じた。一人きりだという、人間なら誰でもお馴染みの感情ではなく、自分がどんなものともつながっていないという意味の孤独だった。

〝やめなさい〟と自分に言いきかせた。〝元気を出して。元気を出すのよ〟。状況はよくなっている。とてもよくなっている。人がどんなことを思っているかなんて、どうでもいいでしょう? ロバートは緊張を解きはじめているじゃない。あんな年寄り女たちのことなど、誰が気にするというの? 彼女たちはポリー自身と同じように取るに足りない存在だった。ポリーは岐路に来るたび、自分の立場が弱まったことを見せつけられ、それを指摘されてきたのだ。

ポリーはロバートが岬《ポイント》にいることがうれしかった。ロバートが釈放された日からあとはめったに二人で食事しなかったし、彼はだんだん落ちついてきていた。たいていの場合、ロバートとは家の裏手で会っておしゃべりするか、彼が家のどこかを修理したあとでコーヒーを一緒に飲んだ。ときどき、ロバートが夜明けごろにぶらついているのを見ると、ポリーは家で朝食をとらないかと招いたが、夕食は必ず別々に食べるという暗黙の了解が二人の間にはあった。ポリーが車のスペアキーを渡したので、ロバートは一人で町まで運転していって食料を買えたし、買ってきてほしいもののリストを彼女が託すことも珍しくなかった。ロバートのトラックはまだ従業員のところにあったが、彼は急いで物事を進める気がないらしく、返してくれと言っていなかった。ロバートには一人でいる時間が必要なようだった。

うまくやっていくのは難しくなかったが、二人は文通していたときのようには話せなかった。あいう手紙のやり取りはもう終わったことで、過去のものだった。ポリーはあれほど感情をあらわにした言葉を二度と口に出さなかったし、ロバートも同じなのだろうと思った。親密な文通の代わりにこうしてロバートがいて、大げさに感情を表す代わりにジョークを言っている。二人は同じようなものの見方ができた。たとえば、焼きあがったパンケーキがリチャード・ニクソンそっくりだと思って、二人して笑ったりした。毎日はつつがなく晴れやかな気分で続いていった。ポリーは肩から力が抜けていることに気づいた。両親から禁じられていた、朝のベッドでの読書が解禁となり、ときにはコーヒーを淹れてからカップを持って寝床に戻った。ロバートとちゃんと会わず、遠くから姿を見かけて手を振るだけの日もあった。会うときは昼のほとんどの時間、二人はしっかり協力して働いた。会話はおもに修理作業の各工程に関するものだった。「中庭の縁について考えながら目が覚めましたよ」ロバートはそんなふうに言った。「低い塀を想像していました」

ポリーにもその光景が浮かんだ。「低い塀」彼女は繰りかえした。「詩的な響きね」

「滑らかで注意深くつなぎあわされた塀ですね」彼は言った。

「そして石は地元の、手で掘りだしたもの」

「花崗岩」

「ピンク色の花崗岩をいくつか不規則に配置して──規則的にではなくてね」ポリーは自分たちがそっくり同じものを思いえがいていると確信していた。まずは、言葉で一緒に組みたてているのだ。

「といっても、斑点のない花崗岩を」

「そうよ」

二人は塀を建てようとしている場所まで歩き、各自が思っている高さまで地面と平行に両手を上げて示した。それぞれが考えている高さの差は十五センチほどだった。また話しあいが行なわれた。計画が始まると、並べるどの石についても二人は意見を述べた。ロバートは描いた絵を褒められたがっている子どものようだったし、ポリーは口を出しすぎることが一度もない人間だった。

「今みたいな状況を気にしないわよね、ディック?」一人きりのとき、ポリーは声に出して尋ねた。

何らかのしるしが現れるのを待った。音が聞こえないのは夫が不賛成の意を示しているようにいつも思えたから、家がきしむ音や、外を車が走りすぎる音、鳥の鳴き声が聞こえてくるまで待っていた。しるしは必ず現れた。ディックが先延ばしにしていたあらゆる変化をもう彼も気にしないだろう。死によって彼の角も取れたはずだ。

ある日、ポリーは新しい塀のそばの野原にいるリディアを見かけ、とっさにそちらへ近づいた。靴の爪先が階段のいちばん下の段に引っかかった。ポリーは前によろめき、ほとんど地面に平行になるほど体を曲げたまま大股で何歩か走った。倒れないようにと歩幅を広げ、転倒に備えて思わず両腕を前に伸ばしていた。倒れていく速度はいらだたしいほどゆっくりで、また手首を骨折したら不便だろうと思う時間さえあった。重たげな足音も腹立たしかった。ひどく不作法で下品に聞こえた。耐えるのよ。自分に命じた。その瞬間、ポリーは地面に倒れた。顔が腕にぶつかった。

ポリーは夢ともうつつともつかない状態で倒れたまま、起こったことにショックを受けていた。今はこれ以上、自分にできることがないとわかって、奇妙な安らぎを感じた。草の上に座って体を点検し、どこの骨も折れていないと結論づけた。〝リディア、さっきの出来事を見た？　笑っているの？　まあね、おかしかったけれど〟

顔が一つ現れた。ポリーは自分の名が呼ばれるのを耳にした。立ちあがらされると、あたりがぐるぐる回った。青い川の流れが見える気がした。顔のほうに視線を向けた。口を見つめる。キスするのでなければ、その口に何をしたらいいの？

「ポリー、頭を打ったんですね」

遠くのほうで声が聞こえたかと思うと、また近くから聞こえた。ディックにはもう何年も抱きあげられていなかった。「病院へ連れていきます。脳震盪《のうしんとう》を起こしているかもしれない」

「わたしは大丈夫」ポリーは言った。「病院には行きたくない。しばらく座っていましょう」

それでも、ロバートはポリーを病院に連れていった。ポリーは軽い脳震盪を起こしていて、一カ月間は車の運転を禁じられた。ポイントパスを通って家に帰る途中、アグネスとメイジーが墓地へ向かうところが見えた。

「あの人、とても普通に見えるわ」ポリーは言った。わたしたちは疎遠になったのに、どうして普通にしていられるの？

「イメージチェンジしたとか？」ロバートがからかうように言うと、ポリーは声をたてて笑い、頭が痛くなった。

ポリーとロバートは草原のさらに向こうにも、水平線と平行になるように塀を作ることにした。そうすれば景色に微妙な雰囲気が加わるだろう。ロバートは家にやってくると、ノックもせずに自由に出入りした。そして今ではわざわざ招かなくても、ポリーと夕食をともにするようになっている。前より自由に話せるようにもなった。いったんそうなると、ペンと紙を仲介役にして、姿が見えない安全な状態でやり取りしていたときのように、深遠で率直な会話に戻った。日を追うごとに、二人はさらに自分をさらけ出すようになり、お互いの都合に合わせようと習慣を変えた。シャーリーは食事を準備すると家に帰る。ロバートはシャワーを浴びて着がえてから訪ねてくる。夕食後にサンクまで一緒に散歩することもあった。ポイントの先端で立ちどまるたび、必ず二人のどちらかが地上にこれほど美しい場所はないと言う。それはいつでも言葉にするのにふさわしいものだった。

ロバートが予定を変更してポリーを町へ連れていくときもあった。

ある月曜日、彼らは朝に町に着いた。目抜き通りに沿った店のショーウインドウは真っ暗だったかと思うと、次の瞬間、明るい光が放たれて通りすぎる車をぱっと照らした。まるでどの車にも映画スターが乗っているかのようだった。ポリーたちの車が停まると、自分たちの姿がショーウインドウに映っているのが見え、なんだかマットとジェフ*みたいだった。立ちどまって挨拶してくる人々がいて、中にはロバートを横目でちらっと見る者もいた。そんな人たちをポリーは平手打ちしてやりたかった。もちろんロバートはそれに気づいていたが、何も言わなかった。

子どもが二人、人をかき分けて通りを進んできた。男の子はみんなそうだが、あたりに無頓着な様子だ。

「先住民だな」ロバートが言った。

ポリーはいぶかしげに彼を見た。

「ネイティブ・アメリカンですよ。ケープ・ディールではあまり見かけないが」

「どうして知っているの？」

ロバートは肩をすくめた。「それはともかく、アグネスは弁護士を雇ったそうですよ。鷲を射った少女の弁護のためにね」彼は肘でポリーをつついた。

「彼女なら、そうするでしょうね。それが最善の方法だと思うわ」

二人は図書館に立ちより、それぞれが二冊ずつ本を選びだした。ロバートは新刊の小説とガーデニングの本を借りた。ポリーは読みたいイーディス・ウォートンの作品があったのだが、題名が思いだせなかったので、彼女の本を二冊借りた。イーディスの作品を見のがすわけにはいかない。

次にポリーはパイを買った。とても高いパイだった！

車に戻るころにはポリーは疲れきっていて、ふと気がつくと、車はすでに内陸の裏道に入っていた。彼女はうめき声をあげた。

「どうしました？　気分でも悪いんですか？」ロバートは尋ねた。

「ああ――この道には来ないようにしているのよ」

「こっちが近道ですよ」

「このあたりは落ちつかないの」

そう言ったとたん、ポリーは言葉を取りけしたくなった。

ロバートは感情を害したふうではなかった。「引きかえしますか？」

「いいえ、結構よ。大丈夫」

ロバートはハンドルを軽く叩き、口笛を吹いた。ポリーは座席に深く座った。いつものように子どもたちは外にいて、いつものように汚れていた。そして車に気づけば、じっと見つめてくる。バスケットボールのように大きくて無表情な顔で。

「そうそう」ロバートは言った。「覚えていますか？　車に乗ったとき、あなたは前方にある木をまっすぐ見て、それから木がぼんやりとしか見えないようにすばやく横を向いていたものでしたね？」

ポリーは微笑した。「ええ。ああいう目の錯覚みたいなものが大好きだったのよ。たとえば、片目だけ隠して物を見ると、両目のときとはまったく違う光景が見えるのよね」

＊アメリカのバド・フィッシャーによる新聞連載漫画に登場する長身のマットと背の低いジェフという二人組。

「電球をじっと見たあとで両目を閉じると、光の残像が見えるというのはどうかな？」

「真っ暗なクローゼットに入って、目があたりに慣れるのを待つと、いろんなものの形が見えるというのは？」

「そういったことはどれも長い間やっていなかったな。遊ばなくなったんでしょう」この夏、ロバートの声には前とは違う憂鬱そうな響きがあったが、無理もなかった。「どうやってやるのかさえ思いだせない」

「そのうち思いだせるわよ」子どもを持たなかったことをロバートはどれくらい気にしているのだろうか、とポリーは思った。

彼はハンドルを規則的に叩いていた。「ぼくにとっては池を作るとかテラスをデザインすることが遊びなんだろうな」

話しているうちに道のことは気にならなくなり、ポリーはほぼ忘れていた。けれども、彼女の一部はこの道を追いつづけていて、車があの庭に近づくと、全身がこわばった。孫たちは墓地を通りすぎるときに呪文を唱えていたものだったが、それが何だったか思いださないうちにあの犬が見えた。後ろ姿が目に入ったあと、車は犬の横に並んだ。心から愛する犬がふたたび見つかったかのように、ポリーの胸はどきどきしていた。状況は前と少しも変わっていなかった。犬は相変わらず犬小屋代わりの大きな木箱のてっぺんに立っていて、どこから見ても無気力そうだった。依然として、箱から下りたら首が吊られてしまうようになっている。

「彼よ」ポリーは言った。心臓があばら骨に当たりそうなほど激しく打っている。

「誰？」

「あの犬」

ロバートは目を凝らした。「あの犬？」

「わたしたちが助けたのはあの犬なの。どうして戻ってきたの？」

ロバートはフロントガラス越しに目を細めて見た。「同じ犬なのは確かですか？」

「もちろん！」

彼は車を停めた。

「お金ならあるわ」ポリーは言った。財布を引っぱりだし、ロバートに札を何枚か渡した。

彼はそれを取ってうなずいた。「ここで待っててくれませんか？」軽い口調で言う。

ポリーはいらだちのあまりにこみあげる涙を抑えてうなずいた。

ロバートは犬に目もくれずにその前を通りすぎ、トレーラーハウスのドアにたどりついた。ノックした。ややあってからドアが開き、ロバートが振りかえって犬を指さすのがポリーに見えた。少し経って、ロバートは庭を横切って戻ってくると、犬の首からロープを外し、抱きかかえて車に連れてきた。

ポリーは車を降りて後部座席のドアを開けた。ロバートは「しーっ、静かに」と繰りかえしていた。犬は彼の胸に頭を預け、ポリーは片手を自分の胸に当てた。息子たちの頭の重み、汗臭い巻き毛、信頼されていると感じたことを思いだす。犬は身震いして脚をバタバタさせた。ロバートは犬を下ろした。犬は体をこわばらせて後部座席に立った。あまりにも激しく震えていたので、車が揺れているかのようだった。

「イエスは涙を流された」（新約聖書『ヨハネによる福音書』第十一章三十五節）ポリーは言った。そんなことを言ったのは初めてだったが、映画の「アラビアのロレンス」を見て以来、いつも心の中にあった言葉だった。大虐殺の場面で誰かが〝イエスは涙を流された〟と言っていたのだ。聖書の中でもっとも短い節だということを習った。

「彼をどうしたらいいかしら？」ポリーは尋ねた。

「まだ決められませんね」ロバートは言った。「この犬についてはよくわかっていないから」

車はその道路から出た。開けた野原の上空で一羽の鷲が低く舞っていた。ポリーが初めてこの犬を見つけたときと同じ光景だった。「ディックは息子たちが犬を飼うのを決して許さなかったのよ」

ロバートはそのことを考えていた。「犬をほかのところに連れていったほうがいいですか？」

またしてもロバートはポリーの気持ちを理解してくれたのだ。必要なのはポリーが自分の感情を知ることだけだった。「いいえ。彼はわたしたちと来るのがいいわ」

ポイントに戻ると、ロバートはポリーを車から降ろし、ルッカリーにある自分の家に犬を連れていった。その日、ポリーはもうロバートに会わなかった。翌朝、朝食の最中に彼が現れた。

「彼女をホープという名にしたいんですが」ロバートは言った。

「女の子だったの？」

「そう判明しましたよ」

「ホープって、いい名前ね」ポリーは言った。

「彼女を獣医のところに連れていきます」

「費用はわたしが払うわ」

「考えておきます」ロバートは言った。今日は何も決めなくてもいいだろう。

ポリーの息子たちは、訪ねてきていた間、ディックについて冗談を言った。レストランでディックに恥ずかしい思いをさせられたときの話や、些細なことできつく叱られた話を。とはいえ、ディックにぶたれている息子たちのためにいつもポリーがとりなしたし、兄弟で団結したから、彼らの思い出話は苦々しいものではなかった。息子たちがわが子に話すときの調子に、ディックの声を聞きとったのはポリーだった。「だめだ。これは決まりだ」「だめだと言ったらだめなんだ」「わたしはおまえたちの銀行じゃないぞ?」。そんな厳しい口調で話さなくてもいいとは、ポリーだけでなく、誰も言ったことがなかった。だが、そういう言い方を聞いて、ディックが言ったときのように彼女は動揺した。ディックは子どもに対して厳格だった。ポリーに言わせれば、厳格すぎるほどに。お父さまはあなたたちに最善を尽くしてもらいたいと思っているのよ、とポリーは何度も子どもたちに説明した。ディックには、あの子たちはまだ子どもなのだからと説明した。ディックが息子たちを理解し、息子たちも父親を理解してくれさえしたらとポリーはいつも思っていた。だが、子どもたちは彼を理解していた。父親がどんな人間かをわかっていたのだ。力のない者は自分より上の者に対処する方法をいつも心得ている。

息子たちはディックの長所も受けついでいた。知的で集中力があり、ある分野については高潔だという点だ。彼らはみな強い社会正義を持っていて、ロバートを気遣い、自分たちの活動に彼を受けいれた。ロバートはディナーに二度加わった以外、誘いを辞退した。ディナーでは質問や答えがやり取りされ、あらゆる点がきちんとしていた。

ポリーはもはや息子たちのことが本当にわかっているとは言えなかった。セオのことでさえわからなかった。息子とはそういうものなのだが、母親からは離れていたのだ。おそらく当たり前の状態なのだろう。ポリーはそのことを嘆き悲しんだ。息子たちの心地いい愛情が失われたことが悲しかった。とりわけ、汗ばんだ彼らの体が膝の上に乗るとか、ただのハグではなく、申し分ない喜びを感じる自然な抱擁がなくなったことを嘆いた。そういうものはすべて、はるか昔に失われてしまった。あのころが過ぎさり、今ではほかにも距離が生じていた。今の母と息子の関係は、懐かしさや切なさを感じる共通の過去を持つ人々のものだった。調子はどうかと息子たちは尋ねたが、本気で尋ねていたわけではなかった。ポリーが様子を尋ねても、息子たちは本気で答えたわけではなかったのだ。孫たちが彼らの心のよりどころとなった。自分たちが共有することになる過去や、夏に決まってやるあれこれを作りだしている存在が孫だった。〝最後の夏を覚えているかい、ぼくたちがああいうことをやった……〟。息子たちは新しいことに挑戦するよりも、そういう昔話を繰りかえしたいのだとポリーには理解できた。彼らはメドウリーでの変わらない夏を知りたがった。そんな話をしていれば、一緒にいるのは楽だったし、欠けている親密な雰囲気を埋めあわせることができた。今のポリーに理解できる人間がいるとすれば、それはロバートだった。

最終日の前日、いつものように一同はテラスに集まってカクテルを飲むことにしたが、しばらくすると、息子たち以外はいなくなってしまった。油断してはならないとわかっていたが、ポリーは息子たちが自分のためにうれしいサプライズを用意しているのではないかという、ばかげたことを期待した。そんな幸運はなかった。またしても彼らは介護施設の費用や医療問題といったことを思いだささせながら、自分たちに地所を譲渡することが実際的だと話した。今回はセオも含めて一人ずつ話をした。そのほうが母親を説得できると思っているようだった。母さんのためを思って言うんだよと、彼らは共同戦線を張っていた。ポリーは去年の夏と同じ決意を繰りかえした。

「お父さまはわたしが好きなように暮らしていくことを願うでしょう」

「そうは思わないよ」ジェームズが言った。「お母さん、父さんはこういうことの責任を男が引きうけるべきだと信じていたんだ」

「でも、メドウリーはあの人のものじゃなかったのよ」ポリーは言った。「お父さまはここの責任を負ったことなど一度もなかった。そんなふうに見えたとしたら、自分が敬意を払われているとお父さまに感じてもらいたいと、わたしが思ったからよ。誰もが願うようにね」。息子たちは身じろぎし、もぞもぞと姿勢を変えた。「それに、男性としての自尊心を強めてあげるためだったのよ」

ポリーは言った。長年の間に何度となく、このことを指摘してくれたアグネスに感謝していた。今ではその事実がはっきりとわかった。「わたしはこのままがいいの」息子たちにきっぱりと言った。ジェームズは両手を組んで身を乗りだした。なんて見事な顎なの。なぜ、この子をハンサムだと思ったのだろう？　生まれつき備わった特徴からすると……何だろう？　優秀な狩人という感じ？　あれほど強そうな顎なら、生の肉を噛むのも簡単でしょうね？

「お母さん」ジェームズは言った。「ロバートがここにいる理由がぼくたちにはわからない」

ポリーは話についていけなかった。というより、ついていきたくなかったのだ。

「ロバートが出所したばかりのころは、ここにいることも納得できた。彼を助けたお母さんはすばらしい。しかし、もう彼も立ちなおっている。だったらなぜ、まだここにいるんだ？　ぼくたちが心配しているのはそのことなんだよ。看護師や弁護士が老人をだまして財産を巻きあげるという例はいくつもあるし――」

ポリーは片手を上げた。「今すぐその話はやめて。あと一言も聞きたくない」

「つらいのはわかるが、考えなければならない問題なんだ」ジェームズは言った。セオは同情と気遣いのこもったまなざしでポリーを見ていたが、彼もこの件に関わった一人なのだ。母親や兄たちがいなくても生きていけると、セオが説明したことをポリーは思いだした。

「ロバートはいい奴だが、先のことはわからないよ」ノックスが言った。

「わたしはわかっているわ」ポリーはノックスをじっと見つめた。「わたしにはわかっている」息子たちはそんなことが起こっていると想像していたの？　彼らの損失になるような書類をいずれはロバートが差しだして、わたしにサインさせる準備をしているというの？　共同所有権に関する合意では、そんなことができるはずもない。いつからこの子たちはこんなに疑り深くなったのだろう？　そう思うとポリーは体に痛みを感じた。殴られたような気がした。「わたしはあなたたちの母親よ」彼女は立ちあがった。「ロバートはあなたたちの友人。生まれてからずっと彼を知っているじゃないの」

「お母さん、動揺させようと思ったわけじゃなかったんだ。ぼくたちは正しいことをしようとしているだけだよ」

「正しいことならわたしがしているわ。どうしてそれがわからないの？」

息子たちは今や不安そうな顔でポリーを取りかこんだ。ほとんどいつも上機嫌だった母親の機嫌が悪くなると、彼らはいやがったものだ。

「どいてちょうだい」ポリーは平泳ぎで水をかくように胸の前で両手を動かし、息子たちをどかせた。

「どこへ行くつもりだい？」ジェームズが言った。「ロバートに話しに行くんじゃないだろうな？」

ポリーは射すくめるような視線を彼に向けた。「どうして、わたしがそんな話をするのよ？　聞いたら、彼が傷つくわ」

テラスの階段に向かっていたポリーにセオの声が聞こえた。「言っただろう、きみたちは間違っているって。疑心暗鬼になっているんだ。おまけに強欲だよ」

それに、疑わしきは罰せずというのにとポリーは思った。そのことをジェームズは理解できないだろう。

第三十五章

二〇〇二年八月、リーワードコテージ、アグネス

父親の墓に話しかけていたとき、アグネスは声を聞いた。

「ネッシー、ネッシー！」

誰が名前を呼んでいるのだろう？　まともに考えられないほど、アグネスの意識はどこかに行っていた。待って——あれはポリー？　ポリーだ！

ポリーが息を切らしながら現れた。そばまで来ると、両手を太腿に置いて前かがみになった。息を整えようとしている。

「おまわりさんから逃げているのかな？」アグネスは訊いた。

ポリーは体をまっすぐに起こした。「もっと恐ろしいわ。わたしの子どもたちよ。ネッシー、あの子たちはひどい人でなしよ！」

「ノーコメント」アグネスは答えた。

二人は一年近く話していなかった。アグネスは言葉を交わす用意ができていた。疲れてしまった

のだ。岬《ポイント》を守ろうとする努力はうまくいっていなかった。なぜうまくいかないのか、原因を探った。激怒した敵の意見を考えることから、ほかの人の異なった見解をもっと冷静に認めることまで、いろいろと対策を考えてみたけれども、病気と加齢のせいで身の程を思い知らされただけだった。

アグネスは挑戦して失敗した。今は友達をなくしたことが寂しかった。その友達の言うことが一理あったかもしれないとさえ考えていた。もしかしたら、ポイントの将来は次世代の者の判断に任せるべきかもしれない。もしかすると、中心的存在になったら、ジェームズにも責任感が生まれてもっとポイントを守ろうとする方向に考えを変えるかもしれない。最高裁判事はだんだん仕事に馴染んでいくものだと言われているではないか。ジェームズとアーチーもそうなるかもしれない。おそらく、そう、おそらく。アグネスにはもう無理だった。化学療法のせいで疲労しきっていた。

「何があったの、ポル」

「息子たちがロバートの動機を疑っているのよ」

「まさか！」

「あの子たちは〝割りこんでいる〟という言い方をしたのよ。ノックスが言ったの」

「セオは？」

「あの子もいたけれど、黙っていた」

アグネスは首を横に振った。「本当に残念だ」

「わたしも。とてもがっかりしたわ」

突然、二人の目に涙がこみあげてきた。長い一年だった。アグネスとポリーは腕を組み、これまで何百回もやったようにゆっくりと歩きまわった。

「本当にすまないと思っているよ、ポル」アグネスは恥ずかしそうにポリーを見た。

ポリーは首を横に振った。子どものように細い髪が頰にかかった。彼女は口にくっついた髪の毛を取った。

「ネッシー。謝るのはわたしのほうよ。あなたを失望させてしまった」

「わが子を無視しろだなんて、あなたに多くを求めすぎてしまった」

「なんと言ったらいいのか。その点についてはあなたが正しかったのかもしれないわ。あの子たちがあんなに偉そうな態度をとるなんて、わけがわからない」

アグネスは心の中で叫んでいた。〝わからないって？〟だが、少しは学んだことがあったから、ただ耳を傾けていた。

「あの子たちもディックにはあんな態度をとらないでしょうね」

「ああ、ディックにはやらないだろう」

ポリーはため息をついた。「でも、わたしは子どもにも自分にも、ディックが実際よりも優れた人だと信じさせたくてたまらなかったのよ」

アグネスは衝撃を受けていた。遅きに失したとはいえ、ポリーがそんなことを言うのを初めて聞いたのだ。けれども、またしても意見を差し控えた。

「正直言って、ディックはわたしをだましていたと思うの。犬のこととか？　犬を連れに行ってくれるようにと、ディックが警察に連絡するはずだったことを覚えている？」

「覚えているよ」

「彼は電話しなかったと思うの」ポリーはかぶりを振り、足元の芝生を爪先で蹴った。「電話したとは思えない。ホープはあのときの犬なのよ」

「知っているよ。ロバートから聞いた。それについてはわたしも考えてみた。ちょっといいかな——ディックは本当に連絡したが、持ち主が動物保護施設に行って犬を取りかえしたという可能性もある。あるいは、悪気などなしに、ディックが忘れてしまったのかもしれない。あのころの彼は小さな発作を何度か起こしていたからね」

「そう思う?」

「ああ、そう思うよ」ほかの言い方をすることなどあり得ない。ディックについてアグネスがあれこれと意見を持っていた日々は終わったのだ。

二人はリディアの墓へとゆっくり歩いていった。このあたりの墓地の古い慣習に従って仔羊が刻まれているリディアの墓石は地面に平らに置かれていた。仔羊は亡くなった子どもというしるしだ。

「本当に愛らしい子だった」アグネスが言った。

ややあってから、ポリーが静かな声で話した。「あのね、今でもリディアが見えるのよ」

大きな秘密を打ちあけられるほど信頼されているのだとアグネスは理解した。「よかったね」

「信じてくれるの?」ポリーは腕をつかんで彼女をじっと見た。

「受けいれるよ」

「あの子が本物だとあなたに信じてほしいの」

「だったら、信じる」

ポリーはリディアを探しているかのようにくるっと一回転した。そしてアグネスに向きなおった。

「でも、リディアは本物じゃないのよね。あれは何と言ったかしら? そう、あの子はわたしの想像の産物なのよ。まっすぐリディアを見ているときでさえ、そのことはわかっている。わかっていると同時に、わかっていないの」

「別に害はないと思うよ」アグネスは言った。「それで気分がましになるなら」

「害は――」ポリーは爪を噛んでいた。アグネスが見たこともないしぐさだった。「害は、またあの子に会えないかとわたしがいつも待っていることね。わたしは生きているのではなく、待っているのよ」

「ああ、まったくもう。それが罪だというなら、人間はみんな罪人だよ！　イエスを待っている人間がどれだけいると思う？　最後の審判の日を待っている人は？　奇跡を待っている人はどうなんだ？」口には出さなかったが、アグネスは自分が待っているもののことを考えた。執筆とは、何かを待つことなのだ。

「いつも尋ねたいと思っていたことがあるの」ポリーが言った。「あなたの本に出てくるナンは九歳だし、リディアは九歳で亡くなったことに気づいていた？」

「ああ。だけど、それは偶然」

「どうして彼女を九歳にしたの？　本物のナンよりも年上ってことになるのに」

「九歳の女の子は完全な人間だよ」アグネスは言った。「ナンはきっとそうなっていただろう。リディアはそうなっていた」

メドウリーから三台の車が出てきてポイントパスを北へ向かって走っていった。アグネスが手を振ると、みんなでロブスターの生け簀がある店に夕食に行くのだとキャロラインが大声で言った。

午後のこの時間はいつもそうだが、そよ風が収まりはじめた。アグネスとポリーとエルスペスが少女だったころ、オーケストラの指揮者が一日を指揮していると想像したものだ。それぞれの時間に応じて、異なった音を創りだしていると想像した。午後の風が静まって、あたりの空気が皮膚に貼りつくように感じだすと、何時間も声が聞こえなかった小さな鳥や虫が自分たちにも声を出させてくれと主張した。彼らはピッコロのようだった。

「自分の墓にはなんと刻んでもらいたい、ポル？」

「もうすぐ読めるでしょう」

「だけど、読めない場合の話だよ。何だかわからない理由のせいでね」

「あまり気にしていないわ。たぶん、何も刻まないかも。もしかしたら、木を一本だけ刻んでもらうかもね」

「名前はなしで？」

「誰が気にするというの？　そのうちみんな忘れてしまうでしょう？」

「あなたにしてはずいぶん型破りだね」

「墓にしるしをつけるのには慣れていなかったもの」

「まあ、好きにすればいい」

「アーチーなら自分の墓を霊廟にするでしょうね」

二人は声をあげて笑った。

「あなたはどうなの、ネッシー？　自分の墓にはなんて刻みたいの？」

「まだ考えているところだよ」アグネスが言った。

今度はアグネスの腕をつかむポリーの手に力がこもった。「何にするか決めたら、教えてね？

わたしがここにいなくて見られない場合のために」

「ばかなことを言いなさんな。わたしの墓の上でワルツを踊るんだろう。でも、その前に――」アグネスは言いよどんだ。今はフェローシップの協定の問題を持ちだすときではない。「今は治療を受けているんだよ。正直なところ、誰も抱きしめられないことになると思う。わたしは放射性物質になりそうだからね！」

「オズワルド先生はどう言っているの？」

「楽しんで、健康的な食事をしろと言っている」

「薬のせいで気分が悪くなっているの？」

多くのことが危うくなっているとき、感情をまじえずに話せるポリーがアグネスにはありがたかった。「今のところ、そんなに悪くはない。わたしがどれくらい治療を受けたいかによる」

「お酒を飲むのは許されている？」

「自分で自分に許しているものは何でも大丈夫」

「一緒に来てちょうだい。見せたいものがあるの」ポリーは六十センチほどしか離れていないところにいたが、アグネスを手招きした。

二人は草原を横切ってメドウリーのポーチの階段を上った。アグネスは新しいピンク色の壁を褒めた。ポリーはそれぞれのためにバーボンウイスキーとメープルシロップを混ぜて、手早くミントジュレップを作った。二人ともグラスを持って涼しい部屋を通りぬけると、アグネスは室内の細かい点に目を留め、最後にここを訪れてからの変化を称賛した。家具はどれ一つとして一ミリも動かされていなかったが、新たな手が加えられていた。明るい色のクッションがいくつも置かれ、ソファは花柄の布地に張りかえられている。いかにもポリーらしい雰囲気だった。窓は開けてあり、いっぱいに引かれたカーテンが風をはらんではためいていた。どのテーブルにも花を生けた花瓶が置かれ、茶色に変色した花びらが天板に散っている。アグネスの家族は埃まみれの鏡に指で名前を書いて楽しむような人たちだったが、ハンコック家の人々はきちんと環境を整えることを好んだ。

二人はディックの書斎に入っていった。広い部屋で、机が二台と寝椅子が一脚あり、作りつけの美しい書棚がいくつもあった。「わたしはここに入ったことがないと思う。とにかく、ディックの部屋になってからはね」アグネスが言った。

「ディックは誰もここに入れなかったのよ。この部屋は自分の精神の延長だといつも言っていたわ。誰かが入ってきたら、彼の考えを踏みつけることになると」

「その考えには共感するね」アグネスは言った。そこまで劇的な表現に値するほどの考えをディックから一度も聞いたことがないと、ひそかに思いながら。でも、狭い考えの持ち主でも、思索する人生のためには何か言うべきことがあったのだろう。そういう言葉は、人々が道を踏みはずさないようにするものだった。ディックの書斎は教授の部屋らしく見えた。または、新米船員が船長から避難するための隠れ家のようだ。内装に用いられた木材はすべて桜の木で、部屋の真ん中にある敷物はオレンジ色と緑色だった。たくさんある棚には本がひしめきあっている。うらやましいほどだ。

ポリーは机まで行って一通の封筒を取りあげた。「これが見てもらいたいものなの。何か心当たりがあるか確かめて」

アグネスは封筒を開けて読みはじめた。見覚えのある言葉が並んでいた。そう、この内容なら知っている。同じものが自分の机の中にもあった。ポリーが送ってきたものだ。たしか子どもが生まれたあと……セオだった？　たぶんそうだっただろう。アグネスは慎重な表情のポリーの顔に視線を向けた。

「これをディックの論文の中から見つけたのよ」

「どうして？　彼には見せないようにと言ったはずだよ。それでも見せたわけ？」アグネスは首を横に振った。「今言ったことは忘れて。あなたの選択だ。ただ、ディックには理解できないと思った」

「わたしは匿名で送ったの。彼の研究室宛てにね。どんなことが起こると予想していたのか、自分でもわからない。もしかしたら、それを受けとった日、すばらしいものを読んだと、はちきれそうなほど興奮して彼が帰ってくるとでも思っていたのかも。もしかしたら、その内容を彼が話してくれて、書いたのはわたしよと打ちあけることを思いえがいていたのかもしれない。でも、ディックはそのことにまったく触れなかったの。こうなるかもと考えていたことがあって、それがわたしは恥ずかしかった」

「ディックがそれまでとは変わるかもしれないということ？」

「わたしを賢いと考えてくれるかもしれないと思っていたことよ」

「彼はこの手紙を取っておいた。意味があることだよ」

「ええ、そうかもしれないわね。でも、ディックはいささか物を溜めこむ癖があったから。またばかげた空想をして、もう一度恥ずかしい思いをしたくはないわ」ポリーは肩をすくめた。

「だけど、待って、ポル――これを見て」アグネスは手紙の裏に鉛筆書きされた数語を指さした。

ポリーは腕の長さ分だけ手紙を離して掲げた。「読めないいんだけれど」

「こう書いてある。『書いた者を見つけて、彼を講義に招くこと』と。彼とはね！　もちろん、書いた人が女だなんてディックが思ったはずはない。女はことごとく――」

　ポリーは両手を顔に押しあてた。

「どうしたの？」

「ディックはこれをいいものだと思ってくれたんだわ」

　アグネスはポリーへの昔ながらのいらだちがこみあげるのを感じた。自分の意見よりも、ディックの意見のほうに心を動かされるポリーへのいらだちだった。この論文はすばらしい、本当にすばらしいとポリーにはっきり告げたのはアグネスではないか。ポリーはその言葉を右から左へ聞き流し、その間ずっと、ディックが何か言ってくれないかと待っていたのだ。やれやれ。〝行儀よくしなさいよ〟アグネスは自分に言いきかせた。「ああ、ディックはそう思ったんだね。それがわかったのは彼にとっていいことだった」

「ええ、いいことだったわね」ポリーはソファに沈みこんだ。「でも、書いたのがわたしだと知ったら、どうなっていたかしら？　お互いに意見を交換できたりしたら？」

「ディックがそんなことをしたと思う？」

「わからない。書いたのがわたしだとわかれば、彼は違う読み方をしたかもしれないし。というより、読み方が違ったでしょうね。まあ、わたしったら、感傷的になってしまって。やっと立ちなおったところだったのに。とにかく、欲しい本とか文具があったら教えてちょうだい。この部屋を整理して自分の部屋にするつもりなの」

「わかった！　手伝うよ」アグネスが言った。

「今？」

「善は急げ」

「ありがとう！」

　ポリーは勢いよく立ちあがって書棚へ行った。中に物を入れられるように、蓋を開けた箱をいくつか机に置いた。棚から本を二冊引っぱりだして下に置く。一度に一冊を取りあげて汚れを拭い、背が上になるように箱に入れた。もう一冊も同じようにする。それから書棚に戻った。見ていると、心がなごむ動作だった。「あなたはそこから始めて」ポリーは指示した。「お願いね。どれでも好きな本を持っていって」

　アグネスは本を取りだしてざっと目を通し、また元に戻した。本ならすでに充分あるし、ディックの本を持っていく理由もない。ばかげているだろう。それでも、木版画のイラストが入った『白鯨』と、『ロビンソン・クルーソー』、それにナチス関連の数冊の本を取りのけておいた。ナチスについてもっと深く考えて過ごすことが大事だ。人類の暗黒の心について考えなくては。

「こういう本をもらってもいい？」

　ポリーはちらっと視線を向けた。「もちろんよ。今でも本をたくさん読んでいるの？　わたしは本に集中できなくて」

「そんなに多くはないね。ちょっと手を出す程度」

「本は書いているの？」

　この問いにアグネスはぎくりとした。どうしてポリーが知っているのだろう――まさかモードが……？　だが、もちろんポリーは〈ナンのおしごと〉シリーズのことを言っているのだ。

「ふざけてアイデアをいくつか試しているところ。時間の経過をナンに気づいてもらいたいと思っている。『ナン、グリニッジ天文台に行く』という本だけど。でも、言いにくいタイトルだね。もしかしたら、種子銀行を取りあげたらいいかも。種には時間が貯蔵されているわけだから。とにかく、わたしは時間について考えているから、ナンも考えることになるかもしれない」

「前にわたしが知りあいだったヘレンという女性を覚えている？　去年の冬、彼女に会ったの。話してくれたのだけれど、夫と一緒のときのほうが、一緒でないときよりも時間が経つのを長く感じると気づいたときに離婚するべきだったというの。彼女は時計の針が時を刻むのを見てばかりいたそうよ。夫といるから、人生を長いと感じられるのだとヘレンは自分に言いきかせようとした。でも、同時に、夫の性格のせいで退屈するから、自分はやつれていくのだと思ったとか」

「なるほど。ナンにはそういうことに気づくようにさせたいね」おひとよしのポリー。まわりから評価されているよりもはるかに頭の回転が速い人なのに。ペンシルベニア大学の哲学科で講義をしてもいいくらいだ。

「学校。あるいは集会《ミーティング》で座っているとき。または幼い子どもの世話をしているとき」

「ああ。どれもそうだね。時間は速く過ぎたりゆっくり過ぎたりする」アグネスはマーガレット・ミードの『サモアの思春期』を脇にどけた。

「この秋に動物保護施設でボランティアをするつもりなの。それには時間を進ませる効果があると思うわ」ポリーが言った。「動物といると、時間があっという間に経つのよ」

「動物をみんな家に連れてきてしまうんじゃない」

「そんなひどいことにはならないわよ。ホープを愛しているもの。メイジーはどうしているのと訊きたいところだけれど、あの子はあちこちうろついているわね」

「あの子に餌をやっただろう」

「あちこちでツナをちょっとばかりあげたかも」ポリーはにやりと笑った。

「ディックの著作はどうなった？」

「そんな著作なんてないのよ、ネッシー」ポリーはさらに二冊の本を段ボール箱にきちんと押しこんだ。「殴り書きの原稿や切り抜きしか見つからなかった。ディックは長い間、何一つ実際には書いていなかったの」

「とても残念だね」

「ディックが亡くなってから、わたしは学部長のアダムに手紙を書いて、彼に何かあったのかと尋ねたの。ディックが名誉教授の称号を与えられなかったことが不思議だった。それに、存在さえしなかったけれど、ディックの著書の序文を書くことをアダムが断ったのも不思議に思っていたの。そういうものがあれば、ディックはもっと幸せだったのに。アダムから返事が来て、ディックについての苦情が複数あって、もう大学にいてもらいたくなかったからだと書いてあった」ポリーは肩をすくめた。「ああいう年老いた男の人たちは、自分を抑えられないのでしょうね。あまりにも長い間、自制を働かせてきたから。もうどうでもいいけれど。どれも気にならないわ。わたし以外の人にとってのディックの評判を気にする段階はとっくに過ぎてしまったの」

「やっとそうなったんだ！」アグネスは拍手した。

「わたしは恋をしたくてたまらなかったのよ。どうしてかしらね？　どうして恋愛があんなに重要だと思えたのかしら？　ほかに考えるべきことがたくさんあったのに。今では、あれほどディックをかばったせいで息子たちをだめにしたんじゃないかと思っている」

「あなたの息子たちはみんな優れているよ」アグネスは言った。

「わかっているわ。わたしが何を言いたいかはわかるでしょう」

「ああ。息子たちのせいであなたは傷ついた。彼らの首をわたしが絞めてやるからね」

「ありがとう、ネッシー。任せるわ」

ポリーは空になった書棚を拭き、ディックの机のすぐ後ろの棚に取りかかった。彼女とポリーは同時に目にした。本の後ろから何か丸まったものがいくつか飛びだしてきて、書棚の端から転げおちたのを。

「これは――」

ポリーはかがんでそれを拾いあげた。「ああ、なんてこと」

アグネスは当惑していた。手を貸そうと腰を曲げたところ、手首に痛みを感じた。ポリーに手を叩かれたのだ。

「だめ！」ポリーは叫んだ。「触らないで！」

だが、アグネスは塊になったものの一つを拾った。広げると、男性用の下着だとわかった。アグネスはつかの間それを見つめていたが、便で汚れていることに気づいた。「ポリー、ゴム手袋をはめて、ここをきれいにするよ」

「どうして、こんなことをしたのかしら？」

「彼は疲れていたんだよ」

「本当にごめんなさい、アグネス」

「どうってことはない。人間なんだからね」

「気分が悪いわ」

「だめ。わたしたちにはやるべきことがある」

「そうね。あなたの言うとおりよ。ちょっと顔だけ洗わせて」

二人は必要なものを取りにキッチンへ向かった。ポリーが掃除用具入れを開けると、日に焼けた木材のにおいがした。バケツを取りだし、シンクの下の戸棚にアグネスの注意を向けさせた。

「クレンザー？」アグネスは訊いた。

「いいえ。お酢を取って」

アグネスは瓶を取った。ポリーはバケツに酢を少し入れ、水と混ぜた。「新しいスポンジも取って」アグネスはまたかがみこんで、三つ残っていた、開けてあるスポンジの包みを調べた。紫色のスポンジを選んだ。ポリーが先に立って、二人はまた書斎に向かった。夕方の風が吹いて草原にさざ波が立っている。書斎に戻ると、暗黙のうちに作業を分けあった。ポリーが下着の束に取りくみ、アグネスが酢の入った水で書棚を拭く。

「かわいそうなディック」ポリーは言った。

「彼は年をとりたくなかった老人だった」

「そのとおりね」

「そう。ただそれだけのこと。それ以上でもそれ以下でもない」

二人はバケツとゴミ袋を持ってキッチンに戻った。ポリーは背筋をしゃんと伸ばし、後屈したり、左右に体を曲げたりした。大きなため息をついて両腕を下ろす。

「でも、彼を愛していたのよ」ポリーは言った。「どうしようもないでしょう?」

アグネスは自分とポリーとの間にきらめいているエネルギーが見えるような気がした。渡るための橋がかかっていた。

「わたしの墓碑銘がわかったよ、ポル。自分の墓石には名前と日付とこう書いてほしい――〝わたしはある人を愛した〞って」

「誰を?」

「知りたい? わたしにもちょっとした謎があってもいいだろう?」

ポリーは笑わなかった。「実を言うと、いいと思わないわ、ネッシー。もうわたしたちは正直になるころだと思うの。完全に正直にね」

「去年の秋に正直なことを言ったら、どんな結果になったかわかっているじゃないか」

ポリーは首を横に振った。「あれは正直な言葉じゃなかった。ひどい言葉だったのよ。わたしは――これからは本当のことを言うわ。自分がどんな人間かを相手に伝えなかったら、意味がないでしょう?」ポリーは訊いた。「わたしは正直になりたいの、ネッシー。もう恐れない」

翌朝、アグネスはポリーの家に行き、ノートがぎっしりつまったL・L・ビーンの袋を渡した。モードには見せなかった最後の二冊のノートも入っていた。でも、モードにも見せるつもりだった。たぶん、そうするだろう。もうアグネスの体を覆っていた羊膜を取りのぞくときだった。

第三十六章

一九六二年二月、リーワードコテージ、アグネス

〈親愛なるエルスペス

いつものようにバージルのことを考えながら目を覚ましました。会話を思いかえし、何を話したかを考え、恥ずかしすぎて口に出せなかった言葉を考えながら。それから仰向けになり、今日これからのことを思った。ほとんどの時間は執筆に費やすだろう。午後にナンがやってきたら、午前中に書いた原稿を校正する。その間、ナンは暖炉のそばで絵を描いたり、昼寝をしたりするだろう。ナンを主人公にした本に取りくんでいるのに加えて、子ども時代のことも書いている。わが家の感謝祭がどんなだったかといったことを描写しているのだ。エル、さまざまな光景や感情を記憶にとどめるのと、あのころを描写するための言葉を探しもとめるのとでは大違いだよ。わたしたちがどう感じていたかを、ほかの人にも感じとってもらえるように書かなければならない。当時のことを生き生きと表現するのは難しい。フィクションしか書いてこなかったのに、まさしく真実のことを伝えるのも難しい。気がつくと、話に尾ひれをつけている。愛情あふれる母親がいる感謝祭ならどんな

ふうだったかと、理想の感謝祭のことを書いているのだ。書きながら、自分が願っていた優しい感情を心に呼びおこしている。求めていたのは祖先とのつながり、優しい両親の無限の愛情、温かくて幸せな家での安心感、大事にされた子どもたちであふれそうな安全な安息の場というものだった。わたしが書きたいのは、自分たちがいつもどんなに空腹だったか、どれほどわずかな食事しか与えられなかったかについてだ。子どもが痩せていることを母が望んだからだった。

　わたしたちの子ども時代に興味を示すナンのために、こういったことをざっと書いている。わたしの思い出を文字にすると、ナンはそれをさらに信じてくれる。読者の卵だ。

　猫のホークウィードが椅子から跳んで、どさっと音をたてて床に着地した。跳ぶときに音はしないが、彼にかき乱された空気の分子は勢いよく動きまわっているに違いない。次にホークウィードはわたしの足元のマットレスに跳びうつった。上掛けの下にいたスターはホークウィードが近づくと、小さくうなった。「みんながいられる余地はあるよ」とわたしは言った。今日初めて発した言葉だった。当たり前のことを言っているね、と言わんばかりの顔でスターはわたしを見た。脚に鼻を押しつけてくる。エルスペス、あなたが好んで引用したように、そのささやかなしぐさはわたしの魂を褒めたたえている（新約聖書『ルカによる福音書』一章四十七節を踏まえている）。ごくさりげない触れあいが、もっとも楽しいものだ。偽りのない信頼が示されている。

　ホークウィードは歓迎してもらえることを露ほども疑わない様子で、わたしのほうへゆっくりと歩いてきた。尻尾の先は潜望鏡さながらに部屋の中を探っていて、わたしの胸のどこに飛びのったらいいかと彼はじっくり考えていた。こちらの顔を覗きこみながら胸の骨のあたりでしばらく立ちどまる。目を開けたり閉じたりするわたしの挨拶にホークウィードは応えた。彼はまず前脚を伸ばしてから横になった。まるでわたしが筏《いかだ》で、その上でうまくバランスを取らねばならないというように慎重な動きだった。片目でスターを見ながら、細心の注意を払った行動だ。実際にはスターから特権を剝奪することになる、そんな動きを気づかれないようにとこの猫は考えている。ホークウィードなら、女王が統治する間、誰にも気づかれずにあらゆる糸を裏で引っぱる完璧な顧問になるだろう。ホークウィードの攻撃的な性質は完全に隠されていたが、目を覚ましてからほんの二分ほどで、わたしは首筋からウエストまで猫に覆われることになった。ホークウィードは自信満々で、オレンジ色の脚の一本はわたしのウエストから滑りおちてぶら下がっていた。

それから、ホークウィードとわたしは互いの目を覗きこんだ。相手のプライバシーを侵害しないように敬意を払って、ときどき目をそらそうと気をつける。わたしはいつもの決まったやり方で彼の顔や頭、首や背中を撫ではじめる。これ以上の交流をしようと考えると、ホークウィードは前脚を伸ばしてわたしの喉元を押してくる。これほど多くの要求を、これほどあからさまにできる彼の自信がうらやましい。ナヴォーナ広場にある華奢な椅子に座って、前脚を別の椅子にかけているホークウィードの姿が思いうかぶ。自分の連れだけでなく、ローマじゅうの人々の注目を何食わぬ顔で求めている彼が目に浮かぶのだ。

ちょっと待って。前にホークウィードのことを話したかどうかもはっきりしない。彼は秋の終わりにやってきた。市場の外でまっすぐわたしのところへ歩いてきたのだ。戸外での暮らしはもうたくさんだったのだろう。

ちょうど今、わたしはホークウィードがカレンと少し似ていると思っていた。カレンも集中力があり、静かな態度のせいで目立たないが、すばらしい知性を持っている。優れた教授なら、カレンを弟子に取るはずだ。きびきびした知的な女性なら、カレンにしっかりと精神的な鍛練をさせ、確実なキャリアを身につけさせるだろう。若い女がキャリアを始めるにあたって、男が手助けしてくれることを、わたしは期待していない。エル、かつてあなたは言ったことがあったよね？　無抵抗に見える人は、いざ解放されたときには世界を爆破させる原子力くらいの力を持っていると。それとも、これは今わたしが考えていることなのか？　ときどき、自分とあなたとの区別がつかなくなる。でも、わたしたちは本当にこんな話をしたことがあった。あなたが苦痛に責めさいなまれながらも、一方では恍惚状態にあったときに。聖書の一節を読んでくれたのだった――

――わたしは目を上げて聖書を見た。あなたが読んでいた古い聖書が書棚にある。いいえ、いとしいエル、期待しないで。聖書を読む習慣を身につける気はない。わたしは徹底的に罪人なのだ。

あなたが読んだ一節はこうだった。

「主が言われた、『わたしの恵みはあなたに対して十分である。わたしの力は弱いところに完全にあらわれる』」（新約聖書『コリントの信徒への手紙二』十二章九節）

鏡を通じて見る世界、理想の人生がある並行世界はすぐ身近にあるのに、入りこむことはできない。入れるのは、差しだされた恵みや愛をわたしたちが受けいれるときだけだ。そういう恵みや愛がつねに、どんな瞬間にも差しだされていることをわたしは学んだ。空をちらっと見るたびに、毎回違う夜明けを眺めるたびに。あるいは枝の上を軽々と走っているリスを見るたび、姉妹や友人と話すたびに。または優れた書物を読んでいて時間の感覚がなくなるたびに、恵みや愛は差しだされている。人は差しだされたものをいつでも自由に受けいれられる。こういうものを認識しないのはわたしたちだ。自由な意思というわけなのだ。そんな行動の結果がいわゆる経験で、そして経験から信念が生まれる。世の中には悪質な考えがごまんとある。わたしはどんな考えもだんだん受けいれられなくなっている。動物に花、海。友達。子どもたち。芸術。それでおしまい。

　わたしはホークウィードを抱きあげて体から降ろすと、今日の食事について打ちあわせようと下に行った。ミセス・サーカムスタンスの子どもたちは風邪をひいて家に閉じこめられていたが、ロバートだけは別だったから、いつものように学校へ行き、ナンをバス停まで連れていってくれるだろう。すでにミセス・サーカムスタンスはわたしにオートミールを用意し、昼食用にスープを作りはじめていた。するべき仕事よりもはるかに多くのことをしてくれるのだが、キッチンで采配を振るう権限について、わたしはもう彼女と言いあらそわない。原稿の上には数本のペンが置いてある。鉛筆はすべて削ってあるし、消しゴムはすぐそばにある。新しい原稿用紙に書いた最後の二行は書きうつしておいた。

　原稿に取りかかる前に、もう少しあなたに書きたい。

　朝のみぞれはぼたん雪に変わっていた。空はほとんど真っ白だが、ときどき太陽の光が差しこんできて、急に空気がきらめくときがある。ついさっき、廊下を通ってかつてのエドマンドの寝室に行くと、シャレーの煙突から煙が上がっているのが見えた。ロバートが現れてポイントパスへ向かっていた。ナンを連れに行くのだ。中指を人差し指に重ねて幸運を祈りながら、バージルの姿がちらっと見えないかと思ったが、見ることはできなかった。バスが迎えに来る道路の突き当たりへ子どもたちが向かうのを眺めた。

　まあ、いいだろう。またあとで。何が何でも原稿を書かなくては！〉

〈あれから少し経った。わたしは計画したとおりに原稿を書いたが、だいたい三十分おきに立ちあがっては体を伸ばし、いつの間にか書斎の窓からシャレーのほうを見ていた。バージルも執筆していると思うと、励まされた。ずいぶん長い年月を孤独に過ごしてきたから、仲間がいることが途方もなく心強い。わたしの願いは——あれ、待って。車がポイントパスを走ってきて、うちの私道へ曲がってきた。カレンの車だ。おかしい。どうして先に電話してこなかったのだろう？　ナンが学校へ行くようになったから、ここに来る前は必ず電話をかけてくるのに。なぜ、カレンは仕事をしていないのだろう？　とはいえ、彼女が来たおかげでこの机から離れられるのはうれしい！

カレンは車を降りて雪が積もった私道に足を踏みいれ、微笑しながら空を見あげている。わたしがあげた、あなたの古いウールのケープを着ていた。それに、教会のバザーで見つけたというムートンブーツを履いている。クリスマスのオーナメントみたいな赤と緑のスカーフに、髪がかかっていた。彼女はドアへと大股で歩いてくる。じゃ、またあとで！　下へ行ってくる〉

〈エルスペス、戻ったよ。ようやくまた寝室で一人きりになれた。十年にも感じた一日を過ごしたあとだ。ナンはかつてのあなたの部屋にいて、スターと一緒に山ほどのキルトで覆われている。ホークウィードはわたしの部屋にいて、ベッドの端に座り、どう解釈していいかわからないパターンで断続的に喉を鳴らしている。ここでは当たり前になった一幅の平和な絵画のような光景で、それには限りない感謝の念を覚える。でも、今度ばかりはナンがこの家にいなければいいのにと思う気持ちが半分あった。そうすれば一人になれて、誰にも妨げられずに、好きなだけ歩きまわったり声をあげたりできるのに。愚かだったという思いを込めた声をあげたい。ばかだった。自分を完全な笑いものにしたし、責める相手は自分しかいない。エルスペス、いったい、わたしは自分を何者だと思っていたのだろう？

心の底から恥ずかしく思っている。誰も知らないとしても。いや——バージルは知っているだろう。

今朝から書いた、幸せそうな哀れな数ページには共感などできない。あのときは切望感を覚えていたが、自由だった。今のわたしは華々しさなどない未来へ進みつづけている。後知恵など口にせず、起こったとおりのことを話そう。率直に記録しなければならない。出来事を解釈しなおしたくなった場合、わたしが参照できるように。二度と思い違いをするようなことがあってはならないのだ。

下へ行くと、はしゃいでいるカレンがいた。あまりにもうれしそうな様子に、理由はわからないながらも、わたしはくすっと笑った。ミセス・サーカムスタンスさえほほ笑んでいた。スターは嬉々として吠え、カレンは彼を抱きあげてハグし、顔を舐められるままになった。

「カレン！　ケープをよこして！」

「いいえ、アグネス、出てきてください！　コートを着て、バージルのところへ行きましょう」

「でも、邪魔をするわけにはいかないじゃない！　執筆中に決まっている」

「今日は書いていません。わたしたちが来るのを待っています」

「彼が？　どうしてそんなことを知っているの？」わたしは困惑していた。

「わたしたちが計画を立てたからですよ」カレンは両手でわたしの腕をつかんで引っぱった。

「あなたとバージルが計画を立てたって？」

カレンは声をあげて笑った。「コートを着てブーツを履いてください」

「スープはどうする？　ランチを持っていけるけれど」

「バージルがわたしたちのためにランチを作っていますよ」カレンが言った。

「彼が？」わたしは同じ言葉ばかり繰りかえしていた。彼が？　彼が？　わたしが招待するのではなく、カレンがこちらを招待しようとしていることが気になった。

「そう、彼が全部ランチを作るんですよ。招待主はバージルです。そんな機会を見のがす手はありませんよね？」

カレンの興奮ぶりがこちらにも伝染した。

「用意するからちょっと待って」わたしは言った。

カレンはくすくす笑った。「あら、コートを着る前にたくさんの用事をすませる気でしょう。でも、そんなのだめですよ。さあさあ、すぐ来て！　あなたもよ、スター！」

「雪はスターが歩けるほどの深さ？」

「もしも深すぎたら、交替でスターを抱いていきましょう。この子も楽しみます」

わたしはホークウィードを軽く叩いてやり、カレンと外に出た。一瞬、暖かさを感じた。そんな場合に昔からいつも思っていたのと同じことを考えた。なんだかんだ言っても、外はそんなに寒くない。なぜ、こんなに着こんでいるのだろう？　それから何歩か進むと、寒気の壁の中へ入っていった。気温が低くて湿度の高い日で、空気は薪の煙と雪のにおいがした。雪片は軽そうに見えたが、びっしりと枝々を覆っている。木々はきしむような音をたてていた。思わず首を伸ばして、野原のなかほどにある墓地に目をやった。ナンの事故があったあと、立っていた墓石はすべて取りのぞいてもらったから、草原は途切れることなくサンクまで続いているようだった。いつものように、エル、あなたがあの土の中に横たわっていることがとても不思議に思えた。陸地の向こうにある濃い青灰色の海はまるで穴のように見えた。

カレンは過ぎたばかりのクリスマスの話をしていた。プレゼントを開けるナンを眺めているのがどんなに楽しかったかと言った。その場にいたかったけれど、リディアを抱きに行かなければならなかったからねと、わたしは言った。わたしたちは競いあっていたのだろうか？　あんな天候の中ではどうだったのかわからない。雪のせいで、まわりの世界が狭まった感じになり、自分たちの足音や声が耳の中に大きく響いた。スターを抱きあげてやると、わたしの腕という贅沢な玉座から雪片に嚙みつこうとした。大草原地帯《ステップ》を苦労して進んでいるロシア人のような気がする、とわたしは言った。カレンは微笑した。きれいといってもいいくらいに見えた。

シャレーに着くと、バージルがドアを開けてくれ、わたしたちは足を踏み鳴らしてブーツの雪を落とし、中に入った。テーブルに置いてあった原稿は片づけられ、まわりには椅子が三脚並べてある。食器類は不充分だったが、カレンはかばんから取りだしたナイフやフォークをすばやく足した。パンの塊と、アルミホイルに包んだバターもかばんから出す。わたしは笑みを絶やさなかったが、当惑していた。わたしが知らないうちに、彼らはどうやって計画を立てたのだろう？　二人だけで話していたのか？　夕食後、バージルが車までカレンを送っていくことはあったが、ほかには彼らが一緒にいたことを思いだせない。それにナンがいつも一緒にいたはずだ。何もかもとても妙だった。

三人分の席が用意された。つつましいが、飾り気のない魅力があった。薪ストーブの上には深鍋がかけてあり、湯気が上がっている。タマネギとにんじんのにおいがした。わたしの口に唾が湧いた。

バージルはそれぞれのグラスにワインをそそいだ。「昼間なのに、恥ずべき振る舞いだね！」わたしはからかった。この状況に落ちつきはじめていた。

「友人たちに乾杯」彼は言った。

わたしたちはワインを飲んだ。乾杯のときは互いの目を見るというルールにわたしは従ったが、バージルもカレンもそんな決まりを知らないらしく、えび茶色の液体をおずおずと覗きこんでいただけだった。

バージルは部屋を生き生きした緑の大枝で飾っていた。ドングリを入れてヒイラギの小枝で囲んだボウルがテーブルの装飾物の代わりだった。バージルはこういうことをよく考えて、手数をかけたのだろう。

「すばらしいおもてなしだ」わたしは言った。身についたマナーのせいで、この状況を褒めずにはいられなかった。「これからはお客様を招くつもり？」

「もしかしたら、ぼくはこの夏のポイント・パーティを監督することになるかもな」

バージルをからかうのがどんなに楽しかったことか！　彼の背の高さ、におい、セーターに包まれた腕さえも、すべてがとてもいとおしかった。

「たくさん練習が必要だね。ここでもっと食事をしなくてはならないかも。そう思わない、カレン？」わたしは話しつづけた。

カレンとバージルは目を見かわした。ただ視線を合わせただけでなく――二人の間には会話が交わされたのだ。すばやいやり取りがされるのをわたしははっきりと見た。だが、それは外国語の会話に等しく、どういう意味なのかわからなかった。わたしは二人を眺めて待ちながら、戸惑っていた。自分が子どもみたいに感じられた。

ようやく――長い時間に思えたが、もしかしたら一秒後だったのかもしれない――バージルがうなずいた。

カレンがわたしのそばに来て両手を取った。平凡な顔が紅潮していた。寒さの中を歩いてきたせいで肌の色が明るくなり、髪がほつれている。部屋のほのかなあかりで、彼女の顔は柔らかく照らされていた。

「アグネス、いとしいアグネス、わたしたちはお知らせしたい、とてもうれしいことがあるんです」

カレンの顔に浮かんだ表情はこれまで見たことがないものだった。だが、本能的にそれが危険な兆候だとわたしは理解した。警戒心で全身がぴりぴりしている。「そう?」

「はい! わたしたちは婚約したんです! すばらしいでしょう?」

カレンの顔は輝いていた。バージルが進みでて、彼女の肩に腕をまわした。まるで合図でもあったように薪ストーブの丸太が割れてはじけた。炎がうなり声をあげながらわたしの上半身を走りぬける。めらめらと燃える火が噴きだし、煙を吐き、わたしを体の中から焼き殺そうとしていた。両腕が痛い。この二人に思いきりひどいことをしてやりたくてたまらなかった。殴るか首を絞めるか。逃げだしたくて、脚が張りつめていた。

けれども、わたしはぎこちなく首を上下に振った。バージルの顔を見る勇気はなかった。

カレンは手を差しだし、指に巻きつけた紐を見せた。「指輪の代用品なんです」彼女は言った。

「バージルは結婚してほしいと言ったんです！　わたしは承諾しました」

「近いうちに指輪を買うよ」バージルはカレンに言った。すでに指輪を手に入れたかのようにうれしそうだ。

フィラデルフィアの貸金庫に預けてある、母のあらゆる指輪が思いうかんだ。何の役にも立っていないものだった。でも、わたしは指輪をあげようと申しでなかった。

「それで、どう思います？」カレンは訊いた。「わたしたち、あなたに言いたいと、ずっと思っていたんですよ」

「どれくらいの間？」わたしは尋ねた。

「ああ、食べながら話しましょう。お腹がぺこぺこ！　料理をテーブルに持ってきましょうよ」

「大学はどうするの？」

「彼女に行ってもらいたい気持ちは変わらない」バージルが言った。

彼らが交わした視線には、急に高まってきた家庭生活への思いやそこでの静かな喜びが含まれていた。写真のアルバムでいっぱいの棚さながらに、その光景がわたしの目に浮かんだ。これから先がすべて見えた。彼らの人生が。カレンは大学へ行くのか？　それとも、赤ん坊を何人も産むのか？　赤ん坊ができるという可能性は、バージルがカレンとの結婚を何も予告しなかったのと同じくらい、わたしには裏切りだと感じられた。わたしの考えを読んだかのように、バージルは恥ずかしそうにこちらを見た。

バージルはタオルを取って両手に巻きつけ、熱い深鍋を持ちあげた。外では風が音をたてて吹いていて、バージルとカレンは驚いたようなつぶやきを漏らした。「隙間風を感じるんだけど、あなたは？」カレンはこれまでわたしが見たこともなかった、懇願するような女らしい態度でバージルに尋ねた。

バージルはまったく問題ないとばかりにうなずいた。おたまでスープをすくって入れ、ボウルを渡してくれた。その間にカレンがパンを切った。食べているとき、彼らは自分たちの恋の経緯を語った。恋が芽生えたのはこの前の秋……場合によってはもっと早かったかもしれない。もっとも、ぼくたちは意識していなかったけど……言葉にはしなかったわね……お互いに思いは口にしなかった。初めて気持ちを打ちあけたのは、またしても場合によってはということだけど、十月かな。でも、それらしいメッセージには気づかなかった。それとも、そんなものはあったかな？　二人が相手をちらっと見たり、意識したりする瞬間はあったらしいが、どちらも互いの気持ちに確信が持てなかったという。たしかそのころ、バージルが夕食に来るのかとカレンに尋ねられたことがあったのではなかったか？　その他もろもろのことで二人は惹かれあっていった。自分たちを見つめている人間がいることに興奮し、スリルを覚えながら。見物人を求めない恋愛なんてあるだろうか。誰かに見られている恋愛に勝るものはないのでは？　最悪の皮肉は、こうしてわたしが同席しているせいで彼らがさらに幸せを感じ、二人の絆が固くなっていくことだった。

わたしは微笑した。二人を祝福した。わたしは死んだ。

死んだのだ。

十月。バージルの気持ちがすべて自分に向いていると、わたしは確信していた。夜空の下を一緒に歩いたあの晩のあと、バージルはわたしのことをまた考えただろうか。その間わたしはずっと、自分たちがふたたび恋愛めいた感情を抱くことがあると信じていたのだ。なんてばかだったのか。

わたしたちは皿を洗ってからくつろいだ。安心感と幸せな気持ちを抱いて、というか、彼らはそうだっただろう。

「ナンには話したの？」

バージルがカレンを見ると、彼女はわたしの腕に触れた。カレンが愛情深いタイプだとは知らなかったが、恋によって彼女の体からそれまでのような抑制が消え、止まらなくなったらしかった。

「最初にあなたに話したかったんです、アグネス。何もかもあなたのおかげだもの。あなたはわたしたちの最良の友で最高の未来です。本当の家族よ。あなたを大好きなおばさまとしていつも必要としているし、いつでも歓迎します」

大好きなおばさま。おばさま。

「ナンには明日話すつもりなんです」

「そう」

「それと――」カレンは手を放すと、膝に置いたもう一方の手に重ねた。控えめな態度で。「お願いしたいことがあるんです」

わたしはあまりにも落ちつかなくてみじめな思いをしていたから、頭がはっきり働かなくなっていた。バージルと二人だけになりたかった。この状況が本当に本物なのか、それとも、彼がなんらかの不思議な魔力にとらわれているのかと問いただしたかったし、家に帰りたかった。今できることで、帰るのにもっとも近い行動をとった。スターを抱きあげ、膝に乗せて抱いた。食卓に動物を近づけないというわたしの決まりを破った。

「ナンを今夜、あなたのところに泊めてほしいんです」

カレンの顔に浮かんでいた、渇望や緊張や圧力や懇願の表情を目にして、わたしに何ができただろう？　何が言えた？　罠にかけられた気分だった。これまでどれほどの夜、ナンはうちに泊まっただろうか？　数えきれないほどだ。ナンはわが家にしじゅう泊まっていた。彼女が来るのはいつでも歓迎だった。それなのに、わざわざお願いするとは！　わたしに！　誰が実質的にナンの母親だと思っているの？　あるいは、母親だったと。

わたしはバージルに視線を向けようとしなかった。何もかも忘れたらしい表情をしているのを見たら、わたしはどうするだろう？

「ああ、問題ないけど」どうにか言った。スターは小首を傾げ、物欲しそうにパンをじっと見ていたから、かけらをやった。

「本当にありがとう、アグネス。わたしたちがどれほどあなたに感謝しているか、きっとおわかりにならないでしょうね。さあ、いいわ、ショーにしましょう！」カレンは立ちあがり、人生のすべてが今から始まるとばかりに両腕を上げた。「アグネス、少しの間、立っていてもらえませんか」。いったい、これは何？　ショーって、何？　バージルとカレンは狭い部屋であちこち動きまわり、家具を動かした。もうダイニングルームらしくなくなり、教室か劇場のようになった。二脚の椅子がテーブルに向きあうように置かれ、テーブルの向こうに三番目の椅子が置いてある。カレンはあれこれと調整を続けた。手を加えるところはあまりなかったが、燭台を椅子にもっとも近いテーブルの隅に置き、ほかにも同じようにささやかな修正を加えた。あちこちのものをほんの何ミリか動かしただけで、部屋にどれほどの落ちつきが生まれるかは驚きだった。美しい人や一卵性双生児のようなものだ。目の大きさがわずかに異なるとか、口の端が少し上がっているといった些細な違い。そういった違いがあるだけで、満足がいくバランスのとれた顔を持つ人間のほうは世界を手に入れる。一方、見分けがつきにくい違いなのに、全体的な効果として片割れとは別の顔を持つ人間のほうは平均的な人々の集団にまぎれこんでしまう。カレンはあっという間に、この部屋をわたしが見たこともないほど魅力的なものに変えてしまった。手を出さないほうが好ましいだろうと思っていたから、わたしはここを変えようとしたことなどなかった。

「ここに座ってください、アグネス」カレンは椅子を指した。「わたしは隣に座ります。準備はいい？」バージルに尋ねる。

バージルは棚から紙の束を取りだし、彼とわたしたちの間にあるテーブルの向こうに行った。

「それを演台だと思ってください」カレンは指示した。

何が起こっているのかまったくわからないながらも、わたしは協力した。わかりたいと思わないほど頭の働きが鈍っていたのかもしれない。隣に腰を下ろすと、カレンはすぐさま手を握ってきた。彼女の服からは薪ストーブのにおいがした。わたしはまたしてもスターを膝に抱きあげた。

「いい？」カレンはバージルに言った。

彼はうなずいた。

「ぼくは新しい原稿を読もうと思います。これは『不等辺』を執筆するうえでの裏話のようなものです」

カレンが拍手し、わたしも彼女にならって手を叩いた。それから四十五分間にわたってバージルは原稿を読んだ。わたしが聞いた物語は、メイン州の先端にある小屋に引っこしてきた男と幼い子どもに関するものだった。そこで彼らは近くの大きな家で暮らす、この上なくすばらしい女性と出あう。彼女は親子を自分の庇護下に置き、事故が起きてからずっと子どもの看病をして、男が執筆するのを手伝う。なんとおぞましいことだろう。わたしは何度も何度も死んだ。それから、その愚かな女に紹介された町の図書館司書と男は恋に落ちる。いや、その部分はバージルが書いた原稿にはなかった。爆発しているわたしの頭の中にあったものだ。

ほの暗さと薪ストーブの火の暖かさのおかげで、バージルは得も言われぬほど優しそうに見えた。それとも、愛のせいでそうなったのかもしれない。実に美しい話だ。〝でも、あなたのためじゃないんだよ〟わたしは自分に思いださせた。〝あなたのためじゃない。彼は二度とあなたにキスしないだろう。自分は美しいのだと彼が感じさせてくれることは二度とない。暗闇で彼があなたに話すことはないし、彼の寝顔をあなたが見ることも二度とない。彼と過ごす計画をあなたが立てることはないだろう。彼の作品が多くの人の前で上演されても、最前列で見るのはあなたではない。彼の目を通してパリを見ることはないし、彼が涙に暮れているときに抱きしめてやるのはあなたじゃない。今と同じように、これからもあなたが彼と暮らすことはない。彼が喜ぶだろうかと思いながら朝におしゃれをすることは二度とないし、一種の求愛としての彼の感謝の言葉を聞くこともない。知りあう前と同じくらいの距離が、今やあなたと彼の間にはある。あなたは彼を知らないのだ。彼は秘密を持ちつづけた。何も言わないという形の嘘をついた。もうあなたもわかったはずだ。彼は嘘がつけたのだと。もうわかったはず。これでわかったはず。ナンはどうなるのか？　もっとカレンを愛するようになるだろう。カレンは何人も子どもを産み、ナンは幸福な家族の一員となる。あなたは彼らの客となるのだ〟

バージルは原稿を読みおえておじぎした。わたしたちはまた拍手した。

カレンはわたしのほうを向いた。興奮しているせいで頰が赤くなっている。「わたしたちのサプライズはどうでしたか？」

「ああ――」わたしは言葉を探した。

「この作品はあなたに捧げるものなんですよ」カレンは言った。

「そう？」無力さと敗北感を覚えていた。その作品が本当にわたしに捧げられたものだとしても、何を言えただろうか。

「あなたが彼に親切にしてくれたからです。わたしたちに」

「ああ」〝親切〟。最悪の言葉だ！　親切な人というのは、この状況では無価値であることに等しい。「ありがとう」わたしは立ちあがった。ここから出ていかなければ、叫びだしてしまうだろう。「昼食をごちそうしてくれて、原稿を読んでくれて、本当にありがとう。わたしは仕事に戻らないと」

反対の声はあがらなかった。彼らは二人きりになりたかったのだ。「ちょっとナンのものだけ持っていく」わたしは言った。「ナンの部屋から」

急いで小屋の向こうのほうへ行った。必要なものなどなかった。うちにはナンのためのものが部屋いっぱいにあるのだ。けれども、とにかく音をたてて引きだしを開け、シャツを一枚と下着を取りだした。窓の一部が開いていた。わたしたちが感じていた隙間風はここから入っていたらしいので、窓を閉めた。

バージルは後ろにカレンを従えて、ドアまでの数歩の間、送ってきてくれた。わたしは彼を振りかえった。そうしないわけにはいかなかった。どういうわけか、まっすぐ彼の腕の中に飛びこむ形になった。彼はわたしを抱きしめるつもりだったのだろうか？　態度を取り繕うのはもうごめんだった。もうたくさんだ。

体を引きはなすと、バージルが泣いていることがわかった。声はたてていない。でも、頬は涙に濡れ、シャツに涙が滴りおちている。別の状況だったら、これほどの感情の高まりを目にして気分が高揚し、彼に及ぼした影響を誇りに思ったかもしれない。だが、今日はそんなことはなかった。バージルが幸せなのはわたしが理由ではなかったのだ。道具というものは喜ばれるし、称賛もされるが、幸福は生みださない。わたしは一つの道具にすぎなかった。草むらからヘビを追いだした熊手だ。凍りついた人間を海から引っぱりだした網。わたしが物置にしまいこまれるときが来たのだ。カレンがさっと入りこんできて別れの抱擁をした。「ありがとう、いとしい恩人さん」彼女は言った。

この言葉を聞いてどう感じたかさえ、表現できない。二人が一緒のところをふたたび見る力が自分にあるとも思えないのだ。〝どうか主よ、必要なだけわたしに彼らを憎ませてください〟

スターとわたしはのろのろと家に向かった。雪は相変わらず激しく降っていた。大きな雪片は水分を含んで重く、苦労して脚を前に出すしかなかった。今度ばかりは現在にしか関心がない犬がうとましかった。わたしはどんなものも楽しむにはほど遠い心境だった。

ぼうっとして自分の部屋で座っていると、ナンが入ってきた。わたしは放心状態からどうにか自分を取りもどし、ナンとロバートにホットチョコレートを作り、大皿にクッキーを山盛りにしてやった。大盤振る舞いされた二人は目を見開き、視線を交わした。間違って盛りつけたんじゃないかと口に出すなと、目で警告しあっていたのだ。わたしたちはガラスルームに落ちついた。紫がかった夕暮れの中で、部屋はよくできた金魚鉢のように見えた。

「ファーは夕食に来る？」ナンが尋ねた。クッキーの大皿をそのまま膝に載せていた。わたしはほうっておいた。注意したところで、何になるだろう？

「来ないよ。あなたはここに泊まるの。わたしとね」

「でも、ファーに会いたい」

「明日会える」

「カレンはどこ？」ロバートが尋ねた。

ロバートにはわたしの苦悩が読みとれたのだろうか？　わかったに違いない。「どうしてそんなことを訊くの？」

「私道にカレンの車があったからさ」

当然だ。「バージルのところに行っているよ」

ナンは皿をテーブルに置き、椅子の端まで体をずらした。「二人に会いに行こうよ」

「だめ！」彼らが何をしているかがとっさに思いうかんだ。「だめよ、行くのはだめ。二人は忙しいからね」

ナンは首を傾げた。父親のしぐさと同じだ。「何してるの？」またクッキーをつまみあげてかじった。疑念を持っているのではなく、好奇心があるのだ。

「ある計画に取りくんでいるんだよ」

「それって、何？」ロバートが訊いた。

「どうしても知りたいなら言うけれど、あなたを驚かせようと計画しているんだよ、ナン」

わたしにはそれしか思いつけなかった。ナンはたちまち満面の笑みを浮かべ、手を打ち鳴らした。

「あたしたち、いつ見られるの？」

ナンはロバートのほうを手で指した。いつも彼を含めて考えているのだ。

「明日ね。それが何かは明日わかる」

「学校があるよ」ロバートが言った。

「この雪では学校も休みになるかもね。もし休みじゃなかったら、学校が終わってから。さあ、二人とも、クッキーを食べて」

わたしは苦境に陥ったあまり、クッキーの数を制限できず、間もなく二人は糖分を取りすぎたせいで眠気を催した。赤みが差したナンたちの頬に落ちるまつ毛の影は蜘蛛の脚のように長かった。その後、わたしはロバートを家に送っていき、眠そうなナンに夕食を食べさせ、本を読んでやり、スターと一緒にベッドに入れてやった。エルスペス、あなたのベッドに。

そして今、わたしはこうしている。頭がおかしくなりそうだ。信じられない。こんなことを信じなければならないのか？　もしかしたら、これは夢かもしれない。そして、クッキーを食べすぎて暖炉のそばで眠ってしまったのはわたしなのかも。もしかしたら、わたしはずっと執筆していて、これは架空の話なのかもしれない。

エルスペス、彼が目を輝かせてわたしを見つめていた様子が、あなたに見えたならよかったのに。あれは愛でしかなかったんじゃない？　彼の顔に見えるのは愛だけだ。ほかの感情はない。

わたしたちの未来を築くためでなかったなら、なぜ、あれほど訪ねてきて助力を求めるのだろう？　彼にとって、わたしは単に執筆を手伝ってくれる人？　わたしがひたすら与えつづけたのは善人だからで、何の見返りも求めない人だと彼は思っているのか？　わたしは自分のためにあらゆるものを求めていた。エルスペス、わたしはあなたと違う。無欲な人間ではない。わたしは求めているのだ。正式にナンを自分のものにしたい。できれば、ほかにも子どもを持ちたい。まだ月のものはある。それほど年をとっているわけじゃないのだ。子どもを持とうと考えたこともある。バージルとわたしで創りだす人間のことを。どうして、考えてはいけないの？　病人に付き添って過ごした膨大な時間。そうやって尽くしてきたのだから、わたしにも二度目のチャンスが与えられていいのでは？　バージルがどんな人物になりたがっていたかはわかったが、独力ではうまくいかなかっただろう。彼には助けてくれる人が必要だった。わたしは力を貸した。手助けしたのだ。

その結果、得たものは彼の感謝だった。慰めにもならない慰めだ〉

第三十七章

一九六二年四月、リーワードコテージ、アグネス

〈親愛なるエルスペス

　こうして手記を書きはじめたのは、偶然にもわたしが初めてリード家について触れた日だった。あなたを呼びもどしたのはあれが最初だ。以前にもそうしようかと思ったことはあった。あなたが恋しくてたまらなかったのだ。でも、両親の病気や死については話したくなかった。もし、あなたがここにいたら、疲労困憊するまで彼らを看護しただろうし、そんな状況にわたしは激怒したに違いない。わたしが両親の看護ができた理由の一部は、あなたがそうせずにすんでよかったと思ったことなのだから。そのころはあなたの安らぎを邪魔するのではないかと思って、声をかけたくなかった。神だの死後の世界だのといったことをわたしは信じていないが。とはいえ、何かを信じることと、それに応じた行動をとることとは別物だ。

　リード家について言うべきことは包み隠さず話した。あなたに聞いてもらえて、励まされていると感じてきた。話した出来事はあなたの平穏を妨げない、希望に満ちたものだったと信じている。

あなたが驚いて、平和な場所から飛びおきてしまうような内容ではなかったと。あまりにも多くの人の死に接した結果、わたしがどんな人間になったかを見せてきた。〝神のいない人生〟というのが、こうして書いてきたものの副題かもしれない。

けれどもこれから、知られたくないほど恐ろしいことを書かなければならない。でも妹よ、何があろうとわたしを受けいれてくれたあなたに告白せずにはいられないのだ。今は受けいれてもらうことを期待していない。わたしは深い悲しみのせいで正気を失い、凍りついた田舎じゅうを歩きまわった。もう疲れきって動けない。死んでしまいたい。あなたといたい。もしかしたら、この話をしたあと、あなたはわたしを連れにくる方法を見つけてくれるかもしれない。

最悪の悲しい夜を過ごした翌朝、わたしは目を覚まして窓の外を見た。大量の雪の吹きだまりがあり、あたりは真っ白な冷たい世界だった。まだ早い時間で陽は昇っていなかったが、暗さに目が慣れてくると、バージルの家の煙突から煙が上がっていないことがわかった。朝起きたとき、わたしはそこから煙が出ているのを見ることに慣れていた、彼はわたしよりも早起きだった。それを見るのは毎日の楽しみの一つになっていた。なのに、今では彼がカレンとベッドにいる朝だと考えることに代わってしまった。

とにかく朝だった。夜の悲しみを抑えるために夜明けがやってきた。

ミセス・サーカムスタンスはまだ来ていなかった。雪がたっぷり積もっていたから、今日は一日じゅう雪だろうと考え、わたしはナンを寝かせておいた。

廊下にいるスターを見つけ、外に出してやろうと階下に連れていった。裏口のドアはさほど苦労せずに開いた。風で雪がドアと反対の方角に吹きよせられていたのだ。でも、雪が積もった階段をスターが下りられなかったので、わたしはブーツを履き、箒《ほうき》を持って外に出て手を貸した。紅茶を淹れてまた二階へ向かった。二階に着いたとき、奇妙な感じがした。なんだか一人きりのような気がする。家の中に自分しかいないような。一人でいたことはよくあったから、この感覚は身に染みてわかるようになっていた。わたしの意識は家の隅々まで伸びていったが、別の人間にぶつからなかった。こういうときは喜びでいっぱいになる場合が多く、立ちあがって、全宇宙を自分のパートナーと考えながらダンスすることさえあった。実にばかげた、いかにも行き遅れの独身女らしい行動だ。だが、バージルとカレンとのあの昼食より前には、自分を独身女だと意識したことはなかった。

ナンがこれほど遅くまで寝ていたことはない。フランネルのコートのポケットにしまいこまれたように、家全体が雪による静寂に包まれてはいたが、わたしは胸騒ぎを覚えはじめた。ナンの寝室のドアが閉まっているのを見たはずだが、あまり意識していなかった。今、彼女が悪夢を見た場合に備えてドアを開けたままにしておいたことを思いだした。

はじめのうち、薄暗い部屋の中でナンは昨夜と変わらずベッドにもぐっているように見えたが、近づいてみると、ベッドカバーが乱れているのがわかった。シーツに手を走らせ、マットレスの端まであちこち探った。ナンが悪ふざけをしているのではないかと思った。でも、ナンはベッドにいなかった。わたしはゲームのときに用いる、歌うような声で彼女の名前を呼んだ。返事はなかった。一階で本を見ているか、三階で絵を描いているのかもしれない。ナンは家の中を自由に走りまわれたし、ためらいもなくそうした。わたしはナンの名を呼び、自分たちがかくれんぼか宝探しゲームをしているふりをした。ゲームのときの掛け声をかけて、くすくす笑う声や返事が聞こえるのを待った。何の音もしない。もうすぐフレンチトーストができるけど、下りてこないとナンの分も食べちゃうよ、と大声で言った。「今日、サーカムスタンスおばさんはパンを二枚しか用意していないよ。わたしはお腹がぺっこぺこ！」

　わたしは廊下に戻って窓の外を見た。

　空はまた灰色になり、相変わらず雲が低く垂れこめている。雪は小降りになっていた。じっと地面を見ていると、かすかな足跡が見わけられた。新たに降った雪のせいでほとんど目立たなくなっている。心臓が冷たくなって止まった。混じりけなしの恐怖に駆られながら息をする。動けるようになったとたん、一階に走りおりてコートを引っかけ、ブーツを履いて外に飛びだした。たちまちブーツの中が冷たい雪の塊でいっぱいになる。あっという間に鼻と両手が痛くなった。雪は光る紐のように降ってきて、休む間もなく顔や目を突きさしてくる。遠くのほうでは暗い灰色の海に穴を開けるように雪が降っていた。ペチコートの裏地を引っかくような音が聞こえ、わたしはたじろいだ。この同じ道を昼食後に引きかえしてから二十四時間も経っていない。今のほうがあのときよりもはるかに遠くて長い道になっていた。

　ある時点で、草原を横切っていく人の姿が見えた気がした。こんな時間に誰が起きて外に出ているのだろう？　その人物がこちらに手を振ったので、ロバートだとわかった。彼が何をしているかは容易に説明がついたし、たちまち理解できた。なんといっても男の子だから、こんな大雪は魅力なのだろう。

　雪はシャレーのドアをふさぐほど高く積もっていた。取っ手を引っぱってどうにか少しドアを外に開け、ブーツの足を箒代わりにしてドアがもっと開くように雪をどけた。その行動を何度か繰りかえすと、ようやく中に入れるほどドアが開いた。薪ストーブの火は消えていて、石油ランプにも灯はついていなかった。なんとも表現できない静けさだった。むしろ無という感じがする。何ひとつ存在していないような。「ナン？」小声で呼んだ。話すというよりはささやきに近かった。ここには邪魔するものを拒む雰囲気があった。「ナン？」わたしはゆっくりと歩いていき、目を暗がりに慣らした。昼食に使った皿はまだテーブルにあったが、バージルの原稿は椅子の上に置いてあった。ナンの部屋に入っていった。今、窓は大きく開いていた。床には吹きだまりができている。ナンは窓から入ってきたに違いない。

　もう一度ナンを呼んだ。あれは答えだろうか？　バージルの部屋のほうからうめくような声が聞こえた。そこには行きたくなかった。今はまだ。どうして、こんなことになってしまったのか？わたしは身動き一つせずに耳を傾けた。すると――

「ネス？」

「そうよ。ここよ。あなたはどこ？」無用の質問だった。ナンがどこにいるかはわかっていた。

「ネッシー」彼女は泣くような声をあげた。

　ためらいや恥ずかしさは脇へ置き、わたしはバージルの部屋のドアを押しあけた。部屋は冷えきっていて、吐く息が見えた。ナンを手招きすると、ベッドカバーの下から出てきた。「パパはそこにいるの？」

「うん」

「バージル？」

彼のいる気配はまったくなかった。ほんの少しも。ナンが部屋にいるのは見つけたが、ほかの人間は見つからない。だが、ベッドの上に塊が見わけられた。

「こっちへおいで、ナニー」

ナンが腕の中に飛びこんでくると、居間に連れていった。「お父さんはどこにいるの？」

「ベッドの中だよ」

「眠っているの？」

ナンはうなずいた。

「お父さん一人？」

彼女はまたうなずいた。ばかげたことだが、それを見てわたしは喜んだ。完全に頭が混乱していたのだろう。「ここはすごく寒いと思わない？　ホットチョコレートでも飲みに行こうか？」

「学校は？」ナンはわたしの髪の束を引っぱり、手に巻きつけた。

「雪が多すぎて学校には行けないよ。ファーは本当にここにいるの？」

ナンは首を縦に振った。

「お父さんはとても疲れているんだね。新しいシャツを取っておいで。お父さんが起きるまで、わたしの家にいよう」

「でも、あたしのサプライズが知りたいの！」

サプライズ？　そのとき、思いだした。ナンの頭にその考えを植えつけたのはわたしだった。ナンは子どもだから待ちきれず、サプライズが何かを見ようと、暗いうちにここへ歩いてきたのだろう。「もう少ししたらね」わたしはあやふやな口調で言った。「さあ、行って」

ナンは自分の部屋に行き、わたしはバージルの部屋に入った。小声で彼の名を呼んだが、返事はない。何の反応もなかった。いやな予感でいっぱいだった。わたしは完全に冷静になっていた。ベッドカバーを引きおろしていくと、バージルの顔が現れ、続いてカレンの顔が覗いた。どちらの顔も赤くなっていたが、微動だにしなかった。部屋には生命の気配がなく、何か問題が起きている様子もなかった。わたしは手を伸ばしてバージルに触れた。硬直していて冷たかった。冷えきった室内よりもさらに冷たい。もっと深い部分から生じる冷たさ、二度と温まることのない冷たさだった。だが、わたしは真実に向きあうのをためらった。二人は酔っぱらったのだろうか？　すっかり意識を失っているのか？　そう、そうに違いない。それでも、ほかの可能性を察していた。心が二つに引き裂かれている。何があったのだろう？

居間に戻ると、ナンが待っていた。「お父さんは眠っているよ」ナンにそう言った。それから急に思いついてつけ加えた。「あなたも眠っているの。わたしたちは夢の中にいる。ベッドに戻って眠って、朝ごはんのときに目を覚まそう。そうしたら本を読んで遊んでお絵描きをして、もっとクッキーを食べてホットチョコレートを飲んで……」

ナンは怪訝そうな顔でわたしを見た。彼女を抱きあげて小屋を離れた。「ナンはぐっすり眠っているんだよね？　そしてきれいな雪の夢を見ている。わたしに抱っこされて雪の中を進む夢を見ているの。あとでロバートと雪だるまを作って、一日じゅうたくさんのごちそうを食べよう。暖炉に火をおこして」そんなふうに話しかけていると、ナンはわたしの肩に頭を預けたまま眠ってしまった。

わたしは警察に連絡した。こう話したのだ。シャレーの煙突から煙が出ていないことにわたしが目を留めたとき、ナンはリーワードコテージの寝室で眠っていた。どうしたのかと確かめに行ったが、ノックしても答えはなかった、と。まさかそこにカレンがいるとは思いもしなかった。昨日、一緒に昼食をとったが、カレンがそのままいたとは知らなかったと言った。彼女の車が外に停まっていたことには気づかなかった。そちらには行かなかったのだと。すべてが単純な話だった。疑いをかけられる理由はなかったし、何もかもわたしの説明と一致した。わたしは暖房がどうかしたのかと確かめに行った隣人だった。それ以上の存在だと思う人がいるだろうか？　ロバートは知らない。誰も知らないのだ。一年半の間抱いていた情熱を知る者はわたししかいない。見いだした魂の深みを知るのはわたしだけだった。エルスペス、あなた以外の者が知ることはないだろう。

うまく言いくるめてナンに忘れさせることはできると思う。もしもロバートがこれ以上わたしのことを思いださないなら、彼にも忘れさせられるはずだ。今度会うころまでには、ロバートは何も覚えていないだろう。

さて、エルスペス、終わりが近づいている。

考えたことはあるだろうか？　ある人が冬に死亡して、地面があまりにも硬く凍りついて墓穴も掘れないときはどうなるかを。遺体は死体安置所に春まで置かれることになる。そのせいで家族は死を二度にわたって経験するような思いをするため、相当な打撃を受ける。というか、わたしはそう聞いている。葬儀屋は興味を引く話としてこのことを教えてくれた。わたしも打撃を受けている一人だとは思いもしなかったのだろう。

一酸化炭素中毒。薪ストーブのせいで小屋の酸素が燃焼しつくされ、酸素がすっかりなくなったのだ。欠陥のある暖房が原因で毎冬、人々が亡くなっている。小屋の窓はすべて閉まっていた。昨日、わたしがナンの部屋の窓を閉めたため、そうなっていたはずだ。そこはわざと開けてあったのに、閉めてしまった。わたしのせいなのだ。そんなことを知らなかったとしても、わたしは選ぶ権利もない選択をしてしまった。

そして、わたしのもとにナンはいない。

数日後、彼女はここから、わたしのところから連れさられた。わたしは弁護士を雇い、ナンを養子にするか、里子としてここに置くために戦った。けれども、バージルの家族はナンを引きとることを承諾し、法律はその取り決めを支持した。わたしはナンが暮らす先も教えてもらえなかった。ベン・リードと連絡をとったが、彼はこの件をどうしたらいいかまったくわからなかったし、関わりたがらなかった。ナンの居場所の情報を得る方法がほかにないなら、私立探偵を雇おうかと考えている。ナンが自分の意思でここに戻ってこられるくらいに成長するまで、彼女と連絡をとれる状態にするつもりだ。ナンはここの人間なのだ。

わたしには自分自身が理解できない。たいていはとても落ちついて良識ある人間なのに、ときどき興奮に駆りたてられてしまう。そして何かに感化され、自分が変わったように感じる。だが、そういう状態はいつも悲しい結果に終わってしまう。

エル、あなたが亡くなったとき、わたしの胸ははりさけた。やっとの思いでそれを乗りこえた。なのに、こうして、心はまた砕けてしまった。わたしは生きのびるだろうが、どんな人間になるかはわからない。今はそんなことなどわからないのだ。

言うまでもなく、死は愛の終わりではない。あなたが信じていたイエスがそう教えている。エル、あなたからもそのことを教えてもらった。でも、死は成長が終わり、知識がついえることを意味している。

エルスペス。わたしはあなたを蘇らせたが、身勝手な行動だったのではと思う。こうして手記を書いていた間、あなたの死を悼んでいなかった。あなたの意見や気持ちに耳を傾けてもいなかった。バージルについてあなたがどう思ったか、わからない。彼へのわたしの愛情やこうしたいっさいのことを、どう思ったのだろう。推測はできるが、それは推測でしかない。もしかしたら、天国というものは存在していて、あなたはわたしの状況を見聞きできるのかもしれない。でも、わたしはそんなことを信じていないし、あなたの声も聞こえない。こういうノートの中であなたという存在を作りだしてきただけだ。

あなたへの愛をもっとも示せるのは、解放してあげることだろう〉

第三十八章

二〇〇二年八月、メドウリー、ポリー

家族が去ってほっとしていたある日の午後、ポリーはアグネスを説得して一緒にディール・クラブにひと泳ぎしに行くことにした。アグネスのノートについて話す時間はまだなく、ノートを見せてくれたことに感謝する手紙を出しただけだ。ノートのおかげでジェームズについての悩みがまぎれることがありがたかった。口には出せなかったが、彼のことではこれまで以上につらい思いをしていた。

古いかごバッグに水着と日焼け止め、ビーチサンダルを入れて準備ができると、ポリーは浮き浮きとハミングした。ふだんの生活に戻れてうれしかった。ロバートについて当てこすりを言った息子たちへの怒りから回復するため、家で一人になりたかったのだ。ハバフォードの家を実質的に譲ったようなものだから、ノックスには充分に尽くしてあげたんじゃないの？　セオには本当にがっかりさせられたが、あの子は意気地なしなのだ。イタリアに逃げる方法をずっと前に考えだしていた。今ではポリーにもそれが理解できた。

アグネスはジェームズが中年の危機にあると判断していた。中年とは！　現在のポリーの観点からすれば、中年なんてはるか昔の段階で、そんな危機はたいして重要じゃないと思えた。人の手で作られた混乱状態だ。中年の危機と言えば男性のものだとされるけれど、変化が起こるものは女性のほうが多いのでは？　ホルモンの乱れ。ポリーは何年か発汗に悩んだが、そのことはいっさい言わなかった。そんな話を聞きたい人はいないでしょう？　真っ赤な車でも買って夕陽に向かって走ったらいい、とポリーはジェームズに言おうかと思った。または、車で崖から落ちたら、と。冗談だけれど。

ジェームズは自分探しに出かけるタイプではなかった。不満を人に押しつけながら足を踏み鳴らして歩きまわるほうを好んだ。あんな性格になったのはポリーのせいだろうか？　それとも、ディックのせい？　たぶん程度の差こそあれ、両親のどちらにも責任があるだろうとポリーは思った。でも、あまり有害な干渉をされずに育てられたとしても、子どもは本来そうなるべきだった性格になる。ジェームズはベビーサークルの中にいたときも、不満があると、足を踏み鳴らして歩きまわっていたものだ。

ポリーは私道の突き当たりでアグネスを車に乗せた。アグネスはふだんどおりのズボンを履き、ラクランのものだった麦わら帽子をかぶっていた。

「水着はどこなの？」

アグネスがTシャツの裾をめくりあげると、黒いスパンデックスの生地が現れた。

「泳いだあとの下着はあるの？」ポリーはかばんを見のがしたかと目を凝らした。

「もうブラはつけていないし、替えの下着がなくても平気」

「ヒッピーみたいね」ポリーは言った。「机から離れるようにとあなたを説得できたのが信じられないわ」

「夏だからね、ポリー。それに、わたしがクラブのみんなを大好きなのは知っているだろう。噂話をさんざん聞くのが待ちきれない」

「ハハ。あなたがひとにらみするだけで、誰もわたしたちのテーブルには来ないでしょうね」ポリーはちらっとアグネスを見やった。アグネスはほほ笑んでいる。

「わたしってそんなにひどい？」

ポリーはポイントパスの端に着くと、右折してショア・ロードに入った。「今日みたいな日はひどいことなんて一つもないわ」ポリーは活力を感じながら言った。「今朝、わたしが何を悟ったか、わかる？」

「わたしは人の心が読めないんでね。いや、読めるかもしれないけど、その技術を身につける気はないよ。いったい何？」

「あなたがずっと話していたフェミニズムについての意味を悟ったの」これを聞いてアグネスがどう思ったかを見ようと、ポリーはすばやく横に視線を向けた。さまざまな感情が表れていそうだ。だが、アグネスは興味深そうな顔をしているだけだった。

「つまり、わたしは選択できるという意味なの。要するにそういうことよ」

「とにかく、核心を突いているね、ポル。賛成だよ。選択には自己認識や自己受容が含まれている。責任や……」

「それに自立心ね。わたしにはそれがなかった。今は多少なりともわかってきたし、やりなおしてもっと自立心がある人間になれたらと思うの」

「なれるよ。心の中で。それも選択だ」

アグネスもポリーも窓を下ろし、風を感じようと腕を突きだした。木漏れ日でまだら模様ができた道路は、さざ波が立っている川のようだった。今年もポイント・パーティを開かないのはとても残念だとポリーは思っていたが、パーティには最高の時期を台なしにしたのが自分だと気づいた。だから、そのことをくよくよするまいと決めた。

「くよくよするのはフェミニストらしくないわね」ポリーは言った。ウインクしてみせる。

「みんながあなたの考えを知っていたらいいのに」アグネスは言った。「正直言うと、わたしはあなたにいらいらするものの、退屈はしないね」

「最大のお手柄ね。アグネス・リーを退屈させないなんて」

二人は正午に車を駐車場に入れた。テニスボールを打つ音を聞きながらプールサイドで昼食をとり、最高だねとアグネスが大声で言ったように長い間泳いでから、三時にクラブをあとにした。

今度も二人は道中ずっと窓を下ろし、乾いた草や野草の温かなにおいをかいでいた。

「楽しかったと認めなくちゃだめよ」ポリーは言った。

「何も認める気はないね。だけど、無理やり引っぱりだしてくれてありがとう。語るも不思議なことだが、なんだか昼寝ができそうな気がする」

「昼寝をしないの？」

「しないよ。そんな時間、ある？」

ポリーはアグネスの思惑どおり微笑した。窓は下ろしてあっても、車はゆっくり走っていたから、互いの声は風の音に負けずに聞こえた。今日も美しい日だった。九月に向かっている今は、以前よりも柔らかい雰囲気がある。間もなく、避暑に来ている人々は帰ってしまうだろうが、ポリーは立ちさるつもりはなかった。感謝祭の直前までここにいる予定だった。少女のころのように、アグネスと本当の意味で一緒に過ごせるだろう。

「あのね」ポリーは言った。「バージルの事故のことでは少しも自分を責める必要がないのよ。全然そんな必要はない」

「いきなりとんでもない話をするね」アグネスはダッシュボードの下に両脚を伸ばした。

「そうは思わないわ。このことを話しあう時機を二人とも待っていたと思うの」

今度ばかりはアグネスも口をつぐんでいた。だが、実際のところ、最近の彼女は以前ほど頑固ではなかった。これは治療のせいなのか？　それとも、アグネスが変わったのか？

ポリーは話しつづけた。「あれは事故だった。まったくの偶然で、単純なことよ。今ではもうあなたもわかっているはずよね。自分を責めないでもらいたいの」

アグネスはため息をついた。「ああ、ポル。責めるとか許すとかいったことを、もう自分が考えているかどうかさえわからない。リード家のことは――ただただ悲しい出来事だった。今はそう感じている」

「どんなにバージルを愛していたか、あなたは一度も話してくれなかったわね」

「ばかなことだった。わたしは長い間一人きりで、悲しみに暮れていた。彼はハンサムな作家で、やはり悲嘆に暮れていた。それで、わたしたちは互いにしがみついたということ。今では彼のことを全然考えない。だけど、ナンのことは心から愛していたよ」

「そうね。あのノートを読んだとき、あなたが自分の墓碑銘にしようとした言葉が理解できたわ」

アグネスは驚いた表情だった。どんな墓碑銘にするかと話したことを忘れてしまったのだろうか？　何か言いかけたようだったが、口を閉じて自分側の窓の外を見た。

「わたしたちはどちらも娘を失ったのね」ポリーは言った。目に涙がこみあげる。

「ポル――」アグネスが手を伸ばし、ポリーは一瞬それをつかんだ。だが、運転しなければならなかったから、手を離した。

「わかっているわ」ポリーは言った。「わたしにはできないもの――」けれども、道路に見えた何かのせいで思考がさえぎられた。あれは幻影？　違う――そうではなかった。「ちょっと待って――あれは何かしら？」

アグネスは手庇を作って目をすがめた。「自転車だ」

「人もいるわよね？」

「そうみたい。どこかのヤク中かも」

「わたしたちよりも先に誰かがあそこに着けばいいのに」ポリーが言った。

「ハ！　正直だね」

それは自転車と人間だとわかり、そのあと女性だとわかった。そして――シーラ・リーだと判明した。

「ああ、なんだかね」アグネスは言った。「いたずらじゃないかという気がする。車をUターンさせてエンジン全開で突っ走ろう」

「オーケイ！」

けれども、そんな選択をしないことは二人ともわかっていた。

ポリーは速度を落とし、慎重に車を停めた。

「助けなきゃいけない？」アグネスは訊いたが、すでにドアを開けていた。

〝何があったかを聞いちゃだめよ〟ポリーは自分に言いきかせた。誰の目にも明らかな出来事があったとき、何があったかと妻に訊かれることをディックはいつもいやがっていた。シーラは自転車で転倒したのだ。詳しい話は重要じゃないだろう。

「大丈夫？」ポリーは尋ねた。

シーラは両腕を振りまわした。「痛いわ！　まったくもう」

アグネスがかがみこんだ。「どこか折れている？」

「来たのがあなたたちだなんて信じられない。ついていないわ」シーラはうめいた。自分の両手を見る。ポリーはたじろいだ。

「ひどい切り傷よ。病院に行ったほうがいいと思うわ」ポリーは言った。「気分はどう？　頭は打っていないわよね？」

「そう思うけれど」

「どんな感じか調べて」アグネスが命じた。「どこか痛む？」

シーラは髪に手をやって頭に軽く触れた。美容師が念入りに仕あげた髪型を崩すまいという、身にしみついた習慣が表れたしぐさだった。

「シーラ、髪の中に指を突っこんで！　今は外見なんか気にしている場合じゃないよ！」アグネスはぴしりと言った。

シーラは顔をしかめたが、言われたとおりに頭のあちこちの感じを確かめた。染められた後頭部の髪を指がかき分けたとき、その下にある禿がポリーに見えた。

「打撲はなさそうよ」

「よかった。それなら、病院には連れていかないよ。傷口を消毒してあげよう。アーチーは家にいる？」アグネスは訊いた。

「今日はゴルフに行っているわ」

よかったわ。ポリーはアーチーに会いたくなかった。「あなたは休まなくちゃ。ショックを受けたのだから」

シーラは憂鬱そうにポリーを見あげた。「もう行って。ほかに誰か来てくれるでしょう」彼女はびくっとして、歯を見せたまま息を吸いこんだ。

「それは『本当にありがとう、アグネスとポリー。お二人はわたしの救い主よ』という意味なのよね」

「ああ、もうほうっておいて」シーラは両手と両膝をつき、悲鳴をあげた。スラックスの膝部分に血がにじみ出ていた。

「わかったわ。行きましょう、アグネス」ポリーはいらだって言ったが、本当に立ちさるつもりはなかった。当然のことだったが。

「だめよ」シーラが言った。「わたしは家に帰りたいの」片方の膝を立てると、悲鳴をあげた。

「芝生のほうへ行けない？　すぐ近くよ」虚栄心の強い年寄り女ね、とポリーは思った。こんな姿を誰にも見られたくないのだ。

アグネスはシーラにさらに近づいた。「ああ、まったくもうシーラ、文句を言うんじゃないよ。ポリー、そっちの腕の下に手を入れて。わたしはこっちの腕の下に手を入れる」

ポリーはシーラの脇の下をしっかりつかんだ。もしもディックがこんなシーラを見られたなら！

「一、二の三でいくよ」アグネスが言った。「一、二の三！」アグネスとポリーはふらついて不平を言い、足場を保つように妙なステップを踏みながら、シーラを立ちあがらせた。シーラは歯を食いしばっている。ポリーは自分が倒れて鐘の音を聞いているのかと思ったが、音の出どころは飾りのついたシーラのブレスレットだった。何本もある。限度というものを知らない人はいるのね？

さんざん顔をしかめたり哀れっぽい声をあげたりするシーラを後部座席に乗せた。ポリーは疲れきって汗びっしょりだった。車を発進させた。

「自転車はどうするの？」シーラが訊いた。

「誰かが取りに来てくれるでしょう」ポリーが言った。

「盗まれるかもしれないわ」

「めちゃくちゃになっているじゃないの」

「なんとかして車の後ろに積めない？」

「〝なんとかして〟っていうのは、魔法で、ってこと？」アグネスは言った。「無理。自転車は積めない」

骨の折れる道中だった。ポリーはシーラが揺さぶられないように努力したが、でこぼこの道だった。そもそもこんな道だから事故が起きたわけだ。後部座席からは痛みを訴えるうめき声が何度もあがった。「大丈夫だよ」まんざら同情がこもっていないわけでもない口調でアグネスが言った。

シーラの家に着くと、アグネスは事情を告げに入っていった。そして戻ってくると、ノラがタオルや包帯をかき集めていると言った。

二人はシーラを私室に連れていった。矢継ぎ早に指示され、痛そうなあえぎ声を聞きながら、痩せたシーラに肩を貸してやった。

「わたしの体の下にタオルを敷いて」シーラは命じた。「椅子の生地に血をつけたくないの。〈ブランシュウィッグ・アンド・フィルズ〉のものなのよ！」

シーラは「コップに水を満たす《フィルズ》」と言うときのように、本当は不要なエルの音を入れて、「フィルズ」と発音した。ポリーとアグネスは目を見かわした。世の中にはフランス語を知らない人もいるし、まあ、それは仕方ない。だが、ブランド名をわざわざ持ちだして自慢するのはまた別の問題だ。アグネスたちは階級の違いに気づくようにと育てられてきた。階級の違いなど、自分たちが教えられてきたことがゆがんでいるのと同じくらい悪趣味だとわかっていても、消えないほど深く彼女たちに根づいていた。

アグネスはシーラの両手の間にタオルを押しつけた。

「わたしはどうしたらいい？」ポリーが訊いた。

「励ましてやって」アグネスが言った。

「わかったわ」

ポリーは消毒する様子を見るのが耐えられなかった。眺めていると体が縮みあがってしまう。だから、ほかのところを見まわしはじめた。この部屋に入ったのは初めてで、贅沢な雰囲気には感心するとともに気恥ずかしさも感じた。木材は表面が鏡のようになるまで磨きあげられている。壁にかかった何枚もの絵は見覚えがある画家たちのものだった。どのソファも絹地で覆われていた。ここは海辺の別荘なのに！　趣味や娯楽に徹したこれ見よがしの部屋だった。組みたてられて準備万端のトランプ用テーブルまで備えてある。ポイントではよく見かけるように、一方の壁にはさまざまな収集物でいっぱいのケースが並んでいた。ポリーは品物をじっくり見ながらケースの前をゆっくりと歩いた。根付や鼻煙壺《びえんこ》（嗅ぎタバコを入れておくための容器）、岩、シーグラス*、貝殻。とても高価なものも安価なものも、ごちゃ混ぜになっていた。シーラはお抱えの装飾の権威者に助言されているに違いない。洗練されているとシーラが思うものよりもこれははるかにましだろう。〝そんなこと考えちゃだめよ〟ポリーは自分をたしなめた。〝彼女は今、ひどい状態なのだから――〟

　そのとき、ポリーは見た。ワンパム・ベルトを。盗まれたとアーチーが主張し、罪をロバートに負わせようとした品物だ。ポリーはたちどころに例のベルトだとわかった。《ケープ・ディール・ガゼット》紙に写真が載ったとき、どこかで見つけるかもしれないと、万が一の可能性に期待して注意深く観察したのだ。それは動物や家を描写した一連の場面をビーズで表したものだった。アーチーはそのベルトがジョセフ・オロノ（ペノブスコット族の首長）のものだったと主張した。アグネスに言わせると、フィラデルフィアで広まっている、ある家が逃亡奴隷のための組織、「地下鉄道」の〝停車駅〟と呼ばれる隠れ家だったという話と同じくらい、ありそうもないことだという。とはいえ、誰のベルトだったとしても、それは年代もので貴重だった。

　ポリーが知っているかぎり、以前も今もベルトが盗まれたという主張は訂正されていなかった。シーラとアーチーはいつ、ワンパム・ベルトを取りもどしたのだろう？

「アグネス、ちょっとこっちに来られる？」

「どうしたって？」

アグネスが顔を上げると、ポリーは首を傾げてケースのほうを指してみせた。アグネスは立ちあがり、ケースに近づいて覗いた。たちまちアグネスがベルトに気づいたことがわかった。ポリーと違って、アグネスはそれを前に何度も見ていた。アグネスはケースを開けてベルトを取りだし、つまんでぶら下げた。

「シーラ？」

廊下に足音が聞こえた。「どうした？」

アグネスはポリーを見た。「ますますおもしろくなってきたね。こっちだよ、いとこくん」アグネスは大声で呼んだ。

いつものようにしゃれた身なりのアーチーは部屋に入ってきたとたん、シーラに駆けよった。夫を見るなりシーラはすすり泣き、それを目にしたポリーは意に反して感動した。結婚とは人間のもっとも奇妙な行動だ。こんな二人にも結婚生活というものがあるのだ。

アグネスはポリーの表情がやわらいだことに気づいた。「ポリー！」

「はいはい、わかっています」

「何があったんだ？」アーチーは尋ね、説明を求めてアグネスのほうを振りかえった。すると、ベルトを手からぶら下げている彼女が目に入った。小さなナンがガーターヘビをぶら下げていた姿をポリーは想像した。

＊浜辺に流れついたガラスのかけら。波にもまれて丸みを帯び、表面が曇りガラス状になっている。

「まずはそっちが話して」アグネスが言った。「これはどういうこと？」

アーチーはみるみるうちに冷ややかな態度になった。「これは同じものというわけでは――」

「アーチー！」アグネスは足を踏み鳴らした。「嘘をつくんじゃないよ！」

「夫に怒鳴らないで」シーラが言った。「それは見つかったのよ」

「どこで？」ポリーが訊いた。

「ケースの後ろに滑り落ちていたの」

アグネスはワンパム・ベルトが床と水平になるように両手で持ち、ポリーに掲げてみせた。つかの間、二人はその精巧な作品に感嘆した。それからアグネスはベルトをケースの中に戻した。

「つまり、警察と、あなたが雇った金のかかるニューヨークの探偵たちが無駄な追跡をしていた間、これはずっとここにあったということ？」アグネスは訊いた。

「うちから出ていって」シーラが言った。

アーチーはシーラの肩に触れた。ここからは自分が話すというしぐさだった。「いや」彼は言った。「本当にベルトはなくなったんだ。だが、また見つかった」

「いつ？」

「アグネス――」

アーチーったらなんだか男の子みたい、とポリーは思った。ティーンエイジャーだったころのジェームズが嘘をついてどうにか逃げおおせようとしたときのようだ。どうして、わたしはあんなことを我慢していたのだろう？

「いつ？」アグネスは重ねて訊いた。

アーチーは、まるで自分の首を守ろうとするかのように触れた。「去年の夏だ」

「ロバートがまだ刑務所にいたときじゃないの。なんてこと」ポリーは首を横に振った。だが、こんなふうに感じるのは初めてというほど、感電したようにはっきりとわかったことがあった。それを口に出した。「アーチー・リー、ロバートが何も盗んでいないと知っていたことを認めなさい」

アグネスもポリーの要求を後押しした。「あなたはリー家の人間だよ」彼女は言った。「もっとわきまえているべきだね」

「それがきみにとってすべてなんだろう?」アーチーは言った。「リー家の人間だということが。自分の歴史や、祖先への崇拝が。並外れたリー一族はぼくの妻をどんなふうに迎えたかな? みんなで嘲笑ったじゃないか。きみたちの貴重な鳥を救うために共同所有権を解消することに協力すれば、そんな態度を変えさせられるというのか? 無理だね。ぼくたちが何をしようと、きみたちは受けいれてくれないだろう。ぼくは悪趣味なままでいて、マリーナを建設するほうが幸せになれる」

「いいかい、今回のことであなたは刑務所に入ってもおかしくないんだよ」

「そんなはずはない」アーチーは言った。

「あなたはロバートを刑務所に送りこんで、家や彼の評判を失わせた――何のためにそうしたの?」ポリーは訊いた。

アーチーがシーラを一瞥したとたん、ポリーは理解した。急に涙がちくちくと目を刺した。「そうね、あなたを気の毒だと思うわ」震える声でどうにか言った。「相手を理解したからといって、許すことにはならない。

「このことを警察に通報するつもりか？」アーチーはもうおとなしくなっていた。

「どうする、ポル？」アグネスが言った。「通報する？」

「いい質問ね」ポリーはアーチーのほうを向いた。「通報しない代わりに条件があるわ。あなたにはロバートの汚名をすすいでもらう。判事に連絡して、それから各新聞社にも電話して。あなたとシーラが間違っていたことを公の場で認めなさい。ロバートはネックレスもベルトも盗まなかったのだと。それから、わたしたちと同じように共同所有権を解消することに同意するのよ」ポリーは静かな権威を込めて話した。自分の行動に露ほども疑いを持っていなかった。

「そのとおり」アグネスは言った。「今言ったことをやってくれたら、通報しないよ」

「だめだ」彼は言った。「断る。なんでもきみたちの思いどおりになると思ったら大間違いだ」

「だったら、警察に行く」

「それなら、ぼくは言い分を曲げない。とにかく、ロバートがシーラを張り倒したのは確かなんだからな。あいつは一度も否定しなかった」

「それが事故だったことはわかっているだろうに」アグネスは両拳を作って振った。「こんなあなたをわたしがかわいがっていたとはね」彼女は言った。

アーチーはアグネスを無視し、シーラに視線を向けた。ベージュのソファに寝そべって、両脚を足載せ台《オットマン》に上げている。濡れた布を額に載せ、痛そうな表情を目に浮かべていた。「ぼくがどうするつもりかはあとで話す」アーチーは言った。「この話を長引かせたくないからな。きみたちの要求の一つはのんでやろう。ロバートの潔白を証明するか、今の共同所有権を解消するという計画に賛成するかだ。どちらかを選びたまえ」

「まったく思いあがったろくでなしだ」アグネスが言った。「とことん悪人だよ。取り引きしたいって？　あなたの嘘はバレたんだよ！」

アーチーは落ちつきを取りもどしていた。「そうかもしれない。だが、時間はぼくの味方だ。きみたちがいなくなるのを待てばいい」

ポリーは二人の間に割って入り、アーチーと向きあった。「ロバートよ」彼女は言った。「わたしたちはロバートを選ぶわ」

「ポリー――」アグネスは言葉をさえぎろうとした。

「しーっ！」ポリーは手を上げて押しとどめた。「アーチー、誰でも必要な相手に電話をかけて。今日やるのよ。さもないと、わたしは警察に連絡する。ここ何年も警察と親しかったのは誰？　わたしたち？　それとも、あなた？」

アグネスはポリーの手を取って握りしめた。

「ポートランドの新聞社のエレノア・ケンダルに電話するといい」アグネスは言った。「彼女なら興味を持つだろう。あと、《ガゼット》紙のジョン・ホームズだね」

「そうする」アーチーは言った。「約束するよ。さあ、うちから出ていってくれ」

「ずいぶん遅くなった」アグネスは言った。「ごきげんよう、いとこくん」

二人は車に向かった。「彼が電話すると思う？」ポリーが尋ねた。

「するとも」

ホープの件でディックが警察に電話しなかったことをアグネスも思いだしているに違いないと、ポリーは確信していた。二人ともわかっていたし、わざわざ口にするまでもないことだった。夫に危機を救ってもらおうとするのではなく、自分があの電話をかけるべきだったと今では思う。人生を自分で管理できたかもしれないのに。

でも、まだ人生は終わっていない。

「ちょっと待って。トイレに行きたい」アグネスが言った。

「中に戻って借りる?」

アグネスはあたりを見た。「ここで間に合うよ」そう言ってトピアリーの茂みを指さした。

第三十九章

二〇〇二年八月、フェローシップポイント、モード

クレミーが車に乗っている間ほとんど眠っているようにと、モードは夕食後にニューヨークを出発した。六時間後、ポートランド空港の近くのモーテルにチェックインし、自分も眠った。ロビーで楽しい朝食をとってから、また車に戻り、残りの旅を続けた。ルート3を走ったほうがいいとアグネスは助言した。州間高速道路よりも景色がいいし、ルート1よりも早く着くからだという。モードはルート1を選んだ。車を停めてクレミーとアイスクリームを食べたり、きれいな町を歩いたりした。時間が経つにつれ、ニューヨークにいたときにモードが感じていた緊張はほぐれていった。ハイディがまた鬱状態になってモーゼズがチャールズ通りにある家を取りかえしてから、特に緊張感がひどくなった。クレミーとまだその家で暮らしているが、モードは自分たちだけの住まいを探していた。仕事も忙しく、モードはクレミーを迎えに五時で帰るとき、いつも後ろ髪を引かれる思いだった。何をするにも時間が足りなかった。植物や灌木をちょうどいいところで切ってくれるハイディがいないので、今年の庭は悲しいほどほったらかしにされていた。マイルズからはいまだに

連絡があった。モードは返事をしなかったが、彼のことが思考に入りこんできた。マイルズは何を望んでいるの？　離婚したの？　謝りたいと思っているのだろうか？

街から離れれば離れるほど、こういう事柄はことごとく薄れていった。二度とニューヨークに戻らなかったらどうなるだろう？　ディール・タウンにアパートメントを借りて、クレミーを地元の学校に通わせたら？　フリーランスの編集者になってもいいし、全然違う仕事をしたってかまわない。もしかしたら、図書館の司書になるとか、古本屋を開くのもいいかも。自分の店のためにメイン州じゅうのガレージセールを見てまわって本を買えるだろう。女性や少女向けの本が専門の古本屋にしてもいい。

アグネスとの仕事は続けられるだろう。モードはまたアグネスに会いたくてたまらなかった。彼女との文通は命綱となっていた。おもに本について互いにあれこれと書き、白熱した議論へ進んだ。たとえば、『ダロウェイ夫人』（ヴァージニア・ウルフの小説）については、アグネスは世間の評価と違って、主人公のダロウェイ夫人に疑念を抱いていた。その一方で作家のフィリップ・ロスを褒めそやすものだから、モードはたいていの場合、ぞっとした。郵便受けに最新のやり取りの結果が届くのを待つのは楽しかった。アイスティーやワインのグラスを手にして、直接こういう会話ができることを心から待ち遠しく思っていた。

ハイディについて考えないでいられるかぎり、モードは空想にふけっていられた。でも、ハイディから離れては生きられないから、想像するのもおしまいだった。

ハイディはまだフレンズ病院にいた。ＥＣＴの治療は受けていないが、長期療養棟に移された。モードは鬱病に関する本を徹底的に読み、ストレート医師と率直で有意義な話をできるようになっていた。グッドマン医師が言ったように、ストレート医師はモードが不安を表したことを責めたりはしなかった。何度か父親とも話した。結婚生活を始めたころのハイディがどうだったのかを、とりわけメイン州でのハネムーンのときの様子を尋ねた。どうして、ハネムーン先がメイン州だったのだろうとモードは思った。ハイディはフロリダ州で育ったのに。「ああいう本の影響だったんだ」モーゼズは言った。「よく、ハイディがおまえに読んでやっていた本だよ」。車がピスカタクア橋を渡ってニューハンプシャー州をあとにしたとき、ハイディは言ったそうだ。「とうとう来たわね」と。まるで戻ってくるのを待っていたかのようだった。もっとも、彼女は一度もメイン州に行ったことがなかった。

モーゼズはグッドマン医師からモードが渡された言葉のリストについてまったく心当たりがなかったが、ハイディが初めて重い鬱状態になったときのことを詳しく語ってくれた。婚約期間中に起こったのだが、モーゼズは一度きりの症状かマリッジブルーだろうと思った。だが、鬱症状は何度も現れ、そのたびに重くなっていった。ハイディはもう病院に一年もいて、母親が永久に鬱状態から這いあがれなくなる前に克服できるようにと、モードは時間と戦っている気がした。

モードはバックミラーにちらっと目をやり、チャイルドシートに座っているクレミーが元気そうで安心した。クレミーは旅に向いていることがわかった。窓から外を眺め、ときどきうたた寝をして満足していたのだ。娘を連れていっていいものかどうか、モードは確信が持てなかったが、そうしろとアグネスが言いはった。結局、ルッカリーにある家にモードが滞在するということで話がまとまった。最近、ロバートが修理してポリーが内装を整えたものだ。モードにとって気が楽な解決策だった。アグネスが執筆している午前の間ずっと、静かにしなさいとクレミーに言わなくてもすむ。

何にもまして、モードはアグネスとポリーの友情が復活したことに安堵した。彼女たちくらいの年齢の人間があそこまで根深い対立をしたり、腹を立てたりできるとは想像もしなかった。状況をすべてハイディに伝えて、生きるべき理由がどれほどあるかをもう一度納得させられたらいいのにと願った。

モードはルート1からそれて、ケープ・ディールに通じる道に車を進めた。ここには一度しか来たことがなく、しかも一年もご無沙汰していたのに、何もかもが馴染み深く、懐かしく感じられた。自信たっぷりにあたりの光景をクレミーに説明してやった。アグネスからの指示はルッカリーに車を停めて荷解きし、何か食べて休息して入浴する、とやりたいことをやったら、四時にリーワードコテージにお茶を飲みに来てくれというものだった。

モードの車はポイントパスを進み、木々の間を通っている坂道を下りて、眺望が開けた場所に出た。車を停めた。左側には滞在する予定のルッカリーがあり、右側には五軒の大きな家が並んでいた。まっすぐ前方にはサンクの木々が壁さながらに立ちならんでいる。これほどわくわくしているのは不思議だった。疲れさえ感じない。クレミーを振りかえった。

「着いたわよ!」

「着いた!」クレミーは手を叩いた。

モードはルッカリーの敷地に車を乗りいれ、〝自分たちの〟家のドアにムラサキイガイの貝殻でできたリースが飾ってあることに気づいた。チャイルドシートのベルトを外し、クレミーを抱きあげて草の上に下ろした。一陣の風が吹いてきてクレミーの髪が顔にかかった。クレミーは声をあげて笑い、髪を引っぱろうとしたらもつれてしまったので、さらに大きな笑い声をたてた。

「とまってよ、風さん！」空気を叩くようにしながら言う。

お茶に行く前に、もつれた髪を整えてやらねばならないようだ。

「うわあ《オー・マイ・ゴッド》、海だ！」クレミーは歓声をあげた。「あたし、泳ぎたい！」

〝オー・マイ・ゴッド〟なんて言ってはだめよと、注意しても無駄だろう。クレミーは母親を真似しているのだ。言葉づかいを変えなければならないのはモードのほうだった。

「泳ぐには水が冷たすぎるのよ」モードは言った。クレミーはいぶかしげに彼女を見た。「すごく冷たいの！　ブルブル！」

クレミーはあたりを見まわした。「岩に上りたい」

「ママもよ。でも、今はおうちを見ましょうね。いい？」

クレミーは両方の握り拳を腰に当てた。「このおうち？　あたしとママのうちなの？」

「そうよ。一週間、ここにいるのよ」

「すごい」クレミーは両手を上げて肩をすくめ、玄関前の階段を上りはじめた。「何を待ってるの、ママ？　早く早く！」

二人は下から上へと家を探検し、寝る部屋を選んだあとで交換した。どちらの部屋からも外の景色が見えた。モードの部屋からはサンクが、クレミーの部屋からは海が見える。「毎日、お部屋をとっかえっこしよう」クレミーが威厳たっぷりに人差し指を振りながら言った。この子は四歳なのに、海の景色という、眺めがいいほうがどうしてわかったのだろうとモードは不思議に思った。そういう情報はどうやって知るようになるのだろう？　クレミーがこんなふうに公平さを身につけていることは誇らしい。でも、そういうことはどうやってわかるようになるのか？　公平さはモードたちの生活でそれほど幅を利かせるものではなかった。

「お腹はすいてる？」モードは尋ねた。

「おやつ食べたいな」クレミーが言った。

アグネスの話では冷蔵庫に食料が備えてあるらしかった。「ママが何か作っている間、午後にみんなと会うときに着たい服を選んでおいてね。あとでセーターもいるかもしれないから、セーターもどれにするか決めてね」

「わかったよ、ママ。ママの服も選んであげる」

「ありがとう」モードは断らないほうがいいとわかっていた。やるべきなのは選んでくれた服をすべて着てみせることだけで、結局はほかの服にしたとしても、クレミーは気づかなかった。もっとも、最近は見ぬかれるようになってきたが。あまりにも成長が速いので、モードはついていくのがやっとだった。クレミーが本当の年齢よりも四カ月ほど幼いかのように扱うという失敗をしたら、おおいに憤慨されたのだ。

こうして一人の時間ができたので、この家の細かな部分に目を留めた。ここにいるとこんなにくつろげるのはなぜだろう？　そう、この家はシンプルでよく考えられた造りで、清潔で落ちついた感じだ。それに、独特の品々で装飾されている。けれども、くつろげるのはそういうことが理由ではなかった。天井から床まで、いたるところをあちこち隈《くま》なく見た結果、謎は解けた。この家のバランスだ。そのおかげで安らぐのだ。平和を重んじたアグネスの曾祖父はデザインに関して先見の明があった。

クレミーが紫色のワンピースを着て、紫色のサンダルを履いて一階に下りてきた。重ね着をすることは覚えていたようだが、トレーナーを選べばいいと解釈したらしかった。

「さあ、おやつよ」モードは冷蔵庫にサンドイッチがあるのを見つけた。立ったまま半分食べた。

「ママが着がえてくる間、ここにいてくれる?」

「いいよ、ママ。ここにいる」

とはいえ、モードは急いで着がえた。クレミーを過大評価したくはなかった。いい子に見えても、幼い女の子は突然いたずらをすることもある。モードは清潔なパンツを穿いて、フレンチ・ストライプ(地の上に二本の線が一組になっている縞を並べた柄)の長袖のシャツを着た。小ぶりのゴールドのイヤリングをつけて、ゴールドのロケットを首からかける。どちらのアクセサリーも、ハイディのものだったブレスレットに似あっていた。エスパドリーユに足を滑りこませた。こんな格好をしていると、Mガールズになった気分だった。モードは一階に行った。

「準備はいい? あ、ちょっと待って。クレミーの髪を梳かさなくちゃ」

「いらないよ、ママ。これがカッコいいから好き」

ああ、まったく。十四歳になったらどうなるのだろう?

＊＊＊

玄関のドアをノックしないうちに、モードは自分の名前を呼ぶ声を耳にした。ポリーとアグネスが家の横を回ってこちらへ来るではないか。

「ポーチで待っていたのよ」モードをハグしながらポリーが言った。

「いろいろ見つけた？」今度はアグネスがモードをハグしながら言った。アグネスもポリーも慎重な態度でハグし、モードは彼らの細い体を気遣いながら抱擁した。

「ええ、ありがとう。あら、メイジー！」モードはかがみながら言った。メイジーは尻尾をぴんと立てたまま、モードの脚に体をこすりつけた。「おとなしくするのよ、クレム」

「誰と話しているの？」ポリーが尋ねた。ウインクされ、たちまちどういうゲームなのかをモードは理解した。

「何も言わなかったけれど」

「わたしもあなたの声を聞いた」アグネスが言った。

「空耳でしょう。わたしは一人で来たのよ」

クレミーがくすくす笑い、モードの両脚の後ろに体を押しつけた。

「本当のところ、モードはここに泊まればよかったんだよ」アグネスはリーワードコテージのほうに手を振りながら言った。「モードは誰かを連れてくると思っていたけど、違ったようだ。そういう話じゃなかったかい、ポリー？」

「そう思ったわ。たぶんわたしたちの勘違いね、ネッシー。まあいいでしょう。おもちゃを全部、屋根裏に戻さなくてはならないわね」

彼女たちのからかうような声はモードにとって癒しになった。このゲームが進んでいくうち、モードは言葉よりも声を聞いている感じがしてきた。午後の空は灰色に変わり、セーターが必要な天候になっていた。やがて来る十月を予感させる八月の終わりの気候だった。ぴりっとした潮風に神経がなだめられる。モードは眠くなってきた。

クレミーはモードの脚の後ろという隠れ家で含み笑いをしている。モードは娘のリズムを心得ていたし、どれくらい集中していられるかがわかっていた。もうクレミーを二人の前にちゃんと出す頃合いだろう。クレミーを紹介しようとしたとき、耳が垂れた大きな犬を連れた男性が角を曲がって現れた。ロバートだ。去年の夏、彼を写真で見たことがあった。モードはアグネスにもっとロバートのことも書いてもらいたかった。ロバートは読者と、岬《ポイント》で暮らす家族たちとの懸け橋の役目を果たしてくれそうだ。ポイントに住む人々の一部でありながら、一部ではないという人物。もっとも、アグネスは心の中でさえも、ロバートをポイントの一部でないなどとは見なさないだろう。彼女はそれほどロバートを守りたいと考えているのだと、モードは思った。

「ワンちゃんだ！」クレミーは歓声をあげ、髪をなびかせながら犬のところに駆けよった。気ままな行動がほほ笑ましいとモードは認めないわけにはいかなかった。こんなすばらしい景色の中ではなおさらだ。クレミーには自分なりの流儀というものがあった。ほうっておけるくらいに娘の落ちつきのなさを抑えるかどうかはモードにかかっていた。

クレミーは犬のそばまで行ったが、手を出さないようにと教えられていたから、ロバートを見あげて言った。「あなたのワンちゃん、撫でてもいい？」

ロバートは打たれたかのようにあとずさり、アグネスに視線を向けた。彼女はたちどころにロバートの驚きを理解し、質問を返すかのごとく額に皺を寄せた。

クレミーはロバートの手を引っぱった。「ワンちゃんを撫でてもいい？」質問を繰りかえす。

「ああ、うん、かまわないよ」気を取りなおしたふうで彼は言った。「お嬢ちゃんのお名前は？」

クレミーは忍耐強い犬の脇腹を小さな手であちこち叩いた。「クレミー」

「ぼくはロバート」

モードはこのやり取りを聞いていたが、視線はアグネスとポリーに向けていた。二人はクレミーをまじまじと見つめている。

「あり得ないわ」ポリーが言った。

「ああ」アグネスが言った。「そんなはずはない。ただの偶然だよ」

「何が偶然なの?」モードが訊いた。「どういうこと?」クレミーを抱きあげ、アグネスたちのところへ連れていった。「この子はクレメンス。でもクレミーと呼ばれているのよ」

「はじめまして」アグネスは言い、クレミーの手を握った。「もう一回やってみて。わたしの手をもっと強く握るの。いいね。そのほうがいい。握手ではいつも自分の力を見せつけなくては」

クレミーはアグネスの指を強く握った。ポリーとロバートもクレミーと握手した。こうして互いを紹介しあっている間、アグネスたちは相変わらずクレミーから視線をそらそうとしなかった。モードは落ちつかなくなってきた。「失礼ですけど、何かあるんですか?」

「モード――ごめんなさいね。あのね」ポリーは頭を振った。「ただ、クレミーはかつてここに住んでいた子どもと瓜二つなの」

「どんな子ですか?」モードは尋ねた。クレミーに押されたので、下ろしてやった。

「この子はナンに似ている」アグネスが言った。

「本当に?」

「そっくりだよ」それからアグネスが尋ねた。「モード、お母さんはいくつだっけ?」

モードは汗の玉が背中から流れおちてウエストのところで服地に染みこむのを感じた。心のずっと奥の部分では計算もしていた。「四十五歳よ。母は十八歳のときにわたしを産んだの」

「で、彼女はフロリダで育ったという話だったね？」

「そう。伯母さんのところで」

「お母さんは自分の両親を覚えている？」

クレミーは犬のところに戻って話しかけていた。

「いえ、あんまり」モードは言った。「担当の精神科医は親のことを忘れさせるような何かが母に起こったと考えているの」

「悲しいわね」ポリーは言った。

「何が起こったんだろう？　あなたは知らないの？」アグネスがたたみかけた。ポリーの手に手を伸ばし、二人の老婦人は寄りそった。

「知っていればいいのだけれど。誰も知らなくて。お医者さんの話では、母がそのことを思いだせれば、回復しはじめるかもしれないとか。それにしても、そんなに動揺させられるほどクレミーは似ているの？」

「もっと何か知らないのかい？」ロバートが尋ねた。

モードは彼がナンの友達だったことを思いだした。

「あまり。母はいくつか言葉を書いたことがあって、お医者さんはそれが手がかりになるかもしれないと思っているけれど——ちょっと待って——」モードは目を閉じ、あの紙切れを思いうかべた。

「たしか、雪、寒さ、ブーツ、灰、毛皮《ファー》だと。間違っているかもしれないし、抜けたものもあるかもしれないけれど、そんな感じだった」

「ワンちゃんの名前、なあに？」赤ちゃんっぽい言葉に戻ってクレミーが尋ねた。やはりただならぬ雰囲気を感じとったのだ。自分たちは帰ったほうがいいかもしれないとモードは思った。

「ホープだよ」ロバートが言った。

突然、モードはアグネスの手首を指さした。

「あなたのブレスレット！　わたしのものとそっくりよ！」

アグネスが袖をまくりあげると、ぴったり組みあわさった二本のブレスレットが現れた。「ナンが連れていかれたとき、このブレスレットの三本目をあげたんだよ」

モードは全身が震えていた。「あなたのノートの――ファーというのは――あれはナン・リードが父親を呼ぶときの言葉じゃなかった？」

アグネスはうなずいた。目に涙が浮かんでいる。

「でも、そんなことがあるはずない――」モードは言った。

けれども、そんなことがあり得るとモードはわかっていた。論理や事実によって納得したわけではなかった。この場所をどういうわけか知っているという感覚のせいだった。そう、たしかに〈ナンのおしごと〉シリーズの本を通じて知ってはいたが、それ以上の何かがあった。ハイディの言葉を借りるなら、モードはいつかここに来るかもしれないとわかる前からフェローシップポイントを愛していたのだ。この土地の美しさをまだたたえている母親を通して、ここを愛していた。

「うわあ《オー・マイ・ゴッド》」モードは言い、泣いたり笑ったりしはじめた。「いけない。クレミーのそばにいるときは言葉に気をつけようと決めてたのに」モードは目を拭い、ポリーとアグネスとロバートは彼女のまわりに集まり、みんながいちどきに話しはじめた。信じられないとか、そうだと思ったとか言い、いろいろと尋ねたり答えたりし、さまざまな逸話が矢継ぎ早に語られ、とうとういっさいの疑念がなくなった。

ハイディはナンだったのだ。手がかりははじめからあったのに、全員が集まるまでは答えがわからなかった。ハイディが今ここにいれば完璧なのにと、それぞれが口に出した。みんなは何かを求めるように互いを見た。

アグネスが言った。「お茶なんてどうでもいいよ。わたしには酒が必要だ。仲間に入る人はいる？」

モードはいつもの癖でブレスレットに触れた。アグネスはそれに目を留めた。

「いつかお母さんがそれをまた身につける日が来るよ」彼女は静かに言い、モードはそのとおりになるだろうと思った。

お酒の時間にしようと決まった。アグネスはクレミーの手に手を伸ばした。クレミーはためらいもなくアグネスの手を取り、もう一方の手を犬の首輪の下に滑りこませた。

「あたしがホープを連れていくね」

第四十章

二〇〇二年八月、フェローシップポイント、モード

その日の夜遅く、薄暗い部屋ですべてをもう一度じっくりと思いかえしていたとき、モードは自分も長生きしたいと願った。かつてアグネスはこの世でもっとも完全な人間が九歳の女の子だと主張したことがあったが、モードは今、年老いた女たちがその強敵だと思っていた。彼らを表現するのに〝立ちなおる力〟や〝好奇心〟という言葉を思いうかべたが、それだけではこうしてモードが理解したものを言い尽くせなかった。もしかしたら、自分が年老いたとき、どう説明したらいいかがわかるのかもしれない。アグネスとポリーの体、そしてハイディの体について考えた。皮膚や骨の集合である個体が、死が次第に近づいてくるとはいえ、どのように変化しつづけ、適応していくのかを考えてみた。

モードは何をしているかをほとんど意識せずにベッドから出て階下へ行き、外に出た。つかの間寒さを感じなかったが、たちまち冷気に包まれた。靴を履いていない足の下で草が乾いた音をたてた。だが、外に出たのはそんなことを感じるためではない。モードは広大な暗い夜の一部になりた

かった。これほど多くの星を見たのは初めてだった。首筋が痛くて身震いしたが、この瞬間を終わらせたくなかった。痛みがひどくなって家に引きかえさなければならなくなるまで、体重をかわるがわる脚にかけ、一方の脚の負担を軽くした。けれども、引きかえさなかった。待っていると、間もなく痛みが気にならなくなった。不快感をなくすことなど、このあと何が起こるかを見ることに比べれば少しも重要ではなかった。

数限りない星たち。見えても見えなくても、星はつねに存在している。それほど深い意味のある事実ではないが、忘れることもできなかった。

モードはロバートの家のほうに視線を向けた。二階の窓に明かりが灯っている。彼は本を読むか、何か書いているのだろう。ロバートはハイディについてモードに山ほど質問を浴びせた。アグネスよりも多かったかもしれない。そしてハイディと一緒に過ごした子ども時代の思い出を語ってくれた。ハイディが草むらからどんなふうにヘビを拾いあげたか、毎日同じルートを通るのに、スクールバスの窓から外を見てどんなに大喜びしていたかを。ある日、ロバートは何が見えるのかと彼女に訊いたことがあった。すると、見えるものを数えあげてくれたという。木、ほかの木、別の木、家、車、などなど。ハイディは世の中にあるものの名前を呼び、そういうものに注意を向けながら世界に入っていったのだ。

「母はそのやり方をわたしに教えてくれたのよ」モードは言った。

ロバートはにっこりした。「彼女がぼくの名を言っているのが聞こえる気がするよ。ウォバー、とね」

夜空の明かりを頼りに、これで最後になるが、モードは夜という名を口に出した。ようやく家の中に入ったとき、自分の未来について新しい理解が生まれていた。具体的な目標や道のりは言いあらわせなかったが、職場から家に帰る道で、ばらばらのものの名前を呼んで世界を創造しようとすることが二度とないのはわかった。それはハイディの習慣であり、絶えず現実に自分を結びつけるための方法だった。モードは星々と冷たい大地との間のどこかでただひたすら生きていくだろう。限られた時間を無駄にすることなく。

第六部　集まり

第四十一章

二〇〇三年八月、フェローシップ岬《ポイント》

ポイント・パーティはハム・ルースが息子たちを連れて現れるまで順調に進んでいた。最初にアグネスが彼らに気づいた。父親に息子、そしてもう一人の息子。アグネスは海の近くの草原を歩きながらジェームズと話していた。彼と話すだけでもいやでたまらなかったが、そのとき鳥肌が立つのを感じた。ハム・ルースたちが姿を見せることは予想していた。アグネスの胃はよじれた。

ハムたちと話すつもりはなかった。それはもう決めてあった。その日、パーティに先立ってやるべきことリストを確認していたとき、ロバートとポリーに念を押しておいたのだ。もしもルース家の者に追いつめられてしまったら、救いだしに来てくれと。たしかにハムたちはこの聖なる土地を手に入れるかもしれないが、それをアグネスがどう感じているかを見せるわけにはいかなかった。

「おや、なんとも面倒な客が現れたよ」アグネスは言い、ジェームズの顔を観察した。彼は振りかえってルース一家に気づいた。ジェームズが手を上げて挨拶したい気持ちを必死に抑え、すぐさまアグネスを見捨てて友人とつるむために駆けだしたりはするまいとこらえているのがわかった。彼女に向きなおったジェームズの首は真っ赤になっていた。

アグネスとジェームズは、カヤックがひっくり返って死亡した観光客に関する、あたりさわりのない話をしていた。

「このあたりはみんなが思っている以上に危険なんだよ」アグネスは言った。

ジェームズは当てこすりに気づき、ジントニックのグラスに向かって眉をひそめた。「ぼくは泳ぐのが得意じゃないんですよ」ぼそぼそと言った。

アグネスは腹立ちを抑えかねていた。ポリーのためであっても、ジェームズとなんか話していられなかった。「わたしは行かなくては」彼女は出しぬけに言った。会話を打ちきるときに言い訳はするなと教えこまれていた。失礼な言い訳などすれば、相手はそれを正当化しなければならなくなるからだ。急に具合が悪くなったのでもないかぎり、妥当な言い訳などあるはずがない。自分よりも重要なものがあると知りたい人はいないのだ。ジェームズも同じことを教えられていたから、ただこう言った。「お話しできてよかったですよ」

アグネスは逃げた。今はパーティなどどうでもよかった。陽気な笑い声があがり、おいしい料理の皿に当たったフォークの音が楽しそうだった。夏休みで戻ってきた大学生が務める、町から来た若いバーテンダーたちの腕は、テーブルクロスが掛かったカウンターに並んだボトルやアイスバケツの間を巧みにすばやく動きまわっている。Mガールズが監督した音楽は、パーティ参加者のグループの間で活気のあるビートを刻んでいた。カーキのズボンに青い絹のシャツ、サンダルというでたちで、髪はまとめて後ろに上げたアグネスはサンクに向かった。

きっとロバートがルース一家を迎えてくれるだろう。ロバートはパーティが始まるころに草の多い道の外れに持ち場を占め、来客をポイントパスからパーティ会場へ案内していた。彼は時間をかけて、この道が始まるところを整備した。何度かロックリードからリーワードコテージ付近を歩いて自然の脇道を見つけると、草を刈って小道を作った。彼のお供をしたホープは今、ロバートの横に立って来客を迎えている。たまに頭を軽く叩《はた》かれるとそわそわし、ロバートをすばやくちらっと見あげる。〝大丈夫だよ〟とロバートは言葉に出すだけでなく、撫でてやってホープを安心させる。ポリーは自分の家とアグネスの家の間でパーティを開きたがった。ただしポイントパスを挟んで反対側で。そしてアグネスはどんなばか者も墓地に迷いこむことがないくらいわかりやすい脇道を望んだのだ。パーティの場所はいつもこんなふうに設定された。そして毎年、どの脇道の草を刈ったかを忘れないでいようとみんなは誓うが、覚えていたためしはなかった。それも伝統の一部で、楽しみの一部でもあった。草刈りが終わると、ロバートは写真を何枚か撮った。来年わかるように、リーワードコテージの私道から、草刈りが始まった地点まで歩いて距離も測った。来年もパーティがあればの話だが。とにかく、ロバートは子孫のために、どこから脇道が始まったか覚えていないふりをしてくれるだろう。

パーティのわずか数日前になって、来客を出迎える人間がいないことに気づいた。ラクランが亡きあとは、ディックが出迎え係をずっと務めていた。四十年にわたって。イアン・ハンコックにその役目を果たしてもらうことは期待できなかった。客がアルコールでいい機嫌になる前に失礼なことを言いかねない人だったのだ。アーチーは若すぎたし、彼の父親は一、二度、出迎え係を務めたが、お祭り騒ぎから離れて穏やかに客を出迎える場所にいるよりは、騒々しいグループの真ん中にいるほうを好んだ。この役割にうってつけなのはディックだった。彼は背中を軽く叩いたりお世辞を言ったりして来客を案内した。ディックが亡くなってからポイント・パーティは開かれなかったので、彼の代わりを誰にするか考えなくてもすんだ。二〇〇〇年に開催されるはずだったパーティはディックの死によって中止になり、二〇〇一年はポリーもアグネスもパーティなど開く気になれなかった。ロバートが刑務所に入っていたし、シーラとアーチーがパーティに現れるかもしれないと、アグネスたちは神経をとがらせていたからだ。そして二〇〇二年には、ポリーとアグネスは絶交状態で、仲直りしたときはそんなイベントを計画するには遅すぎた。今では喧嘩したことを二人は笑いの種にしていた。仲たがいするなんて、なんだか魅力的にすら思えたのだ。それにしても、出迎え係をどうしたものだろう？　そしてポリーとアグネスは同時に言った。「ロバート！」。今年の春は彼女たちがそんなふうにロバートを候補者にあげるときが多かった。ハイディをフェローシップポイントに連れかえったのもロバートだった。そんなわけで自然に意見が一致し、ロバートが出迎え係に決まった。

とうとうふたたびパーティが開かれることになった。これほど待った埋めあわせとでもいうように天候は完璧で、アグネスたちの健康も申し分なかった。ハイディは昔の自分のドレスを着ていた。ストライプ柄の黄褐色のドレスは夕陽の時分になったら映えるだろう。ロバートは客を出迎える合間にしじゅう振りかえっては、ハイディがどこにいるか、どれくらい不安そうかを見ていた。いつでもハイディを助けに行く用意ができている。ポリーとアグネスとモードもハイディに目配りをしていたが、ロバートは彼らを応援要員と見なしていた。子どものころのように、彼の用心深さは当てにできた。ロバートはナンが亡くなったと信じたことはなかった。本当に死んだとは思えなかったのだ。今では彼女が人生を取りもどすのを助けている。

ルース家の三人が丘を重々しい足取りで下りてくるのを目にしたとたん、ロバートは向きを変えてハイディの様子を観察した。彼女は人々とくつろいで話していた。場に馴染んでいる。

ルース家の男たちはブルドッグの一団のように見えた。三人ともずんぐりして大柄で息を切らしていた。二〇〇三年の今、髪に櫛目を入れた人間なんているだろうか？　彼らは淡褐色のスーツと開襟シャツを着て、ネクタイは締めていなかった。足元はローファーだ。アグネスとポリーが今回のパーティについて今後あれこれ分析するとき、ルース一家は注目の話題になると知っていたから、ロバートは話に加われるように細かい点まで注意深く見ておいた。彼らのズボンは突きだした硬そうな腹の下でベルトを締めてあった。三人のうちの一人は白い靴下を履いている。

息子たちは父親のあとから歩いていた。ロバートは握手の習慣をやめていたし、手を差しだしてこない人が多いこともわかった。だが、ハム・ルースは握手を求めてきたので、ロバートは急いで手を出した。

「ハム・ルースだ」彼は息子たちのほうを手振りで示した。「こっちはジュニアとティーター」くるっと振りかえってハム・ジュニアの肩を叩く。

「ぼくはロバート・サーカムスタンスです」

三人はいっせいに納得したような顔になった。名前に聞き覚えがあったのだ。彼らが造園の仕事をロバートに頼んだことはなかったから、ほかの方面で知っていたのだろう。おそらく犯罪者として。ロバートは視線を落とし、相手に観察させておいた。それからもう一度、ハイディの様子をチェックした。今、ハイディはこちらを見ていた。そのおかげでロバートの体の中で何かが動きはじめた。遠くからでも彼女を見ると、必ずそんなことが起こった。ロバートは励まされた思いで言った。「みなさんの名は招待リストに載っていませんが」

「おれたちはジェームズ・ウィスターのリストに載っているんだ」

ハムは動じなかった。アグネスはこういうことを予想していたから、ロバートは彼らを会場へ入れた。そのあと、ズボンで手を拭った。

モードもルース家の三人に気づいたが、すぐには誰なのかわからなかった。草原を横切ってロバートのほうへ進んでいくクレミーの足取りを追うのに気を取られていた。ロバートのほうはモードの母親に視線を向けている。モードはハイディとロバートとの間に何らかのエネルギーが発生しているのが見えるように思った。二人は恋に落ちているの？　まさか、そんなはずはない。ハイディはなんとか話ができる程度だ。だったら、この感じは何？　友情はそこまで大きな力を持つものだろうか？　ポリーの話では、ずっと昔からハイディとロバートは魂の伴侶《ソウル・メイト》だったという。モードはその言葉を好きになったためしがなかった。自分がそんなものを、つまり真の愛を経験したことがなかったのがおもな理由だろう。少なくともこれまではそんな経験がなかった。

「ロバート！」モードは彼の注意を促して指さした。ロバートは彼女が指さすほうに視線を向けて、ちょうどやってきたクレミーに目を留め、両脇の下に手を入れて抱きあげて揺すった。モードの父親のモーゼズ・シルヴァーもそうしたことがあった。モードは父の肩に乗ってワシントン・スクエア公園をまわったものだ。父にお腹のところを両脚でしっかり挟んでもらって、床と平行になるように体を浮かせたこともあった。飛行機ごっこだ。クレミーはロバートの手と戯れるのが好きで、自分も父の手に興味を持っていたことをモードは思いだした。モーゼズの鰐革の時計ベルトを外そうと必死になったものだ。それに、父の腕を両手で握って絞るようにねじり、全力で参らせようとした。痛みを表すまいとする父の落ちついた顔を見て、同じいたずらを学校で同級生たちにされたときに平然としているすべを学んだ。父の手首に生えた毛を数えたり、脚の毛を小枝で剃る真似をしたりした。父の胸に頭を預けて心臓の音を聞いた。ドクンドクンドクンという音を。男の人の体は違う国のようだった。モードはゆっくりと草原を歩いて、ロバートがまた客を出迎えに行けるようにクレミーを引きはなした。クレミーが野原でホープを歩かせたがったので、それは許してやった。モードはまた引き紐の握り方をクレミーに教えた。クレミーは顎を引き、集中している。クレミーたちはルース一家のそばを通ったが、彼らは子どもや犬にまるで注意を払わなかった。だからモードも彼らに注意を向ける理由がなかった。クレミーたちはポリーのそばも通ったが、ポリーは青ざめた顔をしていた。

ポリーはある言葉を思いうかべていた。〝彼女は彼らがだまそうとするとは思わなかった〟。イーディス・ウォートンの作品にあったはずだ。ジェームズはルース家と協力してアグネスを裏切る計画について何も言わなかった。とはいえ、彼はポイントの未来について何を計画しているのか一度も口に出したことがなかったのだ。そのことはみんなが知っていた。それでもポリーはジェームズが考えを変えるのではないかと願っていた。この場所をこのままの状態で愛することをジェームズに教えたのではなかったか？　それとも、自分はアグネスとばかり気持ちを分かちあってしまったのだろうか？　ポリーは両腕をさすり、カーディガンを持ってくればよかったと思った。テーブルの一つに置いてきてしまったのだ。取りに戻るのに通らなければならないところを見積もり、あの侵入者たちとすれ違わなくてもすむかどうかと考えた。たとえジェームズかアーチーが招待したのだとしても、ルース家の人間は侵入者なのだ。彼らは当然のように、ここに来ただろう。もはや人々は礼儀などわきまえていないか、あるいは、礼儀というものが役に立つと思っていない。よい礼儀のおかげで、個人同士の不安定な関係がどれほど安定するかを知らないのだ。礼儀作法というものはとるべき行動がはっきりしているから、内気な人がどんなに助かるかということも。礼儀を守ることで、攻撃的な人もかなり抑えられる。ポリーは礼儀作法を大事にすることによって生きてきたし、時が経つにつれて彼女の哲学は一つの処世訓に要約された。いついかなるときも、この世をすばらしいものにしようということだ。ポリーは大胆にもそれを口に出した。Mガールズにこの話をしたときは、笑いが起こるに違いないと肩をいからせて待ちかまえた。けれども、彼女たちはうなずいて言った。「うん、それがおばあちゃんのやってることだよね」。おかげでポリーの士気は高まった。こういう意図を持って生きてきた人間なら、カーディガンを取りに行く途中でルース家の男と話す羽目になっても、対処できるはずだ。けれども、アーチーが急いで彼らのところに行き、バーに連れさってしまった。ポリーはカーディガンを手に入れ、アグネスはどこかと見まわした。あそこにいる——森にこっそり入っていく。自分のパーティをすっぽかして。〝まあいいわ〟とポリーは判断した。〝逃がしてあげよう〟彼女は久しく会わなかった友人に目を留め、おしゃべりしようとそちらに向かった。

　アグネスはポイントパスの公式な行き止まりとされているところでサンダルを脱いだ。そこから先は砂利道から、草の生えた起伏のある道に変わっている。砂浜に打ちあげられた海藻を見れば、冷たい海水が陸のどのあたりまで上がるかがわかるように、境界が示されていた。ヘビを踏まないかぎり、アグネスは裸足でも平気だった。毎夏メイン州にやってくるとすぐ、ラクランは子どもたちに足の裏を鍛えろと教えた。グレースは例によって唇を引きむすんだ渋い顔でその計画に反応した。アグネスは父がこう言ったとき、一緒に声をあげて笑ったものだ。「グレース、きみは高慢ぶってるぞ!」。彼はグレースが俗物根性をにじませた意見を示すときのために、その言葉を発明していた。ラクランはからかっていただけだったが、グレースは決して意見を変えなかった。子どもたちはラクランの側につき、裸足で浜辺に行って足を鍛えた。まずは無感覚になるほど冷たい海水に浸して、それから石の上を歩いて。アグネスは今でも毎年五月になるとそうしていた。

サンダルを拾いあげてズボンの背中側のウエスト部分に突っこんだ。土踏まずの部分で木の根を踏むと、樅の木の落ち葉が針のように突きささる。だが、そうなることは予期していた。彼女の足はひづめのように硬かった。昼食後にモードとハイディと一緒にポーチの長椅子に横たわり、うとうとしたり、とりとめもなくグリルドチーズ・サンドイッチの夢を見たりしているとき、クレミーはアグネスの足をおもちゃにした。スプーンでつついたり、クレヨンで絵を描いたりしたのだ。アグネスが遊びにつきあうときもあり、高い声で終わるように長々と吠えてみせると、クレミーは仏陀のような顔で楽しそうにくつくつと笑った。フレンズ病院のグッドマン医師に同調して、ハイディをせきたてないことにしようと、みんなの考えは一致していた。もし、あまりにも無理やり思いださせようとすると、ハイディの記憶は急激に蘇りすぎるか、永久に表に出ないかのどちらかになるかもしれない。どちらにしても、ハイディには……正確にはどうなるかはっきりしなかったが、よいことではなさそうだった。だから彼らは待った。待つのは楽ではなかった。もし、リード家の一員だということをハイディが理解できれば、共同所有権について投票する権利があることになる。そうすれば、アグネスはランド・トラストにサンクを寄贈する計画を進められるだろう。だが、ロバートの自由のほうが共同所有権の問題よりも重要だったように、ハイディの健康のほうが大事なのだ。とはいえ、ポイントがマリーナになるかと思うと、アグネスの心は痛んだ。でも、受けいれなければならない。それには今が絶好の機会だろう。

しばらくの間、ポイントパスから来る人がいなかったので、ロバートは持ち場を離れてパーティに参加した。まだクレミーに引き紐を握られているホープはロバートのほうを見た。彼がうなずくと、犬もうなずきかえした。そんなことがあり得ると、ここにいる誰もが賛成するわけではなさそうな人と犬との交流だった。だが、何が起こったかによって、何が可能なのかが定義されるのではないか？　アグネスが言ったように、人間は動物や植物の言葉を理解できるようになるまで、自分たちが優れた種だと信じる権利などない。ロバートはそれが筋の通る考え方だと思った。

ロバートはホープを連れもどしに行ったが、クレミーはもっと犬といたがった。そこで彼は自分がクレミーと犬を見まもっているので、自由に行動してくださいとモードに言った。クレミーたちをバーのテーブルに連れていき、自分にはクラブソーダを、彼女にはジンジャーエールを頼んだ。パーティがお開きになったら、アルコールを飲めるだろう。ロバートが振りかえると、ハイディは微笑し、顔から髪を振りはらった。ロバートと同じように、今ではハイディの髪も白髪交じりになっていて、アグネスに言わせると、メイン州の住民に多い白髪頭の仲間入りをしていた。ロバートは遠くからハイディを眺めるのが好きだった。そう、彼は一度として彼女の死を信じたことがなかった。だからあまり悲嘆に暮れることもなかったのだ。どうしてなのかはロバートにもわからなかっただろう。子どもは物事を深刻に受けとめないものだと思われていたし、とにかく、ナンへのロバートの愛情は説明がつかないものだった。ポイントからナンが消えたことについて、ロバートと話した者はいなかった。彼はナンがニューヨークにいて、本に出てくるエロイーズのように暮らしているると想像していた。ナンがいなくなった年の春、ロバートの一家はポイントを離れた。あたりを歩けるほど暇な時間ができて、ロバートがポイントに戻ってきたのは何年も経たないうちだった。衝撃だったのは、ナンの名が刻まれた墓石が彼女の父親の墓と並んでいたことだ。バージル・リードとナン・リード、と。最近になってアグネスが話してくれたが、ロバートとハイディは幼いころにしょっちゅう二人でホットチョコレートを飲み、クッキーを食べていたという。ロバートにはそんな記憶がなかったし、ましてやハイディが思いだせるはずもなかった。けれども、アグネスたちはそんな些細なことをハイディに話していた。アグネスに言わせると、ナンの事故のあと、ロバートはずいぶん手助けをしたらしかった。ナンにリハビリをさせるための独創的な方法を思いついたそうだ。そのことは少しだけ彼の記憶にあった。ナンは一階の部屋のベッドで寝ていた。ロバートにとっては馴染みがない、うらやましい状況だった。ロバートはナンと遊んだことや、彼女がどんなに楽しそうだったか、どれほどしっかりした性格だったかを思いだした。彼女は今でも片足を引きずっている。それはどこからでもわかっただろう。自分はどうして足が悪いのかといつも不思議に思っていたと、ハイディは言うだけだった。

クレミーは犬の引き紐を置くと、両手でコップをつかんだ。ロバートはホープに氷のかけらをやった。いろいろな人と打ちとけて話すべきだろうと思った。彼の事業はほぼ元通りになってきたが、さらに拡大したかった。今はもっと金が欲しかったのだ。将来のために。とはいえ、こうして一緒にいる仲間は気に入っていた。

「何かするかい？」彼はクレミーに言い、コップを取った。

「何かって、何？」クレミーはにっこり笑って言った。

「ふうん」ポリーは言った。ポリーはこっそりと歩きまわっていたが、とうとう背後にルース家の男たちがいるところに来ると、ハイディと腕を組んだ。「そうね」ポリーは次の言葉のあとでどんな話をしていたところだったかわかるといいと思った。ジェームズは大人の男だ。六十に近い、たくましい男なのだ。今ではポリーの庇護のもとから離れて四十年以上になる。それにアグネスからしじゅう念を押されているように、ジェームズがどんな性格になったかということについて、ポリーは自分を責めるべきではない。ジェームズが八歳のときに開かれた、ある誕生パーティをポリーはよく思いだした。あのころ、誕生パーティは母親たちにとって社交の場でもあり、真っ昼間にカクテルをたしなむ口実を与えてくれた。ポリーはノックスをディックと家政婦とともに家に残し、ジェームズとセオをパーティに連れていった。赤ん坊はいつでも歓迎されることがわかっていたからだ。パーティが開かれる家はポリーたちの家と同じような感じだったが、何ブロックか離れていた。家具も照明も本も植物も似たようなものが置いてあった。コロニアル様式風だった。見苦しくないだけでなく、個性的な雰囲気も醸しだせるように、どの女性も苦心していた。ここの女主人は現代美術の作品で家を飾っており、ポリーは期待されていたとおりにそれを褒めた。

セオのおむつを替えるときになると、ポリーは化粧室へ行った。そこから出てきたとき、たまたま廊下に視線を向けると、ジェームズが向こうの端にいることに気づいた。彼は目を閉じて両腕を前に伸ばし、何か数えながらぐるぐる回っていた。指が壁に触れるたび、数をつぶやいてはまた同じことを始める。ポリーはひどく驚き、息子に気づかなかったふりをした。彼女は居間に戻り、セオをみんなにまわして抱いてもらった。その後、女主人がこれから目隠しをしてロバの絵に尻尾をつけるゲームをやりますよと言った。ポリーの顔は赤くなった。では、ジェームズが廊下でやっていたのはこれだったのか。彼女は身震いした。誕生パーティのゲームで勝つために練習するなんて、いったいどういう子なの？　どんなゲームをやるか知るために探りまわったとは、あの子は何者？

家に帰る途中、セオがベビーカーで寝ている間にそのことをジェームズに尋ねてみた。「正々堂々とやってゲームに勝つのがいちばんいいとは思わない？」

ジェームズは用心深い視線をポリーにすばやく向けたが、そこにはたった今、母親に決定的に裏切られたという思いが表れていた。ズルをした行為がポリーには裏切りのように感じられたことが、問題をいっそう大きくした。けれどもポリーは倫理観から、息子の行為を見過ごすわけにはいかなかった。

「ぼくは勝ったんだよ、ママ」ジェームズのまなざしは暗かった。口調は氷さながらに冷たい。ポリーはジェームズを失ってしまった。ジェームズにとって母親はあまりにも女学校の生徒みたいなタイプで、役に立たない存在だった。そしてジェームズはポリーにとって、心から誇りに思うことができないほど悪知恵が働く子だったのだ。

何年もの間、ポリーはジェームズの中に自分とディックの性質の一部を見てきたが、その日初めて、親の自分たちと息子が完全に別の存在でもあると認識した。ジェームズは彼自身なのだと。今になって思うと、あの日にわかった、あらかじめ計画を立てたり、勝利を求めたりするというジェームズの性質は、こうして彼がルース家の人間と結びついていることにまっすぐつながっていたようだ。ジェームズが何にもまして望んでいたのは勝利だった。ポリーはあのとき、ジェームズという子が理解できなかったし、今も理解できなかった。でも、息子を愛してはいる。母親として愛さずにはいられなかった。

ポリーはこれ以上ジェームズを見ていられなくなった。芝生の向こうのテーブルにいるモードと目が合った。モードは手を振り、こちらに来ないかと誘った。

「失礼するわ」ポリーは言い、ハイディの腕を握った。「モードのところへ行って座りましょうよ」

ハイディはモードを見やってほほ笑んだ。病院を出てポイントに来た現在、病状は前よりよくなっていたが、これまでにもっと好転していてもいいはずだとポリーは思っていた。このごろはハイディの健康を取りもどすことがおもな問題だった。ハイディは自分の人生を歩むべきだし、それがいちばんの目的なのだ。ハイディが法的に正気だと判断されるためには、あとどれくらい回復しなければならないのかは予想がつかなかった。ポリーたちは運命が導くままの状態を受けいれることに決めた。ポリーはハイディに絶えず話しかけながら芝生を横切っていった。まるでハイディが子どもであるかのようにあれこれと物の名前を言うと、とうとう彼女は一瞬ポリーの肩に頭を預けて言った。「知ってる」

アグネスは倒木の枝に引っかけて薄手のシャツを破いてしまった。するとグレースが墓からぬっと現れて、森へ行く前に着るものをどうするか考えなかったのかと叱った。〝今のわたしを見たら、母は高慢ぶってみせるだろうね。パーティを抜けだして服を破るなんて、どういうことですか、と〟。グレースは自分の娘がレズビアンではないかと疑っていた。さもなければ、ジョン・マニングのように完璧な人との婚約をアグネスが破棄するはずないでしょう？　絶好の機会を無駄にするなんて、あの子はひねくれているのよ。ああ、母のあの声。それは今でもアグネスの頭の中に響いていた。ラクランが警句でも言うかのように現れたが、アグネスの前には腰に両手を当てた母親が立ちはだかっていた。アグネスは身震いし、無理やり目下の問題に集中した。サンクに。

ロバートはここを美しく維持してくれていた。何一つ変えずに、倒木の残骸を取りのぞいたり、枯れ枝を取りさったりしただけで、地面に陽光が届く余地を作ってくれた。苔類や下生えは陽の光を求めるように伸び、日陰はドームに覆われたように涼しかった。アグネスはかつて雨の午後に読んだ小説に出てくる先住民のように、軽々と歩いた。子どものころ、彼女とエルスペスは音をいっさいたてず、いちばん折れやすい小枝さえも折らないように気をつけて動く訓練を何時間もしたものだった。昔の先住民が夏に野営した跡地に座って、自分たちがアメリカ先住民の少女になったという空想をした。それはどんな空想だったのか？　そんな思いつきはどこから得たのだろう？　二人は聞いたり読んだりした事柄の断片をかき集め、跡地から拾い集めたものを手にした感触と結びつけた。そして自分たちとは違う食物を口にし、違う衣服をまとった人々を彼女たちなりに考えだした。想像もできなかったのは、メアリー・ミッチェルのような人物になることだった。弓矢で鷲を射ったかどで逮捕された少女だ。アグネスたちには鷲を射ることなど考えられなかったし、そんな行為をする人間を拒絶した。けれども、メアリー・ミッチェルはアグネスたちがそうだったように、自分の信念を持った少女だったのだ。

自分とは正反対の信念を持つ人間をどう扱ったらいいのだろう？

アグネスは巣を見あげた。一羽の鷲が彼女の侵入に腹を立て、羽ばたきして飛びさった。「ごめんね、鳥さん」アグネスは言った。もはや一羽一羽の名前はわからなかったが、鷲の翼が空気を叩く音は今でも大好きだった。鷲の羽ばたきは宙を裂き、一時的ではあるが刺激的な空白を作りだして、鷲が飛んでいった跡を追って空高く舞いあがるという想像をかきたてた。アグネスは何もない空間を見つめ、目にした——失ったものを。家族はこの世を去った。バージルも逝ってしまった。エドマンドの死後、打ちのめされていたグレース・リーの顔を思いだす。美貌の終焉だった。人生への関心がついえたときだった。そうした思い出に相変わらずアグネスの心は激しくかき乱された。首を横に振った。こんなことを考えて何になる？　もう戻らなくては。途中で先住民の夏の野営地にちょっとだけ寄っていこう。もっと速く歩けるようにまたサンダルを履いた。自分がどれほど強靭かということはもう証明してみせたのだ。

モードはだんだん空腹になってきた。景色を眺められる場所にハイディを座らせたことをポリーと確かめてから、料理を取りに行った。グリニッジビレッジで育ったから、モードは感じよく見せながらも、近寄りがたい雰囲気を作って見知らぬ人々の間を通りぬけるすべを心得ていた。だが、身につけたこの特技もポイントでは慎重すぎて不適切に感じられた。ここでは身を隠したり姿をひそめたりする場所などないし、その中にまぎれこめる通勤者の群れもないのだ。〝わたしはここの人間だ〟モードは自分にそう思いださせた。それはまさしく真実だったが、相変わらず信じられなかった。三月に、モードとロバートはハイディをフェローシップポイントに連れてきた。そしてモードとクレミーは数週間を過ごすために最近ここに着き、自分たちの家となったルッカリーで暮らしていた。アグネスの小説には最後の仕上げが施されているところだ。いまだにモードは本当の自伝を書くようにとアグネスを説得していた。二人はルッカリーにある家の一軒を、いわば執筆用のスタジオにした。ほかの者は立ちいらないとわかっていたから、そこでは本を開いたままにしておけたし、原稿を散らかしておくこともできた。もっとも、シルヴィが窓から覗きこんでいるところに出くわしたことはあったが。ここで執筆することをどうして一度も思いつかなかったのかと、アグネスは不思議がった。「終わるまでは何があるかわからないものよ」とモードはからかった。

モードはアグネスと働くことを愛していた。以前の堅苦しさが相当やわらいだアグネスは実に精力的に働いた。どうしてアグネスは八十二歳じゃなきゃならないの？　モードは彼女と永遠に共同作業を続けたかった。

モードは二枚の皿にキュウリのサンドイッチとフムス、それにパプリカとキッシュとクッキーを盛りつけた。ロバートはまだクレミーと歩きまわっていた。そうでなければ、彼に手助けを頼みたいところだったが、どうにか一人でやり遂げた。モードの人生はそういうことの連続なのだ。テーブルに近づくと、ポリーの隣に見知らぬ男性が座っていることに気づいた。モードは心が沈んだ。これはパーティだとはいえ、友人たちをほかの人間に取られたくなかった。どうやらアグネスの性格に影響されたようだ。

アグネスは木々の間を縫うように進み、幹から幹へと手を伸ばしながら、木の力強さを存分に味わっていた。足元で一本の枝が大きな音をたてた。まったく、たいした先住民の少女だね。子どものころにエルスペスとここにいたとき、よく引きかえしていた場所に来た。二人はそこが大好きだった。時を超越した雰囲気があり、どんな破滅的な力にも影響されないところのように感じられたからだ。昔、ここに住んでいたらどんな感じだっただろうと二人は想像した。以前の住民たちはカヌーを漕いでカーブを曲がって入り江に入り、この下の岩が多い浜にカヌーを引きあげ、土手を上って、今年の夏もここに戻ってこられたと喜んだのだろう。アグネスとエルスペスがいつも感じたのと同じような思いだったはずだ。

豊富にいるビーバーを捕獲できたし、海からはイワシが大量に獲れた。開けた土地も多かった。ウィリアム・リーがここに来るよりもはるか前にアメリカ先住民はいなくなってしまった。ポイントで暮らすようになってからも、先住民が住んでいた痕跡をウィリアムが発見したのは夏が何度か過ぎてからだった。それから、彼は地面から突きだしているものを引きぬき、彫刻を見つけた。ウィリアムはさらに地面を掘り、さらに多くの遺物を発見した。ウィリアムは発見したすべてのものの目録を作り、説明の図を描き、そういう品物をいつどこで見つけたかを記録した。地元の人々に関する研究論文を集め、より多くの知識を持つ人たちと話した。ウィリアムは細かいことにこだわる人間だったから、アメリカ先住民の友人がいるとは主張しなかったが、バンゴーの近くのペノブスコット川流域にある居留地に住む人々に会って、自分の収集品について尋ねたことはあった。その経験は驚きだったと彼は記録していた。自分とは異なった時間との関わりの中で暮らしている人々について考えたからだった。永久であるとともに、有限でもある時間を生きる人たちなのだと。

今ではウィリアムの言葉はばかげているかもしれないが、そういうものだったのだ。善人で寛大だとしても、ウィリアム・リーは略奪者だった。彼なりの平和主義的なやり方で、クエーカー教徒としての方法で植民地主義者だったのだ。征服というものにともなう哀愁。またしても、想像によって得られる錯覚だ。ある程度までしか理解はできない。だが、そこまでわかれば充分だろう。作家としてはそんなふうに信じるしかなかったし、アグネスは本当にそう信じていた。けれども、この夏の野営地で八月の朝に目を覚ました先住民の少女がどんな気持ちだったかを、真の意味で理解できるとは思っていなかった。アグネスにできるのは、そのころと同じ光景や美しさに目を留め、同じ香りを吸いこみ、その少女が見聞きしたのと同じものに思いを馳せることぐらいだ。尋ねることや話に耳を傾けることはできる。それがアグネスにできる精いっぱいだった。

メアリー・ミッチェルの弁護費用をアグネスが払う手はずを整えたとき、少女はお返しに何をしたらいいかと尋ねた。アグネスは見返りになりそうなことを提案した。彼女はメアリー・ミッチェルという人間でいることがどんなふうかを知りたかった。ケープのさまざまな秘密の場所や、メアリーが将来にどんな夢を抱いているかを知りたかった。だが、何よりも知りたかったのは、メアリー・ミッチェルが前にもフェローシップポイントで狩りをしたことがあるかどうかだった。この最後の質問にメアリー・ミッチェルはノーと言った。彼女はボートで岬《ポイント》にやってくると、縄を掛けて土手をよじ登り、昔の夏の野営地に行った。当時の物語が伝えられていて、彼女の大おばが話してくれたのだという。

「わたしたちはその土地を利用してはいけないと教えられました。だから、土地についての権利はありませんでした」

「わたしも同じように教えられた。もっとも、それは正反対の結果になったが」アグネスは言った。「わたしたちは土地をどうしたらいいかわきまえていると信じていた。だから、それを所有するのにふさわしい人間だと思ったんだよ」

ルース家の男たちやアーチーやジェームズも同じように考えただろう。アグネスとポリーはポイントを利用するつもりがなかった。

「わたしは動物を殺したり食べたりしていいとはこれっぽっちも思っていない」アグネスはメアリー・ミッチェルに言った。「これまでの人生でずっと鷲たちを守ってきた」

メアリー・ミッチェルはうなずいた。「鷲は神聖です。わたしも殺しません」

「でも、あなたは殺している」

「いいえ。そういうことじゃないんです。聖なるものを殺すことはできないんです」

信心深さというものにアレルギーがあったから、アグネスはメアリーのこの言葉をはねつけたい気持ちに駆られた。だが、こうして一人きりでサンクにいると、いつの間にか彼女の言葉を思いだしていた。今ではメアリーの言葉の意味が理解できると思った。メアリーは鷲たちを殺していたのではない。鷲たちに助けを求めていたのだ。

アグネスはゆっくりと慎重に地面にかがみこんでいった。そして自分の体をあちこちに伸ばすようにして、とうとう仰向けに寝転がった。肩の間を何かの小枝がつついた。長年、グレースの爪でよくつつかれていたのとまさに同じ場所だ。どうして、母はわたしをほうっておいてくれなかったのか？　アグネスは気づかないふりをしていた。母親に満足感を与えたくなかったのだ。あの引きむすばれた薄い唇。打ちのめされて心が傷ついたという顔。アグネスにとって復讐の女神だった。今、母は自分を認めろと執拗に要求している。母が一度でもこのあたりまで歩いてきたことがあるという記憶はなかった。グレースはフェローシップポイントでの暮らしを気に入ったためしがなく、ウォルナット通りに戻るための荷造りを始める八月の半ばになると、やっと元気になるのだった。グレースをフィラデルフィアに埋葬し、ここの墓地で毎日、母親の名を目にしなくてすんでほっとした。自分もそう遠くない未来に土の下にいるだろう。アグネスはナンの墓石が掘りだされたあとの穴を、ロバートに軽く埋めてもらうだけにした。やがてはリゾートホテルを建設することになり、その土台を掘る過程で、遺骨は全部掘りだされるかもしれない。それならそれで仕方ない。アグネスは努力したのだ。「少しは努力してみたらどうなの？」。アグネスがズボン姿で口紅も引かずにパーティに現れると、グレースは言ったものだ。「どうして努力しなくちゃならないの？」アグネスは子どもっぽく口答えしたのだった。いったい何を努力しろというのだ？

アグネスはごろりと転がり、脇を下にして横たわった。この見晴らしのきく場所からは下の浜辺まで見えた。ちょっと、あれ！　ロープブランコが揺れていた。やや頼りない感じの枝に結びなおしてあった。おそらくメアリー・ミッチェルの友人たちが結んだのだろう。これを見せにポリーを連れてこなくては。

アグネスは起きあがろうとしたが、途中でひっくり返って地面にぶつかった。

ポリーは叫びたかった。なぜ、ハム・ルースなんかにつかまってしまったのだろう？

「こちらはハイディ・シルヴァーです」ポリーは言った。

ハムは前脚みたいな手を差しだした。「旅行で来てるのかな？」

ハイディは首を横に振ったが、説明はしなかった。どっちみちハムはそんなことにたいして興味があったわけではない。「ここは神の国だ」彼は言った。「おれはほかのところに住みたいと思ったことがないな」

ハイディはハムをじっと見た。ハイディが物事をどんなふうに見ているのかを明らかにするのは難しかった。ほとんど話さないのだ。彼女がどれほど理解しているのか、まわりにはわからなかった。ハイディに話すとき、声を大きくしがちな人が多いが、アグネスはすぐさまそんな行為をたしなめた。「言葉は聞こえているけれど、彼女はあなたと話したくないのかもしれないよ。そうは思わない？」。ポリーはハム・ルースにそう言ってやりたいところだったが、自分にはできない芸当だった。

「旅行したことは、あるのですか？」ポリーは礼儀正しさそのものの態度でハムに尋ねた。

「ああ。ローマはよかったよ」

ポリーは声をたてて笑った。ハムはそれを喜んだらしかった。恥ずかしそうにポリーを見やる。

「ありきたりだと思うが」

「いえいえ、誰にでもお気に入りの場所がありますよね」

「ありふれていても、おれはローマを選ぶよ」ハムはポリーの目を覗きこんだ。探っている――何を？　同意？　承認？　彼女はまたほほ笑んだ。「ここには久しぶりに来たな。歓迎されていると感じたことは一度もないが！」そう言って彼は大笑いした。

「どうしてそんなふうに思うんでしょう？」ポリーは用心深そうでもあり、相手を刺激するようでもある口調で尋ねた。

ハムは眉を寄せた。息子たちはパーティのもっと人気《ひとけ》のない場所のほうへこそこそと行ってしまったので、ハムは少しばかり心細そうに見えた。もっとも、それに気づいたのは自分だけだとポリーは確信していた。ハムは息子のティーターと違って肥満体ではないが、大柄な男だった。ティーターは体重が百四十キロほどはありそうだったが、ハムは骨太で肩幅が広く、角ばった感じで、肉づきのよい脚をしていた。だが、目や鼻や口は、大きな頭の前側にある小さな丸顔の中でくっつきあっているように見えた。膨らませる前の風船に描いた目鼻のようだった。髪は癖毛で黒く、指の爪は磨いてある。爪磨きは、男がする場合にはよくない兆候だとアグネスが見なしている身だしなみだった。女でも虚栄心は充分悪いものだが、男の場合は閉口させられる。男たちは何を鼻にかける必要があるの？　うぬぼれる必要がないなら、自分に磨きをかけなくてもいいじゃない？　ポリーの孫娘のメーブはかつてアグネスに言ったことがあった。そういう意見を持つのは性差別主義者ですよ、と。「結構なことだね！」とアグネスは言ったのだった。

「ラクラン・リーのじいさんはおれに用がなかったんだ」ポリーの問いに答えてハムは言った。「一度など、彼に追いだされたよ！」

「なぜ？」ポリーは尋ねた。

「おれは彼と身分が違うってことだったんだろう！」

「いいえ」ポリーが言った。「あなたが鷲を撃ったからよ」

「おれが？」ハムは眉を上げた。

「絶対にそうよ。わたしたちは現場を目撃しました」

「おおっと！　こりゃ、まずいな！」彼は声をあげて笑った。

「覚えていないの？」ポリーは自分だけでなくアグネスのためにも、もはや礼儀の垣根を越えて圧力をかける態度に変わった。

ハムは狡猾《こうかつ》な笑みをポリーに向けた。「もしかしたら、覚えているかもしれない」

「なぜ、あんなことをするの？」ポリーは訊いた。

「人がどんなことをするかはわからないものだ」ハムは言った。「そうじゃないかな？ あんたもそう思うだろう？」ハイディに尋ねる。

「ハイディはここで暮らしているんです。リード家の一員なのよ」

ポリーたちはそのことをハイディに話し、ロックリードを案内したのだった。「ここはわたしのもの？」ハイディは尋ねた。共同所有権の持ち分について説明されても、ハイディは同じ質問を繰りかえすだけだった。「ここはわたしのもの？」。家はあまりにも損壊がひどく、修理や改築をしなければ住めない状態だった。ハイディが住むことになるかどうかもまだ決まっていなかった。家はなんとも大きな厄介物という状態だった。さしあたり、ハイディはアグネスと暮らしていた。

ハムはハイディがリード家の人間だと聞かされても反応しなかった。もしかしたら、息子が行なっている不動産取引の細かい点には関わっていないのかもしれない。

「質問があるのですけれど」ポリーが言った。「よろしいかしら？」昔なら、こんな危険を冒さなかっただろう。対立が起きそうな行動をとるのはほかの人に任せていた。アーチー・リーをとっちめてやった今、世の中での自分の立ち位置に関するポリーの見解は変わった。

「どうぞ」ハムは言った。

「あなたがこの土地をそんなに愛しているなら、どうして開発したいのですか？」

そのとたん、ハムはポリーの父親がかつてとったような態度に変わった。ポリーやほかの人間が限度を超えた振る舞いをしたとき、父親はそれまでと打って変わった態度になったものだ。父は微笑を浮かべていたが、ユーモアのかけらもない笑顔だった。彼は嘲っていた。こちらをはねつけていた。父のイアン・ハンコックがそんな態度になったとき、ポリーは自分のせいだと考えたものだ。

だが、父が少しも罪のない人間にもそういう態度を示すのを見たことがあった。これは一種のいじめだよと、ディックはポリーにそっと言ったものだ。結局のところ、ディックの父親ではなく、ポリーの父親の態度のことだったからだ。

ポリーはカーディガンのボタンをいじりながら、いじめを受ける心の準備をした。

「あんたたちはだな」ハムが言った。「この土地にとって最善のことを知っていると信じたがっているんだ。自分たちが開発業者じゃないと思っているのか？　まわりを見てみろ」五軒の大きな家のほうに手を振ってみせた。アウター・ライト、ロックリード、リーワードコテージ、メドウリー、ウェスターリー。そしてこの先にはルッカリーがある。ハムは振りかえってサンクを指さした。「あんたたちは自分たちと一緒に世界を止めたいと思っている。自分たちの方法がよい方法だと思いこんでいる。実際、あんたたちはおれたちの何を知っているんだ？　こっちにはあんたたちが見えるが、あんたたちはこっちが見えているのか？」

ポリーはディックの言葉が聞こえるような気がした。使用人は主人を知っているが、主人は使用人を全然知らないものだ、と。

「この場所にとって何が最善か、なぜ、あんたたちが知っているんだ？」

「わたしはあなたと同じくらいよく知っています」ポリーは言った。「この土地に八十年以上も暮らしてきたのだもの」

「さあ、それはどうなるかな」ハムは言った。

モードが両手に皿を持って近づいてきた。ハム・ルースは彼女に自己紹介した。男にありがちな、女を値踏みするような表情が青い目にひらめくのを見て、ポリーは腹を立てた。ハムの名を聞いてピンと来たモードは目を見開き、そっけなく彼にうなずいた。やるわね、とポリーは思った。

ハイディもハムに対するモードの反応に気づいたが、なぜなのかはわからなかった。ハイディはみんなと一緒にテーブルにつき、料理を少し食べて満足していた。ハイディはあたりを見回した。その景色には決して飽きることはなかった。ここは美しい土地だった。ハイディはアグネスとリーワードコテージに暮らしていた。アグネスは幼いころの彼女を知っている人間だった。誰もハイディに大変なことをやらせようとはしなかった。彼女は病院から出られてうれしかった。たくさん散歩をして海を眺めた。泳ごうとしたが、水が冷たすぎた。ロバートが一緒に散歩して、岩やさまざまなものを乗りこえる手助けをしてくれた。彼といると、とてもリラックスできた。子どものころ、ぼくたちは友だちだったんだよとロバートは言い、ハイディはそれをすてきだと思った。読書もした。家には本がいくらでもあった。クレミーに本を読んでやった。ナンという名の女の子についての本だ。ハイディはページをめくる前から、どんな言葉が出てくるかを知っていた。モードは自分が子どものころ、ハイディに同じ本を読んでもらったのだと言った。クレミーがもっと小さかったころも、ハイディはその本を読んでやったのだと。そんなふうに、おかしなことはいっぱいあった。ハイディは大人向けの本も読んだし、理解もできたが、それを話そうとすると、頭の中がシロップみたいにどろっとしてしまうのを感じた。「薬のせいよ」モードは説明した。「薬が完全に体から抜けたら、もっと早く考えられるようになる」

ハイディはパンのかけらを落としてしまい、拾おうとかがんだ。すると、一匹のシマリスの顔を覗きこんでいることに気づいた。シマリスもパンを狙っていたから、ハイディはそっちのほうにパンを軽く押しやった。シマリスは少しの間ためらっていたが、パンのかけらをひったくって走りさった。ハイディは座りなおした。お気に入りの海と向きあっていた。入り江の向こうにいる人々は、ここで何をやっているのかと好奇心をそそられるかもしれない。それとも、彼らの全員がすでにここにいるのだろうか。大勢の人間がいるが、今はハイディの背後にいた。ほら——ロバートとクレミーとホープが海沿いを歩いている。ハイディは彼らの姿がぼやけるまで見おくっていた。自分はクレミーと同じくらいの年頃にここで暮らしていたと聞かされた。年齢も上で背もずっと高いが、ロバートが友だちだったのだという。突然、ハイディの目には別の犬が、小さな白い犬がちらっと映った。スターだ、と思いだした。

ちょっと待って——前にシマリスをつかんだことがあった？

アグネスはしばらくの間、仰向けに寝ていた。腕時計をはめていなかったから、どれくらい時間が経ったかはわからなかったが、ポイントでの光の加減——今の場合は顔に当たる光だったが——についての長年の経験からすると、五時近くだろう。客が帰っていく時間だ。もはやポイント・パーティを開く意味などあるのだろうか？　今日の客は誰一人としてアグネスに父親の思い出を語らなかったし、過去の話もしなかった。もしかしたら、二年続けて夏にパーティを開かなかったせいで、昔の魔力は失われたのかもしれない。またはパーティに魅力がなくなったのだろう。というのも、アグネスは前ほど噂話に関心がなくなったし、次の段階に進むことを前よりも意識するようになったからだ。つまり最後の段階に行くことを。

死後に愛する人と再会できると信じられるような信仰心があればよかったと思ったが、そんな妄想を呼びおこせたことは一度もなかった。その代わり、自分の心の外には存在しないものの、読者の心の中に存在する人々を想像した。読者はアグネスの思いえがいたものを受けいれ、〈フランクリン広場〉の女たちがどんな外見か、どんなふうに話すかということを自分なりの考えで膨らませた。アグネスは物語を作りだした。共同所有権もアグネスの曾祖父が想像した一種の物語なのだ。曾祖父はこの土地を永遠に保護できるという物語を作りだした。初めて半島を馬で走ったときに近い状態で守りたかったのだ。彼は家を建てることすら望まなかった。この土地と鳥だけで充分だった。曾祖父は共同所有権という考え方に妥協することになった。曾祖父とは違うものを求める人たちと、意見を一致させたかったのだ。共同所有権の解消についての条件、つまり共同所有者のうちの三人が同意しなければならないと定めたとき、彼はそんな事態が起こると予想しただろうか？それとも、あまりにも起こりそうにないことだったので、ある意味でばかげた条件をつけたのだろうか。三人が同意？　ハハ！　おかしな冗談だ！　けれども、そういうことになった。残念ながら、そんな冗談みたいな決まりを作らせまいとする、まともな第三者はいなかった。とはいえ、フェローシップポイントはこれまでうまくやってきた。曾祖父はこの土地にとっていいことをしたのだ。

地面の冷気が絹地のシャツを通して染みこんできて、草の跡が両腕についた。このままここにいて夜のとばりが下りるのを見たいところだが、パーティに戻ったほうがいいだろう。ことによるとメアリーが顔を出したかもしれない。まあ、それはないだろう。アグネスにしてみれば、メアリーしか客がいない静かな日にポイントを案内するほうがよかった。もっとも、メアリーをここの客と考えることにはきまり悪さを感じた。もし、歴史上の偶然の出来事がなかったら、メアリーは今、ここで暮らしていたかもしれない。アグネスはクエーカー教徒として、戦争や征服やヒエラルキーといった、何百万もの人を傷つけてきたような一般的な考え方が誤りだと教えられて育てられた。そういう間違った考えがなかったら、メアリーも彼女の種族の人々もここにいただろう。彼らがここに属しているのはまぎれもないことで――

彼らはここに属しているのだ。言うまでもない。明らかなことだ。彼らはここに属しているし、ここにいるべきなのだ。なぜ、そうではないのか？　いったい、なぜ？　どうして、わたしとポリーはランド・トラストにポイントを委ねようとしているのだろう？　もっとも古くからこの土地を愛してきた人たちに委ねないのはなぜ？　アグネスの心臓はどきどきした。わかるまでには全人生を必要としたが、こうして理解してみると、こんなに明快なことはなかった。単純な真実はありふれた光景の裏にいつも隠れている。人の心という複雑なもので覆いかくされているだけだ。メアリーはここに属している。

アグネスはなんとか立ちあがろうとした。そもそもあるべきではなかった問題への解決策がついに見つかった興奮でいっぱいだった。美術館や収集家から譲ってくれと懇願されても、先住民の遺物がずっとポイントに保管されていたのも不思議ではない。父親から教えられていたように、そういう品物はすべてこの地に残すべきなのだ。まるで遺物が自分たちの願いを伝えたかのようだった。力のある者に想像できないほどの力というものは存在するのだ。

アグネスはこの考えをポリーに伝えるのが待ちきれなかった。ポリーなら、たちどころにわかってくれるはずだ。たぶんアグネスが話しおえないうちに理解してくれるだろう。先住民の生活の一部だというさまざまな技を、ポリーと何百時間、練習したことだろう？　音をたてないように歩いたり、鳥の鳴き声を真似したり、素手で魚をつかまえたりしたではないか？　ポリーも自分もこれまでの人生でずっと、こんな考えに通じる道をたどってきたのだ。アグネスはこの見解を実行するのに手を貸してくれる第三者がいないことをよく心得ていた。でも、何が本当に正しいのかを知ることが出発点だ。真実を実現させる手立てはいろいろあるだろう。その間、メアリーにはルース家の男たちに矢を向けてもらってもいいかもしれない。

ハイディはシマリスのほうへ手を伸ばした。シマリスが横へ跳ぶと、ある映像が頭に浮かんできた。穴の中にシマリスを横たえている光景。ハイディが何をしているかと見やったポリーは、腕を引っぱられるのを感じた。ハムがまた彼女の注意を引きたがっていた。モードはクレミーをベンチに座らせていて、ロバートはホープにパンの耳を食べさせていた。

アグネスは息を吐いたり吸ったりするのに合わせて、両腕を上げたり下ろしたりしながら海の空気を深々と十回、吸いこんだ。生命の呼吸。しゃがんで地面に額を当てた。間もなく自分はこの土の中にいることになるだろう。それでかまわなかった。

アグネスが立ちあがって、先住民の夏の野営地をあとにしたころには、ポリーのテーブルにいることに飽きたらしいハム・ルースが大声で別れを告げただろう。手を振り、重そうな足取りで息子たちがいるほうへ去っていく。大気は冷えてくるだろう。午後になるといつも吹いてくる微風は海の水を波立たせ、大枝を持ちあげ、草原を駆けぬけるだろう。客たちはいとまを告げ、二人、あるいは何人かで連れだって、満足した気持ちでポイントパスを戻っていくだろう。あのばあさんたちはなかなか頑張ったじゃないかとか、ベジタリアンの料理も意外においしかったわねなどと言いながら。もっとも、家に帰れば、夕食を食べられるくらいのゆとりは胃にあるはずだ。手伝いとして雇った、町から来てもらった女たちやティーンエイジャーは目立たないように皿やグラス類を集めはじめ、リーワードコテージのキッチンのドアから中に運びこむだろう。そこでシルヴィが午後じゅう、飲食物を出すという修羅場を監督していたのだ。ルース家の男たちとジェームズは自分たちの未来に自信満々で別れるだろう。それぞれがここで成し遂げられそうなあらゆることを思いえがいているはずだ。一日じゅう出はらっていた船のあるものは帆を張り、あるものはエンジンで港に戻ってくるだろう。森の動物たちや鳥たち、それに夜の狩人たちは落ちつかなげにうろつきまわっているだろう。姿を見られずに歩きまわる機会を待ちながら、聞こえてくる音や漂ってくるにおいに彼らの五感は同調するはずだ。

アグネスはウェスターリー近くの崖の道を歩くだろう。今では使われていない家庭菜園のそばの古ぼけて灰色になった物干し綱には、Mガールズたちのビキニが干してある。犬の顔が窓の中にいきなり現れると、アグネスはぎょっとするに違いない。「ごめんね、ワンくん」なだめるように言うと、犬は小首をかしげるだろう。墓石がナンの脚に倒れ、グレース・リーはキリスト教会の墓地で地面の下に永久に横たわっているだろう。アグネスはいつまでも母親に理解を示さなかっただろうし、それを今は後悔するはずだ。

遠慮する時間などなかった。ほんのわずかな人としか知りあえず、真の意味での交流ができるのは一人か二人にすぎない、この短い人生でそんな暇はないのだ。アグネスは墓地を通りぬけながら家族に挨拶するだろう。エドマンド、エルスペス、ラクラン、それからもっと前に亡くなったリード家の人間すべてに。そして、自分の家族も同様のポリーの家族にも挨拶する。それからバージル・リード。アグネスの目の前に愛をぶら下げながら、それを引っこめて亡くなった人。アグネスが自分の愛情を取りかえしもしないうちにあの世へ行き、アグネスの中に穴を残して行った人。それはナン・リードの偽物の墓があったが、今は何もない、地面に開いている穴のようだった。ナンが死んだと思ったことによって、アグネスはある賢い少女についての物語を書いては書きなおす運命を宣告された。

アグネスはポイントパスに着くと、野原をざっと眺めて、仲間が一緒に腰を下ろしている場所を見つけるだろう。ポリー、モード、ハイディ、クレミー、ロバート。そして彼らのほうへ向かうのだ。何もかも打ちあけるに違いない、この人たちとできるだけ多くのときを過ごしたいという思いを除いて。当然、できるだけ執筆をしたいという願いも話さない。さっき歩いてきたときのことも話すだろう。そうすると、ポリーはアグネスがシャツを台なしにしたことを嘆くだろうし、クレミーは膝に乗ってくるだろう。モードとロバートはハム・ルースとの話の内容をまた教えてくれるだろう。そんなことをやっているうちに、ハイディが席から立ちあがって深く息を吸い、混乱と鬱の数十年を捨てさるところをみんなが目撃するだろう。あとでハイディがすべてを言いあらわせるようになったとき、みんなはこのことについてさらに尋ねるはずだ。だが、さしあたり起こったのは、こんな奇跡的な変化だった。

「わたしはナン・リード」ハイディははっきりと言った。「今、思いだした」

第七部　内なる光

第四十二章

二〇〇八年十一月、フィラデルフィア、アグネス

〈ご機嫌はいかがですかな？

ラクランがよくそんなふうに挨拶してくれたのを覚えている？　わたしたちはそれを真似して得意になったものだった。

昨夜、眠りの中に小さな妖精たちが現れ、あなたがわたしからの便りを待っていると伝えてくれた。単純な真実を告げるために、夢という形がとられるのはなぜだろう。たぶんどんなものも単純にできるということをわたしが完全には信じなかったせいかもしれない。そういう考えは改めたのだが。

そんなわけで、こうして書いているのだ。寒い午後で、空は灰色と黄色に染まっている。一年の今ごろの時期、デヴォンやパオリの農場に住む、同級生の女の子たちと遊ぶために出かけたことを思いだす。バターのような太陽が照らす中、草が枯れて茶色になった草原を、バリバリと音をたてながら横切るのがどんなに好きだったことか。このごろは思いだしてばかりいる。ある意味で、思

い出がますます好きになっている。飾りたてることができるからだ。

とはいえ、今は事実から離れないつもりだ。現在の状況をじっくりと考えたい。大きなニュースは、新しい大統領になったことだ。彼は初の黒人大統領である。生きている間に女性大統領を見ることはないとわたしはいつも言っているし、たぶんそうなるだろう。つかの間、女性大統領が生まれるチャンスはあったようだが、この国は人種に基づいて築かれているし、この世界は性差別に基づいて築かれている。そのことを来る日も来る日も、どんなときも目にしてきた。わたしはまるで犬みたいに、微風にそういう差別のにおいがつねに漂っているのがわかる。でも、大丈夫。この新しい大統領には期待できそうだ。

霊的な力を持つある師について、かつて読んだことがあった。師は弟子から悟りを開く方法について尋ねられた。師はこう言った。「喉が渇いたときは水を飲み、腹が減ったときは何かを食べよ」と。自分自身を知りなさいということだ。境界を超えてはならない。両腕をできるだけ大きく横に広げる。そこで何かと接点を作るのだ。それ以上先へ進んではならない。

境界。この言葉をわたしはようやく理解した。結局、境界とは地所の境目を意味する言葉ではない。

聞いてくれる？　もうポーリーン・シュルツを引退させるときだというモードの説得にわたしは折れた。シリーズ最後の小説、『フランクリン広場の女たちは聞く耳を持たない』はアグネス・リーの名前で出版され、わたしの正体についてはちょっとした騒ぎが起きた。もうすぐ、ついにわたしは《パリス・レビュー》誌のインタビューを受けることになる。今のわたしには差しだせる貴重な知恵も意見もない。ものを書くとは、待つことだ。それがすべてなのだ。ほかに何もせずに長い間椅子に座っていれば、答えは出てくるだろう。でも、答えを書く準備をして、椅子にとどまっていなければならない。

わたしはリッテンハウス広場のアパートメントにいる。時間をかけたゆっくりとした散歩に出る以外、もうここをめったに離れない。ありがたいことに、わたしは背が高いし、今でも割と背筋がしゃんとしているので、手助けが必要かと尋ねられることはない。杖は持っていく。手を貸そうかと言われた場合、相手をぶっ叩くために。スケジュールはこれまでと変わらない。起きて、ストレッチをして、執筆して、食べて、執筆して、食べて、本を読んで、あたりをうろつきまわって、食べて、本を読んで、寝る。新聞を読むのは、疲れきって創作ができなくなる夕食の前までお預けにしている。新聞を読むと、世の中のことがわたしの中に入ってくる。ミセス・ブラントは一日に数時間来てくれるし、必要が生じた場合は泊まってもらえる予備の部屋もあるが、そんな事態にはなってほしくない。わたしはいろいろなことを思いだしたい。打ちよせる波の音を聞き、刈ったばかりの草のにおいを嗅ぎ、ペルセウス座流星群の星がまっすぐフェローシップ岬《ポイント》に流れるのを眺めて何時間も過ごすことを。握り拳を作り、ナンが指をこじ開けてまたまっすぐ伸ばすままにさせること。スターとソファに寝ころび、彼の茶色の目を覗きこんでまつ毛の数を数えることを。メイジーはここにいる。外を歩けるようにとハーネスをつけてやったが、もう年寄りになった彼女は日向のクッションに寝ることで満足している。メイジーが快適でいられるように、わたしはかなりの時間を費やす。太陽は動くから、メイジーのクッションも動かしてやらねばならないのだ。

家族が思い出に現れてくるので、わたしは彼らと過ごしている。ようやくと言っていいが、わたしの貧弱な脳は死後の世界について考えられるようになった。死後の世界とはエネルギーが渦巻く川のようなものだと想像している。ビッグ・バンの中でばらばらになった原子が、完全な原子に戻れるようにと自分の片割れを永遠に探しながら宇宙を漂っているのだ。かつて本で読んだことがある、そういう考えが頭から消えなかった！　わたしには壊れた原子をこの世で修復できる機会がなかった。片割れの原子と対になることはなかったのだ。もっとも、過去のいくつもの場面を見なおしてみると、愛の片鱗のようなバージル・リードとの一瞬はあった。草原で一緒に星を見あげていたとき、彼がわたしの名を呼んだ。彼の声は耳に入ったが、わたしたちの間にはとても大きな隔たりがあった。あまりにも長い間、悲しみを経験してきたため、わたしの返事は彼と同じ調子ではなかった。彼の言葉をごく普通の避難所を探している合図だと受けとった。崇高なものを求めているとは考えなかったのだ。そのことについては後悔している。事態は違うほうに進んでいたかもしれない。肝心な点は、つまり本当に大事な点はそういう瞬間があったということだ。自分が経験しなかったことの埋めあわせとして、わたしはさまざまな機会とか、あるいは恵みと呼ばれそうなものがわかるようになった。そういう機会や恵みを正しい割合で結びつければ、創作物が生まれる。

結局、わたしが宇宙で捜していた片割れがバージル・リードだったかどうかはわからない。または、彼がわたしを少しばかり健全にさせた薬のような存在だったかどうかも不明だ。もしかしたら、バージルは第一印象のとおり、通りすがりの放浪者にすぎなかったのかもしれない。わたしは一度も愛の営みを経験していないし、体を交えるだけのセックスすらしたことがない。正直言って、そのことをむしろ誇りに思っている。わたしは誰にも損なわれたことのない女なのだ。あるいは、自分というものを充分に理解していないのかもしれないが。

ほかの生物の幸福をすべて守っているのだという無二の経験と満足感がわたしにはあった。フェローシップポイントを誰よりも熱心に支えてきたのだ。生涯を懸けて、フェローシップポイントをどう管理したらいいか考えてきた。クエーカー教徒のどんな価値観が守られるのか、ウィリアム・リーの構想を維持するにはどうしたらいいかと考えた。わたしが死んだあとはどうなるのだろう？その難題が頭から離れなかった。フェローシップポイントを保護しなければならないと思い、数年にわたってランド・トラストの人々と会い、さまざまな提案を検討した。それから、いくつかの状況が障害となった。おもに自分一人では決断をくだせないことが理由だった。その後、ついに恩寵が与えられた。ナンがわたしのもとに戻ってきたのだ。ハイディ・シルヴァーという姿の下にはナンが隠れていた。ハイディは共同所有権の合意を解消するために必要な三人目の投票権を持つ人物だった。三人が反対票を投じれば共同所有権が解消するという昔の協定に、わたしたちは従った。

とるべき正しい行動は、最初からわたしを見まもってくれていたのだ。ガラスルームにある遺物が並んだケースのそばを通るたび、わたしはその手がかりを目にしていた。または、夏の野営地というまさにその場所で草の上に横たわるたびに。メイン州の歴史を読んだときにも手がかりを見ていた。木や花や鳥やリスや岩や、ヘビとさえも姉妹の絆を結ぶという、自分なりの宗教の儀式を行なったときも。ルース一家や、開発という彼らの搾取的なやり方に反対したときも手がかりは垣間見えた。パズルの最後の一ピースは、わたしとメアリー・ミッチェルとの話の中に埋めこまれていた。ケープ・ディールで暮らすことが自分にはどんな意味があるかについて、わたしと彼女が話したとき、そのピースが現れたのだ。メアリーの祖先は夏を過ごすためにケープ・ディールに来ていて、サンクは彼らの世界の一部だった。わたしたちは奪ったり手放したりできるものとして土地を考えているが、彼らはそんな意味でサンクを考えたことがなかった。彼らにとって土地は自分の一部だった。

わたしも彼らと同じように感じたと言っていいし、ある程度はそれが真実だと信じている。でも、わたしは自分の文化から完全に離れることはできない。自分の育ちや、クエーカー教徒でありフィラデルフィアの人間であることへのプライドから離れられない。独立記念館や自由の鐘まで数ブロックほどのところで暮らした子ども時代や、そこで起こった幼少期の馴染み深いものから離れられないのだ。

ワンパノアグ族の族長（族長という言葉が大好きだった）のマサソイトについては学んだし、ナラガンセット族との戦闘中なのに、彼がピルグリム・ファーザーズに友好的な態度をとったことも習った。ペンシルベニアで、ウィリアム・ペンがレナペ族やほかの部族に公正に対応したことも学んだ。レナペ族たちには土地に対する公正な支払いをされるべきだとウィリアムが主張したことや、先住民と、各グループの六人の代表から成る〝わたしたち〟との間のいかなる論争についても正義を重んじるべきだと命じたことも習った。クエーカー教徒は平和に暮らすことを目指し、奴隷制に反対していたことも習った。もちろん、アメリカのほかの地域で土地を獲得するために用いられたおぞましい手口について、のちには知るようになった。でも、わたしは平等を信じつづけ、公正であろうと最善を尽くした。今はこの国の複雑さについて、過去に起きた悲惨な出来事やそれによる現在の結果についてさらに多くの本を読み、さらに学んでいる。また、これまでそれなりの数の善人がつねに防御したり保護したり、抗議したり和解したりしてきたことを学んでいる。歴史上の犯罪を詳しく述べるとき、善良な人々がいたことを忘れてはならない。彼らのような善人が存在するから、進みつづけることができるのだ。だが、善人を信頼していても、害を及ぼす人間に反撃するためにやるべきことが曖昧にされてはならない。

わたしたちは間違ったものを正すために、また身軽に生きてどんな害も引きおこさないためにできることをやった。でも、それはすべてわたしの行動規範という枠組みの中で行なわれたのだ。平和と敬意を信じるという自分なりのレンズを通して、まわりの世界を解釈していた。メアリーを通して見たことによって、わたしは自分の価値観が不充分だと初めてわかった。メアリーや彼女の部族にとって鷲がどんな存在なのかを話してもらって初めて、わたしは視野が広がるのを感じた。そして自分の論理では理解していなかった、さまざまな人生のあり方や慣習を心から受けいれられるようになった。何よりも、フェローシップポイントが、メアリーやメイン州に最初にいた人々に属していい、していると理解したのだ。彼らと土地は一つのものだ。ランド・トラストはより深い真実を象徴したものにすぎなかった。

わたしはそのときまで、フェローシップポイントを管理する人間は自分だと思っていた。個人が土地を所有するという概念のせいで、歴史的に多くの害が与えられてきたと考えていたのに、フェローシップポイントが自分のものだと思うことを愛していたのだ。そんな感情はもう手放している。

二〇〇六年十月十日、フェローシップポイントはすべてワバナキ族にひっそりと譲渡された。伝え聞いたところによると、ワバナキ族はメイン州のあらゆる先住民の言語や芸術や技術に関心のある人たちをポイントに招き、互いに知識を分かちあうという計画を立てているらしい。実に単純で明確な解決策だった。けれども、簡単なものは何でもそうだが、それはありふれた光景の中に隠れていたのだ。

ロバートとハイディはディール・タウンに引っこしたが、しょっちゅうポイントを訪れている。

ロバートは植物や鳥の巣についての知識を人々に伝え、両親が人と会ったり勉強したりしている間、その子どもたちの面倒をハイディが見ている。メアリー・ミッチェルには大学へ行くことも含めて多くの計画があるそうだ。墓地はあのまま残り、墓参に訪れる身内のために開放されている。地面の上にどんな人が暮らしていようとも、遺骨は土地に属していた。でも、わたしの骨はそこに入らないだろう。火葬してもらい、一握りの遺灰をフランクリン広場とケープ・ディール沖の海にまいてもらおうと決めたのだ。その方法をとるか、キリスト教会のグレース・リーの墓の隣に無理やり押しこまれるかのどちらかだ。母とは和解したが、物事には限度というものがある。

わたしの遺灰をまく手続きはロバートがやってくれるだろう。それは合法ではないが、彼ならなんとかしてくれるはずだ。

アーチーとシーラはモンテカルロへ逃げてしまった。そう、モンテカルロだ。そこで彼らは世界じゅうから来た税金難民（高額の税金を払うことを拒否して国外へ逃れる人々）たちの間で暮らしている。因果応報というか、彼らの行ないについてはあの世で決着がつくことになるだろう。アーチーが寄こした謝罪の手紙をわたしは受けいれた。互いの間に大洋を挟んでいるほうが、謝罪を受けいれやすかった。そんなわけで、わたしたちはたまにとはいえ、連絡をとっている。シーラはモンテカルロを気に入っているようだ。驚くことでもない。モンテカルロでなら、彼女のダイヤモンドたちもたびたび出番があるだろう。わたしの言い方は辛辣すぎるだろうか？　仕方ないのだ。シーラを許すためにはあと二十年間、知恵をつけて成熟しなければならない。

ルース家の男たちだが――彼らのことなど、誰が気にするだろう？　でも、ニュースを伝えているわけだから、彼らが元気だとは言っておく。ケープ・ディールから離れたところで新しいホテルが建設されている途中だ。

わたしはモードのことを気にかけている。彼女とクレミーは相変わらずグリニッジビレッジにいるが、今ではアパートメントで暮らしている。計画どおり、モードをわたしの編集者に紹介したが、それによって彼女が職を得るというわけにはいかなかった。そんなやり方は出版業界ではうまくいかないと、モードは初めから言っていた。結局、デイヴィッドがほかの出版社にいる友人にモードを紹介し、現在、彼女はそこで小説を獲得してきては編集している。わたしはモードがどうしても書いてほしいと望んだ例の自伝に取りくんでいて、原稿をやり取りして彼女のコメントを求めている。わたしがどれくらい真実をさらけ出すかについては、相変わらず彼女と議論している。でも、恥ずべきだとか、壊滅的だと自分には思える事柄も、ほかの人間にはたいしたことに思えないという意見に同意しつつある。どうなるかは誰にもわからない。原稿は本になるかもしれないし、あるいは言わば愛着対象として、わたしが墓に持っていくものになるかもしれない。どちらにせよ、書くのは楽しい。

シルヴィはブルー・ヒルの町のパーカー・リッジ（メイン州の高齢者居住地区）にあるアパートメントに引っこした。「まわりに年寄りが多すぎる」にもかかわらず、彼女は満足しているようだ。

リーワードコテージでどんな人が暮らしているのかは、まったくわからない。真の意味で物事を見とおせるのは、心の底から謙虚になったときだ。わたしは身を引いたのだから、それで終わり。もうリーワードコテージのことは関係ない。譲渡に関しては何の条項も定めなかった。父は墓の向こうから子孫を支配するような遺言状をいつも軽蔑していたし、わたしもそれに賛成だ。支配権をあきらめるのは容易でなかったが、自分だけがそうするのではなかったことが助けになった。今ではわたしたちの選択と折りあいがついている。わたしはリーワードコテージにいつでも滞在していいとされているが、行くことはないだろう。そう、行かない理由の一つはつらすぎるからだ。もう一つの理由は、わたしがフェローシップポイントに属していないこと。わたしが生涯持ちつづけてきた信念とは正反対だ。いったん、それが真実だと思ったら、忘れることはできない。ダマスカスへの道を行くサウロのように、人生の突然の転機だった（新約聖書の『使徒言行録』九章）。わたしにイエスは見えなかったが、お告げは受けとったのだ。ロバートはこのアパートメントのことでわたしをからかう。ここだってアメリカ先住民のものである土の上に建っているじゃないですか、と。わたしが死んだら、ここは売りに出され、その金はフィラデルフィアの貧しい人のための合法な団体に寄付されるはずだ。この街は兄弟愛をうたっている割に、人々が援助なしでやっていけるほどの兄弟愛は示していない。

ハイディとは文通や電話でのやり取りを続けていて、少しずつ彼女の過去についてわかるようになってきた。伯母さんは『アルプスの少女ハイジ』の主人公にちなんで、彼女の名前を変えたという。そして、まとまりにくい髪を三つ編みにさせたそうだ。わたしはナンが死んだという報告を額面どおりに受けとって、それ以上は追求しなかったことを心から悔やんでいる。

わたしはロバートと腹を割って話すようにもなった。四十年間、ずっと怖れていた。あの恐ろしい朝、夜明けにシャレーの外を歩いていたわたしを見かけたロバートがどう思ったかと怖かったのだ。死亡事故が起きたあと、ナンがシャレーにいたことをロバートは知っていたに違いない。自分の人生を支援してくれるのは、彼らの死について沈黙を守らせるためだ。そうロバートが思っているのではないかと、わたしはいつも案じていた。この話を持ちだしたとき、ロバートがなんて言ったと思う？　ナンを救ってくれたことに感謝していると言ったのだ。ナンのそばにふたたびいられるときが来るといつも信じていたと。わたしがあの朝、シャレーに行ったのを知っていた人間が、自分以外にいなかったことすらロバートはわかっていなかった。彼は子どもだった。さまざまな出来事を子どもなりに解釈していた子どもだったのだ。率直に話をしないせいで、人がどんな羽目に陥るかと思うと恐ろしい。

さて、こうして詳しく話してきたけれど、こんな話をあなたはとっくに知っているかもしれないし、あなたのいるところでは、もっと詳しくわかるのかもしれない。そこがどこにあるとしても、最高のところだとわたしは確信している。セオがウンブリア州にある自宅での、あなたの最後の日々についてあますところなく手紙で伝えてくれた。とうとうセオを訪ねていったことはよかったと思う。セオや、あなたを敬愛しているMガールズと一緒に過ごせてよかった。セオが書いてきたところによると、アッシジのサン・フランチェスコ聖堂でジョットのフレスコ画を見たとき、あなたは幻を目にしたそうだね。見えたのは何世紀もの間、その絵画を見てきたすべての人々を包みこむ大きな白い光だった。そして、人々がその場を離れたあと、少なくとも数分間は前よりも優しくなったという光景だったのだ。「母もそんな人じゃないですか？」とセオは書いていた。そう、あなたはそんな人だ。いつも物事のもっともいい面を見ている。そんな優しい光の中にあなたはわたしを見てくれた。おかげでわたしの人生は計り知れないほど変わった。わたしも同じ光の中にあなたが見えた。あなたの目を通じて、ディックの最善の部分を見ることができた。彼は高潔で、自分のためにならない場合でも、彼なりの主義を貫いた。ディックについてはいつも言っていたよりもましな意見を持っているのだと、あなたに伝えていればよかった。でも、わたしは自分の死の床でそのことを言えると想像していたのだ。あなたに手を握られながら。なのに、あなたが先にこの世を去ってしまった。きっとそうなるとあなたが思っていたように。「眠っていた間に穏やかに逝きました」セオはそう書いていた。「パスタを一皿食べたあと、ハンモックで昼寝している間に」と。あなたにとってよかったと思う。さりげない死。そんな死があなたにはふさわしい。

「眠りに落ちる直前、母はあなたのことを話していました」とセオは書いていた。

それはセオの親切心だったのだろうか？

それとも、あなたはわたしが墓碑銘として書くつもりの言葉を思いだしていた？

〝わたしはある人を愛した〟

いとしい友よ、あなたはついに悟ったのだろうか。それが誰のことだったのかを〉

謝辞

わたしのエージェントであるヘンリー・デュノウに感謝する。さまざまな形式で書かれたこの原稿や、いろいろな部分を何度も読んでくれ、編集者として優れた助言をくれたのだ。彼はこの本を信じ、長年の間に変化した登場人物たちを覚えていてくれた。広がっていく世界と物語を心に留めていてくれる人がほかにもいることがわかると、おおいに慰めを与えられるものだ。

スクリブナー／メアリースー・ルッチ・ブックスの編集者のメアリースー・ルッチに感謝を。熱意ある返事をいただけたことにより、大きな安堵とインスピレーションが得られた。メイン州に暮らす二人の老婦人などに魅力はあるだろうかとわたしは疑っていた。でも、彼女はこれ以上ないほど心強い方法でそんな疑念を払いのけ、いくつかの草稿に優れた注釈をつけてくれた。

サイモン・アンド・シュスターのＣＥＯであるジョナサン・カープにも感謝を捧げる。彼からは重要な励ましをいただいた。最初は再契約という形の励ましで、それから原稿に熱意を示して賢明な提案をしてくれるという形での励ましだった。彼の洞察のおかげで、この本はさらによくなった。

わたしの家族であるラリー・ダークとアッシャー・ダークにも礼を言う。自分自身も作家である二人は、さまざまなやり方でわたしを支えてくれた。ヴィーガンの夕食を作ってくれたり、この原稿や一般の本を読んでくれたり、ある部分を議論してくれたりした。大好きで誰よりも称賛している彼らに、わたしのやっていることを理解してもらえるのは、とびきりのボーナスみたいなものだ。

ダイアン・グッドマンとヘザー・アップジョンはもっとも早くから本書に熱意を示し、書きつづけるための自信をわたしに与えてくれた。この本の一部、またはすべてに注目してくれた、以下の方々に感謝している。ジョー・アン・ビアード、ウェンディ・オーウェン、リサ・ゴーニック、ハイディ・ホルスト＝クヌーセン、リー・フィリップス、ボニー・フリードマン、ジェシカ・グリーンバウム、クリスティーナ・ベイカー・クラインに。よい助言をくれることと、つねに寛大なことに対して、クリスティーナには重ねてお礼を申しあげたい。ナンシー・スターとは定期的に会い、進み具合について議論したり、これまでどんなに喪失感を味わったかと笑いあったりした。こういった支援のすべてがわたしにとってかけがえのないものだ。

リゴベルト・ゴンザレスは学術雑誌の《プローシェアーズ》で特集号編集委員を務めたとき、『A Private River』と呼ばれる概要を刊行してくれた。その章は本書に載っていないが、世の中にそれが出たことにわたしは感謝している。

「グローブ・ストリート・ギャング」と「魔女の集まり《カヴン》」、それに「A・B・L・E」のみなさんには、友情を与えてくれ、執筆用チャットの場を提供してくれることに感謝する。

芸術修士の課程と英語学科を教えている、ラトガース大学ニューアーク校での仕事はわたしにとってとても大切なものだ。芸術修士の学生たちにどんなことが役立つかを考え、彼らと本や物語に関する議論をすることで、フィクションについておおいに教えられている。優秀な同僚たちは創造性や学識や献身の手本である。

この本を世に出すために懸命に働いてくださった以下の方々にもお礼を申しあげる。

スクリブナー社のナン・グラハム、スチュアート・スミス、ブライアン・ベルフィリオ、ジャヤ・ミセリ、キャサリン・モナハン、ブリアンナ・ヤマシタ、ゾーイ・コール、そしてサーシャ・コビリンスキーに。

サイモン・アンド・シュスターでは、ジャッキー・ソー、カーリー・ローマン、サマンサ・ホバック、ジュリア・プロッサー、エリザベス・ブリーデン、ザック・ノル、ブリタニー・アダムズ、そしてハナ・パークに。

ケイト・ロイド・リテラリーのケイト・ロイドに感謝を。

ジェフリー・C・ウォードにお礼を申しあげる。彼はわたしの想像の中に存在していた場所の地図を作ってくれたのだ。

バージニア州にあるアーティストセンターのVCCA（バージニア・センター・フォー・ザ・クリエイティブ・アーツ）、芸術家村のヤドーやマクダウェル・コロニーからは計り知れないほど貴重な支援をいただいた。わたしはいつもそういうところにいられたらと願っている。

わたしはこの本を何年もかけて、教師の仕事が夏休みになったときに書いてきたし、これまで必要なかぎりの調査もした。以下の本がおおいに助けになってくれた。ウィリアム・クロノンの *Changes in the Land*、バニー・マクブライドの *Women of the Dawn*、パウリーナ・マクドゥーガルの *The Penobscot Dance of Resistance*、ケリー・ハーディの *Notes on a Lost Flute*、H・H・プライスとジェラルド・E・タルボットの *Maine's Visible Black History*、ロバート・ローレンス・スミスの*A Quaker Book of Wisdom*、そしてピーター・D・ヴィッカリーの*Birds of Maine*だ。わたしが学んだことの大半は本書に明確には反映されていないが、このような本を読んだことやほかの情報源から得た知識が、この物語に体現されていることを願っている。

屋内にいるものも屋外のものも含めて、動物や鳥の友人たちにもお礼を言う。多くの時間を一緒に過ごしてくれてありがとう。あなたたちのおかげで、呼びおこせたイメージを原稿に書きあらわせたのだ。

わたしは子どものころ、先住民が何百年間も暮らしてきた土地に自分が住んでいることを学んだ。この事実を考えるのも、それについて何をすべきかと思いめぐらすのも、やめたことはない。その疑問についての解決方法はこの小説の中で見つかった。誰もが正しい答えを見つけることをわたしは願っている。

訳者あとがき

本書は、アリス・エリオット・ダークによる***Fellowship Point***（2022）の全訳である。フィラデルフィアとニューヨーク、そしてメイン州のフェローシップ岬《ポイント》と呼ばれる地を舞台に、児童書作家のアグネスと親友のポリーの八十年にもわたる友情、彼女たちを取り巻く人間模様や社会問題が淡々とした筆致ながらも、鋭い洞察力で描かれている。

物語は冬のフィラデルフィアから始まる。

児童書の〈ナンのおしごと〉シリーズで有名な作家、アグネス・リーの筆は八十歳を超えた今も衰えることがなかった。だが、匿名で書いてきた大人向けの小説〈フランクリン広場〉シリーズの最終作がどうしても書けない。編集者ですら〈フランクリン広場〉シリーズの作者が、あの著名な児童書作家だとは知らないほど、アグネスは自分の正体を秘密にしてきた。だから、書けない苦しみを誰とも分かちあうことができなかった。スランプに悩むアグネスにはもう一つ、思いわずらっていることがあった。フィラデルフィアのこの家とは別に所有している、メイン州のフェローシップ岬《ポイント》にある家や土地の行く末だ。

フェローシップポイントは風光明媚な海岸に位置し、貴重な鷲《わし》をはじめとした野生生物の楽園になっている森がある広大な地域だった。この地はフィラデルフィアに住んでいたアグネスの曾祖父のウィリアムが十九世紀後半に手に入れ、夏の間、手つかずの自然の中で家族や友人たちと暮らそうと思ったところだ。裕福なクエーカー教徒だったウィリアムは理想の共同体を作りたいと願い、みなが暮らすための五軒の家を建てた。そして五軒の家に住むそれぞれが土地の所有権を持つのではなく、共同体が一つの協会として共同所有権を持つというシステムを考えだした。彼は子孫の代まで、フェローシップポイントにある「サンク」と呼ばれる森も、そこで暮らす野鳥たちも保護されることを望んでいた。そこで土地を売ることが難しくなるように、共同所有権を無効にするには五人の共同所有者のうち三人の賛意が必要であるという条項をつけた。こうしてフェローシップポイントは長らく守られてきた。今はサンクも、そこに巣を作っている鷲たちも、アグネスの家の使用人だったハイラムの息子であるロバートが管理を引き受けている。高齢になり、乳がんも発覚したアグネスは自分の死後にフェローシップポイントが土地開発業者に売られ、自然が荒らされて、鷲たちが暮らせなくなることを案じていた。そのため、自分が生きているうちにフェローシップポイントをランド・トラストに寄贈して保護してもらおうと考えた。それには現在、共同所有権を持つ、自分も含めた三人が〈フェローシップポイント協会〉の合意の解消に賛成することが必要だった。そのうちの一人、かなりの資産家であるいとこのアーチーのことは説得できるだろうとアグネスは踏んでいた。アーチーの再婚相手である俗物の妻のシーラとは親しくないが、アグネスは彼が子どものころからかわいがってきたのだ。

共同所有権を持つもう一つの家のポリー・ウィスターは、アグネスにとって赤ん坊のころからの幼馴染で親友だった。ポリー自身はフェローシップポイントをランド・トラストに寄贈することに賛成していたが、絶対的に服従している夫である、哲学の教授のディックに意見を聞かねばと今一つ煮え切らない。ポリーやディックの死後に共同所有権を受け継ぐことになる長男のジェームズやその下の息子たちの意見も、ポリーには気になるらしかった。アグネスと性格がまるで違うポリーは家庭を第一に考え、家族に尽くしてきた。彼女は家族への忠誠心と、アグネスとの友情の間で引きさかれていたのだ。

そのころ、アグネスの人生にモード・シルヴァーという若い編集アシスタントが現れた。ニューヨークにある〈ナンのおしごと〉シリーズを出している出版社で働くモードは、三歳の娘を持つシングルマザーだった。母親の影響で幼いころから〈ナンのおしごと〉シリーズの大ファンだったモードは、アグネスと仕事をしたいと思い、出版社に入った。鬱病に悩む母親の世話と育児をしながらキャリアアップを目指すモードは、〈ナンのおしごと〉シリーズを書くに至った理由や子ども時代についてアグネスが語る本を出すことによって、昇進を狙っていた。そこで、アグネスに自伝を書かないかと提案してきたのだ。

自伝を書くことなどあり得ない、とアグネスは思う。けれども、モードの提案がきっかけで、長らく抑えこんできた記憶の蓋が開いてしまった。フェローシップポイントでポリーやその弟のテディ、自分の妹のエルスペスや弟のエドマンドと過ごした、楽しくて懐かしい子ども時代の夏の思い出だけではない。アグネスが封印していた、大人になってからの愛と悲しみに満ちた思い出、誰にも話さずにいた秘密の出来事が蘇ってきたのだ。遠い過去の中にあるフェローシップポイントの草原では、〈ナンのおしごと〉シリーズのモデルとなった三歳のナンが元気いっぱいに走りまわっていた……。

「人は変わるものだ……終わるまでは何があるかわからない」とアグネスは言う。老齢になった今、人生の「終わり」を迎える前に彼女が決着をつけたいことは二つあった。一つは、愛するフェローシップポイントの将来。もう一つは、正体をポリーにも明かさずに十年に一冊ずつ書いてきた、〈フランクリン広場〉というシリーズ小説を完結させることだった。乳がんを患ってはいたが、最近は穏やかな海さながらだったアグネスの日々は、ロバートやアーチー、ポリーやディック、モードたちとの関わりによって嵐の海のようになっていく。そして、アグネスにとってのパンドラの箱が開き、愛と喪失を経験した過去が語られる。

そんなアグネスが本書の第一の主人公である。思ったことをはっきりと言う、自立した強い女性として描かれている。今は児童書作家として名声を博し、財産もあるアグネスだが、その人生の道のりは決して平坦ではなかった。生涯独身であることを選んだアグネスが直面した家族の介護や死、恋愛や執筆に関する苦悩が、年齢を重ねた現在と若いころの視点から描かれている。

第二の主人公は、アグネスの親友のポリーである。アグネスとは正反対で、結婚して家庭を持つことを重視したポリーは、夫や子どもたちを何よりも大事にしてきた。順風満帆な人生を送ってきたように見える、穏やかで誰からも好かれる明るいポリーだが、愛する一人娘を幼くして亡くしたことによる心の傷を抱えている。アグネスだけが見抜いたように賢明な女性なのに、能力を押し殺してきたポリーと夫との関わりは、理想とされた妻や母親のあり方を考えさせる。

アグネスとポリーの「揺りかごから墓場まで」というほど長い友情は本書の読みどころの一つだが、この太い縦糸に絡んでくる横糸的な存在がモードという若い女性である。モードは第三の主人公といっていいだろう。鬱病の母親を案じながらも、幼いころから好きだった児童書の作家と仕事ができることを喜ぶモード。彼女はアグネスの心の深い部分へ入っていく。アグネスとポリーという老齢の女性たちに対して、二十代のモードの暮らしぶりや考え方はいかにも現代女性らしい。母親のハイディや娘のクレミーとともに、モードのキャラクターが本書のアクセントとなっており、物語の進行の重要な鍵を握っている。

このような個性的な女性たちを描いた著者のアリス・エリオット・ダークだが、日本では初紹介の作家である。

ダークはフィラデルフィアで生まれ、ペンシルベニア州のブリンマーで育った。ケニオン大学とペンシルベニア大学に入り、中国語学の学士号を取得している。のちに、アンティオック大学で美術学の修士号も取得した。著書には本書『フェローシップ岬』のほか、***Think of England***（2002）、さらに短篇集の ***In The Gloaming***（2000）、***Naked to the Waist***（1991）がある。彼女の作品は《ニューヨーカー》誌、《ハーパーズ》誌、《ダブルテイク》誌、《プラウシェアズ》誌、《パブリック・スペース》誌、『ベスト・アメリカン・ショート・ストーリーズ』、『O・ヘンリー賞受賞作品集』などに掲載され、多くの言語に翻訳されている。短篇集の表題作でもある"In The Gloaming"は、ジョン・アップダイクに選ばれて ***The Best American Short Stories of The Century*** に掲載され、HBOとTrinity Playhouseによって映画化された。HBO版の映画の邦題は『フォーエヴァー・

ライフ　旅立ちの朝』。監督はクリストファー・リーブだった。ダークの評論やエッセーは《ニューヨーク・タイムズ》紙、《ワシントン・ポスト》紙に掲載され、ほかにも多くのアンソロジーがある。また、彼女は全米芸術基金から助成金を授与されている。現在は、ラトガース大学ニューアーク校で英語学科と芸術修士の課程を教える准教授である。

ダークが「バーンズ・アンド・ノーブル」のポッドキャストのインタビューで語ったところによると、二十八歳までは自分を詩人としか考えていなかったらしい。ところが、次第に長い詩を書くようになり、やがて散文を書きはじめたそうだ。長い文章を書くのが気に入ったらしく、『フェローシップ岬』の最初の草稿は千四百ページもあったという。その長い草稿を現在の形にすることも含めて、ダークにとって前作から実に二十年ぶりの長篇小説となる本書の出版までには紆余曲折があったようだ。

ところで、本書はジェンダー不平等、家父長制度、土地開発に伴う自然破壊、介護や老後の問題、女性同士の友情のあり方、と多岐に渡る問題を提起しているが、その中でも重要な問題は「土地は誰のものか」というテーマだろう。移民の国であるアメリカだが、現在でも移民に関する問題は絶えない。先住民から奪った土地の上に成り立った白人文化というアメリカの歴史と、フェローシップポイントも無関係ではない。無意識にではあっても、裕福な白人であることの恩恵を享受してきたアグネスが出した結論は、今日のアメリカが抱える問題の一端に対する著者なりの答えだろう。本書を執筆したことに関して、ダークは《ニューヨーク・タイムズ》紙のインタビューで、「十九世紀の小説のようなスタイルで、現代風にした小説を書きたかった」と述べている。「十九世紀の女性には土地を所有する権利も、土地に関する決定権もなかった。土地を所有する女性たちが土地の問題に対処する様を描くことが、十九世紀の小説の現代版になるのではと考えた」と。

なお、物語の中ではかつてフェローシップポイントで暮らしていたとされるアベナキ族は、実際にニューイングランド地方にいたネイティブ・アメリカンの一部族である。現在、アベナキ族はワバナキ連邦と呼ばれる連合体を構成する五部族の一員で、人々はニューハンプシャー州やバーモント州、カナダのケベック州などにいるという。

ここで、本書に出てくるクエーカー教について簡単に説明しておこう。クエーカー教は十七世紀の清教徒革命のころにイングランドで発生した宗派である。聖典や信条を絶対視せず、真理は各自の魂に呼びかける神の声に見いだせると考える。その神の声を「内なる光」と呼び、どんな人の中にも存在するとしている。平和主義で、沈黙を重視し、あらゆる差別を否定して、社会活動に熱心だという特徴がある。また、教会の制度化や儀式化に反対し、「集　会《ミーティング》」と呼ばれる集まりを持つ。「神を信じない。死後の世界などない」と言うアグネスだが、クエーカー教徒としての自分を意識しないわけではなく、ポリーと一種のミーティングを持つ場面もある。クエーカー教徒のウィリアム・ペンが入植したフィラデルフィアに生まれ育ち、クエーカー教徒の祖先や家族を持つのだから、当然だろう。ダーク自身はクエーカー教徒ではないが、クエーカー教徒の学校に通ったことがあるそうだ。

さて、過去から現在にわたるアメリカの多様な問題を取りあげたこの本は本国でどう評価されているだろうか。アメリカの書評をいくつかあげよう。「この膨大だが親近感を覚える小説で、ダークは女性たちの友情や芸術における導きの精神を称賛している。さまざまな家族や彼らのわだかまりや怒りが、言わば大きなキャンバスを占める。その中でダークはアグネスと彼女の仕事、人間と土地、母と子の間の関係性に深く切りこんでいる。とりわけ心に刻まれるのは、長年にわたる女性同士の友情がもたらす支えと喜びだ」（《パブリッシャーズ・ウイークリー》誌の星付きレビュー）。「『フェローシップ岬』は感嘆すべき作品だ。構成は複雑で、実にユニーク。メイン州の沿岸を舞台にしたこの小説には執筆についての洞察がたっぷり盛り込まれている。老いることとの危機と自由について、いくつもの大きな謎について書かれるだけでなく、人生のさまざまな喜びも描かれている。三人の女性たちの関係に関する物語は、実際の人生と同様に何度も曲がりくねりながら喜びや喪失、対立や告白を通じて展開される」（クリスティナ・ベイカー・クライン〔*The Exiles* や『孤児列車』の作者である《ニューヨーク・タイムズ》紙のベストセラー一位となった作家〕）。「これほど本に夢中になったのがこの前はいつだったのか思いだせない。『フェローシップ岬』は多くの事柄を取りあげている――友情、秘密、遺産、愛、家族――けれども、本書の真の魔法は文章に存在する。ダークは非常に没入感のある世界を作り出しているので、わたしはいまだにその世界を肌で感じている」（シンシア・ダプリ・スウィーニー〔*The Nest* や *Good Company* を執筆した《ニューヨーク・タイムズ》紙ベストセラー作家〕）。

アメリカでは『フェローシップ岬』の読書会もほうぼうで開かれているらしい。さまざまな視点から読むことができるため、読書会で討論するのにぴったりの作品かもしれない。

十九世紀の小説によく描かれる遺産や相続といったテーマにはもはや誰も関心がない、と述べた批評家に反感を持ったことが本書を執筆する動機の一つになったと、あるインタビューでダークは語っている。十九世紀も今も変わらない普遍的な問題、また、現代だからこそ起こり得る問題に悩み、葛藤しながら長く生きてきた主人公たちと最終ページにたどりついたとき、フェローシップポイントの光景が読者のみなさまに浮かぶことを願っている。

最後になりましたが、数々の貴重な助言をくださった早川書房の窪木竜也さん、三井珠嬉さんにお礼を申しあげます。また、丁寧に原稿を見てくださった校正者の方をはじめ、本書に携わってくださったみなさまに心から感謝いたします。

二〇二四年十月

訳者略歴　英米文学翻訳家　訳書『嘘つき村長はわれらの味方』クリスティーヌ・サイモン，『クリミナル・タウン』サム・マンソン（以上早川書房刊），『セルリアンブルー海が見える家』T. J. クルーン，『わたしの体に呪いをかけるな』リンディ・ウェスト，『マリア・シャラポワ自伝』マリア・シャラポワ，他多数

フェローシップ岬《みさき》

2024年12月10日　初版印刷
2024年12月15日　初版発行

著者　アリス・エリオット・ダーク

訳者　金井《かない》真弓《まゆみ》

発行者　早川　浩

発行所　株式会社早川書房
東京都千代田区神田多町2－2
電話　03－3252－3111
振替　00160－3－47799
https://www.hayakawa-online.co.jp

印刷所　株式会社精興社
製本所　大口製本印刷株式会社

Printed and bound in Japan

ISBN978-4-15-210384-0 C0097

乱丁・落丁本は小社制作部宛お送り下さい。
送料小社負担にてお取りかえいたします。